HEYNE <

Von **MARKUS HEITZ** erschien in der Reihe
HEYNE SCIENCE FICTION & FANTASY:

Die Dunkle Zeit:

Schatten über Ulldart · 06/9174
Der Orden der Schwerter · 06/9175
Das Zeichen des Dunklen Gottes · 06/9176
Unter den Augen Tzulans · 06/9177
Die Stimme der Magie · 06/9178

Shadowrun:

TAKC 3000 · 06/6145
Gottes Engel · 06/6147

MARKUS HEITZ

UNTER DEN AUGEN TZULANS

DIE DUNKLE ZEIT

Vierter Roman

Originalausgabe

WILHELM HEYNE VERLAG
MÜNCHEN

HEYNE SCIENCE FICTION & FANTASY
Band 06/9177

Umwelthinweis:
Dieses Buch wurde auf chlor- und
säurefreiem Papier gedruckt.

Originalausgabe 4/2003
Redaktion: Ralf Reiter

Der Wilhelm Heyne Verlag ist ein Verlag der
Ullstein Heyne List GmbH & Co. KG
www.heyne.de
Printed in Germany 2003
Umschlagbild: Les Edwards
Karten: Erhard Ringer
Umschlaggestaltung: Nele Schütz Design, München
Technische Betreuung: M. Spinola
Satz: Schaber Satz- und Datentechnik, Wels
Druck und Bindung: Elsnerdruck, Berlin

ISBN 3-453-86161-2

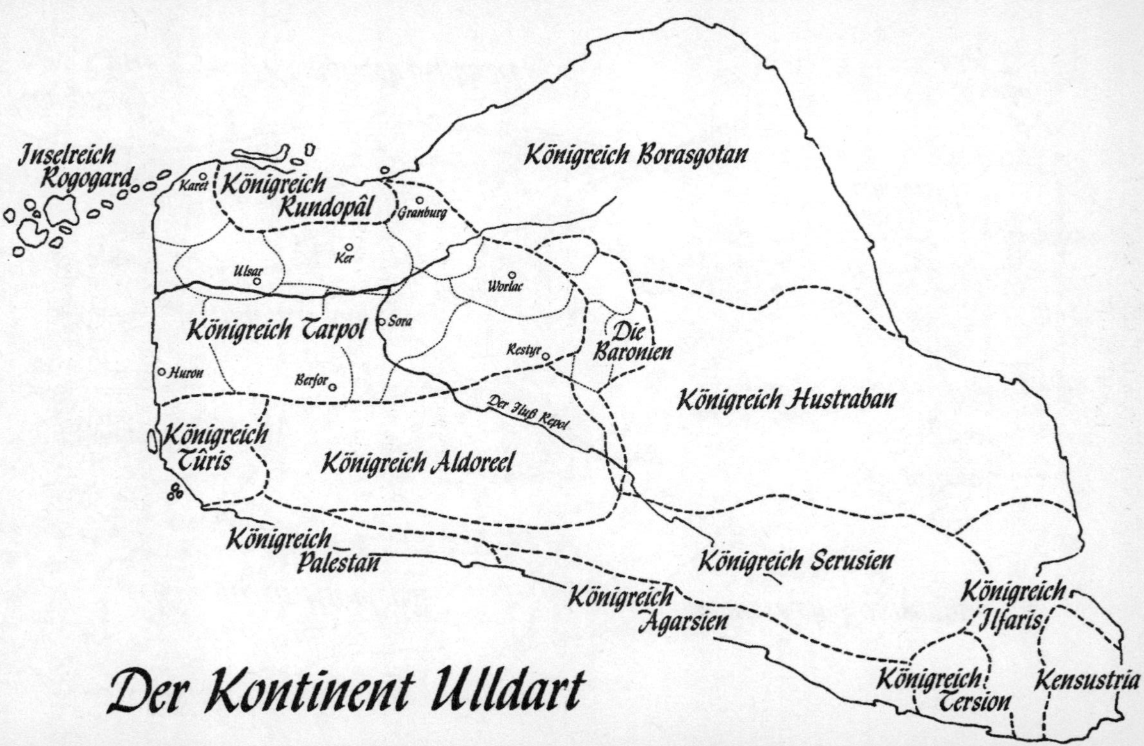

Der Kontinent Ulldart

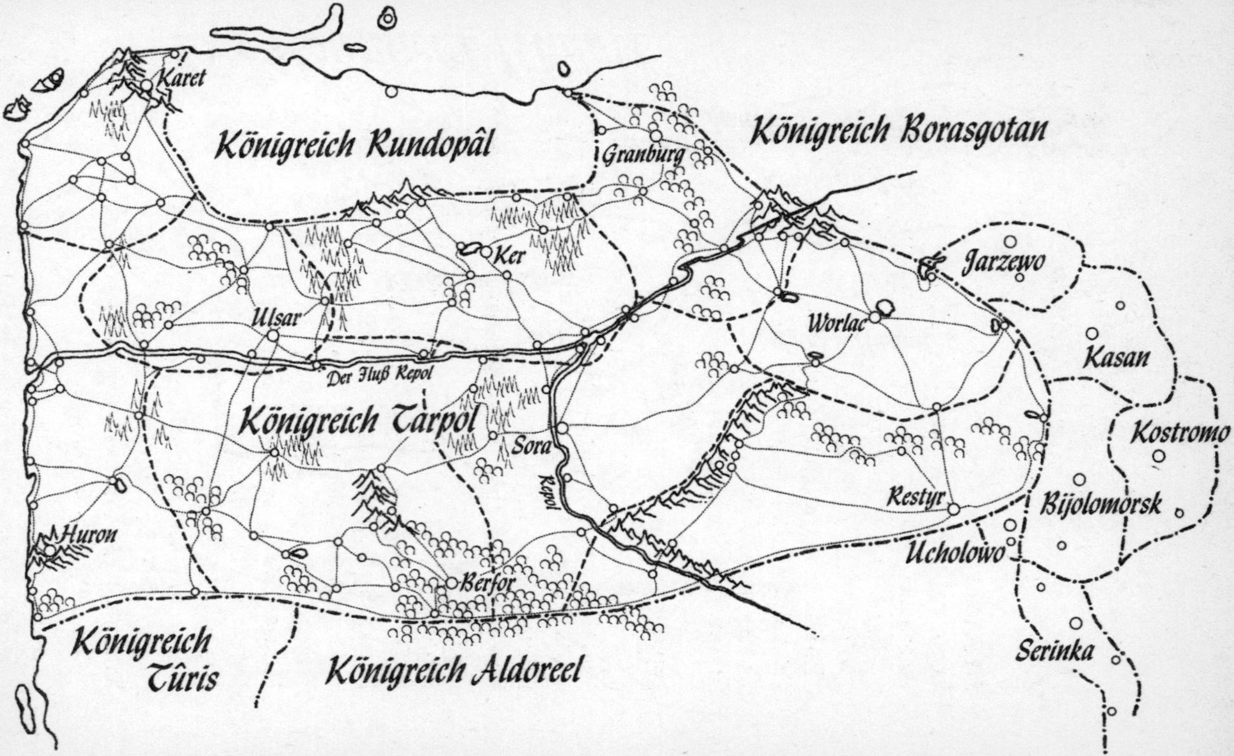
Königreich Rundopâl
Königreich Borasgotan
Karet
Granburg
Ker
Jarzewo
Ulsar
Worlac
Kasan
Der Fluß Repol
Königreich Tarpol
Sora
Repol
Kostromo
Restyr
Bijolomorsk
Huron
Ucholowo
Berfor
Serinka
Königreich Tûris
Königreich Aldoreel

DRAMATIS PERSONAE

ULSAR

Lodrik Bardri¢: Kabcar von Tarpol
Aljascha Radka Bardri¢: Großcousine Lodriks, Vasruca von Kostromo und Gemahlin
Mortva Nesreca: Berater
Hemeròc: Handlanger Nesrecas
Paktaï: Handlangerin Nesrecas
Govan, Zvatochna, Krutor: Drillingskinder Lodriks
Tokaro: Rennreiter im Dienst Lodriks

OPPOSITION

Stoiko: Freund, Vertrauter und Diener des Kabcar
Waljakov: Freund und Leibwächter des Kabcar, ehemaliger Scharmützelkämpfer und K'Tar Tûr
Lorin: Sohn Lodriks und Norinas
Hetrál: turîtischer Meisterschütze, Verteidiger von *Windtrutz*
Bruder Matuc: Mitglied des Ulldrael-Ordens
Belkala: Priesterin des Gottes Lakastra
Nerestro von Kuraschka: Mitglied des Angor-Ordens der Hohen Schwerter
Torben Rudgass: Freibeuter
Varla: Piratin, seine Geliebte
Fajta: Schicksalsleserin
Soscha: Medium
König Perdór: Herrscher von Ilfaris
Fiorell: Hofnarr und Vertrauter Perdórs
Moolpár der Ältere und Vyvú ail Ra'az: kensustrianische Botschafter

KALISSTRON
BLAFJOLL: Walfänger
KALFAFFEL: Cerêler (Bürgermeister)
TJALPALI: Kalfaffels Frau
STÁPA: Stadtälteste
JAREVRÅN: Stápas Nichte
ARNARVATEN: Geschichtenerzähler
KIURIKKA: Kalisstra-Priesterin

WEITERE
PASHTAK: Sumpfkreatur und Inquisitor
SINURED: Kriegsfürst
OSBIN LEOD VARÈSZ: Stratege Sinureds
WIDOCK: Handlanger von Varesz

PROLOG

Kontinent Ulldart, Königreich Aldoreel, fünf Meilen nördlich von Telmaran, Winter 443/444 n. S.

Langsam löste sich der halb volle Silberpokal aus der erschlaffenden Hand und fiel mit einem dumpfen Poltern auf die gestampfte Erde der großen Halle. Er rollte ein wenig zur Seite, wobei sich der letzte Rest des Weins auf den Boden ergoss, und lag dann still. Rot wie Blut sammelte sich der vergorene Traubensaft in kleinen Lachen, den schwachen Schein der erlöschenden Flammen reflektierend.

Die beinahe zu Asche verbrannten Baumstämme im offenen Kamin spendeten nur noch ein kraftloses Glühen, das nicht ausreichte, den riesigen Raum zu erhellen. Knackend und Funken sprühend brachen die schwarzen Trümmer in sich zusammen.

Die zusammengesunkene Gestalt in dem Sessel vor der Feuerstelle reagierte nicht.

Der Kopf mit den blonden Haaren hing auf der Brust, die Augen waren geschlossen, der rechte Arm pendelte von der Lehne herab. Die linke Hand umklammerte eine leere Flasche Wein, zu den Füßen des Mannes lagen drei weitere neben dem unordentlich abgelegten Brustharnisch.

Der Schläfer murmelte etwas, dann zuckte sein Stiefel nach vorne. Klirrend stießen die getroffenen Flaschen aneinander, aber auch dieser Laut weckte ihn nicht aus dem gnadenlosen Traum. Ein Traum, der ihm die Gesichter der vielen namenlosen Toten, die er verschuldet hatte, vor Augen hielt. Er hörte die Schreie der Brennenden, der Ertrinkenden, die Hilferufe und die Verwünschungen, die seinen Namen für alle Ewigkeiten verfluchten.

Eine zweite, völlig verdreckte Gestalt kam lautlos hinter einer Säule zum Vorschein.

Vorsichtig sah sie sich im dunklen Raum um, immer auf der Hut vor einem möglichen Wächter oder einem überraschenden Angriff.

Sie verzichtete darauf, näher an den Stuhl mit dem blonden, jungen Mann heranzugehen, nahm stattdessen einen Pfeil aus dem Köcher und legte ihn auf die Sehne. Millimeter für Millimeter zog der Schütze die geflochtene Schnur zurück und visierte das Herz des Schlafenden an. Als er sich ganz sicher war, dass die Spitze ihr Ziel nicht verfehlen würde, gaben seine Finger die Sehne frei.

Zischend durchschnitt das Geschoss die Luft und stieß eine Armlänge vor der ungeschützten Brust gegen ein unsichtbares Hindernis. Der Pfeil hing für einen Lidschlag bewegungslos und fiel dann zu Boden.

Im gleichen Moment öffnete der Mann im Sessel die dunkelblauen, vom Alkohol getrübten Augen.

»Ihr hättet in Granburg auf mich schießen sollen«, sagte Lodrik mit schwerer Zunge in die Schatten. »Nun werdet Ihr kein Glück mehr haben, Meister Hetrál. Meine Magie ist zu mächtig, als dass eine Stahlspitze mir gefährlich sein könnte.«

Ein zweiter Pfeil flog heran und erlitt das gleiche Schicksal wie der erste.

Schwankend erhob sich der Kabcar von Tarpol und Tûris. »Oh, wie dankbar wäre Euch heute Ulldart, wenn Ihr damals den Auftrag Kolskois angenommen und mich ermordet hättet, als ich noch ein kleiner Junge war. Ein Gouverneur.« Lodrik lachte leise und stieß geräuschvoll Luft aus. »Und nun seht, was ich heute bin, Meister Hetrál. Ein Held. Ein Herrscher, der sein Volk ein weiteres Mal vor anmaßenden Angreifern gerettet hat. Und vermutlich die Dunkle Zeit brachte, samt Sinured.« Er zog sein Henkersschwert, die Gravuren blitzten auf. »Nun denn. Ich gebe Euch die Gelegenheit, mich im Zweikampf zu stellen. Nur Ihr und ich. Obwohl es ein Verräter wie Ihr nicht verdient hat.«

Der junge Mann taumelte in Richtung des Turîten, die Schneide schleifte über die Erde.

Hetrál warf den Bogen zur Seite und zückte ebenfalls seine Waffe. Als er den jungen Telisor vor wenigen Stunden gegen die Übermacht stürmen sah, wusste er, das Geeinte Heer würde einen zweiten Aufgang der Sonnen nicht mehr erleben. Und er hatte bemerkt, dass sich Lodrik in die Soldatenstadt zurückzog. Er war ihm, von den Wachen unbemerkt, gefolgt, anstatt sich in einen sicheren, sinnlosen Tod zu stürzen. Vielleicht ließe sich weiteres Unglück verhindern.

Aufmerksam verfolgte er die Bewegungen des Betrunkenen.

»Ich weiß, was Ihr denkt, Meister Hetrál«, lallte Lodrik und strich sich die offenen Haare aus dem Gesicht. »Ihr denkt, wenn Ihr mich nun tötet, bevor das Jahr 444 beginnt, wird die Dunkle Zeit nicht anbrechen. Und Ihr hofft auf ein Wunder von Ulldrael.« Der Kabcar gluckste. »Der Gerechte, wie das Volk ihn nennt.« Er fixierte mit schwerem Blick die braunen Augen des stummen Meisterschützen. »Nennt Ihr das gerecht, was sich ein paar Meilen von hier ereignet hat? Und warum hat Euch Euer Gott nicht beigestanden, wenn Ihr doch für das Gute siegen wolltet?« Er schlug ungezielt nach Hetrál, die Wucht riss ihn nach vorne und ließ ihn stolpern. »Wo war Euer Gott?«, spie er ihn an. »Ich wollte euch gehen lassen, und ihr Wahnsinnigen rennt gegen meine Soldaten an, die nur darauf gewartet haben, das Blut fließen zu lassen.« Der Kabcar lehnte sich an eine Säule. »Ich habe Euch das Leben geschenkt. Wie ein Gott. Und Ihr hattet nichts Besseres damit zu tun, als es wegzuwerfen.« Das Blau seiner Augen bekam einen starren Ausdruck. »Ich bin das Gute. Sonst wäre ich heute der Unterlegene gewesen, oder?« Der Turît sprang vor und stieß zu, geistesgegenwärtig parierte Lodrik den Stich und packte den Schwertarm des Mannes. »Oder?«, schrie er ihm ins Gesicht. »Und wenn ich nicht das Gute bin, warum bin ich nicht vernichtet worden?«

Hetrál rammte dem jungen Kabcar die Schulter ins Gesicht.

Lodrik taumelte gegen den Pfeiler, Blut sickerte ihm aus Mund und Nase. Augenblicklich setzte der Kämpfer nach, die Opfer der Verbotenen Stadt und des Gemetzels vor wenigen Stunden in bester Erinnerung. Den Mund zu einem stummen Schrei geöffnet, hieb er mit beiden Händen zu.

Lodriks Rechte vollführte eine knappe Geste. Dunkelblaue Energieströme entwichen aus den Fingerspitzen und trafen den Turîten mitten auf die Brust. Die magische Kraft hob ihn empor und schleuderte ihn zwanzig Fuß durch den Raum, bevor er schwer zu Boden stürzte. Kleine Blitze umspielten seinen Leib, bevor sie sich in die gestampfte Erde entluden. Die getroffene Körperstelle qualmte, die Kleidung war verbrannt, die Haut darunter schlug Blasen.

»Wenn Ulldrael mich als das Böse sieht, warum verliert Ihr gegen mich?«, fragte der Kabcar düster. »Ihr seid gegen den Falschen geritten. Ihr seid Einflüsterungen eines falschen Gottes erlegen.« In einer Mischung aus Verzweiflung und Wut schleuderte er das Henkersschwert von sich. »Ulldrael der Ungerechte, nicht wahr? Das denkt Ihr doch gerade?«

Hetrál stemmte sich auf die Beine, sein Gesicht war vor Schmerzen verzerrt. Er konnte nicht gegen ihn gewinnen, erkannte er resigniert und suchte nach einem Ausgang. Nicht so, nicht hier.

Die Verbrennungen ließen ihn beinahe keinen klaren Gedanken mehr fassen. Es schien ihm, als würden sich die Strahlen in seinem Körper weiterfressen. Der Meisterschütze schüttelte den Kopf und wankte auf ein Fenster zu.

»Flucht, Meister Hetrál?«, rief Lodrik voller Hohn. »Habt Ihr Euren Fehler eingesehen? Dann stellt Euch auf meine Seite.« Der junge Herrscher schwankte auf ihn zu, und so etwas wie Hoffnung legte sich auf das Gesicht. »Bitte, Meister Hetrál. Ich bin doch derjenige, der im Recht ist, nicht die anderen. Ich kann Euch die Taten in der Verbotenen Stadt verzeihen. Bleibt bei mir und helft mir, die anderen zu überzeugen.« Lodrik streckte die Hand aus, die rot geäderten Augen sahen ihn bittend an.

Der Turît drückte das Fenster auf, um die große Halle zu verlassen, bevor die Leibwächter des Kabcar erschienen. Er spie Lodrik vor die Füße und lief hinaus in die schützende Nacht.

Mit einem Schrei zog der Kabcar die Pistolen aus dem Gürtel und feuerte sie ab. Krachend zündete das Pulver und schickte Hetrál die Bleikugeln hinterher. In dem Moment stürmten die Wachen in die Große Halle und machten sich auf den Wink ihres Herrn an die Verfolgung des Attentäters. Wie weiße Wattebäusche standen die Qualmwolken im Saal, bevor der Nachtwind sie auflöste.

Bedienstete brachten Fackeln in den riesigen Saal, während der junge Herrscher zurück zu seinem Sessel wankte. Die Schusswaffen klemmte er umständlich in das Polster.

Mortva Nesreca und Osbin Leod Varèsz erschienen, sein Vetter in Uniform, sein Stratege mit der gespaltenen Unterlippe in voller Rüstung und mit neuen, noch blutigen Trophäen am Helm. In ihrem Gefolge befanden sich zahlreiche Krieger sowie ein Dutzend Gefangene, darunter erschöpfte Kämpfer, die recht teure Kleidung trugen.

»Hoher Herr.« Sein Konsultant verneigte sich zur Begrüßung. Dabei fiel sein Blick auf die vier leeren Weinflaschen. »Habe ich eben Schüsse gehört?«

»Nicht so wichtig«, wiegelte der Kabcar ab, sein Ellenbogen rutschte von der Lehne, und unbeholfen richtete er sich wieder auf. Ein Rülpsen entwich ihm. »Ein alter Bekannter, der mich umbringen wollte. Aber ich habe ihn in die Flucht geschlagen. Und wer ist das?«, wollte er gelangweilt wissen.

»Ihr habt gesiegt. Hier bringen wir Euch die Letzten des Geeinten Heeres. Ein paar Offiziere, den Großmeister der Hohen Schwerter und andere.« Die Soldaten zerrten drei Männer unterschiedlichen Alters nach vorne. »Aber das sind die Wichtigsten. Darf ich Euch mit König Tarm von Aldoreel, seinem Sohn Telisor und dem Heerführer Tersions, J'Maal, bekannt machen?« Mortva wich ein wenig zur Seite, um den Blick freizugeben.

»Ach ja. Die Schlacht.« Lodrik stemmte sich aus dem Sitz und nahm sein Henkersschwert, das ihm ein Diener reichte, in die Rechte. Kalt musterte er die dreckigen, teilweise schwer verwundeten Männer, sein Atem kam stoßweise, und ihm war furchtbar schlecht. Es gurgelte gefährlich in seiner Kehle. »Ihr falschen Helden seid mir so gleichgültig«, sagte er nach einer Weile langsam und schüttelte den Kopf. »Ich möchte nur noch in Frieden leben und vergessen. Und ihr seid mir dabei im Weg.«

»Und deshalb werdet Ihr uns nun töten?«, sagte Telisor verächtlich. »Ihr seid ein feiner Kabcar. Bringt tausendfachen heimtückischen Tod über die, die das Tier aufhalten wollten.«

Lodriks Augen verengten sich. »Ich kenne Euch. Ihr seid der Idiot, der das Geeinte Heer in den Tod getrieben hat.« Nach kurzem Schweigen schlug der Kabcar dem Königssohn die flache Hand ins Gesicht. »Ich beherrsche das Tier. Und Ihr hättet verhandeln sollen. Mehrfach gab ich Euch die Gelegenheit. Aber stattdessen habt Ihr meine Unterhändler umgebracht. Selbst auf dem Schlachtfeld wolltet Ihr meine Gnade nicht annehmen. Kein Wunder, dass Ulldrael der Gerechte nichts, aber auch gar nichts tat, um Euch zu retten. Ihr seid verdorbene, anmaßende Menschen.« Wehleidig sah er zu Mortva hinüber. »Mir ist übel, Vetter. Erledigt das hier für mich.« Mit einem unsicheren Ausfallschritt verhinderte er, dass er zur Seite fiel.

»Wir haben Eure Gesandten nicht …«, widersprach Tarm, dem ein Kolbenhieb die Schulter durch das Kettenhemd zertrümmert hatte, verwundert.

Lodrik legte sich die Hände auf die Ohren und unterbrach ihn. »Seid still, Lügner!«, schrie er. »Ich habe Eure Machenschaften satt. Alle Herrscher auf diesem Kontinent sind verlogen.« Der junge Mann taumelte hinaus und stieß helfende Hände seiner Bediensteten zurück.

»Es ist an der Zeit, dass jemand das Handeln übernimmt, der ehrlich ist«, stimmte Mortva zu. »Und das für alle Menschen auf Ulldart. Damit das Lügen ein Ende hat.«

»Ihr seid verantwortlich für das alles«, sagte ihm Tarm auf den Kopf zu. Der König Aldoreels sah den Konsultanten an. »Ihr müsst Tzulan persönlich sein.«

»Aber nicht doch, Majestät.« Der Mann mit den silbernen Haaren lächelte ihn hintergründig an, das graue und das grüne Auge blitzten auf. »Das wäre zu viel der Ehre. Ein bescheidener Diener, mehr bin ich nicht.«

»Ihr dient wahrlich gut.« Der König Aldoreels ließ den Kopf sinken. »Was wird mit uns geschehen?«

Der Konsultant legte die Arme auf den Rücken und umrundete die Männer. Telisors linke Wange glühte, wo ihn der Schlag des Kabcar getroffen hatte. »Ihr werdet an einen Ort gebracht, wo man Euch behandeln wird.

Offiziell seid Ihr natürlich während der Schlacht umgekommen.« Er tippte auf das geronnene Blut an der Schulter Tarms und prüfte es zwischen Daumen und Zeigefinger. »Aber in wenigen Wochen schon werdet Ihr zu Eurem erfreuten Volk zurückkehren und verkünden, wie falsch Eure Vorgehensweise war. Und weil Ihr es eingesehen habt, werdet Ihr abdanken.«

»Niemals!«, rief Telisor und warf sich nach vorne, um sich auf den Ratgeber zu stürzen.

Varèsz trat ihm mit Wucht in den Schritt, worauf der junge Mann stöhnend auf der Erde zusammensank.

Mortva ging in die Hocke. »Und Ihr, Telisor, unterstützt Euren Vater bei der wichtigen Aufgabe, die Menschen zu überzeugen, dass Ihr in einem Irrglauben gegen den Kabcar von Tarpol und Tûris kämpftet. Ihr werdet Euch wundern, wie sehr Ihr schon bald von Eurer Mission eingenommen seid. Mit Inbrunst zieht Ihr durch die Lande, im Büßergewand, und predigt, während sich der Kabcar am unerwarteten Thronerwerb ergötzen darf.« Der Konsultant wischte sich das Blut Tarms an den Fetzen der Kleidung des Prinzen ab, stand auf und wandte sich J'Maal zu. »Und dann haben wir noch einen K'Tar Tur aus Tersion.« Seine Miene wurde nachdenklich. »Ich gestehe, einen Verwendungszweck für Euch zu finden, fällt mir etwas schwer. Mit der gleichen Bestimmung wie König und Thronfolger kann ich Euch nicht zurückschicken. Eure Art ist derzeit zu sehr in Verruf. Aber wer weiß.« Ohne eine weitere Erklärung nickte er den Wächtern zu.

Schweigend sahen der Stratege und der Ratgeber zu, wie die Gefangenen hinausgeschafft wurden. Telisor, der sich noch nicht von dem Treffer in die Weichteile erholt hatte, musste über den Boden geschleift werden.

»Auch wenn es der Hohe Herr im Moment noch nicht zugeben kann, es war eine exzellente Arbeit, die Ihr am Wasserfall vollbracht habt«, lobte Mortva den obersten

Feldherrn Sinureds. »Ohne Euch wäre es schwieriger geworden. Die Entscheidung ist rechtzeitig gefallen. So brauchten wir nicht einmal die magischen Fähigkeiten des Hohen Herrn. Und die Zahl der Todesopfer war weitaus höher. Tzulan wird zufrieden sein.«

»Der Gebrannte Gott hat sein Angesicht bereits gezeigt«, meinte Varèsz grinsend, der Spalt in der Unterlippe klaffte weit auseinander. »Es geschieht, wie es geschehen muss. Nur der Hohe Herr scheint noch etwas … empfindlich.«

»Das wird noch. Er ist auf dem besten Wege.« Der Mann mit den silbernen Haaren sah zum Fenster hinaus. »Lasst Eure Männer ausruhen. Ich schätze, der Kontinent ist vom Ausgang der Schlacht so überrascht, dass sich niemand gegen Tarpol oder Tûris erhebt. Die Menschen werden zu sehr mit ihren Zweifeln an ihrem Gott beschäftigt sein. Und in der Zwischenzeit wird Verstärkung aus Tzulandrien kommen.«

»Wie sehen die weiteren Pläne aus?«, erkundigte sich der Stratege interessiert und wischte sich einen Tropfen Blut aus dem Gesicht, der von einem frischen Stück Kopfhaut auf dem Helm stammte.

Angewidert beobachtete Mortva den Kämpfer. »Ihr solltet Euch diese Art von Trophäensammlung abgewöhnen. Wenn Ihr eins Tages nach Ulsar kommen müsst und die Bewohner sehen Euch so, werden sie davonlaufen.« Er bemerkte die beiden Pistolen des Kabcar im Sessel und nahm sie an sich. »Es werden nun vorerst die diplomatischen Verhandlungen aufgenommen. Gleichzeitig, so lautet meine Bitte, sucht die zweitausend besten Reiter aus Eurer Truppe aus und teilt sie in jeweils Gruppen von fünfzig Mann auf. Sie werden schon bald zum Einsatz kommen, um die Unterredungen zu beschleunigen.«

Varèsz machte ein neugieriges Gesicht.

»Räuber können eine Plage für ein schutzloses Land

sein«, erklärte Mortva. »Wer will ihnen nun in Hustraban, Aldoreel oder Serusien Einhalt gebieten, wo die meisten Krieger in der Schlacht fielen?«

»Der Kabcar, vermute ich.« Der Stratege lachte aus vollem Hals.

»Exakt, geschätzter Mann«, sagte der Konsultant. »Und sobald eine Einigung erreicht wurde, werden die ›Räuberhorden‹ schlagartig ausgelöscht. Das heißt, Eure Leute ziehen sich, ein wenig marodierend, zurück. Und damit macht sich der Kabcar wieder beliebter.«

Die gute Laune von Osbin Leod Varèsz verflog. »Ihr habt den Hohen Herrn wirklich so weit unter Eurem Einfluss, dass er nichts tut, was unserer Absicht entgegenlaufen wird, Nesreca? Eine solche Gelegenheit erhalten wir niemals wieder, vergesst das nicht.«

»Ihr führt Krieg auf dem Schlachtfeld, ich führe den Krieg am Verhandlungstisch«, belehrte Mortva den Feldherrn Sinureds freundlich, aber kalt zugleich. »Zerbrecht Euch nicht meinen Kopf. Ich weiß sehr wohl, was auf dem Spiel steht, sollte der Hohe Herr nicht das machen, was wir von ihm verlangen. Aber seine Cousine ist eine große Hilfe bei der Angelegenheit.«

»Dann wünsche ich Euch viel Glück und die Bosheit, die Ihr braucht.« Der Stratege verabschiedete sich.

»Danke vielmals«, rief Mortva dem Mann hinterher. »Glück benötige ich nicht. Und Bosheit ist genügend vorhanden.«

Er schlenderte zum Fenster und beobachtete verzückt den Sternenhimmel, an dem Arkas und Tulm in voller Pracht funkelten und glitzerten. Zwei Kometen zogen knapp unter dem Doppelgestirn ihre Bahnen, und beinahe sah es so aus, als bildeten die übrigen Gestirne den Umriss eines Gesichts. *Welche Freude, Tzulan. Bald, bald wirst du wieder auf Erden wandeln können. Hab noch ein wenig Geduld, Gebrannter Gott. Der Tag ist nicht mehr allzu fern, und der Anfang ist bereits gemacht.*

I.

»Die Seherin wuchs im düsteren, von der Hand des wahnsinnigen Arrulskhán regierten Borasgotan auf, zog in ihrer frühsten Kindheit mit dem fahrenden Volk durch die Lande. Seitdem sie denken und sprechen konnte, vermochte sie das mögliche Schicksal anderer Menschen durch einen Blick in die Augen, in den Spiegel eines jeden Sterblichen Seele, zu ergründen. Ihre Gabe wurde geschätzt und hoch angesehen.

Es trug sich zu, dass ihr Weg nach Tarpol, in die Provinz Granburg führte.

Dort, während eines Festes, traf sie den Mann, den später alles Volk auf Ulldart fürchten sollte.

Und sie erkannte seine Bestimmung.«

Das Buch der Seherin
Kapitel I

Matuc erwachte durch sein eigenes Zähneklappern. Er fror erbärmlich, Sand knirschte in seinem Mund, und kaltes Wasser umspülte seinen linken Fuß. Die Luft roch nach Meer, Salz und Algen. Vögel schrien unaufhörlich, mal näher, mal weiter entfernt, und die See rauschte im immer gleich bleibenden Rhythmus. Etwas Leichtes hüpfte auf ihm herum.

Vorsichtig hob er den Kopf und schaute auf einen kleinen, flachen Strand, über den morgendliche Nebelschwaden zogen. In wenigen Metern Entfernung erhoben sich schwarze Felsen in die Höhe, die Kante konnte er aus seiner jetzigen Position nicht sehen.

Mit einem Seufzen senkte er sein Haupt wieder in den kühlen Sand. »Ulldrael der Gerechte, ich danke dir für meine Rettung. Lass es nun in all deiner Güte auch die anderen geschafft haben.«

Der Mönch drehte sich auf den Rücken und richtete sich auf. Zeternd suchten zwei Möwen, die auf ihm gesessen hatten, das Weite.

»Verschwindet! Ich bin nicht tot«, stotterte er undeutlich, so weit es ihm die schnell aufeinander schlagenden Kiefer erlaubten. Er bemerkte, dass jemand trockene Frauenkleider über ihn gebreitet hatte, damit er nicht erfrieren sollte.

Das waren Norinas Sachen, erkannte er und wollte aufstehen. In seiner Hast und Ungeduld übersah er, dass ihm sein Holzbein fehlte, und er stürzte zurück in den Sand. Neben sich sah er die Abdrücke von Schuhen, die von der Größe her durchaus zur Brojakin passten.

Er angelte nach einem Stück Planke, klemmte es sich unter die Achsel und humpelte eilig damit den Strand entlang. In einigem Abstand hatte er die Truhe ausgemacht, in die sie Norina in jener stürmischen Nacht samt ihres Sohnes verfrachtet hatten. Der Deckel stand offen.

Was genau an Bord der *Grazie* vorgegangen war, wusste Matuc nicht. Er erinnerte sich, wie das Beiboot in die Tiefe geschossen war und die herabstürzende Rahe ein breites Loch in den Rumpf geschlagen hatte, als habe der Sturm nicht schon ausgereicht, die Nussschale zu versenken. Wenige Lidschläge später trieben sie alle im eiskalten Wasser. Zwischen all der Gischt, den Wellen und dem Schaum verlor er Fatja aus den Augen, und wenn er sich noch halbwegs die Geschehnisse ins Gedächtnis zurückrufen konnte, hatte er sich in einem Trümmerstück des Beibootes zusammengekauert.

Während er auf das Gepäckstück zulief, sah er zu den unbewachsenen Steilhängen hinauf, immer in der Hoffnung, Menschen oder das Stück einer Inselfestung der Rogogarder auszumachen. Der Strand mit dem dunklen Sand, der von Trümmerstücken und Wrackteilen übersät war, zog sich wie ein schmales Band scheinbar endlos lang, bis er in weiter Entfernung mit einem scharfen Knick nach links abbog. Die kreischenden Vögel um ihn herum waren jedoch die einzigen Lebewesen.

Keuchend vor Anstrengung und bibbernd vor Kälte, der Atem wurde als weiße Wolke sichtbar, kniete er sich neben die Truhe. Auf den ersten Blick schien sie leer.

Vorsichtig tastete er umher, bis er auf leichten Widerstand stieß. Behutsam zog er den einfachen Unterrock zur Seite. Darunter lag Norinas Kind, zum Schutz gegen die Temperaturen dick in Kleidungsstücke eingewickelt, schlafend. Nur von der Mutter fehlte jede Spur. Matuc entdeckte ihre Fußspuren, die von dem riesigen Behälter weg führten.

Als er die Abdrücke mit den Augen verfolgte, blieb sein Blick an etwas hängen, das er zunächst für ein Stück Holz gehalten hatte. Doch es bewegte sich.

»Norina!«, brüllte er, die nackten Wände ließen seine Stimme widerhallen.

Augenblicklich erwachte das Kind und fing erschrocken an zu weinen.

Hervorragend, dachte der Mönch und beeilte sich, den Knaben zu beruhigen. Dabei beobachtete er die zierliche Person, die sich mühsam auf die Beine stemmte und in seine Richtung kam. Und je näher sie kam, desto sicherer wurde der einstige Ordenszugehörige, dass es sich um die kleine Schicksalsleserin handeln musste.

Es war Fatja, nass von oben bis unten, die Zähne stießen beinahe im gleichen Takt wie die des Ulldraelgläubigen zusammen. Sie zog einen Sack hinter sich her.

»Das war knapp«, stammelte sie, die Arme um den Körper geschlungen. »Ich freue mich, dich zu sehen, Matuc.« Sie fiel ihm erleichtert um den Hals. »Wo ist Norina?«

Ratlos zuckte der Mönch mit den Achseln, was auf Grund des allgemeinen Zitterns fast nicht auffiel. »Ich habe sie nicht gesehen. Aber sie muss mich zugedeckt haben und ist dann den Strand entlang gegangen. Vermutlich sucht sie Hilfe.«

»Und lässt ihren Sohn zurück?« Das Mädchen wirkte nicht überzeugt. Sie drückte dem Mann das Kind in die Hände, kramte in der Truhe herum und suchte nach halbwegs passenden Kleidungsstücken. Der Geistliche wirkte etwas überfordert und hielt den schreienden Säugling wie ein Stück hauchdünnes Glas.

»Dreh dich um«, verlangte sie, während sie die ersten durchweichten Sachen auszog und in die viel zu großen Kleider der Brojakin stieg. Matuc kam der Aufforderung nach. »Das solltest du auch tun«, empfahl sie ihm. »Sonst wirst du dir den Tod holen. Ulldrael muss uns beschützt haben, sonst wären wir Eiszapfen.« Sie tippte ihm auf den Rücken als Zeichen, dass er sich ihr wieder zuwenden durfte, und hielt ihm einen trockenen Rock hin.

»Ich soll …«, versuchte er zu protestieren.

Fatja nahm den Neugeborenen behutsam in die Arme und wiegte ihn hin und her. Bald wurde das Geschrei leiser. »Sei vernünftig. Du nützt uns nichts, wenn du dir eine Erkältung einfängst.«

»Ulldrael wird sich vor Lachen ausschütten«, grummelte er und nahm seinerseits den Kleidungstausch vor. Zwar waren ihm die meisten Trachten zu eng, aber wenn er die Verschlüsse offen ließ, konnte er sich damit bewegen. Aus mehreren Stolen und Umhängen formte er ein wärmendes Übergewand für sich und das Mädchen.

»Ich hoffe, Norina findet einen der anderen«, sagte Fatja nach einer Weile und bedachte das schlafende Kind mit einem liebevollen Blick. »Schau, es gefällt ihm bei seiner großen Schwester.« Sie hob den Kopf. Ein breites Grinsen legte sich auf ihr Gesicht, selbst die braunen Augen lachten. »Matuc, du siehst hinreißend aus. Die Piraten werden dich lieben. Nur die Bartstoppeln …«

»Sei still«, meinte er mürrisch. Dennoch war er dankbar, dass ihn das Mädchen zu dem Kleiderwechsel gezwungen hatte. Das Kältegefühl ließ nach. Er sah sich um, aber der Strand vermittelte nach wie vor in beiden Richtungen die Lebendigkeit eines Totenackers. »Ich hoffe inständig, Rudgass und Waljakov konnten dem Meer entkommen.«

»Ich wette mit dir, der Pirat sitzt schon lange im Haus eines seiner Brüder und wärmt sich mit Gewürzwein«, meinte Fatja mit gespielter Zuversicht. Angesichts der zerschlagenen Holzstücke ringsherum verneinte sie das Offensichtliche. Als ihr die erste Träne die Wange herablief, brachen die Dämme der jungen Schicksalsleserin. Sie weinte, den Knaben an sich gedrückt, und Matuc nahm sie in die Arme, breitete die Umhänge aus, um ihr mehr Wärme zu geben.

So saßen sie eine geraume Zeit.

Die Sonnen stiegen höher, es wurde ein wenig wärmer. Der Nebel verzog sich, und ein winterlich grauer Himmel zeigte sich. Über dem unruhigen Meer durchbrach ein einzelner Lichtstrahl die Wolken, ließ die Wellen funkeln und glitzern.

Matuc legte es als Aufmunterungsversuch des Gerechten aus. Auch wenn ihre Lage nicht besonders gut aussah, er blieb zuversichtlich, dass Ulldrael sie zu Höherem berufen hatte und sie nicht einfach am einsamen rogogardischen Strand zu Grunde gehen ließ.

Irgendwann schniefte das Mädchen nur noch und zog lautstark die Nase hoch. »Wollen wir tatsächlich so lange warten, bis Norina mit Helfern zurückkommt?«, erkundigte sie sich. »Vielleicht sind die Rogogarder nicht so freundlich? Oder wenn das nächste Fischernest in der ganz anderen Richtung liegt?«

»Unsinn«, meinte Matuc, dem ein Marsch durch den weichen Sand ein Grauen war.

»Mein kleiner Bruder wird bald Hunger haben, wir werden bald Hunger haben. Wir haben, außer den paar schäbigen Süßknollen in dem Sack und dem bisschen Proviant in der Truhe, nichts zu essen und zu trinken, wenn ich das nur mal erwähnen dürfte.« Fatja ließ nicht locker und wischte sich die Tränen mit dem Ärmel weg. »Du wirst dich nicht auf meinen Visionen ausruhen. Ich sagte doch, dass nicht alles unbedingt festgeschrieben sein muss. Vielleicht sehe ich nur einen möglichen Ausgang. Aber was ist, wenn …«

Der Mönch seufzte. »Na schön. Du hast Recht. Wir werden uns vorsichtshalber ebenfalls auf den Weg machen.«

Das Mädchen half ihm auf, klemmte ihm die Planke unter und band sich ihren Bruder mit Hilfe eines Schals vor den Bauch, unter den wärmenden Umhang.

Sie kamen nur langsam vorwärts, Matuc musste mehr

hüpfen als laufen, und als sie endlich die Biegung des Strandes erreichten, stand dem Mann trotz der Kälte der Schweiß auf der Stirn. Die Fußspuren Norinas konnten sie nirgends mehr entdecken.

»Das hat so wenig Zweck«, sah er ein und ließ sich auf einem Stein nieder. »Du bist schneller ohne mich.«

Fatja kniff die Mundwinkel zusammen. Der betagte Mönch merkte ihr an, dass es ihr nicht schmeckte, ihn allein zu lassen. »Wo sind denn die Piraten, wenn man sie mal braucht?«, meinte sie böse. »Die ganze Nordwelt hat Angst vor ihnen, aber blicken lassen sie sich nicht. Rudgass werde ich gehörig die Meinung sagen.«

Matuc packte sie am Umhang und deutete auf die See. »Da ist doch ein Segel, oder täusche ich mich?« Hektisch wedelte er mit der Planke in der Luft. Das Mädchen legte den Knaben zu Boden und hopste, eine gelbe Stola schwenkend, am Strand auf und ab.

Aber die Besatzung des Einmasters schien nicht in ihre Richtung zu schauen. Unbeirrt setzte er seine Fahrt fort, und Enttäuschung machte sich bei dem Mönch und dem Mädchen breit. Auch der Sohn Norinas weinte wieder.

»Er hat Hunger«, schätzte Fatja und hing sich das kleine menschliche Bündel wieder um. Sie kratzte sich am Kopf. »Ich werde wohl besser ohne dich weiterlaufen, Matuc. Ich weiß ja, wo ich dich finde. Und da die Rogogarder ihre Küste wohl besser kennen als ich, werden wir dich ganz schnell abholen können.« Sie drückte ihn vorsichtig, um dem Kind nicht weh zu tun. »Ich lasse dich nicht bei den Möwen verhungern.«

Er strich dem Mädchen über die schwarzen Haare. »Ich begebe mich in die Hand von Ulldrael dem Gerechten. Er hat uns nicht ertrinken lassen, er wird uns weiter vor Unbill bewahren.« Er drückte ihr einen väterlichen Kuss auf die Stirn und entließ sie.

Kaum war sie um die Biegung der Klippen verschwunden, kam sie schon wieder angerannt.

»Direkt da vorne ist der Strand voller Menschen!«, rief sie erfreut und zerrte den überrumpelten Mann in die Höhe. »Sie durchsuchen die Wrackteile. Komm schon.«

Matuc hüpfte los und musste unpassenderweise an eine lahme Möwe denken.

Das Mädchen hatte sich nicht getäuscht. Kaum zwei Steinwürfe von der Ecke entfernt, wo er sich eben noch niederlassen wollte, wimmelte der Sand von Männern und Frauen. Die meisten von ihnen schützten sich mit Pelzen und dicken Lederjacken vor der Kälte, einige wenige trugen darüber Kettenhemden und hielten Speere bereit. Die Bewaffneten sicherten den Strand in alle Richtungen, während die anderen eilig die Schiffsüberreste fledderten. Mehrere große Ruderboote lagen im Sand, mit denen die Menschen wohl angekommen waren.

»Fatja«, rief der Mönch die Schicksalsleserin zurück. »Bleib bei mir. Ich bin mir nicht sicher, wen wir da vor uns haben.«

Auch sie wurden bemerkt. Der Vorderste der Wächter drehte sich nach hinten und ließ eine knappe Warnung erschallen. Er fasste seinen Speer mit beiden Händen und richtete ihn gegen die Neuankömmlinge.

»Das sind ja schöne Sitten, die die Rogogarder haben«, meinte Fatja missmutig.

Zwei weitere bewaffnete Männer stießen hinzu, und sie berieten sich. Dann kam einer von ihnen herüber.

Der Wächter war, wie alle am Strand, etwas kleiner als Matuc. Er streifte die Kapuze ab, und langes, schwarzes Haar wehte im Wind. Die Gesichtszüge wirkten fremdartig, etwas kantiger als die des Mönchs, beinahe wie die eines Jengorianers. Die Haut schien von Natur aus blass zu sein, zwei durchdringend grüne Augen musterten sie aufmerksam. Besonders auffällig fand der Ulldraelgläubige den kunstvoll ausrasierten Knebelbart, in den ein Muster barbiert worden war.

Das war kein Rogogarder. Als der Fremde die ersten unverständlichen Worte an ihn richtete, bestätigte sich sein Verdacht.

Fatja sah den Unbekannten mit großen Augen an. »Was hat er gesagt?«

»Woher soll ich das wissen?«, gab der Mönch ein wenig ratlos zurück.

»Du bist doch der Gebildete von uns.« Die Schicksalsleserin lächelte den Mann mit dem Speer vorsichtshalber gewinnend an. »Tu doch was«, zischte sie durch die Zähne.

Der Wächter brüllte etwas über die Schulter, ohne die Augen von den beiden zu wenden. Ein Zweiter rannte herbei, dessen Statur beinahe gleich war, soweit man das durch die Kleidung beurteilen konnte. Auch er trug besondere Formen in seinem Bart.

»Verstehst du uns?«, sagte das Mädchen langsam und laut zu ihm. Neugierig wartete sie eine Antwort ab.

Der zweite Bewaffnete musste lächeln. »Ich bin nicht taub. Aber im Gegensatz zu den anderen verstehe ich Ulldart.«

»Und was machst du auf Rogogard? Die Piraten werden nicht sonderlich erfreut sein, wenn Fremde ihre Strände plündern«, plapperte Fatja drauflos, was den Mann wieder zu einem schallenden Heiterkeitsausbruch veranlasste.

»Mädchen, du bist nicht bei den Seeräubern. Du bist in Kalisstron.« Der Schicksalsleserin klappte der Unterkiefer nach unten, Matuc stöhnte auf. »Daher können wir die Strände auch in aller Ruhe absuchen. Mein Name ist Blafjoll, Wächter oder Walfänger, je nach Bedarf. Ich nehme an, das ist euer Schiff gewesen?«

»Ich bin Matuc, das ist Fatja«, stellte der Geistliche in aller Eile vor. Etwas konfus zeigte er auf den Neugeborenen. »Und das ist … das Kind. Habt Ihr noch andere Überlebende gefunden? Es ist wichtig. Wir suchen eine junge Frau, seine Mutter.« Er beschrieb Norina, anschließend Torben Rudgass und Waljakov.

Blafjoll sagte etwas auf Kalisstronisch zu seinem Nebenmann, der daraufhin den Kopf schüttelte. »Nein, wir haben niemanden entdeckt. Auch keine Leichen, die so aussahen. Es wäre aber möglich, dass sie mitgenommen wurden.« Er machte eine einladende Geste in Richtung der Boote. »Wollt ihr euch nicht erst einmal stärken? Dann darfst du mir auch erklären, weshalb du als Mann die Kleider eines Weibes trägst.«

Das Blut schoss Matuc in den Kopf. Knallrot hüpfte er den Sandstrand entlang, während die Männer und Frauen kicherten und mehr oder weniger offen ihre Belustigung über den seltsamen Mann zeigten. Blafjoll blieb an ihrer Seite, die Wachen begaben sich auf die alten Posten zurück.

»Wir sind Bürger aus Bardhasdronda«, erklärte der Walfänger, während sich Fatja und Matuc heißhungrig über zwiebackähnliches Brot, eingelegten Fisch und Marmelade hermachten. »Das ist eine Fischerstadt einige Ruderstunden von hier. Unser Aussichtsposten sah die Wracks, und wir machten uns auf den Weg, um zu holen, was die See nicht verschlungen hat.«

»Was meintet Ihr vorhin, als Ihr sagtet, sie könnten mitgenommen worden sein?«, erkundigte sich der Mönch mit vollem Mund. »Ulldraels Segen übrigens für die Gaben und Eure Freundlichkeit.«

»Wir bevorzugen Kalisstras Gnade, wenn es Recht ist«, sagte Blafjoll ein wenig kühl. »Andere Götter sind bei uns nicht gern gesehen.«

Matuc schluckte.

»Was deine Frage angeht: Wir sind nicht die einzigen, die sich auf die Suche machen. Es gibt noch andere, ähnliche Menschen wie die Rogogarder, die sich bedienen und alles mitnehmen, was sie finden. Auch Überlebende. Und diese werden gegen gutes Geld oder andere

Sachen verkauft.« Fatja wirkte bereits, als würde sie jeden Augenblick aufspringen und losrennen. Aber Blafjoll hatte ihre Reaktion bemerkt. »Keine Angst. Wir machen so etwas nicht. Die Lijoki aber sind gefährlich, und deshalb sichern wir die Umgebung.« Er schulterte seinen Speer. »Gerne nehmen wir euch mit in unsere Stadt. Vielleicht weiß man dort mehr.«

Der Mönch erinnerte sich an das Segelschiff, das er vorhin gesehen hatte. »Und wo leben diese Menschen?«

»Meinst du, sie könnten das Weib aufgegriffen haben?« Der Walfänger machte ein nachdenkliches Gesicht. »Dann wird es schwer werden, sie zu finden. Gewöhnlich verkaufen sie ihre Beute nicht an dieser Küste, sondern fahren damit weiter nach Süden.«

Der Mönch schloss die Augen. »Verdammt!«

»Na, es ist nicht gesagt, dass sie das Weib entdeckten«, versuchte Blafjoll die schlimmsten Befürchtungen zu dämpfen. »Wir nehmen euch mit, damit das Kind schnell Milch bekommt. Wir haben sowieso schon alles durchsucht. Kalisstra war nicht besonders freigiebig.«

Tatsächlich machten sich die Männer und Frauen daran, die Boote teilweise zu besetzen. Nur wenig gefundenes Gepäck befand sich an Bord, und Matuc konnte nicht einmal sagen, welches der beiden havarierten Schiffe es bis an die kalisstronische Küste verschlagen hatte.

»Wenn wir in Bardhasdronda sind, bringe ich euch zu unserem Bürgermeister. Er muss entscheiden, ob ihr bleiben dürft oder nicht.« Der Walfänger hob den Mönch ins Boot.

»Versteht er uns denn?«, wollte Fatja wissen, die sehr vorsichtig mit den schlafenden Knaben um den Bauch in das Gefährt stieg.

»Kalfaffel spricht viele Sprachen. Ich war mal als Seemann auf einem palestanischen Schiff, bis es von den Seeräubern versenkt wurde, deshalb verstehe ich euch.

Aber sonst gibt es nur wenige, die das Ulldart beherrschen. Ihr werdet also lernen müssen.«

»Und wenn wir gar nicht bleiben wollen?«, fragte die kleine Schicksalsleserin ein wenig trotzig.

Blafjoll lachte wieder. »Wenn ihr ein Schiff findet, das euch nach Ulldart bringt, nur zu. Aber in der Zeit der Winterstürme wird sich niemand finden, der für Fremde sein Leben aufs Spiel setzt. Und nach Rogogard segelt niemand. Wir sind auf die Seeräuber nicht gut zu sprechen. Wir reden später, ich muss helfen.«

Die Frauen kamen an Bord, noch immer prusteten und lachten sie, wenn sie zu Matuc sahen. Demonstrativ zog er sich die Stola fester um den ergrauenden Kopf und zupfte am Rocksaum.

Mit vereinten Kräften reichten die Frauen kindgroße, massive Holzräder hinaus, die nach und nach an kleinen Halterungen am Rumpf der großen Boote mit Splinten befestigt wurden.

»Was wird das denn?«, staunte Fatja und lugte über die Bordwand, um das Treiben der Männer zu beobachten.

»Der Wind steht günstig, also können wir uns das Rudern ersparen«, erklärte der Walfänger, während sich in den Booten plötzlich Maste erhoben, die aus Rudern zusammengesteckt worden waren. Am Bug befestigten Helfer eine Lenkachse, die mittels zweier Seile bedient wurde. »Alle an Bord, und los geht's!«

Blafjoll sprang ins Boot, eine Rahe samt gesetztem Segel surrte am Mast in die Höhe, und das Gefährt setzte sich in Bewegung. Zunächst rollte es langsam an, aber die Böen frischten zunehmend auf, und immer schneller schoss das zum Fahrzeug umfunktionierte Boot über den Sandstrand.

Die Schicksalsleserin jauchzte, als ihr der Fahrtwind um die Nase wehte. Matuc zog seine behelfsmäßige Mütze fester um den Kopf. Auch er konnte ein Grinsen nicht unterdrücken, dafür machte die Fahrt zu viel Spaß.

»Wie seid ihr denn auf diesen praktischen Einfall gekommen?«, wollte der Mönch von Blafjoll wissen und musste seine Stimme erheben, damit sie das Knattern der vom Wind gefüllten Leinwand übertönte.

»Was auf dem Meer funktioniert, gelingt auch auf der Erde, wenn man es ein bisschen anpasst«, führte der Walfänger nicht weniger leise aus. »Das Prinzip des Segelns ist das Gleiche. Wir haben diese Boote in verschiedenen Größen, auch unsere Milizen nutzen sie, um schneller entlang der Küste vorwärts zu kommen. Es gibt sie auch ohne diese Bootform, nur als ein paar zusammengezimmerte Holzverstrebungen, die mit Drachen gezogen werden. Aber das ist nur etwas für Wahnsinnige. Viel zu schnell. Es gibt bei den Rennen immer wieder Tote und Verletzte.« Blafjoll zeigte nach vorne, wo sich die Umrisse einer Stadt zeigten. »Da ist Bardhasdronda.«

Matuc wurde, je näher die Stadt rückte, bewusst, dass er nicht die leiseste Ahnung von der Kultur Kalisstrons hatte. Sicher, es gab irgendwann einmal Kontore der Palestaner und Agarsiener, aber wirklich um diesen Kontinent gekümmert hatte sich der Mönch noch nie. Er wusste nicht einmal, ob die Menschen von Königen regiert wurden oder welche Herrschaftsform es sonst womöglich gab.

Sogleich löcherte er den Walfänger, doch der schien seiner Aufgabe als Fremdenführer überdrüssig geworden zu sein und verwies ihn nur noch an das Stadtoberhaupt. Mit dem sollte Matuc alles bereden.

Die Rahen mit den Segeln polterten vor den Toren, die zum Hafen führten, zu Boden, augenblicklich verringerte sich die Geschwindigkeit. Geschickt manövrierten die Lenker die Fahrzeuge so, dass sie in einer Reihe vor dem breiten Durchgang standen.

Blafjoll sprang aus dem Boot und trabte zu den Wachen, die am Tor standen, und erklärte ihnen die Lage. Dann winkte er ihnen zu. Die Männer und Frauen halfen den Fremden, die Gefährte zu verlassen.

Als Matuc das Grinsen der Wachen sah, als sie bemerkten, dass er Frauenkleider trug, wurde er schon wieder rot wie ein gekochter Krebs. »Kann mir denn niemand hier passende Sachen ausleihen?«, fragte er leise und sah den Walfänger bittend an. Doch Blafjoll ging darauf nicht ein.

Er verschwand kurz in der Menge und kehrte mit einem Schubkarren zurück, in den er den Mönch scheuchte, damit er nicht mit der Planke unter der Achsel bis zum Bürgermeisterhaus humpeln musste, sondern sich schonen konnte. Außerdem brachte er einen Lederschlauch mit Ziegenmilch mit. Fatja konnte ihren kleinen Bruder unterwegs mit der lebensnotwendigen Flüssigkeit versorgen. Gierig machte sich der Neugeborene über die angebotene Nahrung her.

Der Kalisstrone erregte mit seiner merkwürdigen Fracht zunächst allerlei Aufmerksamkeit in den Gassen von Bardhasdronda, und irgendwann legte sich Matuc den Schal vors Gesicht, um den neugierigen Blicken zu entgehen.

Damit erlosch das Interesse der Menschen, denn nun wurde der Mönch für eine Frau gehalten. Die Schicksalsleserin wollte gar nicht mehr aufhören zu lachen, und Blafjoll machte sich laut Gedanken über das, was man sich bald in der Stadt über ihn und sein neues einbeiniges »Weib« erzählen würde.

Der Geistliche nutzte die für ihn bequeme Art der Fortbewegung, um sich einen Eindruck von der fremden Stadt und ihren Bewohnern zu machen. Die Leute glichen sich von der Statur und dem übrigen Körperbau alle, überall sah der Mönch nur schwarze Haare, in erster Linie grüne Augen, nur vereinzelt entdeckte er braune oder gräuliche. Der Kleidungsstil variierte sehr, offenbar hing er mit dem sozialen Status des Trägers oder seinem Beruf zusammen. Großen Wert schienen die Männer auf die kunstvolle Rasur ihrer Bärte zu legen, wobei Matuc sich nicht vorstellen konnte, wie das mit einem herkömmlichen Barbiermesser möglich sein sollte. Die Frauen flochten sich die Haare unterschiedlich, Perücken schienen völlig unbekannt zu sein. Hinweise auf Palestaner oder Agarsiener fand er nicht.

Die mehrstöckigen Häuser, gebaut aus Fachwerk und grauen Steinen, standen so eng wie möglich beieinander, die breiteste Straße erlaubte gerade einmal zwei Fuhrwerken das Passieren. Dann mussten die Menschen rechts und links des Kopfsteinpflasters aber schon zur Seite springen, um nicht zerquetscht zu werden. Das Fachwerk zeigte wunderbare Schnitzereien, vereinzelt kamen unterschiedliche Farben bei den Balken ins Spiel und durchbrachen so das triste Bleierne der Steine. Ein eisiger Wind blies durch die Gassen, zarte Schneeflocken rieselten aus dem grauen Himmel. Das Mädchen fing ein paar mit dem Mund auf und grinste dabei.

Die Beengtheit änderte sich erst, als sie sich wohl dem Zentrum näherten. In Richtung der Marktplätze und der Stadttore, die nach draußen führten, war genügend Platz. Und die Behausungen wurden prachtvoller, bunter, aufwändiger. Hier wohnten die Kaufleute und Reichen von Bardhasdronda, die es sich leisten konnten, ihr Fachwerk aus Walfischbein schnitzen zu lassen. Kalisstraheiligtümer in Form von kleinen Tempeln und Betnischen bemerkte Matuc an allen Ecken und Enden. Überall fanden sich Opfergaben, demnach stufte der Mönch die Bewohner als sehr gläubig ein. Außerdem hatten sie unterwegs ein halbes Dutzend Tore durchfahren müssen. Offenbar wollte man es möglichen Angreifern so schwer wie möglich machen, bis ins Innere der Stadt vorzudringen. Die jeweiligen inneren Mauern erhoben sich bis weit über die Dächer der umstehenden Häuser.

Was dem Ulldarter noch aufgefallen war: Die Kalisstri wirkten sehr ernst. Lautes Lachen hörte er auf dem Weg zum Bürgermeister eher selten, Zeichen oder Symbole, die auf Wirtshäuser hindeuteten, konnte er nirgends entdecken.

Vor einem eher unscheinbaren Haus im Zentrum hielt der Walfänger an. »Wir sind da. Hier lebt Kalfaffel. Wenn ihr Glück habt, ist er zu Hause.« Er half dem Mönch aufzustehen und klopfte an die eisenbeschlagene Tür.

Zu Matucs Erstaunen öffnete eine Cerêlerin mit kurzen grauen Locken, unschwer erkennbar an dem kleinen Wuchs und dem zu großen Kopf.

Augenblicklich verneigte sich Blafjoll ehrerbietig. »Herrin Tjalpali, ich bringe Kalfaffel Schiffbrüchige, die eine Zeit lang in unserer Stadt bleiben möchten. Sie sollen sich dem Bürgermeister erklären. Ist er da?«

Die kleinwüchsige Frau musterte die Fremden mit gütigen Augen. »Mein Gatte ist da. Und er hat ein wenig Zeit, die er gerne den Gestrandeten widmet.« Ihr Ulldart war fehlerfrei.

»Ich bin Fatja«, sagte die Schicksalsleserin eilig und machte einen Knicks, während sie den Knaben hin und her wiegte. »Das ist Matuc. Es ist ein Mann, auch wenn er im Moment aussieht wie eine Frau.«

Und schon wieder schoss dem Mönch das Blut ins Gesicht. »Ich kann es Euch erklären.«

Tjalpali nickte und trat einen Schritt zurück. »Sicher kannst du das. Kommt herein und nehmt Platz. Ich werde dem Bürgermeister Bescheid geben. Eine solche Abwechslung wird ihm willkommen sein.«

Der Ulldraelgläubige humpelte in die Wohnung, die nicht besonders protzig eingerichtet war, wie er es im Vergleich von einem tarpolischen Stadtoberhaupt oder einem Ratsmitglied erwartet hätte. Das borasgotanische Mädchen und der Walfänger folgten. Schweigend hockten sie sich auf die Stühle und warteten.

Es dauerte nicht lange und Kalfaffel, der Bürgermeister Bardhasdrondas, erschien. Auch er war Cerêler, sein kleiner Körper steckte in wärmenden Fellgewändern, Matucs Rock nicht unähnlich. Die Neugier stand dem Heiler ins Gesicht geschrieben.

»Aha«, machte er sofort. »Ulldarter, wenn ich mich nicht sehr täusche.« Er reichte jedem die Hand, Blafjoll verneigte sich wieder, diesmal noch ehrfürchtiger und ergebener. »Dann erzählt mir eure Geschichte.« Er steckte sich eine Pfeife an, seine Frau reichte ein heißes Getränk aus einer abenteuerlich anmutenden Kanne.

Das, was bei dem Mönch in der Tasse schwamm, roch süß und stark zugleich. Vorsichtig nippte er, und seine Augen wurden groß.

»Es ist ein Aufguss aus meinen selbst angebauten Kräutern«, erklärte Kalfaffel. »Sie wirken belebend auf ermüdete Körper. Und auf den Geist, natürlich.«

Matuc kostete ein zweites Mal und spürte, wie sich der intensive Geschmack in seinem Mund ausbreitete. Er hatte unterwegs beschlossen, aus Angst davor, dass Hilfe versagt würde, nicht die ganze Wahrheit preiszugeben. So erklärte er dem aufmerksam lauschenden Cerêler und seiner Gemahlin lediglich, dass sie unterwegs nach Ulldart gewesen waren, dabei vom Kurs abgewichen und von unbekannten Piraten hartnäckig verfolgt worden waren, bis sie ein Sturm zum Kentern gebracht hatte.

»Noch fehlen uns drei liebe Freunde, darunter die Mutter des Knaben«, schloss er seine Ausführungen. »Wir befürchten, dass die Frau von den ... Lijoki mitgenommen wurde. Wir fanden ihre Spuren im Sand, die abrupt endeten. Um ihr Schicksal zu erkunden, müssten wir, mit Eurer Erlaubnis, länger in Bardhasdronda bleiben. Dabei wären wir jedoch auf Eure Unterstützung angewiesen. Außer dem Sack Süßknollen haben wir nichts mehr.«

Kalfaffel stieß einen Rauchkringel zur Decke. »Das sollte keine Schwierigkeiten bereiten. Bardhasdronda ist nicht unbedingt eine reiche Stadt, aber wir können es uns schon leisten, in Not geratene Fremde aufzunehmen.« Der Bürgermeister zwinkerte mit den Augen. »Wenn Kalisstra euch drei schon überleben ließ, was ein Wunder ist, sollt ihr in unserem Land und der Stadt willkommen sein.«

»Ich denke, es war die Gnade Ulldraels, die uns bewahrte«, widersprach Matuc freundlich.

Sogleich verfinsterte sich das freundliche Gesicht des Cerêlers. »Ich weiß, dass ihr Ulldrael den Gerechten als Euren Schutzgott gewählt habt. Hier dagegen ist die Bleiche Göttin die Schöpferin des Landes, und ich bitte dich, das zu respektieren.«

»Ich achte alle Götter, die an der Schaffung unserer Welt beteiligt waren.« Der Mönch blieb hartnäckig. »Doch ich bin, damit Ihr es wisst, ein Mann des Glaubens. Nach einer langen Zeit des Haderns und Zweifelns führte mich Ulldrael zurück auf den Pfad, indem er mir durch sein Eingreifen das Leben bewahrte. Ihr werdet verstehen, dass ich ihn als ein bekennender Mönch nicht einfach zur Seite räumen kann.«

»Matuc, was soll das?«, zischte Fatja böse und zupfte an seinem Rock. »Wenn du so weiterredest, werden sie uns rausschmeißen.«

Doch Kalfaffel schien nicht beleidigt zu sein. Er beugte sich ein wenig nach vorne. »Matuc, du wirst große Schwierigkeiten bekommen, wenn du an Ulldrael festhältst. Du hast die vielen Kalisstra-Heiligtümer gesehen? Die Göttin sorgt für uns, schickt uns Fischschwärme, lässt die Winter nicht zu hart werden und sendet uns die Menge an Tieren, die wir benötigen, um zu überleben. Ulldrael lässt nicht einmal den Weizen auf den Feldern gedeihen. Wir müssen unser Korn für teures Geld kaufen. Der Gerechte zählt nur wenig. Kalisstra nicht zu achten, bedeutet für viele der Menschen, die Bleiche Göttin zu schmähen.« Er bedachte die Borasgotanerin mit einem beruhigenden Blick. »Ich werde euch bestimmt nicht aus der Stadt werfen. Aber denkt immer daran, dass die Kalisstri nicht in ihrer Gesamtheit tolerant eingestellt sind.«

Der Mönch schaute an sich hinab. »Ich wollte die Frauenkleider gegen eine Robe tauschen, die ich anfertigen lassen möchte.«

»Ich rate dir davon ab«, sagte Tjalpali freundlich. »Manche würden darin eine Herausforderung sehen.«

Kalfaffel sah aus dem Fenster. Dicke Schneeflocken fielen aus dem Himmel und bedeckten rasch Hausdächer und Straßen. »Es gibt eine kleine Kate an der äußersten Stadtmauer, die wir an Tagelöhner verleihen. Dort werde ich euch drei vorerst unterbringen. Es ist nichts Großes, aber die Hütte ist sauber. Wenn ihr aber länger in Bardhasdronda bleiben möchtet, werdet ihr euch eine Tätigkeit suchen müssen. Und die Sprache lernen. Nur wenige sprechen Ulldart. Wir haben mit den Händlern keine guten Erfahrungen gemacht, deshalb wundert euch nicht, wenn nicht alle Bürger zunächst freundlich auf euch reagieren.«

»Ich kann euch unterrichten«, sagte Tjalpali begeistert. »Kalisstronisch ist nicht besonders schwer, und innerhalb weniger Wochen werdet ihr das Wichtigste sprechen können. Zum Schreiben kommen wir später.« Sie schenkte die Tassen voll. »Endlich habe ich auch mal wieder eine Aufgabe«, strahlte sie. »Und ich werde euch alles über das Land erklären, was ihr wissen wollt.«

»Wissen müsst«, verbesserte ihr Gatte. »Es gibt Regeln, die ihr noch nicht kennt. Sie zu befolgen, erleichtert das Leben in der Stadt.«

»Ihr geht davon aus, dass wir länger bleiben, nicht wahr?«, erkundigte sich Matuc.

»Es wird euch nichts anderes übrig bleiben.« Der Bürgermeister saugte an dem Mundstück der Pfeife. Doch sie war erloschen. Der Mönch reichte ihm einen glimmenden Span vom Kamin herüber. »Das Meer wird unbefahrbar. Kein Schiff kann innerhalb der kommenden vier Monate große Strecken zurücklegen. Ich empfehle euch daher, in Bardhasdronda zu bleiben. Ihr dürft aber auch gerne weiterziehen.«

»Mit dem Neugeborenen?« Fatja schüttelte den Kopf. »Auf keinen Fall. Mein kleiner Bruder könnte sich erkälten. Er ist ohnehin sehr schwach.«

»Darf ich das Kind mal sehen?« Die Cerêlerin streckte die Arme aus. »Ein wenig Heilkraft hat noch keinem Säugling geschadet.« Zögernd übergab das Mädchen den schlafenden, gesättigten Jungen an Tjalpali.

Ein grünes Leuchten ging von den Händen der Frau aus und kroch vorsichtig über den Neugeborenen. Dann veränderte sich das Strahlen, flackerte und wurde teilweise blau. Das cerêlische Schimmern stob wie erschrocken auseinander und löste sich auf.

Alle starrten schweigend auf den friedlich schlummernden Jungen, der das Wunder anscheinend verursacht hatte.

»Was«, sagte Tjalpali nach einer Weile benommen und reichte das Kind an Fatja zurück, »war das? Was hat er gemacht?«

Ihr Gatte wirkte nachdenklich und betrachtete den Knaben. Die Borasgotanerin drückte ihn beschützend an sich, als fürchtete sie, dass Kalfaffel ihm etwas antun könnte.

»Was immer es war«, begann der Bürgermeister nach einer Weile, »es wird unser Geheimnis bleiben. Blafjoll, du schweigst ebenfalls. Aber ich sage dir, Matuc, gib gut auf das Kind Acht. Es scheint etwas Besonderes zu sein.

Und ich weiß noch nicht, ob das gut oder schlecht ist.« Hastig zog er an der Pfeife, um den Tabakdunst einzuatmen.

»Soll ich sie zur Hütte bringen?«, fragte der Walfänger etwas unsicher. Die grünen Augen huschten von einer Person zu anderen. »Bevor das Schneetreiben noch dichter wird, meine ich.«

»Ja, mach das.« Der Bürgermeister war vor lauter Rauch fast nicht mehr zu sehen. »Ich schicke im Laufe des Tages einen Schneider bei euch vorbei. Er wird Sachen mitbringen, damit du endlich aus den Weibersachen schlüpfen kannst. Und nun entschuldigt mich, ich muss noch ein paar Dokumente durchsehen.«

Kalfaffel stand auf und watschelte in dem den Cerêlern eigenen Gang hinaus. Seine Gattin warf dem Neugeborenen einen irritierten Blick zu, dann nickte sie in die Runde und verschwand ebenfalls. Bald hörten die drei eine leise geführte Unterhaltung auf Kalisstronisch. Matuc ahnte, dass es um das Ereignis von eben ging.

Blafjoll zog sich die Kapuze über und schritt zum Ausgang. »Machen wir uns auf den Weg, damit ich euch unterwegs noch ein paar Sachen kaufen und noch schnell Feuer im Ofen anzünden kann. Der Schnee wird so rasch nicht mehr aufhören. Und die Nächte sind kalt.«

Wieder ging es durch die Gassen und Tore, mit Matuc im Schubkarren, während Fatja übermütig durch das Wintertreiben hüpfte. Dem Kind an ihrem Bauch schien das nichts auszumachen.

Mit der Hilfe des Walfängers erstanden sie eine Krücke, Windeln, Milch und andere Nahrungsmittel, um am ersten Abend in der Fremde nicht hungrig ins Bett zu müssen.

Die Kate, vor der Blafjoll den Schubkarren absetzte, war nicht abgeschlossen und bot genügend Platz. Im unteren Bereich befand sich ein großer Raum mit einer Küche. Über eine schmale Stiege kletterte Fatja nach oben in die Schlafräume. Der Walfänger setzte den Mönch vor dem Ofen ab und entzündete ein wärmendes Feuer.

Matuc beobachtete ihn. »Ich danke Euch für Eure Sorge, Blafjoll.« Ein wenig unglücklich legte er die Hände in den Schoß. »Ich hoffe, wir können es eines Tages zurückzahlen.«

Der Kalisstri grinste und rieb sich durch den Bart. »Ich bin mir sicher, dass ihr das könnt. Und wenn es nur Geschichten aus Ulldart sind. Wir lieben Märchen und Erzählungen.«

»Darin bin ich sehr gut«, rief die Borasgotanerin von oben herunter. »Ich kenne so viele Legenden, dass ein Winter nicht ausreicht, sie alle zu erzählen.«

Er rieb sich die Hände an seiner Jacke ab und schritt zur Tür. »Ich gehe morgen zum Bürgermeister und sehe gleich im Anschluss bei euch dreien nach dem Rechten. Kalisstra sei mit euch.« Der Walfänger verschwand hinaus, ein paar vorwitzige Schneeflocken flogen in das Häuschen und schmolzen, als sie in die Nähe des Ofens kamen.

Die Schicksalsleserin kehrte mit einem Korb zurück, den sie wohl in den Unterkünften gefunden hatte. Sorgsam legte sie ihn mit Stoff aus und bettete den Knaben darin. »Wie winzig mein kleiner Bruder ist«, sagte sie zärtlich, als dessen Händchen sich in einem Reflex um ihren Zeigefinger schlossen. »Er hat noch keinen Namen.«

Verblüfft sah Matuc sie an. »Bei Ulldrael dem Gerechten! Das ging in diesem ganzen Durcheinander vollkommen verloren.« Er schaute vorsichtig in die improvisierte Wiege. »Wie wäre es mit ... Lorin?«

Fatja hielt den Trinkschlauch mit der Ziegenmilch bereit, der Säugling gab erste Geräusche von sich, um seinen Durst zu melden. »Wie kommst du darauf?«

»Es ist eine Mischung aus den Namen seiner Eltern«, erklärte der Geistliche.

»Er gefällt mir«, meinte das Mädchen. »Das lassen wir uns gefallen, nicht wahr, kleiner Bruder?«

Matuc nahm die Krücke und hüpfte zum Fenster. Durch den Kitt spürte er den eiskalten Windhauch, draußen wirbelten die weißen Flocken unaufhörlich zu Boden. Knöchelhoch lag der Schnee bereits auf dem Kopfsteinpflaster, die Menschen hatten die Kapuzen ihrer Mäntel und Jacken übergestülpt, um sich gegen die frostige Pracht zu schützen. Niemand nahm Notiz davon, dass hinter dem Fenster der Kate Licht brannte.

Er seufzte. Wie es wohl den anderen erging? Ulldrael möge verhindern, dass sie tot in der See trieben. Wenn sie Ulldart retten wollten, brauchten sie alle.

»Wir lange bleiben wir wohl in Kalisstron?«, verlangte das Mädchen in seinem Rücken zu wissen, als habe es seine Gedanken gelesen.

Tief atmete der Geistliche ein. »Ich weiß es nicht«, gestand er. »Der Gerechte wird uns helfen. Wir sind sicher hier, das ist ein großer Vorteil. Und ich möchte nicht eher von hier weg, bis wir Norinas Schicksal erkundet haben. Der Junge braucht seine Mutter, und auch in deiner Vision spielte Norina eine wichtige Rolle. Vielleicht möchte Ulldrael, dass ich seine Worte auf dem Kontinent verbreite.«

»Und uns die Bewohner dafür mit Schlägen aus der Stadt treiben?«, unterbrach ihn die Schicksalsleserin. »Das wirst du schön bleiben lassen. Wohin sollen wir denn?«

Matuc schwieg und verschränkte die Arme vor der Brust. Um ein Haar hätte er das Gleichgewicht verloren, und eilig hielt er sich am Fensterrahmen fest. »Keine Angst, Fatja. Ich werde die Kalisstri nicht verärgern. Es ist nichts Schlechtes, den Namen des Gerechten zu verkünden, während wir auf der Suche nach unseren

Freunden sind. Und den göttlichen Beistand haben wir allemal nötig.«

»Vielleicht macht es mehr Sinn, wenn wir uns an Kalisstra wenden?«, warf sie vorsichtig ein. »Immerhin ist das der Kontinent, den sie schuf.«

»Ich nicht«, sagte der Mönch hart. »Du kannst die Bleiche Göttin gerne verehren, aber ich halte Ulldrael die Treue, wie er sie mir gehalten hat und halten wird.«

»Ist ja gut«, beschwichtigte das Mädchen. »Es wird ausreichen, wenn ich an den Heiligtümern Kalisstras bete. Und so hat mein kleiner Bruder wenigstens eine Person, die sich um ihn kümmert, wenn die Menschen dich aus Wut zurück ins Meer geworfen haben. Und jetzt komm her. Ich zeige dir, wie man eine Windel wechselt.«

Gehorsam kehrte der Mann zurück, froh darüber, dass der Gegenstand der Unterhaltung ein anderer war.

»Was hatte das vorhin zu bedeuten? Dieses blaue Schimmern?« Fatja machte sich an Lorins Unterwäsche zu schaffen. »Bah, das riecht ja zum Übergeben!« Sie drückte das verschmutzte Leinen dem Mönch in die Hand.

Angewidert streckte Matuc die verdauten Überreste von sich und schaute sich um, wohin er den Inhalt entsorgen konnte. »Ich habe keine Ahnung«, log er. Er vermutete, dass es etwas mit den magischen Fähigkeiten vom Vater des Neugeborenen zu tun hatte. »Aber es sollte uns nicht weiter beunruhigen. Nur ein Zufall, weiter nichts.«

Die Borasgotanerin blickte ihn strafend an, der Mönch wich ihren braunen Augen aus. »Das glaubst du doch selbst nicht. Dürfen Geistliche denn lügen?«

Matuc hob die Hand mit der Windel. »Ich schwöre bei diesem Gestank, dass ich nicht weiß, was genau im Zimmer des Bürgermeisters geschehen ist. Aber, nun ja, Lorin wird vermutlich magisch begabt sein. Das Erbe seines Vaters, wie ich annehme.«

Fatja schien beruhigt. »Mein kleiner Bruder hat aber mächtig was auf dem Kasten, wenn er die Heilkräfte eines Cerêlers irgendwie verändert.«

»So soll es sein«, sagte der Mönch. »Wenn es Ulldraels Wille ist, dass er eines Tages die Dunkelheit besiegt, muss er wohl so stark sein.«

»Und er hat die gleichen Kräfte wie die Dunkelheit«, murmelte die Borasgotanerin, die sich an ihre Vision im Gasthaus in allen Einzelheiten erinnern konnte.

Beide betrachteten den halb nackten Jungen, ohne ein Wort zu sagen.

»Ich habe das Gefühl, dass uns da noch einiges bevorsteht«, meinte Fatja und reinigte das Kind zu Ende, bevor sie ihm mit zahlreichen Knoten eine neue Windel anlegte. »Wir machen es so: Du betest zu Ulldrael, ich bete vorsichtshalber zu Kalisstra.« Sie hob den Jungen hoch und musterte ihn. »Und du, kleiner Bruder, sorgst dafür, dass das Gute siegt.«

Der frische, aber zu locker geschnürte Stoff rutschte Lorins Beine hinab und landete auf dem Holztisch.

»Es ist doch schwieriger, als man annimmt«, sagte Matuc amüsiert.

Das Mädchen bedachte ihn mit einem bösen Blick und machte sich an den nächsten Versuch, die Windel richtig zu binden. Stolz präsentierte sie das Ergebnis.

Der Mönch beugte sich hinunter und schnupperte prüfend. »Gute Arbeit. Aber du kannst gleich wieder von vorne beginnen. Dein kleiner Bruder hat sich eben wieder erleichtert.«

Gespielt böse kitzelte Fatja den Säugling. »Du kleiner Stinker. Warte nur, wenn du groß bist, werde ich dich alle meine Botengänge machen lassen.«

Lorin schien zu lächeln.

Ulldart, Königreich Aldoreel, Telmaran, Winter 443/444 n. S.

Nerestro saß auf einem Baumstumpf, die Beine von sich gestreckt, die Arme auf die Parierstange der aldoreelischen Klinge gestützt, die er in den Boden gerammt hatte, und starrte geistesabwesend in die Flammen des Lagerfeuers.

Nur bekleidet mit einem wattierten Waffenrock und Unterwäsche, voller getrocknetem Schlamm vom Fuß bis zu den kurzen braunen Haaren auf dem Schädel, hockte er in einem unbekannten Waldstück, in dem er vor wenigen Stunden erwacht war. Über den Flammen hingen mehrere gehäutete, ausgenommene kleine Tiere, die in der Hitze garten und einen angenehmen Geruch verbreiteten. Um ihn herum gaben die Nachttiere ihr Konzert.

Der Ordensritter der Hohen Schwerter war in Gedanken bei der Schlacht, die für ihn nicht stattgefunden hatte. Nach dem wunderlichen Ereignis am Wasserfall wurde er, wie die vielen anderen des Geeinten Heeres, einfach von den hereinbrechenden Fluten mitgerissen und wie Unrat davongespült. Durch die Kollision mit einem treibenden Wagen brach er sich das rechte Bein. Irgendwann war er in dem dreckigen Nass untergegangen, aber auf welchem Weg er zwischen die Stämme der mächtigen Eichen gelangt war und wer seine Verletzung geschient hatte, daran konnte er sich nicht erinnern. Doch es beschlich ihn eine dunkle Ahnung.

Die Ungewissheit über den Verlauf des weiteren Tages, der unweigerlich in einen Kampf münden musste, ließ ihn fast rasend werden. Das vorsichtige Belasten seines Beins brachte ihm jedoch die Einsicht, dass er mit seinen geborstenen Knochen nicht weit kommen würde. Außerdem wäre es, sollten die Truppen des Kabcar gewonnen haben, Selbstmord, in diesem Zustand gegen sie anzutreten. Was er auch nicht beabsichtigte.

Nerestro glaubte mehr und mehr, dass es ein Fehler gewesen war, sich gegen den jungen Herrscher zu stellen. Wann immer sie unter der Führung von Matuc eine Gelegenheit gehabt hatten, den Jungen umzubringen, verpassten sie diese oder sie retteten den Herrscher stattdessen. Die Vision seines Gottes Angor, die ihm befahl, den Kabcar zu töten, wenn er zu einer Gefahr werden sollte, hielt er für ein Blendwerk der Lakastra-Priesterin.

Dafür sprach seiner Ansicht nach vor allem der Grund, dass sich Angor in die Belange von Ulldrael einmischte. Und das war sehr unwahrscheinlich. Dass ausgerechnet die Frau, die ihn die ganze Zeit über betrogen und getäuscht hatte, ihm nun wahrscheinlich noch das Leben bewahrte, grämte ihn umso mehr.

Dazu kam die vernichtenden Niederlage am Repol-Fall. Angor hatte sie bestraft. Sonst hätte er sie davor bewahrt, so unwürdig unterzugehen.

Seine Zweifel an der grundsätzlichen Schlechtigkeit Lodriks bekamen neue Nahrung. Er sah sich als Opfer von falschen Einflüsterungen. Einflüsterungen, die von dem Wesen stammten, das er einmal aus vollem Herzen geliebt hatte und für das er alles getan hätte.

Seufzend erhob der Krieger den Blick zu den funkelnden Sternen, die durch die kahlen Wipfel der Bäume zu sehen waren.

Die Tiere in der Dunkelheit um ihn herum verstummten plötzlich, Nachtvögel flogen erschreckt auf. Etwas bahnte sich krachend und knirschend den Weg durchs Unterholz.

Belkala erschien am Lagerplatz, einen großen Klumpen Matsch mit Armen und Beinen über ihre Schulter geworfen. Sie und ihre Last waren nicht minder dreckig als Nerestro. Vorsichtig setzte sie das menschliche Etwas auf den Boden ab, ohne den Ritter eines Blicks zu würdigen.

Nerestro erkannte die Züge des Mannes, dessen Gesicht mit Blut und getrocknetem Lehm verkrustet war. Die Kensustrianerin hatte seinen Unteranführer, Herodin von Batastoia, ebenso gerettet wie ihn.

»Geht es dir besser?« Belkala richtete sich auf und sah nun erst zu ihrem einstigen Gefährten. »Du hättest etwas essen sollen. Du brauchst alle Kraft, damit deine Knochen wieder heilen.« Sie nahm den Bratspieß und hielt ihn dem Ritter hin.

Widerwillig riss er sich ein Stück Fleisch ab und schob es in den Mund. »Wie ging es aus?«

Sie legte den Kopf ein wenig schief. »Ihr habt verloren. Die Truppen des Kabcar hatten mit den letzten Überlebenden so leichtes Spiel wie ein Rudel Wölfe mit einem todesmutigen Kaninchen.« Belkala hängte das Fleisch zurück über die Flammen. »Der Kabcar wollte das Geeinte Heer sogar noch schonen und ließ verhandeln. Aber ein Heißsporn aus Aldoreel riss sie mit seinem Angriffsbefehl alle in den Tod. Es gab viel Nahrung für mich.«

Nerestro erhob sich unter Schmerzen und humpelte zu seinem Unteranführer, um ihn zu untersuchen. Er schien, abgesehen von der klaffenden Platzwunde an der Schläfe, in Ordnung zu sein.

Beruhigt wischte er ihm mit einer Hand voll Laub den Dreck aus dem Gesicht und spülte die Wunde mit etwas Wasser aus. Dabei erwachte Herodin, seine Hand fuhr augenblicklich zum Schwert. Aber er entspannte sich, als er seinen Herrn erkannte.

»Es ist keiner mehr von eurem Orden übrig«, fuhr die Priesterin langsam fort. »Die Männer des Kabcar haben am Wasserfall ein unheiliges Wunder vollbracht. Die wenigen, die den brennenden Fluss überlebten, ritten zusammen mit den anderen Narren in ihren Untergang.

Sie leisteten als Einzige übrigens nennenswerten Widerstand und sorgten für die schwersten Verluste beim Gegner, wenn euch beiden das ein Trost ist.«

»Ist das sicher?«, wollte der Ritter wissen, ohne sich umzudrehen. »Keiner?«

Sie zuckte mit den Achseln. »Es kann sein, dass flussabwärts noch andere ans Ufer gespült wurden, aber ich werde nicht so weit laufen. Alles, was ich benötige, ist hier, Geliebter.«

Nerestro presste die Augenlider zusammen und beherrschte sich. Umständlich erhob er sich, um sein verletztes Bein nicht zu sehr zu belasten. »Ich habe es dir schon einmal gesagt und geschrieben. Herodin hat es dir schon mehrfach gesagt, und daran hat sich nichts geändert«, begann er. »Ich will nichts mehr mit dir zu tun haben.«

»Aber der Krieg der Kensustrianer ist zu Ende. Es wurde ein Waffenstillstand geschlossen«, hielt sie fast flehend dagegen. »Wir können wieder zusammenleben, Geliebter.« Sie hob die Hand, der Ansatz einer Vorwärtsbewegung war bei ihr zu erkennen, aber Nerestro wich zurück. Traurig senkte sie den Kopf, ihre bernsteinfarbenen Augen schimmerten feucht. »Ich habe gesagt, ich werde immer in deiner Nähe sein. Ich war da.«

»Du hast mich verhext«, schnitt er ihr schroff das Wort ab. »Nichts von dem, was ich fühlte, ist wahr. Nur das Trugwerk einer Kensustrianerin, die von ihren eigenen Leuten aus dem Land gejagt wurde. Wegen Götterfrevels. Und mit so etwas habe ich mich eingelassen.« Sein Blick ließ Abscheu erkennen. »Es wundert mich, dass Angor mich leben ...«

»Nein«, unterbrach sie ihn aufsässig. »Nicht dein heldenhafter Gott hat dich gerettet. Ich bin in die Fluten gestiegen und habe dich aus dem Schlamm gezogen, genau wie ihn.« Nun wirkte sie verletzt und böse zugleich. »Euer Gott hätte euch beide im Matsch elend verrecken lassen, als die Fluten des Repol das Geeinte Heer mit sich rissen. Und wäre die Ausgestoßene nicht gewesen, ihr wärt tot.« Sie machte einen Schritt auf den Ritter zu. »Mir verdankst du dein Leben. Aber ich will nichts dafür. Denn ich würde dich immer wieder retten, wenn ich müsste. Und wenn ich mein eigenes Leben dadurch verlieren würde.«

Nerestro lachte. »Du bist tot, oder hast du das schon vergessen? Du bist ein Ungeheuer, das Menschen frisst!«

»Aber es ließ sich an meiner Seite sehr gut aushalten, nicht wahr?«, entgegnete sie spöttisch. »Woher kommen diese Gedanken, Nerestro? Warum stellst du unser Glück in Frage?«

»Weil es nicht sein darf!«, schrie er sie fast an. »Und vielleicht hätte ich auf dem Grund eines Flusses enden sollen. Vielleicht wollte Angor das, weil ich ihn durch meine Taten erzürnt und mich an allem versündigt habe, was einem Ordensritter heilig sein sollte. Geh! Verschwinde!«

Belkala musterte ihn zärtlich. »Geliebter, du redest im Wahn.«

Entschlossen schüttelte der Krieger den Kopf. »O nein. So klar wie in diesen Augenblicken war ich schon lange nicht mehr.« Die braunen Augen wirkten hart. »Wenn ich dir sage, dass ich dich nicht mehr liebe, dass ich nichts mehr für dich empfinde und dass in meinem Herzen nichts mehr für dich übrig ist als Verachtung und Zorn, wirst du dann gehen, wie du es versprochen hast?«

Belkala wurde unsicher. Die Hände senkten sich, und beinahe wie ein kleines Kind duckte sie sich unter den Worten des Ritters zusammen. »Ich weiß nicht …«, stotterte sie.

»Du hast es mir geschworen, gestern Nacht, dass du mich für immer in Frieden lassen wirst«, setzte Nerestro nach. »Meine Gefühle für dich sind seit jenem Tag in Patamanza gestorben und hinterließen nichts als traurige Reste. Wut, Zorn, Enttäuschung.« Er drehte sich zu Herodin, der mit einem dunklen Husten geschlucktes Wasser aus seinem Magen beförderte. »Nun geh deiner Wege, Kensustrianerin. Wir haben nichts mehr miteinander zu schaffen.«

Inständig hoffte der Krieger, dass sie nicht bemerkte, wie sehr er sich zu diesen Sätzen zwingen musste. Er wollte sie in die Arme schließen, sie spüren. Aber den tiefen Empfindungen standen das Gehörte und das Erlebte, die Pflicht als Angor-Gläubiger entgegen, denen er Vorrang einräumen musste. Der Zwiespalt, der in seinem Innersten rüttelte, klaffte wie eine Schlucht auf, die er nicht überbrücken konnte.

»Wenn ihr drei Tage nach Westen geht, findet ihr eine Bauernhütte. Dort werden sie euch helfen.« Die Stimme der Kensustrianerin klang ruhig und gefasst. »Ich werde gehen, Geliebter. Dass deine Liebe für mich gestorben ist, daran kann ich nichts ändern. Aber du wirst es nicht verhindern können, dass ich dich weiterhin in meinem Herzen trage. Und auch alle Götter dieser Welt haben diese Macht nicht.« Unendliche Trauer schwang mit. »Sich im Streit zu trennen, ist nicht gut.«

Er spürte, wie sie ihre Hand auf seine Schulter legte. Er bemerkte die Verätzungen, die sie sich bei seiner Pflege durch die cerêlische Magie zugezogen hatte. Nerestros Mund verzog sich zu seinem Strich, die Regungen in ihm drohten sein Herz zu sprengen. Doch äußerlich saß er kalt wie ein Stein vor seinem Unteranführer, den Rücken zur Priesterin gedreht.

»Dann werde ich eben so gehen«, sagte sie leise. Ihre Schritte entfernten sich, Unterholz brach.

Nerestro verharrte, bis er das Krachen nicht mehr hörte und die Tiere des Waldes, die vor der Kensustrianerin die Flucht ergriffen hatten, ihr Konzert erneut begannen. Dann sank er stöhnend nach hinten um und grub die Finger in die Erde.

»Ihr habt richtig gehandelt«, sagte Herodin und richtete sich ein wenig auf. »Sie kann uns sogar noch für Eure Milde dankbar sein, dass Ihr ihr den Kopf auf den Schultern …«

Als er den Blick sah, mit dem ihn Nerestro bedachte, schwieg er beschämt und griff nach dem Bratspieß.

»Sie hat uns das Leben gerettet, Herodin«, meinte er nach einer Weile und presste den Waldboden in seinen Händen mit aller Kraft zusammen

»Ob es alles der Wahrheit entsprach, was sie uns vom Ausgang der Schlacht berichtet hat?«, fragte sich der Unteranführer halblaut. »Dann haben demnach die Männer des Kabcar den Repol dazu gebracht, das Tal zu fluten? Wie unehrenhaft.«

»Sie hatte keinen Grund, diesbezüglich Märchen zu erzählen«, sagte Nerestro bitter. Im Moment war ihm selbst das Schicksal seiner Ordensbrüder gleichgültig. »Es war eine hervorragende Kriegslist. Über die Ehrenhaftigkeit kann man durchaus streiten.«

Herodin bewegte probehalber seine Glieder, getrockneter Dreck bröckelte ab und rieselte auf den Boden. »Ich scheine einigermaßen unbeschadet davongekommen zu sein«, stellte er nach einer Weile fest. »Ich werde Euch daher tragen oder stützen können.« Vorsichtig betrachtete er die Beinschiene seines Herrn. »Das ist gut gemacht worden.« Er nickte dem grübelnden Ritter erfreut zu. »Nehmt mir nicht übel, was ich nun zu Euch sage. Ihr scheint mit einem Mal wieder klare Gedanken fassen zu können. Es gab Stunden, in denen ich daran zweifelte, Euch mit lichtem Verstand im Kampf an meiner Seite zu haben.«

Nerestro stützte sich auf die Ellenbogen. »Ich weiß nicht, wie es kam. Vielleicht bin ich im Repol beinahe gestorben, und der Teil meiner Seele, der bei den Toten war, kehrte zu mir zurück. Ich habe keine Ahnung.«

Er robbte zur aldoreelischen Klinge und arbeitete sich

den Baumstumpf hinauf, um sich hinzusetzen. Mit einer leichten Bewegung zog er die Schneide aus der Erde, küsste die Blutrinne und verstaute die Waffe in der Scheide. »Ich habe mir Gedanken gemacht, Herodin«, erklärte er. »Wir sind ...«, er stockte kurz, »ich bin den Gaukeleien der Hexe erlegen und habe Euch mitgerissen. Es war niemals Angors Wille, dass wir diesen Mönch Matuc bei seinem Vorhaben unterstützen. Und es war auch nicht der Wille Angors, dass wir uns gegen den Kabcar stellen. Oder könnt Ihr Euch diese Ereignisse anders erklären?«

Der andere Ritter kaute auf einem Stück Kaninchen herum. »Aber Sinured kehrte doch zurück. Und dieser Ratgeber hat ...«

Nerestro hob augenblicklich die Hand. »Lasst einmal außer Acht, was Ihr von der Kensustrianerin gehört habt. Was hat sich dann wirklich in Ulsar ereignet? Aus Eurer Sicht?«

Herodin schwieg kurz. »Es gab eine Forderung von Euch an Nesreca, die er auf einen seiner Kämpfer delegierte. Und der hat Euch dann beinahe getötet.«

»Dafür kaufe ich mir diesen Echòmer noch. Aber habt Ihr irgendetwas entdecken können, das auf Verrat seitens Nesrecas hindeutete? Hat er Euch irgendwann gedroht?«, hakte der Ordenskrieger nach.

Sein Unteranführer dachte nach. »Wenn ich ehrlich bin, Herr«, gestand er nach einer Weile, »ich bekam nichts von alledem mit. Ich weiß nur das, was mir die Kensustrianerin erzählte.« Herzhaft biss er in das gegarte Fleisch. »Aber die Rückkehr des Tieres spricht doch eine deutliche Sprache, wie ich finde.«

»Das Tier hat dafür gesorgt, dass sich ein Despot wie Arrulskhán das Königreich nicht unter den Nagel reißen konnte«, hielt Nerestro dagegen. Dann trat er nach einem Holzscheit und kratzte sich an der Bartsträhne. Kleine Schlammkrümel lösten sich. »Aber Politik soll mich nicht länger scheren. Ich werde zusammen mit Euch zum Kabcar gehen, um Vergebung bitten für das, was ich in meiner Verblendung tat, und werde Nesreca zur Rede stellen. Danach kehre ich auf meine Burg zurück und werde mich nur noch um die Turniere unseres Ordens kümmern.«

»Wenn es noch mehr Überlebende gibt«, warf Herodin ein. Zwar teilte er die Meinung seines Herrn nicht ganz, aber einen Widerspruch wagte er nicht. Zumal viele Argumente auch für ihn einen Sinn ergaben.

Nerestro warf einen trockenen Ast in die Flammen und beobachtete, wie er Feuer fing. »Wenn es nur noch wenige gibt, haben wir eine neue Bestimmung. Jemand muss sich um den Neuaufbau kümmern. Und ich schulde Angor einiges, um das auszumerzen, was ich in meiner Dummheit getan habe.«

»Hoffen wir, dass der Kabcar milde gestimmt ist.« Herodin tastete vorsichtig nach der Wunde an seiner Schläfe. »Vermutlich könnte er uns wegen Verrat hinrichten lassen, wenn er sich an die Gesetze des Landes hält.«

Der Ordenskrieger schüttelte den Kopf. »Er wird es nicht tun. Er hat ein gutes Herz. Und das ist auch der Grund, weshalb wir niemals gegen ihn ins Feld hätten reiten dürfen. Und es auch niemals mehr tun werden, das schwöre ich bei Angor!« Er sah seinen Mitbruder an. »Noch eines. Der Namen der Person, die mich nur zu ihren eigenen Zwecken eingesetzt und mein Gemüt mit ihren Gaben verwirrt hat, wird von heute an ungenannt bleiben.« Herodin nickte.

Schweigend saßen sie am Lagerfeuer. Irgendwann schlief sein Unteranführer ein.

Nerestro fuhr prüfend mit den Fingern in seinen Nacken und entdeckte die Kratzspuren der Priesterin. Leise zog er seinen Dolch und erhitzte die Schneide in der Glut. Ohne zu zögern, setzte er die Klinge an die Stelle, an der sich die Narben befanden. Seine Zähne knirschten aufeinander, das Gewebe verbrannte zischend und stinkend, aber kein Schrei kam über seine Lippen. Er wiederholte die Prozedur, bis er sich sicher war, dass auch der letzte Rest der Narben ausgelöscht war. Mit einem leisen Stöhnen ließ er das Messer fallen und goss sich etwas kühles Wasser in den Nacken.

Damit wäre deine Macht über mich gebrochen, dachte er grimmig, während die Schmerzen in seinem Genick nicht enden wollten. *Oder sollte ich mir besser das Herz aus dem Leib reißen?*

Als der Morgen graute und der Tau sich sammelte, übermannte ihn der Schlaf.

Gegen Mittag machten sich die beiden Ritter auf den Weg zu der von Belkala beschriebenen Bauernhütte, wo sie nach einer gerne gegebenen Stärkung von einem der Söhne des Landmanns mit einem Karren nach Telmaran gefahren wurden.

Dort erfuhren sie, dass sie nicht als Einzige des Geeinten Heeres mit dem Leben davongekommen waren. In einem eilig eingerichteten Lazarett im größten Gasthaus der Stadt lagerten ein Dutzend Verwundeter, jedoch niemand, den die beiden Angor-Gläubigen kannten.

Nerestro und Herodin wuschen sich ausgiebig und erhielten neue Kleider, die ihrer eigenen Ansicht nach keineswegs den Ansprüchen eines Ritters genügten. In gewöhnlichen aldoreelischen Bürgerröcken liefen sie umher, ausgestattet mit ein paar Münzen, die die Einwohner gespendet hatten.

Als Herodin in Erfahrung brachte, dass die Truppen des Kabcar sich noch immer in Grenznähe aufhielten, fasste Nerestro den Entschluss, sich sofort mit dem jungen Herrscher zu bereden. Je eher er diese Sache abgeschlossen hatte, desto besser.

Herodin schien nicht allzu begeistert zu sein, hielt aber seinem Herrn wie gewöhnlich die Treue und begleitete ihn in Richtung Norden. Da wegen des gebrochenen Beins ein Marsch nicht in Frage kam, überredeten sie den Bauernburschen, ihnen einen weiteren Dienst zu tun. Gegen Abend erreichten sie die Grenze zur Großbaronie, das Schlachtfeld lag zu ihrer Linken. Dort herrschte im Schein der untergehenden Sonnen noch immer reges, grausiges Treiben.

Nerestro und sein Unteranführer sahen mit Absicht nicht hinunter, aber der Junge konnte den Blick nicht von den vielen Toten abwenden. Teile der tzulandrischen Truppen waren immer noch dabei, die mehr als fünftausend Gefallenen in kleineren Haufen aufzutürmen, sie auf Reisig und Holz, das wohl von den Zeltgestängen stammte, zu betten und die Stapel zu entzünden.

Bergeweise erhoben sich andernorts Rüstungsteile, Schwerter, Lanzen, Schilde und weiteres Zubehör wie Sättel, Zaumzeug oder Kochgeschirr.

Fein säuberlich trennten die Helfer auf dem rot gefärbten, morastigen Schlachtfeld die verschiedenen Panzerungs- und Waffenarten, bevor sie die toten Besitzer den Flammen übergaben. Sie scheuten auch nicht davor zurück, durchbohrte Leiber von den Pfeilen und Speeren zu befreien, wenn man die Fundstücke noch gebrauchen konnte. Hin und wieder tönte ein raues Lachen oder ein Scheppern zu dem Karren herüber, wenn ein Schild zu den anderen auf dem Stapel flog.

Nerestros Fäuste ballten sich unwillkürlich, doch stur blieben seine Augen nach vorne gerichtet.

Eine Patrouille, bestehend aus zehn Reitern, kam auf den kleinen Wagen zu und zwang den Bauernjungen zum Anhalten. Alle Männer waren mit eisenbesetzten Lederpanzern und Helmen gerüstet, trugen Speere und Schilde, an der Seite baumelten gebogene Säbel. Wenn sie aus Tzulandrien stammten, wirkten sie nicht sehr fremdländisch.

»Wohin?«, fragte der Anführer knapp in schlechtem Ulldart und ließ den Blick aufmerksam über die Passagiere gleiten. An den Juwelen am Griff der aldoreelischen Klinge blieben die Pupillen haften. »Und was ist das für eine Waffe?«

»Sag dem Kabcar von Tarpol und Tûris«, erhob der Ordenskämpfer seine Stimme, »dass Nerestro von Kuraschka und Herodin von Batastoia ihn sprechen und um Vergebung bitten möchten.«

»Und wer soll das sein?«, erkundigte sich der Soldat unwirsch.

»Richte es aus, und du wirst sehen, was passiert. Wir sind vom Orden der Hohen Schwerter, der Kabcar kennt uns beide.«

»Die Hohen Schwerter?«, sagte der Mann belustigt und lehnte sich in seinem Sattel zurück, damit ihn seine Begleiter hören konnten. Dann deutete er auf das Schlachtfeld. »Dann solltest du schleunigst zu deinen Freunden fahren. Die warten schon auf dich.« Er setzte die Speerspitze auf die Brust des Ritters. »Ich schicke euch beide auf der Stelle zu Angor, wie wäre das? Dein Schwert gefällt mir nämlich sehr gut. Könnte das eine der kostbaren aldoreelischen Klingen sein?«

»Ja«, bestätigte Nerestro ruhig. »Und sie wird durch deinen Leib fahren, wenn du nicht sofort das tust, was ich dir aufgetragen habe, Soldat.« Die braunen Augen fixierten sein Gegenüber. »Ich habe keine Angst mehr vor dem Tod, wenn du mich damit schrecken willst. Und du?«

Herodin langte unbemerkt nach seinem Dolch, während der Sohn des Bauern auf dem Kutschbock immer kleiner wurde.

»Man könnte es auf einen Versuch ankommen lassen«, sagte der Patrouillenführer langsam, sein Gesicht wirkte unentschlossen. »Ich bin schneller als ...«

Nerestros Hand zuckte an den Griff, die Klinge zog im

Licht der untergehenden Sonnen eine schimmernde Bahn und durchschlug den Schaft des Speers wie einen Grashalm. Polternd fiel die Spitze in das Wageninnere, einige der Pferde sprangen erschrocken zurück. Der Junge schlug sich die Hände vors Gesicht und jammerte.

Abwartend saß der Ritter da, die Waffe seelenruhig in der Rechten, das geschiente Bein von sich gestreckt. »Nun, Soldat, danke mir nicht für meine Milde. Reite zum Kabcar und sage ihm, wer ihn sprechen möchte.«

Der Mann rief etwas in einer unbekannten Sprache, die Wachen senkten die Spieße und wollten ihren Tieren die Fersen in die Flanken rammen, da erschallte eine zweite Stimme auf Tzulandrisch vom Schlachtfeld herauf. Augenblicklich ruckten die Spitzen nach oben.

Ein Reiter im schwarzen Plattenpanzer preschte heran, einen gewaltigen gezackten Zweihänder auf dem Rücken, einen Helm mit Kopfhautstücken am Gürtel festgeschnallt. Kurze schwarze Haare bedeckten seinen Schädel, die Unterlippe war gespalten und stark vernarbt.

Es folgte ein kurzer Wortwechsel zwischen ihm und dem plötzlich kleinlauten Patrouillenführer, der damit endete, dass der Neuankömmling eine neunschwänzige Katze vom Waffengurt zog und dem offenbar Untergebenen die Schnüre mit Wucht ins Gesicht schlug. Dann wandte er sich den Rittern zu.

»Es ist selten, dass die Überlebenden einer Schlacht sich freiwillig in Gefangenschaft begeben möchten«, sagte der Mann neugierig. »Was hat Euch dazu bewogen?«

»Wenigstens einer in dem ganzen Haufen, der Manieren hat. Niemand sprach davon, dass wir uns ergeben«, verbesserte Nerestro. »Wir werden mit dem Kabcar sprechen, und danach ziehen wir unserer Wege.« Er stellte sich und seinen Begleiter vor.

»Ich habe von Euch gehört«, sagte der Mann mit dem

Zweihänder und neigte anerkennend das Haupt. »Ihr habt die Hohen Schwerter damals bei Dujulev geführt und einen großen Tagessieg gegen Borasgotan errungen. Ich bin Osbin Leod Varèsz, Stratege des Kabcar. Ich bringe Euch zu ihm, und danach werden wir sehen, ob und wohin Ihr geht.«

Er bedeutete dem Jungen, den Karren anrollen zu lassen, während er parallel dazu ritt. Die Patrouille blieb zurück. Der Blick, mit dem der Anführer sich das Blut aus dem Gesicht wischte, das von den tiefen Wunden der Peitsche stammte, war mörderisch.

»Ich habe gehört, das Wunder am Repol-Fall wurde von Euren Männern ausgelöst?«, erkundigte sich Nerestro und verstaute die Klinge. »Meint Ihr, das sei besonders ehrenhaft gewesen, wie Ihr Tod und Verderben über die Männer gebracht habt? Sie hätten im Kampf sterben sollen.«

Varèsz schnaubte. »Ein Krieg ist niemals etwas Ehrenhaftes. Es geht darum, den Feind zu vernichten. Und je eher das geschieht, desto besser. Ich nutzte dabei alle Möglichkeiten, die mir zur Verfügung standen.« Er sah kurz zurück auf die rotbraune Schlammebene. »Mit Erfolg. Euer Orden besteht aus Träumern, die den Kampf verherrlichen. Eure Turniere, bei allem Respekt vor Euren unbestrittenen Waffenfertigkeiten, haben mit dem Ablauf von echten Schlachten wenig zu tun, wie Ihr gesehen habt. Dujulev war dagegen harmlos. Da wir in der Unterzahl waren, musste ein Ausgleich geschaffen werden. Ein wenig graben hier, ein bisschen Wasser dort, und schon standen die Aussichten zu unseren Gunsten.« Varèsz sah ihn an. »Im Krieg geht es ums Siegen. Dabei ist es mir herzlich gleichgültig, wie ich das erreiche. Der Ausgang zählt. Habe ich dabei noch mein Vergnügen, umso besser.«

Nerestro wusste nicht, was er entgegnen sollte. Dieser kompromisslosen Einstellung hatte er nichts entgegenzusetzen. Zwar wollte er den Vorwurf an seinen Orden nicht akzeptieren, aber noch suchte er nach den richtigen Argumenten. Etwas sagte ihm, dass Varèsz mit vielem, was er eben sprach, Recht behielt.

Sie rollten durch das Tor in die Soldatenstadt des Kabcar ein, die wie ein großes Quadrat in Reih und Glied aufgebaut worden war. Herodin machte seinen Herrn auf die verbrannten Stellen über den Hauseingängen aufmerksam, mitunter waren Reste von Ährensymbolen erkennbar. »Ulldrael hat wohl nichts mehr zu sagen«, mutmaßte Nerestro grimmig.

Der Stratege des Kabcar dirigierte den Karren mit dem völlig verschüchterten Jungen vor die Portale eines riesigen Holzhauses. Wachen eilten herbei, um dem Verletzten vom kleinen Wagen zu helfen.

Varèsz, dessen Helm einen widerlichen Geruch verbreitete, schritt vorweg, die beiden Ritter folgten, wobei der Unteranführer seinen Herrn stützend unter den Arm fasste. Der Befehlshaber der Truppen führte sie in eine große Halle mit einem offenen Kamin und deutete auf Stühle. Die Wachen verteilten sich im Raum und ließen die Besucher nicht aus den Augen.

»Ich werde dem Hohen Herrn von Eurem Erscheinen berichten«, sagte der Stratege. »Ich hoffe, wir sehen uns wieder. Entweder auf dem Schlachtfeld oder bei anderer Gelegenheit.«

Es dauerte nicht lange, dann erschien Lodrik mit einem äußerst neugierigen Gesichtsausdruck. An seiner Seite schritt ein skeptisch blickender Mortva Nesreca.

Seit dem letzten Treffen, so hatte es zumindest für den Ritter den Anschein, war der junge Mann gewachsen. Die Figur machte einen tadellosen Eindruck, ordentlich saß die graue Uniform mit den aufwändigen Silberstickereien am Körper. Wie immer führte er das Henkersschwert mit sich, im Gürtel steckten zwei Dinge, die Nerestro nicht einordnen konnte, vermutete aber so etwas wie Waffen. Die blonden Haare waren zu einem Pferdeschwanz zusammengebunden, der blonde Bart war kurz getrimmt. Forschend lagen die meeresblauen Augen auf dem Ritter.

»Ihr seid also gekommen, um Euch in meine Gefangenschaft zu begeben?«, eröffnete Lodrik die Unterhaltung. »Ihr verzeiht, wenn ich Euch unter diesen Umständen nicht willkommen heiße. Ihr habt für den Gegner gekämpft.«

Der Konsultant, wie immer in einer ähnlichen, aber nicht ganz so kostspieligen Garderobe wie sein Vetter, legte den Zeigefinger an sein Kinn und nahm vorerst eine Beobachterrolle ein.

»Das verstehe ich, hoheitlicher Kabcar«, sagte Nerestro. »Ich bin hier, um mich Euch zu erklären.«

Lodrik hob die Hand. »Bevor Ihr weitersprecht: Wo habt Ihr Eure Gefährtin gelassen? Sie ist eine äußerst gefährliche Mörderin, die wohl eher hinter Gitter gehört als in die Freiheit.«

»Ich habe sie getötet«, sagte der Ordenskrieger empfindungslos. »Ich erkannte ihre wahre Natur. Mit ihren Kräften verwirrte sie meinen Verstand, ließ mich Dinge sehen und tun, die ich nun aus tiefstem Herzen bereue.«

Herodins Augen zuckten kurz, er sagte nichts, was die Lüge seines Herrn offen legen würde.

»Wie habt Ihr sie getötet?«, schaltete sich Mortva freundlich in das Gespräch ein. »Auch uns kam das ein oder andere über die wunderlichen Fertigkeiten des Wesens zu Ohren.«

»Wir trafen zwei Kensustrianer in Serusien, und die berichteten, wie man die Ausgestoßene töten kann«, erklärte Nerestro müde. »Man muss ihr den Kopf abschlagen und den Körper verbrennen.«

»So, so, eine Ausgestoßene war sie also. Und das Köpfen habt Ihr übernommen?«, fragte der Konsultant lauernd. »Hat sie geblutet?«

Nun wurden die Augen des Ritters schmal. »Ihr scheint noch mehr erfahren zu haben als ich. Kann es sein, dass Ihr sehr wohl wisst, um was es sich bei dem Wesen handelte?«

Mortva neigte leicht den Kopf, die silbernen Haaren blitzten im Schein der Fackeln auf. »Ich habe mich, nachdem die Zeugenaussagen zu den rätselhaften Morden in Ulsar bekannt wurden, kundig gemacht. Es ist zwar sehr schwer gewesen, etwas über die Mythologie der Kensustrianer herauszufinden, aber es dürfte sich dabei um etwas Untotes handeln.«

»Es ist ein Fluch, der ihr von Lakastra auferlegt wurde, weil sie seine Lehren missachtet hatte«, stimmte Nerestro zu. »Ja, sie lebte nach ihrem Tod weiter und musste sich seitdem von Menschenfleisch ernähren. Mit ihren Kräften hat sie mich in ihren Bann geschlagen. Das erkannte ich beinahe zu spät.«

Lodrik legte die Arme auf den Rücken. »Und vermutlich wollt Ihr damit Euer Eintreten in das Geeinte Heer entschuldigen.«

»Der Ratschlag kam von ihr, aber ich wäre auch so, vermute ich, zu den Verblendeten gestoßen.« Der Ordensritter tat sich sichtlich schwer, seine Handlungen offen dazulegen. »Es gibt vieles, das ich nicht erklären kann. Doch ich weiß genau, dass Ihr nicht der Grund seid, weshalb die Geschehnisse eintraten, die ein paar Meilen von hier in die Schlacht mündeten. Die Reiche haben Fehler gemacht.«

»Wärt Ihr bereit, das vor allen anderen zu sagen?«, hakte der Vetter des Kabcar ein. »Unsere Aufgabe wird in den kommenden Wochen und Monaten sein, die anderen Länder davon zu überzeugen, dass sie einem Irrglauben aufgesessen waren und dass Sinured keineswegs eine Bedrohung ist. Er ist zahm wie ein Lamm.«

Nerestro schüttelte den Kopf, die Bartsträhne pendelte hin und her. »Ich werde mich nie mehr in politische

Angelegenheiten einmischen. Es war der größte Fehler, den ich jemals gemacht habe, und Angor wird mich eines Tages dafür strafen, da bin ich sicher.« Er blickte den jungen Mann bittend an. »Wenn Ihr wollt, hoheitlicher Kabcar, dann setzt mich gefangen, legt mich in Ketten und lasst die Ratten an mir nagen. Aber erspart dem Orden jede nachträgliche Drangsal. Sie sollen nicht für etwas leiden, zu dem ich sie in gewisser Weise angestiftet habe. Auf alle Fälle fühle ich mich schuldig.«

Lodrik bedeutete dem Ritter und seinem Begleiter, sich zu setzen. Auch er nahm Platz, eine Hand locker auf die Lehne gelegt, die anderen stützte den Kopf. Nachdenklich betrachtete er die beiden Krieger.

Mortva lächelte.

»Nerestro, ich habe in den letzten Wochen erfahren müssen, dass aus Freunden Verräter wurden«, begann Lodrik. »Menschen, denen ich mein Leben einst anvertraute, hintergingen mich, machten gemeinsame Sache mit denen, die meinem Volk und mir mit fadenscheinigen Begründungen an den Kragen wollten. Doch es hat sich gezeigt, dass die Götter auf meiner Seite standen. Was aber die Taten der Abtrünnigen nicht ungeschehen machen wird. Einzig Euch bin ich bereit zu vergeben, wenn ich auch nicht vergessen werde.« Er setzte sich aufrecht hin. »Die Soldaten, die sich hier versammelten, konnten nichts dafür. Ich habe vor, den Überlebenden von Telmaran Amnestie zu gewähren. Von falschen Führern wurden sie direkt ins Verderben geleitet, und deshalb sollte man sie für die Dummheit anderer nicht zusätzlich strafen. Das gilt auch für Euch und die Orden.«

»Auch wenn ich fürchte, dass nicht mehr viele von den Hohen Schwertern, und wie sie alle heißen mögen, übrig geblieben sind«, warf der Konsultant bedauernd ein. »Der Großmeister der Hohen Schwerter, den wir gefangen nahmen, erlag seinen Verletzungen. Aber er hat in seinem Testament Euch als Nachfolger vorgeschlagen. Wie wäre es, wenn Ihr die Aufgaben des Großmeisters übernehmen würdet?«

»Das ist ein hervorragender Vorschlag«, stimmte der Kabcar zu. »Ich zeige den Ulldartern, dass ich nicht nachtragend bin, und Ihr habt als Buße das wieder aufzubauen, das durch Eure Schuld beinahe vollständig vernichtet wurde.« Er öffnete die Handflächen. »Gäbe es einen besseren Beweis, dass ich Euch die Fehler verzeihe, die Ihr unter dem Einfluss eines Ungeheuers begangen habt?«

Nerestro war überwältigt. Er hatte mit vielem gerechnet, was ihm nach der Zusammenkunft mit dem Kabcar zustoßen würde, aber als designierter Großmeister der Hohen Schwerter aus dem Raum zu gehen, dazu reichten seine kühnsten Vermutungen nicht aus.

»Allerdings«, fügte Mortva beiläufig hinzu, »müsstet Ihr wie all Eure neuen Gefolgsleute auch dem Kabcar von Tarpol und Tûris die Treue schwören. Natürlich nur pro forma, um den Übereinstimmung mit der Krone, die Euch den Fortbestand erlaubte, symbolisch deutlich zu machen. Wäre das eine Schwierigkeit?«

»Nein«, sagte Nerestro, dem die Freude ins Gesicht geschrieben stand. Er schlug seinem Mitbruder auf die Schulter. »Und Ihr wärt mein Seneschall, Herodin von Batastoia. Wie gefällt Euch das?«

»Sehr gut«, strahlte sein Unteranführer.

»Wir werden dem alten Recken ein würdiges Begräbnis geben.« Mit einem Mal wurde der Ritter wieder ernst, seine braunen Augen ruhten auf dem Konsultanten. »Mit Euch, Nesreca, muss ich jedoch noch ein paar Takte sprechen. Ihr mögt der Vetter vierten Grades des Kabcar sein oder was auch immer. Eines jedoch will ich geklärt haben.«

Mortva zeigte nicht die kleinste Andeutung von Verunsicherung auf seinem ansprechenden Gesicht. »Bitte, werter Ritter, fragt nur. Aber ich ahne, um was es sich handelt.«

»Euer Streiter, den Ihr damals gegen mich antreten ließet, was war Besonderes an ihm? Und welche Schurkerei hattet Ihr dabei gegen mich im Sinn?« Ohne Angst blickte er ihm in die unterschiedlich farbigen Augen. »Ich verlange eine Erklärung, weshalb der Mann, den ich zwei Mal traf, nicht blutete und die aldoreelische Klinge ihn nicht zerteilte? Was habt Ihr gegen mich ins Feld geführt, Nesreca?«

»Ich hatte mich damals schon bei Eurer Gefährtin für die Unbeherrschtheit meines Kämpfers entschuldigt. Der gute Echòmer ist, nun ja, sehr heißblütig, und es hatte ihn erzürnt, dass Ihr verbotenerweise nach Eurem besonderen Schwert gegriffen habt. Seine Rüstung bestand aus reinem Iurdum, daher war es Eurer Schneide nicht möglich, den armen Mann in zwei Hälften zu spalten.« Mortva erweckte den Anschein von aufrichtigem Bedauern. »Es tut mir Leid, dass Euch so übel mitgespielt wurde. Ich wollte Euch heilen lassen und den besten Cerêler zur Seite stellen, aber Eure damalige Gefährtin verweigerte es mir und verließ Ulsar, um mit Euch nach Kensustria zu reisen. Aus welchen Gründen auch immer.«

»Ihr weicht mir aus«, stellte Nerestro fest. »Gebt Antwort.«

Mortva seufzte und spielte den Ertappten. »Nun gut, ich gestehe, ich wollte meine Ehre verteidigt wissen. Als Vetter und Berater des Kabcar sollte sie einem am Herzen liegen. Und bedenkt, wie würde ich vor den Ulsarern dastehen? Vor den Botschaftern und anderen Persönlichkeiten? Natürlich habt Ihr Echòmer getroffen. Aber mein Streiter leidet an Albinotum.« Er bemerkte den fragenden Blick der Ritter. »Sein Blut ist durchsichtig, klar wie das Regenwasser. Tritt es aus, bemerkt man es nicht. Das ist auch der Grund, weshalb er die Augenmaske trägt. Der farblose Lebenssaft ließ die Pupillen hell wie Glas werden, jeder Lichtstrahl bringt ihm Schmerzen. Der Schmiedeunfall ist nur vorgeschoben, denn das einfache Volk würde die Erklärung für diese seltene Krankheit nicht verstehen.« Er lächelte Nerestro an. »Im Gegensatz zu Euch gescheitem Mann.«

Verblüfft schaute der designierte Großmeister der Hohen Schwerter Herodin an. »Dann wird mir alles klar. Ich hatte gewonnen.« Er wirkte erleichtert. »Nun, aber ungeschoren soll er mir nicht davonkommen, Nesreca. Euer Streiter schuldet mir einen zweiten Tanz um Eure Ehre, wenn es recht ist. Ich will die Schmach, die er mir angetan hat, ausmerzen.«

»So soll es sein«, billigte der Konsultant. »Aber Ihr werdet warten müssen, bis Echòmer wieder auf den Beinen steht. Euer Schlag mit der aldoreelischen Klinge hat ihn um ein Haar ins Jenseits befördert.«

Nerestro lachte. »Das hat er auch verdient.«

»Hoher Herr, was haltet Ihr davon, wenn wir dem neuen Großmeister ein angemessenes Geschenk machen?« Mortva legte eine seiner schlanken, gepflegten Hände auf die Rücklehne. »Wir haben einige Rüstungen und Waffen der unglücklichen Ordensritter geborgen. Wie wäre es, wenn er diese mit sich nehmen dürfte? Er wird einen Grundstock benötigen, wenn er den Orden neu aufbauen möchte.«

»Würdet Ihr das annehmen?«, erkundigte sich Lodrik etwas zweifelnd. »Wir haben sie nicht den Toten geraubt, sondern sie im Dreck gefunden. Die meisten Eurer Brüder starben in Kettenhemden oder Waffenröcken.«

»Nun, wenn es so ist, nehme ich die Gaben gerne an«, sagte der Großmeister, auch wenn er dabei sehr niedergeschlagen wirkte. »Ich werde das Metall einschmelzen lassen, um neue Rüstungen daraus zu formen. Nichts soll mehr an die alten Besitzer erinnern. Nur die Schilde mit ihren Zeichen werden das Gedächtnis an sie bewahren.«

Lodrik erhob sich und hielt dem kräftigen Mann die Hand hin. »Nun schwört auf den Siegelring der Bardri¢, dass Ihr dem Herrscherhaus immer währende Treue halten werdet, ganz gleich, was sich ereignen wird.« Nerestro leistete das Verlangte mit einem Kuss auf das Schmuckstück, Herodin folgte seinem Beispiel. »Ich freue mich darüber, dass wenigstens Ihr nicht zu meinen Feinden gehört, Nerestro von Kuraschka. All Eure Taten gegen mich sollen vergeben sein, weil ich den Grund kenne, aus dem Ihr handeltet«, verkündete der Kabcar feierlich. »Aber das grünhaarige Ungeheuer existiert nicht mehr, Ihr seid frei. Und so entlasse auch ich Euch in die Freiheit. Geht und formiert die Hohen Schwerter neu. Aber erinnert Euch dabei immer an die Milde, die ausnahmsweise Euch zuteil wurde.« Er konnte sich den kleinen Seitenhieb nicht verkneifen.

»Ich werde veranlassen, dass man einen Tross für Euch zusammenstellt, der Euch zurück zu Eurer Burg bringen wird«, sagte der Konsultant hilfsbereit. »Ich hege keinen Zweifel daran, dass durch Euer Wirken die Hohen Schwerter glänzender und prachtvoller als jemals zuvor ins Leben zurückgeholt werden.«

Lodrik signalisierte durch ein Nicken seine Zustimmung. »Ich werde Euch außerdem ein Schriftstück mitgeben, das meine Verwalter und Gouverneure dazu anhält, Euch in allem Unterstützung zu gewähren. Nichts soll Euch im Wege stehen, Nerestro von Kuraschka. Ein Cerêler wird Euer Bein sogleich behandeln, damit Ihr nicht länger leiden müsst.«

»Bei Angor!«, entfuhr es dem neuen Großmeister, der sein Glück noch immer nicht fassen konnte. »Ich wusste von Anfang an, dass Ihr die Dunkle Zeit nicht zurückbringen werdet. Solltet Ihr jemals meine Krieger gegen Sinured benötigen, wenn das Tier versuchen sollte, Euch Schwierigkeiten zu machen, lasst es mich wissen.«

Der Kabcar lachte freundlich. »Gut, lieber Nerestro. Ich behalte Euer Angebot im Hinterkopf.« Er winkte ein paar Bedienstete herbei und gab ihnen den Auftrag, die beiden Ritter in Gemächer zu bringen. Ohne eine Eskorte und unbewacht verließen die Männer die große Halle.

Lodrik grinste seinen Vetter an; der erwiderte die lautlose Heiterkeit mit einem bösen Lächeln und dem Hochziehen der linken Augenbraue.

»Der Anfang wäre gemacht«, meinte der junge Mann zuversichtlich und klatschte in die Hände. »Ihn zu überzeugen war einfach. Doch es ist ein Zeichen, das man sehen und deuten wird.« Er wirkte sehr glücklich, beinahe euphorisch. »Wo habt Ihr immer diese Einfälle her?«

»Das ist meine Aufgabe«, antwortete der Konsultant gut gelaunt. »Damit hätten wir ihn und alle, die sich ihm anschließen, auf unserer Seite. Ein Zeichen, wie Ihr so schön sagtet. Und bald werden König Tarm und sein Sohn zurückkehren, um Ihre Fehler einzugestehen. Er meinte sogar, er wolle abdanken.« Er neigte sich nach vorne. »Zu Euren Gunsten, weil er Euch Unrecht tat.«

Lodrik starrte seinen Vetter mit riesigen Augen an. »Vom verfluchten Menschen zum König eines weiteren Landes«, murmelte er überrascht. Dann lachte er. »Meine Güte, Mortva, ich werde nach den ganzen Rückschlägen und Enttäuschungen geradezu vom Schicksal verwöhnt.«

»Nicht vom Schicksal, Hoher Herr«, widersprach der Konsultant sanft. »Von einem Gott. Der einzige, der zu Euch gehalten hat, wie Ihr einmal so schön bemerktet. Und daran wird sich auch nichts ändern.«

»Wann wird Tarm seine Abdankung bekannt geben?« Lodriks Gesicht wurde plötzlich ratlos. »Und wen setze ich als Regenten ein? Aldoreel ist groß. Ob mich die Mehrheit überhaupt anerkennt?«

»Vermutlich werden nicht alle der Adligen unbedingt die Meinung Tarms teilen«, gab Mortva ihm Recht. »Aber ich schlage vor, wir warten die ersten Reaktionen ab, bevor wir durchgreifen. Vielleicht haben wir mehr Freunde, als wir dachten.«

»Auf alle Fälle müssen wir es in den Reichen verbreiten, dass das Geeinte Heer den Angriff führte und ich allen Überlebenden in meiner Gnade Schonung gewähre«, unterstrich Lodrik, der allmählich wieder ernster wurde. »Wir werden unsere Wahrheit aufschreiben und Ausrufer, Sänger, Barden und Geschichtenerzähler auf den Weg schicken. Sie sollen dem Volk auf Ulldart begreiflich machen, dass ich nicht für die Dunkle Zeit stehe. Friede und Wohlstand sollen herrschen.« Er nahm sich ein Glas mit Branntwein. »Zumindest bei denen, die mich achten und respektieren. Allen anderen werde ich dermaßen in den Hintern treten, dass sie von meinem Kontinent fliegen.« Mortva lächelte kurz, als er die Formulierung hörte.

Der dunkle Alkohol floss in seinen Mund, genießerisch schloss der Kabcar die Augen. »Der Winter wird uns eine Zeit der Ruhe verschaffen. In den Stuben und Wirtschaften werden meine Sänger zu hören sein, und wenn der Frühling naht, ist die Saat aufgegangen, die ihnen in die Ohren gestreut wurde.«

»Und was machen wir, wenn der Sommer naht, Hoher Herr?«, wollte der Konsultant wissen.

»Dann«, Lodrik kippte den Rest des Getränks in die Flammen, die augenblicklich höher schossen, »kümmern wir uns um Borasgotan. Ich werde mir das Land nehmen. Es hat Bodenschätze, die ich gut gebrauchen kann. Begründen werde ich es damit, dass die Erträge aus den Minen nicht zur Deckung der Kriegsschäden ausreichen. Den Menschen tue ich damit einen Gefallen, wenn ich sie von dem wahnsinnigen Arrulskhán befreie.« Zufrieden schaute er in das fauchende Rot des

Feuers. »Dann besitze ich Tûris, Tarpol, Borasgotan und Aldoreel. Die Baronie gehört meiner bezaubernden Gattin, und die Hälfte Serusiens liegt in meinem Sicherheitsgürtel.« Lodrik schien ein Gedanke gekommen zu sein. »Wisst Ihr, lieber Vetter, was mich schon immer gestört hat?« Mortva sah ihn neugierig an. »Die Ontarianer. Diese Händler mit ihrem Monopol. Ich gedenke, mir ihre Stationen anzueignen und den Handel selbst zu organisieren. Das ist nur rechtens, nicht wahr?«

»Es ist ein gefährliches Unterfangen.« Sein Konsultant wiegte den Kopf. »Aber es wird Euch bei allen Handelstreibenden beliebt machen. Wenn die Auflagen der Ontarianer fallen, stehen völlig neue Möglichkeiten offen. Aber ein Schlag gegen sie muss sehr gut vorbereitet sein. Sie könnten Euer Reich durch Blockaden innerhalb von Wochen an den Rand einer Hungersnot bringen.«

»Deshalb werden wir beide den Winter damit verbringen, sorgfältig zu planen, Mortva. Oder habt Ihr etwas anderes vor?« Lodrik lächelte gewinnend.

»Natürlich nicht, Hoher Herr.« Sein Konsultant deutete eine Verbeugung an. »Und nun werde ich veranlassen, dass den beiden Rittern geholfen wird. Entschuldigt mich und genießt Euren doppelten Triumph.«

Der Mann mit den silbernen Haaren verließ die Halle und eilte durch die Gänge.

In seinem Gemach machte er sich an das Aufsetzen der Dokumente für die Ordenskrieger. Doch er arbeitete unkonzentriert, etwas beschäftigte ihn unbewusst. Die innere Unruhe wurde bald so groß, dass er aufsprang und im Zimmer hin und her lief. Abrupt, als sei er gegen eine Wand gelaufen, blieb er stehen.

»Paktaï«, flüsterte er. Nichts geschah. Er wiederholte den Befehl, diesmal lauter, energischer.

Doch die Zweite Göttin erschien nicht.

Ein lauter, zorniger Fluch kam über seine Lippen. Ohne sie bekam er keinen Kontakt zu seinem anderen

Helfer. Hemeròc musste sich noch immer von der Verletzung durch die aldoreelische Klinge erholen, und dieser Ort lag jenseits von ulldartischem Raum und ulldartischer Zeit. Er selbst konnte in dieser Gestalt nicht dorthin gelangen, und so wusste er nicht einmal, wie weit die Gesundung vorangeschritten war.

»Wo steckt sie?«, fragte er halblaut in den Raum. »Sollte sie immer noch auf See sein?«

Seit sie unterwegs war, erschien sie in regelmäßigen Abständen, wenn die Schiffe an Festland anlegten, um ihm zu berichten. Nun lag ihr letzter Besuch bereits so weit zurück, dass er sich Sorgen machen musste.

»Nicht auszudenken, wenn ihr etwas zugestoßen sein sollte.« Er ärgerte sich. Dabei ging es weniger um das Wesen als um die Verwirklichung der Pläne. Er musste einiges verschieben. Aber etwas musste erledigt werden, das keinen Aufschub duldete.

Mortva machte sich an die Ausfertigung eines weiteren Schriftstücks und ließ dann Osbin Leod Varèsz zu sich holen.

»Wir müssen dem neuen Großmeister der Hohen Schwerter einen Gefallen erweisen«, eröffnete er dem Strategen, wobei er die Feder zur Seite legte. »Nerestro von Kuraschka braucht unsere Hilfe.« Vorsicht blies er über die feuchte Tinte.

Der Feldherr, gekleidet in violette Gewänder, wirkte irritiert. »Und was ist mit dem alten? Meines Wissens nach haben meine Leute ihn gefangen. Er sitzt verschnürt im Kerker.«

Der Konsultant legte schweigend die Fingerspitzen zusammen und sah den Strategen nur an.

»Ich werde das veranlassen.« Varèsz verstand sofort.

Mortvas Mundwinkel wanderten nach oben. »Aber in aller Heimlichkeit. Ich habe dem Kabcar gesagt, dass der Großmeister seinen Verletzungen erlag.«

»Das wird er«, versprach der Feldherr gleichgültig,

warf seinen Dolch in die Luft und fing in wieder auf. »Es war ohnehin erstaunlich, dass er diese Schnitte überlebt hat.«

Der Konsultant reichte ihm das Dokument. »Das ist sein letzter Wille. Siegelt es entsprechend und lasst ihn seine Unterschrift darunter setzen.«

Varèsz nahm das Blatt und verließ das Zimmer.

Der Konsultant lehnte sich nach hinten und legte die Stiefel auf die Tischplatte.

II.

»Seine Augen verkündeten das Verborgene, das sie mit Furcht erfüllte.

Dennoch eröffnete sie ihm einen Teil seines Schicksals.

›Ihr werdet der Nachfolger eines sehr großen, gefürchteten Herrschers werden und über viele Untertanen regieren‹, sprach sie. ›Ihr werdet viele Kinder haben. Eines von der Frau, die Euch liebt. Drei von der Frau, die Euch verachtet. Und eines, von dem Ihr nicht wissen werdet, dass es nicht von Euch ist.‹

Und sie sah noch einen anderen besonderen Knaben, der seinen Lenden entstammen sollte. Dessen Existenz verschwieg sie ihm aber.«

Das Buch der Seherin
Kapitel II

Kontinent Ulldart, Inselreich Rogogard, drei Meilen vor Ulvland, Winter 444 n. S.

»Ich hätte niemals gedacht, dass wir mit dieser Konstruktion bis nach Ulvland kommen«, rief Torben Rudgass lachend und schlug dem Steuermann erleichtert auf den Rücken.

Der Mann mit den leicht geschlitzten Augen nickte ausgiebig und fiel ein wenig halbherzig in die Heiterkeit mit ein, obwohl er kein Wort von dem verstand, was der Freibeuter sagte.

Durch das dichte Schneetreiben kämpfte sich die *Lerrán* Woge für Woge in Richtung der ersten rogogardischen Inseln im äußersten Westen. Tief lag der Rumpf der Dharka im Wasser, die unteren Räume des Schiffes hatten sich mit Wasser gefüllt, nachdem sie auf ein Riff aufgelaufen war, aber glücklicherweise nur geringe Schäden davontrug. Ohne den rogogardischen Seemann, den die Unbekannten aus den eiskalten Fluten gefischt hatten, wären die Fremden verloren gewesen.

Torben kniff die Augen zusammen und versuchte, durch die wirbelnden Flocken hindurch das Land zu erkennen. Wenn alles gut verlief, müssten sie bald schon den Leuchtturm des Hafens sehen, der ihnen den Weg wies.

»Das würde mir noch fehlen«, sagte der Rogogarder mehr zu sich selbst. »Auf den letzten Metern abgesoffen, weil wir einen Felsen übersehen haben.«

Er sprang hinab auf das Deck, um nach dem notdürftig zusammengezimmerten und -gebundenen Großmast zu schauen. Die Männer hatten ihn unter seiner Anleitung nach sechs Seiten abgestützt und mit zusätzlichen Verstrebungen gesichert, damit er nicht durch den Druck des Segels ein weiteres Mal barst. Sollte er dennoch brechen, müsste man den Rest der Strecke mit den

Beibooten zurücklegen. Nicht das Schlimmste, aber er wollte die *Lerrán* nicht aufgeben.

Sie war das letzte der vier Schiffe ihrer einstigen Verfolger und nur deshalb noch übrig, weil es damals im Sturm seine Hauptmasten verloren hatte und zurückgefallen war. Ein Glücksfall, zumindest für Torben, denn die Fremden zogen ihn an der Unglückstelle, wo die *Klapok* und die *Grazie* in der Tiefe versunken waren, heraus, bevor er restlos erfrieren konnte oder die Ungeheuer der Tiefesee ihn fraßen. Sie steckten ihn abwechselnd in heißes Wasser und unter warme Pelze, bis er die Nachwirkungen seines Aufenthalts in der beinahe gefrorenen rogogardischen See überstanden hatte. Von den anderen Passagieren fehlte dagegen jede Spur. Außer Wrackteilen fanden sie nichts.

Während er so dastand, eine Hand an das raue Holz des Mastes gelegt, beschäftigten sich seine Überlegungen mit dem Schicksal von Waljakov, Norina und den übrigen. Ihnen rechnete er keine Aussichten auf Überleben ein. Außer den Fremden war zu dieser Zeit mit Sicherheit niemand auf dem Meer gewesen, der sie hätte aufnehmen können. Schwer atmete Torben aus. Und dennoch wollte er sich so etwas wie Hoffnung bewahren, so unwahrscheinlich sie auch war.

»Mein Lob und meine Anerkennung«, sagte eine Frauenstimme in seinem Rücken. Der Freibeuter drehte sich zu Varla um und schüttelte die wenig frohen Gedanken ab. Sie trug einen dicken Pelzmantel, Handschuhe und Fellstiefel, um sich gegen den beißenden Wind und die Kälte zu schützen. Um die Hüfte geschnallt baumelten Degen und Langdolch. »Wir scheinen es wirklich geschafft zu haben.«

»Nun stell dir vor, du hättest mir damals die Kehle aufgeschlitzt, als ich mich in deine Kabine stahl«, sagte Torben. »Niemand hätte dich und deine Leute sicher hierher gebracht.«

»Ich danke der Allmächtigen Göttin.« Die Kapitänin des Schiffes reichte ihm einen Becher Grog, den der Freibeuter dankbar entgegennahm. »Eine Woche länger, und wir wären voll gelaufen bis zur Bordwand. Das verdammte Leck ist einfach nicht zu stopfen.«

»Wir kümmern uns an Land darum.« Torben nippte an dem heißen Getränk und musterte sie durch den Dampf hindurch, der aus der Tasse aufstieg. Sie hatten so etwas wie einen Burgfrieden geschlossen. Zwar war es nach wie vor seine Schuld, dass ihr geplanter Raubzug in Tularky misslungen war, dennoch verdankte sie es ihm und seiner Navigationskunst, dass die *Lerrán* einen Hafen erreichte. »Eins musst du mir noch sagen: Hättest du mir tatsächlich den Hals aufgeschnitten wie einem Huhn?«

Varla verzog den Mund und wirkte damit leicht spöttisch. »Vielleicht. Vielleicht auch nicht.«

Der Freibeuter ließ nicht locker. »Und was ist mit der Liebesnacht? Mit dem Lustsklaven?«

Sie lachte. »Lass es gut sein. Ich wollte dich damals erschrecken, bevor ich dich über Bord geworfen hätte.«

Torben glaubte zu spüren, dass ihre Antwort nicht ganz ehrlich war, ließ es aber im Moment auf sich beruhen. Er zumindest fühlte sich in ihrer Nähe recht wohl, zumal sie die gleiche »Arbeit« verrichteten.

»Glaubst du, deine Leute sind in der Lage, mein Schiff nach meinen Anweisungen zu reparieren?« Varla wirkte nicht allzu zuversichtlich. »Die Bauweise unterscheidet sich schon sehr von euren langsamen Koggen. Ich hoffe, wir finden das richtige Material.«

»Mit Sicherheit nicht.« Torben machte ihr keinerlei Hoffnung. »Die Bäume, die ihr in Tarvin benutzt habt, um die *Lerrán* zu bauen, wachsen nicht in Rogogard. Wir können froh sein, wenn wir überhaupt auf die Schnelle etwas finden. Zu dieser Jahreszeit sind Reparaturen in den Werften fast an der Tagesordnung. Treibeisschäden. Passiert schnell, wenn man unachtsam ist.«

»Das ist ja wunderbar«, seufzte die Kapitänin. »Ich wollte nicht den Winter bei den Bärten verbringen.« Sie bemerkte den vorwurfsvollen Blick des Mannes. »Oh, so nennen wir alle Völker, die sich die Gesichtshaare stehen lassen. Unsere Männer rasieren sich von Kopf bis Fuß.«

»Von Kopf bis Fuß?« Beinahe hätte Torben den Grog auf die Planken gespuckt. »Überall?«

»Überall«, bestätigte Varla. »Bis auf den Kopf.«

»Memmen«, murmelte der Rogogarder. »Wie sind die Winter in Tarvin?«

»Warm, angenehm warm.« Die Augen der Frau bekamen einen sehnsüchtigen Ausdruck, die Hände schlossen sich fester um die Tasse. »Es gefriert nichts, man kann sich Pelze und Felle sparen.«

»Widerlich«, kommentierte Torben. »Man merkt, dass ihr direkt neben Angor liegt.« Vorsichtshalber spähte er nach vorne. »Sag deinem Mann am Ruder, er soll drei Striche nach backbord einschlagen. Ich will die Sandbank umfahren. Normalerweise ist sie bei Flut kein Hindernis, aber bei unserem Wasserstand im Rumpf erscheint mir der direkte Weg zu gefährlich.«

Varla brüllte eine Anordnung in ihrer Sprache in Richtung des Steuermanns, der dem Befehl auf der Stelle nachkam. Eine Böe fegte in die Segel, der Mast knirschte bedenklich, durch die Verstrebungen lief ein Ruck, aber sie hielten stand. Die *Lerrán* nahm an Geschwindigkeit zu.

»Meinst du, ich sollte Tarvin einen Besuch abstatten?«, wollte er ihre Meinung wissen.

»Du möchtest von mir hören, ob sich ein Beutezug lohnen würde«, übersetzte die Kapitänin die Frage lächelnd. »Lohnen schon, aber mit einer der unbeweglichen Kriegskoggen brauchst du erst gar nicht aufzutauchen. Sie würden dich schneller zu den Fischen schicken, als du wenden könntest. Das war auch der

Grund, weshalb die ulldartischen Schiffe keine echte Gefahr sind. Wenn meine Dharka wieder flott ist, können wir gerne ein Rennen fahren, damit du siehst, was ich meine.«

»Einverstanden. Um was wetten wir?«

Varla leckte sich einen Tropfen Grog von den Lippen. »Nein, so nicht. Es muss etwas Ausgefallenes sein.«

Der Rogogarder brummte etwas und prostete ihr zu. »Na schön. Der Verlierer muss, sagen wir, dem Sieger einen Wunsch erfüllen. Was auch immer es sei.«

Sie stieß mit ihm an. »Was auch immer es sei.« Sie schien zu überlegen. »Ich könnte dich an Palestaner verkaufen und mit den Gewinn ein schönes Schiff bauen. Ich habe gehört, sie sind nicht besonders gut auf dich zu sprechen. Sie würden dich bestimmt gerne als Leibeigenen schuften lassen, bis du tot umfällst.«

»Nur weil du als Mädchen von Tersionern als Sklavin nach Tarvin verkauft wurdest, soll mir das gleiche Schicksal blühen? Nein danke«, wehrte Torben ab. »Die Krämer würden mich auf der Stelle umbringen.«

»Ein gerechter Ausgleich für das, was du mir in Tularky verdorben hast.«

»Ich wusste es«, rief er und hielt ihr den Zeigefinger unter die Nase. »Du bist nachtragend.«

»Was erwartest du?«, verteidigte sie sich, ein Teil ihrer Entrüstung war echt. »Es war alles genau geplant. Meine Leute hätten in aller Ruhe die wichtigen Orte besetzt, und der Griff nach den Kassen wäre so einfach gewesen wie das Angeln in einem gefüllten Netz.« Ihre gute Laune verflog. »Ich bin dir dankbar, dass du uns sicher nach Rogogard gelotst hast. Aber das Rennen gegen mich wirst du verlieren. Und auf meine Rache für deine Niedertracht in Rundopâl kannst du schon mal gespannt sein.« Sie schnaubte.

»Du bist ja wirklich wütend«, meinte Torben amüsiert und forderte Varla nur noch mehr heraus.

»Natürlich bin ich wütend, weil mir ein beleidigter Pirat …«

»Freibeuter«, verbesserte der Rogogarder zahnlos grinsend und nahm gut gelaunt einen weiteren Schluck aus dem Gefäß.

»… was auch immer«, fauchte sie zurück, »aus reiner Bosheit, weil er aus den fremden Schiffen nichts rauben konnte, meine große Beute zunichte machte!«

»Du hättest so etwas natürlich nicht getan«, sagte er ruhig.

»Nein«, schnaufte Varla. »Ich hätte dich im Hafen versenkt.«

Sie wandte sich abrupt ab und stapfte demonstrativ auf das Oberdeck, um sich mit dem Steuermann zu unterhalten. Torben grinste von einem Ohr zum anderen und schlenderte zum Bug, um einen besseren Blick zu haben.

Ulvlands Küste erschien gut sichtbar vor der *Lerrán*, und der Freibeuter bemerkte den schwachen Schein eines Leuchtturms, der sich schwer damit tat, sein Licht gegen die vielen tanzenden Schneekristalle durchzusetzen. Das wirbelnde Weiß absorbierte fast alles von der gebündelten Helligkeit, aber der Schimmer reichte dem Rogogarder aus, um mit ein paar knappen Gesten die Richtung angeben zu können. Die Sandbank mussten sie bei dem Tempo bereits umfahren haben.

Nach nicht allzu langer Zeit und einigen Litern Meereswasser mehr im Schiffsbauch lief die Dharka etwas unbeholfen im natürlichen Hafen eines Dorfes ein, das Torben vom Namen auf der Karte her kannte. Dort ragte sie mit ihren vier Decks zwischen den kleineren Schaluppen und Schonern wie ein Riese auf. Und erschien den Ulvländlern mindestens genauso gefährlich.

Unaufhörlich, das hörten alle an Bord, wurde auf dem Leuchtturm ein dunkles Horn geblasen. Menschen rannten mit Fackeln durch Gassen, Metall klirrte. Offenbar machte man sich bereit, die vermeintlichen Angreifer mit dem unbekannten Schiff gebührend zu empfangen. Eine erste Abordnung hatte sich bereits am Kai versammelt, die Schilde gereckt, die Bögen schussbereit.

Torben hatte Varla übersetzen lassen, dass sich niemand der Besatzung blicken lassen sollte, bis er mit den Einwohnern zu einer Übereinkunft gekommen war. Sicherheitshalber nahm er einen Schild und ging dahinter in Deckung. Es war still.

»Mein Name ist Torben Rudgass«, rief er laut und deutlich. »Ich bin Rogogarder wie ihr und komme ohne böse Absicht.« Der Pfeilschauer blieb aus. »Ich stehe jetzt auf. Und dass mir niemand auf den Gedanken kommt, mich spicken zu wollen.« Vorsichtig erhob er sich und blickte in die misstrauischen Gesichter von vier Dutzend Bewaffneten. Der Freibeuter breitete als Zeichen seiner Friedfertigkeit langsam die Arme aus. »Dürfen meine Freunde und ich an Land gehen? Gibt es eine Werft, in der wir unser Schiff reparieren lassen können?«

»Was ist denn das für eine Schale?«, rief einer aus der Menge. »So etwas haben wir noch nie gesehen. Aber sie wird brennen, wenn uns eure Nasen nicht gefallen.« Einige der Wachen lachten.

Torben war nicht entgangen, dass Katapulte auf dem Leuchtturm gespannt und auf die *Lerrán* ausgerichtet worden waren. »Ich verspreche euch als Rogogarder, dass wir uns anständig benehmen. Wir hatten einen kleinen Unfall, bei dem wir uns ein Leck einfingen. Wenn wir also lange warten, läuft der Kahn auf Grund.«

»Dein Name ist uns ein Begriff«, sagte ein breit gebauter Mann, der mit einer Axt und einem Schild ausgestattet war. »Ich bin der Obmann von Ulvsgrund, Kallsgar. Wenn ihr bleiben wollt, werden sich alle, die an Bord sind, ohne Waffen am Ufer aufstellen. Nachdem wir das Schiff durchsucht haben, soll euch der Aufenthalt erlaubt sein. Wir brauchen keine Fremden, die zum Plündern gekommen sind.«

Varla, die an der Luke nach unten stand, nickte knapp. Nach und nach schickte sie ihre Leute hinaus, und als sich die knapp vierhundert Mann dicht an dicht am Ufer drängten, wurde den wenigen Rogogardern mulmig.

Torben stand, ein Bein auf die Reling gestützt, grinsend an Bord der Dharka und freute sich wie ein Schneekönig über seine erschrockenen Landsleute.

»Es ist gut«, sagte Kallsgar, ohne tatsächlich beruhigt zu sein. »Wir verzichten auf eine Durchsuchung. Selbst ohne Waffen wärt ihr uns weit überlegen.«

»Danke für deine Gastfreundschaft, Obmann. Habt ihr eine Werft in dem schönen Ulvsgrund?« Torben schwang sich an einem losen Seil herab.

Federnd kam er vor Kallsgar zum Stehen, während hinter ihm erschrockene Rufe hallten. Das gespannte Tau, an dem sich der Freibeuter angeberisch hinuntergelassen hatte, war über Umwege mit einer Strebe verbunden gewesen, lockerte sie durch die ungeplante Belastung und setzte eine Kettenreaktion in Gang. Stütze um Stütze brach zusammen, Abspannungen rissen, der haltlose Großmast knickte unter der Last des Bastsegels und der Rahe ein und schlug ein Loch bis hinab zum Rumpf.

Varla, die eben am Kai angekommen war, schnalzte mit der Zunge, als die *Lerrán* noch tiefer sank und mit einem dumpfen Rumpeln auf dem Grund des Hafenbeckens aufsetzte. Wortlos schaute sie den Freibeuter an, kreuzte die Arme vor der Brust und hob eine Augenbraue.

Torben hielt noch immer das Seil in Händen und wusste nicht, was er sagen sollte.

Das Johlen, Lachen und Rufen der Dorfbewohner, die sich ausschütteten und kaum mehr ihre Waffen halten konnten, konnte ihn nicht wirklich aufmuntern.

»Ja, wir haben eine Werft«, dröhnte Kallsgars Stimme durch den Lärm. »Und es sieht so aus, als bräuchtet ihr die dringend.« Er sah zu den Fremden. »Woher kommen die denn? Verstehen sie uns?«

»Das ist eine lange Geschichte«, seufzte der Freibeuter. Als bestünde das Tau aus porösem, zerbrechlichem Material, legte er es auf die Steine der Hafenbefestigung. »Können wir die im Warmen erzählen?«

»Ja, Junge.« Der Obmann zeigte auf eine große Halle. »Das ist die Werft, dort können eure Leute schlafen. Und wir gehen erst mal einen Grog trinken. Dabei wirst du mir alles erzählen.« Er brachte seinen Mund nahe an das Ohr Torbens. »Ist das deine Frau?«

»Nein«, sagte Varla giftig. »Ich bin die Kapitänin des Wracks. Und ich werde euch begleiten, damit er keinen Unsinn von sich gibt.« Sie funkelte den Freibeuter böse an. »Das hast du nur gemacht, damit du um die Wettfahrt herumkommst. Aber ich baue mein Schiff wieder zusammen. Oh, und wie ich mich schon freue auf den Wunsch, den du mir erfüllen wirst, Bursche.«

Sie gab Anweisungen an ihre Mannschaft, die nach dem Sinken der Dharka ziemlich ratlos herumstand. Gehorsam machten sie sich auf den Weg zu ihrer neuen Unterkunft.

Der Obmann ging zusammen mit seinen beiden Gästen und einer Schar von Neugierigen in die Schänke, in der Grog und dunkles, süßes Gewürzbier gereicht wurden.

Nach ein paar Zügen erklärte Torben den Ulvsgründlern, dass die Fremden ihn aus der Seenot gerettet hatten, dafür aber selbst in Schwierigkeiten geraten waren. Immer wieder ließ er einfließen, dass sich keinerlei Ware an Bord der Dharka befand, um zu verhindern, dass Gelegenheitsplünderer der *Lerrán* in der Nacht einen Besuch abstatteten.

»Wenn wir das Schiff wieder flott gemacht haben,

segeln wir weiter. Ich besorge das Geld, das für die Reparaturen benötigt wurde«, erläuterte der Freibeuter seine Absichten. »Mein Anwesen liegt nahe dem Jaronssund. Bei gutem Wind müsste die Dharka die Strecke in wenigen Tagen geschafft haben.«

Geschickt verleitete er Kallsgar auf diese Art dazu, Varla über ihre Herkunft und die Bauweise des Schiffes auszuquetschen, was der Obmann mit Hingabe tat. Kräftige Unterstützung erhielt er dabei von den vielen wissbegierigen Männern um ihn herum, sodass der Tarvinin kaum Gelegenheit zum Luftholen blieb. Zwei Gläser Grog und ein Humpen Gewürzbier hatten ihre Zunge gelockert, und mit geröteten Wangen berichtete sie Einzelheiten über die Konstruktion der Dharka, schwärmte von dem warmen Tarvin und den Vorzügen von rasierten Männern, was vor allem die Frauen in der Schänke zu Nachfragen ermunterte.

Torben nutzte die Gelegenheit, um sich vom umlagerten Tisch zu entfernen und zum Tresen zu schlendern. Er wollte abseits des Trubels seinen Krug nachfüllen und nach der recht genauen Seekarte schauen, die er an der Wand entdeckt hatte. Dankbar ließ sich der Freibeuter die rogogardische Spezialität schmecken, während er die Zeichnung betrachtete, auf der er neben dem Inselreich auch die Andeutungen der kalisstronischen Küste erkannte.

Immer wieder huschten seine Augen hin und her und schätzten Entfernungen grob ab. Nach einer Weile, Varla redete immer noch, verlangte er nach Zirkel und Lineal. Etwas machte ihn stutzig, und er wollte ausmessen, ob seine Vermutung richtig war. Wenn er den Kurs und die Strecke zurückrechnete, auf der die *Lerrán* gesegelt war, fand er den ungefähren Ausgangspunkt der Dharka nicht allzu weit von der kalisstronischen Küste.

Zehn Meilen. Er kratzte sich mit dem Lineal am Hinterkopf. Sie wären besser nach Kalisstron gefahren, als sich bis nach Ulvsgrund durchzumühen. Da aber die wichtigen Karten an Bord des fremden Schiffes gefehlt hatten, war ihm diese Erkenntnis am Anfang der Reise verwehrt gewesen. Wie groß war wohl die Möglichkeit, dass eine wasserdichte Truhe diese Strecke zurücklegen konnte? Neue Hoffnung keimte in Torben auf, dass wenigstens Norina den Untergang der *Grazie* überstanden haben könnte. Und vielleicht hatten sich die anderen im Ruderboot so weit durchschlagen können. Waljakov könnte von ihnen gefunden und mitgenommen worden sein.

Aus dem dünnen Strich, der die Küste Kalisstrons symbolisierte, wurde für ihn vor seinem inneren Auge ein echter Strand, an dem sich die Brojakin und alle anderen Passagiere erschöpft in den rettenden Sand warfen. Ein Lächeln bildete sich in seinem Gesicht. Wortlos deutete er auf sein leeres Gefäß, in das noch eine Ladung Gewürzbier floss. Er würde sie finden, ganz egal, was ihm die Kalisstri entgegenstellten.

Seine rogogardische Herkunft würde ihm etliche Schwierigkeiten bereiten, denn mit den Bewohnern des Kontinents der Bleichen Göttin war nicht gut Schlitten fahren. Sie gewährten den Freibeutern, die in der Vergangenheit gerne dort gekreuzt waren, kein Pardon. Und die Kalisstri waren gute Seefahrer. Zu gute, wie Torben verdrießlich eingestehen musste.

Er schweifte in der Erinnerung zu den letzten Geschehnissen an Bord der *Grazie* zurück, die er Varla wohlweißlich verschwieg. Er sah die brüllende und tobende Frau, die er mit der Speerschleuder an die Wand des kleinen Angriffsturms genagelt hatte. Warum und wieso sie nicht allein durch die Wirkung der Spieße getötet worden war, entzog sich seiner Kenntnis. Er kannte nicht ein einziges Wesen, das solche Verwundungen überstehen könnte. Hoffentlich war sie ersoffen. Langsam stellte er den Humpen ab. Aber wenn sie es nicht war, was machte sie dann? Ging sie auf die Suche?

Diese Vorstellung ließ den Freibeuter nervös werden, denn er wusste nicht im Geringsten, was man der übermächtigen Helferin des Konsultanten entgegensetzen konnte. Außer sie mit Speeren an Holzwände zu stecken.

Torben lehnte sich an die Theke, denn allmählich wurden seine Beine schwer. Er hatte zu schnell und zu viel getrunken. Er drehte sich zu der tarvinischen Kapitänin um, die immer noch redete und redete und redete. Irgendwann würde er ihr die seltsamen Ereignisse schildern, vielleicht fand sie eine Erklärung für die Widerstandskraft der unheimlichen, übermenschlichen Frau mit den rot glühenden Augen. Nun wollte er nur noch ins Bett. In ein echtes Bett, mit einer Strohmatratze, dicken Federdecken und einem wunderbar weichen Kopfkissen, nicht in eine Hängematte, die nach Schweiß und anderen Ausdünstungen eines Tarviners roch.

Nach einigen Sprechschwierigkeiten bekam er doch endlich einen Satz heraus, der vom Wirt verstanden wurde.

Lachend brachte er den betrunkenen Rogogarder in das Gästezimmer.

Dass in der Nacht noch eine Person zu ihm unter die Laken gesteckt wurde, die nicht weniger besoffen war, bemerkte er in seinem Rausch nicht.

Torben erwachte irgendwann am nächsten Morgen und spürte, dass das Bett eindeutig zu klein war. Zwar herrschte eine angenehme Wärme unter den Decken, und er nahm in seinem noch leicht schlaftrunkenen Zustand einen Hauch von bekanntem Duftwasser wahr, aber zum Umdrehen reichte der Platz kaum aus.

Ohne die Augen zu öffnen, schob er den ertasteten zweiten Körper aus der Lagerstelle, es folgten ein Poltern und ein erschrockener Schrei. Der Schrei einer Frau.

Nun öffnete der Freibeuter doch die Lider und schielte verschlafen über die Kante hinunter, wo sich eine zeternde Varla aus den Decken wühlte. Als sie den Rogogarder erkannte, saß sie steif vor Erstaunen auf den Dielen.

Torben glotzte nicht minder geistlos zurück, dann wanderte sein Blick an der spärlich bekleideten Tarvinin herunter. Rasch zog sie die Laken in die Höhe, um eventuelle Blößen zu bedecken. Torben schaute an sich hinab und musste feststellen, dass auch er fast nichts trug.

»Wie kannst du einfach so in mein Bett steigen?«, schimpfte die Kapitänin los.

»Ich war zuerst drin« Der Freibeuter kratze sich verwirrt an den geflochtenen Bartsträhnen. »Vermute ich zumindest.« Der Grog und die zahlreichen Gewürzbiere von gestern Abend hatten ihm einen beachtlichen Kopfschmerz hinterlassen. Und die Erinnerung geraubt. »Hast du irgendwas mit mir gemacht?«

Varla verstand die Andeutung zunächst nicht, dann wurden ihre Augen schmal. »Das hättest du wohl gerne!« Sie sprang auf und sammelte ihre Kleidung ein, was Torben einen hübschen Blick auf ihre Figur erlaubte. Nicht alles wurde von der Unterwäsche verhüllt.

Grinsend stützte er den Kopf in die Hand und betrachtete die Tarvinin, die wütend in ihre Kleider schlüpfte, in aller Ruhe.

Sie bemerkte seinen Blick und zog drohend den Langdolch. »Ich schneide dir dein bestes Stück ab, wenn du noch länger in meine Richtung schaust.«

Augenblicklich verschwand der Freibeuter unter der Decke und lachte. »Dann wäre dein Lustsklave zu nichts zu gebrauchen. Jedenfalls nicht für die Lust.«

»Diese verdammten Bärte«, tobte sie. »Ihr Streich muss ihnen einen riesigen Spaß bereitet haben.«

»Haben wir nun, oder haben wir nicht?«, erkundigte sich Torben, seine Stimme wurde durch die Federbetten gedämpft. »Ich kann mich nicht mehr daran erinnern.«

Die Decke wurde ruckartig weggezogen, die Schneide des Dolches bohrte sich neben ihm ins Kissen, und das wutentbrannte Gesicht der Tarvinin erschien groß vor ihm. »Du, Pirat, würdest dich daran erinnern, wenn ich etwas mit dir gemacht hätte, darauf kannst du Gift nehmen.«

Der Freibeuter spielte den Unschuldigen. »Könnten wir es vielleicht wiederholen?«

Mit einem Schnauben zog sie den Dolch zurück. Eiskalt legte sich das Metall zwischen seine Beine, und er musste sich sehr beherrschen, um nicht zusammenzuzucken und damit einen ungewollten Schnitt zu provozieren.

»Da gibt es nichts zu wiederholen. Ich hätte dir damals doch die Kehle durchschneiden sollen.« Die Klinge blieb, wo sie war. »Merk es dir. Es ist nichts, aber auch gar nichts heute Nacht geschehen. Und wenn du etwas anderes behauptest, wirst du bald im Knabenchor singen, Torben Rudgass.«

Er nickte, und sie verstaute die Waffe wieder in der Hülle. In aller Eile warf sie sich den Pelzmantel um, nahm Degen und Dolch in die Linke und lief die Stufen hinab.

»Versteh einer die Frauen.« Torben stand auf und zog sich ebenfalls an.

Als er hinunter in den Gastraum kam, rieb der Wirt gerade den großen Tisch ab und beseitigte die letzten Spuren des Gelages. Schnee rieselte vor dem Fenster unaufhörlich herab und bedeckte die Landschaft, die Schoner und Schaluppen, selbst auf der Dharka hatte sich eine Lage Weiß gebildet. Den Freibeuter überlief es kalt.

»Gib mir ein Frühstück und etwas gegen Kopfschmerzen«, verlangte er, während er es sich bei anderen Ulsgründlern neben dem Ofen gemütlich machte. Draußen sah er Varla mit langen Schritten durch den Schnee zur Werft laufen, und er musste grinsen.

Der Wirt stellte ihm Fleisch, gebratenen Fisch und Eier vor die Nase, gefolgt von einem Humpen heißen Gewürzbieres. »Das Beste gegen Kopfschmerzen«, meinte er knapp und schaute, wie die anderen Männer, der Frau hinterher. »Wie war es heute Nacht?«

Torben schob sich ein großes Stück Fisch mit einer Scheibe Brot auf die Gabel und schaufelte es in sich hinein. »Wunderbar«, meinte er dann.

»Der Fisch oder die Frau?«, erkundigte sich der Wirt.

»Die Frau und der Fisch«, lachte der Freibeuter, und die übrigen Rogogarder fielen in das typische Männerlachen ein, das immer dann zu hören ist, wenn etwas Schmutziges erzählt worden war. »Aber eure Fantasien reichen nicht aus, glaubt mir.« Er schwenkte die Gabel im Kreis. »Mehr erzähle ich euch nicht, ihr geilen Hechte. Sonst rennt ihr auf der Stelle zu euren Weibern und wollt die Sachen nachmachen.«

»Dann ist unser Streich wohl gelungen, was?«, lachte einer der Ulvsgründler und stieß mit Torben an.

»Kann man so sagen«, bestätigte er. Er senkte die Stimme geheimnistuerisch. »Aber Varla wird alles abstreiten, wenn ihr sie fragt. Ihr ist die feurige Leidenschaft, die sie im Rausch überkam, wohl peinlich. Ich kann euch sagen …« Er beließ es bei der Andeutung und bekam einen verträumten Ausdruck.

Alle Männer starrten wie auf ein Kommando wieder aus der Glasscheibe, um noch einmal nach der Tarvinin zu sehen, deren Mantel gerade in der Werft verschwand. Das eine oder andere Seufzen und Stöhnen war zu hören.

»Ihr hättet sie in mein Bett legen sollen«, grummelte der Wirt.

»Soll sie vor Langeweile sterben?«, rief Kallsgar fröhlich von der Tür her, der die letzten Worte mitbekommen hatte, und entfachte einen Sturm der Heiterkeit. Der Wirt winkte nur griesgrämig ab und ging in die Küche.

Der Obmann schüttelte seinen Pelzmantel ab und schlenderte zum Tisch des Gastes. »Ihr müsst euer Schiff schnell aus dem Hafen ziehen, bevor es einfriert. Die übrigen Fischer sind gerade dabei, ihre Boote an Land zu bringen. Die Temperaturen fallen schnell, wie du weißt.«

»Ich mache euch einen Vorschlag«, begann Torben und spülte die Eierreste in seinem Mund mit dem Bier hinunter. »Meine Tarviner helfen euch beim Kielholen der Boote, dafür sind mir eure geschickten Hände bei der Reparatur der Dharka gewiss.« Er spuckte in die Hand und hielt sie Kallsgar hin. »Ist das ein Wort? Die Nussschalen wären innerhalb eines Tages auf der Erde.«

Der Obmann schlug ein, dass der Speichel flog. »Einverstanden. Wann können sie anfangen?«

Der Freibeuter stand auf. »Sobald sie etwas von der Abmachung wissen.«

»Wenn du heute Nacht überzeugend warst, wird sie mit Freuden zustimmen«, rief einer der Ulvsgründler und machte ein paar anzügliche Bewegungen.

Torben griente kurz, zog sich den Mantel an und lief zur Werft, die sich in ein großes Lager verwandelt hatte.

In jeder freien Ecke saßen oder lagen die Fremden, sie hatten sich in den großen Bottichen, die normalerweise zum Erhitzen des Teeres dienten, Tee gekocht. Erstaunt sah der Freibeuter, wie sie dicke Brocken Butter und eine Prise Salz in die heiße Flüssigkeit gaben. Angewidert verzog er das Gesicht, als Varla ihm eine Schöpfkelle davon zum Kosten anbot. »Es ist alles drin, was der Körper braucht. Salz, Fett und Wasser«, lockte sie.

»Nur Geschmack fehlt, was? Nein danke.«

»Du hast am frühen Morgen schon getrunken.« Sie roch es an seinem alkoholschwangerem Atem. Ihr Ärger war noch immer nicht verflogen, aber er hatte sich wenigstens etwas gelegt. »Wie geht es nun weiter? Hocken wir hier bis zum Frühjahr?«

Torben nahm entgegen aller guten Vorsätze doch einen Schluck und hätte sich um ein Haar übergeben. »Wir werden die *Lerrán* aus der Bucht ziehen müssen. Sie friert sonst ein, und das Eis würde sie vermutlich zertrümmern.« Er deutete hinaus. »Wir bauen eine breitere Rampe, um das Schiff in die Werft oder zumindest in die Nähe zu bekommen. Danach beginnen wir mit den Ausbesserungen.« Er strahlte sie an. »Die Dörfler werden uns sicher helfen.«

Ihre Augen verengten sich misstrauisch zu Schlitzen.

»Na ja, wir müssen ihnen nur ein wenig zur Hand gehen, ihre eigenen Boote an Land zu bringen«, rückte er mit der Abmachung heraus, die er getroffen hatte. Dass bereits alles unter Dach und Fach war, verschwieg er vorerst lieber.

Die Kapitänin hielt kurze Rücksprache mit ihren Landsleuten und gab ihr Einverständnis.

»Ich mache dann alles mit dem Obmann klar.« Torben drehte sich zum Eingang und brüllte ins Dorf, dass alles in Ordnung sei. Kallsgar, der gerade durch den mittlerweile kniehohen Schnee zum Hafen stapfte, hob die Hand zum Gruß und setzte seinen Weg fort. »Gut. Sie sind einverstanden.«

Varla starrte ihn ungläubig an. »Wird in Rogogard immer so schnell verhandelt?«

»Ja«, sagte der Freibeuter. »Wer könnte dem charmantesten Mann des Kontinents widerstehen? Und wen ich durch meine liebenswerte Art nicht überzeuge, den haue ich eben übers Ohr, so einfach ist das.« Sein Blick wanderte durch die Halle. »Und nun sag deinen Leuten, dass ihre Muskeln gebraucht werden.«

Argwöhnischer als zuvor, erteilte die Tarvinin die entsprechenden Befehle, und die Besatzung der *Lerrán* setzte sich in Bewegung. Am Kai erhielten sie in Zeichensprache, mit Händen und Füßen Anweisungen von den Ulvsgründlern, an welchen Tauen und Seilen sie zu ziehen hatten, und bald begannen die vierhundert Fremden mit der Arbeit.

Torben beschränkte sich aufs Zusehen und Anfeuern, schließlich gehörte er weder zu den Dorfbewohnern noch zu den Menschen aus Tarvin. Irgendjemand hatte ihm die Aufsicht über den kleinen Ofen erteilt, auf dem der Grog im Freien heiß gehalten wurde. Eine Arbeit, die er gerne übernahm, musste er doch ständig die Qualität des Getränks kontrollieren.

Einer der Tarviner stieß mitten in der Arbeit einen lang gezogenen Ruf aus, und für die anderen bedeutete das, ein Lied anzustimmen. Mehrstimmig tönte es über den Strand und erinnerte den Freibeuter etwas an borasgotanische Weisen, nur etwas flotter und nicht ganz so hundserbärmlich traurig. Zum ersten Mal hörte man auf Rogogard ein Lied aus dem Süden der Welt, von einem gänzlich anderen Kontinent. Nach der letzten Strophe brandete Applaus auf.

»Das ist sehr nett, aber mit einem echten Freibeuterlied kann es nicht mithalten«, meinte Torben. Ein kurzer Schluck aus dem Grogtopf, ein Räuspern der Kehle und die Stimme von Torben Rudgass schmetterte los. Es dauerte nicht lange, und die anderen Ulvsgründler brummten mit.

Auch wenn die rund hundert Männer nicht die Stimmgewalt der Gäste vermitteln konnten, die Tarviner freuten sich über das Ständchen und zollten ebenfalls mit Händeklatschen ihren Respekt.

Als die Rogogarder Musikinstrumente anschleppten, gerieten die Tarviner völlig aus dem Häuschen, die Arbeit ging so mühelos wie schon lange nicht mehr in Ulvsgrund vonstatten.

Am frühen Abend lagen die einheimischen Boote an Land, alle weit das Ufer hinaufgezogen, damit ihnen die mit Sicherheit kommenden Winterstürme nichts anhaben konnten. Und würden die Musiker, die vor Kälte die steifen Finger fast nicht mehr bewegen konnten, weiterspielen, so lautete Torbens Vermutung, hätten die Fremden die Schaluppen und Schoner bis auf die andere Seite der Insel geschleppt.

Die Wirtschaft blieb nun geschlossen, die Dorfbewohner versammelten sich in der Werft, brachten Geschenke und Proviant mit. Aus der vorsichtigen Zurückhaltung war echtes Interesse an der anderen Kultur geworden.

Da die Sprache eine Barriere bildete und Varla nicht überall gleichzeitig sein konnte, behalf man sich mit Gefuchtel, hier und da hörte der Freibeuter die ersten zaghaften Versuche, die Worte der jeweils anderen zu erlernen.

Die Tarvinin zog sich irgendwann aus dem Sprachengewirr zurück und trat an Torbens Seite.

»Das hätte ich niemals gedacht«, sagte sie zufrieden. »Rogogard und Tarvin, die neue Allianz.«

»Die Völker scheinen sich gut zu verstehen«, meinte er. »Wie das bei Freibeutern so üblich ist.« Er setzte sich auf einen Balken und zog sie neben sich. »Ich möchte dir erzählen, was auf der *Klapok* und der *Grazie* geschehen ist, weil ich deinen Rat benötige. Es muss nicht jeder hören, und da gerade alle so schön abgelenkt sind, ist der Zeitpunkt recht günstig.« So ausführlich er sich an die letzten Ereignisse der beiden Schiffe erinnern konnte, gab er sie wieder und ließ nicht die kleinste Kleinigkeit aus. Dann schilderte er das Wichtigste von dem, was Waljakov ihm damals über den Kabcar erzählt hatte, und dass dieses Wesen wohl eine Helferin des Herrschers war.

Varla überlegte, nachdem der Freibeuter geendet hatte. »Dass mit meiner Auftraggeberin etwas nicht stimmte, habe ich erst bemerkt, als wir euch durch den Sturm jagen mussten«, sagte sie bitter. »Sie hat über tausend Leute den Fluten geopfert, um euch zu fangen. Spätestens als sie sich verriet, indem sie deine Passagiere erwähnte, wusste ich, dass es nicht nur um die verlorene Unschuld ging, wie sie mir zuerst darlegte. Und selbst meine Rache wegen der Sache in Tularky wurde gleichgültig.« Sie wirkte niedergeschlagen. »Es waren gute Seeleute, die einen solchen Tod nicht verdient hatten. Man müsste sie eigentlich rächen.«

»Also, du weißt auch nicht, was das für ein Wesen war?« Der Rogogarder sah sie abwartend an.

»Nein, beim besten Willen nicht«, bedauerte sie. »Hoffentlich starb sie in den Fluten. Auch wenn ich davon nicht unbedingt überzeugt bin, nach dem, was ich alles von dir gehört habe.« Sie schaute in ihren leeren Becher. »Wie wird es weitergehen?«

»Wir ziehen die Dharka in den nächsten Tagen aus dem Hafenbecken, lassen das Wasser auslaufen und beginnen, die schadhaften Stellen auszubessern«, erklärte er. »Das wird alles nicht unbedingt einfach. Allein die Rampe so zu verbreitern, dass der Dreimaster draufpasst, wird umständlich. Aber wir schaffen das. Die Kosten übernehme ich.«

Varla zog die Augenbrauen zusammen. »Kann es sein, dass ich gerade neben einem sehr reichen Mann sitze?«

»Nein, nicht wirklich reich. Ich werde mein Häuschen verkaufen müssen«, jammerte er Herz erweichend. »Aber immerhin habe ich dafür gesorgt, dass die *Lerrán* endgültig auf Grund lief. Da ist es nur rechtens, wenn ich in die Tasche greife. Im Ernst, Rogogarder sind Freibeuter. Und die Ulvsgründler werden mir als Landsmann eine verbilligte Rechnung machen, da bin ich sicher. Mit der seetauglichen Dharka sollte es keine Schwierigkeiten geben, eine Rinne durch das erste Eis zu brechen.« Er deutete auf den Kiel. »Vielleicht verstärken wir den mit ein wenig Metall. Und dann erreichen wir Jaronssund innerhalb weniger Tage.«

»Und dann? Ziehen wir wieder unserer Wege, nehme

ich an.« Sie klang bei den Worten zu teilnahmslos. »Jeder für sich.«

Torben bildetet sich für einen Moment ein, eine Spur Bedauern gehört zu haben, aber in ihrem Gesicht zeigte sich nichts Verräterisches, aus dem er schließen konnte, ein Abschied von ihm würde ihr schwer fallen.

»Vermutlich«, antwortete er nach einer Weile. »Ich werde Norina, Waljakov und die anderen suchen. Ihr Schicksal ist zu wichtig für den Fortbestand von Ulldart. Dazu muss ich zuerst ein Schiff auftreiben. Mal sehen, wer bereit ist, mir nach Kalisstron zu folgen.«

»Wird das eine Schwierigkeit für die tapferen Piraten?« Nun klang sie wieder spöttisch. Sie funkelte ihn von unten herauf an und hielt ihm den Becher hin. »Sei so charmant, wie du gerne sein möchtest, und bring mir noch einen Grog.«

Gehorsam kam Torben der Aufforderung nach. Sie nickte dankbar, umschloss das Gefäß mit beiden Händen und schlürfte.

»Sagen wir, die Kalisstri haben in der Vergangenheit viel von den Rogogardern erdulden müssen.« Der Freibeuter fischte ein Stück Gewürz aus seinem Bier und lutschte es aus, bevor er es in weitem Bogen wegspuckte. »Nachdem sie uns vor langen, langen Jahren einige der Inselfestungen zerlegten, was außer ihnen noch niemand geschafft hat, erklärten sie uns für alle Zeiten den Krieg. Sobald sich eine rogogardische Flagge zeigt oder auch nur die Andeutung eines rogogardischen Dialekts zu hören ist, werden die Kalisstri zu unbarmherzigen Gegnern.«

»Keine leichte Aufgabe«, meinte sie. »Du müsstest dich tarnen.« Sie sah ihn an, als wartete sie auf etwas. Aber der Rogogarder verstand nicht, auf was sie hinaus wollte. Daraufhin zuckte sie mit den Schultern und erhob sich. »Ich werde bei meinen Leuten schlafen. Die Werft ist groß genug.«

»Geh nur. Ich werde mir eine andere Frau suchen, mit der ich das Lager teilen kann«, meinte er leichthin und setzte zum Trinken an. Die Ulvsgründler in seiner Nähe lachten.

Die Faust der Tarvinin sah er nur als schnellen Schatten, dann landeten die Knöchel schmerzhaft auf dem rechten Auge. Rückwärts fiel er vom Balken, das heiße Bier ergoss sich in seinen Kragen, und die getroffene Stelle tränte sofort.

Torben stützte sich überrumpelt auf die Ellbogen und schaute Varla hinterher, die sich unter dem Beifall ihrer Leute ein Lager im hinteren Teil der Halle suchte.

Die Rogogarder bewarfen den Freibeuter mit Essensresten und Schnee, der aus dem Bottich für das Teewasser stammte, und lachten sich schief über die Memme, die sich von einer Frau besiegen ließ.

»Das habe ich vorhin mit feuriger Leidenschaft gemeint«, sagte er zu seinen Landsleuten und rappelte sich auf. Er schickte ein Lächeln in ihre Richtung, doch sie strafte ihn mit Missachtung. Betont legte sie eine Decke über sich und wandte sich ab.

»Seht ihr, sie ist mir verfallen«, sprach der Freibeuter mit ausgebreiteten Armen in die Runde. »Sie möchte es nur nicht zugeben.«

Diesmal hagelte es rogogardische und tarvinische Schneebälle, bis Torben lachend die Flucht ergriff. Unter freiem Himmel schüttelte er sich das Weiß aus dem Kragen und aus den Haaren, selbst in den Ohren schmolzen die Kristalle.

Sternenklar zeigte sich der Himmel über Ulvland. Es war so kalt, dass er das Gefühl hatte, die Nase würde ihm beim Einatmen gefrieren. Er formte ein wenig Schnee in der Hand und presste ihn auf das glühende Auge. Varla hatte gut getroffen.

Was war wohl in der gestrigen Nacht passiert? Vermutlich hatte er sie in den Schlaf geschnarcht. Dabei wären wir das vollkommene Paar. Die Schrecken der Meere, die gefürchtetsten Plünderer, die Geißel aller Palestaner. Der Einfall gefiel ihm. Er würde ihr bei Gelegenheit ein Geschäft vorschlagen. Vielleicht tat sie sich mit ihm zusammen. Tarvin und Rogogard, das klang viel versprechend.

Zufrieden machte er sich auf den Weg in das Gasthaus, wo er sich im Zimmer rasch unter die Decken verzog, um nicht zu lange im kalten Raum stehen zu müssen.

Zum ersten Mal seit langer Zeit dachte er fast nicht mehr an Norina, als er den Kopf aufs Kissen legte. Seine letzten Gedanken beschäftigten sich, natürlich rein geschäftlich, mit einer anderen Frau.

**Kontinent Ulldart, Königreich Tarpol,
Hauptstadt Ulsar, Winter 444 n. S.**

Nur wenige kannten den Raum in den Tiefen des gewaltigen Ulldrael-Tempels. Im Gegensatz zum Protz und Prunk, der im übrigen Gebäude herrschte, wirkten die Marmorwände des Zimmers schmucklos. Nur die Statuette des Gottes, aufgestellt in einer Nische, erinnerte daran, wo man sich befand. Kerzenleuchter verbreiteten warmes Licht, langsam verbrennende Kräuter in den aufgestellten Kohlebecken sorgten für einen harzigwürzigen Geruch.

In diesem abgelegenen Besprechungszimmer, in dem normalerweise über die Inhalte neuer Lieder und Gebete zu Ehren des Gerechten entschieden wurde, beriet man sich in den Abendstunden in einer düsteren Angelegenheit, die weit von den üblichen Lehren Ulldraels abwich.

Der Geheime Rat hatte sich vollständig versammelt. Den Männern in den goldenen Roben, deren Gesichter durch die Kapuzen kaum erkennbar waren, gegenüber saß ein Mann mit kurzen, dunkelbraunen Haaren und braunen Augen. Er trug eine schlichte Bauerntracht, die großteils unter seinem weiten Mantel verborgen war, und nichts wies auf die Gefährlichkeit des Gastes hin, den die Vorsteher aller Ulldraelgläubigen Tarpols und Tûris in ihren Mauern beherbergten.

»Wir alle haben den gleichen Glauben, Bruder Bransko«, begann der Obere freundlich. »Also sollten wir zusammenarbeiten.«

»Du willst mit einem Orden zusammenarbeiten, den es eigentlich nicht gibt? Das wundert mich.« Der Besucher lächelte. »Zumindest behauptet das der Geheime Rat immer, dass wir nicht existieren.«

»Es hätte beim einfachen Volk keinen guten Eindruck gemacht, wenn wir euch anerkennen würden«, erklärte der Obere unter der Kapuze heraus. »Wir werden es auch niemals tun. Die Gläubigen sollen auf den Feldern ihrer aufgetragenen Arbeit nachkommen. Nicht auszudenken, wenn sie sich berufen fühlten, zu Kämpfern zu werden.« Er steckte die Hände in die weiten Ärmel seiner Robe. »Das überlassen wir lieber den Ritterorden. Und man konnte sehen, was mit ihnen geschah.«

»Wir sind auf eure Anerkennung nicht angewiesen. So ist es sogar wesentlich besser. Es ist dennoch dringend an der Zeit, dass etwas geschieht«, meinte der Gast. »Vor allem jetzt, da der Handlungsbedarf deutlicher denn je sichtbar ist. Nach der Niederlage des Geeinten Heeres muss es unsere Aufgabe sein, den Kabcar endlich zu beseitigen, um Schlimmeres zu verhindern.«

»Der Geheime Rat sieht das ähnlich.« Der Obere neigte das Haupt. »Aber eure Aktionen haben nur dazu geführt, dass der Herrscher misstrauischer wurde. Es nimmt die Ausmaße eines Verfolgungswahns an. Einen

Unbekannten in seine Nähe zu schmuggeln, ist fast ein Ding der Unmöglichkeit.« Er nahm ein schlankes Stilett, das er anscheinend in seinem Ärmel aufbewahrt hatte, hervor und legte es auf den Tisch. »Das Gift, mit dem diese Klinge behandelt wurde, ist nach unseren Erkenntnissen mit Abstand das Tödlichste, was es jemals gab. Einer unserer Mönche führte es wohl mit sich, als er den Kabcar umbringen sollte. Dummerweise versagte er. Tzulan hat diesen Jungen damals bei der Krönung vor Schaden bewahrt.« Er deutete auf die Waffe mit der gläsernen Spitze. »Du siehst, Bruder Bransko, auch wir waren nicht untätig.«

»Aber genauso erfolglos wie wir. Tzulan selbst scheint immer da zu sein, wenn der Kabcar ihn benötigt.« Der Mann betrachtete das Stilett mit der eingeschlossenen Flüssigkeit. »Eine ungewöhnliche Arbeit. Ich habe bislang nichts Ähnliches gesehen. Und ich sah manches an Werkzeugen, mit denen Ulldraels Wille durchgesetzt werden konnte.«

»Und um ihn endlich in die Tat umzusetzen, bist du hier«, sagte der Obere. Zwei niedere Brüder verschoben wie beiläufig die Kohlebecken mit dem Räucherwerk in die Richtung des Gastes, woraufhin dieser lachen musste.

»Das kannst du dir sparen. Ich reagiere nicht auf den Rauch der Wahrheit. Bevor diese Substanzen wirken, seid ihr alle von den Stühlen gefallen.« Bransko grinste. »Es gehört zu unserer Ausbildung, sich mit diesen Pflanzen zu beschäftigen.«

»Ich wollte nur, dass du den exquisiten Geruch besser wahrnimmst«, log der Obere und erwiderte das falsche Lächeln. »Wir züchten die besten Kräuter in unseren Gärten.« Er lehnte sich etwas zurück. »Nun, lass uns beratschlagen, wie wir diesem Attentat zu Erfolg verhelfen.«

»Ich muss nur unauffällig in die Nähe des Kabcar kommen. Dann ist es um ihn geschehen. Mit diesem Stilett sowieso.«

»Die Einzigen, die ihn seine Nähe kommen, sind sein Konsultant, seine Leibwächter und sein Stratege«, zählte der Höchste des Ulldraelordens auf. »Und die kennt er alle von Angesicht zu Angesicht. Natürlich auch die Diener des Palastes.«

»Sieht mir einer von ihnen ähnlich?«, überlegte Bransko. »Oder besucht er regelmäßig Orte wie die Kirche? Ein Ratsgebäude?« Der Obere schüttelte den Kopf. »Dann bleibt uns nur der Austausch eines Bediensteten, der mir ungefähr gleicht. Ich muss diese Saat des Bösen dort überraschen, wo er mit keinem Angriff rechnet.«

»Ich habe gehört, er nimmt gerne Dampfbäder«, fiel es dem Mann in der goldenen Robe ein. »Zwischen all den heißen Nebelschwaden müsste es vielleicht möglich sein, dass du dich zu ihm begibst. Wir werden das überprüfen lassen. Natürlich mit aller Vorsicht. Wenn auch nur der Hauch eines Verdachts entsteht, wird unser Plan misslingen.«

»Gut«, meinte der Mann zuversichtlich. »Ulldrael der Gerechte wird mich schützen und mein Vorhaben gelingen lassen. Aber was geschieht, wenn wir den Herrscher getötet haben? Die dreißigtausend Fremden, die im Land stehen, bereiten mir Sorgen. Und auch Sinured ist nicht besiegt.«

»Wenn wir den Fokus, durch den der Gebrannte Gott seine Schlechtigkeit bündelt, zerstören, wird Sinured ohne Beistand auskommen müssen. Die entscheidenden Taten, die ohne Rückkehr geradewegs in die Dunkle Zeit führen, müssen unserer Ansicht nach von dem Jungen ausgeführt werden.« Der Obere legte seine Hände auf die Tischplatte. »Wir sind nicht unvorbereitet. Mehr musst du nicht wissen. Es könnte aber sein, dass ein göttliches Wunder bevorsteht und sich verborgene Kämpfer erheben, wenn das Herzstück des Schlechten fällt. Kämpfer, die uns Ulldrael der Gerechte sandte.«

»Verborgene Kämpfer?« Bransko schien nicht recht

von den rätselhaften Andeutungen seines Gegenübers überzeugt.

Der Mann in der goldenen Robe schwieg zunächst. Dann schien er sich entschlossen zu haben, sein Vorhaben zu erläutern. »Was glaubst du, warum die tzulandrischen Truppen des Kabcar so schnell mit den Borasgotanern fertig geworden sind?« Die Stimme klang belustigt. »Nun, bevor du etwas Falsches rätst, sage ich es dir, Bruder Bransko. Unsere Brüder gewährten den Soldaten Arrulskháns Unterschlupf und Tarnung in den Ordensniederlassungen. Und die wurden, Ulldrael der Gerechte sei bedankt dafür, nicht von den Tzulandriern durchsucht. Niemand hat sich über die enorm gestiegene Zahl von Mönchen gewundert. Und nun stehen sie bereit, um sich auf einen Schlag zu sammeln und sich überraschend auf das Tier zu stürzen. Auch an den Grenzen zu Rundopâl hat sich einiges getan. Während der Kabcar nach Süden vorstieß, vernachlässigte er den Norden sträflich. Arrulskhán als besiegt zu betrachten, das wird er feststellen, war ein großer Fehler.«

»Ihr vertraut dem Wort des Wahnsinnigen?« Bransko spielte mit dem Stilett und betrachtete es erneut, während er seine Gedanken schweifen ließ.

»Wenn wir das Böse in Gestalt Sinureds und dieses Konsultanten vom Kontinent geworfen haben, bleibt genügend Zeit, sich um die weiteren Angelegenheiten zu kümmern. Vielleicht lassen wir Arrulskhán als Lohn die Hälfte Tarpols. Diese Sache jedoch hat Vorrang.«

»Der Ulldraelorden würde so oder so als Sieger hervorgehen«, fasste der Gast seine Überlegungen zusammen. »Er wird nichts mit dem Attentat zu tun haben, er wird sich als Held präsentieren können, wenn das Tier besiegt ist, und die Menschen werden aus Dankbarkeit mehr denn zuvor ihre Abgaben in den Tempel bringen, nicht wahr?« Bransko verstand die Pläne sehr gut. »Und ich vermute, du wirst dafür sorgen, dass diesmal ein unproblematischer Kabcar auf dem Thron sitzt. Ein Kabcar, der dem Orden nur Gutes tun wird. Die Kabcara?«

»Nein. Sie ist zu arrogant, zu undevot vor dem Gerechten. Sie wird verschwinden. Wenn der Gerechte es will, wird es geschehen.« Der Obere formte die Hände zur Kugel als Zeichen der allumfassenden Macht Ulldraels. »Und der Geheime Rat ist sich sehr sicher, dass es geschieht. Gerade weil Ulldrael wegen der vielen grausamen Ereignisse auf seinem Kontinent unseren bescheidenen Beistand braucht. Den Beistand aller, die ihn verehren. Auch den der Göttlichen Sichel, Bruder.«

»Wir werden unseren Beitrag leisten und den Kabcar töten, damit die Dunkle Zeit durch ihn nicht mehr voranschreiten kann. Das Land danach vor Unruhen und Durcheinander zu bewahren, wird eure Aufgabe sein.« Seine Augen wurden eisig. »Und wenn es euch nicht gelingt, kann es sein, dass Ulldrael nicht mit seinen Dienern zufrieden ist und von uns fordert, die im Inneren vielleicht faulen Ähren zu stutzen.« Vorsichtig legte er das Stilett zurück. »Ich denke, du hast mich verstanden, Oberer.«

Wenn diese unverblümte Drohung den Mann in der goldenen Robe eingeschüchtert hatte, überspielte er es sehr gut. »Der Gerechte wird keinen Grund haben, mit seinen bescheidenen Dienern unzufrieden zu sein. Die Ähren zu schneiden wird nicht notwendig sein. Sie sind golden und wohl gewachsen, gesund und nach dem Willen Ulldraels.«

Die Tür zur Kammer wurde aufgestoßen und ein niederer Bruder taumelte mit entsetztem Gesicht herein. Seine linke Augenbraue war aufgeplatzt, das Blut troff auf die braune Robe. Der Geheime Rat sprang auf, Bransko langte unter den Mantel, wo er seine verborgenen Waffen aufbewahrte.

»Es tut mir Leid, Oberer«, keuchte der Mönch und brach zusammen.

Die ersten Gerüsteten mit den Abzeichen des Kabcar stürmten den Raum und wurden sofort von Bransko attackiert.

In beiden Händen wirbelte er Sicheln, die mit tödlicher Präzision nicht geschützte Stellen in den Rüstungen fanden. Als er den vierten Angreifer zu Boden geschickt hatte, wurde er jedoch von den ständig nachkommenden Soldaten überwältigt und gefesselt.

Ihr Anführer eilte hinaus und kehrte wenig später zurück. Mit ihm erschienen zuerst ein freundlich lächelnder Mortva Nesreca und dann ein finster dreinblickender Lodrik.

»Ich muss mich bei Euch für Euer Eingreifen bedanken, hoheitlicher Kabcar«, sagte der Obere und verbeugte sich vor dem jungen Herrscher. »Zwar weiß ich nicht, wie Ihr Kunde davon erhieltet, dass der Geheime Rat Opfer eines Fanatikers der Göttlichen Sichel werden sollte, aber wir stehen tief in Eurer Schuld. Ulldrael der Gerechte wird Euch ein langes Leben schenken.«

»Spart Euch die Lügen, Oberer«, sagte Lodrik teilnahmslos. »Weder Ihr noch Ulldrael wünschen mir ein langes Leben.« Er nahm ein Dokument aus dem Aufschlag des rechten Handschuhs und hielt es dem Mann in der goldenen Robe hin. »Erkennt Ihr es wieder? Ihr habt es damals an meinen Vater gesandt. Da er aber zu früh verstarb und offensichtlich niemand darüber in Kenntnis setzen konnte, fand ich es nun.« Er knallte das Papier auf den Tisch, direkt neben das Stilett. »Ihr müsst nichts sagen. Eure Schuld ist dank Eures Siegels und Eurer Unterschrift erwiesen. Das Gesetz gegen Hochverrat macht auch vor dem Orden Ulldraels nicht Halt. Ihr habt Euer eigenes Todesurteil unterzeichnet, Oberer.« Der Kabcar schaute in die Runde der schweigenden Robenträger. »Es wird mir ein Vergnügen sein herauszufinden, wer von Euch allen noch an dieser Verschwörung beteiligt war. Macht Euren Frieden mit dem so genannten Gerechten.« Er sah hinüber zu dem Gefesselten in der Bauerntracht. »Dein Name?«

»Bransko, du Saat des Bösen«, giftete er Lodrik an.

Er tippte die blutigen Sicheln mit der Stiefelspitze an. »Schon wieder die Göttliche Sichel?« Er sah gespielt vorwurfsvoll zum Oberen. »Nun macht Ihr schon gemeinsame Sache mit Mördern, die sich mit ihren Taten unrechtmäßig auf Ulldrael berufen. Wie tief seid Ihr gesunken?« Der Herrscher wandte sich wieder dem Gefesselten zu. »Es ist gleich, was du hier unten suchtest. Du wirst des Mordes an vier meiner Wachen angeklagt und bist schuldig. Dazu brauchen wir kein Gericht. Das Urteil wird auf dem Marktplatz vollstreckt.«

Einer der Geheimen Räte hechtete nach vorne und schnappte nach dem Stilett. Ein Zweiter warf sich gegen die Leibwächter, um dem bewaffneten Mitbruder die Hindernisse aus dem Weg zu räumen. Augenblicklich stieß der andere zu und versenkte die Klinge mit einem triumphierenden Schrei im Oberarm des Kabcar, um die Glasspitze mit einer ruckartigen Drehung abzubrechen. Der zu spät geführte Schwerthieb einer Wache beendete sein Leben, auf dem Tisch ausgestreckt starb er.

Nun erwachte auch Bransko aus seiner Starre, überwältigte seine abgelenkten Aufpasser mit wuchtigen Faustschlägen, griff sich eine Sichel und machte einen Schritt auf Lodrik zu.

Der junge Mann zog ruhig eine der Pistolen aus dem Gürtel und schoss dem Heranstürmenden mitten ins Gesicht. Mit dem unappetitlichen, verheerenden Schaden, den die Kugel bei dem Schädel des Getroffenen anrichtete, war er sichtlich zufrieden.

Die Wand hinter Bransko färbte sich rot, tot fiel der Mann auf den Marmorboden, während sich die Räte in einer Ecke des Raumes zusammendrängten. Allein der Obere hatte sich nicht bewegt.

»Es scheint, als würde Eure Amtszeit bereits zu Ende

gehen, hoheitlicher Kabcar«, sagte er voll höhnischer Freude. »Man kann den Willen Ulldrael des Gerechten nicht aufhalten.«

Lodrik sah auf die Wunde, aus der Blut und eine andere Flüssigkeit sickerte. Er wirkte merkwürdig gelassen und schloss die Augen zur besseren Konzentration. Da er nur eine Hand zur Verfügung hatte, weil sein getroffener Arm bereits taub wurde, musste er sich beim Gestikulieren sehr anstrengen, doch es gelang ihm.

Ein dunkelblaues Leuchten umgab ihn, sammelte sich an der Einstichstelle und pulsierte leicht. Je mehr die Wundränder zusammenwuchsen, desto mehr Gift trat aus der immer kleiner werdenden Öffnung, die die Klinge hinterlassen hatte. Irgendwann erinnerte nur noch die verschmutzte Kleidung daran, dass vor einigen Lidschlägen eine Verletzung zu sehen gewesen war. Tief einatmend öffnete Lodrik die meeresblauen Augen. »Man kann den Willen Ulldrael des Gerechten vielleicht nicht aufhalten. Euren dagegen schon.«

Groß starrte ihn der Obere an. »Einen besseren Beweis, dass Ihr mit Tzulan im Bunde seid, kann es nicht geben.« Der Kabcar entgegnete nichts, sondern bedeutete den Wachen, die Mitglieder des Geheimen Rates abzuführen. »Ich verlange ein Gottesurteil an Stelle eines Verfahrens«, rief der Mann in der goldenen Robe. »Das ist gerechter als das, was mich von Euch erwartet.«

Mortva, der sich die ganze Zeit über bewusst im Hintergrund gehalten hatte, beugte sich zu seinem Schützling. »Hoher Herr, das ist keine gute Idee. Es könnte zu unseren Ungunsten enden. Verlasst Euch lieber auf eine Gerichtsverhandlung. Die Beweise, die wir haben, machen eine sichere Angelegenheit daraus.«

Lodrik überlegte einen Moment. »Gut, Oberer. Ihr sollt Euer Gottesurteil haben. Wenn Ulldrael der Meinung ist, dass Ihr es wert seid, von ihm gerettet zu werden, lasse ich Euch frei, und Ihr könnt gehen, wohin Ihr wollt. Aber den Geheimen Rat muss ich zunächst befragen. Es sei denn, jemand gibt seine Schuld vorab zu und möchte sich an die Seite des Oberen begeben.«

Außer dem Mann, der sich gegen die Leibwachen geworfen hatte, bewegte sich keiner des Gremiums.

»Das Vertrauen in Ulldrael scheint nicht allzu groß zu sein«, kommentierte der Konsultant, dem die Entscheidung seines Vetters keineswegs in den Kram passte.

»Ihr habt ein Gottesurteil gefordert, ich denke mir etwas aus«, erklärte der junge Herrscher. Es war ihm offensichtlich bereits etwas eingefallen. Wortlos setzte er sich in Bewegung.

Der Tross durchquerte Korridore und Hallen, vorbei an blattgoldbesetzten Säulen und Wänden, vorbei an der großen Statue des Gerechten, dessen Ähren aus purem Edelmetall bestanden. Überall standen Mönche staunend umher, die mit erschrockenen Gesichtern die Vorgänge verfolgten. Gegen sie richtete sich der Zorn des Kabcar nicht, auch wenn er sich schon mit der Zukunft des Ordens beschäftigte.

Als Lodrik zusammen mit seinen Gefangenen und den vielen Soldaten vor die großen Portale des Tempels trat, blickte er auf eine erstaunlich große Menschenansammlung.

Es hatte sich in Ulsar offenbar schnell herumgesprochen, dass der Herrscher mit dreihundert Bewaffneten in das Hauptgebäude des Ordens einmarschiert war. Nun verlangte das Volk anscheinend eine Erklärung für das seltsame Verhalten ihres Kabcar. Das Gemurmel war laut, die Erregung unter den einfachen Menschen schien sehr hoch.

»Ihr hättet auf mich hören sollen, als ich Euch riet, diese Sache in aller Stille vonstatten gehen zu lassen«, raunte sein Konsultant beunruhigt. »Das werden die Ulsarer gar nicht mögen.«

»O doch, lieber Vetter«, widersprach Lodrik leise. »Sie

werden es mögen.« Er hob die Arme, und augenblicklich wurde es still auf dem Platz. »Ulsarer, ihr werdet euch fragen, was ich, euer Kabcar, mit Soldaten im Haus Ulldrael des Gerechten gesucht habe. Zu Recht. Der Grund ist ungeheuerlich.« Laut hallte seine Stimme über die Köpfe der Versammelten hinweg. Der junge Herrscher deutete auf den Oberen des Ordens. »Dieser Mann hat seinen Gott verraten und mir damals aus hinterhältigen Gründen in Granburg nach dem Leben getrachtet.« Er reckte den Brief des Oberen in die Luft. »Hier ist der Beweis, das Schreiben an meinen Vater, versehen mit seinen Lügen, die ihn endlich überführen!« Die Menschen redeten leise miteinander, zu unglaublich war das, was der junge Herrscher ihnen erzählte.

»Glaubt ihm nicht!«, rief der Obere und trat die Flucht nach vorne an. »Er ist das Übel. Seine Existenz wird die Dunkle Zeit zurückbringen. Wenn wir den Kabcar nicht töten, wird die Finsternis über unseren schönen Kontinent regieren.« Die eindringlichen Worte wirkten wie ein Donnerschlag auf die Ulsarer.

Lodrik lachte. »Da, seht! Er redet wie ein Tzulani! Ich habe euch vor Borasgotan gerettet, und ich habe Euch vor den neuerlichen Invasoren bei Telmaran bewahrt. Mehr als fünfzigtausend Soldaten standen bereit, um in Tarpol einzumarschieren. Und das alles nur, weil sie fürchten, ich, der bisher nur Gutes für sein Volk getan hat, wäre eine Gefahr für die anderen Länder!« Die Augen des jungen Mannes spiegelten die Inbrunst wider, mit der die Sätze an sein Volk richtete. Seine ganze Körperhaltung war die eines Herrschers, keine Unentschiedenheit brachte seinen Redefluss zum Stocken. »Sie wollten jedoch in Wirklichkeit nur einmarschieren, um sich mein Reich anzueignen. Gierig, wie die Hunde, wenn sie sich in der Überzahl glauben, aber feige, wenn man sie einzeln stellt. Ich habe mich nicht gescheut, der

Meute entgegenzutreten. Und ich habe sie schonen wollen. In ihrer Verblendung ritten sie gegen mich und wurden von Ulldrael dem Gerechten für ihre Anmaßung bestraft.« Wieder deutete er auf den Mann in der goldenen Robe. »Er hat gemeinsame Sache mit denen gemacht, die euch und eure Familien in die gnadenlose Leibeigenschaft zurückprügeln wollten. Aber auch ihm gewähre ich Schonung, wenn ...«, theatralisch reckte er den Zeigefinger empor, »... wenn der Gerechte ihm seine Schandtat, seinen Verrat vergibt. Er wollte ein Gottesurteil an Stelle einer Verhandlung. Und er wird vor euren Augen, meine geliebten Untertanen, dieses Votum eines Gottes hinnehmen müssen. Es gibt in der Stadt einen Ort, an dem sich schon einmal göttliches Wirken zeigte.«

Lodrik lief ohne eine weitere Ankündigung die Stufen des Tempels hinab, die Menschen bildeten ehrfürchtig eine Gasse. Die Wachen samt Gefangenen und die Einwohner Ulsars folgten ihm.

Auf dem Zug, den der Kabcar mit entschlossenen Schritten anführte, schlossen sich immer mehr Bewohner der Stadt an, bis es schließlich mehrere Tausend waren, die das Gottesurteil erleben wollten.

»Was habt Ihr vor, Hoher Herr?«, wollte Mortva leise an seiner Seite wissen. »Ich brenne vor Neugier. Wenn Eure Unternehmung fehlschlägt, sitzt Ihr auf einem äußerst wackligen Thron. Habt Ihr das bedacht?«

»Lasst Euch überraschen.« Sein Schützling blieb hart.

Es ging quer über den großen Marktplatz, und der Kabcar steuerte auf die neue Plattform der Ulldraelkathedrale mit den Baugerüsten und ersten Mauerstücken zu.

Er lenkte die Massen in den vorderen Teil des wieder erstehenden Gotteshauses und bedeutete ihnen, stehen zu bleiben.

Mit dem Oberen, dem Einzelnen aus dem Geheimen

Rat und seinen Wachen passierte er das Mittelschiff und hielt im vordersten Teil an, genau an der Stelle, an der sich einst die überlebensgroße Statue Ulldraels befunden hatte. Hier reckten sich die Mauern bereits am Weitesten in die Höhe, eine Kuppel war bereits andeutungsweise fertig und wurde mit Stützen, Balken, Verstrebungen und etlichen Seilen vor einem möglichen Einsturz gesichert.

»Ulsarer!«, rief er, und die Steine trugen seine Stimme wie ein Trichter den Menschen zu. »Schon einmal, bei meiner Krönung, sprach ein Gott. Gäbe es eine bessere Stelle für eine göttliche Entscheidung? Ich übergebe den Oberen und einen, der sich bereits zu seiner Schuld bekannte, nun der Obhut des Gerechten. Er möge entscheiden, was mit ihnen geschieht.« Mit einer Handbewegung schickte er die Wachen und seinen Konsultanten weg.

»Und Euch«, sagte er leise zu den beiden Männern, »wünsche ich, dass Ulldrael Euch mehr Hilfe gewährt als mir.«

»Ulldrael, der Gerechte, wird seine Hand schützend über uns halten, was auch immer geschieht.« Der Obere wirkte sehr sicher.

Lodrik zog mit boshaftem Ausdruck sein Henkersschwert. »Lasst mich sehen, ob es Euren Gott gibt.«

Die Klinge fuhr herab und durchtrennte eines der dicken Haltetaue. Mit einem peitschenden Geräusch verschwand das lange Ende nach oben in die dunkle Kuppel. Der Kabcar fuhr mit seiner Arbeit fort, immer schneller kappte er die Seile, die Anstrengung ließ ihm den Schweiß ausbrechen. Die Ulsarer verfolgten jeden einzelnen Hieb mit Spannung. Dann zerschlug der rasende Herrscher Keile und Streben, warf Stützen um und ließ Baugerüste somit in sich zusammenbrechen.

Endlich war es vollbracht. Erschöpft stand er etwa zwanzig Schritte von den beiden Männern entfernt, über denen sich die Steinmassen ohne Absicherung drohend türmten.

Nichts geschah.

Zwar knirschte es, vereinzelt bröckelte etwas Kalkabrieb herab, aber die Mauern stürzten nicht zusammen.

Der Obere sandte Lodrik einen Blick, der alle Verachtung und alle Siegessicherheit gegenüber dem jungen Mann ausdrückte. Dann sank er auf die Knie und stimmte einen lauten Lobgesang zu Ehren Ulldrael des Gerechten an. Der Mann an seiner Seite tat es ihm nach.

Beim ersten Ton, der ihnen über die Lippen kam, geschah es.

Die Erde geriet in Aufruhr, ein dumpfes Rumpeln drang von unten herauf. Haarfeine Risse entstanden im Marmor rings um die singenden Männer. Der Obere blieb ruhig, beendete das Loblied nicht, doch der Geheime Rat sprang mit nacktem Entsetzen im Gesicht auf und wollte sich aus dem offensichtlichen Gefahrenbereich in Sicherheit bringen. Er kam nicht weit.

Die Brüche im Gestein verbreiterten sich, knirschend senkten sich die Platten wie marmorierte Eisschollen unterschiedlich tief ab.

Der Untergrund brach vollständig zusammen, die Trümmerstücke der alten Kathedrale, die unter dem Marmor den Sockel des neuen Gebäudes bildeten, fielen in ein schwarzes Loch, rissen in einem Durchmesser von fast zwanzig Schritt alles mit sich in die Tiefe. Schreiend verschwanden die Männer, die sich im Mittelpunkt befanden, in der Dunkelheit.

Dann war es ruhig, nur vereinzelte Brocken fielen in die scheinbar bodenlose Schwärze, die sich geöffnet hatte.

Lodrik, dessen Füße nur eine Handbreit vom Rand des Kraters entfernt waren, hörte ein Zischen aus der Finsternis unter sich. Der Obere schrie noch einmal auf, unmenschlich drang sein qualvolles, lang gezogenes Rufen aus weiter Ferne heraus.

Der Kabcar wusste sehr wohl, wem er das Gottesurteil zu seinen Gunsten verdankte. Und eigentlich hatte er sogar damit gerechnet. Ein zufriedenes Lächeln entstand auf seinem Gesicht. *Ich danke dir, Tzulan.*

Mit erhobenen Armen wandte er sich dem staunenden Volk am Eingang der entstehenden Kathedrale zu, doch bevor er etwas zum Ausgang sagen konnte, stürzte die Kuppel über ihm zusammen.

Der junge Herrscher verschwand, die Arme schützend über den Kopf erhoben, in einer grauen Wolke aus Gesteinsstaub, die es den Menschen unmöglich machte, die weiteren Ereignisse zu verfolgen.

Starr vor Erschütterung standen die Ulsarer am Eingang und blickten auf die graue Wand aus Staub, in der Hoffnung, ein Lebenszeichen zu sehen.

Zusammen mit den Soldaten rannte Mortva zu der Unglücksstelle, um unter den Trümmern nach dem Kabcar zu suchen. Die Menschen liefen ebenfalls los, um zu sehen, ob ihr Herrscher diese Tonnen von Gestein überlebt hatte. Bevor die vielen Helfer angekommen waren, lichtete sich der graue Dreckschleier und gab den Blick frei.

Lodrik stand inmitten eines Kreises von drei Schritt Durchmesser, in dem kein einziger Stein lag. Dagegen häuften sich um ihn herum die massiven Quader, mit denen die Arbeiter die Kuppel errichtet hatten. Als habe eine unsichtbare Barriere ihn vor dem vernichtenden steinernen Regen beschützt, zeigte sein Körper nicht einen Hinweis auf einen Treffer. Selbst die Uniform erschien makellos rein, als hätte er sich nicht mitten in den Schwaden aus Dreck und Gesteinsmehl befunden.

Die Augen des jungen Mannes leuchteten blau wie Smaragde, sein Körper strahlte unverkennbar große Hitze ab, durch die Kleidung hindurch dampfte er in der kalten Luft. Der Kopf lag im Nacken, als würde er nach den Sternen schauen, die Arme hingen an den

Seiten herab, die geöffneten Handflächen deuteten nach oben. Wie in Trance senkte er das Haupt und schien erst allmählich seine Umgebung wahrzunehmen.

»Ulldrael«, sagte er leicht abwesend, »hat die Verräter doppelt bestraft, indem er die Erde sie verschlingen und die Mauern über ihnen einstürzen ließ. Doch mich bewahrte er.« Er wandte den Blick langsam nach rechts und links, wo sich die Quader wie übergroße hingeworfene Bauklötze mehrere Meter hoch türmten. Vorsichtig berührte er sie, um zu begreifen, dass sie ihn nicht unter sich begruben. »Mich bewahrte er«, schrie er in einer Entladung der Gefühle seine Genugtuung heraus. »Ich bin nicht das Böse!«

Die Menschen fielen auf die Knie.

Als wäre Ulldrael leibhaftig aus dem Himmel gestiegen und hätte sich gezeigt. Der Konsultant freute sich über den Ausgang und suchte verzweifelt einen Platz, der weniger schmutzig war, an dem auch er seine Ehrerbietung mit einem Kniefall bezeugen konnte. Da er ihn nicht fand, beließ er es bei einer demütigen Verbeugung. Etwas gegen den Kabcar zu sagen, würde nun wie eine Gotteslästerung sein.

»Ulldrael der Gerechte sprach zu mir«, rief Lodrik. »Er sagte zu mir, ich soll den Platz des Oberen einnehmen, bis würdigere Menschen gefunden worden sind, die an meine Stelle treten sollen. Den Geheimen Rat gibt es hiermit nicht mehr. Von heute an leite ich den Ulldraelkult, wie es mir der Gerechte aufgetragen hat. Und ich werde ihn wieder zu der Reinheit zurückführen, wie Ulldrael es mir befiehlt.« Noch etwas unsicher kam er auf die Ulsarer zu. »Und Ulldrael sagte mir, dass er den Reichtum in seinem Tempel nicht mehr will. Bescheidenheit, die Arbeit in den Feldern, das sollen wieder die Aufgaben der Mönche und Brüder sein, nicht das Polieren von Gold und Silber.« Das blaue magische Leuchten seiner Augen war einem natürlichen, eigenen Feuer gewichen. »Ich werde alles Gold, das der frevlerische Geheime Rat und der Obere unrechtmäßig horteten, euch schenken, Ulsarer und Tarpoler!«

Ungläubig hoben sich manche Köpfe in der Menge, um zu sehen, ob der Kabcar nicht den Verstand verloren hätte oder sich verrückt gebärdete.

»Alle Bedürftigen sollen heute in einer Woche zu den Pforten des Tempel kommen und ihren Anteil erhalten. Ich will es so. Was nutzt all der Prunk, wenn die Ärmsten ihre letzten Gaben noch den Verschwenderischen in den Rachen werfen? Ihr werdet alle, wie ihr hier vor mir steht und kniet, reich werden. Ganz Tarpol wird reich werden, wenn wir die Tempel und Ordenshäuser vom blinkenden und glänzenden Schmuck gesäubert haben.« Er hob die Arme, und die Menschen sprangen auf, der Jubel war Ohren betäubend.

Es war den dreihundert Wachen nicht möglich, den Herrscher vor den euphorischen Menschen zu bewahren, sondern sie mussten zusehen, wie Lodrik von zahlreichen Händen gepackt und auf die Holzplattform eines Baugerüsts gestellt wurde. Sie hätten mit Waffengewalt gegen die Ulsarer vorgehen können, aber der Kabcar bedeutete von seinem Hochstand herab, dass sie nicht eingreifen sollten. Ausnahmsweise fühlte er sich beschützter als je zuvor.

Auf dem improvisierten Thronschild trugen die Massen ihn durch die Hauptstraße der Stadt, Lobgesänge von sich gebend, seinen Namen rufend.

Er hatte ihnen ihr religiöses Oberhaupt genommen, und sie feierten ihn. Er konnte es nicht fassen, ein lautes, glückliches Lachen entfuhr ihm, während er von oben herab Hände berührte. Wohin Lodrik auch schaute, er sah nur jubelnde Mengen, die ihm huldigten. So sollten es alle Völker auf Ulldart mit ihm machen. Und mit Borasgotan würde er beginnen.

Seine erste Tat, wenn er im Palast ankommen würde,

würde die Zusammenrufung der Modrak sein. Sie müssten seine Befehle augenblicklich an alle Garnisonen des Landes überbringen, die Niederlassungen des Ordens zu durchsuchen, bevor einige Vorsteher die Reichtümer beiseite schaffen konnten.

Aber nun wollte er das unbeschreibliche Gefühl, die Zuneigung seiner Untertanen, die er praktisch fühlen und greifen konnte, in vollen Zügen genießen. Wie ein Schwamm sog er sich damit voll, und in diesem Zustand der geistigen Ekstase wollte er am liebsten für immer verharren. Er hätte die Masse in ihrer Gesamtheit umarmt, wenn er es vermocht hätte.

Der Zug der Tausend hielt irgendwann wieder vor dem großen Tempel an. Lodrik erklomm die Stufen und stellte sich in Positur. Augenblicklich herrschte Stille.

»Ulldrael hat mir gesagt, dass die Kathedrale das neue Gotteshaus sein soll. Dieses hier«, er zeigte auf den mächtigen Bau in seinem Rücken, »wird nur noch zum Wohle der Bedürftigen und Schwachen dienen.« Er breitete die Arme aus. »Es soll ein Haus für die Kranken sein, in dem der Medikus die Gebrechen kostenlos heilen, die Salben und Tinkturen ohne Entgelt verteilen wird. Es werden Badehäuser in meinem ganzen Reich entstehen, in dem sich die Ulsarer und Tarpoler von ihrer harten Arbeit ausruhen können. Das ist mein Wille, und so wird es geschehen, so wahr ich der Kabcar von Tarpol und Tûris bin!«

Die Augen des Konsultanten wanderten über die Menge, die dicht an dicht gedrängt stand und nur den einen Mann auf den Stufen vor dem Tempel feierte. Er dachte kurz an das Loch in der Kathedrale und die Vorgeschichte des Gebäudes. Da die alte Opferstelle wohl wieder in Betrieb genommen wurde, würden sie nun wieder öfter zu dem guten alten Brauch zurückkehren. Ulldrael würde sich bald über seine eigenen Lehren wundern.

Die letzten Worte des umjubelten Kabcar verhallten gerade über den Köpfen der Menschen, Lodrik verschwand in seiner Kutsche, gefolgt von seinem Konsultanten. Lange Zeit liefen noch irgendwelche freudigen Ulsarer neben dem Gefährt her, bis endlich der Zaun vor dem Palast die Hartnäckigsten aufhielt.

Selig lächelnd lehnte der junge Mann in den Polstern, den Mantel hatte er abgestreift, die Uniformjacke trotz der niedrigen Temperaturen geöffnet.

»Magie erwärmt die Knochen gehörig«, erklärte er dem neugierig blickenden Konsultanten. »Es war ganz erstaunlich, was in der Kathedrale geschah. Zum ersten Mal brachte ich die Ströme unter Kontrolle, ohne mich lange konzentrieren zu müssen. Als hätten sie geahnt, was auf dem Spiel steht.«

»Euer Leben«, meinte Mortva leichthin. »Nicht mehr und nicht weniger. Es bleibt die spannende Frage, ob Ulldrael der Gerechte die Mauern einstürzen ließ oder das nur die Folge Eures Tuns war, indem Ihr die Stützen entferntet.«

»Dass sich die Erde auftat, das geht wohl auf die Einwirkung eines anderen zurück«, schätzte der Kabcar und fuhr sich über den Bart. »Ich werde ihn abnehmen. Er stört mich.« Geräuschvoll schabten seine Finger über die kurzen Haare. »Wie auch immer, es hat seine Wirkung nicht verfehlt und gab mir die Gelegenheit, außer Kabcar auch noch Oberer zu werden. Schickt sogleich Schreiben an alle Vorsteher, damit auch das letzte Hofgut von den wichtigen Veränderungen Bescheid weiß. Da wir im Sinne der Menschen handeln und es zudem dieses eindeutige Votum ihres Gottes gibt, rechne ich mit keinem Widerstand.«

»Ich sehe das genauso wie Ihr, Hoher Herr«, stimmte der Konsultant zu und ordnete sein silbernes Haar mit einer schnellen Bewegung. »Exzellente Arbeit, die Ihr vor dem Tempel geleistet habt. Für einen Moment, das gestehe ich gerne, habe ich uns von der Masse zerfetzt gesehen, als der Obere versuchte, das Volk mit seinen Worten zu beeindrucken. Aber was Ihr daraus gemacht habt, ist unbeschreiblich. Wer will Euch nun noch das Wasser reichen? Wenn sich die Kunde von diesem Wunder im Land und über die Grenzen verbreitet hat, werden sich viele Meinungen Euch gegenüber wandeln.«

»Wir überlassen wie immer nichts dem Zufall«, beschloss Lodrik. »Zwar werden viele Ulsarer davon erzählen, aber ich will, dass sich auch Barden mit den Ereignissen beschäftigen. Von mir sollen auch noch Flugblätter und Anschläge verfasst werden. Ich will, dass alle davon hören und den niederträchtigen Königen des Kontinents das Essen im Hals stecken bleibt.«

»Und die vielen Wohltaten machen Euch beim Volk ...«, Mortva suchte sinnierend nach einem Wort, »gottgleich? Anbetungswürdig?«

»So habe ich mich vorhin durchaus gefühlt«, meinte Lodrik.

»Dann wollen wir mal dafür sorgen, dass Ihr bald an die Stelle von Ulldrael tretet, nicht wahr?«, kündigte sein Vetter an. »Außer der Sorge um das Getreide auf den Feldern haben die Tarpoler, wenn man es genau betrachtet, fast keinen Grund mehr, an dem Gerechten festzuhalten.«

»Noch ist es nicht so weit. Aber wir arbeiten daran, wenn ich Euch richtig verstanden habe?« Der junge Herrscher lächelte den Konsultanten an. Er machte sich an das Nachladen der Pistole, was er inzwischen wie im Schlaf beherrschte. Die neue Technik begeisterte ihn. »Wie lange wird es dauern, bis die versprochenen Waffen einsatzbereit sind?«, erkundigte er sich währenddessen. »Die großen, meine ich.«

»Da wir vor dem Frühling ohnehin keinerlei Aktivitäten entfalten können, eilt es nicht sehr«, versuchte Mortva die Ungeduld seines Schützlings zu besänftigen. »Die

Konstrukteure haben in den ganz großen Ausgaben der Waffen noch Schwachstellen ausfindig gemacht, die sie erst ausmerzen möchten, bevor sie Euch präsentiert werden.« Er nickte in Richtung der Schusswaffe. »Aber es wird Euch mächtig beeindrucken, kein Vergleich zu dem Spielzeug, wie Ihr es da in der Hand habt. Wenn man sie abfeuert, glauben die Feinde, sie zögen gegen ein Gewitter ins Feld. Und die Reichweite ist enorm.«

»Eure Andeutungen taugen nicht unbedingt, meine Wissbegier geringer werden zu lassen«, beschwerte sich der Herrscher. »Und?«

Der Konsultant genoss die Spannung. »Ein Warst.«

»Ihr macht Scherze, oder? Ihr veralbert einen Herrscher, Mortva. Das wird sich nicht gut auf Eure Karriere am Hof auswirken«, rügte ihn Lodrik, nicht ganz ernst gemeint. »Und welches Kaliber benutzt diese Waffe?« Er nahm eine der Bleikugeln hervor, etwa doppelt so dick wie eine Erbse. »Dreifach so groß?«

Doch sein Berater erweckte nicht den Anschein, als würde er sich einen Spaß erlauben. »Nein, Hoher Herr. Die Reichweite beträgt einen Warst. Und dort, wo die zwölfhundert Pfund schwere Steinkugel einschlägt, wächst kein Gras mehr.« Mortva schaute an die Decke. »Es wächst eigentlich gar nichts mehr, wenn ich es recht bedenke.«

Der Kabcar blinzelte. »Zwölfhundert Pfund? Eine Steinkugel?«

»Um genau zu sein, muss man sie mit Eisenbändern umspannen, damit sie von der Explosionswucht des Pulvers nicht in tausend Stücke zerrissen wird. Einen Hagelsturm gegen eine Mauer zu schicken, macht wenig Sinn. Ein Geschoss von zwölfhundert Pfund schon.« Seine Fingerspitzen legten sich zusammen. »Ich habe Euch versprochen, dass Ihr mit diesen Waffen unschlagbar sein werdet. Nun, ich kenne nichts, was sich dieser Kraft in den Weg stellen könnte. Oder zumindest mehr als einmal.«

»Brauchen wir denn diese Kraft?«, wollte Lodrik wissen und fächelte sich Luft zu.

Mortva wiegte den Kopf nachdenklich hin und her. »Es ist besser, wenn wir diese Waffe in der Hinterhand haben. In Borasgotan und in den anderen Reichen stehen noch die Relikte aus der Zeit, in der viel und hart auf Ulldart gekämpft wurde. Mächtige Festungen, ähnlich wie die Sinureds in Tûris, erheben sich hier und da. Nach dem Ausgang in Telmaran wird sich der ein oder andere König gerne dorthin zurückziehen. Arrulskhán dürfte eine schöne Auswahl an Bollwerken in seinem Land stehen haben. Und wir besitzen glücklicherweise den Schlüssel dazu, auch wenn er sehr laut ist, wenn man ihn ins Schloss steckt.«

»Ihr denkt sehr weit voraus«, meinte Lodrik. Die Kutsche verlangsamte ihre Fahrt und kam zum Stehen.

Als sei es ein Kompliment und keine Feststellung gewesen, nickte der Konsultant. »Danke, Hoher Herr. Ich erfülle nur meine Aufgabe.«

Der Verschlag wurde aufgerissen, und ein aufgeregter Diener streckte den Kopf ins Innere. »Hoheitlicher Kabcar, schnell! Kommt!«

»Würde es dir etwas ausmachen, uns deine ungestüme Art zu erklären?« Lodrik sprang ins Freie, drückte ihm Mantel und Uniformrock in die Hand. »Welchen Grund gibt es, schnell zu sein?«

Der Livrierte lief vorweg und warf dabei immer wieder einen Blick über die Schulter, ob seine Herrschaften ihm auch folgten. »Die Kabcara, hoheitlicher Kabcar! Sie ist gerade dabei, dem Land einen Thronfolger zu schenken«, stammelte er.

Mortva und Lodrik sahen sich in einer Mischung aus Schreck und Freude an.

»Das ist doch viel zu früh, verdammt!«, entfuhr es dem Kabcar. »Wo ist sie? Ist ein Cerêler bei ihr?«

Der Diener nickte eifrig und lotste den Herrscher und

seinen Konsultanten zu den Gemächern seiner Cousine und Gemahlin. Als Lodrik zögernd eine Hand auf die Klinke legte, ertönte von drinnen der schmerzerfüllte Schrei einer Frau. Erschrocken nahm er die Finger zurück und schaute seinen Ratgeber an.

»Ich glaube, ich warte besser hier draußen«, sagte er. »Mir ist ganz unbehaglich. Und ich denke nicht, dass sie mich im Moment sehen möchte.«

»Sie ist gewiss beschäftigt«, urteilte Mortva. »Man hört es deutlich.«

Der junge Herrscher packte den Diener am Arm. »Geh rein und frage den Heiler, wie lange es dauert.« Augenblicklich verschwand der Mann. »Und was es ist, will ich wissen«, brüllte Lodrik durch die verschlossene Tür. »Ein Junge oder ein Mädchen?«

Der Eingang öffnete sich, und eine Magd brachte eine Schüssel mit einer roten Flüssigkeit heraus. Vor dem Kabcar vollführte sie einen schnellen Knicks und lief weiter.

»War das eben Blut?« Lodrik sah der Bediensteten fassungslos hinterher. »Etwa das Blut meiner Gemahlin? Was macht der Pfuscher da drin mit ihr?«

»Vielleicht ist es das Blut des Cerêlers, nachdem die Kabcara ihm die Augen ausgekratzt hat«, scherzte der Konsultant. »Oder sie hat ihn gebissen.«

»Ich bin nicht zu Späßen aufgelegt«, knurrte Lodrik unwirsch. »Meine Gemahlin scheint da drinnen zu verbluten, und ich kann nichts tun.«

»Na, na, Hoher Herr«, beruhigte ihn sein Vetter. »Ihr wisst nichts über das Wunder der menschlichen Geburt, nicht wahr? Dass die Frau dabei leidlich von ihrem Lebenssaft lässt, ist völlig normal. Sozusagen als Opfer für Ulldrael, gewissermaßen den Gott der Fruchtbarkeit, dem man das neue Leben zu verdanken hat.«

»Hinfort mit dem Gott der Fruchtbarkeit«, fluchte der junge Mann aufgebracht, legte die Arme auf den Rücken und fing an, vor der Tür auf und ab zu gehen. »Es ist viel zu früh. Kann ein Kind so etwas überleben? Wenn der Heiler auch nur einen Fehler macht, lasse ich nachsehen, ob seine Magie ihn selbst heilen kann.«

Weiterhin finstere Drohungen ausstoßend, hörte der Kabcar nicht auf, im Gang seine Bahnen zu ziehen. Stunde um Stunde bewegte er sich hin und her, die Euphorie war schon lange verflogen. Zu seinem eigenen Erstaunen machte er sich mehr Sorgen um seine Gattin, als er jemals angenommen hatte. Die Bindung, die Liebe zu ihr schien in den letzten Wochen intensiver geworden zu sein.

Sein Konsultant ließ sich einen Stuhl bringen und machte es sich gemütlich.

Endlich, für Lodrik schien es eine Unendlichkeit gewesen zu sein, öffnete sich die Tür erneut, und die Gestalt des Hofcerêlers Chos Jamosar schob sich aus dem Raum. Die Erschöpfung des kleinwüchsigen Heilers war offensichtlich, seine Kleider hingen schweißnass an ihm herab, die Hände schienen zu zittern. Als ihm der Konsultant seinen Stuhl anbot, kletterte Jamosar dankbar auf das Möbel.

»Hoheitlicher Kabcar«, sagte er mit geschlossenen Augen, »lasst mich Euch zu einem prächtigen Jungen gratulieren.«

»Ja!«, schrie Lodrik seine Freude heraus. Er hätte die Anspannung keinen Moment länger ausgehalten.

Der Cerêler hob die Hand. »Er kam wenige Lidschläge vor seiner Schwester zur Welt. Beide sind gesund, nur sehr schwach und sehr klein. Es kostete mich etliche Mühe, sie zu stärken.« Jamosar nahm einen tiefen Atemzug. Dass er dabei das Gefühl gehabt hatte, sie hätten eher gegen die grüne Magie gekämpft als sie angenommen, verschwieg er lieber.

»Zwillinge«, rief der Kabcar und konnte sein Glück noch nicht fassen. »Wie geht es meiner Gemahlin? Ist die Kabcara so wohlauf wie mein Nachwuchs? Wie konnte es nur passieren, dass die Geburt so früh einsetzte?«

»Ich wurde vor wenigen Stunden gerufen. Ihr werdet gerade beim Ulldrael-Tempel gewesen sein, wie mir die Dienerschaft sagte«, erklärte der kleinwüchsige Mann. »Man sagte mir, die Kabcara habe plötzlich starke Krämpfe erlitten. Ich habe mich, um ehrlich zu sein, mehr mit der Geburt als mit den Ursachen beschäftigt. Ich musste retten, was zu retten war.«

Diese Formulierung gefiel Lodrik überhaupt nicht. »Was verheimlichst du mir? Rede!«

Jamosar sah dem jungen Mann in die Augen. Bedauern wurde in denen des Heilers sichtbar, gemischt mit Angst. »Es sind Drillinge, hoheitlicher Kabcar. Zuletzt kam noch ein Junge. Aber«, er stockte und redete weiter, als ihn der Herrscher schüttelte, »aber es gab Schwierigkeiten. Das Kind hatte sich im Inneren der Mutter verfangen. Auch meine Fertigkeiten, die mir Kalisstra gab, konnten wenig ausrichten. Was ich nicht verstehe.« Die Aufrichtigkeit im Gesicht des Heilers war ehrlich.

»Was bedeutet das?«, wollte der Kabcar wissen, seine Stimme klang dunkel und drohend. »Heißt das, er ist gestorben?«

Der Cerêler seufzte. »Nein, hoheitlicher Kabcar, aber es wäre vermutlich besser gewesen. Sein Gesicht war blau angelaufen, er hat lange Zeit keine Luft bekommen. Und auch seine Glieder wirken, nun ja, grotesk. Sie sind kräftig, kräftiger als bei seinen Geschwistern, aber missraten.«

»Ein Krüppel?«, stieß Lodrik erschrocken aus und taumelte einige Schritte rückwärts. »Mein jüngster Sohn ist ein Krüppel? Und du konntest nichts dagegen tun? Weshalb nennt man Euresgleichen dann Heiler, wenn ihr Kinder wie Spottfiguren zur Welt kommen lässt?« Er sah zur Tür. »Das schaue ich mir an. Und Gnade dir, wenn ich zurückkomme und du immer noch hier bist, Cerêler.«

Ohne ein weiteres Wort stürmte der aufgewühlte junge Vater in den Vorraum, in dem sich blutrote Laken und Lappen, Eimer voller frischem und gebrauchtem Wasser befanden, durchquerte ihn und stand bei seiner Gemahlin.

Aljascha lag im Bett, ihr Gesicht schien zwischen den Laken und mit den roten Locken noch blasser als sonst. Schwach versuchte sie zu lächeln, aber es misslang ihr. Stattdessen weinte sie.

»Es tut mir Leid«, flüsterte sie unter Tränen und streckte die Hand nach ihm aus.

Lodrik drückte ihr einen Kuss auf die Stirn und betrachtete seine Sprösslinge der Reihe nach.

Die beiden ersten Kinder wirkten auf ihn klein, aber nicht anders gestaltet. Vor dem dritten Bündel, das seine Cousine in den Armen hielt, graute es den Herrscher. Er wagte es zunächst nicht, das Tuch zurückzuschlagen, um sich den kleinen Körper zu betrachten.

Endlich fand er den Mut und erschrak. Als habe ein wahnsinniger Bildhauer das Zerrbild eines Neugeborenen entworfen, lag sein jüngster Sohn vor ihm. Er war größer als seine Geschwister, wirkte kräftiger, aber die Armen und Beine waren krumm und schief, der Kopf unproportioniert und deformiert.

Dies war die Rache Ulldraels dafür, dass er seinen Oberen getötet hatte. Aber er würde seine Genugtuung nicht erhalten, dieser vermaledeite Gott.

Ohne darüber nachzudenken, riss Lodrik das Henkerschwert aus der Scheide und holte zum Schlag gegen sein eigen Fleisch und Blut aus.

Mit einem entsetzten Aufschrei fiel ihm Aljascha in den Arm und hinderte ihn am Hieb.

Plötzlich war auch der Konsultant im Zimmer und redete beschwichtigend auf den völlig verwirrten Kabcar ein, der nur auf den Krüppel starrte. Er hörte seinem Mentor nicht wirklich zu, warf sich in den Sessel neben dem Bett, das Schwert polterte zu Boden, und vergrub das Gesicht schluchzend in seinen Händen.

Aljascha presste die Kinder an sich und blickte bittend zu dem Mann mit den silbernen Haaren. Er machte eine beschwichtigende Geste und nickte ihr aufmunternd zu. Jetzt ein Wort an seinen Schützling zu richten, wäre Verschwendung, wie er erkannte.

»Du kannst nichts dafür, Aljascha«, sagte Lodrik dumpf zwischen den Händen hervor. »Es war Ulldrael, der uns das angetan hat. Er ließ seine Wut an einem hilflosen Wesen aus, weil er mir nichts anhaben kann.« Er ließ die Finger sinken, Tränen rannen ihm die Wangen herab und tropften auf das Hemd. »Aber ich werde das Kind ebenso lieben wie seine Geschwister. Ulldrael soll nicht die Befriedigung erhalten, dass ich meinen Nachkommen deshalb weniger achte.«

Langsam erhob er sich und nahm das verkrüppelte Kind in den Arm, nachdem Aljascha es ihm nach einigem Zögern gereicht hatte. »Was hätte ich beinahe nur in einem ersten Wahn getan? Ich schwöre, dich niemals gering zu schätzen. Wir beide zeigen Ulldrael, dass man sich mit uns nicht anlegen darf.« Behutsam wiegte er seinen Jüngsten hin und her. »Niemand darf sich mit uns anlegen. Auch kein Gott.«

»Es wird ein guter Kämpfer werden«, meinte Mortva leise. »Seht doch, wenn das keine starken Knochen sind, Hoher Herr?«

»Ja, das sind die Knochen eines Kriegers. Nichts wird seinem Schwert standhalten, nicht wahr?« Lodrik fuhr dem Kind über den Kopf und konnte dennoch nicht verhindern, dass ihm ein Schaudern über den Rücken lief. Er reichte den Neugeborenen an seine Gemahlin zurück und schloss sie in seine Arme. »Es ist gut, Aljascha. Wir können beide nichts dafür.«

Wieder küsste er sie und ging langsam in Richtung Ausgang. Im Türrahmen wandte er sich um. »Ich werde die Geburt unserer Kinder morgen verkünden lassen. Ulsar und Tarpol sollen feiern.«

Aljascha nickte. »Sie werden sich freuen. Hattest du Erfolg mit dem Schlag gegen den Oberen?«

Der Herrscher stieß laut die Luft aus und nickte in Richtung des Krüppels. »Das sieht man doch. Das ist der Dank dafür, dass ich einen hinterhältigen Glaubensmann seiner gerechten Strafe zuführte.« Er lächelte traurig. »Also gräme dich nicht weiter.«

Er ging, begleitet von Mortva, in Richtung des Teezimmers, wo er sehnsüchtig hoffte, eine gefüllte Flasche Kartoffelschnaps zu finden. Nun hatte er dem Schutzgott des Kontinents endgültig abgeschworen. Das war ein Wunder zu viel.

Dem Konsultanten, der Mitleid und Anteilnahme perfekt vortäuschte, war es recht, dass sein Schützling die Schuld auf den Gerechten schob. Er würde niemals zugeben, dass er mit der Beeinflussung des Verhütungstrankes der Kabcara vor vielen Monaten die Verantwortung für den Krüppel trug. Seine Magie hatte wohl ihre Spuren an dem Elixier des Cerêlers hinterlassen. So war es zwar nicht vorgesehen, aber Drillinge sind Drillinge, nur darauf kam es an.

Ulldart, Königreich Ilfaris,
Herzogtum Sèràly, Winter 444 n. S.

»Wann zeigt er dem Volk sein wahres Gesicht?« Perdór massierte sich mit einer Hand die Stirn und machte ein unglückliches Gesicht. »Wir haben nichts, was wir den einfachen Menschen präsentieren können, das wiederum ihn und seinen Berater als Monstrum offenbart.« Traurig schob er sich einen Keks in den Mund, häufte mehrere Löffel Zucker in den Kakao und leckte genießerisch den Löffel ab. »Ulldrael scheint sich mit ihm verbündet zu haben.«

Fiorell saß auf dem Bücherregal, hielt seine Narrenkappe in der Hand und betrachtete sie gedankenverloren. Er wischte über das Brett und blies eine dicke Staubwolke von seinen Fingern. »Die Diener in diesem Lustschlösschen sind schlampig. Nur weil Ihr nur alle paar Wochen vorbeischaut, ist das kein Grund, nicht sauber zu machen.«

»Hör auf abzulenken und lass dir gefälligst etwas einfallen, was wir gegen den Kabcar unternehmen können«, wies ihn der Herrscher von Ilfaris zurück und verscheuchte die grauen Flocken, die wie schwerelos durch den Raum schwebten und ihm vor der Nase tanzten. »Dieses Ereignis bei Telmaran war ein einziges Desaster. Nun sind dem Jungen Tür und Tor geöffnet.«

»So dämlich ist er nicht«, bemerkte der Hofnarr und ließ die Schellen an seiner Kopfbedeckung klingeln. »Er wird sich etwas ausdenken, um uns auf verschlagene Art und Weise in einen Sack zu bekommen. Dass er gegen unser Geeintes Heer gewann, tja, darüber macht sich nun der einfache Mann so seine Gedanken.« Fiorell rutschte die Leiter herab und kam zu seinem Herrn. »Wenn ich ehrlich bin, mache ich mir darüber auch meine Gedanken. Wenn Ulldrael der Gerechte eine Gefahr in ihm gesehen hätte, müsste er uns nicht beigestanden haben? Wie damals, als Sinured geschlagen wurde?«

»Vielleicht war es zu früh?«, murmelte Perdór in seinen Lockenbart. »Vielleicht ist er noch nicht die Gefahr, die ein Eingreifen des Gerechten unbedingt erforderlich macht. Oder es war der falsche Ort? Wir hätten uns auf dem Blutfeld mit ihm schlagen sollen.«

»Und deshalb lässt der Gerechte mal eben mehr als

fünfzigtausend Männer umkommen?«, fragte der Spaßmacher ungläubig. »Wenn das sein Wille war, käme er Tzulan schon gefährlich nahe.«

»Ich habe allmählich das Gefühl, dass jeder auf diesem Kontinent besser unterrichtet ist als ich«, sagte Perdór wehleidig. »Der Kabcar stiehlt den Grünhaaren ihre Pläne für Bomben, die Palestaner ziehen ihre Truppen zurück, bevor es zum verheerenden Ausgang der Schlacht kommt, und diese Sache mit dem Oberen des Ulldraelordens in Tarpol ist die Höhe. Der Kabcar ist ein gutes Stück unvorhersehbar, und das bereitet mir Sorgen.«

Er beobachtete seinen Hofnarren, der aus zwei Keksen und einem Löffel eine Wippe baute, in die Vertiefung des Besteckteils eine Praline legte und dann mit der Faust auf den Griff schlug. Fast bis zur Decke flog das Konfekt und kehrte ungefähr zu seinem Ausgangspunkt zurück. Fiorell fing die Süßigkeit mit dem Mund auf und machte eine Verbeugung.

»Ja, das ist der Weg, wie man Probleme löst«, sagte der König sarkastisch und zog das Tablett mit den Pralinen näher zu sich, um den Mann in dem Rautenkostüm daran zu hindern, weitere Experimente zu wagen.

»Warum sind wir eigentlich in diese schäbige Hütte umgezogen und nicht in Turandei geblieben? Hier fehlt es ja fast an allem. Zugeben, Ihr müsst Euch nun mehr bewegen, weil die Diener nicht gleich zur Stelle sind, wenn man nach ihnen läutet.« Der Hofnarr ließ den Kopf auf den Tisch fallen, dass es rumpelte und die Konfektstücke hüpften. »Mir wollen die Scherze nicht mehr recht gelingen«, rief er in gespielter Verzweiflung. »Dieser Kabcar raubt mir sogar meine angeborene Heiterkeit. Ein Pralinchen würde mich aufmuntern.« Seine Hand kroch zu der Platte mit den Süßigkeiten, aber der König nahm sie grummelnd auf seinen Schoß.

»Erst wirst du etwas Vernünftiges leisten, bevor ich

auch nur eine meiner Kostbarkeiten deinem gierigen, respektlosen Schlund opfere, du Fass ohne Boden.«

»Wer im Dampfbad sitzt, sollte keine Schokolade mitnehmen«, gab Fiorell zurück und grinste seinen Herrn an. »Der einzige in diesem Raum, dessen Figur ungefähr einem Fass gleicht, bin nicht ich.«

»Wir sind nach Sèràly gegangen, weil die kensustrianische Grenze nur wenige Meilen von hier entfernt liegt«, erklärte Perdór unwirsch, ohne auf die Sticheleien seines Spaßmachers einzugehen. »Ich fühle mich in der Nähe der Grünhaare irgendwie sicherer. Sind unsere Spione, die sie freilassen wollten, bereits eingetroffen?«

»Zum Teil«, sagte Fiorell, faltete die Beine unter dem Körper zusammen und hockte nun im Schneidersitz auf dem Stuhl. »Ihre Aussagen zu dem, was sie alles über unsere Nachbarn erfuhren, werden gerade notiert. Es sind aber in erster Linie Berichte zum Interieur kensustrianischer Kerker, mittelprächtigem Essen und den Kartenspielen der Kriegerkaste. Wenig Brauchbares, wie ich befürchte.«

»Und unser anderer Gast? Hat er sich von seinen Verletzungen erholt?«

»Der Cerêler hat das Schlimmste lindern können.« Der Hofnarr wirkte erleichtert. »Er müsste bald wieder auf den Beinen sein. Die Infektionen müssen furchtbar gewesen sein. Unfassbar, dass er den Weg überhaupt geschafft hat.«

»Er ist im Moment der Einzige, der uns erklären kann, was in Telmaran wirklich geschehen ist. Im Gegensatz zum Volk vertraue ich den Jubelboten, die der Kabcar durch die Lande schickt, nur wenig.« Perdór warf eine Praline nach Fiorell, der geistesgegenwärtig den Mund öffnete und sie fing. »Respekt, mein Lieber«, lobte der König amüsiert.

»Wenn Ihr schon mit Konfekt nach mir schmeißt,

wäre ich schön blöd, diese Freigiebigkeit nicht zu nutzen.« Der Hofnarr zuckte mit den Achseln und zerkaute das süße Wurfgeschoss. »Mh, eine neue Sorte, Majestät?«

Der Herrscher wollte gerade antworten, als die Tür geöffnet wurde und ein Bediensteter eintrat. An seiner Seite folgte Hetrál, der sich im Gegensatz zu seiner sonstigen Art sehr steif bewegte. Auch die üblicherweise perfekte höfische Verbeugung fiel mehr schlecht als recht aus.

»Nein, nein. Lasst das.« Perdór lief auf ihn zu, die grauen Löckchen auf dem Kopf wippten hin und her, der Bart geriet in Wallung. Er klopfte dem Meisterschützen erfreut auf die Schulter. »Kommt, kommt, lieber Freund! Ihr genest schneller, als es dem Bösen lieb ist, was?«

Während er dem Turîten Pralinen anbot, tuschelte Fiorell kurz mit dem Lakai, der daraufhin grinsend die Bibliothek verließ. Mit unschuldiger Miene schlenderte der Hofnarr heran, reichte Getränke und setzte sich auf die Tischplatte. Sein Herr war zu sehr abgelenkt gewesen, um den knappen Wortwechsel zu bemerken.

»Meister Hetrál, ich kann Euch nicht sagen, wie sehr ich mich freue, dass Eure Wunden abheilen.« Perdór strahlte.

Es geht, gestikulierte der Mann. Hofnarr und König verstanden die Gebärdensprache des Turîten, der in der Vergangenheit oft am Hof zu Besuch war. *Diese magische Attacke hinterließ eine Art Verbrennung und verletzte auch die inneren Organe, obwohl dieser Strahl, oder was immer es auch war, nicht bis dahin vordrang. Ein seltsames Gefühl. Verzeiht meine Unbeholfenheit, aber die Verbände liegen eng an, auch die Schmerzen sind nicht vollständig verschwunden. Euer Heiler denkt, dass ich in ein paar Wochen wieder alles machen kann, wie es vorher der Fall war.* Er langte vorsichtig nach einem Lederbeutel und holte ein Stück deformiertes Metall heraus, das vorher eine Kugel gewesen sein könnte. *Das holte er aus meinem Oberarm. Das Ding steckte im Knochen und hatte sich entzündet.*

»Blei, oder?« Perdór tippte das mattgraue Material an. »Keine Pfeilspitze.«

Ich weiß nicht, was es ist. Als ich einsah, dass ich den Kabcar nicht töten konnte, ergriff ich die Flucht. Sinnlose Tode sind mir zuwider. Den ersten überlebt man im Allgemeinen nicht. Der Stumme lächelte, auch die beiden anderen Männer mussten grinsen.

»Das ist unser Meister Hetrál«, meinte der ilfaritische Herrscher erheitert. »Er ist lustiger und geistreicher als du, Fiorell. Wenn Ihr mal keine Anstellung mehr finden solltet, Ihr seid mir herzlich willkommen.«

Der Spaßmacher verzog beleidigt das Gesicht und verschränkte die Arme. »Und wenn Ihr ein Land regieren möchtet, werft den Pralinigen einfach raus. Meine Unterstützung habt Ihr.«

Ich werde darüber nachdenken, meinte Hetrál. *Als ich damals durch die Dunkelheit rannte, krachte es sehr laut in meinem Rücken, fast im gleichen Moment spürte ich den Schmerz in meinem Arm.*

»Ha!«, rief Perdór. »Dann weiß ich, was es war.« Schnell erzählte er von der Begebenheit, die Stoiko damals hinter dem Teppich widerfahren war.

Ich vermute, sagten die Finger des Meisterschützen, *es waren diese Dinger in seinem Gürtel. Wie kleine Armbrüste, nur ohne den Spannbügel und mit geschlossenem Lauf. Aber was sollte das für ein Krachen gewesen sein? Es klang, als würde ein Kessel zerspringen.*

Perdór erklärte Hetrál, was er von dem Kensustrianer erfahren hatte und welche Gefährlichkeit von diesem Pulver, dessen Rezeptur der Kabcar von seinen Spionen aus den Archiven der Kriegerkaste stehlen ließ, ausging. »Ich bin fest davon überzeugt, dass, wenn er solch kleine Sachen herstellen kann, die Anfertigung von größeren Ausgaben dieser Geräte kein Problem sein sollte«, endete er aufgeregt. »Dazu benötigt er mit Sicherheit die Unmengen an Erz, die er aus den borasgotanischen Minen zieht.«

»Nach dem, was Meister Hetrál erzählt hat, dürfte klar sein, was am Repol-Fall geschehen ist.« Fiorell hielt eine der Pralinen in die Luft. »Erinnert Ihr Euch an die Bombe, Majestät? Genau das war in den Fässern. Sie waren alle voller Pulver, und damit hat dieser Varèsz zunächst den Fluss gestaut, das Bett am Wasserfall verbreitert und anschließend den Damm gesprengt. Es war kein Donner, was Ihr hörtet, Meister Hetrál. Es waren die Explosionen der Bomben. Und es war kein göttlicher Wille, was da bei Telmaran passierte. Es war einfach nur die bessere Strategie, gemischt mit einer Spur gnadenloser Rücksichtslosigkeit.«

Und göttlicher Teilnahmslosigkeit, fügte der Turît spitz hinzu.

»Ich hätte zu gerne vom Oberen gewusst, warum Ulldrael nicht zu Gunsten unserer Leute eingriff«, meinte der Hofnarr mit einem bösen Grinsen. »Aber das hat er sich bestimmt auch gefragt, als ihn die Erde verschlang.«

»Bei aller Heiterkeit, wir müssen vor allen anderen Unternehmungen klären, weshalb der Gerechte seinen Beistand verweigert«, warf Perdór ein. »Es nützt nichts, wenn wir wieder und immer wieder Freiwillige aufstellen, die sich dazu schwerer auftreiben lassen werden denn je zuvor, wenn der Stratege des Kabcar sie zu Mus schlägt. Und wenn der Kabcar seine magischen Fertigkeiten jemals einsetzt, sind wir ohnehin machtlos. Jemand muss diese Kraft doch erklären und erforschen können.« Er drehte sich die langen Bartlocken um den Finger. »Wir werden Cerêler bitten, sich mit der Sache zu beschäftigen. Sie sind die einzigen, die ebenfalls von den Göttern gesegnet wurden. Sie müssen doch wissen, wie sie es und was sie machen.« Fiorell nickte.

Habt Ihr erfahren, wie die anderen Oberen des Ulldraelordens auf das Ende ihres Mitbruders reagierten? wollte der Stumme wissen.

»Die Verunsicherung ist enorm«, sagte der ilfaritische König. »Was vom Kabcar beabsichtigt war. Sie können es sich nicht leisten, etwas gegen den jungen Mann zu sagen, zu klar fiel das Gottesurteil gegen den Oberen Tarpols aus. Und das auch noch vor den Augen von Tausenden von Menschen. Wir haben Berichte, dass die Neuerungen, die Bardri¢ einführte, bei den einfachen Mönchen mit Begeisterung aufgenommen wurden. Längst nicht alle waren mit dem Gehabe des Geheimen Rates einverstanden.« Perdór spielte mit den Locken. »Um ehrlich zu sein, wenn wir nicht die Wahrheit wüssten und die Schurkereien Nesrecas teilweise aufgedeckt hätten, wir wären doch alle der Meinung, dass der junge Kabcar ein Herrscher ist, wie es sonst keinen auf dem Kontinent gibt?« Das Schweigen der anderen beiden Männer legte er als Zustimmung aus. »Aber wer noch kennt den wirklichen Grund für den Niedergang der Stadt Worlac? Wer weiß etwas über die Vorgänge in der Verbotenen Stadt?«

Er wirkte verzweifelt und wurde noch kleiner, als er ohnehin schon war. Ohne seine Position zu verändern, langte er nach der Tasse Kakao, sein Arm war aber zu kurz. Hilfe suchend schaute er zu Fiorell, der als Zeichen der Verweigerung nur die Lippen spitzte.

Ächzend wuchtete sich der König nach vorne und erreichte den Griff. Ein wenig vom Geschmack getröstet, schlürfte er an dem Getränk und seufzte.

Der Winterwind, glücklicherweise weniger kalt und Frost bringend als im Norden des Kontinents, heulte um die Ecken des Schlösschens, rüttelte an den Fensterläden und brachte regenschwere Wolken mit sich. Nackt, kahl und beinahe gespenstisch reckten sich die Bäume im Garten gegen das Grau des Himmels, ein perfektes Bild der Trostlosigkeit, wie Perdór fand.

»Na schön, Freunde«, meinte er nach einer Weile. »Wir werden uns etwas Neues ausdenken. Fiorell, lies vor, was wir alles in Angriff nehmen möchten.«

»Magie erforschen, Erklärung für göttliche Verweigerung suchen, Kontakt zu anderen Oberen herstellen, die neuen Waffen ausspionieren«, las der Hofnarr die Aufstellung so selbstverständlich vor, als würde er dem Koch die Liste zur Erledigung zum Markt mitgeben. »Die generelle Informationsbeschaffung habe ich mal außen vor gelassen. Das ist ilfaritischer Standard.«

Der König hatte mitgezählt und hielt die entsprechende Anzahl von Fingern in die Höhe. »Bleiben noch ›Stoiko finden‹ und ›Schicksal der verschwundenen Brojakin erkunden‹«, ergänzte er. Langsam wanderte sein grauer Lockenkopf zu dem Meisterschützen.

Ich habe verstanden, Majestät. Das übernehme ich, gestikulierte Hetrál. *Ich werde nach Tarpol gehen und mich in aller Heimlichkeit umsehen. Ich habe noch einige Freunde dort, die mir helfen könnten.*

Perdór schaute ihn an, die Augen verrieten Sorge. »Ihr müsst aber sehr aufpassen. Ihr seid bekannt wie ein bunter Hund, und wenn der Kabcar Euch sieht, wird es ihm eine Freude sein, Euch ein zweites Mal als Zielscheibe für seine Waffen zu benutzen.«

Ich habe nicht vor, es so weit kommen zu lassen, erklärte der Turît. *Er wird mich ohnehin an einem ganz anderen Ort vermuten. Und wo ist man sicherer als in der Höhle des Löwen?*

»Wenn Ihr mich fragt, hinter drei erfahrenen Jägern«, meinte Fiorell. »Noch besser ist es, man ist selbst der Löwe.«

»Was dir Hasenfuß eher schwer fallen dürfte«, meinte der Herrscher. »Eure Gesundheit liegt mir sehr am Herzen, Meister Hetrál. Aber wir müssen unter allen Umständen herausfinden, wo sich Stoiko Gijuschka und Norina Miklanowo befinden. Niemand kennt den Kabcar und Nesreca so gut wie sein ehemaliger Vertrauter. Ohne seinen Rat und sein Wissen ist unsere Sache, so vermute ich, von vornherein zum Scheitern verurteilt. Aber lasst Euch zu nichts hinreißen. Versucht nicht, den Kabcar oder den Konsultanten umbringen zu wollen. Eure Pfeile sind nicht in der Lage, auf direktem Wege etwas gegen das Unheil auszurichten, das in ihrer Person umherläuft.« Er sah ihn eindringlich an. »Findet heraus, wo sich Gijuschka befindet und gebt uns eine Nachricht. Ich schicke Euch zusätzliche Spezialisten, je nachdem, was Ihr für die Befreiung benötigt. Geht kein Wagnis ein, hört Ihr? Ihr seid zu wichtig, als dass Ihr Euren Kopf leichtfertig in Gefahr bringen könnt.«

Ich werde Euch eine Nachricht zukommen lassen, wenn ich etwas von den beiden hören sollte, auch wenn es nur das kleinste Gerücht ist, meinte der Meisterschütze. *Ihr könntet mir bei Gelegenheit eine Liste mit den Orten zusammenstellen, an denen sie angeblich gesehen wurden oder an die man sie gebracht hat. Ich werde ja nicht sofort aufbrechen können.*

»Natürlich«, stimmte der Herrscher augenblicklich zu und sah dabei zum Eingang, an dem ein Diener erschienen war.

Was er zuerst für ein kleines Kind gehalten hatte, das an der Seite des Lakaien stand, war eine Cerêlerin, die etwas schüchtern wartete, um näher kommen zu dürfen. Nun drehten sich auch die beiden anderen Männer neugierig zu dem Neuankömmling um, der vom König herbei gewunken wurde.

Sie war so groß wie ein zehnjähriges Kind, hatte langes dunkles Haar und braungrüne Augen, die etwas wie eine Grundgüte sichtbar werden ließen. Die Kleidung erschien schlicht, die ausgewählten Stoffe in Grün, Braun und Schwarz zählten dagegen nicht zu den billigsten.

»Mein Name ist Lakesia, Majestät, und ich bin hier,

weil ich von Eurem Ruf hörte«, erklärte die kleinwüchsige Frau scheu. »Ich entschuldige mich vorab, sollte ich gegen die Etikette des Hofes verstoßen, aber ich habe normalerweise eher mit Dorfvolk zu tun.«

»Das geht schon in Ordnung, Lakesia«, sagte Fiorell. »Solange Ihr die Vorratskammer des Pralinigen in Ruhe lasst, dürft Ihr fast alles.«

Die Cerêlerin wirkte nun vollständig verunsichert, ihre Augen wanderten vom König über den Stummen und wieder zurück zum Spaßmacher. »Wenn das so ist …«

»Nehmt Platz, werte Lakesia«, bot ihr der Herrscher an und räumte seinen Platz. »Vielleicht könnt Ihr uns ein wenig weiterhelfen.« Während sich die Heilerin mit etwas Mühe in den Sessel arbeitete, suchte sich Perdór einen anderen Stuhl und schob ihr zuvorkommend die Pralinen hin.

»Vorsicht!«, rief Fiorell, als Lakesia danach greifen wollte. Sie erstarrte ängstlich und schaute den Hofnarren an. »Der König beißt.«

»Fiorell, verflucht, lass deine Scherze für ein paar Momente sein«, schimpfte der Herrscher von Ilfaris. »Natürlich beiße ich nicht.«

»Es sei denn, die Hand der Cerêlerin bestünde aus Schokolade«, ergänzte der Spaßmacher lachend und sprang vom Tisch, um sich schnell aus der Reichweite seines Herrn zu bringen. Ein Kissen flog ihm hinterher. Hetrál seufzte.

»Beachtet diesen Narren nicht weiter«, empfahl Perdór, dessen Bartlöckchen wie Spiralfedern auf und nieder wippten. »Er wird ohnehin im Morgengrauen geköpft.«

Fiorells Gesicht entgleiste, mit beiden Händen fasste er sich an den Hals, gab gurgelnde Geräusche von sich und fiel der Länge nach auf den Teppich.

Lakesia wollte hilfreich aufspringen, aber der Herrscher bedeutete ihr, sitzen zu bleiben. »Wie gesagt, beachtet ihn nicht weiter.« Der Herrscher blieb ruhig. »Um die Sachlage zu verdeutlichen, weshalb ich nach Cerêlern schickte, lasst es mich kurz erklären. Aber was Ihr nun hört, muss unter allen Umständen geheim bleiben. Schwört es bei Kalisstra.« Nachdem Lakesia das Verlangte geleistet hatte, erzählte Perdór von den magischen Fertigkeiten des Kabcar, soweit sie von Stoiko Gijuschka beschrieben worden waren. »Könnt Ihr mir das erklären, oder habt Ihr Ähnliches bei anderen Menschen jemals beobachtet?«

Lakesia überlegte. »Nun, Majestät, wir Cerêler üben zwar Magie aus. Aber wirklich spüren können wir sie nicht. Sie wird in dem Moment sichtbar, wenn sie unseren Körper verlässt und als grünes Leuchten erkennbar wird. Aber wirklich verstehen, so ist meine Vermutung, kann es keiner von uns.«

»Aber wie seid ihr dann in der Lage, sie auf Befehl abzurufen?«, hakte der König interessiert nach.

»Es hat etwas mit Konzentration zu tun«, versuchte die Heilerin zu erklären. »Ich denke an die Wunde des Verletzten oder die Krankheit, stelle mir vor, wie sie geheilt wird und setzte somit den Prozess in Gang.«

»Aha«, sagte Perdór wenig geistreich.

»Tut doch nicht so, als hättet Ihr das verstanden.« Fiorell erwachte zum Leben und hob den Kopf. Ein Ruck ging durch seinen Körper, und er stand wieder auf den Beinen.

»Es ist mehr als schwer zu verstehen«, gestand Lakesia ein. »Und mir sind noch keine Nicht-Cerêler begegnet, die in der Lage waren, ähnliche magische Effekte hervorzurufen. Dass der Kabcar nun diese Kunst beherrscht, die offensichtlich nicht von Kalisstra ausgeht, ist bedenklich.«

»Dann wäre die Magie also an den Farben zu erkennen?« Perdór hob den Kopf, und ein Leuchten ging über sein Gesicht. »Grün stünde für Kalisstra. Bei dem jungen Herrscher in Tarpol sprach man von Orange und Blau. Allerdings im Wechsel. Was mag das zu bedeuten haben?«

»Bei uns gibt es solche Schwankungen nicht«, sagte die Heilerin. »Noch niemals gab es einen Fall, in dem ein Cerêler eine andere Farbe als Grün beim Heilen der Wunden durch seine Gabe entstehen ließ.« Sie stockte. »Aber eine Ungewöhnlichkeit bleibt. Ich war nicht dabei, ich habe nur davon gehört, dass ein Cerêler in Aldoreel vor einigen Jahren den Versuch unternahm, eine Sumpfbestie zu heilen, die sich ein Bein gebrochen hatte. Soweit ich weiß, schlug seine Unternehmung fehl. Das Erbe Tzulans, oder was auch immer in ihren Adern fließt, macht die Heilung entweder nur sehr schwer möglich oder lässt sie sogar ganz misslingen.«

Der ilfaritische König wackelte mit dem Kopf. »Ein Ereignis, das uns im Moment zwar nicht weiterhilft, aber interessant genug ist, es aufzuschreiben. Meint Ihr, werte Lakesia, dass es möglich wäre, Eure Gabe zusammen mit anderen Wissenschaftlern zu erforschen? Vielleicht finden wir ein Verfahren, dass es uns ermöglicht, magische Begabungen sichtbar zu machen.«

Die Heilerin nahm sich eine Praline. »Majestät, die Schwierigkeit, die ich darin sehe, ist, dass es uns vielleicht gelingt, die magische Natur, die uns von Kalisstra gegeben wurde, näher zu erkunden. Aber lässt das Rückschlüsse auf andere zu? Nehmt den Kabcar: Orange und Blau, sagtet Ihr? Nun wäre es wichtig herauszufinden, welchem göttlichen …«

»… oder welchen göttlichen Wesen …«, ergänzte Fiorell.

»… diese Farbe zuzuordnen ist«, setzte Lakesia ihren Satz fort.

Es bedeutet aber nicht unbedingt, dass die Farbe der Magie Rückschlüsse auf den Gott oder die Göttin zulässt, oder? beteiligte sich Hetrál an den Überlegungen. Perdór übersetzte für die Cerêlerin. *Vielleicht bezeichnet die Farbe die Wirkung der Magie. Grün steht für Heilung, das ist sicher. Der Kabcar schickte einen Strahl dunkelblauer Energie gegen mich, ich wurde dadurch verletzt.*

»Und damals in Granburg traf ihn ein orangeroter Blitz«, erinnerte sich der König an die Berichte aus der tarpolischen Provinz. »Und er selbst soll ebenfalls Magie dieser Farbe eingesetzt haben.« Aufgeregt sprang er auf und wanderte hin und her. »Das heißt, dass er über mindestens zwei verschiedene Arten der Kräfte verfügt.«

Es muss nicht unbedingt etwas damit zu tun haben, gestikulierte der Meisterschütze. *Aber bevor er den Strahl gegen mich warf, vollführten seine Hände eine knappe Geste.* Er versuchte, die Bewegung, die er in der Großen Halle gesehen hatte, zu imitieren. *Aber mein Pfeil, den ich gegen ihn feuerte, hielt an, ohne dass er etwas tat.* Gespannt sahen alle zu Lakesia.

»Es tut mir Leid, aber damit kann ich nichts anfangen«, gab sie zu. Sie fühlte sich ein wenig unbehaglich, weil sie von allen angestarrt wurde. »Keiner von uns muss seine Hände vor dem Auslösen der Magie einsetzen. Wir müssen sie nur auflegen.«

»Damit ist sicher, dass er eine andere Art als die der Cerêler einsetzt«, schloss Perdór euphorisch, um im nächsten Moment wie ein Häuflein Elend zusammenzusinken. »Aber was bringt uns das?«

»Die Überzeugung, das Richtige zu tun, wenn wir gegen den Kabcar vorgehen«, sagte Fiorell ernst. »Auch wenn wir damit gegen die Meinung des tarpolischen und turîtischen Volkes stehen.«

»Dass es nicht einfach wird, wissen wir spätestens seit Telmaran.« Perdór sah in die Runde. »Werte Lakesia, seid Ihr bereit, zusammen mit ein paar anderen Eurer Art, die ich für die Dienste fürstlich entlohnen werde, den Geheimnissen der Magie auf den Grund zu gehen?«

Sie nickte ohne zu zögern. »Wenn wir es nicht schaffen, sieht der Kontinent schwarzen Stunden entgegen. Es müsste uns gelingen. Aber es wird dauern. Es kam noch niemand auf den Gedanken, die Gabe Kalisstras erforschen zu wollen, und wir wissen nicht, wo wir beginnen sollen.« Die Cerêlerin lächelte. »Wenn der Bleichen Göttin jedoch etwas am Schicksal ihrer Kinder liegt, wird sie uns die Augen öffnen.«

Hoffen wir, dass sie anders denkt als ihr Bruder Ulldrael, gestikulierte Hetrál schnell in Richtung des Königs, als Lakesia in eine andere Richtung schaute. *Sonst werden aus den schwarzen Stunden vielmehr die endlosen Tage der Dunklen Zeit.*

Ein Diener brachte ein Tablett mit einer einzigen Praline und reichte sie dem völlig erstaunten Perdór. »Das soll ich Euch bringen, Majestät. Eine Empfehlung des Hauses.«

»Immerhin eine angenehme Überraschung. Ich nehme mir hiermit das Recht des ersten Bisses heraus.« Feierlich legte er sich das Konfektstück auf die Zunge und schloss den Mund, synchron dazu senkten sich die Lider.

Genießerisch ließ er die Schokoladenhülle der neuen Kreation zergehen, um sich umso mehr auf den Inhalt der Praline zu freuen. Plötzlich riss er die Augen auf, ein ungläubiges Schnauben entwich ihm. Dann langte er nach seinem Kakao und stürzte ihn hinab. Sein Kopf wurde knallrot, die Tränen standen ihm in den Augen.

»Schmeckt's?« Fiorell lachte schallend los und warf sich auf den Rücken, die Fäuste trommelten auf den Teppich, wiehernd rollte er sich von rechts nach links und wieder zurück.

Wütend hüpfte der König auf die Beine, doch sein Hofnarr flüchtete sich aus dem Raum, bevor Perdór ihn erreicht hatte.

»Dieser verdammte Spaßvogel«, krächzte der ilfaritische Herrscher beinahe stimmlos und riss an der Klingelschnur, um noch mehr Kakao zu bestellen. »Meerrettich, Senf und Pfeffersoße hat er hineinfüllen lassen!«

Immerhin habt Ihr die Zutaten sofort erkannt, beschwichtigte ein amüsierter Hetrál. *Das spricht für Euren feinen Geschmackssinn.*

»Von dem ich nun auf immer befreit bin«, japste Perdór, öffnete seinen Mund und fächelte sich Luft in den Hals. »Es wird einfach nicht besser«, ächzte er, während er sich die Tränen von den Wangen wischte. »Das zahle ich i…«

In dieser Sekunde verschlug es ihm vollständig den Ton. So sehr sich der kleine rundliche Herrscher bemühte, wobei er die seltsamsten Grimassen produzierte, seine Stimme wollte nicht mehr zurückkommen.

Irgendwann ließ er resignierend die Schultern hängen und deutete eine Verbeugung als Zeichen seines Rückzugs an. Lakesia und Hetrál verneigten sich ebenfalls, dann war Perdór verschwunden.

Der Turît sah die Cerêlerin freundlich an und zuckte viel sagend mit den Achseln.

»Nun verstehe ich, wenn man sagt, der Hofnarr und der König hätten ein sehr ausgefallenes Verhältnis zueinander«, lautete ihr knapper Kommentar. »Ilfaris ist schon etwas Besonderes.«

Von draußen hörte man den entsetzten Schrei des Hofnarren, das Rappeln und Scheppern von metallischen Gegenständen und hastige Schritte, begleitet von den »Gnade«-Rufen Fiorells. Anscheinend war eine wilde Jagd in den Korridoren des Lustschlösschens im Gange.

III.

»So berichtete sie ihm weiter, nicht ahnend, wen sie in Wirklichkeit vor sich hatte.

›Ihr werdet ein großer Herrscher sein, der sich gegen seine Nachbarn erfolgreich zur Wehr setzt und sie zurückschlägt‹, sagte die Seherin. ›Ihr werdet unverhofften Beistand bekommen, der Euch bei Euren Plänen unterstützen wird.‹

Auch den Schatten wollte sie ihm nicht verschweigen, der drohend über ihm lauerte. ›Ich sehe aber auch eine ständige Bedrohung, die Euch umgibt und die Euch an Euer Leben will. Wenn sie es schaffen sollte, Euch zu töten, so ist all das, was ich Euch über Eure Kinder und die übrige Zukunft gesagt habe, hinfällig.‹«

Das Buch der Seherin
Kapitel III

Kontinent Kalisstron, Bardhasdronda, Frühjahr 444 n. S.

Matuc, Fatja und Lorin waren den kompletten Winter über in der kleinen Hütte geblieben und von der Bevölkerung mehr oder weniger durchgefüttert worden, was der Mönch niemals für möglich gehalten hätte. Mit einer solchen Hilfsbereitschaft rechnete keiner der Schiffsbrüchigen, und der Ulldraelgläubige lernte daraus, dass das ernste Wesen der Stadtbewohner, das offenbar überall an der Ostküste des Kontinents der Bleichen Göttin vorherrschte, nicht mit Unfreundlichkeit gleichzusetzen war. Die generelle, durchaus nicht böse gemeinte Reserviertheit gegenüber denen, die »von der anderen Seite« herübergekommen waren, blieb jedoch bestehen.

Ein paar Ausnahmen jedoch gab es.

Aus Blafjoll, dem Soldaten und Walfänger, wurde im Laufe der langen, frostigen Abende und eiskalten Nächte eine Art Patenonkel für den kleinen Lorin. Blafjoll war es auch, der mindestens einmal die Woche in der kleinen Kate vorbeisah und Proviant und Brennholz brachte: Gaben der Städter, damit die Fremden dem kalisstronischen Winter nicht zum Opfer fielen. Dem kleinen Lorin schnitzte er aus Tintenfischknochen ein Mobile, das bei jedem kleinen Windhauch tanzte und sich drehte. Der Junge, dessen Haare schwarz wie die seiner Mutter, die Augen aber dunkelblau wie die seines Vaters glänzten, machte trotz seiner frühen Geburt einen durchaus kräftigen, starken Eindruck und schien dem Winter mit Leichtigkeit zu trotzen.

Im Schlepptau des Walfängers und der Bürgermeistergattin Tjalpali erschienen zwei Menschen, die ebenfalls über den kalisstronischen Schatten der Zurückhaltung sprangen.

Zu ihnen gehörte die alte Stápa, die älteste Stadtbewohnerin Bardhasdrondas, die nach eigenen Erzählungen schon weit über die achtzig Jahre zählte. Andere, wie Blafjoll, waren der Meinung, dass sie aus Eitelkeit ihr wahres Alter lieber verschwieg, das bei mehr als neunzig Jahren liegen musste, wenn man den Urkunden, die angeblich im Rathaus lagerten, Glauben schenkte.

Stápa präsentierte sich als echte Kalisstronin, mit langen schwarzen Haaren, dem leicht kantigen Gesicht und den grünen Augen. Das Alter hatte ihr das Kreuz nach unten gedrückt, sie musste meistens am Stock laufen, aber der Schalk glänzte in ihren Pupillen.

Ihr gehörten große Teile des Stadtlandes, das ihr Gatte damals bei einem vermeintlich guten Geschäft von einem Palestaner erstanden hatte. Doch der »gute Acker« entpuppte sich als karge Wüste, in dem nichts wachsen wollte. Wie Ulldrael seine Gnade meistens verweigerte, wenn es um den Anbau in Kalisstron ging. Stápa und ihr Mann investierten in wertlosen Dreck.

Die Stadtälteste kam, und daraus machte sie niemals einen Hehl, aus reiner Neugier in die Hütte der Schiffbrüchigen, um zu sehen, wie es wohl um das Naturell der Menschen aus Ulldart, die nicht zu den Händlern gehörten, bestellt war. Sie legte eine Hand an, wenn sich Fatja abmühte, die Windeln zu wechseln, reichte den Trinkschlauch mit der Kindernahrung oder warnte vor dem Überkochen der Ziegenmilch auf dem Herd. Im Gepäck hatte sie immer eine Tüte mit Keksen, die Matuc und die Borasgotanerin erst zu schätzen lernen mussten. Sie schmeckten, entgegen der tarpolischen Sitte, eher salzig und waren mit einem Gewürz zubereitet, das keiner der beiden zuordnen konnte.

Bald gehörte das Gebäck zum wöchentlichen Beisammensein wie der stark gebraute Okjelpe-Tee, den die Kalisstri in rauen Mengen zu sich nahmen. Er diente als Allheilmittel bei kleinen Leiden, machte je nach Zubereitung müde oder hielt wach und sorgte generell für die innere Wärme. Nicht anfreunden konnten sie sich mit dem Brauch, etwas Fett und Salz in das Getränk zu geben, was nicht eben dem Geschmack zuträglich war.

Wer ebenfalls den Kopf zur Tür hereinstreckte, war ein junger Gelehrter, gerade einmal drei Jahre älter als Fatja, der sich auf dem besten Wege befand, einer der herausragendsten Geschichtenerzähler Bardhasdrondas zu werden, wenn Fleiß und Begabung im Alter nicht nachlassen würden. Arnarvaten, so hieß der junge Kalisstrone, erschien beinahe täglich in der Kate und wurde niemals müde, ganz langsam seine Fragen in Ulldart zu stellen. Noch kamen die Worte eher falsch, langsam und unverständlich, aber der Junggelehrte war ein unerschöpflicher Brunnen an Geduld.

Matuc vermutete dagegen, dass den Mann weitaus mehr als die Wissbegierde nach Geschichten, Sagen und Legenden, die er eifrig in ein Buch notierte, in die Unterkunft der Gestrandeten trieb. Entweder hatte die allmählich, aber unübersehbar heranwachsende Borasgotanerin sein Interesse noch nicht bemerkt, oder sie tat so, als würde sie es nicht bemerken. Wie alle Männer trug er seinen schwarzen Bart besonders barbiert. Dass er die Rasur noch übte, konnte man an den zahlreichen Schnittwunden im Gesicht erkennen, mit denen er auftauchte.

Sein ständiger und Stápas regelmäßiger Besuch führten vor allem dazu, dass sie recht schnell die wichtigsten Worte der fremden Sprache verstanden und reden konnten. Und je näher sich der Winter dem Ende zuneigte, umso sicherer wurden die beiden Ulldarter, wenn sie auch ihren tarpolischen beziehungsweise borasgotanischen Dialekt im Kalisstronischen beibehielten.

An die Eigenarten der Menschen mussten sich die Gestrandeten erst noch gewöhnen.

Die Kalisstri vermieden es, laut zu lachen. Es galt

ebenso als unhöflich wie lautes Rufen oder Schreien. Man lächelte sich an, kicherte oder zeigte seine Heiterkeit beherrscht, was vor allem Fatja große Probleme bereitete, die es bisher noch nicht eingesehen hatte, ihrer borasgotanischen Frohnatur einen diplomatischen Dämpfer aufzuerlegen, wie es vielleicht besser gewesen wäre. Noch behandelte man das Mädchen mit Nachsicht, vermutlich weil die Schicksalsleserin ohne zu lachen ein recht erwachsenes Gesicht zur Schau trug.

Ohnehin wurde Fatja auf eine harte Probe gestellt. Von ihr wurde, wie von allen offensichtlich Jüngeren, erwartet, dass sie den Älteren grundsätzlich Vorrang einräumte. Egal wo, beim Einkauf auf dem Markt, bei Engstellen in Straßen und Gassen, die Betagten waren zuerst an der Reihe. Wo der Altersunterschied keine Rolle spielte, galt man als gleichrangig.

Matuc hatte herausgefunden, dass es zumindest im Osten des Kontinents keinen König oder einen anderen Herrscher gab.

Die Macht lag in den großen Städten, die das Umland und die Dörfer mit einschlossen, das Zusammenleben durch einen gewählten Rat und einen Bürgermeister regelten. Mehrere Städte schlossen sich mitunter zu Bünden zusammen, wenn es darum ging, Gefahren gemeinsam zu bekämpfen, wie beispielsweise vor vielen, vielen Jahren die Piraten aus Rogogard. Auch Kriege wurden geführt, wenn sich diese Stadtstaaten in ihrer Souveränität oder ihrem Territorium bedrängt sahen. Doch ereigneten sich diese Auseinandersetzungen nur selten. Niemand setzte gerne das Leben der Bevölkerung, die als Miliz eingesetzt wurde, aufs Spiel, denn Menschen waren wichtige Überlebensfaktoren für eine Stadt.

Die Kalisstri waren in erster Linie Jäger und Fischer. Das Meer lieferte ihnen alles, was sie benötigten, im Umland wurden Pelztiere gejagt, um mit deren kostbarer Haut Handel zu treiben. Die Palestaner und Agarsiener, die außerhalb der Stadt tatsächlich noch Kontore unterhielten, liefen die Küste ein bis zwei Mal im Jahr an, um Geschäfte zu machen.

Ansonsten mieden die Kalisstri den Kontakt zu den »Fremdländlern«. Offensichtlich war es den Bewohnern nicht gelungen, eine erfolgreiche Landwirtschaft zu betreiben. Die Dörfer des Hinterlandes betrieben auf dem Weideland überwiegend Viehzucht, ein paar knorrige Obstbäume leisteten erbitterten Widerstand gegen die unsäglichen Bedingungen, ansonsten wuchs Wald und viel Gras. Das wertvolle Getreide musste, wie Blafjoll es schon erzählt hatte, aus dem Süden gegen teures Geld herbeigekarrt werden. Verständlich, dass diese Fuhrunternehmer, von denen es in Bardhasdronda vier Stück gab, zu den reichsten Einwohnern gehörten: Die Gewinnspannen waren enorm hoch.

Einen großen Vorteil gegenüber Ulldart hatte das Land jedoch: Es gab weitaus mehr Cerêler, was wohl mit der Schöpfungsgeschichte Kalisstrons zu tun hatte.

Die Cerêler, die als von Kalisstra Berührte galten, standen meistens den Städten vor und fühlten sich zudem verpflichtet, ihre heilenden magischen Fertigkeiten, die sie als Einzige von der Kalten Göttin erhalten hatten, unentgeltlich einzusetzen. Deshalb entdeckten Matuc und Fatja auf ihren gelegentlichen Streifzügen keinen wirklich Kranken, abgesehen von leichten Erkältungsfällen, die man selbst auskurieren konnte. Aber den schwereren Leiden und Verletzungen nahmen sich die kleinwüchsigen Heiler auf der Stelle an, wenn man sie davon in Kenntnis setzte. Auf Ulldart konnten sich diesen lebensrettenden Luxus nur Fürsten leisten, die Cerêler meistens in ihre Dienste nahmen und eifersüchtig darüber wachten, dass niemand anderes ihre Magie beanspruchte. Sie dem einfachen Volk zur Verfügung zu stellen, kam für die wenigsten in Frage. Ein paar rühmliche Ausnahmen bestätigten die Regel.

Matuc fiel die kalisstronische Ernsthaftigkeit nicht sehr schwer. Für ihn gab es keinen Grund, ausgelassen und unbeschwert zu sein.

Bei seinen Rundgängen, die er sich gelegentlich mit Hilfe von zwei Krücken zumutete, entdeckte er sehr schnell, dass in Bardhasdronda nicht ein einziger Hinweis auf andere Gottheiten existierte. Unangefochten beteten und opferten die Einwohner zu Ehren der Bleichen Göttin.

Als von Kalisstra gerne gesehen betrachtete man kräftige Farben, also streuten die Kalisstri becherweise besonders kostbare Farbpulver über und in die Heiligtümer, vorzugsweise grün, rot und gelb. Andere klebten kleine Goldplättchen auf die Statuetten, um die Bleiche Göttin zu ehren. Überall dort standen zudem Opferschalen mit ganz besonderer Kohle, deren Feuer doppelt so heiß brannte. Sie sollten das Herz von Kalisstra wärmen und sie gnädig stimmen.

Bei einem solchen Spaziergang ereignete sich gegen Ende des Winters etwas, was die Hilfsbereitschaft für die Gestrandeten stark zurückgehen ließ.

Matuc humpelte durch die Gassen, vorbei an kleineren Schreinen und Heiligtümern, an denen die Stadtbewohner ihre Gaben ablegten.

Sinnierend stand Matuc, der sich inzwischen aus Stoffresten eine Robe in gedecktem Braun hatte anfertigen lassen, in einer kaum benutzten Seitengasse vor einem Standbild der Bleichen Göttin, die Achseln auf die Krücken gestützt, die Hände in den Taschen versenkt, eine dicke Wollmütze auf dem Kopf.

Eine Frau räusperte sich hinter ihm, und unbeholfen drehte der Geistliche der Kalisstronin seinen Kopf zu.

Sie bot den üblichen Anblick der Einheimischen, nur ihre Augen schimmerten grüner als die der anderen Bewohner, als würden sie von innen angestrahlt.

Sofort erwachten bei dem schon betagteren Mann unangenehme Erinnerungen an die Fähigkeiten von Belkala, deren leuchtende Bernsteinaugen seinen Verstand zu überrumpeln gewusst hatten.

Die Frau trug einen langen weißen Ledermantel, an den Ärmeln, am Kragen und am Saum mit weißem Pelz besetzt. Um den Hals trug sie gleich vier Ketten, an denen stilisierte Eiskristalle, gefertigt aus Silber und Diamanten, hingen. Das Eis, so wusste der Ulldarter, stand für die Kalte Göttin. In ihrer Rechten hielt sie einen Gehstab, dessen oberes Ende zu einem Drittel mit einer silbernen, sorgfältig gravierten Kappe versehen worden war. Immer wieder blitzten und funkelten Edelsteine an ihr auf.

»Ich bin Kiurikka, Fremdländler«, stellte sie sich wenig höflich vor. »Du hast von mir gehört?«

Matuc hüpfte wie ein einbeiniger Rabe im Schnee herum, um sich der Sprecherin zuzuwenden. Sie beobachtete seine Bemühungen ohne Regung.

»Nicht«, keuchte er, nachdem er die Drehung geschafft hatte, ohne in das dreckige Weiß der Straße zu fallen. »Ich kennen Ihr nein. Aber das holen wir ja gerade über, nicht richtig? Und redest bitte langsam. Ich üben damit.« Er lächelte sie an, klemmte sich eine Krücke unter und streckte ihr seine Hand hin. Für mehrere Lidschläge hing sie so in der Luft, bis der Geistliche sie wieder zurückzog. »Habe ich Ihre beleidigend?« Er zeigte hinter sich. »Habe ich Kalisstra beleidigend, indem ich mein vielleicht vor ihrem Heiligstümer falsch verhalten? Wenn das so, sagen mir bitte.«

»Nein, noch haben du und das Kind die Schöpferin, die Erhalterin unseres Kontinents, nicht beleidigt«, antwortete sie nach einer Weile. »Ich bin die Hohepriesterin Kalisstras in Bardhasdronda. Ich achte darauf, dass die Kulte eingehalten werden und die Gläubigen sich rechtens verhalten, damit die Kalte Göttin ihr Herz nicht vor ihren Kindern verschließt und sie uns harte Winter sendet. Oder die Fischströme verebben lässt.« Ihre grünen Augen fixierten den Mönch. »Man sagt sich, du seist ebenfalls Priester. Aber nicht von Kalisstra.«

»Neinst, Kiurikka«, erklärte der Mönch freundlich. »Ich dienen Ulldrael dem Gerechten. Er hat uns bewahrt und uns den Wagen entrissen. Wogen, ich meine.«

Kiurikka hob, zum Zeichen, dass der Mönch schweigen sollte, den Stab ein wenig an. Der Autorität, die von der Frau ausging, konnte er sich nicht verschließen, und tatsächlich klappte er den Mund zu. »Ulldrael mag eines der Geschwister sein, aber hier hat er nichts zu sagen. Die ersten Menschen hofften in dieser Umgebung auf seinen Beistand, er möge das Getreide gedeihen lassen und die Natur zum Blühen bringen. Aber sie wurden verraten. Nichts tat sich, und sie sahen sich in Kalisstron einem furchtbaren Hungertod ausgesetzt.«

»Der Gerechte ist überallig«, sagte Matuc und bemühte sich, freundlich zu bleiben. Aus den hintersten Winkeln seiner Erinnerung schlichen sich die Bilder vom ersten Zusammentreffen mit der Kensustrianerin in der Flussschenke hervor. »Er hätte Menschen in Not niemals in Hieb gelassen.«

»Stich«, verbesserte sie. »Ulldrael hat vier Städte zu Grunde gehen lassen«, erzählte die Hohepriesterin mit eiskaltem Blick. »Er hat ihnen die Ernte versagt, obwohl sie sich ihm anschlossen, und so starben sie im Winter jämmerlich, fraßen sich gegenseitig auf, bevor sie der Tod ereilte.« Sie kam einen Schritt auf den Geistlichen zu. »Eine dieser Städte war Bardhasdronda. Es dauerte vier Generationen, bis sich überhaupt jemand wieder in diese Mauern wagte. Nur unter dem Schutz und durch die Gnade der verzeihenden Göttin wurde es möglich, hier zu leben. Sie gewährte Fisch und Jagdtiere im Überfluss. Seit damals. Bis heute.«

Der Mönch verstand die Betonung ihrer Worte sehr genau. »Und Euer habst nun Schrecken, dass mir Erscheinen die Göttin vielleicht dazu macht, ihre Gnade neuer zu übergedenken?« Eine seiner Krücken rutschte von seiner Kleidung ab, als er sie besser positionieren wollte, und fiel in den Schnee. »Wärst Euch möglich so aufdringlich und würdest einem alten Mann den Liebesbeweis tun? Ich komme nicht dran.«

Kiurikka sah teilnahmslos auf die Gehhilfe. »Ich denke nicht, dass das Auftauchen eines alten Krüppels und eines kleinen Mädchens die Bleiche Göttin dazu bringt, ihre Gnade von uns zu nehmen.« Das Grün ihrer Augen legte sich auf Matuc. »Aber wenn ich erfahren sollte, dass du versuchst, Sendbote des Gerechten zu spielen und dessen Lehre verbreitest, wirst du erfahren, was es heißt, ein plötzlich ungeliebter Gast zu sein.« Sie hielt ihm das Ende des Stabes unter die Nase, und der Geistliche wusste nicht genau, ob es eine Drohung oder eine Aufforderung war, sich die Gravuren näher zu betrachten. »Bardhasdronda erlitt einmal einen schrecklichen Niedergang, und der wird sich nicht wiederholen, hast du mich verstanden, Fremdländler?«

Im Inneren Matucs regte sich Widerstand gegen diese Drohung, denn er fühlte sich zu unrecht von der Hohepriesterin angegriffen, zumal er sich des historischen Hintergrunds der Stadt nicht bewusst war. »Seist Ihr so wenig überzeugen von Ihrem Wirken unter den Zutraulichen, dass Ihr tatsächlich angstet, ich, ein dahergerennender Ulldraelmönch, der Ihre Sprech nicht gut beharscht, könnte Euch die Menschen von ihrer altvorbeigebrachten Frömmigkeit abbringst?« Er tastete mit der verbliebenen Krücke nach der anderen Gehhilfe.

Kiurikka hakte die Spitze ihres Gehstabes in eine Verstrebung und zog die gefallene Krücke weiter von Matuc weg. »Damit wir uns verstehen: Ich habe keine Angst vor dir und deinem Gott. Ich möchte aber jede Möglichkeit, dass dieses grausame Ereignis sich wiederholen könnte, im Keim ersticken.«

Beharrlich versuchte der Geistliche, die entführte Gehhilfe zurückzuerobern. Dabei geriet er etwas aus dem Gleichgewicht und wäre um ein Haar gestürzt. »Würdest Euch das bitte untergelassen? Ich habe Ihm nichts getutet.«

»Dann möchte ich einen Schwur, dass du nicht versuchen wirst, deine Lehren in Bardhasdronda oder im Umfeld der Stadt zu verbreiten«, verlangte die Hohepriesterin schneidend.

»Den wirst ich dein gewisslich nicht geben«, widersprach Matuc auf der Stelle.

Die Spitze des Gehstabes setzte sich daraufhin auf seine Brust und drückte ihn nach hinten um.

Mit den Armen rudernd, fiel er in den Matsch. Wütend schlug er mit der Krücke nach dem wertvollen Gehstab, ohne anzunehmen, dass er vielleicht treffen könnte.

Doch sein Hieb saß. Das untere Ende schnellte nach vorne, das obere, schwerere mit der Silberkappe klappte nach hinten und traf die überraschte Kalisstronin mitten auf die Brust. Damit war es aber noch nicht getan. Der Stab prallte von dem Hindernis ab und fiel seitlich in den Schnee, klingend rissen die Ketten, die sich am Ende verfangen hatten, und die stilisierten Kristalle aus Silber und Diamanten verschwanden im knöchelhohen Weiß am Straßenrand.

Matuc und Kiurikka schauten ähnlich entsetzt in den Schnee, wohin die Kostbarkeiten auf Nimmerwiedersehen geflogen waren.

»Es tut mich traurig. Das wollte ich nichts. Sagst nun nein, das seien ein schlecht Zeichen.« Der Geistliche hob am Boden abwehrend die Hände und schüttelte energisch den Kopf. »Wenn Euch mich meiner Krücke gegeben hättest und ein wenigstens freundlichst gewesen wären, betrügt Ihr Euren Schmuck noch um den Kropf.«

»Dieser Schmuck«, beherrschte sich die Frau mühevoll, »wird von Hohepriesterin zu Hohepriesterin weitergegeben und ist das äußere Zeichen der herausragenden Verantwortung, die mit dem Amt einhergeht. Ich trage ihn normalerweise immer.« Dicke, kalte Flocken tanzten aus den grauen Wolken herab. »Selbst nachts.«

Matuc grinste und blinzelte ihr zu. »So, wie es ausgesieht, ist Kalisstra wohl nein daran gemögt, dass Euch Deinige Insignien so schnellst wiedergefunden sollte. Nein für ungut. Ich helfen Euch gerner, Kiurikka.« Er war schon wieder versöhnt und begann, mit bloßen Fingern im dreckigen, wässrigen Schneematsch zu wühlen. »Zugegeben, es werden nein leicht, bis uns allegar zurückgefunden haben. Wir können uns Siebchens besorgen tun täten.« Wie zum Beweis, hielt er einen der Diamantkristalle, den er ertastet hatte, in die Höhe. »Siehst Euer, Kalisstra erlaubt es sogar zu, dass ein Ulldraelgegläubiger Deinige ...« Erst jetzt bemerkte der Geistliche, dass er zu den Schneeflocken sprach. Die Hohepriesterin war gegangen, er sah ihre Gestalt die Gasse hinabschreiten, der Gehstab knallte dabei hörbar auf das Kopfsteinpflaster.

Der Mönch zuckte mit den Achseln. Warum ließ Ulldrael jedes Zusammentreffen zwischen ihm und Angehörigen anderer Gottheiten in einem Fiasko enden? Etwas ratlos mantschte er im Schnee herum. Dies war wieder ein Einstand, wie er es von sich gewohnt war.

Nach mehreren Anläufen gelang es ihm, sich an der Mauer der Seitengasse in die Höhe zu ziehen und die Krücken aufzunehmen. Er würde mit Fatja zusammen Seihen organisieren und notfalls die Pflastersteine einzeln herausreißen, um die verlorenen Kleinode zu beschaffen.

Vielleicht ließ sich ihr Zorn damit besänftigen, wenn er alles vollständig zurück brächte.

Neben der Sorge um die jäh unsicher gewordene Zukunft der Flüchtlinge in Bardhasdronda erfüllte ihn aber auch ein wenig Genugtuung, dass ihm Ulldrael gegen Kiurikka Beistand gewährt hatte. Auch wenn der Beistand sehr nach zufälligem Abgleiten des Stabes aussah, Matuc legte es so aus.

Und es war ihm, als sein Hintern sich im kalten Schnee befand, ein Gedanke gekommen, wie er sehr wohl beweisen konnte, dass Ulldrael der Gerechte auch hier Ernten gelingen lassen würde.

Sobald das Weiß verschwunden sein würde, wollte er sich den Boden rund um die Stadt genauer ansehen. Aller Segen des Gerechten nützte wenig, wenn die Städter und Bauern die elementarsten Regeln der Landwirtschaft nicht beherrschten oder unabsichtlich gegen sie verstießen.

Es wäre doch gelacht, wenn er in diesem Kalisstron nichts zum Wachsen und Gedeihen bringen würde. Und wenn ihm das gelungen war, könnte er seine Lehren verbreiten, denn alle würden sehen, dass der Gott mit ihnen war. Der Kontinent hatte Platz genug für zwei Götter.

Mit Sicherheit hatte Kalisstron genügend Platz für zwei oder sogar mehrere Götter.

Aber die Stadtbewohner reagierten auf den Vorfall, den die Hohepriesterin selbst oder etwaige unbemerkte Zeugen in Bardhasdronda verbreiteten, ungehalten. Dies äußerte sich in zurückgehender Hilfsbereitschaft, und Blafjoll musste mehr als einmal Tjalpali um zusätzliche Gaben bitten.

Fatja hatte dem Mönch gehörig den Kopf gewaschen und ihm schwere Vorwürfe gemacht, die er auch alle hinnahm. Zum Teil gab er sich die Schuld, wollte aber bei der Schilderung des Hergangs die Provokation durch die Hohepriesterin nicht verschweigen. Was ihm gegen die kleine Borasgotanerin wenig brachte, die wegen ihm vier Stunden lang bei Eiseskälte, bewaffnet mit Eimern, Laternen und drei Sieben, in der Seitengasse kniete und mit beinahe erfrorenen, tauben Fingern nach den Schmuckstücken forschte. Lorin blieb so lange in der Obhut des Walfängers und Stápas.

Bis auf eine Kette und ein Kristall fand sich alles wieder. Matuc ließ es von Fatja ins Heiligtum Kalisstras bringen.

Ungewiss blieb, was aus den drei Verschollenen aus Ulldart geworden war. So sehr sich der Walfänger, Arnarvaten und Stápa umhörten, niemand in Bardhasdronda, weder die Jäger noch die wenigen wagemutigen Fischer noch Besucher aus anderen Städten, konnten Aufschluss über das Schicksal der von Matuc und Fatja so schmerzlich vermissten Personen geben.

Es fanden sich keinerlei Hinweise auf den Verbleib von Waljakov, Norina und Torben, dennoch wollten sie die Hoffnung nicht aufgeben. Nächtelang betete der Geistliche zu Ulldrael, er möge sie gerettet haben.

Die Borasgotanerin wandte sich dagegen in aller Öffentlichkeit immer mehr Kalisstra zu, brachte ihr kleine Opfer dar, um die Kalte Göttin ebenfalls milde zu stimmen. Und natürlich die Einwohner von Bardhasdronda, die ihr Verhalten sehr wohl bemerkten und mit einem erfreuten Lächeln zur Kenntnis nahmen.

Gegen Frühjahr erkrankte der kleine Lorin plötzlich an einer Lungenentzündung, und ein aufgelöster Matuc bat Tjalpali, dem Knaben mit ihrer Magie ein wenig zu helfen. Alle Tinkturen und Mittel, die man zunächst angewandt hatte, fruchteten nicht. Da auch Stápa auf Beistand drängte, gab die Cerêlerin schließlich nach. Zu gut war ihr noch das Ereignis gleich nach der Ankunft der Fremdländler in Erinnerung.

Die Gattin des Bürgermeisters erschien eines Abends und machte sich bereit, dem kleinen Jungen magische

Pflege angedeihen zu lassen. Lorin, dick eingepackt, machte in seiner Wiege ein erbärmliches Gesicht, jammerte und weinte unentwegt. Das Fieber und der Husten quälten das Kind sehr.

Tjalpali öffnete die Kleidung des Kranken und legte zuerst nur die Fingerspitzen der rechten Hand auf den zierlichen Brustkorb des Knaben, als wollte sie prüfen, ob sich das Schauspiel von damals wiederholen würde. Aufmerksam standen die Stadtälteste, Blafjoll, Matuc und Fatja dabei und sahen gespannt zu.

Die Cerêlerin wirkte beruhigt. Sie legte nun sanft ihre Handfläche auf, schloss die Augen und sammelte ihre Kräfte.

Als würde Lorin die sich vorbereitende Magie spüren, verstummte er. Sein Kopf drehte sich zu der kleinwüchsigen Frau, die blauen Augen schienen zu staunen. Das bekannte grüne Leuchten entstand und drang durch die Poren der Haut ins Innere, um dort seine Wirkung zu tun.

»Und?«, drängelte die Borasgotanerin. »Funktioniert es diesmal?«

»Warum sollte es nicht wirken?«, murmelte Stápa. Der Walfänger warf Fatja einen Blick zu, der sie an weiteren Äußerungen hindern sollte.

Der Geistliche betete in Gedanken, um keinen der Kalisstri herauszufordern.

Das Grün wurde intensiver, und Tjalpali riss die Augen auf. Lorin lag ruhig in seinem Bettchen, und er lachte plötzlich freudig. Dann setzte der Vorgang ein, der fast allen in der Hütte bekannt war.

Das Leuchten wandelte sich, färbte sich um zu Blau. Wie angeklebt lag die Rechte der Bürgermeistergattin am Körper des Kindes und bewegte sich nicht fort, als das blaue Schimmern an ihrer Hand hinaufkroch.

»Ist das so gewollt?«, erkundigte sich Stápa interessiert. »Das ist das erste Mal, dass ich einen blauen Cerêler sehe.«

Matuc, Blafjoll und Fatja sahen sich an. Keiner wusste, was zu tun war.

Tjalpalis Mund wurde zu einem Strich, ein leises Stöhnen entwich ihr, ihre Atmung beschleunigte sich. Der kleine Fremdländler blühte dagegen förmlich auf, jauchzte und wedelte mit den Armen, als würde ihm etwas sehr gefallen. Noch immer hielten die Kleinwüchsige und das Kind Kontakt miteinander. Die Cerêlerin wirkte noch blasser als gewöhnlich. Ihre Knie zitterten, während das Blau an ihrer Schulter angelangt war.

»Sollten wir etwas tun?«, fragte Matuc, fasziniert von dem Anblick. »Ich bin mir nicht sicher, ob das gut ist, was da gerade geschieht.«

»Ich bin dafür, dass wir die beiden trennen«, meinte der Walfänger und packte die Bürgermeistergattin am Arm. Mit einem überraschten Laut zog er die Hand zurück. »Irgendetwas hat mich eben gebissen. Oder so etwas.«

Das Blau hatte sich mittlerweile über den ganzen Oberkörper der Heilerin ausgebreitet. Tjalpali nahm eine verkrampfte Haltung ein, ihre Zähne schlugen aufeinander, und etwas knirschte plötzlich. Ein dünner Blutfaden sickerte aus ihrem Mund.

»Hol sie da weg!«, rief Stápa Blafjoll zu. »Da stimmt etwas nicht.«

Mit Schwung warf sich der kräftige Kalisstrone gegen die Bürgermeistergattin und riss sie um. Erst dann löste sich die Hand von Lorin, das Blau erlosch augenblicklich.

Die Cerêlerin lag zuckend auf den Dielen der Kate, die Augen abwesend an die Decke gerichtet, alle Gliedmaßen waren starr wie Holz.

Behutsam trug Blafjoll die kleinwüchsige Frau in Matucs Schlafkoje. »Ich hole den Bürgermeister. Passt auf sie auf«, befahl er und rannte hinaus.

Fatja stand Kopf schüttelnd vor dem Lager des Kindes. »Kleiner Bruder! Was hast du gemacht, mh?« Sie legt ein Ohr an die Brust des Knaben, dann deckte sie ihn wieder zu. »Er pfeift nicht mehr wie ein Wasserkessel«, wunderte sie sich. »Die Magie der Heilerin hat gewirkt, was immer sonst noch geschehen ist.«

Der Geistliche hüpfte zur Bürgermeistergattin und saß reichlich ratlos daneben. »Das scheint eine Art Fallsucht zu sein«, schätzte er, obwohl er innerlich etwas ganz anderes dachte. »Sie haben sich bestimmst überangestrengt«, meinte er auf Kalisstronisch.

»So, so. Überanstrengt«, sagte die Stadtälteste. »Ich habe schon vieles gesehen, aber dass sich ein Cerêler bei der Heilung eines einzigen Kindes so verausgabt, das gab es in Bardhasdronda noch nie. Es macht ihnen normalerweise nichts aus, mehr als ein Dutzend Bittsteller von Krankheiten zu befreien, und da sollte eine simple Lungenentzündung einen solchen Effekt bewirken?« Sie schlurfte vorsichtig an die Wiege und äugte hinein. »Ich bin vielleicht alt, aber nicht töricht. Nein, nein, kleiner Lorin. Mit dir stimmt was nicht.«

Schweigend warteten sie auf die Rückkehr des Walfängers, der wenige Lidschläge darauf mit Kalfaffel erschien. Ohne ein Wort eilte er an das Bett seiner Gattin, legte ihr die Hände auf die Stirn und ließ seiner wohl tuenden Magie freien Lauf.

»Ich habe ihm unterwegs erklärt, was geschah«, meinte Blafjoll, warf einen Blick nach draußen und zog die einfachen Vorhänge vor die Fenster. »Es stehen einige Neugierige draußen, die uns gesehen haben, wie wir hierher rannten. Sie müssen nicht unbedingt erfahren, was sich abspielt.«

Fatja half ihm, danach trat der Walfänger vor die Tür und versuchte, die Schaulustigen mit ein paar harten, aber nicht lauten Worten zu verscheuchen, was aber nicht zu gelingen schien.

Nach einiger Zeit entspannte sich der Körper der

Cerêlerin. Etwas benommen spuckte sie die Stücke von Zähnen aus, die unter dem Druck, den ihre Kiefer erzeugten hatten, gesplittert waren. Leise unterhielt sich das Ehepaar.

Kalfaffel stand auf. »Ich weiß nicht genau, was vorgegangen ist. Dieses Kind scheint etwas in sich zu tragen, das Kalisstras Gabe gleicht, nur anders wirkt.«

Matuc seufzte. »Wir sind Euch dankbar, dass Ihr Lorin trotz allem geheilt habt.«

Der Cerêler wackelte mit dem Kopf. »Meine Frau hat nichts dergleichen getan. Sie kam nicht dazu. Als sie den Knaben berührte und ihre Fertigkeit aktivierte, nahm etwas Verbindung zu ihrem Innersten auf, das wohl von Lorin ausging.«

»Ich verstehe nicht«, meinte der Geistliche verblüfft. »Es geht ihm doch besser.«

Kalfaffel trat neben die Wiege und betrachtete den lachenden Jungen nachdenklich. »Er nahm sich, was er brauchte, um sich anscheinend selbst zu heilen. Er hat die magische Gabe Kalisstras angezapft und sich bedient. Offenbar kontrolliert er diese Fertigkeit noch nicht besonders gut.« Mit ernstem Gesicht drehte er sich zu Fatja und Matuc. »Wenn er länger mit ihr verbunden gewesen wäre, hätte ich sie verloren. Er hätte ihr alles geraubt, was sie an Magie in sich trägt, ohne es böse zu meinen. Es wird eine Art kindlicher Reflex gewesen sein, ähnlich wie das Milchsaugen. Hat es genug, hört es auf, nicht eher.«

»Aber warum geschah das nicht schon mal beim ersten Mal?«, wunderte sich der Mönch. »Versteht mich nicht falsch, ich wünsche Eurer Gattin nichts Böses. Aber es hätte uns vor den schweren Folgen, die sie zu spüren bekam, gewarnt.«

»Der Kleine wird zu diesem Zeitpunkt nicht krank gewesen sein?«, meinte Kalfaffel.

»Und was passiert, wenn ein Cerêler seine … göttliche Gabe verliert?«, wollte die Borasgotanerin wissen.

Der Bürgermeister zuckte mit den Schultern. »Das geschah noch nie. Wie auch? Aber nach alldem, was sich ereignet hat, und wenn ich mir den Zustand meiner Gemahlin betrachte, würde ich sagen, man stirbt.«

Betroffen schauten alle auf den Knaben, der nun friedlich schlummernd zwischen den Decken lag.

»Es ist sehr unhöflich, sich in einer Sprache zu unterhalten, die nicht alle in diesem Raum besonders gut verstehen«, beschwerte sich Stápa. »Meine letzte Unterredung mit einem Palestaner liegt fünfzig Jahre zurück. Ich habe so gut wie nichts verstanden.«

»Das ist auch gut so«, murmelte Kalfaffel und fuhr weiterhin auf Ulldart fort. »Ich weiß, dass das Kind nichts dafür kann, was sich eben in der Hütte ereignet hat. Aber die Städter werden das anders sehen. Tjalpali und ich werden darüber Stillschweigen bewahren, um kein böses Blut zu schaffen. Die zerrissenen Ketten der Hohepriesterin reichen, um Euch nicht unbedingt besonders beliebt zu machen.«

»Ich danke Euch, Bürgermeister«, sagte Matuc und verneigte sich. »Ich habe nicht den blassesten Schimmer, wie ich das jemals wieder gut machen kann.«

»Freut Euch nicht zu früh«, warnte der Cerêler. »Es hat genügend Neugierige gegeben, die vor der Tür standen, auch der ein oder andere Blick wird durch das Fenster geworfen worden sein. Dass ihr alle ein weiteres Mal ins Gerede kommt, wird sich nicht verhindern lassen. Aber die Wahrheit über den Knaben, dessen Fertigkeiten mir Rätsel aufgeben, sollten wir keinem sagen.«

»Würdet Ihr das bitte auch Stápa erklären?«, bat der Geistliche. »Ich fürchte, mein Kalisstronisch reicht nicht aus, um die Tragweite zu verdeutlichen.«

»Sicherlich.« Kalfaffel räusperte sich. Anscheinend lag ihm noch etwas am Herzen. »Aber mein Interesse an dem Jungen ist geweckt. Gibt es auf Ulldart denn Magie?«, fragte er zögerlich.

»Nein«, antwortete der Ulldraelgläubige beinahe ehrlich, um nicht auf die Abstammung des Kindes eingehen zu müssen. »Wir sind ebenso erschrocken und bestürzt wie Ihr.«

»Wir werden die Sache näher untersuchen, wenn er wächst. Ich möchte, dass Ihr alle seltsamen Erscheinung, die von dem Knaben ausgehen, notiert. Vielleicht erhalten wir damit einen Aufschluss, was er in sich trägt.« Er watschelte zu der Koje, aus der sich seine Gattin etwas unsicher erhob. »Ach, ja. Ausgiebige Spenden zu Ehren Kalisstras dürften mehr als angebracht sein.«

Bevor Matuc etwas Dummes einfallen konnte, sprang Fatja in die Bresche und nickte artig. »Ich werde die Kalte Göttin gebührend ehren, Bürgermeister, darauf könnt Ihr Euch verlassen.« Dabei rempelte sie ihrem Landsmann den Ellbogen in den Bauch.

Kalfaffel unterhielt sich ausgiebig mit Stápa, die dabei viel nickte, irgendwann große Augen machte, eine geheimnisvolle Verschwörermiene aufsetzte und den beiden Gestrandeten dann wissend zunickte.

»Von mir wird keiner was erfahren«, versicherte sie. »Das Geheimnis ist bei mir in guten Händen. Und ich bin so alt, mir würde ohnehin niemand mehr etwas glauben. Wenn ich Pech habe, vergesse ich es gleich wieder.« Sie griente zahnlos. Fatja musste unwillkürlich an den rogogardischen Freibeuter denken.

Blafjoll kam herein und schüttelte sich den Schnee aus den langen schwarzen Haaren, seine grünen Augen funkelten böse, dann wechselte er ein paar schnelle Worte mit dem Bürgermeister. Der Heiler nickte und verließ zusammen mit der immer noch entkräfteten Tjalpali die Unterkunft. Sofort hörten sie aufgeregte Stimmen von draußen. Anscheinend hatte sich halb Bardhasdronda vor der Tür der Fremdländler versammelt.

Seufzend ließ sich der Geistliche in die Schlafkoje fallen. Die kleine Borasgotanerin machte sich an die Fütterung von Lorin, tatkräftig unterstützt von der Stadtältesten.

Der Walfänger lehnte an der Tür und versuchte, durch das Holz die Unterredung zu verstehen. »Sie wollen wissen, was geschehen ist«, gab er seine Erkenntnisse weiter. »Sie wollen wissen, ob ihr die Schuld daran tragt, dass es Tjalpali so schlecht geht.« Er schwieg kurz. »Und sie wollen wissen, ob sie euch aus der Stadt jagen sollen.« Matuc und Fatja sahen sich entsetzt an. »Aber er bringt sie gerade von ihrem Vorhaben ab und schickt sie nach Hause.« Vorsichtig spähte er durch einen Riss im Vorhang. »Sie gehen tatsächlich«, meldete er erleichtert. »Ich hätte ihnen beigebracht, was es heißt, Gastfreundschaft mit Füßen zu treten.« Die kräftigen Fäuste schlossen sich.

Fatja lief zu dem Walfänger und umarmte ihn. »Danke, danke, lieber Blafjoll, dass du zu uns hältst. Ohne dich wären wir doch alle verloren.«

Stápa stampfte mit dem Stock auf. »Ich sagte schon einmal, dass es sehr unhöflich ist …«

Die Borasgotanerin lachte und drückte auch die Stadtälteste. »Wir seien froh, dass du uns auch hilfst. Beste Kinderwache, wo gibt in Stadt!«

»Ja, ja, wenn du erst mal zehn Bälger in die Welt gesetzt hast, kommst du um Erfahrung nicht herum«, lachte sie glücklich. »Es freut mich, dass ich euch helfen kann. Es ist beinahe wie eine echte Familie.«

»Ja«, bestätigte Blafjoll leise. »Die Kalte Göttin wird sich schon etwas dabei gedacht haben, dass sie uns zusammengeführt hat. Und nun entschuldigt. Ich muss gehen. Kalisstra gebe euch Schutz.« Er nahm die Stadtälteste mit hinaus, um sie sicher durch die Dunkelheit zu bringen.

Ulldrael der Gerechte sei mit dir, Ihm gebührt alle Ehre, erwiderte Matuc in Gedanken und formte mit seinen Händen die Kugel als Symbol für seinen Gott. Irgendwann würde er diesen Satz aus den Mündern von vielen Kalisstri hören, so wahr ihnen Ulldrael das Leben gerettet hatte.

Ulldart, Königreich Tarpol,
Hauptstadt Ulsar, Frühjahr 444 n. S.

Was hatte er nur falsch gemacht? Lodrik stützte eine Hand auf das kleine Pult und blätterte mit der anderen in der Lektüre vor und zurück. Es hätte klappen müssen. Aber warum hatte sich nichts getan?

Stirn runzelnd hob er den Kopf und blickte sich suchend im Raum um. Aber eine auf den Seiten beschriebene »Besonderheit« wollte ihm dabei nicht auffallen. Das Studierzimmer im Bauch das Palastes hatte sich nicht verändert. Er wusste aber auch nicht, worauf er genau achten sollte, die Beschreibungen in diesem Werk waren zu schwammig.

Mit offenem Hemd sinnierte der junge, nun bartlose Mann über den Formeln, die er seiner Meinung nach korrekt angewandt hatte. Auf dem Tisch, der sich vor dem Pult befand, standen mehrere Kerzen, akribisch genau nach einem bestimmten Muster platziert. Zwischen den Lichtquellen waren Linien gezeichnet und Symbole aufgemalt worden, in deren Zentrum ein Häufchen Asche ruhte.

Lodrik kratzte sich ratlos am Kopf, trat an den seltsam anmutenden Versuchsaufbau heran und betrachtete das Pulver genauer, als würde er erwarten, dass jeden Moment etwas aus der flockigen Substanz zum Vorschein kam.

»Verdammt, Vater!«, fluchte er und bohrte seinen Zeigefinger in das Häufchen. »Zeige Er sich. Ich möchte Ihm einen Sohn zeigen, wie Er Ihn sich immer gewünscht hat. Lodrik der Eroberer, ein glänzender Bardri¢, der die Dynastie glorreicher als alle anderen weiterführt.« Der junge Herrscher zog seinen Finger aus der Asche und hielt die Partikel ganz nah vor die dunkelblauen Augen. »Hat Er gehört, Vater? Glorreicher als Er! Das Volk hat Ihn bereits fast vergessen.« Er blies die Asche in die Luft. »Ich bin der Kabcar der Tarpoler, auf dem Thron und im Tempel. Was hat Er denn geleistet?« Lodrik verfolgte den Flug der grauen Flocken, die sich im Zimmer verteilten. »Er ist Staub im Wind.«

Selbst nach dieser Schmähung hielt es der Geist von Grengor Bardri¢ nicht für notwendig, seinem Sohn zu erscheinen, wie er es, laut dem Lehrbuch, das auf dem Pult lag, hätte tun sollen. Diese Schrift besagte, dass sich die »Essenz des Toten« mit einem »Ächzen, Stöhnen« meldete und der Leib des Verschiedenen als flimmernde, durchschimmernde Kontur sichtbar würde.

Aber es blieb still und dunkel im Studierzimmer.

Lustlos ließ sich Lodrik auf den Stuhl fallen, angelte nach einer Flasche Wein, die er sich mitgebracht hatte, und nahm einen langen Schluck.

Er nahm, ohne hinzusehen, das Büchlein vom Pult und wälzte mit einer Hand die Seiten um. Einen Hinweis beim Überfliegen der Zeilen auf seine möglichen Versäumnisse fand er nicht, deprimiert leerte er die Flasche um ein weiteren Zug.

Er hätte gerne mit ihm gesprochen und ihn ein bisschen gedemütigt. Der ungeliebte Sohn war nun ein Held.

Schwer erhob er sich und warf das gebundene Werk achtlos in die Ecke. Der Verfasser des Buches versprach, dass man, bei exakter Anwendung von Symbolen und Formeln, die Toten rufen und zu den eigenen Zwecken einsetzen konnte. Das reichte vom Gespräch bis hin zu Diensten, die man ihnen abverlangen konnte. Der Grundcharakter der Verstorbenen war entscheidend für das, was möglich war. Die Theorie: Je verkommener der Verblichene, desto einfacher war er für die eigenen Wünsche einsetzbar. Voraussetzung war, dass man entweder den »Corpus« selbst oder ein Körperglied besaß.

Vielleicht lag es daran, dass er nur die Asche des alten Mannes hatte. Also sollte er das Experiment besser mit einem echten Kadaver ausprobieren. Oder war er zu skeptisch gegenüber dieser Kunst?

Immer wieder wanderte die Öffnung der Flasche an seinen Hals, bis der Wein geleert war. Aber trotzdem fand der junge Herrscher damit nicht zu einer Lösung des Problems. Wie genau die Nekromantie funktionieren sollte, das wusste er nicht. Es hatte anscheinend nichts mit der Magie zu tun, die er nutzte.

Dieses Buch ging davon aus, dass die Essenz der Toten an dem Ort, an dem sie waren, es durchaus hörte, wenn man sich über sie unterhielt oder wenn man nach ihr rief. Die Nekromantie war nun in der Lage, die Essenz zum Erscheinen zu zwingen. Entweder materialisierte sie als wabernde Silhouette, oder der Nekromant brachte sie dazu, in einen toten Körper zu fahren, den eigenen oder einen fremden.

Symbole, Formeln und Sprüche sollten das eigentlich bewerkstelligen, aber nichts wollte Lodrik gelingen. Er hatte den Verdacht, dass diese Lektüre nicht anderes als große Scharlatanerie war, die höchstens einfache Gemüter beeindrucken konnte. Warum ihm Mortva diesen Schund gegeben hatte, wusste er nicht. Und es ärgerte ihn maßlos, dass er seine kostbare Zeit mit dem Auswendiglernen des Unsinns vergeudet hatte. Wieder warf er sich auf den Stuhl, der schwere Wein tat seine Wirkung.

Er hätte zu gerne gewusst, wie viele Tarpoler das schon ausprobiert hatten und enttäuscht worden waren. Er sah die Reichen und Mächtigen Tarpols wie sich selbst mit langen Gesichtern vor Tischen mit Kerzen sehen, was ihn zum Lachen brachte. Glucksend rutschte er vom Polster, legte den Kopf in den Nacken und schloss die Augen. Das leichte Gefühl im Kopf sagte ihm, dass der Alkohol immer stärker wirkte.

Umständlich stemmte er sich in die Höhe, strich die blonden Haare nach hinten und band sie erneut mit dem Lederband zusammen. Dabei fiel sein Blick auf das Henkersschwert, das er neben der Uniformjacke abgelegt hatte. Wie ein Blitz traf ihn die Eingebung.

Er langte nach dem Griff, und mit einer fast andächtigen Bewegung zog er die Schneide aus der Hülle. Schwach schimmerten die Gravuren der Waffe auf. Bannsprüche, die den Träger vor der Rache der Toten schützen sollten, die mit der Klinge und einem kräftigen Schlag ins Jenseits befördert worden waren, und Szenen von Hinrichtungen wurden sichtbar. Ob es die Seelen seiner Opfer in sich aufgenommen hatte, wie das Volk sagte?

Vorsichtig fuhr Lodrik mit den Fingerspitzen über die Gravuren und Schmiedearbeiten. *Bist du ein Seelenfresser?* Kühl fasste sich das Metall an, kühl und angenehm. *Wir werden sehen.*

Er trieb die schwere Klinge mit einem kraftvollen Hieb in die Tischplatte, genau in die Schnittpunkte der Linien, in die Mitte der Kerzen. Ohne nachzudenken, was er tat, betete er die Formeln herunter, zuerst langsam, dann immer schneller, bis er sich beinahe in Trance geredet hatte.

Das erste aufgeschmiedete Bannzeichen knapp unterhalb des Hefts leuchtete rotblau schimmernd auf. Lodrik glaubte, dabei so etwas wie ein Stöhnen, ein schweres Atmen gehört zu haben, das von den Wänden widerhallte und ihn von allen Seiten umgab.

Seine Nackenhaare richteten sich auf, doch seine Lippen formten weiterhin die Wendungen und Beschwörungssprüche, bis das nächste Symbol auf der Klinge erstrahlte.

Diesmal flackerten die Kerzen, ein wispernder Wind strich durch den fensterlosen Raum, in dem kein Zug herrschen dürfte. Das laute Seufzen löschte die tanzenden, zuckenden Flammen, nur die glühenden Zeichen auf dem Henkersschwert sorgten für ein unwirkliches Licht.

Nun beendete der Kabcar seine Litanei. Ausgerechnet ihm, den die seltsamsten Menschen und Wesen des Kontinents umgaben, wurde unheimlich zu Mute.

Der dritte Bannspruch glomm auf.

»Was bei Tzulan …?«, begann er verwundert. Hastig langte er nach dem Griff und wollte die Schneide aus dem Tisch ziehen, um den Prozess, den er in Gang gesetzt hatte, abzubrechen.

Es war, als hätte sich das Metall mit dem Holz verbunden. Das Schwert bewegte sich keinen Millimeter.

Mit beiden Händen umfasste er den Knauf, sprang auf die Tischplatte und zog aus Leibeskräften. Die mittlerweile nicht unansehnliche Muskulatur Lodriks schwoll an, das Seufzen, Stöhnen und Jammern um ihn herum wurde lauter, Angst einflößender.

Unsichtbare schienen ihn zu berühren, zogen sanft an seinem Hemd oder strichen ihm durch die Haare. Immer forscher wurden die Kontakte, intensivierten sich, bis sie allmählich schmerzten. Offenbar wollten die, die er freigesetzt hatte, nicht, dass er sich einmischte.

Schwitzend versuchte der junge Herrscher nun, den Griff mit aller Gewalt nach oben zu stemmen, aber auch das misslang. Ein kräftiger Schlag in die Nieren ließ ihn in die Knie brechen, ein Stoß gegen die Brust beförderte ihn im hohen Bogen vom Tisch weg. Hart prallte er auf die Marmorplatten.

Ein dunkles Grollen kam aus seiner Kehle. »Was glaubt ihr, wer ihr seid?«, schrie er wütend und sammelte seine magischen Energien in sich. »Ich bin der Hohe Herr! Ihr werdet mir dienen, wie es alle anderen tun!«

Ohne ein Ziel zu haben, flutete er den Raum mit blauen Blitzen, ein Ausbruch jagte den nächsten. Die feinen Strahlengespinste zuckten über die Steinwände, dann lenkte er sie gegen den Tisch, der unter der Kraft der Magie explodierte, Holztrümmer und -splitter stoben nach allen Seiten davon.

Klirrend fiel das Henkersschwert auf die Steinplatten, die Bannsprüche verloren augenblicklich ihr Leuchten. Das allgegenwärtige Wispern, Stöhnen und Rufen erstarb im selben Moment.

»Licht«, befahl Lodrik. Die Dochte der Kerzen entflammten sich und beleuchteten das Chaos, das im Studierzimmer herrschte. Fluchend stand er auf, ordnete die blonden Haare wieder zu einem Zopf und nahm seine Waffe auf. Sie wirkte so harmlos wie ein Stück Metall nur aussehen konnte.

Er verstaute das Schwert in der Scheide, hob das Büchlein auf und warf die Uniformjacke über. »Und wenn ich verstanden habe, wie man euch zu fassen bekommt, werde ich euch Respekt lehren«, brüllte er in den leeren Raum. »Ich weiß genau, dass ihr mich an eurem Ort der Essenzen hören könnt. Freut euch auf den Tag.«

Er schritt zum Ausgang und machte sich auf den Weg zu seinen Gemächern, um sich zu erfrischen und die Kleider zu wechseln. Aber immerhin hatte er den, wenn auch nicht befriedigenden, Beweis erhalten, dass das Beschwören von Seelen kein Hirngespinst war.

Lodrik nahm sich vor, aus den Gerichtsakten Granburgs herausschreiben zu lassen, wer der geheimnisvollen Klinge alles zum Opfer gefallen war. Grinsend pochte er auf die Hülle. »Na, Jukolenko, das wird noch ein gewaltiger Spaß für uns beide.«

In aller Eile zog er sich um und ließ sich den Brustharnisch über die graue Uniform schnallen, während er sich die weißen Handschuhe überstülpte. Ein letztes Wischen über die blanken Reitstiefel und er war zufrieden mit seinem Äußeren. Seine Untertanen sollten einen beeindruckenden Kabcar zu Gesicht bekommen. »Tue Gutes und rede darüber«, sagte er zu seinem Spiegelbild.

Mortva streckte den Kopf zur Tür herein. »Hoher Herr, hättet Ihr einen Moment Zeit für Euren bescheidenen Ratgeber?«

»Es gibt wirklich keinen Grund, bescheiden zu sein.« Der Kabcar wandte um. »Bei den Erfolgen.«

»Dennoch, es kleidet sich besser in Bescheidenheit denn in Angeberei«, meinte der Konsultant und trat ein. In der linken Hand hielt er eine große Pergamentrolle, die mit einer ruckartigen Bewegung ausbreitete. »Das sind die Pläne für die neue Kathedrale.«

Etwas amüsiert betrachtete Lodrik den Entwurf. »Und Ihr möchtet mir etwas von Bescheidenheit erzählen, Vetter? Das hier«, er tippte auf die Zeichnung, »ist mehr als Angeberei.«

»Ein Gott sieht es gerne, wenn man ihn schätzt. Und das wird eine Wertschätzung sein, wie sie ihm gebührt«, hielt der Mann mit den silbernen Haaren dagegen.

»Na ja, er hat genug für mich in letzter Zeit getan«, sagte der junge Herrscher einsichtig. »Ich kann mich wahrhaftig nicht beschweren. Bauzeit und Kosten?«

»Rund zehn Jahre Arbeit für die Steinmetze, vielleicht auch nur acht, wenn es keine unvorhergesehen Unterbrechungen gibt. Das Material liegt größtenteils herum«, lächelte Mortva. »Daher reduzieren sich die Kosten auf ein Minimum. Zweihunderttausend Waslec.«

»Einverstanden«, gab Lodrik ohne ein Zögern sein Einverständnis. Ein Punkt erregte seine Aufmerksamkeit. »Wer hat die Pläne eigentlich angefertigt? Sie sehen großartig aus. Und was ist das, im hinteren Teil, wo sich einst das Ulldraelstandbild befand?«

»Ihr habt sehr gute Ingenieure, Hoher Herr. Ich gab ihnen ein paar Anhaltspunkte, und sie legten los.« Der

Konsultant tat zunächst so, als fände er auf dem Plan das nicht, was der Kabcar wissen wollte. »Ach, das. Nun, ich dachte mir, es sei eine gute Gelegenheit, diese alte Vertiefung im Boden wieder zur Geltung zu bringen.«

»Diese alte Vertiefung, Vetter, diente damals Sinured, um dem Gebrannten Gott Menschen zu opfern«, sagte der Kabcar kalt. Mortva schien verblüfft über das Wissen zu sein. »Ihr seht, ich kenne die Vergangenheit der Kathedrale.« Die blauen Augen sahen den Ratgeber plötzlich misstrauisch an. »Sollte das eben der Versuch gewesen sein, Dinge hinter meinem Rücken in die Wege zu leiten?« Er nahm die Zeichnung an sich. »Ich danke Euch für die Vorarbeit, Mortva, aber ich sehe mir das lieber selbst in aller Ruhe an.«

Der Konsultant verneigte sich. »Es tut mir Leid. Ich wollte nichts ohne Euer Einverständnis tun, vielmehr hatten die Baumeister eine optische Auflockerung im Sinn. Ich lasse das sofort ändern, wenn Ihr wollt.«

»Wer hat etwas von ändern gesagt?« Lodrik lächelte. »Ich denke, man sollte dieses Loch nur nicht so offenkundig bloßlegen.« Er warf den Plan über den Ankleidetisch, orderte Tinte und Federkiel, um mit einigen Strichen und Anmerkungen eine Abwandlung vorzunehmen. »Seht Ihr, wenn man verschiebbare Bodenplatten einrichtet, kann man die Öffnung nach Belieben schließen.« Der Kabcar rollte das Papier zusammen und reichte es einem Diener. »Die Veränderungen sollten vorsichtig vorgenommen werden, wenn es um den Glauben der Tarpoler geht. Tzulan wird noch früh genug auf seine Kosten kommen. Aber davor muss er mir noch einige Dienste erweisen«, sagte er, als der Lakai das Zimmer verlassen hatte. »Und in Zukunft, da bin ich mir sicher, werdet Ihr mich über alles in Kenntnis setzen, was Ihr tut.« Er ging zur Tür. »Und nun lasst uns die einfachen Untertanen glücklich machen. Sind die Schmiede mit der Arbeit fertig geworden?«

Der Berater nickte und begleitete den Kabcar im Kreise der Leibwachen zum Ausgang, wo die Kutsche wartete, die sie zum ehemaligen Ulldraeltempel bringen würde. »Hoher Herr, wir haben übrigens wichtige Dinge vom geläuterten Geheimen Rat in Erfahrung bringen können. Der Obere sprach davon, dass die Klöster zersprengte Truppen von Arrulskhán Unterschlupf gewähren.«

»Sieh an«, murmelte Lodrik. »Daher hatte der Gerechte gleich mehrfach Gründe, seinen Diener zu sich zu rufen.« Er stieg die Treppe hinab und setzte sich in den Vierspänner, Mortva nahm ihm gegenüber Platz. »Bevor sie sich sammeln und in ihrer Verzweiflung einen Angriff wagen, möchte ich, dass die Gouverneure die Niederlassungen durchsuchen. Jeder Mönch, der seine Gebete und Litaneien nicht auswendig kennt, soll auf der Stelle gefangen genommen werden. Um die Selektion, sollten sich Unschuldige darunter befinden, kümmern wir uns später. Wenn die Robenträger sehen, dass es *allen* an den Kragen gehen soll, verraten sie die Borasgotaner ohnehin von selbst.« Das Gefährt rollte an und machte sich auf den Weg. »Gibt es etwas Neues?«

»Unsere Stoßtruppen, die wir rechtzeitig zum Frühjahr im Sicherheitsgürtel zusammengezogen haben, stehen bereit, um auf eine Nachricht hin mit der Eroberung von Borasgotan zu beginnen«, berichtete der Konsultant zufrieden. »Und mit den neuen Erkenntnissen wird es ein Leichtes sein, diese Eroberung zur Abwendung neuerlicher Gefahr aus dem Osten zu rechtfertigen.«

»Das sehe ich genauso.« Lodrik zog die Handschuhe fester. »Haben wir nun endlich die neuen Waffen parat, um etwas gegen die Festungen zu unternehmen? In eine solche wird sich der wahnsinnige Arrulskhán doch mit Sicherheit zurückziehen, wenn meine Truppen anrücken. Auf langwierige Belagerungen will ich mich nicht einlassen.«

»Wir haben«, beruhigte Mortva lächelnd. »Sie ist fertig und verladen.«

»Sehr schön. Es läuft wunderbar.« Er lehnte sich in die Polster und versuchte, sich vor seinem Auftritt noch etwas zu entspannen. »Haben wir Nachrichten von der Verbotenen Stadt?«

Der Konsultant sah ein wenig unglücklich aus. »Nun, die Schäden, die Hetrál damals mit seinem Überfall anrichtete, sind behoben, die Arbeiten zur Errichtung gehen weiter, nur ...«

»Was?«, forschte Lodrik ungehalten nach. Seine Miene verfinsterte sich.

»Die Turîten waren es lange Zeit gewohnt, dass ihr König ihnen ein Kopfgeld für die Bestien zahlte. Es wird lange dauern, bis sie sich daran gewöhnen, es nun mit Verbündeten zu tun zu haben, die man nicht auf der Stelle angreift, wenn sie auftauchen. Viele Menschen lebten von der Jagd auf die Bestien, Hoher Herr.« Der Mann mit dem Silberhaar seufzte. »Glaubt mir, Hoher Herr, ich habe mir selbst schon den Kopf darüber zerbrochen, was man tun kann.«

»Nichts«, schätzte der Kabcar nach kurzem Schweigen. »Sie müssen sich daran gewöhnen. Diese Schwierigkeit haben wir in meinem dritten Königreich natürlich nicht.«

»Aldoreel?«, fragte Mortva. »Nein, dort haben wir keinerlei Probleme. Die Zusammenarbeit zwischen den beiden Rassen, wenn ich das mal so sagen darf, funktioniert reibungslos.«

»Ich werde im Sommer nach Aldoreel reisen und meinem neuen Volk meine Aufwartung machen, König Tarm und seinem Sohn für ihre noble Geste der Abdankung meine höchste Anerkennung aussprechen. Dieser Schritt dürfte seine Wirkung auf die anderen Reiche nicht verfehlt haben.«

»Hat er keineswegs, Hoher Herr«, stimmte der Ratgeber zu. »Aber in erster Linie wird die Entscheidung des Königs angezweifelt. Man sagt, Ihr hättet ihn beeinflusst.«

»Unsinn«, knurrte Lodrik unwirsch. »Ich muss wohl einige Takte mit den Adligen sprechen, wenn ich das Land bereise. Ein paar neue Posten dort, ein paar Münzen hier, und ich habe die Elite auf meiner Seite. Das Volk wird einfach zu beeindrucken sein, wenn ich ähnliche Neuerungen wie in Tarpol eingeführt habe.«

»Neuerungen?« Mortva klang alarmiert.

»Neuerungen«, wiederholte der junge Herrscher freundlich. »Es gibt keinen Grund, meine Worte zu repetieren. Ich weiß, was ich gesagt habe.« Die blauen Augen blitzten spöttisch auf. »Oder seid Ihr, geschätzter Ratgeber, dagegen?« Der Konsultant ersparte sich eine Antwort. »Ich werde mit allen großen Ulldraeltempeln in meinem Territorium so verfahren, wie ich das in Tarpol machen ließ. Diese großen Gebäude sollen allen zu Gute kommen, nicht als Paläste für die dienen, die sich nicht an die von Ulldrael erlassenen Lehren der Bescheidenheit halten. Es ist Schluss mit dem faulen, gemütlichen Dasein. Ich mache den Mönchen Feuer unter ihren fetten Hintern.« Er warf einen schnellen Blick aus dem Fenster. »Ach, wir sind bald da.«

»Die Neuerungen, Hoher Herr?«, drängte Mortva leise, aber bestimmt. »Auf was dürfen sich die Untertanen noch freuen?«

»So neugierig? Oder nur beleidigt, weil ich Euch nicht um Euren Rat gebeten habe, Mortva?« Wieder troff die Bemerkung vor Spott. »Ja, ich denke in letzter Zeit viel nach. Über mich. Über Entscheidungen. Über Euch.« Das Blau seiner Augen richtete sich auf das Gesicht des Konsultanten. »Ihr habt mir viele Entscheidungen in der Vergangenheit abgenommen und mich entlastet, dafür danke ich Euch. Nun ist es so weit, dass ich allein bestimme. Schon andere vor Euch wollten mir ins Wort reden. Bestimmen, was ich zu tun habe. Diese zähle ich nun zu meinen Feinden, Mortva.«

»Ich werde nichts mehr ohne Eure Einwilligung tun«, sagte der Ratgeber unterwürfig. Dabei nutzte er das Verbeugen lediglich, um Wut in seinen Pupillen zu verbergen. »Wenn Ihr Euch zu irgendeinem Zeitpunkt übergangen fühltet, dann …«

Lodrik hob abwehrend die Hand. »Es ist nun gut, Mortva. Ich habe Euch gesagt, auf was Ihr in Zukunft zu achten habt, also reden wir nicht mehr darüber. Ihr seid und bleibt mein Konsultant.« Das letzte Wort betonte er absichtlich. »Euer umfassender Weitblick ist mir wichtig. Aber ich sage, was getan wird.«

Die Kutsche hielt an, der Verschlag wurde geöffnet, und der Kabcar stieg aus.

Nun erst hob Mortva den Kopf, das Gesicht war vor Aufgebrachtheit zu einer Fratze verzogen. Es kostete ihn nur einen Lidschlag, um seine verräterischen Gefühle in den Griff zu bekommen, aber genau dieses kleine Zeichen in seinem Antlitz hätte alle weiterführenden Pläne mit dem jungen Herrscher in Gefahr gebracht.

Er sah dem Kabcar durch die offene Tür nach, wie er im Schutz seiner Leibwachen die breite Freitreppe des Gotteshauses hinaufstieg, während das Volk auf dem Platz jubelte und schrie. Dann musste er lächeln. *So leicht entkommst du mir nicht, Hoher Herr. Wir haben mit dir begonnen, und wir werden es höchstwahrscheinlich auch mit dir zuende führen.* Er stieg ebenfalls aus und machte sich an den Aufstieg.

Lodrik wartete, bis die leere Kutsche abgefahren war, und ließ seinen Blick über die Menschenmenge schweifen.

Als er die Arme nach oben riss, erstarb jegliches Gespräch auf dem Platz, die Blicke der Ulsarer und Tarpoler hingen an seiner Gestalt, von der eine enorme charismatische Ausstrahlung ausging. Nichts und niemand konnte sich diesem jungen Mann entziehen. »Ich habe ein Geschenk für euch!«, rief er und gab ein Zeichen nach hinten.

Zehn Soldaten schleppen eine riesige Kiste heran, deren Inhalt die Männer an die Grenzen ihrer Kraft brachte, wie man am Keuchen und den hochroten Köpfen erkennen konnte.

Pathetisch öffnete der Kabcar den Deckel, und die Sonnen am Frühlingshimmel brachten die kostbare Fracht zum Leuchten.

Ein Raunen ging durch die Menge. Lodrik nahm einen der handtellerförmigen, gelben Klumpen heraus und hielt ihn hoch in die Luft.

»Das, Untertanen, ist euer Geld. Das sind Eure Abgaben, die ihr den Dienern der Bescheidenheit geleistet habt. Aber anstatt damit Gutes zu tun, haben sie es genutzt, um ihre Wände damit zu dekorieren, Säulen zu verkleiden und es in den Gewölben zu horten.« Seine feste Stimme hallte über die Köpfe der gebannten Zuhörer. »Nicht die einfachen Mönche waren es, sondern die Anführer des Ordens, die auf dem Gold saßen und sich am Glanz des Metalls anstatt am Anblick eines bestellten Feldes erfreuten! Sie haben einen Acker schon seit vielen, vielen Jahren nicht mehr gesehen. Ich kenne die Feldarbeit sehr wohl, meine Untertanen. Ich weiß, wie hart ihr arbeiten müsst, um am Ende etwas zum Leben zu haben. Doch Ihr sollt nicht umsonst gespendet haben.« Er reckte den Zeigefinger gegen die Menschen. »Ein jeder Haushalt eines nicht Vermögenden wird eine solche Scheibe erhalten. Und es steht euch frei, was ihr mit dem Reichtum tun werdet. Ein jedes Dorf in Tarpol, und das verspreche ich hiermit vor euch, meinem Volk, wird von meinen Boten besucht und solche Geschenke erhalten.« Mit Kraft warf er den Goldklumpen zurück in die Truhe. »Aber diejenigen, die sich anmaßten, im Namen Ulldraels Geld zu verlangen, werden bestraft.

Von ihrem Oberen. Von mir!« Lodrik genoss das ungläubige Staunen in den Gesichtern. »Dieses Haus wurde zu eurem Wohl umgebaut. Tag und Nacht soll es offen stehen, es erwarten euch Unterkunft, Verpflegung, Heilung und ein Bad.« Er trat ein paar Schritte zur Seite und deutete auf den Eingang. »Kommt und seht, was euer Kabcar für euch getan hat.«

Die ersten Ulsarer setzten sich zögerlich in Bewegung, um in das Innere des Tempels zu gehen, bis endlich die breite Masse die Stufen hinaufstürmte.

Zufrieden betrachtete der junge Mann die Menge, in der er sogar die ein oder andere Robe eines einfachen Mönchs entdecken konnte. Er hatte den Tempel ihres Gottes entweiht, und keiner scherte sich darum! Innerlich schüttete er sich aus vor Lachen. *Ich habe Ulldrael geschmäht. Und das war nur der Anfang, Gerechter! Was du meinem Sohn angetan hast, zahle ich dir tausendfach heim.*

Eine der braunen Kutten löste sich aus der Menge und lief in Richtung des Herrschers. Sofort fingen ihn die Leibwachen ab, warfen ihn zu Boden und durchsuchten ihn auf versteckte Waffen. Auf einen Wink des Kabcar gestatteten sie ihm den Durchgang, flankierten ihn aber.

Es war ein Geistlicher in mittlerem Alter, der sich mit Freude strahlenden Augen vor Lodrik auf den Boden warf und ihm die Stiefelspitzen küsste.

»Hoheitlicher Kabcar«, sagte er glücklich. »Ihr habt uns zurück zu unseren Wurzeln geführt. Ihr habt unseren Orden daran erinnert, dass er den Tarpolern auf dem Feld helfen soll. Getreide, das reife Korn ist das wahre Gold, das Ulldrael sehen möchte, nicht das kalte Metall, das keinen Menschen ernährt.« Nun war es an Lodrik, erstaunt zu sein. Hatte er mit einem Disput über seine Vorgehensweise gerechnet, überrumpelte das Loblied ihn nun völlig. »Ihr seid ein wahrer Oberer, das wollte ich Euch nur sagen.« Er stand auf und verbeugte sich mehrfach, um dann schnell wieder in der Menge zu verschwinden, bevor der Kabcar etwas entgegnen konnte.

Mortva hatte die Szene mit Befriedigung verfolgt. Der Konsultant legte einen Arm auf den Rücken und stellte sich an die Seite seines Schützlings. »Besser hätte es nun wirklich nicht mehr laufen können, Hoher Herr. Die Mönche lieben Euch dafür, dass Ihr die Ordensbonzen vom Thron gestoßen habt. Ab heute kann man Euch wohl als im Amt bestätigt betrachten.«

»Ich hatte niemals vor, mein Amt als Oberster des tarpolischen Ulldraelordens herzugeben«, meinte Lodrik, ohne dabei die Augen von den Menschen zu nehmen, die ihm zuwinkten, sich vor ihm verbeugten und verneigten oder ihm Blumen zuwarfen. »Nur so habe ich sie in meinem eigenen Land unter Kontrolle. Und Aldoreel und Tûris werden bald folgen, ganz zu schweigen von Borasgotan.« Er drehte sich zu Mortva. »Ich glaube, Ulldrael der Gerechte will es so. Er wird noch vieles wollen.«

»Mit Sicherheit«, sagte der Konsultant. »Wir sollten zurück. Die palestanische Abordnung wartet bestimmt schon auf uns.«

Der Kabcar schnalzte mit der Zunge. »Oh, gut, dass Ihr es sagt. Ich hätte die Seekrämer beinahe vergessen. Es gibt so viele Dinge, die ich im Kopf haben muss. Könntet Ihr mir einen weiteren Konsultanten empfehlen, damit ich delegieren kann?«

»Den werdet Ihr nicht benötigen. Eure Kinder werden Euch in wenigen Jahren unterstützen«, versicherte ihm der Mann mit den silbernen Haaren. »Sie entwickeln sich prächtig.«

Nach dieser Bemerkung versank Lodrik in Schweigen. Wortlos schritt er zur vorgefahrenen Kutsche und stieg ein. Den Jubel und die Dankesrufe seiner Untertanen nahm er nicht mehr wahr.

Absichtlich oder nicht, der Konsultant hatte seinen wunden Punkt getroffen.

Auch wenn er alles versuchte, die Staatsgeschäfte, die magischen Studien und die Experimente der Nekromantie machten ihn zu einen viel beschäftigten Mann. Die Zeit reichte oft nur aus, um Aljascha zu sehen, den Kindern über den Kopf zu streichen und sich an ihren Gesichtern zu erfreuen.

Das Mädchen erhielt den Namen Zvatochna, der erste Sohn würde irgendwann auf Govan hören, den zweiten, missgestalteten männlichen Nachkommen nannten sie Krutor.

Ulsar hatte sich vor einem Vierteljahr mit einem rauschenden Fest über die Geburt der Thronfolger gefreut, aber gleichzeitig sein tiefes Mitgefühl gezeigt, als es von dem Schicksalsschlag erfuhr, den die hoheitliche Familie durch den Krüppel erhalten hatte. Auch das Volk war der Meinung, dass der gute Kabcar ein solches Unglück nicht verdient hätte. Daher kamen Unmengen von Schreiben mit aufmunternden Zeilen in den Palast, in den Amtsstuben entstanden Schlangen von Menschen, die Aufmerksamkeiten für die Kinder des Herrschers abgeben wollten. Die Anteilnahme an »ihrem« Kabcar war enorm.

Wann immer Aljascha ihrem Gatten den stattlichen Krutor in den Arm legte, traten dem jungen Vater Tränen in die Augen. Doch das Kind freute sich, ahnte nichts von seiner absonderlichen Gestalt und seinem grotesk anmutenden Kopf. Inständig hoffte er, dass sein zweiter Sohn wenigstens nur äußerlich ein Krüppel war. Noch ließ sich das nicht entscheiden.

»Hoher Herr?«, hörte Lodrik seinen Konsultanten wie aus weiter Ferne sagen, und er kehrte in die Wirklichkeit zurück. »Habt Ihr mir zugehört?«

Der Kabcar holte tief Luft. »Nein, habe ich nicht. Es ging um die Palestaner?«

»Indirekt«, verbesserte Mortva. »Es geht um die weitere Planung bezüglich der Ontarianer. Es wird schwierig werden, ihnen das Geschäft aus den Händen zu reißen, wie meine Verbindungsleute feststellen mussten. Seit die Brojaken und damit ihre Freunde nicht mehr existieren, wurden sie vorsichtig.«

»Dann lassen wir das mit dem Unterwandern und werden ganz offen gegen die Fernhändler schießen«, beschloss Lodrik ruhig. »Die Kabcara hat einige reiche Kaufleute aufgetan, die daran interessiert wären, sich dem neuen Betätigungsfeld zu verschreiben. Ich dachte mir das so: Wir organisieren Wagen und lassen jede Garnison zu einem Handelsposten erweitern. Damit haben wir den Schutz gleich eingebaut. Ich vergebe Lizenzen an Privatleute, damit sie in meinem Namen den Fernhandel betreiben. Sollten die Ontarianer es wagen, diesen Unternehmern ein Bein stellen zu wollen, trifft sie das tarpolische Gesetz.« Er blickte beinahe gelangweilt aus dem Fenster, an dem das abendliche, frühsommerliche Ulsar vorüberzog. »Ich werde gleichzeitig Abgaben von ihnen verlangen. Jahrelang profitierten sie von hoheitlichen Straßenbauprogrammen, ohne dass sie in eine Kasse einbezahlt hätten. Es wird Zeit, dass ich die Forderungen eintreibe, nachdem ich, dank der Goldreserven der Brojaken, schuldenfrei bei den Krämern bin.« Der junge Herrscher blickte seinen Ratgeber gespannt an. »Was sagt Ihr dazu, Vetter? Das alles entstand ohne Eure Hilfe.«

»Ich sehe schon, ich kann getrost bald meine Uniform an den Nagel hängen. Ich werde zum Kindermädchen degradiert, wenn Ihr so fortfahrt.« Der Konsultant spielte den Verzweifelten. »Meine Anerkennung, Hoher Herr. Ich hätte es nicht besser machen können.«

»Und das ist in der Tat ein großes Lob.« Lodrik fuhr mit der Rechten über den Stern der Bardri¢, um das Schmuckstück ein wenig zu polieren und es glänzen zu lassen. »Ich rechne damit, dass wir innerhalb eines Jahres den Handel in Tarpol fest in der Hand haben. Natürlich fahren meine Unternehmer die Waren billiger als die Ontarianer. Dann folgen Tûris, Aldoreel und Borasgotan. In meinem Reich werden die Krämer nichts mehr verdienen. Und damit gebe ich Rundopâl einen hervorragenden Grund, meinem Territorium beizutreten. Sie werden ein entsprechendes Interesse haben, dass ihre Fischwaren mindestens genauso günstig über die Straßen rollen. Da die Ontarianer freiwillig wohl nicht aus Rundopâl weichen werden, ist der Beitritt eine vernünftige Lösung. Ich werde einen entsprechenden Vorschlag an den Hof schicken.«

»Hervorragend!«, rief Mortva beeindruckt. »Eure Konzeptionen hören sich sehr gut an. Vielleicht gibt es bald noch einen Grund, dass sich die Fischköpfe gerne Tarpol und den von Euch mitregierten Reichen anschließen, wer weiß.« Der Konsultant dachte an die von ihm organisierten »Räuberbanden«, die allmählich mit ihrem Werk in den anderen Ländern beginnen würden.

»Wisst Ihr schon wieder mehr als ich?«, fragte Lodrik mit scherzhaft drohendem Unterton.

»Nein, Hoher Herr. Es wird nur gelegentlich von Banditen berichtet, die nun die mehr oder weniger schutzlosen Reiche heimsuchen. Ihr habt die Besten der Wehrhaften bei Telmaran vernichtet. Auch wenn Ihr in Eurer Gnade allen Generalpardon gewährt habt, die gegen Euch ritten, die Toten eilen nicht herbei, um ihre Freunde und Dörfer zu beschützen.« Er lächelte listig. »Und ich bin mehr als überzeugt, dass sich das ein oder andere Reich, das ein oder andere Fürstentum an den Kabcar wenden wird, damit er mit seinen Truppen für Ordnung im Land sorgt.«

Der junge Herrscher nickte zufrieden. »Wenn sie das so wollen, werde ich kommen. Und mir die Dienste teuer bezahlen lassen.«

Die Räder der Kutsche kamen zum Stehen, der Kabcar und sein Ratgeber stiegen aus und begaben sich ohne Aufenthalt in den Audienzsaal, wo eine Abordnung der Seekaufleute schon wartete.

Die »Abordnung« bestand aus einem einzigen Mann. Gekleidet war der Unterhändler in die typischen protzigen Röcke, Westen und Beinkleider aus bestem Brokat, die Farben Rot und Gelb dominierten stark, Schwarz diente dezent als Kontrastgeber. Auf dem Kopf saß eine schwere Weißhaarperücke, der Dreispitz mit dem aufwändigen Federschmuck klemmte unter dem rechten Arm. Als der Herrscher und Mortva eintraten, verneigte sich der Palestaner.

»Ich grüße den hoheitlichen Kabcar von Tarpol und Tûris, designierter Thronfolger von Aldoreel und Befreier von Borasgotan«, begann er seine Ansprache, der er einen formvollendeten Kratzfuß vorwegschickte. »Mein Name ist Fraffito Tezza, Commodore der palestanischen Flotte und diplomatischer Gesandter des Kaufmannsrates sowie des Königs, seiner Majestät Puaggi.«

»Sehr erfreut«, sagte Lodrik und setzte sich an den kleinen Tisch nahe des Fensters. Mit einer einladenden Handbewegung bot er dem Kaufmann einen Platz an, sein Konsultant wählte sich den Stuhl zwischen ihnen. »Da wir nur sehr wenige sind, seid Ihr mit der ungezwungenen Art, mit der wir in die Verhandlungen einsteigen, sicherlich einverstanden.« Tezza zückte ein Taschentuch und wedelte ehrerbietig seine Zustimmung. »Fangen wir an mit dem Wichtigsten.«

»Und das wäre, hoheitlicher Kabcar?«, fragte der Commodore neugierig. Noch wusste er nicht, wie er den blonden jungen Mann vor sich einschätzen sollte. Der Kaufmannsrat hatte ihn von dem Kabcar und vor allem vor dem Ratgeber gewarnt. Die blauen Augen des wohl mächtigsten Regenten Ulldarts wirkten äußerst energisch, die Körperhaltung vermittelte Entschlossenheit. Aber was sollte man anderes von einem Herrscher erwarten, der in kürzester Zeit sein Reich gerettet und noch dazu demnächst verdoppelt und verdreifacht haben würde?

»Das wollte ich von Euch wissen«, meinte Lodrik. »Ich habe nicht den blassesten Schimmer, was die Kaufleute von mir wollen.« Er zog an der Klingelschnur, um Erfrischungen bringen zu lassen. »Aber zunächst verratet mir, weshalb sich Eure Soldaten in Telmaran zurückgezogen haben. Hattet Ihr als Einzige eingesehen, dass es nicht rechtens war, sich gegen mich zu stellen?«

»So etwas in der Art, hoheitlicher Kabcar«, bestätigte Tezza, den die unterschiedlich farbigen Augen Mortvas, die forschend auf ihm ruhten, etwas unbehaglich werden ließen. »Sagen wir einfach, das palestanische Volk war der Auffassung, dass die Sache mit dem Geeinten Heer nicht ausgegoren war. Es dauerte eine gewisse Zeit, bis sich der Kaufmannsrat und der König dazu entschlossen, aus den Vorbereitungen, die unweigerlich auf eine Konfrontation mit Euch hinauslaufen würden, auszusteigen. Unsere Erkenntnis rettete zehntausend Männern das Leben. Und Palestan wollte Euch, hoheitlicher Kabcar, nur daran erinnern, dass wir als Freunde von Tarpol zu betrachten sind.«

Lodrik lauschte aufmerksam. »Es freut mich ungemein, dass die Kaufleute diese Haltung mir gegenüber eingenommen haben. Auch wenn ich die Selbstlosigkeit anzweifle, die Ihr mir da eben verkaufen wollt, Commodore Tezza.«

Der Palestaner grinste. »Ihr seid jung, dennoch ein weiser Staatsmann durch und durch. Und weil Ihr und wir die notwendige Weitsicht besitzen, was die Zukunft des Kontinents angeht, sollten wir unsere Visionen von einem veränderten Ulldart abstimmen.«

»Abstimmen?«, fragte der Kabcar überrascht. »Ihr meint, ich soll Euch sagen, was ich noch alles zu tun gedenke?«

Tezza verneigte sich im Sessel. »Nein, natürlich wollen wir keine Einzelheiten wissen, hoheitlicher Kabcar. Aber man könnte manche Visionen im Einklang miteinander verwirklichen.«

Nun war das Interesse von Mortva und Lodrik gleichermaßen geweckt, was der Palestaner sehr wohl zur Kenntnis nahm.

Um seinen nächsten Auftritt besser wirken zu lassen, griff er in aller Seelenruhe zu dem Glas Fruchtwein, das ein Livrierter gebracht hatte. Die anderen beiden Männer ließen sich durch das Gehabe des Kaufmanns nicht aus der Reserve locken, sondern warteten ab.

»Der Kaufmannsrat möchte dem Kabcar eine Offerte unterbreiten«, begann Tezza. »Seht Ihr, wir fügen uns in das Unvermeidliche. Und das Unvermeidliche ist, unserer Meinung nach, dass Ihr demnächst auch noch Hustraban in Euren Besitz nehmen werdet. Das Bemerkenswerte an der Sache ist, dass Ihr dabei keineswegs die Dunkle Zeit zurückbringt, wie viele uns das glauben machen wollten. Ihr bringt Veränderungen der erfreulichen Art für das geknechtete Volk, und wie mir scheint, werdet Ihr zumindest in Borasgotan und Hustraban eher freundlich als feindselig aufgenommen, würdet Ihr einmarschieren.« Der Commodore nahm das Glas in die Hand und spielte damit herum. »Ihr seid der Günstling der Götter, hoheitlicher Kabcar. Und um diese Tatsache kommt niemand herum.«

»Und da denkt Ihr Euch, Ihr begebt Euch rechzeitig auf meine Seite«, vollendete der junge Mann den Gedankengang, wobei er eine gewisse Erheiterung nicht verbergen konnte und wollte. »Ihr seid in der Tat weitsichtig. Habt Ihr keine Angst, dass Ihr Euch unbeliebt bei den anderen Reichen macht?«

Tezza lachte gequält. »Seit Telmaran sind wir bereits unbeliebt. Es würde sich nichts daran ändern.«

»Nun, welchen Vorteil brächte es uns dann, wenn wir

mit einem Land einen Pakt oder etwas Ähnliches eingingen, das nicht eben gerne gelitten ist?«, hakte Mortva ein.

»Schiffe«, entgegnete der Commodore. »Was auch immer Ihr jetzt, in ferner oder naher Zeit beabsichtigt, Ihr hättet auf einen Ruf hin die Zahl von Booten parat, die Ihr benötigt. Und uns würde dabei nicht interessieren, was wir transportieren, wenn Ihr versteht, was ich meine.« Er stellte das Glas zurück. »Es wäre uns ein Leichtes, Truppen, Versorgungsgüter und anderes zu verschiffen. Es könnte ein unglaublicher Vorteil sein, hoheitlicher Kabcar, wenn Eure Leute nicht nur von Westen angreifen könnten.«

So schnell wendete sich das Blatt. Lodrik imponierte die Unverfrorenheit, mit der der Palestaner die Mithilfe bei einem offenen Krieg anbot. »Danke, Commodore Tezza, aber ich habe bereits die Wasserfahrzeuge, die ich benötige.«

Der Unterhändler roch an seinem Taschentuch, sah dann an die Stuckdecke und legte danach den Kopf etwas schief. »Allerhoheitlichster Kabcar, die Schiffe, die von Euren Verbündeten aus Tzulandrien stammen, mögen gut sein, wenn es durch einfache Gewässer geht. Aber ich spreche vom nördlichen Meer. Nur wir sind in der Lage, durch die größtenteils vereisten Flächen zu manövrieren. Und nur wir kennen Fahrrinnen, die von warmen Strömungen freigehalten werden, selbst im tiefsten Winter. Ich habe die Berichte über die Schiffsbauweise Eurer Verbündeter gelesen, und Ihr werdet zu dem gleichen Schluss gekommen sein wie ich, hoheitlicher Kabcar. Für solche Unternehmungen sind sie nicht geeignet.«

Mortva und Lodrik wechselten einen schnellen Blick. Der Vorschlag war verlockend und legte völlig neue Möglichkeiten offen, um den Nachbarn im Osten schneller in die Knie zu zwingen und vielleicht sogar

Hustraban zu überraschen, sollte es notwendig sein. Als sein Konsultant beinahe unmerklich nickte, war der Entschluss des jungen Mannes bereits gefallen. Doch es ging nun darum, Näheres zu erfahren.

»Die Palestaner haben noch nie ein Angebot gemacht, wenn sie sich nicht selbst etwas davon versprechen würden«, stellte der Kabcar fest. »Eure Forderungen, was die Zahlung von Waslec für einen solchen Dienst anbelangt, wird alles da Gewesene übersteigen, nicht wahr?«

»Das würden wir nicht wagen, Geld von Euch, dem Günstling der Götter, zu nehmen.« Tezza täuschte Empörung und Verwunderung vor. »Es wäre nur ein Austauschen von Gefälligkeiten.«

»Und wie groß kann eine Gefälligkeit sein, die etwas Vergleichbares wie Eure Transportdienste sein soll?«, wollte Mortva wissen, während er sich mit einer Hand durch die silbernen Haare strich.

Der Commodore lächelte. »Leider, leider sind wir nicht die Einzigen, die Seehandel betreiben.«

»Die Agarsiener verderben Euch seit Jahrhunderten im Süden ein wenig das Geschäft«, erinnerte sich Lodrik. »Sogar mit Erfolg.«

»Und es wäre sehr schön, wenn sich das in den nächsten Jahren ändern würde. Bringt dem agarsienischen Volk die gleiche Freiheit, wie Ihr sie in Borasgotan verbreiten werdet.«

Die Augen des Kabcar wurden zu schmalen Schlitzen. »Wisst Ihr, was Ihr mir da gerade ans Herz legt? Ihr hetzt mich gegen ein Reich auf.«

Tezza wedelte wieder ehrfürchtig mit dem Tuch. »Aber, hoheitlicher Kabcar, es ist ein Land, das Truppen in Telmaran gegen Euch sandte.« Er legte die Fingerspitze auf die eigene Brust. »Wir dagegen haben uns aus Prostest gegen die Vorgehensweise der anderen zurückgezogen und hätten uns an keinem einzigen Angriff gegen den Kabcar beteiligt. Unter diesen Vorzeichen treten wir nun an Euch heran.«

»Ich weiß, die Stärke des palestanischen Volkes liegt auf der See-, nicht auf der Landkarte«, schaltete sich Mortva ein. »Angenommen, wir würden zustimmen: Zwischen Eurem Rivalen und Aldoreel, das bald zu unserem Staatenverbund gehört, befindet sich immer noch Serusien. Wie würdet Ihr einen Durch- oder Einmarsch rechtfertigen?«

»Glaubt Ihr allen Ernstes«, sagte Tezza, »dass es sich im Moment auch nur ein Reich erlauben kann, Euch die Stirn zu bieten? Das wäre so, als würde man Sinured gegen einen Cerêler kämpfen lassen. Außerdem hat keiner von Euch verlangt, dass Ihr alles stehen und liegen lassen sollt, um in Agarsien die Kontore zu schließen. Wie ich schon anfangs sagte, es soll ein Pakt auf Dauer sein, nichts Kurzlebiges.«

»Wir werden Euer Angebot nicht vergessen«, sagte Lodrik und gab dem Unterhändler damit zu verstehen, dass die Unterredung sich dem Ende zuneigte. »Geht mit der Gewissheit nach Hause, dass der Kabcar sich Eurer erinnern wird. Und zwar schon bald. Rechnet im Sommer mit einer Entscheidung, Commodore Tezza. Und ich denke, dass Palestan und Tarpol so etwas wie eine gemeinsame Zukunft haben werden.«

Der junge Herrscher stand auf, der Commodore folgte seinem Beispiel und verneigte sich wieder so tief, dass die Locken der Perücke die Schnallen der Spitzschuhe berührten, dann verschwand er mit zahlreichen Bücklingen nach draußen.

»Natürlich werden wir diese Gelegenheit beim Schopf packen«, erklärte der Kabcar seinem Konsultanten, sobald sich die Tür geschlossen hatte. »Mit dieser Möglichkeit nehmen wir die Borasgotaner in die Zange und knacken ihren letzten Widerstand, den sie im Osten zusammenziehen wollten, wie eine morsche Nuss.«

Mortva legte den Kopf in den Nacken und betrachtete wie Tezza die Gipsarbeiten an der Decke. »Und nehmen uns bei Gelegenheit die Agarsiener vor? Hoher Herr, das können wir uns noch nicht erlauben.«

»Das sehe ich genauso, werter Vetter«, stimmte Lodrik zu. »Und ich sehe auch keinen Grund, etwas gegen sie zu unternehmen. Die Schaffung eines Monopols ist das Letzte, was ich mir wünsche. Es wird schon genug Ärger geben, bis wir die Macht der Ontarianer zerschlagen haben. Bis wir das Ziel nicht erreicht haben, werde ich mich hüten, den Palestanern genau das zu ermöglichen, mit dem uns die Fernhändler zu lange im Griff hatten. Ich werde sie so lange kostenlos ausnutzen, wie sie es mir gestatten.« Er schenkte sich den letzten Rest Fruchtwein ein und öffnete die Knöpfe seiner Uniform. »Und nun werde ich mich um meine Aufgabe als Oberer des Ulldraelordens kümmern. Ich denke, dass es durchaus an der Zeit ist, die Lehren des Gerechten etwas zu modifizieren, im Sinne einer neuen Bescheidenheit, wie sie beim Orden durchaus angebracht ist. Wir sehen uns nachher beim Abendessen, Mortva.«

Der junge Herrscher räumte den Audienzsaal und ließ seinen Konsultanten allein zurück, der noch immer die aufwändigen Stucke betrachtete.

Warum legten die Menschen so viel Wert auf Schmuck an Stellen, bei denen man in eine Starre verfiel, wenn man sie länger betrachtete? Er massierte sich das Genick.

»Paktaï?« Er sprach den Namen seiner Helferin zum hundersten Mal, ohne dass sie erschien. Was konnte bloß geschehen sein?

Seit einem Vierteljahr blieb die Zweite Göttin verschwunden, und der Konsultant hatte nicht die leiseste Vorstellung, wo sie abgeblieben war. Damit war einer seiner größten Vorteile dahin, denn nur mit ihr war es ihm möglich, schnelle Verbindung zur Verbotenen Stadt oder anderen abgelegenen Ort aufzunehmen. So musste er sich auf Brieftauben verlassen.

Wenn wenigstens Hemeròc zurückkehren würde, wäre ihm viel geholfen. Es war nicht eben leicht, Vorbereitungen zu treffen, wenn das Werkzeug fehlte. Dennoch, es lief dank Varèsz vergleichsweise gut. Auch Freiwillige aus der Bevölkerung Tarpols wurden nun in die Armeen integriert, sodass die Haufen immer weiter anwuchsen.

Er notierte beiläufig die Angriffsbefehle für die kombinierten tzulandrischen und tarpolischen Einheiten. Dass diese Zusammenstellung einen Bruch des Tausendjährigen Friedensvertrags darstellte, störte ihn nicht weiter.

Die Tür hinter ihm wurde geöffnet, die Flammen der Kerzen flackerten durch den plötzlichen Zug. Mortva hörte das Rascheln von weiten Kleidern, das sich ihm näherte, und er nahm den Geruch von nur allzu bekanntem Parfüm wahr.

Lächelnd wandte er sich der Kabcara zu, die durch den Seiteneingang in das Audienzzimmer gelangt war.

Doch das hübsche Gesicht der attraktiven Rothaarigen sagte ihm, dass die Herrscherin von Tarpol keine gute Laune hatte. Wütend knallte sie ein Pergament mit erbrochenem Siegel auf den Tisch.

»Das, Vetter, ist die Bestätigung der Oberen der Ulldraelorden, dass mein Gatte seine Rolle als Führer der tarpolischen Gläubigen vorerst beibehalten darf, bis sich die Sache mit dem Geheimen Rat aufgeklärt hat. Und sie wollen ein Konzil abhalten.« Ihre hellgrünen Augen blitzten vor Wut. »Mein Gemahl wird mächtiger und mächtiger, während ich Kinder des Schwachkopfs auf die Welt bringen muss. Was ist aus Euren Zusagen geworden, mich auf den Thron zu setzen? Ich bin es leid, länger zu warten. Mutter sein ist mir zuwider. Ich ertrage den Anblick dieses hässlichen Stücks Fleisch nicht länger. Am liebsten würde ich Krutor im nächsten Zuber ersäufen.« Ganz dicht kam sie an den Konsultanten heran. »Und Euch gleich mit. Wegen der falschen Versprechungen, die Ihr mir gemacht habt. Wie konnte ich nur so blind sein?«

Mortva musterte sie von seinem Platz aus. Ihre Figur wirkte in dem engen, schulterfreien Kleid aus weißem, mit Goldfäden besetztem Samt so tadellos wie eh und je, ihre Schwangerschaft schien sich nicht auf ihren verführerischen Körper ausgewirkt zu haben. Die roten Locken umrahmten das Antlitz und hoben die Schönheit der Frau zusätzlich hervor. »Beruhigt Euch, hoheitliche Kabcara. Ich weiß, was ich Euch versprochen habe.«

»Dann«, zischte sie giftig, »haltet es gefälligst ein, oder ich schwöre Euch, meinetwegen auch ein weiteres Mal bei Tzulan, dass Ihr auf rätselhafte Weise zu Tode kommen werdet.« Drohend stemmte sie die Hände in die schmale Taille. »Glaubt nicht, dass Ihr der Einzige am Hof seid, der das Intrigenspiel versteht, Vetter. Ich kenne viele Leute, die einiges zu tun bereit wären.«

»Das ist der Unterschied zwischen uns beiden. Ich brauche nicht viele Leute, um an meine Ziele zu kommen. Und meine Leute sind nicht zu einigem, sondern zu allem bereit.« Der Konsultant erhob sich souverän von seinem Stuhl und kam auf Aljascha zu, das Lächeln wich nicht von seinen Lippen.

Die Frau hatte das Gefühl, dass seine Silhouette mit jedem Schritt breiter und größer wurde.

»Ihr wollt mich durch Euer Auftreten einschüchtern? Wie nett.« Eine Armeslänge vor der Herrscherin blieb er stehen, die Augen glitten prüfend an ihrer Figur entlang. »Zweifellos, Ihr besticht Euer Gefolge mit Eurer Schönheit. Manche dagegen sagen, es käme auf die inneren Werte an.« Sein Oberkörper beugte sich etwas nach vorne. »Wollt Ihr meine inneren Werte sehen?« Er nickte in Richtung der Marmorwand, an der sich sein Schatten durch die Kerzen abbildete.

Die Kabcara konnte nicht anders als der Aufforderung nachkommen.

In einer Mischung aus Neugier und Schrecken starrte sie auf die schwarzen Umrisse. Sie wuchsen, dehnten, streckten sich. Der Kopf des Schattens wurde breiter, drei mächtige Hörner zeigten sich. Die dunklen Konturen waren um etliches massiger als die des Konsultanten, Dornen und Spitzen ragten aus der Nacken- und Schulterpartie, die Extremitäten schwollen Angst einflößend unter enormen Muskelpakten an. Die Umrisse eines Paars mächtiger, sich entfaltender Schwingen entstanden. Das genaue Schattenbild machte selbst die feinen Adern in den Flügeln sichtbar.

Aljaschas Kopf ruckte zu dem Mann mit dem Silberhaar, der harmlos neben ihr stand und so gar nichts gemeinsam hatte mit dem, was sie auf dem weißen Marmor sah.

Keuchend wich sie vor ihm zurück, ihre aufgerissenen Augen wanderten zwischen Mortva und dem Schatten an der Wand hin und her, fast leichenblass wirkte ihr Gesicht zwischen den roten Haaren. Das Entsetzen machte sie sprachlos, beschleunigte ihre Atmung auf eine unnatürliche Geschwindigkeit.

»Was sagt Ihr zu meinen inneren Werten, hoheitliche Kabcara?«, erkundigte sich der Konsultant und warf ebenfalls einen vergnügten Blick auf seinen Schatten. »Ich finde, ich habe einiges zu bieten, nicht wahr?« Dann schlenderte er der verängstigten Frau hinterher.

Aljascha fingerte nach dem Dolch, den sie unter ihrem Rock stets bei sich trug, zog blank und reckte die geschliffene Spitze dem Ratgeber ihres Mannes entgegen. »Zurück«, hauchte sie.

»Aber nein, ganz im Gegenteil, Kabcara.« Mortva setzte ihr weiterhin nach, bis sie gegen den Tisch stieß. »Ich wollte Euch näher kommen. So nahe, wie Ihr es immer schon von mir verlangt habt. Wie Ihr es Euch erträumt habt.«

Die Rothaarige tastete sich am Holz entlang, ohne den Konsultanten aus den Augen zu lassen.

Mortva schloss so nahe zu ihr auf, dass sich die Klinge gegen seine Uniformjacke drückte. Seine schlanken Hände umfassten den Griff. »Ich bitte dich, Aljascha. Sei geduldig. Vertraue mir.« Seine Lippen näherten sich den ihren, die silbernen Haare rutschten nach vorne, streiften über ihr Dekollete. Sanft entwand er ihr die Waffe. »Ich mache dich zur Kabcara, wenn du mir Zeit gibst, um alles zu arrangieren.« Er legte eine Hand an ihre Hüfte und zog sie an sich heran. »Lass Ulldart zuerst erobert sein.«

Ihre Körper berührten sich, und Aljascha spürte die Wärme, die von dem Konsultanten ausging. Ihre Angst wich einem anderen Gefühl: Sie fühlte sich von dem bedrohlichen Wesen, das unter Mortvas Haut schlummerte, zusätzlich angezogen. Ohne genau zu wissen, was sie tat, umschlang sie ihn vorsichtig und drückte sich an den Berater. »Wer bist du?«, raunte sie.

Er erwiderte ihre Zärtlichkeit, hob ihr Kinn ein wenig an und drückte ihr einen zarten Kuss auf die Lippen. »Die Erfüllung deiner Fantasien, Aljascha.«

Ein Schauer der Wonne jagte durch ihren Körper, wie sie es noch bei keinem anderen Mann erlebt hatte. Ihre Münder trafen sich ein zweites Mal, nun leidenschaftlicher, stürmischer, und die Empfindungen steigerten sich bei der Frau und lähmten gleichzeitig das ansonsten so vernünftige Denken.

Als die Hände des Konsultanten an ihrem Korsett aufwärts wanderten und nach den Verschlüssen langten, glühte sie vor Begierde. Es war ihr gleich, wo sie waren, von ihr aus könnte der ganze Hofstaat zusehen, wenn sie sich dem Konsultanten hingab. So lange hatte sie darauf gewartet, sich ihn vorgestellt, wenn sie ihrem Gemahl Freuden bereitete. Nun sollte sie endlich entschädigt werden.

Mortva schälte sie sanft, aber zügig aus den vielen Schichten ihres Kleides, bis sie nackt vor ihm stand.

Dann legte auch er seine Uniform ab, sein bleicher, sehniger Leib wirkte schmal, beinahe zerbrechlich im Vergleich zu dem dämonischen, erschreckenden Schattenkörper an der Wand. Doch die unerklärliche Anziehungskraft, die von ihm ausging, siegte, sie konnte ihr Verlangen nicht länger beherrschen. Mit einem Stöhnen griff sie nach dem Mann und zog ihn zu sich, um ihn zu spüren.

Immer wieder während des aufregenden Liebesakts, den sie auf dem Tisch vollzogen, huschte ein verstohlener Blick der Kabcara zu der Mauer, die die Wahrheit über den Ratgeber verkündete.

Irgendwann wurden die Gefühle, die Mortva bei ihr durch seine Liebkosungen und Berührungen am ganzen Körper auslöste, so intensiv, dass sie in einen ekstatischen Rausch geriet, in dem die Welt um sie herum versank.

Ulldart, Königreich Borasgotan,
Belagerungsring vor Checskotan,
Frühsommer 444 n. S.

Die mächtige Festung war von allen Seiten eingeschlossen, nichts und niemand gelangte hinaus. Aber, sehr zum Leidwesen der versammelten Tzulandrier und Tarpoler, kam auch keiner hinein, was für sie die eigentliche Schwierigkeit war.

Checskotan stammte aus der Zeit der echten Kriege auf dem Kontinent, erhob sich massiv wie ein Fels aus der Landschaft und diente Arrulskhán IV. als letzter Stützpunkt.

Zwei stabile Mauerringe umzogen das Bollwerk, ein

Wassergraben machte das Untertunneln der Anlage unmöglich. Die zweihundert Mann starke Besatzung reichte nicht aus, um wirklichen Schaden unter den Angreifern anzurichten, aber sie war gerade zahlreich genug, um die notwendigen Katapulte zur Abwehr der Erstürmungsversuche zu betätigen und Munition heranzukarren.

Das hatten die Befehlshaber der Belagerer nach hundertfünfzig Toten verstanden und von weiteren, sinnlosen Angriffen abgesehen.

Seit drei Wochen saß damit eines der zehn jeweils tausend Mann umfassenden Kontingente, die Borasgotan im Handstreich erobern sollten, vor den Mauern fest. Ausgelegt war die Strategie der Miniaturheere auf schnelles Vorwärtsstürmen, Zerschlagen jeden Widerstands der borasgotanischen Truppen und das Ausschalten der Garnisonen. In einer zweiten Welle würden die Gouverneure des Kabcar samt Gefolge anrücken, um die riesigen Länder im Namen des Herrschers zu verwalten.

Eine solch schnelle Kriegsführung war allerdings nicht auf das Transportieren von schwerem Belagerungsgerät ausgelegt, geschweige denn das Mitführen eines entsprechend großen Handwerkerheeres, das die notwendigen Katapulte, Ballisten und Onager, Sturmleitern, Rammböcke und Mauerbohrer fertigen könnte.

Zwar hätte man ungestört an Checskotan vorüberziehen können, doch eine ungestürmte Festung blieb immer ein Unsicherheitsfaktor. Sie diente dem Feind weiterhin als Sammel- und Versorgungspunkt, von hier aus könnte er neue Unternehmungen starten, im schlimmsten Fall den Tzulandriern und Tarpolern in den Rücken fallen.

Dieses Wagnis wollte keiner der Offiziere eingehen, also hatte man per Bote um Beistand durch einen Meisterstrategen gebeten, der einen schnellen Weg wusste, die Fortifikationen einzunehmen.

Die Belagerten machten sich derweil einen Spaß daraus, ihre nackten Hintern oder Geschlechtsteile auf den Zinnen zu zeigen, dabei Schmählieder zu singen oder eine Ladung Fäkalien mit einem Katapult in Richtung der Angreifer zu schießen.

Anfang der vierten erfolglosen Woche erschien Osbin Leod Varèsz mit einem gewaltigen Tross.

Zwanzig Wagen, die Räder drückten sich auf Grund der schweren Last tief in den Weg, rollten kurz nach Anbruch der Nacht heran, alle Ladeflächen waren mit Planen gegen die Blicke neugieriger Augen abgedeckt.

In aller Eile bauten fünfzig des tzulandrischen Kontingents ein riesiges Zelt auf, in das nach und nach die Karren hineingeschoben und abgeladen wurden.

Am nächsten Morgen entdeckte die Besatzung von Checskotan die merkwürdigen Vorbereitungen. Unruhe breitete sich auf der Brüstung des ersten Mauerrings aus, wo man eben noch die morgendliche »Afterballen- und Knüppelparade« abhalten wollte.

»Lasst den Unsinn und zieht Eure Hosen hoch. Eure erbärmlichen Gesäßbacken will keiner sehen. Gib her.« Oberst Vrobloc, ein stattlicher Borasgotaner mit dichtem Wangenbart, schnappte sich das Fernrohr, um sich das Treiben der Belagerer näher zu betrachten.

Die zwanzig Wagen standen größtenteils entladen am Rand des Lagers, vier bugsierte man gerade unmittelbar neben das Zelt, während zwei weitere ganz abseits standen. Doch die Wachmannschaft, die sich drumherum scharte, war enorm.

»Eine Unterkunft wird das wohl nicht gerade sein, oder?«, erkundigte sich einer der borasgotanischen Soldaten bei dem Vorgesetzten, ein Arm locker auf die Brustwehr gelehnt. »Ein Küchenzelt?«

Vrobloc senkte die Sehhilfe kurz, runzelte die Stirn und setzte sie erneut an die Pupillen. »Es würde mich wundern, wenn sie einen Ofen zusammenbasteln. Und warum verbannen sie die anderen beladenen Wagen so weit weg vom Feldlager? Als hätten sie Angst davor.«

Am Zelt der Belagerer kam Bewegung auf. Vier Soldaten rannten zu den abseits stehenden Karren, hoben jeder ein kleines Fässchen unter der Plane von der Ladefläche herab und liefen zurück.

»Eine Schänke?«, meinte der borasgotanische Soldat. »Die haben sich Branntwein in den Fässern bringen lassen, die tarpolischen Säcke. Die saufen sich die Hucke voll.« Er formte mit den Händen einen Trichter. »Männer! Kommt mal her! Die Tarpoler besaufen sich auf Befehl ihres Kabcar!« Noch mehr Wachen liefen neugierig herbei und drängten sich auf dem Wehrgang zusammen.

Doch die Aktivitäten der Tzulandrier waren nicht beendet. Stück für Stück wurde die Leinwand des Zeltes von hinten nach vorne umgeklappt, bis der Blick nicht länger auf das verwehrt war, was man im Laufe der Nacht zusammengebaut hatte.

Vrobloc schätzte das seltsame Rohr, das auf einer Lafette ruhte, auf eine Länge von vier Meter, die fassgroße Öffnung zeigte in seine Richtung. Die zahlreichen kleinen Räder, die man unter dem eisenbeschlagenen Holz angebracht hatte, drückten sich durch das Gewicht der metallenen Röhre beinahe vollständig ins Erdreich, Pflöcke verankerten das Untergestell im Boden. Was immer das auch war, das sich anscheinend auf Checskotan richtete, es gefiel dem Oberst überhaupt nicht. Die erstaunten Rufe seiner Männer ignorierte er.

Zehn der Belagerer schleppten auf einer Bahre eine mit Eisenbändern umspannte Steinkugel heran, stemmten die Trage mit hochroten Köpfen vor der Röhre in die Höhe und kippten das ballähnliche Gebilde in die Öffnung. Haargenau schloss es die Ränder ab und rutschte hinunter in das Rohr.

»Soll das vielleicht ein neues Katapult sein?«, höhnte eine Wache unter dem Gelächter der Kameraden hinüber. »Das ist doch viel zu schwer! Soll es von selbst fliegen, oder werdet ihr es herübertragen, ihr Fürze?« Der Mann sprang rückwärts auf die Zinnen, bückte sich und riss die Beinkleider herunter. »Da habt ihr ein Ziel!«

Grölend taten es ihm die anderen Soldaten nach und wackelten mit den entblößten Hinterteilen im Wind. Vrobloc lachte zwar herzlich mit, ließ die Belagerer aber keine Sekunde aus den Augen.

Einer der Tzulandrier spähte prüfend über den oberen Rand der Röhre, trat an die Lafette und kurbelte an zwei Handrädern. Zahnräder drehten sich, die Öffnung senkte sich kaum merklich ab. Daraufhin winkte er einen Fackelträger heran.

Der Oberst hatte noch immer nicht verstanden, wie diese Kugel, die er auf tausend Pfund schätzte, die Entfernung von fast einem Warst überbrücken sollte.

Der Tzulandrier stellte sich erneut hinter das Rohr, dann nickte er, hob die geballte Faust und stieß sie nach kurzem Zögern herab. Der Fackelträger presste die Flamme kurz gegen die Rückwand der Röhre und drehte sich schnell um.

Aus der Mündung quoll augenblicklich eine immense Rauchwolke, danach folgte ein unbeschreiblicher Knall, der rumpelnd wie ein Donnerschlag nachhallte. Die Pferde der Belagerer scheuten erschrocken, einige gingen durch.

Ein Borasgotaner der »Afterballen-Parade« verlor überrascht das Gleichgewicht und schaffte es in letzter Sekunde, nach vorne von der Mauerspitze zu fallen, wo er unsanft auf dem Wehrgang landete.

Fast gleichzeitig pfiff etwas mit einer enormer Geschwindigkeit über die Hinterteile der schreckensbleichen Wachsoldaten und schlug krachend in die Steine des zweiten Mauerrings.

Nicht nur, dass sich dort nun ein Loch auftat, sondern zu allem Überfluss stürzten rechts und links der getroffenen Stelle weitere Stücke des Walls in sich zusammen. Die staubwolkenverhangene Bresche, die damit entstanden war, reichte aus, um drei Mann nebeneinander passieren zu lassen.

Fassungslos glotzten die Wachen auf die entstandene Lücke, irgendeinem entfuhr ungewollt eine saftige Blähung.

»Beinahe hätte ich euch mit meiner Bombarde die Löcher gestopft, was?«, schrie der Tarpoler, der die Handräder bedient hatte, gut gelaunt. »Den nächsten Stein schicke ich euch passend bis in den Darm, wenn ihr bleibt wo ihr seid, ihr Feiglinge!« Das Jubeln und Grölen stammte dieses Mal von den Belagerern, die umgehend damit begannen, die Vorbereitungen für den nächsten Schuss zu treffen.

»Los, sofort weg von hier!«, befahl der Oberst und eilte bereits in Richtung der Leiter, die auf den Boden führte. Seine Untergebenen rafften die Hosen hoch, stolperten und stürzten hinterher. »Setz Kabcar Arrulskhán von der neuen Situation in Kenntnis«, befahl er einem Melder, »dass der Feind über eine verfluchte Waffe verfügt, der wir nichts entgegenzusetzen haben. Sie macht taub, speit Rauch und Feuer und lässt Wände einbrechen. Das ist Tzulans Werk!« Der Mann rannte los. »Sag ihm, sie hieße ›Bombarde‹!«

Vrobloc sammelte seine Leute. Es blieb nur die Wahl, diese Waffe unschädlich zu machen, wenn man verhindern wollte, dass Checskotan zu einem Haufen Steine zerschossen wurde. Und er hoffte, dass sein Herr ihm nicht den Befehl erteilen würde. Der Gegner stand ihnen mehr als vier zu eins gegenüber, galt im Feldkampf als hart, erfahren, diszipliniert. Was man von seinen Leuten nicht unbedingt behaupten konnte.

Er zog alle Bewaffneten in die innere Festung zurück

und machte sich nach einer Stunde auf den Weg in die Gemächer des Kabcar, zu Arrulskhán, um ihm die Lage zu schildern. Vielleicht konnte er ihn zum Aufgeben überreden. Dann blieben wenigstens noch ein paar mehr als nur er am Leben.

Während er durch die Arkaden des Haupttraktes schritt, wartete er schon beinahe auf das Unheil verkündende Rumpeln der Bombarde. Doch noch blieb alles still.

Vor dem Zimmer des Kabcar von Borasgotan angekommen, hielt er inne und fragte sich, wie der Herrscher die Nachricht des Melders aufgenommen hatte. Wenn er einen seiner legendären geistigen Ausfälle erlitt, war alles möglich.

Vrobloc klopfte an und trat nach der von innen geschrienen Aufforderung zum Hereinkommen in den Raum.

Arrulskhán IV. saß, in beiden Händen Säbel haltend, auf seinem Thron, eine goldene Langhaarperücke zierte seinen Schädel. Der nicht eben schmächtige Körper steckte in einem schwarzen Seidenmantel, besetzt mit zahlreichen Edelsteinen, darüber trug er einen Brustharnisch. In seinem Schnauzbart glitzerten Diamanten, die er sich von seinen Lakaien einflechten ließ, um seine gelegentlich auftretende Göttlichkeit zu unterstreichen.

Einen Fuß hatte er in Siegermanier auf den toten Melder gestellt, die stecknadelgroßen Pupillen huschten suchend im Zimmer umher. Ein wahnsinniges Lachen erscholl, als er Vrobloc bemerkte.

»Mein Oberst! Mein lieber Oberst!« Er warf die Säbel achtlos zur Seite und kam mit ausgestreckten Armen auf den Soldaten zu. »Stell dir vor. Dieser Mensch wagte es, mir Unsinn zu erzählen, faselte von Bombarden und Schurkereien, pah, wie töricht.« Seine Hände zuckten unentwegt hin und her.

»Hoheitlicher …«, setzte der Soldat an, doch sofort

schoss der Zeigefinger Arrulskháns in die Höhe. »Göttlicher Kabcar«, seufzte Vrobloc, der seinen Fehler in der Anrede sogleich verstanden hatte, »der Melder hatte leider Recht. Der Feind kann unsere Mauern aus großer Entfernung einreißen.«

»Ach? Ach was?« Arrulskhán legte den Finger ans Kinn. Dann schaute er zu dem Toten. »Das ist mir nun etwas peinlich, lieber Oberst. Der arme Kerl. Seht, mitten ins Herz habe ich ihn getroffen. Schade, schade.« Er klatschte in die Hände. »Ich hab's! Wir schieben ihm einen Stock in den Hintern, damit er gerade steht, und lehnen ihn irgendwo an die Wand. Es wird nicht auffallen, oder?«

Der Kabcar wanderte, unverständliches Zeug brabbelnd, ihm Kreis, und Vrobloc hoffte inständig, dass der Anfall von Wahn bald vorüber sein würde.

»Lieber Oberst, lasst anspannen. Wir reiten aus!« Arrulskhán nahm ihn bei den Händen und hüpfte im Kreis. »Tralalala und hoppsassa!« Abrupt blieb er stehen. »Nein, wir reiten nicht aus. Wir reiten sie nieder. Die werden mir meine schöne Festung nicht kaputt machen.« Er hob die Säbel auf und lief mit militärischem Paradeschritt zum Ausgang. »Linkszwodreivier, mir nach, Vrobloc! Arrulskhán der Göttliche wird euch alle zum Sieg führen! Sturrrrrrrmangrrrrrriffffff!«

Seufzend folgte der Offizier dem Wahnsinnigen, der einen Marsch sang und geradewegs mit seinen Filzpantoffeln an den Füßen in die Stallungen eilte.

Vrobloc ließ die im Hof versammelten zweihundert Männer schweren Herzens aufsitzen. Ihre Gesichter sagten deutlich genug, was sie von dem befohlenen Ausfall hielten.

Arrulskhán hüpfte im Sattel immer auf und nieder, schwang hohl lachend die beiden Waffen und verfehlte dabei nur knapp die Ohren seines Pferdes. »Attackeeeeee, ihr Heinzelmänner! Tor auf!«, brüllte der Kabcar von

Borasgotan. »Alles auf! Wir kommen! Der Göttliche führt euch zum Siiiiiiiiiiiiiieg!«

Die Wachen betätigten die Winden, langsam und knarrend schwangen die Tore auf, die Zugbrücke senkte sich über den Wassergraben. Im gestreckten Galopp preschte Arrulskhán wild schreiend den Weg entlang, sodass die Schöße seines schwarzen Seidenmantels herumflogen und die falschen goldenen Haare im Wind wehten.

Vrobloc sah der albernen Gestalt hinterher, die gerade das letzte Tor passierte und in die Ebene stürmte, dann schaute er in die Runde seiner Soldaten und lehnte sich nach vorne.

»Zum Westtor«, befahl er und wendete als Erster sein Reittier. »Er bietet eine wunderbare Ablenkung. Wir versuchen, den Belagerungsring zu durchbrechen und schlagen uns nach Osten durch.«

Mit Mienen der Erleichterung folgten ihm seine Männer.

Der Geschützmeister war mit den letzten Vorbereitungen für den nächsten Schuss fertig, als ein einzelner Reiter aus dem Tor gestürmt kam. Osbin Leod Varèsz machte ein fragendes Gesicht.

»Das ist Arrulskhán«, meldete ein Beobachter, der durch sein Fernrohr die Gestalt erkannt hatte. »Seht euch den an. Er muss direkt vom Kamin auf sein Pferd gesprungen sein.« Er ruckte mit der Sehhilfe ein wenig nach links. »Die hinteren Posten melden, dass die Besatzung einen Durchbruch versucht.«

»Signalisiere, sie sollen sie durchlassen«, befahl der Stratege einem Wimpelträger. »Ob wir sie jetzt töten oder in einem halben Jahr, was macht das schon. Hauptsache, Checskotan gehört uns.« Er schüttelte grinsend den Kopf, als er den brüllenden Herrscher Borasgotans betrachtete. »Gut, Männer. Ersparen wir dem Volk von Borasgotan eine aufwändige Beerdigung.«

Auf seinen Wink hin senkte der Geschützmeister mit schnellem Drehen der Handräder den Lauf der Kanone, bis das Rohr waagerecht stand. »Wenn du ihn triffst, erhältst du zwanzig Waslec«, verkündete Varèsz.

Die Soldaten und die Bedienungsmannschaft schlossen im Hintergrund eifrig Wetten ab.

Die Haltpflöcke wurden entfernt, die Lafette mit vereinten Kräften um wenige Zentimeter nach links ausgerichtet, bis der Geschützmeister dem Fackelträger ein Zeichen gab, der wiederum Feuer an das Zündloch gab.

Donnernd zündete ein Zentner Sprengpulver im hinteren Teil der Bombarde und katapultierte das fünfhundert Kilogramm schwere Steingeschoss mit Rauch und Feuer gegen den anreitenden Arrulskhán.

Zwar scheute dessen Pferd nach dem Krachen des Geschützes, aber es verhinderte damit nicht das Unvermeidliche, das von den Truppen mit lautstarkem Gelächter begleitet wurde. Von dem »Göttlichen« und seinem Ross blieb nicht viel in einem Stück.

»Der Geschützmeister trägt seinen Titel nicht zu Unrecht«, sagte der Stratege anerkennend und warf dem Anführer der Bombardiere zwanzig Waslec zu. »Guter Schuss. Aber dir gebührt noch mehr.«

Varèsz ritt los und lenkte sein Pferd an die Stelle, wo es Arrulskhán IV. getroffen hatte. Für die Einzelheiten interessierte er sich wenig, er suchte etwas Bestimmtes.

Nach kurzem Suchen hatte er es gefunden und spießte es mit seinem Zweihänder auf. Den Griff locker auf den Oberschenkel gelegt, die Spitze emporgereckt, damit seine Beute gut sichtbar war, ritt er zurück zu seinen Leuten.

Mit einer huldvollen Geste senkte er das Fundstück vor dem Geschützmeister herab. »Nimm es und trage es als Erinnerung an den heutigen Tag, an dem deine Bombarde zum ersten Mal glorreich zum Einsatz kam.« Der Mann zog die goldene Perücke von der Klinge und legte sie sich auf den Kopf. »Von heute an heißt du ›Der Goldene‹. Möge dein Augenmaß immer so verlässlich sein. Oder du verlierst diese Auszeichnung samt Kopf.«

Die Tarpoler und Tzulandrier schütteten sich aus vor Heiterkeit.

Der Geschützmeister wusste nicht so ganz, wie er die Zeremonie verstehen sollte, und bedankte sich vorsichtshalber mit einem militärischen Gruß. Varèsz grüßte amüsiert zurück und ritt zu seiner Unterkunft.

Sein Untergebener Widock schrie Befehle und erteilte die Order zum Besetzen von Checskotan.

Jeder, der beim kurzen Marsch zur verwaisten Festung an der Stelle vorbeikam, wo der Kabcar von Borasgotan sich in alle Richtungen verteilt hatte, nahm sich spottend ein Stück vom Seidenmantel als Erinnerung an den denkwürdigen Tag mit, an dem Arrulskhán IV. so passend aus der ulldartischen Geschichte gestrichen worden war.

Seine blutigen Filzpantoffeln baumelten abends am Fahnenmast der Festung.

**Ulldart, Tûris, Verbotene Stadt,
Frühsommer 444 n. S.**

Pashtak nahm seine Gefährtin Shui glücklich in den Arm. »Wir haben es geschafft. Die erste Außenmauer ist vollständig errichtet, und das trotz des harten Winters. Tzulan scheint uns gnädig zu sein.«

»Es sind ja auch genügend für den Gebrannten Gott gestorben«, merkte sie spitz an. »Sowohl von den Menschlingen als auch von unseren Leuten.« Ungerührt stillte sie den kleinsten der vier Nachkommen. Ihre geschlitzten Pupillen wanderten zu ihrem Gefährten.

»Aber es ist schön, dass es funktioniert«, sagte sie versöhnlicher.

Pashtak grinste sie an, ein dumpfes Knurren war zu hören. Was bei den Einwohnern von Tûris für Schreckensschreie gesorgt hätte, verstand Shui richtig. Ihr Gefährte amüsierte sich.

»Ich werde wieder zurück zur Baustelle am Tempel gehen. Wir machen sehr gute Fortschritte, und das obwohl uns die Nackthäute einiges an harter Arbeit zunichte machten. Ganz zu schweigen von den vielen Toten.« Er streifte sich seinen leichten Mantel über. Nur die Farbe und das Emblem auf dem abgetragenen Kleidungsstück erinnerten daran, dass der Vorbesitzer eigentlich zur turîtischen Ordnungsmacht gehört hatte. »Aber nun hört man aus allen Unterkünften die Schreie von neuem Leben.«

Shui sah ihn besorgt an. »Kümmere dich im Rat darum, dass es weiterhin genügend Essen für alle gibt. Das Wild der Umgebung ist entweder schon von den Nimmersatten gefressen worden oder vor den Jagdtrupps geflüchtet.« Sie lächelte das pelzige Bündel in ihrem Arm an. »Dabei brauchen die Mütter nun unbedingt Nahrung.«

»Wir sind dabei«, sagte Pashtak. »Wir haben etwas aufgetan, was uns weiterhelfen kann.« Er küsste sie knurrend auf die Stirn. »Ich bin gegen Abend zurück.« Gut gelaunt verließ er die Hütte und trat hinaus in den Schein der Frühlingssonnen.

Zwischen den Steinen der Ruinen, auf den Plätzen und den neu entstehenden Gassen herrschte reges Treiben. Sumpfkreaturen aller Art wieselten geschäftig umher und arbeiteten Hand in Hand, um die Verbotene Stadt auferstehen zu lassen.

Dank der sehr guten Planung der Tzulani machten die Bewohner der einstigen Hauptstadt täglich Fortschritte. Keine Baustelle glich sich von Tag zu Tag, die Entwicklung war sichtbar.

Die neuen Kräne ragten in den blauen Himmel, Tretmühlen und Laufräder klapperten ständig, betätigten Winden, hoben Lasten und bugsierten die schweren Steine in luftige Höhen. Unkraut oder Bewuchs zwischen den Steinplatten suchte man vergebens. Im Grunde machte es den Eindruck, als würden nicht zerstörte oder eingestürzte Gebäude mühsam in ihren alten Zustand gebracht, sondern als errichteten fleißige Erbauer eine völlig neue Stadt zu Ehren Sinureds.

Auch das Umfeld des riesigen Areals erfuhr eine Veränderung. Rodungsmannschaften holzten die Wälder im Umkreis von einer Meile ab, die Tzulani tüftelten an einem Entwässerungssystem, um den Sumpf wenigstens etwas einzudämmen, damit das Klima sich den Sommer über etwas verbesserte. Die ersten Modelle der Tonröhren, die sie einsetzen wollten, wurden gebrannt und probehalber in die feuchte Erde eingelassen. Es schien zu funktionieren.

In weiter Entfernung sah die Sumpfkreatur drei Männer am Rande der Stadt stehen, die den Unternehmungen staunend zusahen.

Er eilte in die Richtung der Wartenden.

Es war wie stets: Die Menschen, die etwas verdienen wollten, überwanden die ablehnende Haltung gegenüber dem Fremden als Erste und versuchten, mit ihm ins Geschäft zu kommen. Im Fall der Sumpfkreaturen gab es da wohl keine Ausnahme. Nachdem die Erlasse des Kabcar verkündet worden waren, mussten die Turîten der Umgebung zwangsläufig Waffenstillstand wahren.

Einige von ihnen schienen sich zu sagen, dass man die Einnahmeverluste durch den Wegfall der Kopfgelder, die es unter Mennebar II. noch gegeben hatte, eben durch den Warenaustausch abfangen musste. Es bedurfte etlicher Zusicherungen auf freies Geleit und Unversehrtheit, bis sich eine Abordnung in den Sumpf und die ehemalige Hauptstadt des Kriegsfürsten wagte. Und nun waren sie gekommen.

Pashtak hatte immer wieder geübt, um seine Aussprache zu verbessern und das Nuscheln zu beseitigen, was ihm wegen der hervorstehenden spitzen Zähne nicht vollständig gelang. Aber die Sprache beherrschte er durch die Schulungen der Tzulani nun beinahe perfekt, weshalb er auch dazu ausersehen worden war, die Verhandlungen zu führen.

Auf dem Weg zu der Abordnung fiel ihm siedend heiß ein, dass er den Mantel eines getöteten Turîten trug, also hängte er das Stück im Vorbeigehen über die Strebe eines Baugerüstes. Er wollte die vorsichtige Annäherung nicht durch diesen dummen Fehler in Gefahr bringen. Vor allem, da sie auf die Lieferung von Fleisch angewiesen waren.

Als Mitglied der »Versammlung der Wahren« wusste er, wie sein knochiger, flacher Schädel mit den gelben Augen und den rot schimmernden Pupillen auf die Nackthäute wirkte. Sein muskulöser, gedrungener Körper mit dem Pelz und die kräftigen, krallenbewehrten Hände ließen ihn nicht unbedingt wie jemanden aussehen, dem man kleine Menschlinge anvertraute. Aber das wollte er durch eine gewinnende, freundliche Art wettmachen.

Die drei Männer wurden auf die Kreatur aufmerksam, die zielstrebig auf sie zusteuerte, einer von ihnen schien in einem Reflex die Hand an den Griff seines Schwertes legen zu wollen.

Pashtak verlangsamte sein Tempo und hob die Arme als Zeichen der Friedfertigkeit. Dann deutete er eine Verbeugung an und lächelte.

Einer der Delegation schlug sich erbleichend die Hand vor den Mund, der Zweite umklammerte den Knauf seiner Waffe, bis seine Knöchel weiß wurden, während der Letzte der drei sich meisterlich beherrschte. Nur das schnelle Schlucken verriet, wie aufgeregt er war.

Pashtak hatte längst gerochen, dass sie Angst vor ihm hatten. Schnell schloss er die Lippen, um seine Reißzähne nicht mehr zu offen zu präsentieren.

»Meine Güte«, fistelte der Erste mit aufgerissenen Augen, der Schreck veränderte seine Stimme und schraubte sie in die höchsten Tonlagen. »Habt ihr das gesehen? Damit reißt es uns schneller die Kehle auf, als wir einen letzten Seufzer von uns geben können.« Er machte einen Schritt zurück. »Euch soll es zuerst fressen.«

»Es wird vermutlich geschickt worden sein, um uns abzuholen«, mutmaßte der Mann mit dem Schwert vorsichtig. »Ob es uns versteht? Es sieht nicht sonderlich klug aus.«

»Seid still, ihr Hasenfüße«, herrschte der Dritte sie über die Schulter nach hinten an. »Und du: Bring uns zu deinem Führer«, sagte er laut. »Bringen uns Führer. Hinbringen. Du.«

Pashtak holte tief Luft. »Es freut mich, Menschen, dass Ihr Euch in unsere Stadt begeben habt«, begrüßte er sie freundlich.

»Es spricht«, quiekte der Ängstlichste. »Es spricht unsere Sprache.«

»Ich bin Pashtak und einer von denen, die die Geschicke von uns allen leiten«, erklärte er unerschütterlich. »Ich bin übrigens männlich, wenn es recht ist. Also redet bitte nicht über mich, als sei ich ein Stein oder ein anderer Gegenstand.«

»Ich bin Karnfried, das sind Bundgast und Lebhart.« Er deutete der Reihe nach auf seine beiden Begleiter. Dann wusste er anscheinend nicht, was er sagen sollte, und lächelte vorsichtig. »Da wären wir also.«

»Schön«, sagte Pashtak. »Wir besprechen unsere Handelsbeziehungen am besten an einem ruhigen Ort. Folgt mir bitte.«

Zügig führte er die drei Männer zwischen den Baustellen hindurch, bis sie an Sinureds Palast angekommen waren. Unterwegs erklärte er ihnen, was er und seine Artgenossen bisher schon geleistet hatten. »Und natürlich haben wir die Haltung von Menschensklaven abgeschafft«, fügte er hinzu.

»Es darf nicht sein, dass ihr von uns dazu gezwungen werdet. Auch die Menschenopfer finden nicht mehr statt. Das alles hat der Kabcar möglich gemacht.« Die Turîten wechselten ein paar bestürzte Blicke, als sie die Neuigkeiten erfuhren. Sie hätten niemals vermutet, dass das Wesen die vergangenen Gräueltaten einfach so zugab. »Dieser Lodrik ist ein guter Mann, denn die Feindschaft zwischen unseren Völkern ist nicht notwendig. Wir haben alle Platz auf Ulldart, nicht wahr?«

Er trat zwischen den haushohen Säulen hindurch in die Halle, die zu einem Großteil in Stand gesetzt worden war. Auch der übergroße Thron, auf dem Sinured früher geruht hatte, befand sich an seiner alten Stelle. Für die Unterredungen waren Tische und Stühle aufgestellt worden, Krüge und eine Karaffe mit Wein standen bereit.

Pashtak ließ dem Trio den Vortritt und schenkte ihnen eigenhändig von dem dunklen Alkohol ein, dann füllte er sein Gefäß und hob es an.

»Auf gelungene Verhandlungen«, prostete er in die kleine Runde. Als er die Skepsis in den Gesichtern der Besucher bemerkte, nahm er einen tiefen Zug. »Natürlich ist es vergorenes Blut, wie sich das gehört«, scherzte er, als die Männer im Begriff waren, den Wein die Kehlen hinabgleiten zu lassen. »Nur ein Spaß«, beschwichtigte er sofort, denn der Ängstliche der Abordnung, Lebhart, machte Anstalten, alles wieder von sich zu geben. »Es ist ein alter Wein, nichts anderes.« Erleichtert schluckten die Gäste. »Und jetzt kommen wir zum Geschäft.«

»Vorab zur Erklärung«, begann Karnfried. »Wir stammen aus den drei nächsten Städten der Umgebung, ein jeder von uns ist im Auftrag der Einwohner hier. Wir sollen euch die Grüße und guten Wünsche übermitteln.«

»Das ist sehr schön. Ich hoffe, eure Ställe werden nicht mehr von unseren Leuten heimgesucht? Wir haben alle angewiesen, die Siedlungen in Ruhe zu lassen«, erkundigte sich das Ratsmitglied neugierig.

»Ja, ja«, sagte Bundgast. »Das stimmt. Die Überfälle sind gesunken.«

»Seht es als Zeichen von guter Nachbarschaft, die wir mit Euch allen pflegen wollen«, verkündete Pashtak, dem der Verlauf der Unterhaltung gefiel. »Und wir würden gerne Handel mit Euch treiben. Wir brauchen Lebensmittel. Vorzugsweise Fleisch, wenn Ihr welches hättet, dann natürlich Getreide und solche Sachen. Nicht alle von uns ernähren sich von Fleisch, die wenigsten von Menschenfleisch.«

Diesmal lachten die drei Männer. »Ein gelungener Scherz«, meinte Lebhart und nahm einen Mund voll Wein.

»Kein Scherz«, antwortete die Kreatur ehrlich, und der Mann spuckte den Alkohol prustend aus. »Aber wir haben sie im Griff, keine Bange. Sie sind harmlos. Aber wenn Ihr irgendwo Verbrecher hättet, die gehängt wurden, Ihr wisst, wo Ihr Eure Toten lassen könnt.«

»Danke für das Angebot«, sagte Kernfried ein wenig pikiert. »Belassen wir es zunächst beim Austausch von herkömmlichen Waren. Was könnt ihr bieten?«

»Wir sind sehr gute Handarbeiter, einige kennen sich sehr gut mit Kräutern aus. Mit deren Hilfe stellen sie Heilsalben und Tinkturen her, wie unsere Freunde in Aldoreel. Die Qualität ist einmalig«, pries Pashtak das eigene Sortiment an. »Es beginnt bei duftenden Minzölen, die bei Schnupfen Wunder wirken, und endet bei Salben für entzündete Wunden.«

»Das ist wahr. Ich habe von den Waren schon gehört«, bestätigte Bundgast sofort, der damit seine Zustimmung zeigte. »Und das ist meiner Meinung nach ein lohnendes Geschäft. Ihr liefert mir die Fässer mit den Salben und dem Zeug, ich gebe euch Nahrung. Ich bin prinzipiell dabei.«

Auch Karnfried und Lebhart sagten zu, nun begannen die zähen Verhandlungen über Preise, Lieferungsumfang und die benötigte Zeit. Bis in den späten Abend hinein feilschten sie, leerten manche Karaffe Wein, bis man sich zur allgemeinen Zufriedenheit geeinigt hatte. Die Grundversorgung der Stadt war somit gesichert, einer eigenen Viehzucht und dem Bestellen von Feldern stand fast nichts mehr im Wege.

Bei allem geschäftlichen Gebaren und manchem Lachen, das die Händler von sich gaben, Pashtak spürte die Distanz, auf der die drei Menschen blieben. Was er ihnen, bei nüchterner Betrachtung der Vergangenheit, nicht anlasten wollte. Auch in den eigenen Reihen gab es Kreaturen, die sich gegen die Kontakte zu den Nackthäuten ausgesprochen hatten. Man fürchtete Verrat und heimtückische Angriffe.

»Wenn Ihr unsere Stadt einmal in aller Ruhe besichtigen wollt, kommt einfach vorbei«, lud er sie ein, als er sie zum Ausgang des Palastes geleitete und mit ihnen über den von Lagerfeuern und Fackeln beleuchteten Platz schlenderte. »Die Menschen sind uns jederzeit willkommen, wenn sie friedlich erscheinen.«

»Euer Angebot ist sehr freundlich«, bedankte sich Karnfried. »Um ehrlich zu sein, an eurer Stelle würde ich mich nicht in eine Stadt wagen. Noch nicht. Der Kabcar sitzt weit weg, seine Leute und Beamte sind zwar vereinzelt schon in Tûris angekommen, aber …« Er stockte.

»Was mein geschätzter Zunftbruder sagen möchte«, ergänzte Bundgast, »ist, dass wenn einige Bestien … ich meine, einige eurer Art zu Tode kämen, dann würde sich vermutlich nicht viel tun. Die Menschen halten nach wie vor wenig von euch.«

»Und Ihr macht da eine löbliche Ausnahme«, lobte Pashtak und winkte im Vorbeigehen zwei der »Nimmersatte« herbei. Die Nimmersatte waren die größten der Sumpfwesen, erschreckend im Anblick, stark und von einer Unerschütterlichkeit, die sie zu gefährlichen Kämpfern machte. Dafür verschlangen sie das Dreifache. Das Ratsmitglied gab ihnen in der Dunklen Sprache Anweisung, für ein sicheres Geleit der Menschen zu sorgen, was sie mit einem zustimmenden Grunzen quittierten.

»Du … Ihr überschätzt uns vermutlich«, gab Karnfried zurück. »Uns trieb das Geld hierher, nicht die Hoffnung, Freundschaft mit Euch zu schließen.«

»Das eine muss das andere nicht ausschließen, Mensch. Aus manchen Handelbeziehungen entstanden Sympathien. Und wenn Ihr Verständnis für unsere Art, unsere Kultur entwickelt, werden sich manche Schwellen wie von selbst beseitigen«, meinte Pashtak zuversichtlich. »Beide Seiten haben über Jahrhunderte Fehler gemacht und in Feindschaft gelebt. Das lässt sich nicht durch einen Erlass zur Seite legen. Aber es wurde ein Waffenstillstand geschlossen. Darauf lässt sich aufbauen.«

Bundgast nickte anerkennend. »Wohl gesprochen. Wir werden sehen, was uns die Zeit bringt.« Er sah an den mächtigen Gestalten der Nimmersatten hinauf. »Anscheinend traut Ihr Euren eigenen Leuten nicht besonders.«

»Weil ich Euch eskortieren lasse?« Das Mitglied des Rates der Wahren grinste und zeigte die schiefen Reißzähne in voller Pracht, die roten Pupillen funkelten, und ein Knurren war zu hören. »Nein, es gibt hier Räuber in der Umgebung, die nur allzu gern im Schutz der Dunkelheit auf drei Händler warten. Von uns würde Euch keiner ein Haar krümmen.«

Etwas beschämt marschierten die drei Männer auf der neu angelegten Prachtstraße davon und begann alsbald eine angeregte Unterhaltung untereinander.

Zufrieden hatte Pashtak bemerkt, dass sich ihre Ausdünstungen geändert hatten. Der Geruch der Angst war bei Karnfried und Bundgast völlig, bei Lebhart teilweise verschwunden. Aber er schätzte Letzteren als einen Menschen ein, der permanent nach Furcht roch.

Die Anspannung, die er während der Gespräche gespürt hatte, fiel allmählich von ihm ab. Dankbar, das erste Zusammentreffen so gut über die Bühne gebracht zu haben, reckte und streckte er sich, dass seine Knochen knackten.

Die weitläufigen Plätze lagen ruhig vor ihm, die Arbeiten waren eingestellt, damit alle genügend Kraft für den nächsten anstrengenden Tag sammeln konnten, gut beschützt und bewacht von den Nimmersatten, die sich in Abständen ringförmig um die Ruinen verteilt hatten. Etwas wie damals, als es den Nackthäuten gelungen war, ihren Überraschungsangriff so erfolgreich zu führen, sollte es nie mehr geben. Erlass hin oder her.

Pashtak machte sich auf den Nachhausemarsch, gönnte sich aber einen Umweg, der ihn unter dem mächtigen Bogenbau zu Ehren Tzulans hindurchführte.

Noch standen die Gerüste, noch stützten Gestelle die tonnenschweren Steinquader, die sich im Laufe der kommenden Woche zu einer der aufwändigsten Konstruktionen der Stadt zusammenfügen sollten. Zwanzig Meter hoch ragten die halbbogenförmig geschwungenen Säulen, in der Grundfläche als Oktagon angeordnet. Ihre Spitzen neigten sich zueinander, berührten sich aber nicht. In diesen fünf Meter durchmessenden Freiraum sollte schließlich eine Kugel aus seltenem schwarzem Marmor als Schlussstein eingepasst werden. So lange diese noch nicht an ihrem Platz saß, musste die instabile Struktur aufwändig abgestützt werden, um den enormen Druck abzuleiten.

Pashtak stand exakt im Mittelpunkt des Oktagons und blickte hinauf zu den scharfkantigen Pfeilerenden, die wie überdimensionale Zähne wirkten.

Als würde man durch das runde Maul eines Raubfischs schauen. Wenn die gewaltige Kugel, an der die Steinmetze ihre Werkzeuge stumpf schlugen, eingefügt war, würde man diese Ansicht nicht mehr haben. Weit über ihm blinkten die Sterne, die Monde standen am Himmel und schimmerten silbrig auf ihn herab, ließen die Säulen und Stützwerke abstruse Schatten werfen.

Der Nachtwind trug ihm plötzlich eine Witterung zu, die er noch nie wahrgenommen hatte.

Vorsichtig schnupperte er, um die Quelle des Geruchs zu lokalisieren. Pashtak wusste, dass eine Unzahl seiner Artgenossen nur durch die Gegend streiften, wenn die Sonnen am Horizont verschwanden, aber sie zeigten sich im Allgemeinen offen. In der Verbotenen Stadt gab es keinen Grund, dass man sich voreinander verbarg. Aber der Duft erschien ihm neu, fremdartig. Es war weder eine der Nackthäute noch ein Bewohner.

Seine Nackenhaare richteten sich auf, die Hände krümmten sich, die Muskulatur stand unter Spannung. Mit allen Sinnen, die ihm zur Verfügung standen, lauschte er in die Dunkelheit. Er fühlte sich mehr als unbehaglich, und eine innere Stimme sagte ihm immer wieder, er solle rennen.

Dann vernahm er ein Geräusch in seinem Rücken, als würde sich der Unsichtbare schnell von einer Säule hinter die nächste begeben. Knurrend fuhr er herum.

»Zeig dich!«, verlangte er in der Dunklen Sprache. »Es gibt keinen Grund, sich zu verstecken, oder was führst du im Schilde?« Pashtak machte ein paar Schritte in die Richtung des Pfeilers, hinter dem er den Unbekannten vermutete. »Komm heraus.«

Er hatte sich so sehr auf die Jagd nach dem Unbekannten konzentriert, dass er kaum auf die Beschaffenheit seiner Umgebung achtete.

Er trat auf etwas Rundes, sein Fuß rollte weg, und er verlor das Gleichgewicht. Reflexhaft griff er um sich, um sich vor dem drohenden Sturz zu bewahren, seine Hände schlossen sich um ein herabhängendes Seil. Als er es mit seinem Gewicht belastete, ertönte von weiter oben ein Knirschen im Gerüst. Während er noch am Strick hing und versuchte, die verhedderten Beine unter den Körper zu schieben, lösten sich über ihm Bauteile des Gestells und rauschten in die Tiefe.

Eine Gestalt flog aus dem Schatten der Säule rasend schnell auf ihn zu, Pashtak atmete ihren ungewöhnlichen Geruch ein, dann prallte der Unbekannte gegen ihn, hakte ihn unter und riss ihn von der Stelle, an der einen Augenblick später massive Holzbretter herabregneten.

Alarmierte Rufe aus der Umgebung wurden laut, die Nimmersatten eilten herbei. Noch etwas benommen schaute sich das Ratsmitglied in dem Oktagonfeld um, aber von seinem Lebensretter fehlte jede Spur.

Er beruhigte die Wächter und gab ihnen Anweisung, zurück auf die Posten zu gehen. Die Witterung des Wesens, das seiner Meinung nach ein Weibchen gewesen war, war jedoch nicht verloren, also musste sie in seiner Nähe sein. Obwohl die Schwärze der Nacht für seine Augen keine Schwierigkeit darstellte, entdeckte er sie nicht. »Komm heraus«, wiederholte er noch einmal in der Dunklen Sprache.

»Ich verstehe das nicht«, kam die Antwort von oben auf Ulldart herab. »Ich spreche dieses Kauderwelsch nicht.«

»Ich kann auch Ulldart.« Pashtak entdeckte die Silhouette des Weibchens auf einer unteren Gerüstplattform. Er hob die Hand zum Gruß. »Du hast mir das Leben gerettet. Dafür schulde ich dir einiges.« Neugierig witterte er in ihre Richtung. Irgendeine Nuance an ihrem Duft gefiel ihm nicht, ohne dass er diese Feinheit genauer einordnen konnte. »Du bist neu in der Stadt. Ich kenne deinen Geruch nicht.«

Elegant sprang sie von ihrem Versteck herab und landete vor ihm. »Ganz recht. Ich kam eben an und wollte mich zunächst einmal in aller Ruhe umsehen, bevor ich mich entscheide zu bleiben.«

Im fahlen Mondenlicht musterte er das Weibchen, das ein wenig größer war als er. Die sandfarbene Haut ihres Gesichts wirkte blass, ihre Iris leuchtete grellgelb, und wenn er es richtig beobachtete, verfügte sie über lange, spitze Eckzähne. Ihr wildes Antlitz machte einen recht aggressiven Eindruck. Am Beeindruckendsten fand er ihre schwarzen, fülligen Haare, die im Moment reichlich ungepflegt wirkten. Ihre Statur wurde von einer zerschlissenen Bauerntracht verhüllt. Die Haltung vermittelte Aufmerksamkeit und ständige Reaktionsbereitschaft.

»Die Nackthäute sind feindselig genug. Da tut es gut, einen Platz zu haben, an dem man sich ausruhen kann. Dir droht hier nichts. Entspanne dich«, sagte Pashtak freundlich und stellte sich vor. »Und du bist?«

Sie lächelte beinahe boshaft. »Nenn mich Lakastre. Ich komme von weit her und bin sehr müde. Und hungrig.« Sie machte einen Schritt auf das Ratsmitglied zu. »Gibt es etwas zu essen, oder muss ich mir selbst etwas jagen?«

»Wir werden irgendwo noch ein Stück Brot haben.« Noch immer war er nicht in der Lage, ihre Art und ihren Geruch einzuordnen.

Das Weibchen verzog angewidert das Gesicht. »Nein. Ich brauche Fleisch. Viel Fleisch.« Ihre Nasenflügel bebten. »Du hast mit Menschen gesprochen. Sind noch welche hier?«, fragte sie gierig.

»Sie sind gegangen.« Pashtak schüttelte den Kopf. »Aber sie haben uns noch keine Vorräte gebracht. Du wirst dich ein wenig gedulden und mit Brot Vorlieb nehmen müssen.«

Das Weibchen knurrte unwirsch. »So lange will ich nicht warten. Ich habe jetzt Hunger.« Ihre Augen glühten giftgelb auf. »Ich komme morgen wieder. In den Wäldern werde ich schon etwas finden.« Sie trabte in Richtung der breiten Prachtstraße.

»Das ist kein guter Gedanke«, rief das Ratsmitglied ihr nach. »Es könnten Nackthäute unterwegs sein, Lakastre.«

»Ich hoffe es«, rief sie fröhlich zurück und war in der Dunkelheit verschwunden.

Pashtak hatte kaum den Kopf auf die Kissen gelegt und sich an Shui geschmiegt, da trommelte es gegen die Tür ihrer Hütte. Erschrocken weinte eines seiner Kinder. Ärgerlich machte sich seine Gefährtin an das Beruhigen des Nachwuchses, und das Ratsmitglied stapfte genervt zum Eingang.

Als er die Tür öffnete, stand ein aufgeregter Nimmersatt davor und bedrängte ihn, sofort mitzukommen. Die Versammlung der Wahren würde im Palast Sinureds zusammenkommen.

Unruhig machte er sich auf den Weg, lief neben dem Wächter her und kam in den hell erleuchteten Saal.

Dort hatte sich ein Großteil des Gremiums bereits um den Tisch versammelt. Die Wunden eines blutüberströmten Nimmersatten wurde im Hintergrund von Heilkundigen behandelt.

Pashtak erkannte ihn sofort als einen der Begleiter, die er den Kaufleuten mitgegeben hatte.

Eilig setzte er sich an seinen Platz und lauschte dem Bericht des Verletzten, der trotz der Schmerzen, die er angesichts der Wunden unweigerlich haben musste, eine einigermaßen verständliche Schilderung der Ereignisse lieferte.

Demnach war die Gruppe kurz vor dem Ende der bewaldeten Umgebung der Stadt, bei der ehemaligen Garnison, in der die turîtischen Truppen einst ihr Quartier hatten, von etwas attackiert worden, was an Schnelligkeit und Kraft den Nimmersatten weit überlegen gewesen war. Waffen schien der unbekannte Angreifer nicht geführt zu haben, die Wunden des Wächters sahen mehr nach der Wirkung von furchtbar scharfen Krallen aus. Über den Verbleib der Händler konnte der Nimmersatte nichts sagen. Sie waren sofort nach dem Auftauchen des Wesens geflüchtet. Ein Hinweis, wer für den Überfall verantwortlich war, fehlte.

»Was auch immer es war, es kann nur aus unseren eigenen Reihen stammen«, erhob Tzulani Boktor das Wort. »Und es kann nur die Absicht gehabt haben, unsere Bemühungen, mit den Ungläubigen friedlich zu leben, zunichte zu machen.«

»Es bleibt die Frage, was wir nun tun können.« Pashtak räusperte sich. »Wir wissen nicht, wo die Händler sind, wir wissen nicht, wer der Angreifer war. Selbst wenn die Nackthäute mit dem Leben davon gekommen sind, werden sie jemals mehr einen Fuß in unsere Stadt setzen?«

Die einsetzende Diskussion zog sich bis in die frühen Morgenstunden hin.

Das Gremium einigte sich darauf, am anbrechenden Tag eine Einberufung aller Bewohner vorzunehmen, um ein ernstes Wort an sie zu richten. Vermutlich würde man für zukünftige Vergehen dieser Art die Todesstrafe verhängen müssen, wenn alle Appelle an die Vernunft nicht fruchteten.

»Verzeiht mir mein Eindringen«, sagte eine angenehme weibliche Stimme vom Eingang her.

Die Köpfe der Versammlung wandten sich um und

erblickten die Frau, deren Bekanntschaft Pashtak vor kurzem gemacht hatte.

Doch Lakastre hatte sich sehr verändert, sie wirkte frischer und lebendiger als vor wenigen Stunden. Ihre Haut schimmerte leicht sandfarben, ein paar bernsteinfarbene Augen blickten in die Runde.

»Ich hörte, dass die Versammlung hier tagt, und wollte höflichst um die Aufnahme in die Stadt bitten.« Sie verneigte sich, ihre schwarzen Haare bewegten sich sachte. Zu ihrem fast schon majestätischen Auftritt passte die zerfetzte Kleidung so gar nicht. Der Wirkung der Frau konnte sich keiner entziehen. Zumindest, so hatte Pashtak den Eindruck, keiner der Tzulani. »Mein Name ist Lakastre.«

»Schön, dich wieder zu sehen«, grüßte Pashtak. »Sie ist meine Lebensretterin.« In aller Kürze gab er sein Erlebnis der gestrigen Nacht wieder.

»Und was sollte eine Frau hier wollen, die genauso gut bei den anderen leben könnte?«, erkundigte sich der Vorsitzende.

Lakastre breitete die Arme aus. »Seht mich an. Meine Augen, meine Zähne machen es unmöglich, unter den normalen Menschen zu leben. Daher ziehe ich es vor, mich denen anzuschließen, denen das Äußere herzlich gleichgültig ist.«

»Und woher kommen diese Veränderungen?«, hakte der Tzulani nach. »Ich kann mich nicht erinnern, ein Sumpfwesen gesehen zu haben, das dir entfernt gleicht.«

»Ich bin die Letzte, die es erklären kann. Meine Eltern lebten als Torfstecher in der Nähe eines Moores.« Sie zuckte mit den Schultern. »Wer weiß, was dort alles geschehen ist, meine Mutter war oft allein. Ich wuchs in aller Abgeschiedenheit auf, wurde von meinem Vater verstoßen und zog von Sumpf zu Sumpf, ohne mich wirklich jemals irgendwo niederzulassen oder die Sprache der Wesen zu lernen. Als ich von der Stadt hörte, wanderte ich hierher.«

»Du sagtest gestern, du wolltest noch auf die Jagd gehen«, erinnerte sich Pashtak plötzlich. »Ist dir etwas Ungewöhnliches aufgefallen? Hast du etwas gehört, was dir seltsam vorkam? Sind dir Menschen begegnet?«

Er war sich inzwischen sicher, dass das Weibchen etwas mit den Vorkommnissen zu tun hatte. Die Schnelligkeit, die sie gestern bewiesen hatte, als sie ihn rettete, passte sehr gut zu der Beschreibung des Nimmersatts. Außerdem lief sie in die Richtung, in der die Händler die Stadt verlassen hatten. Doch ihre Hände wirkten nicht kräftig genug, tiefe Kratzer zu hinterlassen. Sie schien sich und ihre Kleidung inzwischen gewaschen zu haben, Pashtak vermisste ihren starken Eigengeruch. Nur diese eine unangenehme Nuance ging immer noch von ihr aus. Dann kam es ihm in den Sinn. *Totes Fleisch riecht so ähnlich.* Seine Ablehnung wuchs.

Lakastre überlegte. »Nein, mir ist nichts aufgefallen.« Sie heftete das Bernstein ihrer Augen auf den Vorsitzenden, ihre Stimme nahm einen samtigen Unterton an. »Darf ich nun bleiben?«

»Natürlich«, beschloss der Tzulani, bevor nur irgendein anderer seine Meinung äußern konnte. »Ich lasse dir ein Quartier zuweisen.« Er lächelte sie an. »Es sollen keine Annehmlichkeiten fehlen.« Pashtak verzog das Gesicht, als ihm die Wolke von Ausdünstungen des Vorsitzenden in die Nase stieg. Er schien die neue Bewohnerin äußerst anziehend zu finden. »Wenn du schon einem Ratsmitglied das Leben gerettet hast, soll ein gewisser Luxus angemessen sein. Wir unterhalten uns bei Gelegenheit darüber, was du in der Stadt tun kannst.«

Die Frau verneigte sich. »Ich schulde euch allen meinen Dank für die freundliche Aufnahme.« Einer der Nimmersatte übernahm die Führung, und sie verschwand hinaus, wobei sie Pashtak zuwinkerte.

Langsam schaute er zu dem Vorsitzenden. »Würdet Ihr mir bitte erklären, seit wann Ihr allein Entscheidungen fällt? Ich wäre nämlich gegen eine Aufnahme gewesen.« Die Sumpfwesen der Versammlung nickten fast gleichzeitig, woraus Pashtak schloss, dass auch sie seinen Eindruck teilten.

Wie zur Bestätigung fügte Kiìgass, einer von Pashtaks Artgenossen, angewidert hinzu: »Sie riecht nach Tod. Sie riecht wie der Tod.«

Boktor winkte lachend ab, auch die anderen Menschen schienen das Wesen nicht so zu sehen, wie die Sumpfkreaturen. »Kannst du mir einen Grund nennen?«

»Sie hat eine seltsame Ausstrahlung«, erklärte er dem Tzulani sein Gefühl.

»Du erwartest nicht, dass ich einer Frau die Aufnahme verweigere, die deiner Meinung nach eine seltsame Ausstrahlung hat, während sich auf dem Platz da draußen die abenteuerlichsten Wesen tummeln, die der Gebrannte Gott geschaffen hat? Die Nymnis gefallen mir auch nicht, trotzdem jagen wir sie nicht fort.« Boktor machte deutlich, dass er nicht beabsichtigte, den Neuankömmling wegzuschicken. Und dummerweise, das musste Pashtak eingestehen, gab es kein wirklich gutes Argument, außer ihren Ausdünstungen, das gegen sie sprach. »Es wundert mich, dass du so redest. Immerhin hat sie dir das Leben gerettet.«

Pashtak druckste herum, er fühlte sich in die Enge getrieben. Das Nackenhaar richtete sich auf. Mit einem Laut des Unmuts sank er in seinen Stuhl zurück und gähnte herzhaft, um dem Tzulani zu zeigen, dass er nicht mehr darüber sprechen wollte. »Wir haben die Händler schon vergessen. Dabei sind sie tausend Mal wichtiger als das Weibchen.«

Dankbar wurde das neue Thema von der Versammlung aufgegriffen. Man einigte sich darauf, Suchtrupps loszuschicken, um die drei Männer und den fehlenden Wächter zu finden. Die Kreaturen mit den besten Geruchssinnen sollten in Gruppen losziehen, beschützt von einem Rudel der Nimmersatten.

Was auch immer den Angriff in der Nacht durchgeführt hatte, es durfte keine weitere Gelegenheit mehr bekommen. Würden sich nur noch die Leichen der Nackthäute finden, müsste man ihren Tod als den Überfall von Räubern tarnen. Und wenn sie dem Hinterhalt lebend entkommen waren, sollten Geschenke und einige Nachbesserungen in den Lieferumfängen vorgenommen werden, eigene Leibwachen eingeschlossen. Danach krochen die Versammlungsangehörigen in ihre Betten.

Pashtak schloss die Augen, als es an der Tür klopfte.

Er hörte Shui, die mit einem Mann verhandelte, schließlich stand sie neben dem Bett.

»Ich soll dir ausrichten, sie hätten einen Händler gefunden«, sagte sie und setzte sich auf die Kante des Gestells. »Eigentlich haben sie nur ein paar blutige, zerfetzte Kleidungsstücke gefunden. Die Spuren der anderen Nackthäute und des letzten Nimmersatts führten direkt in einen Tümpel, dort verloren sie sich.«

Pashtak kämpfte gegen die Müdigkeit an. »Und? Was haben sie entdeckt?«

»Nichts«, sagte seine Gefährtin. »Außer den Kleidern, nichts.«

»Keine ungewöhnlichen Gerüche? Nichts Absonderliches?«, forschte er hartnäckig weiter, doch Shui schüttelte den Kopf.

»Es werden ein paar Nymnis gewesen sein. Die fressen doch alles«, vermutete sie. »Boktor hat eine Untersuchung eingeleitet.«

Aber das beruhigte das Ratsmitglied nicht wirklich. Die Lider fielen ihm zu, die aufregende Nacht verlangte ihren Tribut.

Den Kuss seiner Gefährtin spürte er schon nicht mehr, auch der Lärm seiner Sprösslinge, die in wilder Jagd durch sein Zimmer tobten, hielt ihn nicht mehr vom Einschlafen ab.

Er träumte von der seltsamen Lakastre. Dem wilden Weibchen mit der gelben Iris, das ihm das Leben gerettet hatte, dem traute er die Tat durchaus zu. Aber das sanfte Wesen mit den warmen Bernsteinaugen, das könnte unmöglich zu so etwas in der Lage sein.

Als er am nächsten Morgen mit pochendem Herzen und einem ausgetrockneten Mund erwachte, glaubte er voller Schrecken, ihr unangenehmes Odeur in der Nase zu haben.

Der Geruch des Todes. Er musste an die Worte von Kiìgass denken.

Ulldart, Inselreich Rogogard, Ulvland, Frühsommer 444 n. S.

Varla sah vom Krähennest der Dharka herab und beobachtete die vielen Männer, die an Deck des tarvinischen Schiffes umherliefen und Arbeiten verrichteten, die dazu dienten, ihrem Werk den letzten optischen Schliff zu verpassen. Die schweren Reparaturen waren abgeschlossen, die *Lerrán* sollte nun nach einem Vierteljahr unfreiwilliger Ruhezeit wieder zu Wasser gelassen werden. Und damit hatte man länger gebraucht, als alle vorhergesagt hatten.

Die Kapitänin schaute zu den beiden Sonnen hinauf, schloss die Augen und ließ sich die Wärme gefallen.

Wenn der Winter nur einen Tag länger gedauert hätte, wäre sie vor Verzweiflung von der nächsten Klippe gesprungen. Achtzehn Mann ihrer Besatzung waren an

Grippe gestorben, zwei rafften die eiskalten Temperaturen und Unvorsichtigkeit hinweg. Nach einem langen feuchtfröhlichen Abend verirrten sie sich in einem Schneesturm und fanden den Rückweg nicht mehr. Steif wie Eiszapfen fand man sie am nächsten Morgen.

»Kommst du runter?«, brüllte Torben Rudgass den Mast hinauf. »Wir wären so weit. Wir brauchen jemanden, der den Keil wegzieht.«

»Du bist ja zu schwach für so etwas«, rief sie. Eilig kletterte sie den Mast hinab und stand vor Torben.

Der Rogogarder machte eine tiefe Verbeugung. »Würden Ihro Gnaden nun von Bord gehen, um die *Lerrán* zurück ins Wasser zu schicken? Es bedarf nur weniger Handgriffe. Und wer könnte diese Aufgabe besser übernehmen als eine hübsche Frau?« Er lächelte verschmitzt, die graugrünen Augen glänzten.

»Ja, wer wohl sonst?« Die Tarvinin gewöhnte sich an die ständigen Komplimente des Freibeuters, die sich in schöner Regelmäßigkeit mit Späßen und Sticheleien abwechselten. Mit Schwung und ein wenig Übermut hangelte sie sich am Seil hinunter und betrachtete den ausgebesserten Rumpf ihres Schiffes mit Freude.

Der Freibeuter stellte sich neben sie. »Das wird mich eine Stange Geld kosten«, sagte er halblaut. »Das Holz aufzutreiben war nicht einfach. Und dann diese verfluchte tarvinische Konstruktion, die einem Kopfzerbrechen bereitete.«

»Wer hat denn den größten Schaden verursacht?«, fragte Varla schnippisch. »Ohne deinen zerstörerischen Einfluss könnten wir schon auf hoher See sein. Oder in Jaronssund.« Die sah ihn misstrauisch an. »Du hast doch genügend Geld, um die Ulvsgründler auszuzahlen, oder?«

»Mit Sicherheit«, meinte Kallsgar, der von hinten an die beiden herangetreten war, und schlug ihnen gleichzeitig auf die Schulter. »Außerdem wissen wir jetzt, wo das alte Schlitzohr seinen Heimathafen hat. Notfalls unternehmen wir eine kleine Kaperfahrt und besuchen ihn.« Seine Augen wanderten stolz über die Planken. »Wenn ich daran denke, wie viel Arbeit da drinsteckt.«

»Wird das ein Versuch, den Preis nachträglich in die Höhe zu treiben?«, erkundigte sich Torben erheitert.

»Das war kein Versuch, Junge«, hielt der Obmann dagegen. »Das ist hiermit beschlossene Sache. Die ersten beiden Prisen, die ihr holt, gehören Ulvsgrund, einverstanden?«

Varla nickte. »Ich werde daran denken, Kallsgar. Nach allem, was Ihr und Euer Dorf für uns getan habt, ist es nur rechtens. Wir werden Eure Vorratslager zudem wieder bis zum Rand auffüllen.«

»Das nenne ich ein Wort. Und nun: Lasst die *Lerrán* zu Wasser. Wir werden sehen, ob die Ulvsgründler und ihre Werft etwas getaugt haben.« Er blinzelte ihr zu. »Falls der Kahn absäuft, müsst Ihr uns nichts zahlen.« Der Obmann deutete in Richtung des Hafenbeckens. »Wir haben das Umfeld so weit freigeräumt, die Dharka kann also schwimmen gehen.«

Varla bedankte sich und schritt zum Bug, unter dem ein schwerer Keil lag.

Die breite Rampe, die in Schwerstarbeit vor vier Monaten gebaut worden war, wurde rechts und links von Dorfbewohnern und Tarvinern, die das langersehnte Ereignis gespannt erwarteten, gesäumt.

Die Frau legte ein wenig gerührt die Hand auf das Holz und erinnerte sich an die vergangenen Wochen. Ulvsgrund hatte sich selbst übertroffen, noch nie war ein so schweres und großes Schiff wie die *Lerrán* in Stand gesetzt worden. Und weil die Rogogarder nicht genau wussten, wie sie vorgehen sollten, zerlegten sie die Dharka kurzerhand in ihre Einzelteile, fertigten parallel dazu eine Konstruktionszeichnung an und setzten sie Stück für Stück zusammen. Sie hoffte, dass das Holz aus den einheimischen Wäldern, mit dem es ausgebessert wurde, das Schiff nicht schwerer manövrierbar werden ließ, aber Kallsgar und der Leiter der Werft beruhigten sie. Es würde sich gleich zeigen, ob sie Recht behielten.

Unter Anstrengung aller Kräfte zog sie den Keil weg und gab schwer atmend ein Zeichen an die acht wartenden Männer am Heck, die daraufhin die Haltetaue kappten. Die *Lerrán* setzte sich in Bewegung und rutschte unter dem Jubel der Menschen in Richtung Wasser.

Varla lief strahlend neben der Dharka her, als wollte sie darauf achten, dass sie nicht kippte oder sich im letzten Moment noch etwas ereignen könnte, was den Stapellauf verhinderte.

Als der Bug ins Hafenbecken eintauchte, das Schiff unter Gischtschleiern ins Wasser glitt, sprang sie in die Höhe und fiel Torben glücklich um den Hals. Ihre Blicke trafen sich, einen bangen Moment lang wusste keiner so recht, was er tun sollte. Dann neigte sich der Kopf der Tarvinin nach vorne, mit einem Lächeln stahl sie sich einen schnellen Kuss, bevor sie sich von ihm löste und Befehle an ihre Mannschaft brüllte.

Der überraschte Rogogarder stand wie versteinert am Ufer und starrte ihr hinterher.

»Du wirkst reichlich verstört für einen Mann, der schon eine Nacht mit dieser Frau verbracht hat«, dröhnte ihm die Stimme des Obmanns ins Ohr, der zum Kai lief, wohin das Schiff mit Tauen gezogen wurde.

»Ja, ja«, stotterte der Freibeuter immer noch entgeistert und trottete zu der Hafenmauer.

Die Seeleute gingen an Bord, halb Ulvsgrund versammelte sich auf dem Deck. Jeder wollte auf den Planken der Dharka stehen, wenn sie im Wasser lag. Derweil überprüften die Tarviner die Dichtigkeit des Rumpfes. Zur allgemeinen Erleichterung trat an keiner Stelle des Schiffes Wasser ein, das Teeren und Kalfatern schien die letzten Fugen geschlossen zu haben.

Torben lehnte am Mast und ertappte sich dabei, wie er Varla beim Prüfen der Ruderanlage beobachtete. Sie bemerkte es, hielt inne und schenkte ihm ein Lachen.

»Was sagt du dazu? Die *Lerrán* ist wieder im Geschäft. Morgen geht es auf große Fahrt.«

»Darauf heben wir heute Abend einen«, verkündete der Obmann unter dem Applaus der Ulvsgründler. »Bevor Ihr uns verlasst, saufen wir noch die letzten Fässer leer. Ihr bringt uns dann ein paar neue!«

Der Freibeuter lächelte schwach, wanderte zum Bug, um dort ein wenig ungestört zu sein. Der ganze Trubel fiel ihm allmählich auf die Nerven.

Vorne stehend, betrachtete er die glitzernden Wellen der offenen See, die ihn lockten und schreckten. Einerseits würde er bald in Jaronssund sein und sich in kürzester Zeit ein neues Schiff samt Mannschaft organisieren. Seine Ersparnisse müssten ausreichen, und wenn er sein Anwesen dafür verkaufte. Andererseits bedeutete es die Trennung von Varla. Er hatte sich an die Gegenwart der Tarvinin gewöhnt, und zwar so sehr gewöhnt, dass die Gefühle für Norina, die er einst verspürt zu haben glaubte, schwächer und schwächer wurden. Und normalerweise war es für ihn keine Schwierigkeit, Frauenherzen im Sturm zu erobern. Da sich nun aber sein eigenes Herz wohl hin und her gerissen fühlte, schwand seine sonst so leichte Art von Stunde zu Stunde. Es gelang ihm einfach nicht, mit sich selbst ins Reine zu kommen.

»So nachdenklich?«, sagte Varla in seinem Rücken und stellte sich neben ihn, die Augen nach vorne gerichtet. »Was ist los?«

»Es scheint so, als ob die rogordisch-tarvinische Zusammenarbeit in Kürze zu Ende sein wird«, antwortete er und versuchte, seine Betrübtheit nicht allzu sehr durchklingen zu lassen.

»Ich weiß«, seufzte sie. »Ich werde auf alle Fälle nach

Tarvin segeln, um von den Ereignissen zu berichten. Sowohl von meinen Erlebnissen als auch von den Vorgängen in Tarpol. Es wird einige Menschen interessieren, was auf dem Nachbarkontinent geschieht.« Sie schwieg und vermied es, den Freibeuter anzusehen.

»Und wirst du zurückkehren?«, fragte Torben leise.

»Gibt es denn einen Grund, weshalb ich zurückkehren sollte?« Ihre Stimme klang gespielt erstaunt. »Es ist zu kalt, es gibt nichts zu holen, und die wenigen Piraten, die das Meer unsicher machen, versauen einem auch die kleinste Möglichkeit, ein wenig zu Geld zu kommen. Ich denke nicht, dass Rogogard und die nördlichen Meere von Ulldart ein guter Ausgangspunkt für Beute sind.« Sie legte eine Hand auf die Bordwand. »Oder sollte es noch etwas geben, was mich dazu bringt, in den Norden zu fahren?« Der Freibeuter blieb still. »Und was ist mit dir? Hast du keine Lust, dich ein wenig im Süden umzusehen?«

»Ich weiß nicht recht. Ich glaube nicht, dass ich mit meinem Schiff, das wahrscheinlich wieder eine Kogge sein wird, eine Aussicht hätte, Händler zu verfolgen. Eure Dharkas und was weiß ich noch alles sind viel wendiger und manövrierfähiger. Ich würde eher zum Gespött der Tarviner.« Er formte die Hände zu einem Schalltrichter und ahmte einen Rufer im Ausguck nach. »Heyho, da, schaut. Da kommt Rudgass der Lahme. Lasst den Laderaum voll Wasser laufen, damit die Jagd wenigstens spannend wird.«

Varla musste lachen. »Na, so schlimm wäre es nicht.«

»Das ist aber nicht der eigentliche Grund. Ich muss meine Freunde suchen. Erst wenn ich sicher bin, dass sie nirgends in Kalisstron an Land gespült worden sind, habe ich Ruhe. Das Gefühl, sie im Stich gelassen zu haben, könnte ich niemals loswerden.« Torben nahm all seinen Mut zusammen, um seine Empfindungen zu offenbaren. Er schaute sie an, sie erwiderte seinen Blick,

Hoffnung und ein wenig Angst im Braun ihrer Augen. »Varla, ich muss dir etwas gestehen. Ich …«

»Da stehen sie herum wie die Steine am Ufer«, dröhnte es in ihren Ohren, und sie zuckten wie ertappte Kinder zusammen. Kallsgar war unbemerkt an sie herangetreten, packte sie an den Ärmeln und zerrte sie zur Planke, die von Bord der *Lerrán* führte. »Los, es geht zum Abschiedssaufen. Es ist nicht gut, mit klarem Kopf in See zu stechen. Das bringt nur Unglück. Und was gibt es Besseres, als sich die Meeresluft um die Nase wehen zu lassen, wenn einem so richtig speiübel ist?«

Mit sanftem Zwang bugsierte er die beiden in Richtung der Werft, die von vielen Händen in eine riesige Schankstube umfunktioniert worden war.

Tarviner und Rogogarder feierten und sangen gemeinsam Lieder, die man sich in den langen Wintermonaten gegenseitig beigebracht hatte. Torben und Varla wurden voneinander getrennt, von den unterschiedlichsten Leuten in Beschlag genommen und mit guten Wünschen überhäuft.

Ein Humpen nach dem anderen leerte sich, doch dem Freibeuter wollte das Bier nicht recht schmecken. Er tat so, als würde er trinken, und irgendwann waren die Feiernden zu angeheitert, als dass sie seine List durchschauen konnten.

In dem ganzen Durcheinander aus lautstarker Unterhaltung, Gelächter und Musik verlor er die Kapitänin aus den Augen, und so zog er sich gegen Mitternacht aus der Gesellschaft zurück, während Ulvsgrund seinen Schmerz über die bevorstehende Abreise der Fremden, aus denen Freunde geworden waren, in Alkohol ertränkte. Und den ein oder anderen Tarviner dabei fast mit.

Torben schlenderte hinab zum Hafen und sah in das dunkle Wasser, in dem sich der Sternenhimmel mit den Monden in all seiner Pracht spiegelte. Gedankenversunken nahm er einen flachen Stein und ließ ihn mit einem kräftigen Wurf über die Oberfläche hüpfen. Acht Mal berührten sich Kiesel und Meer flüchtig, bis er mit einem leisen Geräusch eintauchte und sank.

Der Rogogarder hockte sich an den Uferrand und ließ seine Augen über die vertäuten Boote schweifen. Zu seinem Erstaunen entdeckte er Licht in der Kapitänskajüte der Dharka.

Grinsend erhob er sich, legte seine Kleidung bis auf die Unterwäsche und seinen Gürtel mit den beiden Dolchen ab, bevor er in das schwarze Nass watete und in Richtung des tarvinischen Schiffes schwamm.

Mit Leichtigkeit, aber Zähne klappernd, zog er sich am Tau hinauf und hangelte sich auf die schmale Fensterbank vor dem Fenster. Durch die Bleigläser erkannte er die Gestalt Varlas, die sich im Schein eines Kerzenleuchters mit Seekarten beschäftigte.

Vorsichtig drückte er die Scheibe auf und ließ seine Füße ganz behutsam auf die Dielen der Kajüte herab. Ohne ein lautes Geräusch pirschte er sich an die Tarvinin heran. Blitzschnell legte er ihr die Rechte auf den Mund, mit der anderen Hand umfasste er ihren Waffenarm. Dann drehte er sie herum und freute sich diebisch auf den erschrockenen Ausdruck in ihrem Gesicht.

Doch Varla grinste nur. »Ich wusste, dass du es warst. Niemand anderes verursacht so viel Lärm, wenn er einbricht. Du bist ein hervorragender Seemann, aber ein miserabler Dieb.«

Enttäuscht ließ der Rogogarder die Schultern sinken. »Wie hast du mich denn gehört, und warum hast du nichts gesagt?«

Sie befreite sich aus seinem Griff. »Kleinen Jungs soll man doch den Spaß nicht verderben.« Die Kapitänin nickte in Richtung der Wasserflecken, die er auf dem Holz hinterlassen hatte. »Da es draußen nicht regnet, konnte das Platschen nur daher stammen. Es gibt keine normalen Menschen, die bei den eisigen Temperaturen so an Bord eines Schiffes kommen würden.« Sie strich ihm unsicher durch die nassen Haare und ging hinüber zur Koje, von wo sie ihm ein Handtuch zuwarf. »Nicht, dass du dich erkältest.« Sie kreuzte die Arme vor der Brust. »Und was wolltest du eigentlich hier?«

»Ich sah Licht und dachte mir, es sei eine gute Idee, vorsichtshalber einen Blick hineinzuwerfen«, meinte Torben fröstelnd. In der Tat hatte er unterschätzt, dass der Sommer noch in weiter Ferne lag.

»Das war alles?«, forschte sie nach.

»Ja, ich glaube schon.« Der Rogogarder warf ihr das feuchte Stoffstück zurück. »Warum?«

Die Tarvinin wirkte ein wenig verlegen und überspielte es dadurch, dass sie mit ausladenden Schritten an den Kartentisch zurückkehrte. »Nun, ich dachte, weil du heute Mittag vielleicht noch etwas sagen wolltest.« Sie schob das Lineal sinnlos über die Zeichnung und markierte mit dem Zirkel völlig falsche Stellen.

Wütend warf sie das Navigationsbesteck hin, stützte sich mit beiden Händen an der Kante ab und kam dann plötzlich auf den Mann zu. Noch bevor er ahnte, was sie vorhatte, fühlte er sich gepackt. Varla gab ihm einen leidenschaftlichen Kuss. Danach zog sie den Kopf ein wenig zurück, als wollte sie nachschauen, wie der Freibeuter reagierte.

Doch Torben umfasste ihren Nacken und zog sie wieder zu sich heran. Alles, was er sie hatte fragen wollen, legte er in die zärtliche Berührung der Lippen. Und er bekam auf die gleiche Weise die Antwort, die er sich erhofft hatte.

Der Bug der *Lerrán* durchschnitt die rogogardische See. Mit allen gesetzten Segeln, teilweise aus Bastmatten, teilweise aus Tuch, ging es nach Jaronssund.

Torben und Varla standen umschlungen auf dem

Ruderdeck und stritten sich scherzhaft, wer nun wen erobert hatte. Die Mannschaft nahm die Turtelei der beiden mit einem Grinsen hin. Als der Küstenstreifen näher kam, sank die Stimmung der beiden Verliebten rapide.

Vor der Hafeneinfahrt hielt die Dharka an und orderte mit Flaggensignalen ein kleines Dingi zu sich, das den Rogogarder an Land bringen sollte. Varla hatte beschlossen, nicht zu ankern, sondern gleich aufzubrechen, um keine weitere Zeit zu verlieren.

»Du wirst also wirklich nach Tarvin zurückkehren? Muss es sein?« Der Rogogarder versuchte immer noch, die Kapitänin umzustimmen.

»Und du?«, gab sie die Frage missgelaunt zurück. »Muss es sein, dass du nach Kalisstron segelst, um nach Geistern deiner Freunde zu suchen? Sie sind tot, Torben. Dass wir beide überlebten, war ein so großes Glück, wie es nicht drei Mal an einem Tag vorkommt.«

Er kniff die Lippen zusammen. »Ich brauche die Gewissheit, versteh das doch.«

Ihre braunen Augen wirkten mitfühlend. »Nur wenn du verstehst, dass ich zurück nach Tarvin muss. Meine Leute werden sich Sorgen machen, meine Auftraggeber erwarten einen Bericht über die gescheiterte Unternehmung. Und sie werden vermutlich sehr böse auf mich sein. Aber es gibt keine andere Möglichkeit.« Sie spielte an seinen geflochtenen Bartsträhnen. »Es geht nicht alles im Leben so einfach.«

»Kommst du dann zurück?«

Sie lachte unglücklich. »Versteh es doch: Ich kann dir keine Antwort darauf geben. Und wie lange willst du denn nach deinen Freunden suchen?« Er schwieg. »Da haben wir's.« Varla umarmte ihn so fest, dass ihm beinahe die Luft aus den Lungen gedrückt wurde. »Ich gebe dich mehr als ungern her, Torben Rudgass. Du hättest einen hervorragenden Lustsklaven abgegeben, das weiß ich jetzt.« Sie seufzte schwer. »Also gut. Ich verspreche, dass ich zurückkomme. Innerhalb eines halben Jahres kreuze ich vor Jaronssund. Aber nur unter einer Bedingung.« Er sah sie gespannt an. »Du wartest dort auf mich. Ich werde dich auf keinen Fall allein nach Kalisstron gehen lassen. Und einem Schiff aus Tarvin werden sie nichts tun, im Gegensatz zu einem aus Rogogard, oder täusche ich mich?«

Ungläubig nickte er. Noch konnte er sein Glück nicht fassen.

»Und wenn du nicht da sein solltest, dann sehen wir uns beide nie mehr wieder. Das schwöre ich dir. Treffen wir uns auf See, versenke ich dich.«

»Das ist ein Wort.« Er küsste sie übermütig und lief zum Fallreep, um in das Beiboot zu klettern, das inzwischen längsseits der Dharka lag.

Die Rudermannschaft und der Steuermann sahen den Freibeuter groß an, als erwarteten sie eine Erklärung des unbekannten Schiffstyps, der dort aufgetaucht war. Sie legten sich in die Riemen und kehrten mit ihrem Passagier in Richtung des Hafens zurück.

Plötzlich, auf halber Strecke, fiel ihm ein, dass er eine Eventualität vergessen hatte.

»Und wenn du in einem halben Jahr nicht erscheinst?«, rief er zur Dharka hinüber, die immer mehr Segel setzte.

Er erkannte das Gesicht der Tarvinin, die am Heck stand und winkte. »Dann bin ich tot, Torben«, kam ihre Antwort. »Dann musst du ohne mich nach Kalisstron.«

»Was soll das heißen?« Erschrocken sprang er auf, das Beiboot geriet ins Wanken, und der Steuermann versuchte, den aufgebrachten Mann zu beruhigen. »Wie meinst du das, Varla?«

Doch die *Lerrán* setzte Vollzeug und drehte ab. Schnell gewann sie an Fahrt.

»Los, wir müssen hinterher«, verlangte er aufgebracht

von den Ruderern, die daraufhin in Gelächter ausbrachen. Er wusste selbst, dass diese Nussschale niemals die Geschwindigkeit des tarvinischen Schiffes erreichen würde.

Er tobte noch ein wenig, spielte mit dem Gedanken, hinterher zu schwimmen, bis er schließlich aufgab und sich zurück auf die Pritsche setzte.

Den Rogogarder beschlich das unangenehme Gefühl, dass ihm die Frau seines Herzens nicht alles über ihre Auftraggeber aus Tarvin gesagt hatte. Und obwohl ihm die Häuser und Kontore, die immer näher rückten, so vertraut waren, empfand er keine wirkliche Freude bei der Ankunft in seiner Heimatstadt. Der Abschied von Varla hinterließ einen schalen Beigeschmack, der die Begeisterung, den Fuß auf vertrauten Boden setzen zu können, verdarb.

Vier Jahre später …

IV.

»Doch sie hatte Bilder von der Zukunft gesehen, wie sie grausamer nicht hätten sein können und die ihren Verstand angriffen.

Ihre Visionen zeigten ihr große, alte und halb zerfallene Kampfschiffe, die durchs Meer pflügten. Furchtbare, hasserfüllte Krieger, die plündernd und mordend durch einst blühende Ebenen zogen und alles niedermetzelten, was sich ihnen in den Weg stellte.

Eine wunderschöne Frau mit den grausamsten Augen, die sich Fatja vorstellen konnte, befehligte die Truppen, ein hübscher junger Mann stand in einem Ring gleißender Energie und verbrannte mit seinem Purpuratem ein Dorf zu Asche.

Mütter und Kinder wurden von einem missgestalteten, riesigen Krüppel in einer prächtigen Rüstung mit einer gewaltigen Keule lachend erschlagen, und über allen Geschehnissen glühten die riesigen Augen Tzulans.

Sie ahnte, er würde Not und Elend über den gesamten Kontinent bringen.«

Das Buch der Seherin
Kapitel IV

Kontinent Kalisstron, Bardhasdronda, Sommer 448 n. S.

Lorin spielte im Schutz eines Torbogens ein wenig mit der feinen Erde, die er sich vom Boden des Marktplatzes zusammengekratzt hatte. Er ließ die Körner abwechselnd in den Händen hin und her rieseln, dann warf er sie hoch in die Luft. Der kleine, zarte Junge mit den schwarzen Haaren und den dunkelblauen Augen machte sich einen Spaß daraus, den Sand für einen Moment schwerelos in der Luft schweben zu lassen, bevor er durch die Gesetze der Natur zurück auf die Steine fiel. Er wusste nicht, warum er es konnte, er tat es einfach.

Die Kinder, die sich gewöhnlich in seiner Umgebung aufhielten, interessierten sich nicht für ihn oder seine Kunststücke, sondern waren ganz in ihr Spiel mit Bauklötzen, Strohhalmen und Zweigen vertieft, aus denen sie kleine Hütten errichteten.

Keiner von ihnen machte Anstalten, den Jungen, der sie mit seinen Fähigkeiten unterhalten könnte, dazuzurufen. Wenn er neugierig und etwas traurig in ihre Richtung schaute, blickten sie schnell zur Seite oder unterhielten sich.

Lorin zog eine Schnute, dann streckte er ihnen die Zunge raus und rannte davon.

Niemand dachte daran, den Fremdländler zu verfolgen, in dessen Umgebung sich seltsame Dinge ereigneten. Diese Geste, die normalerweise für eine wilde Verfolgungsjagd durch die Gassen und eine handfeste Prügelei gesorgt hätte, durfte der Junge sich ungestraft erlauben. Zu groß war die Ablehnung und die Abneigung der anderen. Manchmal wünschte sich Lorin, während die Mauern und Wände von Bardhasdronda an ihm vorüberflogen, nur einer von ihnen würde sich ihm an die Fersen heften.

So aber endete sein einsamer Spurt wie immer auf

dem Marktplatz, dem einzigen Ort der Stadt, an dem ihm keiner aus dem Weg gehen und ihn meiden konnte.

Deshalb liebte er diese Stelle, sie war voller Menschen, die sich unterhielten, lachten, stritten, handelten und musizierten. Zu Hause, bei Matuc und Fatja, ließ sich nur selten Besuch blicken. Außer der alten Stápa, Arnarvaten und Blafjoll.

Glücklich lächelnd drückte er sich durch die Menge, kroch unter Tischen hindurch und blieb ab und zu einfach hocken, um den Leuten unbemerkt zuzuhören.

Heimlich stibitzte er sich bei solchen Gelegenheiten eine Kleinigkeit, mal einen Apfel, mal einen eingelegten Hering, die er im Schutz der Auslagen verspeiste. Das führte, je nach Beute, zwangsläufig zur Freundschaft mit den Hunden der Stadt, die Lorin als ihren Wohltäter betrachteten und ihn mit ihrem Gebell mehr als einmal unter einem Tisch verrieten.

Der Duft von frischem Gebäck stieg ihm in die Nase, und dem Jungen lief augenblicklich das Wasser im Mund zusammen. Er wusste genau, woher der Geruch stammte, und er wusste ebenso genau, dass er es mit dem wachsamsten Händler des Platzes aufnehmen musste, wollte er unbemerkt an die leckeren Backwaren gelangen. Schon einmal hatte ihn Vasdall, ein nicht eben sanfter Backmeister, erwischt und ihm schwerste Prügel angedroht, sollte er seine diebischen Finger noch einmal an die Kekse und andere Süßigkeiten legen.

Lorin rang mit sich, dem Bild einer riesigen Hand, die mehrmals auf seinem Hintern landete und dem Bild von duftenden, wohlschmeckenden Plätzchen, Kuchen und anderem Gebäck.

Die Gier siegte.

Der Junge pirschte sich von Deckung zu Deckung und nutze den Käsestand und die breiten Fischauslagen, um sich in eine günstige Position zu bringen.

In seiner Fantasie wurde Vasdall, der gerade mit einem Kunden feilschte, zu einem der bösen Riesen, von denen Arnarvaten immer erzählte, die wertvolle Schätze habgierig bewachten. Lorin wollte nun der Held sein, dem es gelang, dem Ungeheuer einen Teil seines Reichtums zu entreißen.

Der Junge machte sich ganz klein, robbte zwischen geflochtenen Körben hindurch und warf sich hinter einen Ballen Wolle, der unmittelbar neben den Steigen mit den Zuckerhörnchen stand. Sein Herz pochte vor Aufregung wie wild. Näher heran kam er nicht mehr, ohne dass ihn der Bäcker bemerkte.

Er konzentrierte sich fest auf eine der Leckereien und heftete seinen Blick darauf. Ruckelnd löste sich das Hörnchen aus der Menge, schwebte durch die Luft, genau auf sein Versteck zu, wohin er seinen Fang manövrierte. Vasdall unterhielt sich angeregt mit einer Frau und versuchte, ihr schöne Augen zu machen.

Lorins Kräfte reichten nicht mehr aus, er schaffte es nicht, das Hörnchen länger fliegen zu lassen, und so fiel es auf halbem Weg zu Boden. Wollte er in den Genuss des Gebäckstücks kommen, musste er sich wohl oder übel hinschleichen. Ein gefährliches Unterfangen, denn der Riese konnte jederzeit nach seinem Schatz sehen, und dann müsste der Held um sein Leben laufen. Auf einen Kampf wollte er sich mit dem Ungeheuer nicht einlassen.

Da tauchte ein Mitstreiter auf, ein vierbeiniger Freund, der gerade im Begriff war, zum Verräter zu werden.

Schnuppernd näherte sich der Hund dem Hörnchen. Nun musste der Held handeln, wollte er das Feld nicht dem Abtrünnigen überlassen, Riese hin oder her.

Mit einem Satz sprang er aus seinem Versteck und schnappte sich das Gebäckstück, erschrocken und protestierend kläffte der Hund. Vasdalls Aufmerksamkeit an den Vorgängen war geweckt, und mit gerunzelter Stirn wandte er sich um.

»Verdammter kleiner Dieb!«, brüllte er und streckte

die Hände nach Lorin aus. »Ich habe dich gewarnt, diesmal wirst du was erleben!«

Lorin biss schnell noch ein Stückchen seiner Beute ab und rannte los, gefolgt von einem bellenden Vierbeiner und einem zeternden Bäckermeister.

Der Junge konnte Haken schlagen so viel er wollte, der Kläffer verriet ihn immer wieder, und der Riese setzte seine Jagd polternd fort. Quer über den Markt ging die Hatz, immer wieder verschlang Lorin dabei Teile des Hörnchens. Sollte das Ungeheuer ihn stellen, würde er mit vollem Magen sterben.

Er hatte das Ende des großen Marktplatzes erreicht, als seine Flucht abrupt zu Ende war. Kurzfristig mit dem Versuch beschäftigt, den Hund zu verscheuchen, übersah er das unvermutet auftauchende Hindernis und prallte gegen ein Bein.

Benommen stürzte er zu Boden, der Kläffer war sofort über ihm und leckte ihm Schwanz wedelnd die letzten Krümel aus dem Gesicht. Aus nicht allzu weiter Entfernung hörte er, wie das Ungeheuer immer näher und näher kam und tobend nach seinem Gebäck verlangte.

Eine kräftige Hand packte ihn im Genick und stellte ihn schweigend auf die Beine.

Lorin schaute in die Höhe, doch das Gegenlicht der Sonnen ließ ihn nur die gewaltigen Umrisse eines Mannes erkennen. Wie ein Berg ragte er vor dem Jungen in die Höhe, unter den Achseln der breiten Schultern verliefen die Riemen eines Rucksacks, die breite Brust wurde von einem Eisenharnisch geschützt, über dem der breite Ledergurt eines Wehrgehänges lag.

»Nicht so stürmisch, Knirps«, lautete der akzentlastige Ratschlag des Mannes, dessen Gesicht er immer noch nicht erkennen konnte. Blinzelnd legte er eine Hand als Schutz an die Augen, um besser gegen die gleißenden Strahlen der Sommersonnen schauen zu können.

Da erschien Vasdall, der ihn herumdrehte und zu einer wuchtigen Ohrfeige ausholte. Lorin presste die Lider zusammen und schluckte den letzten Rest des Hörnchens hinunter. Es sah so aus, als würde der anfangs erfolgreiche Held nun im Kampf gegen den Riesen eine Niederlage einstecken müssen.

Er spürte die Zugluft, die den drohenden Schlag anzeigte. Doch der Schmerz blieb aus, stattdessen schimpfte der Bäcker wie ein Rohrspatz und beleidigte irgendjemanden.

Vorsichtig öffnete Lorin ein Auge und blinzelte. Direkt neben seinem Ohr befand sich die Hand Vasdalls, die wiederum von einem matt schimmernden Eisenhandschuh mit stahlhartem Griff umklammert wurde.

Für Lorin ergaben sich damit völlig neue Möglichkeiten. Er grinste, trat dem Bäcker ans Schienbein und rannte wieder los, und zwar in Richtung der Backwaren. So lange Vasdall sich mit dem Hünen stritt, mussten seine Auslagen unbewacht sein. Dieses Angebot wollte er sich nicht entgehen lassen.

Er stopfte sich das Hemd und die Hosen mit den herrenlosen Hörnchen, Brötchen, Gebäckstangen und anderen Leckereien voll und ergriff die Flucht. So erfolgreich wie er waren nicht einmal die Helden in Arnarvatens besten Geschichten.

Den Rest des Tages schlenderte er durch die Gassen, immer eines seiner Beutestücke verzehrend, und ließ sich am Hafen später die Sonnen auf den Bauch brennen. So satt an Köstlichkeiten hatte er sich nie in seinem Leben gefuttert. Die zerbröselten Überreste verteilte er großmütig an dankbare Hunde.

Ein breiter Schatten fiel über ihn, und Lorin wollte sofort losrennen. Aber etwas hakte sich unter seinen Kragen und hob ihn in die Luft.

»Lass das, Knirps«, sagte die bekannte Stimme mit dem schweren Akzent. »Ich stelle dich jetzt ab. Läufst du los, breche ich dir die Beine.«

Gehorsam stand der Junge still, als er festen Boden unter den Füßen hatte, und drehte sich um.

Der Mann vom Marktplatz hatte ihn gefunden und gestellt.

Den rechten Arm ließ er locker am Körper herabhängen, die andere Hand mit dem Eisenhandschuh lag am Gürtel, dicht an der breiten Gürtelschnalle. Nun erkannte Lorin, dass der Unbekannte eine Glatze trug, die Augen des Mannes waren eisgrau und kalt. Am Unterkiefer entlang und um das Kinn wuchs ein silbriger Bart. Ein Säbel baumelte an seiner Seite, die Kleidung war die eines einfachen Wanderers und wirkte, als sei sie zusammen mit ihrem Besitzer viel herumgekommen. Die ausgewachsenen Kalisstri, die etwas unschlüssig um den Jungen und den Kahlköpfigen herumstanden, erschienen neben diesem Mann wie Jugendliche.

Lorins Mund klappte nach unten. »Bist du ein Riese?«, wollte er aufgeregt wissen. Die blauen Augen leuchteten.

»Nein, Knirps.« Er wirkte sehr ernst. »Aber ich kann mindestens genauso unfreundlich werden, wenn man mir Geld schuldet.« Der Mann beugte sich nach vorne. »Und du schuldest mir Geld. Für das Hörnchen und die zwei Dutzend anderen Sachen, die du dem Bäcker gestohlen hast.«

Ungerührt betrachtete der Junge die Statur. »Du bist kein Kalisstri.«

»Und du bist bald nichts mehr wert, wenn du mich nicht zu deinen Eltern bringst, Junge«, knurrte der Glatzkopf. »Deine Eltern haben doch ein paar Münzen, mit denen sie deinen Schaden decken können?«

»Ich lebe bei meinem Ziehvater und meiner großen Schwester«, korrigierte Lorin niedergeschlagen. »Aber wir sind arm. Und sie sollen nicht wissen, dass ich gestohlen habe.«

»Dein Pech, Knirps. Wir gehen jetzt zu deiner Behausung.« Der Fremdländler gab ihm einen Schubs, dass er nach vorne taumelte. »Wegrennen bringt nichts. Ich finde dich«, fügte er kalt hinzu.

Schweigend liefen sie hintereinander; die Bewohner, die ihnen entgegenkamen, machten Platz und schauten dem ungleichen Paar hinterher.

Irgendwann wurde es dem kleinen Führer langweilig. »Wo kommst du her?«, erkundigte sich der Junge, während er den Riesen auf Umwegen durch die Straßen leitete. Vielleicht fiel ihm unterwegs etwas ein, wie er den Mann loswerden konnte. »So einen wie dich habe ich noch nie gesehen.«

»Von weit her«, lautete die lakonische Antwort. »An dieser Stelle waren wir vorhin schon. Wenn du irgendwelche Tricks versuchst, Knirps, schleife ich dich durch Bardhasdronda, bis dein Ziehvater dein Geschrei hört und angelaufen kommt.«

Der Riese schien enorm wachsam zu sein. Seufzend machte er sich auf die direkte Route zur Hütte. »Ich heiße Lorin.« Sein Begleiter schwieg beharrlich. »Ich wohne am Rand der Stadt. Und du?« Wieder keine Reaktion. »Du siehst aus wie einer von der Miliz.« Er lief rückwärts, um den Mann nochmals zu begutachten. Prüfend kniff er die blauen Augen zusammen. »Normal siehst du wirklich nicht aus.«

»Du auch nicht, Knirps.« Der Fremdländler ließ sich nicht aus der Ruhe bringen. »Du bist mickrig und hast blaue Augen. Kalisstri haben grüne.«

»Die habe ich von meinem Vater«, verkündete der Junge stolz. »Aber er lebt nicht bei uns. Der ist weit weg, hat mich sitzen lassen, nachdem meine Mutter gestorben ist.«

»Wie traurig.« Der Hüne wirkte nicht wirklich betroffen. Er betrachtete den Knaben zwar eher gleichgültig, wenn auch mit einem gewissen Hauch von Interesse. »Dein Vater war wohl auch ein Fremdländler?« Lorin nickte eifrig. »Krämer, was?«

»Nein. Ein König oder so etwas«, erklärte der Junge gelangweilt und hüpfte nun wieder mit dem Rücken zu seinem Begleiter.

»Natürlich«, knurrte der Mann, der Panzerhandschuh schloss sich klackend um die Gürtelschnalle. Das machte den Knaben wieder aufmerksam.

»Warum trägst du nur einen Handschuh?«, wollte er wissbegierig wissen.

»Weil es mir so gefällt«, gab sein Begleiter entnervt zurück. »Und nun halt den Mund. Wenn wir nicht innerhalb der nächsten Minuten bei eurem Haus angekommen sind …«

»Da sind wir doch schon«, beruhigte Lorin den Riesen eilig. So genau wusste er noch nicht, wie er Matuc und Fatja seine Delikte beichten sollte. Sie würden auf alle Fälle enttäuscht von ihm sein, und das machte ihn traurig. »Wie teuer wird es?«

»Sie werden es sich leisten können, Knirps.« Die eisgrauen Augen ruhten auf dem Jungen. »Stiehlst du öfter?«

»Das sage ich dir nicht«, gab Lorin bockig zurück und hüpfte zur Tür, um anzuklopfen. Das Holz schwang zurück, und eine junge Frau mit halblangen schwarzen Haaren und braunen Augen wurde sichtbar.

»Wo kommst du denn her, kleiner Bruder?« Sie beugte sich nach unten, fuhr dem Knaben durchs Haar und erteilte ihm einen leichten Klaps an den Hinterkopf. »Wir haben uns schon Sorgen gemacht.« Sie hob ihr Antlitz. »Und wen hast du uns mitgebracht?« Die Augen weiteten sich, als sie den Besucher genauer betrachtete. »Waljakov?«

»Die kleine Hexe?« Der Leibwächter erkannte das Mädchen wieder.

»Ihr kennt euch?«, fragte Lorin vorsichtig, dann drückte er sich an der Borasgotanerin vorbei und verschwand in der Kate. »Ich sage Matuc Bescheid!«

Fatja warf sich Waljakov mit einem Schluchzen um den Hals und drückte ihn an sich.

Der ansonsten so gefasst und gefühllos wirkende Mann schluckte schwer und erwiderte die Begrüßung, wobei er die junge Frau ein paar Zentimeter vom Boden hob.

Vorsichtig stellte er sie wieder ab, während die Tür vollständig geöffnet wurde und Matuc erschien.

Auch die beiden Männer umarmten sich, bevor alle in die Hütte gingen. Der Junge saß auf einem Stuhl, ließ die Beine baumeln und strahlte. So eine Freude hatte er noch nie in seinem Zuhause erlebt.

Waljakov warf den Rucksack zu Boden und blickte sich suchend um. Aber an den Gesichtern der beiden anderen erkannte er, dass er es sich sparen konnte, nach Norina zu fragen. Seine Miene verfinsterte sich. »Ihr erzählt zuerst.«

Gehorsam kam Matuc der Aufforderung nach. Fatja brachte den aufmüpfigen Lorin in seine Schlafkoje, der lieber noch ein wenig bei seinen Freuden geblieben wäre und gelauscht hätte, was dieser seltsame Glatzkopf berichtete. »Und bis heute haben wir nichts herausbekommen. Niemand scheint zu wissen, wo seine Mutter abgeblieben ist. Seit die Lijoki sie vermutlich mitnahmen, fehlt jede Spur von ihr«, endete er.

Waljakov schaute dorthin, wo das Kind verschwunden war. »Und das ist also das schreiende Bündel, das wir vor mehr als vier Jahren in einer Truhe über Bord der *Grazie* warfen.« Er blickte hinüber zu dem Mönch. »Als ich seine Augen sah, kam mir ein Verdacht. Aber nach so langer, erfolgloser Suche gab ich die Hoffnung fast auf. Er weiß nichts von seiner wahren Geschichte, wer seine Mutter und sein Vater sind?«

»Ich wollte damit warten, bis er groß ist«, erklärte der Ulldraelgläubige. »Er hat es so schon schwer genug in Bardhasdronda.«

»Was erwartest du von einem Dieb?«, lautete die geringschätzige Antwort.

»Wieso Dieb?« Matuc wirkte irritiert, dann verstand er. »Hat er schon wieder …«

»Zuckerhörnchen«, meinte der Leibwächter knapp. »Zwei Dutzend. Ich bekomme noch einige Münzen von dir.«

Der Mönch seufzte und zählte den verlangten Betrag aus seiner Börse. »Und nun erzähle, wie es dir ergangen ist.« Fatja erschien wieder, schenkte Tee aus und setzte sich dem Hünen gegenüber.

»Ich stürzte zusammen mit Rudgass ins Wasser, nachdem wir diese Furie mit den roten Augen unschädlich gemacht haben. Nach einer Weile verlor ich das Bewusstsein, erwachte an einem Strand und war umlagert von Kalisstri. Sie brachten mich in die Stadt Vekhlathi zu einem Cerêler, ein Palestaner übersetzte für mich. Ich habe wenig erzählt, die wahre Geschichte kennt niemand. Nachdem ich einigermaßen auf die Beine kam, begann ich nach euch zu suchen. Aber offensichtlich war ich in der falschen Richtung unterwegs. Ich schloss mich ein paar fahrenden Jägern an, verdiente somit meinen Unterhalt und leistete mir nach und nach meine Ausrüstung.« Der Kämpfer hob die neue mechanische Hand. »Die hier habe ich erst seit wenigen Wochen. Eine Meisterleistung. Besser als die alte.«

Matuc pochte auf sein künstliches Bein. »Da war ich besser dran als du. Echte Walknochen, geschnitzt von einem Freund.«

»Ich habe mit dem Verkauf von ein paar Fellen Geld gemacht und bin seit dem Frühjahr wieder auf der Suche nach euch gewesen.« Er nippte an seinem Tee. »Wenn ich gewusst hätte, wie nah ich euch am Anfang war.«

»Wir haben die Hoffnung auch nie aufgegeben«, sagte die Borasgotanerin. »Aber wir konnten nur immer wieder Händler befragen. Mit dem kleinen Bruder wollten wir nicht durch die Gegend ziehen, zumal wir hier ein gutes Haus haben.«

»Von was lebt ihr?«, erkundigte sich Waljakov.

»Ich bin eine sehr gute Geschichtenerzählerin«, erklärte Fatja. »Und das lassen sich die Kalisstri einige Münzen wert sein. Es reicht aus, um uns alle zu versorgen.«

Der Hüne musterte sie von oben bis unten. »Aus der kleinen Hexe ist eine richtige Frau geworden«, sagte der Leibwächter. »Aber der Mönch hier, der wurde nur alt und grau.«

»Das kommt von den vielen Sorgen«, beklagte sich der Geistliche. »Der Junge macht, was er will, nimmt keine Lehren an. Die Kalisstri lehnen mich und meinen Glauben ab, den ich so gerne in Kalisstron verkündet hätte. Aber ich verleugne Ulldrael den Gerechten nicht.« Er schaute ein bisschen vorwurfsvoll zu der Schicksalsleserin.

»Was erwartest du?«, verteidigte sie sich. »Mir ist Kalisstra näher. Wenn ich mich im Gegensatz du dir altem Sturkopf nicht zu der Bleichen Göttin bekennen würde, säßen wir schon lange vor den Stadttoren. Du weißt sehr genau, wie eigen die Menschen hier sind.« Matuc schwieg beleidigt. »Stell dir vor, er hat einen Krieg mit der Hohepriesterin angefangen. Er hat ihre Kette kaputt gemacht. Seitdem ist er bei den Bewohnern in Bardhasdronda unten durch. Was auch meinen kleinen Bruder nicht unbedingt beliebter macht. Der arme Junge weiß nicht einmal, zu wem er beten soll. Hier drinnen wohnt ein eifriger Ulldraelgläubiger, draußen erwarten die Kalisstri, dass man Opfergaben bringt.« Ihr Gesicht zeigte ihr Missfallen deutlich. »Wenn Kiurikka mitbekommt, dass du heimlich ein Ulldraelstandbild in unserer Hütte angefertigt hast, werden wir alles verlieren. Ganz zu schweigen von dem geheimen Anbau von Süßknollen auf Stápas Feld.« In gespielter Verzweiflung warf sie die Hände in die Luft. »Aber nein, Mönch Matuc ist unerschütterlich in seinem Glauben.«

»Ja, das ist er«, hielt der Geistliche dagegen, der sich nun zu sehr herausgefordert sah, um weiter zu schweigen. »Ulldrael hat uns gerettet, junges Fräulein. Und da ist es nur rechtens, wenn ich seinen Namen preise.« Betont laut setzte er seine Tasse ab. »Noch tue ich es hinter verschlossenen Türen, aber die Geheimniskrämerei wird irgendwann ein Ende haben.«

Waljakov verfolgte den Disput aufmerksam. »Abgesehen davon, wie finden wir Norina wieder? Und wo ist der Pirat abgeblieben? Wenn die Kalisstri ihn als solchen erkannt haben, wird er vermutlich im Jenseits sein.« Seine mechanische Hand öffnete und schloss sich. »Und die Ausbildung des Jungen, was macht sie?«

»Ich unterrichte ihn seit neuestem in Lesen und Schreiben«, sagte Matuc stolz. »Arnarvaten bringt ihm Kalisstron bei. Er ist ein richtig kluges Kerlchen.«

»Er benutzt seinen Kopf, weil er ein halbes Hemd ist«, lautete die Einschätzung des Hünen. »Das werden wir ändern. Ich werde ihn von nun an miterziehen. Es fehlt ihm die feste Hand. Zwischen Heiligtümern und einem alten Mann und einer jungen Frau zu leben ist nicht der Ort, wo man zu einem Kämpfer wird. Der Umgang mit den Waffen hat noch ein wenig Zeit.« Waljakov überlegte kurz. »Aber sein Körperbau ist mir zu kraftlos, wenn er einmal ein Schwert führen soll.«

»Nein.« Augenblicklich erntete er den Widerspruch des Geistlichen. »Er soll erst gar nicht mit dem Töten in Berührung kommen. Der Umgang mit dem Tod verdirbt einen Menschen.«

»Aha«, sagte der Leibwächter. »Ich bin also ein verdorbener Mensch.«

Der Mönch hob abwehrend die Hände. »Nein, so habe ich es doch nicht gemeint.«

Der K'Tar Tur lehnte sich vor. »Matuc, wir kennen die Prophezeiung. Dieser Junge wird vielleicht eines Tages eine wichtige Rolle spielen, wenn es um die Bekämpfung der Dunklen Zeit geht. Und ich will nicht, dass er versagt, nur weil er nicht mit einer Waffe umgehen kann oder seine Reaktionen zu langsam sind. Wenn ich ihn nun schule, wird er zu einem der besten Kämpfer, den Kalisstron und Ulldart jemals gesehen haben.«

»Und wenn er so wird wie sein Vater? Wenn wir ein noch mächtigeres Ungeheuer heranziehen, wie es sein Vater ist?« Der Mönch wirkte ein wenig mutlos. »Ich würde am liebsten hier bleiben, auf Kalisstron, das Wort Ulldraels verkünden und in Frieden leben.«

»Feigling«, kam es hart aus dem Mund des Leibwächters. »Wir tragen Verantwortung für das Schicksal Ulldarts. Wir haben der Dunklen Zeit aus Unwissenheit wahrscheinlich den Weg geebnet, wir werden zusammen mit dem Jungen dafür sorgen, dass sie verschwindet. Ich habe von den Händlern gehört, dass Borasgotan und halb Hustraban komplett in der Hand des Kabcar sind. Rundopâl trat freiwillig dem Großreich Tarpol bei, und er hat es sogar geschafft, die Ontarianer aus seinem Land zu werfen. Was denkst du, wie lange es dauert, bis er sich auch noch den Rest aneignet?« Er fixierte Matuc. »Und was denkst du, was er mit dem traditionellen Glauben machen wird? Während du hier Ulldrael vergebens predigst, hat sich Lodrik zum Oberen ausgerufen. Du solltest dort sein, wo du gebraucht wirst, nicht, wo du überflüssig bist.«

»Und wie lange soll deine Ausbildung dauern?«, gab der Geistliche zurück. »Wie lange willst du ihn vorbereiten? Und was machen wir mit den magischen Fertigkeiten, die er besitzt? Er hat als Neugeborener beinahe einen Menschen umgebracht, immer spielt er mit dieser … Kraft, dieser Magie herum, die keiner erklären kann. Es wird ihn niemand darin unterrichten können, und wie soll er damit gegen Nesreca und seine Helfer bestehen?« Matuc legte die Hände in den Schoß. »Wir sollten vielleicht besser hier bleiben.«

Waljakovs Wangenmuskulatur arbeitete. »Ich werde nicht zulassen, dass wir tatenlos auf diesem Stück Erde sitzen, während in unserer Heimat alles vor die Hunde geht. Bete du meinetwegen zu Ulldrael. Wenn er uns hilft, schön. Wenn er nichts tut, ist es mir auch gleich. Aber weder er noch seine Gläubigen werden mir im Weg stehen.«

Nach dem Donnerwetter des Leibwächters senkte sich eine bedrückende Stille auf das Zimmer herab.

Fatja atmete laut aus. »Wir sollten froh sein, dass wir drei uns wenigstens gefunden haben, und nicht streiten«, versuchte sie zu schlichten. »Ulldrael wird dir bestimmt ein Zeichen schicken, Matuc.«

Waljakov erhob sich. »Ich werde mir eine Unterkunft suchen. Bei euch ist es zu eng für uns alle.« Er ging zur Tür. »Ich suche nach einer Möglichkeit, Geld zu verdienen, und schaue regelmäßig herein.« Seine grauen Augen vermittelten die unverrückbare Entschlossenheit. »Lorin wird bei mir in die Lehre gehen. Ich mache aus diesem mickrigen Zwerg den besten Krieger, den es jemals gab. Komm mir dabei nicht in die Quere, Matuc. Es steht mehr auf dem Spiel, und das weißt du genau.« Er nickte der Borasgotanerin freundlich zu und verschwand.

»Ich werde es nicht zulassen«, sagte der Geistliche leise und trommelte griesgrämig auf sein Holzbein. »Sturer Hund.«

»Sagt wer?«, erkundigte sich Fatja zuckersüß und räumte das Teegeschirr ab, bevor sie sich zu dem Mann setzte und seine Hand nahm. »Waljakov hat Recht. Mein kleiner Bruder wird von ihm lernen müssen. Wie sonst soll er gegen den Konsultanten bestehen? Mit dem Glauben allein bestimmt nicht.«

Er tätschelte ihren Kopf. »Ja, ich weiß ja.« Matuc wirkte nicht weniger entschlossen als der Krieger. »Aber ich werde dafür sorgen, dass er die Lehren des Gerechten unerschütterlich in sich trägt. Das Töten, wenn es sich nicht verhindern lässt, und die Macht der Magie werden sein gutes Wesen nicht zum Schlechten beeinflussen. Das wird ihm den notwendigen Rückhalt geben, wenn er sich seinem Schicksal stellt, wie immer es aussehen möge.«

Er stand auf und ging zu der mit einem Vorhang abgetrennten Nische, hinter der er das kleine Ulldraelstandbild, das ihm Blafjoll aus Walbein geschnitzt hatte, versteckte.

Fatja schaute ihm nach und ging zu ihrer Schlafkoje, als er mit seinen Gebeten begann.

Lorin hatte die Augen geschlossen und atmete mit langen, regelmäßigen Zügen.

Liebevoll gab sie dem Jungen einen Kuss auf die Stirn, stieg in ihr Nachtgewand und legte sich zu ihm.

Ulldart, Königreich Ilfaris, Herzogtum Sèràly,
Sommer 449 n. S.

Die Landkarte Ulldarts verkündete die Wahrheit, und auch die besten Fälscher, die Perdór an der Hand hatte, konnten daran nichts ändern. Grenzverläufe hatten sich geändert, teilweise waren die dünnen roten Linien, die einst wie die Adern zwischen den Reichen gewirkt hatten, vollständig verschwunden.

Borasgotan gab es nicht mehr. Die agilen Truppen des Kabcar besetzten den Rest des Landes, der noch nicht im Sicherheitsgürtel gelegen hatte, unermüdlich und rastlos. Die Aufteilung in kleinere Einheiten erwies sich als strategisch geschickter Zug, die Soldaten blieben schlagkräftig und zugleich recht einfach zu verproviantieren.

Mit heftigem Widerstand musste keiner rechnen, die meisten Bewohner Borasgotans begrüßten die »Befreier«. Bevor die Tzulandrier und Tarpoler an einem Adelsgut angelangten, brannte es oftmals schon, und die Bauern präsentierten stolz die abgeschlagenen Schädel derer, die sie jahrelang unterdrückt und ausgebeutet hatten. Die Politik Arrulskháns gegen die eigenen Untertanen rächte sich und machte es für die Eroberer leichter.

Dank der modernen Feuerwaffen, deren Stückzahl und Effizienz beständig stieg, bot eine alte Festung kein Hindernis mehr. Maximal eine Woche stärksten Beschusses bedurfte es, um die Burgen zu knacken, an denen man sich normalerweise die Zähne ausgebissen oder die größten Verluste eingehandelt hätte. Die letzten Soldaten Borasgotans sammelten sich im äußersten Osten des Reiches und wurden von heimlich an der Küste gelandeten Einheiten des Kabcar aus dem Hinterhalt niedergemacht.

Die einzige Schwierigkeit der tarpolischen Einheiten bestand sehr zur Freude des ilfaritischen Königs darin, sich den bodenschatzreichen Norden anzueignen. Das nomadische Volk der Jengorianer hatte Arrulskhán niemals vertraut und machte aus der völligen Ablehnung der neuen Herren keinen Hehl. Sie betrachteten die eisigen Gefilde als ihre Heimat und bekämpften die Eroberer mit gelegentlichen Überfällen, die so plötzlich und unerwartet erfolgten, dass eine Gegenwehr meist nicht möglich war.

Seufzend tauchte Perdór den dünnen Pinsel in die braune Farbe und übermalte mit akkuraten Bewegungen die Grenze zwischen Tarpol und Borasgotan. Das Gleiche tat er mit der Markierung zwischen Tûris und dem Stammgebiet des jungen Kabcar. Als es an die Grenzen zwischen den einstigen Baronien ging, musste er sich sehr auf seine Malerei konzentrieren.

Die Zunge in den Mundwinkel geklemmt und die grau-grünen Augen leicht zusammengekniffen, stand er in gebeugter Haltung am Kartentisch. Dass er dabei die Spitzen seines grauen Lockenbarts in die Farbe tunkte, bemerkte er nicht.

Als Nächste wischte die Pinselspitze die rote Linie zu Rundopâl aus, das sich bedingungslos angeschlossen hatte, auch die Grenze zu Aldoreel verschwand unter einer Schicht Braun. Den Händlerstaat Palestan schraffierte er, um das Bündnis mit dem Großreich Tarpol zu symbolisieren.

Sinnierend betrachtete er die Veränderungen, nahm sich ohne hinzuschauen eine Hand voll Pralinen und schob sie sich alle auf einmal in den Mund. Die Schokolade, die er benötigte, um sich angesichts der deprimierenden Umstände zu trösten, konnte ein einziges Konfektstück nicht mehr bieten.

Seufzend, was inzwischen bei dem beunruhigten Herrscher selbstverständlich geworden war, las er die Blätter mit den neuesten Berichten über die Truppenbewegungen in Hustraban, wo die Soldaten des Kabcar gleichzeitig von Norden nach Süden und von Westen nach Osten rollten. Mit Fähnchen markierte er die Fronten. Wie eine gewaltige Presse schoben sich die Eroberer in das Land und trieben die Soldaten in Richtung Küste. Perdór vermutete, dass andere Teile des tarpolischen Angriffsheeres mit palestanischer Hilfe am Küstensaum landen würden, wie sie es in Borasgotan schon erfolgreich getan hatten.

Langsam richtete er sich mit einem Stöhnen auf und musterte die Landkarte.

Höchstens noch zweieinhalb Jahre, dann würden die Soldaten vor Serusien und Ilfaris stehen. Und momentan deutete nichts daraufhin, dass irgendjemand oder irgendetwas den Kabcar aufhalten könnte. Mehr als hundertfünfzigtausend Mann standen dem jungen Mann zur Verfügung, Tzulandrier und Tarpoler kämpften gemeinsam für das weltliche Oberhaupt des Großreiches. Und ganz selbstverständlich übernahm dieser Bardri¢ auch die geistliche Vormundschaft der eroberten Gebiete, ohne Widerspruch zu ernten.

Wie auch? Ihn zu einem weiteren Gottesurteil herauszufordern wagte sich keiner mehr. Selbst wenn der Kabcar mit seiner Magie den Ausgang eines solchen Urteils manipulierte, dem Volk war das reichlich gleichgültig. Es interpretierte den Willen Ulldraels in die Vorgänge, der anscheinend wollte, dass der junge Mann den Kontinent eroberte.

Und das war genau der Punkt, über den sich der ilfaritische Herrscher und sein Hofnarr ausgiebig stritten. Auch wenn ein Reich nach dem anderen fiel, es sah noch lange nicht nach der Dunklen Zeit aus, wie sie von allen befürchtet wurde. Die düstere Vision von Knochen- und Schädelbergen, über die ein vor Triumph brüllender Sinured schritt, war nicht eingetreten.

Der zurückgekehrte Kriegsfürst beging reichlich Grausamkeiten während der Schlachten und opferte, da war sich Perdór mehr als sicher, dem Gebrannten Gott etliche Leben. Doch danach zog keine Finsternis über das Land. Die Bewohner wurden weitestgehend in Ruhe gelassen.

Und auch der Kabcar schien sich als Befreier zu gefallen, der nicht müde wurde, in seinem Palast einen Reformplan nach dem anderen auszuarbeiten.

Die Umwandlung der protzigsten Ulldraeltempel in Bade- und Heilanstalten machte ihn beliebter denn jemals zuvor. Die meisten Mönche ließen ihn hochleben, weil sie sich am verschwenderischen Prunk der Oberen schon immer gestört hatten, standen zusammen mit den Bauern auf den Feldern und lebten in glücklicher Bescheidenheit, priesen Ulldrael durch ihre Arbeit. Rituelle Feiern und Gottesdienste fanden selten statt.

Diese trügerische Ruhe, diese Friedlichkeit machte es schwierig, Widerstand zu organisieren, denn Fiorell und Perdór waren sich sicher, dass die Handlungen des Kabcar nur der Auftakt sein konnten. Der Auftakt zur wahren Dunklen Zeit.

In der tarpolischen Provinz Karet war es dem ilfaritischen König gelungen, eine Widerstandszelle in den schwer zugänglichen Gebirgsketten zu installieren, die er mit Geld und Waffen unterstützte. Sie bekämpfte die Garnison und den Statthalter bis aufs Blut, schickte Redner und Dichter unters Volk, um den Menschen die Augen über ihren Kabcar und dessen Konsultanten zu öffnen. Bisher nur mit mäßigem Erfolg. Aber verzichten durfte man angesichts der Bedrohung nicht auf die geringste Möglichkeit.

Unerwartete Hilfe fand Perdór dort, wo er sie eigentlich nicht erwartet hatte. Das Inselreich Rogogard, dessen äußerste Insel direkt an Karet grenzte, beschloss, keinerlei Zusammenarbeit mit Tarpol einzugehen, und setzte seine Kaperfahrten gegen die Palestaner unermüdlich fort, verstärkte sie sogar. Die Händler konnten nur in großen Flotten segeln, was die Piraten noch mehr verlockte.

Torben Rudgass hatte sich bei seinen Landsleuten dafür eingesetzt, dem Kabcar und den verbündeten Seehändlern die Stirn zu bieten, nicht zuletzt, weil er in die Begebenheiten eingeweiht war und einem von Nesrecas Helfern im Kampf gegenübergestanden hatte. Mit der Hilfe der Rogogarder gelangten ilfaritische Güter nach Karet.

Der Piratenkapitän war es auch, der vor rund vier Jahren die schlechte Nachricht überbringen ließ, dass die *Grazie* versenkt worden war. Von den Passagieren fehlte nach wie vor jede Spur.

Als Rudgass im Alleingang nach Kalisstron segelte, wie der Mann ihm in einem Brief schrieb, um Nachforschungen anzustellen, gelang es ihm nur mit Mühe, den Wachschiffen der Kalisstri zu entkommen. Er war nicht einmal in die Nähe der Küste gelangt. Danach hatte er den Befehl über einen Schiffsverband der rogogardischen Flotte erhalten, um gegen die Palestaner zu segeln. Schweren Herzens musste er sich der Pflicht beugen. Das Schicksal der Verschollenen blieb damit weiterhin im Dunkeln.

Perdór seufzte, legte die Fingerspitzen auf den stattlichen Bauch und tastete prüfend an der Leibesfülle herum. Er hatte bei all dem Elend auch noch abgenommen. Das kam überhaupt nicht in Frage!

Er durchquerte den Raum und machte sich durch die Korridore auf an den Ort, wo er außer an seinem Arbeitsplatz und seinem Bett, was manchmal das Gleiche sein konnte, am häufigsten weilte.

Er trippelte die vielen Treppen hinab, stieg immer tiefer und tiefer nach unten, bis ihm seine Nase den rechten Weg wies. Schwungvoll stieß er die Holztür auf, hinter der sich seine Schatzkammer verbarg.

Augenblicklich wandten sich dem König alle Blicke zu, ein Dutzend Verbeugungen folgten, danach gingen die Männer und Frauen wieder ihrer Tätigkeit nach.

Perdórs Augen glänzten vor Freude, die grauen Korkenzieherlöckchen seines Barts hüpften auf und ab, als er mit schnellen Schritten an den ersten der Töpfe herantrat und mit Hilfe eines Kochlöffels den Deckel vom Gefäß fischte. Der Herrscher schloss die Augen und schnupperte lautstark am aromatischen Dampf, der entwich.

Mit aufmerksamem Gesicht stand der Küchenmeister neben seinem Herrn, um sich das Urteil abzuholen. »Broccolicremesuppe, Majestät. Danach Trilogie von Edelfischterrine, Wildpastete und Tafelspitzsülze an kleinem Salat, mit Eurer Erlaubnis.«

»Sehr fein, sehr fein, guter Mann«, sagte Perdór begeistert. »Und was dann?«

Der Mann in der weißen Schürze und mit der riesigen Kochmütze, die er momentan vor Aufregung zwischen den Händen zusammenknüllte, lächelte entspannt. »Ich dachte an Suprême vom Perlhuhn mit Kräutern aus Turandei in Porlésauce, danach Schweinebraten in Pfeffersauce. Als Dessert Mousse aus weißer und dunkler Schokolade, etwas Obstsalat und eine Auswahl bester Käsesorten. Kommt das dem hoheitlichen Gout entgegen?«

»Ich bin hin und weg«, lobte der König und knallte den Deckel zurück auf den Topf. »Auch wenn ich mein Schlösschen in Sèràly nur selten besuche, ich sehe, die Küche ist formidabel. So liebe ich das.« Mit ein wenig nach vorne gereckter Nase schnüffelte er sich durch die gesamte Küche, lugte überall hinein, rührte in Töpfen und kostete sich durch, bis sein Magen und sein Gaumen gleichermaßen befriedigt waren.

»Die Gäste werden in gut einer Stunde da sein. Wird alles fertig sein?« Es war eine rhetorische Frage, aber er wollte sicherzugehen.

»Wenn Ihr weiter im Weg steht, dann nein«, kam es aus einer Ecke des Raumes.

Der Küchenmeister, der eben beinahe noch vor Stolz geplatzt wäre, wurde blass, einem erschrockenen Gehilfen fiel die Kelle scheppernd zu Boden.

Glöckchen klingelten, und Fiorell kam hinter einem Schrank grinsend zum Vorschein. »Ihr seid so breit, dass die armen Köchlein Umwege laufen müssen, wenn sie an Euch vorbei wollen, Majestät.« Der Hofnarr im Rautenkostüm wirbelte mit dem Narrenstab durch die Luft, durchbohrte mit dem spitz zulaufenden Ende einen Apfel und probierte ihn. Dann hielt er seinem Herrn das angebissene Obst hin. »Da, Majestät. Ist gesund und macht schlank.«

»Du erwartest nicht, dass ich darauf etwas sage.« Perdór wandte sich wieder den Kochtöpfen zu. »Und außerdem habe ich abgenommen.«

Der Spaßmacher stieg ein gellendes, meckerndes Gelächter aus und hielt sich den Bauch. »Ja, sicherlich. Unter den Armen, wo es keiner sieht.« Er sah strafend in die Runde der zu Salzsäulen erstarrten Köche. »Was guckt ihr wie die Karpfen? Noch nie einen Hofnarren gesehen? Los, brutzelt weiter, ihr Meister der Speisen.«

Als hätten sie einen Schlag mit der Reitpeitsche erhalten, zuckten alle zusammen und widmeten sich mit hektischen Bewegungen dem Essen.

Fiorell grinste und ließ die Schellen klingen. Mit der ihm eigenen Selbstverständlichkeit nahm er sich sechs rohe Eier aus der Schüssel und jonglierte mit den zerbrechlichen Gegenständen, als gäbe es nichts Einfacheres.

»Wolltest du mich sprechen oder aus reiner Bosheit in meinen heiligen Hallen heimsuchen?«, verlangte Perdór zu wissen.

»Ich und Bosheit?« Der Hofnarr spielte den erstaunten Beleidigten. »Das wäre wie ...«

»Stinktier und Gestank«, ergänzte der Herrscher den Vergleich, die Augenbrauen wippten auf und ab. »Untrennbar miteinander verbunden, und die meisten nehmen davor Reißaus.« Suchend schweiften die Pupillen durch die Küche, um etwas zu entdecken, was seinen Probierabsichten entgangen sein könnte.

Unbemerkt schob Fiorell mit dem Fuß einen hölzernen Kochlöffel auf eine Herdplatte. Keines der fliegenden Eier fiel derweil zu Boden. »Ich nehme Euch den Vergleich wirklich übel, Majestät. Dennoch möchte ich die frohe Kunde nicht länger verschweigen.«

»Ach? Nur heraus damit.«

Fiorell schnappte sich eine Schüssel und ließ ein Ei nach dem anderen hineinfallen. »Mach mir daraus ein Omelette«, wies er einen Gehilfen an. »Aber entferne vorher die Schalen.« Dann beugte er sich zu seinem Herrn hinab und senkte geheimnistuerisch die Stimme. »Wir wissen, wo er ist.«

»Ich bin außer mir vor Freude. Würdest du mir vielleicht auch noch liebenswürdiger Weise sagen, von wem wir wissen, wo er ist?«, fragte der König. »Ich könnte dann von einfacher Freude zu grenzenloser Verzückung übergehen.«

»Er, Majestät«, sagte der Hofnarr mit Nachdruck, das Gesicht zu einer Verschwörermiene verzogen. »Er. Ihr wisst schon …«

»Lieber Fiorell, ich bin König, nicht Hellseher, schon vergessen? Hat dein Narrenhirn diesen Unterschied etwa verdrängt?« Perdór lächelte ihn an, als ob er mit einem Geistesschwachen reden würde.

»Er, der Vertraute des Kabcar«, murmelte der Mann im Rautenkostüm durch die Zähne.

Perdór packte den Mann am Ohr und zerrte ihn in eine Ecke. »Und diese brisante Neuigkeit erzählst du mir einfach so, mitten in der Küche, vor den ganzen Fremden?«

Mit der Schlüpfrigkeit eines Aals wand sich der Hofnarr aus dem Griff, machte einen Flickflack und brachte sich aus der Reichweite der kneifenden Finger.

Es war ein mittleres Wunder, dass er dabei auf dem engen Raum weder mit einem Koch noch mit dem Herd noch mit einer Anrichte kollidierte. Einmal mehr musste der Herrscher anerkennend den Mund verziehen. Einer der Gesellen applaudierte begeistert, bevor ihn die flache Hand des Meisters am Hinterkopf traf.

»Was denkt Ihr, weshalb ich flüsterte?«, beschwerte sich Fiorell und hielt sich das Ohr. Er langte nach einem Stück rohen Fleischs, um sich den Lappen auf die misshandelte Stelle zu legen. »Das kühlt wunderbar.«

»Das Filet ist mehr wert als dein schäbiges Ohr«, kommentierte der König mit ausgestrecktem Finger. »Leg es sofort wieder hin. Und bevor es jemand isst, soll es scharf angebraten werden.« Dann lachte er. »Wunderbar! Dann wird es also Zeit, Meister Hetrál, der ganze

Arbeit geleistet hat, den Spezialisten zu schicken. Wird es machbar sein?«

Mit Spannung beobachtete der Spaßmacher, wie sich die königliche Hand langsam und ahnungslos dem Kochlöffel näherte, den er vorhin auf die Herdplatte gelegt hatte. Das Holz müsste inzwischen schon richtig heiß geworden sein. »Ich denke, wenn unser Mann sich die Sache vor Ort angesehen hat, wird er am besten wissen, wie man die Unternehmung anzugehen hat.«

Der Warnruf des Küchenmeisters erfolgte zu spät. Perdórs Handfläche wurde Opfer von Fiorells Streich, mit einem Schmerzensschrei ließ der König das Kochutensil fallen und versenkte die Hand in einer Schüssel mit kaltem Wasser. Sofort wurde Eis herbeigebracht, um die verbrannte Stelle zu kühlen.

Der Hofnarr prustete los und schlug sich auf die Schenkel. »Ich dachte, ich muss meinem Ruf als boshafter Mensch gerecht werden«, verteidigte er sich.

»Stinktier! Dir zeig ich's«, zischte der Herrscher, packte den rot glühenden Schürhaken und lief auf den Spaßmacher zu. »Ich brenne dir meinen Namen in deinen gar so lustigen Hintern.«

Meckernd vollführte Fiorell einen Salto rückwärts und hing nahtlos eine Folge von Flickflacks an, um ein weiteres Mal auf diese Weise eine sichere Distanz zwischen sich und seinem Herrn zu erreichen.

Doch darauf hatte Perdór nur gewartet.

Mit einem sicheren Wurf beförderte er eine Portion Schmalz, die er sich mit einem beherzten Griff in den Topf nahm, hinter den kreiselnden Hofnarren, der prompt beim nächsten Überschlag mit dem Fuß in das schmierige weiße Fett trat.

Bei aller turnerischen Brillanz und Reaktionsschnelligkeit, die Fiorell sonst an den Tag legte, gegen diesen Anschlag konnte er nichts mehr unternehmen. Die Extremität rutschte weg, der Hofnarr wurde durch seinen eigenen Schwung unkontrolliert nach vorne befördert, genau in den Schrank mit den gemahlenen Gewürzen.

Das Möbelstück entleerte seinen Inhalt, die Türchen und Schubfächer flogen heraus, ein schreiender Fiorell verschwand in einer Wolke aus Zimt, Anis, Pfeffer, Safran, Pottasche, Hirschhornmehl und Nelken, während Perdór zufrieden den Schürhaken zurücklegte. Der Küchenmeister schlug die Hände über dem Kopf zusammen.

»Dir ist sicherlich bewusst, dass dir das Vermögen, das du gerade vernichtet hast, von deinem Lohn abgezogen wird«, verkündete der König zufrieden und kostete ein weiteres Mal von der Broccolicremesuppe.

Ein gewaltiges Niesen dröhnte durch die Küche, ein bestäubter, schniefender Fiorell erhob sich aus dem Gewürzsammelsurium.

»Wenn Ihr mich sucht, ich stehe im Springbrunnen und lasse mir das Zeug abspülen«, krächzte der Spaßmacher und verscheuchte mit seinem Narrenstab einen Gesellen, der einen winzigen brauchbaren Rest Safran von seiner Schulter in eine Schürze wischen wollte. »Danach sage ich dem Spezialisten Bescheid. Er wird froh sein, wenn er Euch entkommen darf.«

Niesend, hustend, schnäuzend und spuckend verließ Fiorell die Küche, begleitet vom Gelächter der Kochpersonals. Perdór hatte sein Refugium erfolgreich verteidigt, wenn auch unter großen Verlusten.

Nach einem letzten Lob an den Meister marschierte der König zuerst in sein Arbeitszimmer, um die Karte zu holen, und danach in das Besprechungszimmer, in dem er die Gäste erwarten wollte.

Dieser fensterlose Raum lag mitten im Schlösschen, um ein Abhören unmöglich zu machen. Perdór nahm seit dem Debakel von Telmaran an, dass der Kabcar auf eine seltsame Art und Weise mit den Beobachtern kooperierte. Nur so war es möglich, dass er und sein Stratege von der Verlegung gewusst hatten, bevor die Befehle die Truppen des Geeinten Heeres überhaupt erreicht hatten. Auch die seltsamen Unfälle, die sich um die Anführer im Vorfeld ereigneten, erschienen in einem völlig anderen Licht. Seitdem duldete er keines der Wesen in seiner Nähe. Die Wachen erhielten die Anweisung, auf die Beobachter zu schießen, sollten sie sich dem Schlösschen annähern.

Umständlich befestigte der Herrscher die Zeichnung Ulldarts mit Hilfe von Nadeln an der stoffverkleideten Wand und trat dann zurück, um aus der Entfernung einen Überblick zu erhalten.

Dass die Tür aufschwang und die ersten Besucher eintrafen, bemerkte der in Gedanken versunkene Mann nicht; er drehte an den Löckchen seines Barts herum und grübelte.

»Es ist erstaunlich, mit welcher Schnelligkeit die Soldaten des Kabcar vorankommen«, sagte ein Mann in seinem Rücken. Perdór erkannte die Stimme Moolpárs und drehte sich freudig zu seinem Gast um.

Der hoch gewachsene Kensustrianer grüßte den Herrscher mit einer kaum merklichen Verbeugung, sein Famulus Vyvú ail Ra'az tat es ihm nach. Die beiden Anhänger der Kriegerkaste trugen wie immer ihre Rüstungen und Waffen, darunter die fließenden, weiten Gewänder, die beim Gehen fast kein Geräusch erzeugten. Das lange, grüne Haar trugen sie offen.

»Wie schön, Euch beide zu sehen«, hieß der Ilfarit sie willkommen. »Ihr seid immer noch der Ältere von Euch beiden, nicht wahr?«

Moolpár lächelte und zeigte dabei die eigentümlichen, sagenumwobenen Reißzähne, die bernsteinfarbenen Augen glommen auf. »Vyvú ail Ra'az wird zumindest mir gegenüber niemals die Gelegenheit erhalten, sich ›der Ältere‹ nennen zu können, auch wenn er sich noch so viel Mühe geben würde.« Sein Begleiter lächelte. »Ich muss eingestehen, dass Kensustria die Fähigkeiten des Kabcar, was die Eroberungen angeht, unterschätzt hat.« Er nickte wieder in Richtung der Landkarte. »Wir dachten, die Kunst des Krieges würde auf dem Kontinent tot sein. Und nun scheint der junge Herrscher aus Tarpol sie besser zu beherrschen als jeder seiner Vorgänger.«

Perdór schnalzte mit der Zunge. »Ärgerlich, unheimlich, nichtsdestotrotz den Tatsachen entsprechend«, lautete sein Urteil. »Mittlerweile hat sein ›Großreich‹, wie er es nennt, den historischen Gipfel erreicht. Niemals in der Geschichte Ulldarts besaß ein Kabcar so viel Land. Macht Euch das nicht nervös?«

»Wenn es uns kalt ließe, wären Vyvú und ich nicht erschienen«, gab Moolpár zurück und setzte sich so, dass er die Eingangstür im Auge hatte. »Wie habt Ihr sie überzeugen können, den Verhandlungen beizuwohnen?«

Der Herrscher lächelte verschmitzt. »Sie weiß nichts von Eurer Anwesenheit. Sonst würde diese Unterredung nur in einem sehr kleinen Kreis stattfinden.«

Ein Lakai öffnete die Tür und gab den Weg für die erwartete Besucherin frei.

Ein Traum aus dunkelroten Seidenstoffen, durchzogen mit Iurdum-, Gold- und Silberfäden, besetzt mit funkelnden Edelsteinen, umhüllte den braunen Körper von Alana II., der Regentin Tersions, die zusammen mit einem Gefolge eigener Dienerinnen den Raum betrat.

Kostbare Metallreifen und -spangen schmückten ihre makellosen Arme, vom Wert des Geschmeides um den Hals der Regentin könnten drei Generationen unbeschwert leben. Ihr blanker Kopf wurde durch eine perlenbesetzte rote Samthaube verdeckt, Rubine schimmerten auf.

Bei allem Prunk dienten die raffiniert arrangierten Accessoires und Gewänder lediglich dazu, die Person Alanas hervorzuheben. Nichts lenkte den Betrachter zu sehr ab, die Frau wurde zu einer Gesamterscheinung, wie sie beeindruckender nicht sein könnte.

Die braunen Augen, deren Wirkung durch die schwarze Tusche auf den Lidern und die restliche Schminke zusätzlich betont wurde, verengten sich, als sie die beiden Kensustrianer entdeckte.

Wie angewurzelt blieb sie stehen, der rechte Arm schoss ausgestreckt nach vorne, der Zeigefinger mit dem rasiermesserscharfen Fingernagel deutete auf Moolpár. »Ich habe ihn nicht erwartet, Perdór. Er geht doch hoffentlich gleich? Andernfalls werde *ich* wieder gehen müssen.«

Der König absolvierte eine Verbeugung, obwohl es das Protokoll nicht unbedingt vorsah, auf Unverschämtheiten freundlich zu reagieren. »Auch ich bin erfreut, Euch zu sehen, Nachbarin.« Er deutete auf einen freien Sessel. »Nehmt Platz und hört Euch an, was ich Euch vorschlagen möchte.«

»Hat es etwas mit Kensustria zu tun?«, verlangte sie schneidend zu wissen, ihr Arm senkte sich langsam, anmutig, elegant. Wie immer wirkte sie in ihren scheinbar genau geplanten, durchdachten Bewegungen wie eine Tänzerin.

»Es hat etwas mit der Zukunft und dem Fortbestand von Tersion zu tun«, verbesserte Perdór in der Hoffnung, auf diese Weise ihre Neugier geweckt zu haben. »Es geht um den Kabcar von Tarpol.«

»Und was haben sie damit zu tun?« Alana gab nicht auf. Mit herrlicher Arroganz würdigte sie die beiden Kensustrianer keines Blicks.

»Sie sind hier, weil ich sie gebeten habe, anwesend zu sein«, wich der König aus und ging zum Angriff über, indem er die Hand der Regentin nahm und sie zu ihrem Platz führte. »Kommt, verehrte und geschätzte Nachbarin, hübschestes Wesen des Kontinents.«

Die Frau reagierte darauf mit einem Schnauben, ließ sich aber den sanften Zwang gefallen. Die Dienerinnen scharten sich um sie und erfüllten Alana jeden Wunsch, den sie mit kaum wahrnehmbaren Gesten und Zeichen äußerte. Vom Einschenken des Getränks bis hin zur bequemen Lagerung der schlanken Beine unter dem Tisch auf dem Rücken eines der Mädchen.

Perdór bemerkte einmal mehr, wie unterschiedlich die Kulturen auf dem Kontinent waren. Als er sich sicher war, dass alle Anwesenden ihm ungeteilte Aufmerksamkeit schenkten, erklärte er anhand der Karte leicht und schnell verständlich die Situation, in der sich Ulldart befand. Immer wieder wies er daraufhin, dass niemand vorhersagen konnte, was der junge Mann in Ulsar als Nächstes zu tun gedachte.

»Ich weiß, dass man mir nachsagt, ich kümmerte mich nicht um die anderen Reiche, weil ich mich ohnehin mehr zum Kaiserreich Angor hin orientiere«, begann Alana. »Dennoch bin ich mir der Entwicklungen sehr wohl bewusst. Aber was sollte man dagegen unternehmen?«

»Wir drei sind die Reiche, die noch unberührt von der Hand des Kabcar geblieben sind. Wenn wir uns zusammentun, kann das auch so bleiben«, eröffnete Perdór.

»Ich werde mich nicht mit denen zusammentun, die es vor sechs Jahren wagten, Krieg gegen Tersion und Angor zu führen«, begehrte Alana wütend auf.

»Tatsache ist, dass Ihr den Krieg begonnen habt, nachdem Euch die Palestaner Hoffnungen auf großen Gewinn machten, Regentin«, sagte Moolpár ruhig. »Wenn Ihr Euch damals nicht dem Offensichtlichen, absichtlich oder unabsichtlich, verschlossen hättet, wäre es niemals zu den Schlachten zwischen unseren Ländern gekommen, bei denen nicht Kensustria der Leid Tragende war. Und Euer einstiger Verbündeter hat nun einen Pakt mit dem Kabcar geschlossen. Ihr dürft Euch ausrechnen, was das bedeutet.«

»Hoffentlich verliert er dabei so wie ich damals«, entfuhr es der Regentin, was von den anderen mit einem Lächeln quittiert wurde.

»Meine Vorstellung war es, dass sich unsere Reiche verbrüdern, zu einem Staatenbund verschmelzen«, erläuterte Perdór. »Wird einer von uns angegriffen, muss der Kabcar mit einem Gegenschlag aller rechnen.«

»Und was ist mit Agarsien?«, hakte Alana ein, während sie grazil mit nur drei Fingern das Glas ergriff und es bedächtig an die Lippen führte.

»Sie wollen nicht«, bedauerte der ilfaritische König. »Sie meinten, sie hielten sich aus der Sache heraus. Die Niederlage des Geeinten Heeres habe ihnen verdeutlicht, dass der Kabcar eher ein Günstling der Götter als das Böse sei.«

»So kann man sich natürlich auch aus der Verantwortung stehlen«, bemerkte Moolpár.

»Wir haben nun gehofft, dass Ihr Euren Schwiegervater und Euren Gatten überreden könntet, Truppen zu entsenden, die wir in Tersion und Ilfaris positionieren. Den Proviant stellen wir alle zur Verfügung«, setzte der König seine Erläuterungen fort, weil er bemerkte, dass er den ersten Widerstand der Regentin gebrochen hatte. »Die alten Befestigungen von Ilfaris und Tersion werden verstärkt und neu bemannt.« Er sah abwartend zu den Kensustrianern.

»O ja, wir haben ähnliche Bauten, die man schon im weitesten Sinne als Burg bezeichnen könnte.« Der ältere der Krieger verstand den Blick. »Unsere Ingenieure sind in der Lage, auf die Schnelle noch etwas aufzubauen, sollte es erforderlich sein. Unsere Arbeitsmethoden sind fortschrittlicher als die Euren.«

»Ihr redet beide, als sei dieser Staatenbund bereits eine beschlossene Sache«, meldete sich Alana zu Wort und hob dabei die Hand. Die Diamantsplitter auf den Fingernägeln, sorgsam mit Baumharz befestigt, glitzerten auf. »Aber ich habe nicht zugestimmt. Und für meinen Gemahl oder gar meinen Schwiegervater möchte ich nicht sprechen. Die Schmach, die Kensustria ihnen bereitet hat, ist ungleich höher.«

»Regentin, sähe Lubshá Nars'anamm es vielleicht lieber, wenn das Land seiner Gemahlin im Staub versinken würde?«, gab Moolpár zu bedenken. »Der Kabcar müsste sich nicht sonderlich vor Vergeltung fürchten, das Kaiserreich ist weit entfernt. So aber hat er es mit zwei weiteren Gegnern zu tun. Und wir könnten in Ilfaris rechtzeitig Truppen aus Angor aufstellen.«

Die verschiedenen Gänge wurde aufgetragen und schweigend eingenommen.

Alana, die jeden Bissen sorgsam kaute, als bekäme sie eine Auszeichnung für anmutiges Essen, nutzte diese Zwangsunterbrechung und rang mit sich selbst. Die Argumentationen des »Pralinigen« und der Grünhaare schienen ihr leider zu vernünftig zu sein, als abschreckend empfand sie lediglich die wahrscheinliche Reaktion ihres Gatten auf die neue Allianz mit denen, die mehrere Tausend Angorjaner getötet hatten.

Doch das war eben Politik. »Nun gut.« Sie neigte huldvoll ihren Kopf. »Reden wir über die Details.«

»So gefällt mir das«, rief Perdór und klatschte in die Hände.

»Und damit es nicht heißt, die Grünhaare«, Vyvús Augen blitzten amüsiert auf, »würden sich am wenigsten einbringen, tun wir etwas, was das Volk Kensustrias noch niemals in seiner Geschichte auf Ulldart getan hat.« Er zog ein Pergament aus einer Ledertasche und reichte es seinem Mentor. Feierlich legte Moolpár das Schriftstück auf den Tisch und entrollte es. »Wir sind bereit, einen Vertrag über die Bereitstellung von Waffen zu unterschreiben.« Er machte eine Pause, um die Tragweite seiner Worte wirken zu lassen. »Waffen, wie sie auch der Kabcar zum Einsatz bringt.«

»Bombarden?«, rief Alana entgeistert, ihre Fassung ging für einen winzigen Sekundenbruchteil verloren.

»Wie auch immer der Kabcar es anstellte, uns die Pläne für die Geschütze zu stehlen, wir werden sie nun auch zum Einsatz bringen.« Der Kensustrianer lächelte grimmig und zeigte die Reißzähne. »Im letzten Jahr haben unsere Schmieden nichts anderes getan, als Bombarden, Pulver und Geschosse zu planen. Sollte der Kabcar glauben, er habe leichtes Spiel mit uns, wird er sich schon bald eines Besseren belehrt sehen.« Er sah ernst in die erfreuten Gesichter der Anwesenden. »Wir stellen Euch die Bombarden samt Munition und Bedienmannschaft zur Verfügung. Ein Anlernen würde zu lange dauern. Dennoch warne ich davor, zu überheblich zu werden. Der Kabcar ließ unsere Waffen weiterentwickeln, in größerer Zahl produzieren. Von einer Überlegenheit unsererseits kann nicht gesprochen werden. Dennoch sind wir damit in der Lage, ihm wenigstens ein wenig Angst einzujagen.«

»Wir sollten augenblicklich damit beginnen, diese Neuigkeit an die große Glocke zu hängen«, empfahl Perdór. »Je eher die anderen wissen, dass sie es mit einem schlagkräftigen Gegner zu tun haben, desto mehr werden sie sich einen Angriff überlegen.« Er runzelte die Stirn. »Eines möchte ich noch anmerken: Ich weiß nicht, wie es in Euren Ländern mit dem Vorkommen der Beobachter aussieht. Hütet Euch vor Ihnen. Meinen Einschätzungen nach unterstützen sie den Kabcar.«

»Ich werde meinen Gemahl und meinen Schwiegervater von den Verhandlungen und dem neuen Staatenbund berichten«, sagte Alana. »Ich bin mir nach wie vor leider nicht sicher, wie sie das Bündnis aufnehmen werden, dennoch scheint nach allem, was ich gehört habe, ein Zusammenschluss unvermeidbar zu sein.« Sie blickte auf die Karte an der Wand. »Um ein offenes Wort auszusprechen: Sind wir überhaupt in der Lage, uns gegen das, was uns entgegengeworfen werden kann, zu behaupten?«

Der ilfaritische Herrscher räusperte sich und langte nach einer Praline. »Ich bin guter Hoffnung. Wir machen Fortschritte, was die Erforschung der Magie angeht«, log er. »Bald werden wir herausgefunden haben, wie sie genau funktioniert. Und wir untersuchen den ein oder anderen Fall von ungewöhnlichen Vorkommnissen, die auf magische Begabungen anderer Menschen auf dem Kontinent hindeuten. Auch darauf setze ich, denn nachdem der Vertrag unseres Staatenbundes unterschrieben worden ist, mache ich mir um das Militärische keine Sorgen mehr.« Zufrieden zerkaute er die Süßigkeit. »Rogogard sorgt dafür, dass die Palestaner keine weiteren Schiffe über den Nordweg an Hustrabans Ostküste bringen können, die tzulandrischen Nachschublieferungen an Soldaten werden ebenfalls von den Piraten angegriffen. Wenn wir schon beim Kämpfen sind: Der Kabcar führt ...«, er fuchtelte mit den Händen, während er nach dem richtigen Wort suchte, »zwei kleine Bombarden mit sich. Im Gürtel. Bekommen unsere Truppen auch solche Waffen? Sie scheinen sehr effektiv zu sein.« In aller Eile beschrieb er das Äußere der Schusswaffen.

Die beiden Kensustrianer wirkten irritiert. »Nein«, sagte Moolpár langsam. »Solche kleinen Geschütze haben wir nicht.«

»Dann sollten sich Eure Ingenieure schleunigst an die Arbeit machen, um Ähnliches zu erfinden«, meinte die Regentin säuerlich.

»Die Frage, die daraus entsteht, lautet: Woher hat er sie dann?«, grübelte der Herrscher. »Aus welchen geheimen Archiven hat sich der Kabcar noch bedient?«

»Er wird sie selbst gebaut haben«, schätzte Vyvú.

»Das glaube ich nicht.« Perdór zog die Schale mit dem

Konfekt heran. »Aber was der Kabcar kann, beherrsche ich länger und besser als er. Ich lasse mir die Pläne organisieren. Ich habe die ersten Hinweise auf die Produktionsstätten dieser Dinger erhalten. Und wenn Kensustria die Konstruktionszeichnungen nicht besitzt, sorge ich eben für ausgleichende Gerechtigkeit.« Er wandte sich Moolpár zu. »Ich gebe Anordnung, um meine geschicktesten Diebe auf den Weg zu schicken, Ihr sammelt die besten Feinmechaniker zusammen, die Kensustria zu bieten hat.«

»Wenn ich also alles richtig verstanden habe«, fasste Alana zusammen, »geht es nicht mehr um das Aufhalten der Dunklen Zeit, sondern darum, unsere Reiche vor der Dunklen Zeit zu bewahren, die für die übrigen Länder angebrochen ist?«

»Wenn man bedenkt, dass die ganzen Unternehmungen im Jahre 443 nach der alten Zeitrechnung unnütz waren, tun die Verluste bei Telmaran mit Sicherheit doppelt weh. Man hätte früher handeln müssen, aber da war bereits alles in die Wege geleitet.« Der ältere der Kensustrianer deutete auf die Schale mit den Pralinen. »Wärt Ihr so freundlich, Perdór?«

Der König blinzelte. »Ich habe mich doch eben verhört? Was soll das heißen?« Auch Alana richtete ihren Oberkörper gespannt nach vorne.

»Ich dachte, es wäre Euch bekannt«, begann der Krieger vorsichtig. »Ich glaubte, wir wären die Letzten, die noch nach dem alten Kalender rechnen.« Er schaute in die Gesichter. »Ihr wusstet nicht, dass die Schlacht bei Telmaran im Jahr 444 und nicht 443 verloren ging? Es gab einen verschleppten Rechenfehler, den unsere Gelehrten anhand der Sternkonstellationen bemerkten.«

»Na, das ist ja ganz hervorragend.« Perdór sank in seinem Stuhl zusammen. »Wir haben die Gelegenheit verpasst, ohne es zu wissen. Aber es fügt sich wundervoll ins Bild.«

»Wenn das Geeinte Heer in diesem entscheidenden Jahr vernichtet wurde, macht es da überhaupt einen Sinn, sich gegen das Unvermeidliche zu stellen?«, fragte die Regentin in die Runde. »Haben wir damit nicht alles schon entschieden?«

»Es macht immer einen Sinn, sich gegen das Böse zu stellen«, meinte Moolpár. »Wir wissen, dass Kensustria zu lange zögerte. Doch wir werden es wieder bereinigen. Mit unseren Kriegern und unserem Wissen. Auch wenn Telmaran verloren ging, es wird sich eine Möglichkeit auftun, wie wir Sinured von Ulldart verjagen können. Die Kriegerkaste Kensustrias steht bereit.«

»Wenn auch nach langem Zögern«, setzte Perdór nach. »Aber es ist vielleicht ganz gut so. Eure Truppen wären durch das Wasser ebenso hinfort gespült worden, ohne etwas zu bewirken. Es freut mich umso mehr, dass Ihr nun mit uns Seite an Seite kämpft, wenn es so weit ist.«

Die Verträge über den Staatenbund zwischen Tersion, Kensustria und Ilfaris wurden unterzeichnet, auch wenn die Übermacht des Kabcar nach wie vor erdrückend erschien. Auch das fehlende Einverständnis des Kaiserreichs Angor barg ein unbekanntes Spannungspotenzial, dennoch fühlten sich die Männer und die Frau wesentlich beruhigter und zuversichtlicher als zuvor.

»Um eines jedoch klarzustellen«, sagte Alana zu den beiden Kensustrianern. »Unsere beiden Reiche mögen vielleicht Verbündete sein«, ihre braunen Augen drückten Ablehnung aus, »aber Freunde werden wir niemals sein. Die Geschichte verbietet es.«

»Die Geschichte, Regentin«, entgegnete Moolpár freundlich, »hat uns vieles gelehrt. Auch, dass sogar aus Feinden Brüder wurden. Aber wir legen keinen Wert auf die Freundschaft zu Tersion. Es genügt uns auch, wenn Ihr Euch an die Abmachungen haltet.«

Beinahe gleichzeitig setzten sie sich in Bewegung und erreichten dadurch fast im gleichen Moment die Tür, die zu schmal war, um zwei Personen parallel passieren zu lassen. Keiner schien jedoch gewillt, dem anderen den Vortritt zu lassen, und so standen sie sich am Ausgang gegenüber und funkelten sich an.

»Aber, aber.« Perdór schwebte heran und versuchte zu schlichten. »Ich habe da eine Idee.«

In Windeseile waren drei Livrierte herbeizitiert worden, die mit schweren Vorschlaghämmern die Tür verbreiterten. Als Gleichberechtigte durchschritten der Mann und die Frau das Loch, stiegen über die Trümmer und gingen in verschiedene Richtungen auseinander.

Betrübt betrachtete der ilfaritische König die ramponierte Tür und die keuchenden Diener, die sich auf die Stiele ihrer Werkzeuge stützten. Schwere körperliche Arbeit waren die Lakaien nicht gewohnt.

»Das schaue sich einer an«, meinte er Kopf schüttelnd und fuhr mit den kurzen, dicken Fingern über die blanken, teilweise gesprungen Steine, die herausragten. »Ich muss meinen eigenen Palast demolieren, damit ich die Gäste los werde. Das nächste Mal verhandele ich unter freiem Himmel.« Er umrundete die größten Steinreste und suchte die Küche auf.

Ulldart, Großreich Tarpol, Hauptstadt Ulsar,
Herbst 449 n. S.

Die Gestalt tauchte langsam wie eine lauernde Amphibie aus der stinkenden Brühe auf, in der allerlei Unrat, Abfall und Dreck schwammen. Auf dem Weg unter dem Gefängnis hindurch, das man die *Verlorene Hoffnung* nannte, nahm der Kanal die Abwässer des riesigen Gebäudes auf, bevor er in den Hauptsammler einmündete. Die Gestalt war so bis unmittelbar vor das Gitter gelangt, das die Backsteinröhre vor unbefugtem Eindringen sichern sollte.

Sie nahm einen wasserdichten, röhrenförmigen Behälter aus den Fluten und legte ihn auf das schmal Sims, schraubte den Verschluss ab und nahm ein Holzkästchen hervor. Der Schubdeckel wurde entfernt und eine Glasphiole herausgenommen, die sorgsam zwischen Wattebäuschen gelagert worden war. Vorsichtig öffneten die Hände die Phiole und brachten den Inhalt an zwei Stellen eines Gitterstabes auf. Sofort reagierte das Metall mit lautem Zischen, die Flüssigkeit machte den Stahl porös.

Die Gestalt wartete noch ein wenig, dann umfasste sie den Stab und rüttelte daran, bis sich das Metall löste. Durch den so entstandenen schmalen Spalt schlängelte sie sich auf die andere Seite, kroch auf den Sims und bewegte sich lautlos vorwärts, tiefer in das Innere des größten Gefängnisses der Hauptstadt.

»Siehst du das?«, keifte die bis zur Unkenntlichkeit geschminkte Frau unangenehm dem Hauptmann der Wache ins Ohr. »Das ist das Siegel des Kabcar. Und wenn du mich nicht auf der Stelle zu meinem Bruder bringst, wirst du sehen, was es bedeutet, die Befehle deines Herrschers zu missachten.« Sie tippte immer wieder mit ihren behandschuhten Fingern auf dem Wachs herum, sodass es abzubröckeln drohte.

Die Torwache schloss für einem Moment die Augen, um sich zu beruhigen, dann begutachtete sie zum dritten Mal das Schreiben, das dem Besitzer freien Zugang zu dem Trakt gewährte, in den seit Jahren kein Besuch mehr vorgelassen worden war.

Es ging den Mann nichts an, warum dort niemals jemand hinein wollte, aber der Umstand, dass nun nach so langer Zeit eine Dame Zutritt verlangte, erregte seine Neugier. Dummerweise erwies sich die Frau nicht nur als besonders hässlich, sie war zudem eine Furie, wie sie im Buch stand. Deshalb bereute er, sich so lange mit ihr aufzuhalten.

»Ja, meinetwegen, Euer Hochwohlgeboren«, sagte er schließlich und drehte sich um. »Folgt mir.«

Zusammen mit der unaufhörlich redenden Frau, von der er anhand ihres Kleides und Benehmens annahm, sie gehöre zum neu entstanden Geldadel Tarpols, durchquerte er den Eingangsbereich und lief über den Hof, in dem linkerhand Stallungen untergebracht waren.

Er winkte sich drei Soldaten herbei, welche die Dame eskortieren sollten. Er wollte nichts weiter mit der zeternden Furie zu tun haben, mochte sie noch so viele Bekannte am Hof des Kabcar haben.

»Bringt die Dame zu unserem Nobeltrakt und lasst sie mit dem Gefangenen Stoiko Gijuschka sprechen«, orderte er und verschwand in seinem Amtszimmer.

Als die kleine Prozession schon eine Zeit lang in den dunklen Gewölben des Gefängnisses unterwegs war, trat der Hauptmann nach vollbrachter Aufgabe wieder in den Hof und ließ die Brieftaube in den Himmel steigen, die seine Nachricht augenblicklich zum Palast befördern würde.

Stoiko bewegte die Oberlippe und brachte seinen gewaltigen Schnauzer zum Wackeln. »Soscha, wie hast du das geschafft?«, wunderte er sich schließlich und richtete sich auf. »Ich dachte, ich kenne alle Eröffnungsstrategien, mit denen man den Gegner innerhalb der ersten Züge matt setzt.«

Sie lachte ihn durch die Gitter der Sichtluke an. »Gut, nicht wahr? Das habe ich mir selbst ausgedacht. Noch mal?«

Der einstige Vertraute des Kabcar schüttelte den Kopf mit den inzwischen graubraunen Haaren und hob abwehrend die Hände. »Lass es gut sein, Soscha. Wir haben für heute genug Schach gespielt.« Er brachte die Figuren zurück in ihre Ausgangsstellung und schob das karierte Brett ein wenig nach hinten, bevor er die Augen hob und seine Ziehtochter väterlich anblickte.

Das Mädchen, das eine mehrjährige Ausbildung bei den wahrscheinlich raffiniertesten Fälschern und Hochstaplern des Landes erhalten hatte, kannte kaum mehr das Tageslicht, weil die Strafe, die ihr der Kabcar auferlegt hatte, nicht aufgehoben wurde.

Monat für Monat lieferte sie die Mahlzeiten an die Häftlinge der *Verlorenen Hoffnung* und verlor dabei selbst ihre Kindheit in den dunklen, düsteren Gängen des Gefängnisses.

Und in all dieser Zeit hatte er es nicht geschafft, einen Plan zu ihrer oder der eigenen Rettung in die Tat umzusetzen. Immer wieder wurden die Ideen durch Ungewissheiten zunichte gemacht, allen Insassen fehlte die exakte Ortskenntnis, und selbst Soscha gestand, dass sie sich nur in manchen Teilen der Kerkeranlage auskannte. Der Weg in die Freiheit war unmöglich allein zu beschreiten, dafür befanden sich zu viele Wachen innerhalb des Gebäudes.

Unter Anleitung der Bewohner des »Nobeltraktes« übte sie, so oft sie Gelegenheit dazu erhielt, wie man sich in feiner Gesellschaft bewegt oder wie man Dokumente, Siegel und Unterschriften fälscht. Mit Hilfe eines Messers und Holzstücken übte sie sich in der Kunst des Schnitzens, verschiedene Handschriften beherrschte die Heranwachsende fließend.

Aus dem schüchternen Kind war ein selbstbewusstes Mädchen geworden, das sich seiner Haut sehr wohl zu wehren wusste. Der Duellist hatte sich alle Mühe gegeben, ihr die vitalen Punkte am und im Körper eines

Menschen einzubläuen. Aber es wurde immer schwerer, sie zum Üben zu begeistern. Als Kind hatte sie es als Spiel gesehen, als »kleine Dame« hinterfragte sie ihr Tun sehr genau und sah wenig Sinn darin, etwas zu beherrschen, was sie in der *Verlorenen Hoffnung* niemals benötigen würde.

»Weißt du, dass ich wahrscheinlich die einzige Tochter auf Ulldart bin, die mehrere Väter hat?«, sagte sie plötzlich.

»Wer kann das schon von sich behaupten?«, meinte Stoiko grinsend und kam zur Tür, um sie besser sehen zu können. »Zumal bestreitet hier drinnen niemand die Vaterschaft, was nicht gerade häufig ist.«

»Nun, ich werte die Nichtbeteiligung des Schweigers schon als Verweigerung der Vaterpflichten«, rief der Duellist. »Ein echter Rabenvater.«

»Soscha, Herzblatt, liebste Tochter mein«, säuselte der Ehebrecher aus seiner Zelle. »Wärst du so nett und würdest mir eine Karaffe Wein holen? Ich brauche ein bisschen von diesem Saft, um wenigstens meine Gedanken in höhere Sphären fliegen zu lassen, wenn schon mein Fleisch in diesen muffigen Mauern gefangen ist.«

»Nun höre sich einer den an«, kommentierte der Falschmünzer gespielt mürrisch. »Wer wie Ihr dermaßen enthemmt dem Alkohol zuspricht, wird mit einer roten Nase ins Grab gelegt. Einer Säufernase, ein Riechkolben, so dick und blau geädert, dass man ihn für einen Pilz halten wird.«

»Ich glaube, es ist mir recht gleichgültig, in welchem Zustand ich den Würmern anvertraut werden«, meinte der Ehebrecher ruhig.

»Habt Mitleid und denkt an die armen Tiere«, bat der Duellist. »Sie werden sich die Schwindsucht anfressen. Selbst Eure Knochen werden ungenießbar für die Viecher sein.«

»Ich werde Euch etwas über Eure Knochen sagen.

Nummeriert sie schon einmal durch, falls Ihr mir eines Tages doch gegenüberstehen solltet«, drohte der Ehebrecher ungehalten. »Ich werde Euch verbiegen, dass Ihr nicht mehr wisst, wo oben und unten ist. Und ich …«

Die Eingangstür wurde geöffnet, drei Wachsoldaten traten zusammen mit einer Frau ein, der mit einem Tuch die Augen verbunden worden waren. Die Aufmerksamkeit des »Nobeltraktes« richtete sich auf die Neuankömmlinge.

»Holla! Mir deucht, dies Weib sucht seinen Gatten!«, rief der Falschmünzer aus seiner Zelle. »Ich weiß schon einen, der gerade in seinem Loch immer kleiner wird.« Die inhaftierten Adligen lachten, jeder sah den schreckensbleichen Ehebrecher vor sich, der unter sein Bett kroch.

»Ruhe«, donnerte einer der Wächter. Mit einer energischen Geste bedeutete er Soscha, vom Eingang zu verschwinden, und schob sich wichtigtuerisch vor Stoikos Zelle. Umständlich öffnete er die zahlreichen Schlösser, entfernte Riegel und Ketten, bis er die Tür öffnete.

»Ihr habt Besuch, Sträfling Gijuschka.« Mit derselben Geste wie bei dem Mädchen forderte er den Mann auf, herauszutreten und sich an die Bank in der Mitte des Raumes zu setzen. »Deine Schwester will dich sehen.«

Etwas zögerlich verließ Stoiko die Behausung, in der er seit Jahren lebte, und machte ein paar Schritte auf die geschminkte Gestalt zu, die sich das Tuch vom Gesicht riss und sich ihm mit ausgebreiteten Armen entgegenwarf. Wie Schuppen fiel es ihm von den Augen, wer ihn sehen wollte.

»Hulalia«, jauchzte er, die Tränen der Freude und Erleichterung waren nicht gespielt.

»Mein schlimmer, schlimmer Bruder«, fistelte die Frau und drückte ihn an sich. »Komm an meine Brust, du böser Finger!« Sie brachte die Lippen ganz nah an sein

Ohr. »Haltet Euch bereit. Wir sind hier, um Euch herauszuholen«, wisperte Fiorell mit seiner echten Stimme. Ungerührt standen die Wachen umher und beobachteten die familiäre Szene.

»Das Mädchen muss mit«, raunte Stoiko zurück und löste sich aus der Umarmung.

»Würden die Herren vielleicht so freundlich sein und verschwinden?«, keifte Hulalia die Soldaten an. »Ich würde mich darüber freuen, etwas mehr Privatsphäre zu haben.«

Soscha stand verdutzt im Raum. Ihr Mentor hatte ihr niemals etwas von einer Schwester erzählt. Aber ihre Geistesgegenwart verhinderte, dass sie eine leichtfertige Frage äußerte.

Stattdessen klappte sie die Sichtluken der Reihe nach zu und schritt zur Tür, an der die Bewaffneten unschlüssig herumstanden. Hulalia warf ihnen ein Beutel mit Münzen vor die Füße, und sofort ging ein Leuchten über die Gesichter der Wachen. Ihr Anführer bückte sich nach dem Bestechungsgeld und befahl den Abmarsch, packte Soscha im Genick und zog sie mit nach draußen.

»Keine Zeit für lange Erklärungen. Das holen wir alles nach, wenn Ihr in Freiheit seid«, flüsterte Fiorell und raffte das Kleid nach oben, um an die Korsage zu gelangen. Aus den Seitenverstrebungen des Miederstückes zog er zwei schmale Stilette, eines davon reichte er Stoiko. »Ihr werdet eine der Wachen töten müssen. Seid Ihr dazu in der Lage?«

»Wie sieht der Plan aus?«, verlangte der Mann aufgeregt zu wissen.

Fiorell grinste breit. »Ihr hättet nicht gedacht, dass Ihr die alte Hulalia noch einmal sehen werdet, was?« Die schmale Klinge verschwand im Ärmel des Kleides, der Griff zeigte nach vorne. »Wir werden die Wachen überwältigen, während draußen ein Feuer in den Stallungen ausbricht. Im allgemeinen Durcheinander werden wir entkommen, Helfer stehen außerhalb des Gefängnisses bereit.« Er schlug Stoiko auf die Schulter. »Es wird alles gelingen.«

Der einstige Vertraute überlegte kurz. »Wir müssen das Mädchen mitnehmen. Sie kann Magie erkennen. Und die Männer hier benötigen wir auch.«

»Das wird nicht gehen.« Der Hofnarr schüttelte den Kopf. »Zu viele Menschen, zu viel Aufsehen, zu viel Gefahr. Ihr und nun auch das Mädchen müsst unbedingt entkommen.«

»Fiorell, das sind wichtige Leute.« Stoiko blieb beharrlich. »Bleiben sie hier, werdet auch ihr mich nicht von der Stelle bewegen.«

Ärgerlich stieg der schlanke Mann aus dem Kleid, warf die Korsage zu Boden und legte den Unterrock weg. »Na schön. Änderung des Plans. Aber beschwert Euch nicht, wenn wir wegen denen in Schwierigkeiten geraten.«

Der Hofnarr zog kleine Haken und Metallblättchen aus dem Miederstück und begann, an den Schlössern der ersten Zelle zu arbeiten. Ungefähr in der selben Geschwindigkeit, in der die Wache vorhin mit dem Schlüssel die Sperrvorrichtungen geöffnet hatte, knackte Fiorell die Verschlüsse.

Ein Adliger nach dem anderen wurde befreit, und zu Stoikos großer Erleichterung wollte der Duellist die undankbare Aufgabe mit dem Stilett übernehmen.

Als der Spaßmacher an der Kerkerzelle des »Schweigers« angelangte und die Tür aufschwang, sahen alle gespannt in diese Richtung. Die anderen kannte man, nur das Gesicht dieses eines Mannes hatte sich allen neugierigen Blicken entzogen.

Ein blasser, eher schmächtiger Mann trat heraus und betrachtete mit zusammengekniffenen Augen die anderen. Dann nickte er in Richtung des Ausgangs.

»Wie gewöhnlich«, meinte der Ehebrecher ein wenig

enttäuscht. »Ich hatte irgendwie mit mehr gerechnet. Aber der große Unbekannte ist nichts Besonderes, wie schade.«

»Also los«, befahl Fiorell, bevor es weitere Verzögerungen gab. »Wir brechen nun aus. Wir schlagen uns gemeinsam durch, draußen werden wir erwartet. Unsere Freunde haben nicht mit so viel Gefangenen gerechnet, daher kann es sein, dass wir improvisieren müssen.«

Die Adligen verteilten sich rechts und links des Eingangs, bewaffneten sich mit Ketten und Mobiliar aus ihren Zellen. Die Stimme des Spaßmachers änderte sich, schraubte sich in unangenehme Höhen.

»Ach herrje! Herr Wachmann, Herr Wachmann, ich habe mir das Kleid an der Tischkante zerrissen. Würdet Ihr es wohl bitte zusammenhalten?«

Die Tür flog auf, und die Soldaten stürmten in der Hoffnung herein, eine entblößte Frauenbrust zu sehen. Stattdessen hagelte es Prügel, die Stilette waren nicht einmal notwendig, so schnell gingen die Männer zu Boden.

In aller Eile wechselten die Uniformen die Besitzer, die restlichen Adligen wurden scheinbar gefesselt und zur Verlegung bereit gemacht.

»Und wie kommen wir nun aus diesem Labyrinth heraus?«, wollte Stoiko wissen. »Ihr hattet doch die Augen verbunden?«

Fiorell grinste und tippte sich an den Kopf. »Ich mag vielleicht ein Narr sein, aber auf meinen Grips kann ich mich verlassen. Mir nach.«

Mit traumwandlerischer Sicherheit führte sie Fiorell durch die Korridore, gelegentlich blieb er stehen, um nachzudenken, dann ging es auch schon weiter. Soscha lief neben Stoiko her und hielt seine Hand. Sie zitterte ein wenig, die Aufregung war enorm.

Doch allen schlimmsten Befürchtungen zum Trotz, die der einstige Vertraute des Kabcar hegte, es lief alles gut. Zielsicher näherten sie sich dem Ausgang. Den Wachen, denen sie begegneten, wichen sie rechtzeitig aus oder bewegten sich so selbstverständlich, dass niemand auf die Idee kam, die Verlegung eines ganzen Rudels Sträflinge seltsam zu finden.

Die Gestalt sog prüfend die Luft ein, durch die Fäulnisgase nahm er einen anderen Geruch wahr, auf den er gehofft hatte.

Pferdemist, lautete das Urteil, und ein Lächeln glitt über das Gesicht. Vorsichtig pirschte sie sich unter das Gitter, schob einen schmalen Spiegel hindurch und warf mit Hilfe der polierten Metallscheibe einen Blick in die darüber gelegenen Stallungen.

Ein paar Pferdeknechte waren bei der Arbeit, blieben aber zu weit entfernt, als dass sie im schummrigen Licht sehen könnten, wie der Mann sein Versteck verließ.

Zügig entfernte er die Sperre, zog sich hinauf und kletterte aus dem schmalen Loch, um es sofort wieder mit dem Gitter zu verschließen. Die Knechte hielten einen Schwatz und dachten gar nicht daran, in seine Richtung zu blicken.

Der Eindringling huschte in den Schutz eines großen Strohhaufens, wo er sich seiner stinkenden Kleider bis auf die Unterwäsche entledigte. Dabei kamen die zahlreichen Wurfmesser, die an den Unterarmen, im Nacken und an den Beinen mit speziellen Lederhalftern befestigt waren, zum Vorschein. Es war Hetrál, der sich seinen unterirdischen Weg ins Innere des schwerbewachten Gebäudes gesucht hatte.

Kurz tauchte er in einem Pferdetrog unter, der Geruch des Unrats sollte ihn nicht verraten. Dann schraubte er den mitgebrachten Behälter auf, nahm vorsichtig ein kleines Fässchen heraus, an dessen Boden eine zusammengerollte Lunte baumelte. Sorgsam deponierte er die Sprengladung, obenauf stellte er ein Glas mit durchsichtiger Flüssigkeit. Ein paar Hand voll Stroh verdeckten die Konstruktion, nur die Lunte ragte wie ein schwarzer Strohhalm hervor. Seine stinkenden Sachen warf er durch das Gitter zurück in die Kanalisation. Lautlos gelangte er in die Sattelkammer, wo er die einfache Wechselkleidung, einen breitkrempigen Hut und den Wachsmantel eines Stallburschen fand, und legte sie an.

Durch die Schatten, unter gepanzerten Kutschen und anderen Gefährten hindurch schlich Hetrál sich an die beiden plaudernden Knechte an, bis er aus der Dunkelheit heraustrat und die überraschten Männer mit harten Schlägen ins Gesicht zu Boden schickte.

Schnell zog er sie in ein freies Stallabteil und deckte auch sie mit Stroh zu. Dort, wo er sie abgelegt hatte, müssten sie die Explosion überstehen. Als letzte Utensilien nahm er ein Kurzschwert, einen geschwungenen, mannsgroßen Bogen und einen Köcher mit einem Dutzend Pfeilen aus dem Behältnis. Unter großer Kraftanstrengung hing er die Sehne ein und postierte die Fernwaffe neben dem Stalltor, das Kurzschwert verschwand unter dem langen Mantel. Dann nahm er den Besen zur Hand und begann, unmittelbar am Eingang zu fegen. Von hier aus hatte er einen hervorragenden Überblick über den Innenhof des Gefängnisses.

Seit seinem Aufbruch hatte Hetrál lautlos gebetet, unentwegt repetierte er in Gedanken das Ehrenlied Ulldrael des Gerechten. Nicht allein wegen des Beistandes, sondern auch, um den vereinbarten Zeitpunkt für die Ablenkung nicht zu verpassen, für die er verantwortlich war.

Und soeben beendete er die zweiundneunzigste Wiederholung, als das Tor der *Verlorenen Hoffnung* geöffnet wurde und eine zwanzigköpfige Patrouille unter der persönlichen Standarte des Kabcar in das Atrium preschte.

Der Turît zwang sich, den Besen weiterhin so unbekümmert zu schwingen wie bisher und schielte unter der Krempe in Richtung der Reiter, die auf ein Kommando hin absaßen. Ihr Anführer verschwand in die Amtsstube der Wachen.

Nun wurde es Zeit, für die Ablenkung zu sorgen.

Da wandte sich einer der Soldaten zu ihm und winkte ihn zu sich.

Wenn er jetzt losrannte, war alles verraten. Er zwang sich zur Ruhe, schulterte den Besen und ging auf den Gerüsteten zu, der ihn mit missmutigem Gesicht erwartete.

»Das geht doch auch ein bisschen schneller«, schnauzte er den vermeintlichen Stallburschen an und drückte ihm die Zügel in die Hand. »Da. Bring die Pferde rüber in den Stall und tränke sie.«

Gehorsam passierte der Meisterschütze die Reihe der Reittiere und fasste die Lederriemen der Tiere. Doch mehr als zehn packte er nicht, die vom wilden Ritt aufgeregten Pferde tänzelten unruhig hin und her und wollten partout nicht mit dem für sie völlig Fremden gehen. Das nutzte der Mann und tat so, als würde er sie nicht länger halten können.

Er stolperte über den Besen, ließ sich nach vorne fallen, seine Finger öffneten sich. Die nervösen Pferde stoben nach allen Richtungen davon.

Die Wachen fluchten und machten sich an das Einfangen der Vierbeiner, ein Soldat verpasste dem Liegenden einen wütenden Tritt in die Seite. »Idiot!«, brüllte er ihn an, dann half er seinen Kameraden.

Grinsend schaute Hetrál zu, wie sich die Leibwachen des Kabcar als Pferdefänger versuchten. Es wurde höchste Zeit, die Lunte anzuzünden.

Er hörte, wie die Tür der Amtsstube geöffnet wurde, und als er den Kopf drehte, befanden sich unmittelbar vor seinen Augen die metallbeschlagenen Spitzen schwerer schwarzer Reitstiefel, die zusätzlich mit Nieten besetzt worden waren.

Seine Blicke wanderten an einer schwarzen Lederrüstung mit lamellenhaft angeordneten, silbernen Metallstücken hinauf. Miteinander verflochtene Kettenringe schützten die Arme des Trägers vor Schlägen, die Hände steckten in groben Lederhandschuhen. An seinem Waffengürtel baumelten ein Morgenstern und eine Axt.

Der Oberkörper des Unbekannten beugte sich nach unten, die Finger schlossen sich wie Klauen um den Mantelaufschlag und zogen den Gestürzten mit einer Leichtigkeit auf die Beine, als würde der kräftige Mann nichts wiegen.

Hetrál schaute in ein ausdrucksloses, hohlwangiges Gesicht, das von einem Dreitagebart geziert wurde. Offene schwarze Haare hingen wie nasse, gewellte Fäden vom Schädel herab, hinter den Schlitzen des eigenartigen Augenschutzes, den man normalerweise bei Wanderungen über sonnenbeschienene Schneeflächen trug, glühte es rot. Den Turîten befiel eine ungefähre Ahnung, wem er da eben gegenüberstand. Und eine immense Angst.

»Findest du das etwa besonders spaßig?«, krächzte Hemeròc.

Hetrál bekämpfte die aufsteigende Furcht. Gegen diesen Gegner würde er ebenso wenig etwas ausrichten können, wie das damals beim Kabcar der Fall gewesen war.

»Jetzt hat es ihm die Sprache verschlagen«, höhnte das Wesen, das nur äußerlich einem Menschen glich. »Geh an deine Arbeit, bevor ich dir den Kopf abreiße.«

Unsanft schob er den vermeintlichen Knecht zurück, der nach hinten taumelte und erneut über den Besen stürzte, dieses Mal aber unabsichtlich. Ein leises, metallisches Klingen ertönte, als das hervorgerutschte Kurzschwert gegen einen seiner Wurfstäbe schlug.

Eilig rappelte der Meisterschütze sich auf und rannte

davon, um sich an der Hatz nach den Pferden zu beteiligen. Er spürte förmlich, wie das rote Glühen seine Bewegungen verfolgte.

Hetrál schnappte sich das erstbeste Reittier und zerrte es in die Stallungen. Kaum war er dort angekommen, ließ er die Zügel Zügel sein, griff sich den abgestellten Bogen und sprintete zur Sprengladung.

Schnaufend vor Anspannung und Anstrengung, fummelte er mit einer Stahlreibe und einem Feuerstein herum, um die Zündschnur anzubrennen. Der Feuerstein versagte jedoch seinen Dienst.

Innerlich fluchend lief er zur Sattelkammer, wo er solche Utensilien zu finden hoffte. Der Zeitplan musste schon lange überschritten worden sein. Zu seiner großen Erleichterung wurde sein banges Hoffen erfüllt. Er trat mit einem neuen Feuerstein aus der Kammer heraus und lief zum Strohhaufen.

»Stallbursche«, krächzte es direkt hinter ihm, »lass mich sehen, was du da machst.«

Fiorell lugte um die Ecke des Gangs in den abendlichen Innenhof, in dem sich die absonderlichsten Szenen abspielten. Drei Dutzend tobende Männer rannten hinter Pferden her, die sich einen Spaß daraus machten, ihren Verfolgern im letzten Moment durch einen schnellen Galopp zu entkommen.

»Das ist zwar eine nette Ablenkung, aber nicht die, die wir vereinbart hatten«, sagte der Hofnarr über die Schulter nach hinten. »Wir müssen es trotzdem wagen. Wenn wir es nicht gleich versuchen, dann schaffen wir es nie.« Er ordnete die Uniform, der Duellist zog sich das Barett tiefer in die Stirn, Stoiko legte eine Hand an den Griff des Säbels. »Also, los.«

Im Gänsemarsch trottete die Truppe über den Hof, Fiorell mahnte in echter Wächtermanier lautstark etwas mehr Geschwindigkeit an.

Sie passierten die Amtsstube des Hauptmanns, als die Tür aufflog.

Der Ehebrecher blieb erschrocken stehen, geistesgegenwärtig trat der Hofnarr dem Mann in den Hintern und trieb ihn vorwärts. Er hatte erkannt, dass der Ranghöchste sich um das Durcheinander auf dem Hof kümmern wollte.

»Was macht ihr da eigentlich? Ist die Leibwache des Kabcar nicht einmal in der Lage, ihre lahmen Gäule einzufangen?«, brüllte der Hauptmann. »Wir sind hier nicht im Zirkus.« Da fiel sein Blick auf die merkwürdige Gruppe, die sich auf das Tor zu bewegte. »Und wohin wollt ihr, wenn ich mal höflich fragen darf? Wird das eine Stadtführung?« Er polterte die Stufen hinunter und stapfte auf die Sträflinge zu. Soscha zitterte wie Espenlaub. »Heda! Tor zu, sonst hauen die Klepper ab«, befahl er der feixenden Wachmannschaft.

Augenblicklich betätigten die Männer die Winden, ratternd senkte sich zuerst das Fallgatter herab, danach schwenkten die massiven Flügeltüren des Torportals aufeinander zu.

Der Weg in die Freiheit verschloss sich buchstäblich auf den letzten Metern.

Hetrál erahnte das Geschoss mehr, als dass er es sah. Das leise Pfeifen warnte ihn, geistesgegenwärtig ließ er sich fallen. Die Axt zischte über ihn hinweg und krachte mit der Schneide voran in das Holz. Bis zur Hälfte steckte die Klinge im Balken.

Der Turît sprang auf, hechtete nach links in ein Stallabteil, huschte unter Pferdebäuchen hindurch und katapultierte sich kopfüber in den Strohhaufen. Es blieb ihm keine Zeit mehr, nach der Lunte zu suchen, deshalb steckte er die Halme, wo er gerade saß, in Brand.

Zufrieden beobachtete er, wie aus den Funken zuckend Flämmchen wurden, die sich gierig ausbreiteten.

Schnell kroch er weiter bis an den anderen Rand und lauschte. Obwohl er genau wusste, dass Hemeròc irgendwo da draußen auf ihn wartete, machte er einen großen Satz und hüpfte ins Freie, um sich ein Pferd zu nehmen und sich in Sicherheit zu bringen, bevor die Stallungen mit einem gewaltigen Knall explodierten.

Voll Schrecken bemerkte er, dass die Axt aus dem Balken gezogen worden war. Als würde der Morgenstern nicht ausreichen, ihn zu töten, dachte er, als ihn die Eisenkugel prompt ins Kreuz traf.

Die Heftigkeit des Schlags warf ihn nach rechts. Sich vor Schmerzen krümmend fiel er unter einen Rappenhengst.

Im Eingang erschien die Gestalt Hemeròcs, Morgenstern und Axt in den Händen haltend. Als der Helfer Nesrecas näher kam, trat Hetrál dem Hengst in die Weichteile und rollte sich augenblicklich aus der Gefahrenzone.

Das verletzte Tier schlug sofort mit beiden Hufen nach hinten aus, knallte die eisenbeschlagenen Hufe gegen den Oberkörper des Angreifers und beförderte den vor Wut brüllenden Hemeròc mehrere Meter durch die Luft, bevor er durch die Tür der Sattelkammer krachte.

Der Turît wälzte sich herum. Die Nierengegend brannte wie Feuer, er bekam vor Schmerzen kaum Luft. Mit enormer Anstrengung schaffte er es irgendwie, sich auf den Rücken eines Pferdes zu ziehen und den Vierbeiner in Richtung des rettenden Ausgangs zu lenken.

Dann hörte er einen furchtbaren Knall in seinem Rücken, die Welt um ihn herum explodierte.

Als er sich umdrehte, raste eine Feuerwand, für die er verantwortlich war, auf ihn zu, als wollte sie sich für ihre Existenz mit einer glühenden Umarmung bedanken. Das Pferd galoppierte panisch los, um der Flammenhölle zu entkommen.

Der Hauptmann hatte sie fast erreicht, als der hintere Teil der Stallungen in einem Feuerball und mit einer Ohren betäubenden Detonation verging.

Meterhoch stiegen die Flammen in die Luft, wie eine aufblühende Blume reckten sich die Lohen, fächerten auf und erloschen. Die Trümmerstücke, Ziegel, Holzstücke und Steinbrocken schossen durch die Luft, die immense Druckwelle fegte Männer und Tiere auf dem Innenhof von den Beinen.

Fiorell atmete auf. Es hatte ihn ebenso wie den Hauptmann zu Boden gerissen.

Doch die Explosionen wollten nicht verebben, die Erde erbebte. Eine Holzluke im Atrium, die wohl zum Abwasserkanal führte, wurde in die Höhe katapultiert, eine Stichflamme schoss fauchend aus der Öffnung. Der Hofnarr verstand, dass das Feuer im Stall die Fäulnisgase der Kanalisation entzündet hatte.

»Ihr bleibt, wo ihr seid«, schrie der Hauptmann Fiorell an und eilte zurück.

Sofort knallte er die Hacken zusammen und schrie seinerseits die Gefangenen an. »Das Gatter hoch und das Tor auf, habt ihr den Hauptmann nicht verstanden?«, herrschte er dann die Tormannschaft an. »Wie sollen Helfer sonst von außen hereinkommen?«

Die Soldaten auf der anderen Seite des Fallgitters sahen sich unschlüssig an.

»Wollt ihr wohl, ihr Hundsärsche!«, tobte Fiorell und hüpfte auf und ab. »Wenn hier alles verbrennt, sage ich dem Hauptmann eure Namen, ihr Nachtkappen!«

Das wirkte. Sofort griffen sie nach den Speichen der großen Winden und betätigten die Vorrichtung. Stückchen für Stückchen hoben sich die Eisenzacken an. Die Häftlinge standen inzwischen wieder alle.

Ein einzelner Mann taumelte aus dem Schatten des Torbogens und brach vor den Füßen Stoikos zusammen. Der Vertraute des Kabcar erkannte den Turîten, in dessen Rücken ein langer Splitter steckte. Sofort kümmerte er sich um ihn.

Das Fallgitter war nun so weit geöffnet, dass sich Fiorell drunter durchrollen konnte und das auch den Gefangenen befahl. Sie sollten die Winde für die Außentore betätigen. Nur noch Stoiko, Hetràl und der Schweiger befanden sich auf der anderen Seite.

In den feuerumspielten Ruinen der Pferdunterkünfte erhob sich unbemerkt von den Ausbrechern eine Gestalt. Sie durchschritt die Wand aus Flammen unbeschadet und bahnte sich mit wuchtigen Schlägen mit Axt und Morgenstern ihren Weg durch Schutt und Geröll. Suchend blickte sie sich um, dann hefteten sich die rot leuchtenden Augenhöhlen, die nicht länger von den Schutzklappen verdeckt waren, auf den Mann mit dem Schnauzer. Mit leicht gesenktem Kopf kam er in Richtung des Ausgangs gelaufen, wurde dabei immer schneller und hob den Arm mit der Axt zum Wurf.

Stoiko wollte dem Meisterschützen gerade einen notdürftigen Verband anlegen, als ihn etwas ins Kreuz traf. Er prallte gegen das Gatter und stürzte auf den Rücken. Über ihm stand der Schweiger. »Was soll das?«, rief der Mann wütend.

Der Adlige lächelte. »Ulldrael wird mir meine Taten vergeben. Ich soll euch von ihm sagen, dass ihr nicht aufgeben dürft. Niemals.« Die Pupillen brachen und nahmen einen toten Ausdruck an, dann kippte er um. Aus seiner rechten Seite ragte die Axt Hemeròcs, die für Stoiko bestimmt gewesen war.

Fiorell rutschte unter den Eisenspitzen hindurch, packte das Handgelenk des verletzten Meisterschützen und zog ihn zusammen mit Stoiko auf die andere Seite. »Lasst das verdammte Gitter wieder runter!«, brüllte er voller Aufregung. Hemeròc musste jeden Moment bei ihnen sein. »Los, oder unsere Schädel platzen unter seinem Morgenstern wie reife Kürbisse.«

Die befreiten Adligen schubsten die Wachen zur Seite, der Duellist zertrümmerte die Rückschlagsperre der Winde, und das Stahlhindernis rammte sich in den Boden.

Wie ein unbändiges Tier warf sich Nesrecas Vertrauter tobend gegen die Stäbe, während sich die Gefangenen durch den Spalt zwischen den Eingangstoren in die Freiheit schoben. Hemeròc schickte ihnen einen Strahl seiner Magie hinterher, doch die Energien rissen lediglich die riesigen Flügeltüren auseinander und sandten den Flüchtenden Splitter hinterher.

Hemeròc wandte sich mit einem Grollen dem Toten zu seinen Füßen zu. Ohne sonderliche Anstrengung zog er seine Axt aus dem erkaltenden Körper, betrachtete die blutige Schneide und ließ damit seine maßlose Wut ungezügelt an der Leiche des Schweigers aus, der den sicheren Tod des einstigen Vertrauten verhindert hatte.

Soscha umklammerte Stoiko, die Augen fest geschlossen. »Er strahlte dunkelrot«, wimmerte sie immer wieder. »Wie damals Nesreca. Dunkelrot, fast Schwarz.« Ein Schaudern jagte über ihren Körper, und sie drückte sich enger an den väterlichen Freund.

Er beruhigte sie, indem er ihr über die Haare streichelte. »Es ist vorbei. Wir haben es geschafft.«

»Knapper hätte es wirklich nicht sein dürfen«, meinte Fiorell erschöpft, streckte alle Glieder von sich und machte sich in der Kutsche breit. »Ich freue mich, wieder der normale Hofnarr sein zu dürfen. Hulalia wird nie wieder auftreten. Das ist zu viel Aufregung für einen einfachen Spaßmacher wie mich. O ruhiges, beschauliches Ilfaris, ich komme!« Er schlug sich mit der flachen Hand an die Stirn, dass es klatschte. »Was rede ich da? Ich will freiwillig zurück zu dem Pralinenungeheuer?« Er neigte den Kopf in Richtung seiner Begleiter. »Schnell, seht nach, ob mich ein Trümmerstück am Schädel erwischt hat.«

Das Gefährt rumpelte durch das Südtor Ulsars hinaus, ohne auch nur einmal von einer Wache belästigt worden zu sein, was wohl am Wappen des Kabcar lag, das man auf den Lack aufgebracht hatte. Der dreiste Streich gelang. Notfalls hätte man vom doppelten Boden des Gefährts Gebrauch gemacht, um die befreiten Gefangenen hinauszuschmuggeln.

»Wohin habt Ihr die Adligen gebracht?«, wollte Stoiko wissen, der sein Glück immer noch nicht fassen konnte.

»Sie sind an einem sicheren Ort in Ulsar«, beruhigte der Hofnarr und nahm eine Flasche mit Wasser unter der Bank hervor, aus der er einen tiefen Schluck nahm. »Von dort sollen sie selbst entscheiden, was sie tun möchten. Am besten wäre es natürlich, wenn sie sich dem Widerstand anschließen würden, was ich stark annehme«, meinte er. »Entsprechende Kontakte sind bereits hergestellt. Auch wenn ich nicht ganz weiß, wie ein Ehebrecher uns von Nutzen sein könnte. Hetrál wird folgen, sobald seine Verletzungen einigermaßen verheilt sind.« Er grinste. »Entweder Ulldrael der Gerechte hasst ihn, dass er ihn jedes Mal mit dem Leben davonkommen lässt, oder er liebt ihn über alles.«

»Danke für meine Befreiung.« Soscha war eingeschlafen, behutsam zog Stoiko eine Decke über den Körper des Mädchens. »Wegen mir hättet Ihr Euch die Umstände nicht machen müssen. Aber sie ist unsere wohl aussichtsreichste Waffe im Kampf gegen Nesreca. Sie kann Magie sehen. In Dingen und in Menschen.«

»Na, das ist doch eine Zugabe, die sich lohnt.« Fiorell lachte leise, um sie nicht zu wecken.

»Wohin reisen wir?«, wollte der ehemalige Vertraute des Kabcars wissen und fuhr sich durch den Schnauzer.

»Wir haben eine ganz schöne Strecke vor uns, die nicht ohne Gefahren auskommt«, erklärte der Hofnarr. »Wir werden mit dem Schiff den Repol hinab bis nach Serusien fahren. Von dort wird es weiter nach Ilfaris gehen, wo ihr an einen sicheren Ort gebracht werdet.« Er spähte nach draußen. »Wenn man angesichts der Helfer des Konsultanten von ›sicher‹ sprechen kann. Und danach bereden wir mit dem Pralinigen alles Weitere. Soscha wird uns eine große Hilfe sein. Perdór lässt die Cerêler schon an der Erforschung der Magie arbeiten, aber bisher ist noch nichts wirklich Neues dabei herausgekommen.« Seine Augen ruhten auf dem Gesicht der Schlafenden. »Das wird sich hoffentlich nun ändern.«

Stoikos Antlitz nahm einen abwesenden Ausdruck an. »Er hat gesagt, dass wir nicht aufgeben sollen. Niemals.« Er erinnerte sich an die letzten Worte des Schweigers.

»Bitte?«, meinte der Spaßmacher irritiert.

»Der Mann saß zusammen mit den anderen und mir mehr als fünf Jahre in dem Trakt und hat nicht ein einziges Mal zu uns gesprochen«, erläuterte er dem Hofnarren seine Gedankengänge. »Und dann flüchtet er mit uns, stellt sich der Axt in den Weg, die mich zweifelsohne getötet hätte, und übermittelt mir die Worte des Gerechten.« Sein Blick wanderte zu Boden. »Nicht einen einzigen Satz in all den Jahren, und dann spricht er von Ulldrael. Wurde er von ihm geschickt?«

Fiorell wiegte den Kopf hin und her. »Ich würde sagen, er bekam die gerechte Strafe für seine Tat.« Stoiko machte ein fragendes Gesicht. »Der Schweiger, wie Ihr ihn nanntet, hat seine Frau und seine vier Töchter im Alkoholrausch umgebracht, wenn die Akten stimmen, die wir gefunden haben.« Er kuschelte sich in eine Ecke der Kutsche. »Wenn es Euch interessiert, wir haben uns die Finger wund gesucht, um Euch aufzustöbern. In irgendwelchen alten Archiven entdeckten unsere Spione Aufzeichnungen über einen besonderen Flügel innerhalb der *Verlorenen Hoffnung*. Die Namen derer, die dort verwahrt wurden, konnten wir nur schwer herausfinden, aber es gelang uns auf Umwegen. Anscheinend hatte Nesreca alle neueren Unterlagen vernichten lassen. Lediglich der Hauptmann und ein oder zwei Wärter kannten die Namen der Insassen.« Der Hofnarr grinste. »Es war eine unsägliche Arbeit, bis wir die Wachmannschaft im Laufe mehrerer Wochen alle besoffen gemacht hatten, um ihnen Informationen über den Nobeltrakt zu entlocken. Mal abgesehen davon, dass wir drei Jahre lang halb Tarpol nach Euch auf den Kopf stellten, bis wir entdeckten, dass Ihr Ulsar niemals verlassen hattet. Der Rest war einfach. Ein paar gefälschte Papiere, eine große Portion Kaltschnäuzigkeit und Verzweiflung.« Er gähnte und streckte sich. »Dass der Schweiger nun etwas von der Gnade Ulldraels faselte, nun ja, es trifft sich gut. Das gibt Hoffnung, auch wenn es nur Zufall war.« Er schloss die Augen.

Stoiko lächelte still. Er war völlig anderer Meinung und sich sehr sicher, dass der Schweiger tatsächlich eine Botschaft des Gerechten verkündet hatte. Auch wenn Ulldrael aus welchen Gründen auch immer nicht in der Lage war, direkt in die Geschehnisse auf seinem Kontinent einzugreifen, er bewies, dass er die nicht vergaß, die für das Gute einstanden. Das gab dem ehemaligen Mentor des Kabcar Mut und Zuversicht. Und die Hoffnung, dass er seinen Schützling, der nun ein Mann sein musste, wieder zurück auf den rechten Pfad bringen konnte, auf dem er einst gewandelt war.

»Fiorell«, sagte er leise, und der Spaßmacher hob ein Lid. »Wo ist Norina? Wann sehe ich sie und Waljakov wieder? Das Kind müsste inzwischen schon groß sein.«

»Freut Euch, dass Eure Flucht geglückt ist«, riet der Hofnarr traurig. »Und dann sprecht ein stilles Gebet für sie und den Knaben. Ich denke nicht, dass wir sie jemals wieder sehen werden.« Stoiko schluckte schwer. Er wagte es nicht, nach dem kurzangebundenen Leibwächter zu fragen. »Sie sind vor fünf Jahren auf hoher See von Nesrecas Helferin versenkt worden. Nur Torben Rudgass kam mit dem Leben davon.«

Eine stählerne, eiskalte Hand umfasste das Herz des Mannes und presste es zusammen, Freude über die Freiheit und der Schmerz über den Verlust der liebsten Freunde mischten sich zu einem überwältigenden Gefühl und ließen den Mann lautlos in Tränen ausbrechen. Die Gesichter der Verlorenen entstanden vor seinem inneren Auge. Wenn das der Preis für sein Entkommen war, dann war er zu teuer. Hatte er Ulldrael zu früh gelobt?

Doch seine Frage wurde nicht beantwortet.

Die Kutsche holperte durch die Nacht und näherte sich der Anlegestelle, wo das Boot auf die Flüchtlinge wartete, um sie in Sicherheit zu bringen.

Sieben Jahre später …

V.

»Doch das Tun der Seherin blieb den Mächten der Dunkelheit nicht verborgen.

Sogleich näherten sich die Beobachter, die einst Sinured gedient hatte, der Seherin. ›Was hast du gesehen, kleine Frau?‹, verlangte die Kreatur lauernd. ›Du hast das Schicksal unseres Hohen Herrn erkundet, oder?‹, wisperte es drohend in ihrem Verstand. ›Du wirst niemandem von deinen Entdeckungen berichten, oder wir finden und töten dich. Deine Seele werden wir rauben und sie verschlingen, deinen Körper werden wir schänden und deine Familie auslöschen, wenn du nur ein Sterbenswörtchen verrätst, kleine Frau.‹«

Das Buch der Seherin
Kapitel V

Ulldart, Großreich Tarpol, Hauptstadt Ulsar, Sommer 456 n. S.

Ein Liedchen summend schwenkte der Junge die Mistgabel, kratzte das dreckige Stroh aus dem Stallabteil heraus und häufte es auf dem breiten Mittelgang an. Nachdenklich schaute er auf den übergroßen Pferdehintern direkt vor ihm. Der Schweif zuckte nach rechts und nach links, der Kopf des Tieres wandte sich zu dem Stallburschen, als würde es etwas im Schilde führen.

»Komm bloß nicht auf dumme Gedanken«, warnte der Junge den jungen weißen Hengst mit fester Stimme. »Wenn dein Bein auch nur zuckt, piekse ich dir die Zinken in deinen Schinken, mein Freund.« Das Pferd schnaubte und scharrte mit dem Huf. »Ich weiß schon, was du möchtest.« Er blickte vorsichtig nach rechts und nach links. »Na gut, meinetwegen.«

Dann huschte er in die Box. Behutsam streifte er dem Schimmel Zügel über, setzte die Trense ein und führte ihn aus dem Stallabteil. Weil der Rücken zu hoch war, gelangte er nicht aus eigener Kraft hinauf, sondern musste jedes Mal, wenn er einen heimlichen Ausritt plante, zu einem Trick greifen.

Langsam ließ er die Lederriemen los, kletterte rasch halb die Leiter zum Heuboden hinauf und schwang sich von dort auf das Kreuz des Rosses.

Lammfromm stand der mächtige Vierbeiner im Gang und wartete auf das Zeichen. Der Junge klopfte auf den breiten, muskulösen Hals. »Du bist ein Braver, Treskor, nicht wahr?« Er beugte sich nach vorne und angelte nach den Zügeln. Die Ohren des Schimmels standen waagerecht.

»Hatt, hatt!«, rief der junge Reiter und machte sich ganz flach. Der Hengst schoss übermütig wiehernd los, preschte zum Tor hinaus und setzte mit Leichtigkeit über das Gatter, das die Koppel von der dahinterliegenden freien Wiese trennte.

Die wilde Jagd ging quer über die Grasebenen, die sich um Ulsar erstreckten, und Treskor schien sich mit Absicht immer die Wege auszusuchen, auf denen Hindernisse auftauchten.

Dem Jungen war es recht, er fühlte sich eins mit dem Schimmel, wie er sich eins mit allen Pferden fühlte, auf denen er saß. Er spürte die Bewegung der Muskeln unter sich, die Wärme, die von dem Leib des Tieres ausging, und lenkte das Ross mit leichtem Druck seiner Schenkel und nur geringem Dirigieren über die Zügel. Es schien, als wären die Pferde gedanklich mit ihm verbunden und bildeten eine Symbiose mit dem jungen Reiter. Noch nie war es ihm passiert, dass ein Vierbeiner scheute oder ihn abwerfen wollte.

Dennoch wusste keiner, wie gut der Junge reiten konnte, denn er musste seine Ausflüge in aller Heimlichkeit durchführen. Es stand einem einfachen Stallburschen wie ihm nicht zu, die Pferde des Kabcar zu reiten. Würde es jemand bemerken, würden ihn die schlimmsten Strafen erwarten, die er sich nicht ausmalen durfte. Aber das Schrecklichste wäre, dass er seine Anstellung am Gestüt verlieren würde. Deshalb unternahm er solche Ausritte nur, wenn er sich absolut sicher sein konnte, von niemandem beobachtet zu werden.

An diesem strahlenden Sommertag war er sich sicher, und Treskor gehörte zu den Pferden, mit denen er am besten hantieren konnte. Diese Empathie war besonders ausgeprägt, deshalb erwies es sich als außerordentlich schwierig, dem Hengst einen Ritt abzuschlagen, wenn die braunen Augen ihn bittend ansahen. Die eigens eingestellten Reitknechte kamen ihrem Auftrag, für die Bewegung der Tiere zu sorgen, mehr schlecht als recht nach.

Genauso außer Atem wie Treskor, zügelte der Junge

das Pferd auf einem Hügel, um sich Ulsar, das Herz des Großreiches Tarpol in all seiner Pracht anzuschauen.

Die Sonnen schienen auf eine wachsende, pulsierende Stadt, die sich schon lange über die ursprünglichen Mauern hinweg ausgedehnt hatte. Das Herz des Landes schlug kräftig und zeigte seinen Reichtum durch immer schönere, höhere und mitunter abenteuerlich gestaltete Bauten.

Die spitzen, düsteren Türme der Kathedrale zu Ehren Ulldrael des Gerechten reckten sich gegen das Blau des Himmels, als wollten sie den Gott herausfordern, anstatt ihn zu preisen. Obwohl noch nicht ganz fertig gestellt, übte das Gebäude eine mächtige Faszination aus, das hatte der Junge bereits am eigenen Leib erfahren. Es war das Finstere der Konstruktion, das für Ehrfurcht und Schrecken gleichermaßen sorgte und so gar nicht zu den Lehren des Gerechten passte.

Ihm wäre es nicht aufgefallen, aber seine gottesfürchtige Mutter, die als Magd im Palast des Kabcar ihr Brot verdiente, bemängelte hin und wieder, dass sich die Gebete und Lieder zu häufig änderten.

Ein gewaltiger Tross erregte seine Aufmerksamkeit. Vier Kutschen mit der Standarte des Kabcar und vier Dutzend Leibwachen kamen die ausgebaute Straße entlang und steuerten an der nächsten Abzweigung in Richtung des Gestüts.

Dem Jungen lief es eiskalt den Rücken hinab. »Treskor, wir müssen zurück! Ich glaube, die wollen zu uns.«

Eilig wendete er den Hengst und jagte in halsbrecherischem Tempo zurück, die Erde donnerte unter den beschlagenen Hufen des Rosses, hoch flogen die Dreckklumpen in die Luft. Ein letzter Satz, und die beiden waren wohlbehalten in den Stallungen angekommen. Anscheinend hatte niemand ihre Abwesenheit bemerkt, wenn auch, das hörte der Knabe, auf dem großen Hof helle Aufregung herrschte.

Schnell führte er Treskor in sein Abteil zurück und rieb das Pferd mit Stroh ab. Er hoffte, dass das Fell des Schimmels schnell trocknete. Würde einer der Knechte den Schweiß an den Flanken entdecken, wäre es um ihn geschehen.

Voll des schlechten Gewissens machte er sich daran, die Misthaufen, die im Gang auf ihre Entsorgung warteten, auf die Schubkarre zu laden und abzufahren. Anschließend erklomm er den Heuboden, um frisches Stroh nach unten zu werfen.

Der hohe Besuch lockte ihn wenig, weil er insgeheim fürchtete, man würde seine Übertretung mit nur einem Blick entdecken, schaute man in seine Augen. Lieber verkroch er sich zwischen den Halmen und blieb in sicherer Deckung.

Überrascht hielt er mit dem Bündeln von Stroh inne, als er Kinderstimmen unter sich hörte. Schnell legte er sich auf den Holzboden, fegte ein paar Stängel zur Seite und schaute durch ein Astloch nach unten.

Ein Mädchen in seinem Alter mit langen schwarzen Haaren und in einem sehr aufwändig geschneiderten Kleid schlenderte neugierig den Gang entlang und schaute nach den Pferden, während ein gleichaltriger Junge mit kurzen dunkelblonden Haaren gelangweilt nachfolgte. Er trug eine nicht weniger teure Uniform und sogar einen kleinen Säbel an seiner Seite.

Als er sich unbeobachtet wähnte, legte er die Handflächen zusammen, richtete die Fingerspitzen auf ein Abteil und schloss die Augen. Ein kleiner blauer Blitz entlud sich daraus, und der Junge hörte ein Pferd erschrocken wiehern.

Der Junge lachte zufrieden, während sich das Gesicht des Stallburschen verfinsterte. Er war gerade im Begriff aufzuspringen, um den Eindringlingen die Meinung zu sagen, als eine dritte Gestalt angehumpelt kam.

Zuerst dachte der Junge, es sei einer der Knechte, weil

die Konturen deutlich größer und grobschlächtiger waren als bei den anderen Besuchern.

Doch schnell stellte er fest, dass es sich dabei um einen nicht minder hochrangigen Gast handeln musste, wenn er sich die Stoffe der Kleidung betrachtete. Aber selbst der beste Schneider konnte die Verunstaltungen nicht kaschieren.

Die rechte Schulter stand tiefer als die linke, der ganze Körper wirkte verkrüppelt, die Glieder waren unterschiedlich gerade gewachsen, die Beine sahen so gekrümmt aus, als seien sie über eine Tonne gespannt worden. Eine Gesichtshälfte war völlig intakt, die andere dagegen deformiert, der Schädel ohne echte Symmetrie. Was sich da gerade in einer Mischung aus Hüpfen und Laufen unter ihm entlangbewegte, erinnerte den Stalljungen an die Zerrbilder aus den Buden der Schausteller. Nur musste dieser bemitleidenswerte Knabe immer mit diesem Aussehen leben.

Das mussten die Thronfolger sein. Er staunte nicht schlecht auf seinem Aussichtsposten. Das nächste Pferd beschwerte sich lautstark über eine Misshandlung, ein Huf krachte wirkungslos gegen die Stallwand, und wieder lachte der Urheber über seinen heimtückischen Angriff.

»Schau, Schwesterherz, ich werde immer besser«, freute er sich. »Mortva ist ein sehr guter Lehrer. Und er hat gesagt, ich sei schon viel besser, als es Vater in diesem Alter war. Die Magie gehorcht mir.«

Der Stalljunge robbte an die breite Luke, um das Trio im Auge zu behalten.

»Ja, Govan«, lobte das Mädchen ihren Bruder. »Du bist auch besser als ich.«

»Und besser als Krutor, nicht wahr?«, sagte er in Richtung des Krüppels und ließ einen der blauen Blitze gegen ihn schnellen. »Ho, Krutor! Fang den Blitz!« Ein zweiter Strahl zuckte in Richtung des missgestalteten

Jungen, der grummelte und sich trotz seiner deutlich sichtbaren körperlichen Überlegenheit nicht wehren wollte. »Und noch einer, Bruder.«

Dem Stallburschen platzte der Kragen.

Da der Angeber genau unter der Luke stand, beförderte er einen Stapel Stroh auf ihn herab. Als die Halme und der feine Staub auf den Tadc regneten, lachte Krutor glücklich und klatschte in die Hände.

Das Mädchen schaute nach oben und entdeckte den Übeltäter. Dem Jungen stockte der Atem, als er in das Antlitz des Mädchens schaute. In ein solch hübsches Gesicht hatte er noch nie in seinem Leben geblickt.

»Komm herunter, du Frechdachs«, verlangte sie amüsiert und deutete herrisch mit ihrem Zeigefinger auf den Boden. »Und wer bist du überhaupt?«

»Ich bin Tokaro Balasy«, rief er mutig hinab und sprang in den Strohhaufen. »Ich bin der Stallbursche des Gestüts.« Entschlossen sah er Govan an. »Ich werde es nicht zulassen, dass Ihr, hoheitlicher Tadc, den Tieren etwas zu Leide tut.«

Erbost befreite sich der Thronfolger von den Halmen, aber seine Uniform war von oben bis unten zugedreckt. Die Pupillen blitzten, wütend bohrte sich sein Blick in die dunkelblauen Augen des Widersachers mit den kurzen dunkelbraunen Haaren.

»Ach? Und du willst mich daran hindern?« Mit einem bösartigen Zug um den Mund legte er die Handflächen zusammen und wollte die Fingerspitzen auf Tokaro richten, als der einen Schritt nach vorne machte und Govan die Faust auf die Nase schlug.

Verdutzt setzte sich der Tadc auf den dreckigen Stallboden. Blut lief ihm aus der Nase, das er mit seinem Ärmel abwischte.

Der Stallbursche stand über ihm, den Finger ausgestreckt. »Versucht das nicht noch einmal, hoheitlicher Tadc.«

Zvatochna lächelte den mutigen Jungen an. »Du gefällst mir, Tokaro.« Krutor lachte fröhlich und klatschte seine Zustimmung. »Und zumindest einer meiner Brüder mag dich auch.«

Govan stemmte sich hoch, starrte den besudelten Stoff an und konnte es immer noch nicht fassen. »Das sollst du mir büßen!«, schrie er und wollte gerade die gleiche Geste wiederholen, um einen Blitz gegen den Stalljungen zu schicken, als die geballten Finger ein zweites Mal auf seiner Nase landeten.

»Ich habe Euch gewarnt, hoheitlicher Tadc«, meinte Tokaro entschuldigend.

»Ich lasse dich hinrichten!«, zeterte der Junge, hielt sich das geschundene Riechorgan und rannte hinaus. Krutor grölte, imitierte das Verhalten seines Bruders und schwankte mit dem Oberkörper vor und zurück. »Hinrichten«, wiederholte er immer wieder ausgelassen und rannte Govan nach. »Hinrichten«, tönte es vom Hof.

Tokaro bereute seinen Mut schon jetzt.

Das Mädchen sah ihm seine Niedergeschlagenheit an. »Keine Angst, tapferer Tokaro. Ich werde es nicht zulassen, dass mein Bruder dich hinrichten lässt. Ich sage einfach, er sei auf die Mistgabel getreten und habe sich den Stiel gegen seinen Kopf geknallt.« Sie lächelte ihn an.

»Und was ist mit Eurem anderen Bruder?«, warf der Stalljunge ein, der ein wenig Zuversicht fasste, den nächsten Tag trotz seiner unglaublichen, zweifachen Tat überleben zu dürfen.

»Krutor?« Zvatochna schüttelte lachend den Kopf, und Tokaro war bei diesem Anblick restlos verzaubert. »Man wird ihm nicht glauben. Er ist ziemlich einfältig.« Sie nahm seine Hand und lief den Mittelgang entlang. »Los, zeig mir das schönste Pferd im Stall.«

Das Herz des Stalljungen pochte bis zum Hals, und es kribbelte, als sich ihre Finger ineinander schlossen. Vor dem Abteil Treskors blieb er stehen. »Das ist der schönste, beste, prachtvollste Hengst, den ich ...«, er stockte einen Moment, »den der hoheitliche Kabcar in seinem Gestüt hat.« Der Schimmel schnaubte und schaute nach hinten.

Die Augen der Tadca leuchteten. »Oh, würdest du ihn bitte herausholen und einmal im Kreis führen, damit ich sehe, wie er sich bewegt?«

»Ich weiß nicht, ob ich das darf, hoheitliche Tadca«, druckste Tokaro herum und kratzte sich am Kopf. »Das ist normalerweise nur den Knechten vorbehalten.« Doch als er in das überirdisch schöne Gesicht der kleinen Besucherin blickte, warf er alle Vorbehalte zur Seite.

Er nahm ein Halfter und zog es Treskor über. »Ist die Luft rein?« Zvatochna nickte eifrig, und der Stallbursche wagte sich zusammen mit dem Hengst heraus.

»Hier kann er sich nicht richtig bewegen«, beschwerte sich das Mädchen und deutete auf die Koppel am anderen Ende der Stallungen. »Komm, wir lassen ihn dort laufen.«

Ein kurzer Blick von ihr genügte, und Tokaro gab ihrem Bitten nach. Der prächtige Hengst freute sich sichtlich über die neuerliche Freiheit und trabte stolz im Kreis, dann äugte er nach den Brettern der Einzäunung. Der Stalljunge ahnte, was der Schimmel tun wollte.

Mit einem Satz stand Tokaro auf dem Pfosten und sprang auf den Rücken des Vierbeiners. »O nein, mein Lieber, du wirst schön hier bleiben«, befahl er dem Schimmel. Das Pferd senkte wie ertappt den Schädel und trabte wieder an.

»Du kannst reiten?«, wunderte sich die Tadca. Dann hellte sich ihr Antlitz auf. »Natürlich, du übst heimlich, Bursche. Mit den Pferden meines Vaters.« Sie schaute verschlagen unter einer Latte durch. »Kannst du Kunststücke?«

»Aber das ist doch das Einfachste von der Welt«, meinte der Junge großspurig.

Vorsichtig erhob er sich und stand mit durchgedrückten Beinen auf dem breiten Kreuz des Hengstes, die Arme rechts und links ausgestreckt. Ansatzlos hüpfte er in die Luft und absolvierte eine halbe Drehung, schaute nun nach hinten.

Tokaro ließ noch eine ganze Reihe von Darbietungen folgen, Treskor mimte das artige Pferd und trabte im gleichen Rhythmus in der Umzäunung im Kreis. Der Applaus und das begeisterte Rufen des Mädchens spornten ihn an, die waghalsigste Akrobatik zu zeigen.

Er musste sich jedoch so sehr konzentrieren, dass er dabei das Umfeld nicht mehr im Auge behalten konnte. Und dass er dabei vom obersten Fenster des Gutshauses aus von einer Gestalt in einer schimmernden Rüstung beobachtet worden war, bemerkte er schon gar nicht.

»Anscheinend haben wir hier einen sehr talentierten jungen Knaben vor uns«, sagte plötzlich die Stimme eines Mannes in seinem Rücken, und die Aufmerksamkeit Tokaros war dahin. Sein nächster Tritt ging fehl, hart schlug er im Staub des Platzes auf. Augenblicklich stand der Hengst still. Hustend stemmte sich der Junge auf die Beine und sah nach dem Mann.

Er trug eine tadellose graue Uniform mit aufwändigen Silberstickereien, ein sternförmiger Orden heftete an seiner Brust. Die blonden, schulterlangen Haare waren zu einem Pferdschwanz gebunden, die blauen Augen ruhten auf dem Stallburschen. Ein harter Zug lag um den Mund des Mannes. An seiner Seite baumelte ein schweres Schwert, die Hände steckten in weißen Handschuhen, die Füße in schwarzen Reitstiefeln. Auch ohne die Leibwache, die Position bezogen hatte, hätte Tokaro gewusst, um wen es sich bei dem Besucher handelte.

»Hoheitlicher Kabcar«, stotterte er und warf sich in den Dreck, aus dem er sich eben erhoben hatte.

»Das ist er«, sagte Govan hasserfüllt und streckte den

Finger gegen den Jungen aus. »Er hat mich geschlagen. Zwei Mal.«

»Zweimal«, bestätigte Krutor begeistert und schlug mit der Faust in die eigene Handfläche. »Patsch!«

Mehrere Pferdeknechte sprangen in die Koppel, zerrten Tokaro heraus und schleuderten ihn vor dem Herrscher des Großreichs zu Boden.

Hatte der Junge gehofft, von Zvatochna die versprochene Fürsprache zu erhalten, wurde er nun enttäuscht. Das bildhübsche Mädchen legte die Hände auf den Rücken und trat an die Seite ihres Vaters, die Augen gesenkt.

»Möchtest du etwas dazu sagen, Junge?«, erkundigte sich Lodrik. »Welchen Grund gab es, dass du deine Hand gegen deinen Tadc erhebst?«

»Hoheitlicher Kabcar, er hat die Pferde gequält«, sagte Tokaro mit leiser Stimme. »Und seinen Bruder. Das wollte ich nicht zulassen.« Weil ihn niemand unterbrach, wagte er es, den Kopf zu heben, um sich zum ersten Mal in seinem Leben den mächtigsten Mann Ulldarts anzuschauen. Als er die blauen Augen des Kabcar bemerkte, stutzte er. Sie hatten die gleiche Farbe wie seine eigenen. Auch die Brauen Lodriks wanderten erstaunt in die Höhe, aber er sagte nichts. »Ich bin für Eure Pferde mit verantwortlich, hoheitlicher Kabcar«, erklärte er.

»Dann gehört es auch mit zu deinen Aufgaben, meine Tiere zu reiten und auf ihrem Kreuz herumzuturnen?«, wollte der Kabcar wissen. »Soweit ich weiß, habe ich für das Abreiten teure Knechte eingestellt.«

»Die taugen nichts«, entschlüpfte es dem Jungen. Die Gesichter der Bediensteten verfinsterten sich. »Sie sitzen lieber in der Großküche und spielen Karten.«

Lodrik stemmte die Hände in die Seiten. »So ist das also. Ich muss mir von einem Kind die Wahrheit sagen lassen.«

»Hoheitlicher Kabcar, das ist nicht wahr«, widersprach der Stallmeister beflissen. »Diese kleine Kröte lügt, wenn sie nur denkt. Ich wollte ihn ohnehin entlassen, weil er unzuverlässig ist.«

Tokaro spürte, wie die Wut in ihm aufstieg. Er sprang in die Höhe. »Du bist unzuverlässig! Wenn ich die Pferde nicht heimlich ausreiten würde, wären sie fett und krank!« Zu spät bemerkte er seinen Fehler. Nun richteten sich alle Augen auf den Stalljungen.

»Ich habe ihn darum gebeten, Kunststücke zu zeigen«, mischte sich Zvatochna ein, die Stimme voller Reue. »Es ist meine Schuld, dass er den Hengst aus dem Stall geholt hat.« Sie zwinkerte dem Stalljungen zu.

»Wie mir scheint, häufen sich da ein paar Tatbestände«, stellte Lodrik fest, der die Abwechslung von den üblichen Geschäften eines Herrschers außerordentlich genoss. »Nun, was den Angriff auf den Tadc angeht, dafür verurteile ich dich zum Tode, junger Mann.« Der Stallbursche wurde bleich. »Dafür, dass du dich um das Wohl meiner Pferde sorgtest, danke ich dir. Und dafür, dass du mir vor aller Ohren die Wahrheit über die Knechte gesagt hast, gebührt dir Anerkennung und Respekt.« Er ging in die Hocke. »Ich mache dir einen Vorschlag. Du kannst dein Leben retten. Such dir ein Pferd aus dem Gestüt aus, und dann trittst du gegen alle Reitknechte an. Gewinnst du das Rennen, begnadige ich dich und behalte dich in meinen Diensten. Vielleicht sogar als Rennreiter bei Wettkämpfen, wenn du möchtest.« Er erhob sich und legte die Rechte an den Griff seiner Waffe. »Verlierst du, hast du dein Leben verwirkt.«

»Ich nehme Treskor.« Tokaro beschloss, das Angebot anzunehmen. Für einen Moment überlegte er, mit dem Hengst das Weite zu suchen, aber sein Ehrgefühl ließ es nicht zu. Außerdem musste er das schöne Mädchen beeindrucken, und ein Feigling war dazu nicht in der Lage.

»Aber, Vater«, protestierte Govan empört. »Er muss sterben, weil er mir …«

Lodrik hob die Hand, und der Tadc verstummte. »Er hat sich zwei Mal schlagen lassen, Govan. Wenn Er sich seiner Haut nicht wehren kann, muss Er mehr üben. Ich akzeptiere nicht, dass Er Tiere und seinen Bruder quält, das habe ich Ihm mehrmals verboten.« Die blauen Augen wurden kalt. »Also, halte Er seinen Mund.« Er wandte sich an seine Tochter. »Und Sie, kleines Fräulein, wird auch nicht ungeschoren davonkommen.«

Derweil begannen die zehn Reitknechte mit ihren Vorbereitungen. Sie wussten, was für sie auf dem Spiel stand. Pferde wurden gesattelt, Lederhelme angelegt.

Lodrik lächelte den Stallmeister an. »Nun?« Der Mann verstand zunächst nicht. »Wollt Ihr nicht Euer Ross aussuchen?«

Der Mann schluckte. »Ich soll etwa auch, hoheitlicher Kabcar?« Seufzend drehte er sich um und warf Tokaro einen mörderischen Blick zu. »Diesen Ritt wirst du nicht überleben, kleine Ratte«, zischte er ihm zu und wollte sich Treskor aussuchen.

»Ich denke, der Junge hat sich den Hengst gewählt«, traf ihn die Stimme des Kabcar in den Rücken, der Stallmeister erstarrte in der Bewegung.

»Aber ich bin der Stallmeister, hoheitlicher Kabcar. Mir steht das beste Pferd zu«, argumentierte er.

»Und ich bin der Kabcar, mein Wort ist Gesetz. Und du hast die Abmachung mit dem Jungen gehört«, sagte Lodrik schneidend.

Fluchend drehte der Mann ab und stapfte in die Stallungen, während eine der Leibwachen den Schimmel für Tokaro sattelte.

Als die Vorbereitungen abgeschlossen waren und die Reiter auf den Rücken der Tiere saßen, erhob der Kabcar seine Stimme. »Das Rennen führt über die Wiese, entlang des Baches, bis zu dem kleinen Wäldchen und wieder zurück.« Er ließ sich ein Fernrohr bringen. »Ein jeder hat als Beweis, dass er an den Bäumen war, einen Zweig mitzubringen. Wen ich beim Betrügen erwische, stirbt. Gewonnen hat, wer als Erster über das Gatter gesprungen ist und wohlbehalten in der Koppel landet.«

Zvatochna lächelte Tokaro an. »Ich wünsche dir Glück«, formte sie lautlos mit ihren Lippen, und der Stallbursche empfand tiefe Zuneigung.

Die Träumerei wurde jäh vom Signal des Kabcar unterbrochen. Das Rennen war eröffnet.

Die Reitknechte schlugen den Pferden die Sporen in die Flanken und setzten einer nach dem anderen über die Bretter der Einzäunung. In dem ganzen staubigen Durcheinander von brüllenden Männern und tänzelnden Pferdeleibern traf Tokaro von irgendwoher ein Stoß gegen die Brust, der den überraschten Jungen aus dem Sattel warf. Zum dritten Mal an diesem Tag landete er auf dem Boden, eisenbeschlagene Hufe stampften rechts und links von ihm auf die Erde.

Wie durch ein Wunder geschah ihm nichts. Geistesgegenwärtig rollte er sich unter den Körper seines Hengstes, hangelte sich am Steigbügel in die Höhe und schwang sich in den Sattel. Erbost machte er sich an die Verfolgung seiner Widersacher.

Treskor schnaubte aufgeregt, seine Läufe hoben und senkten sich atemberaubend schnell. Für die Beobachter schien es, als würden die Spitzen der Hufe das Gras der Wiese nur flüchtig berühren, einen kurzen Kontakt suchen, um den scheinbar schwerelosen Körper des Tieres anzuschieben. Trittsicherheit und Kraft verbanden sich zu einer den anderen weit überlegenen Kombination.

Schon nach ein paar Hundert Schritten holte das Pferd die ersten Knechte ein. Überlegen grinsend jagte Tokaro an ihnen vorbei und machte eine unanständige Geste. So sehr sie ihre Fersen in die Seiten ihrer Tiere stießen, der Schimmel schüttelte sie mich Leichtigkeit ab. Blieben noch sechs weitere, die er zu schlagen hatte.

Der Stallmeister baute sich den größten Vorsprung vor allen anderen aus. Schon erreichte er das Wäldchen und nahm einen mannsgroßen, armdicken Ast auf, den er sich wie eine Lanze unter die Achsel klemmte und dessen Ende er gegen den heranpreschenden Jungen richtete.

Tokaro ließ sich im Sattel nach rechts gleiten und hing an der Seite des Pferdes, um der improvisierten Stoßwaffe zu entgehen. Er spürte den Luftzug an seiner Hand, nur knapp hatte das Holz seine Finger verfehlt.

Fast gleichzeitig kam er zusammen mit den übrigen fünf Knechten am Rand der Waldung an, riss sich in aller Eile einen Zweig ab und sprengte davon. Wieder hatten die anderen das Nachsehen.

Treskor wieherte, das Rennen schien ihm viel Spaß zu bereiten. Die Erde bebte unter seinen Hufen, und auch der letzte Widersacher rückte immer näher.

Der Stallmeister sah fluchend über die Schulter nach hinten und drosch auf sein Reittier ein. Als er bemerkte, dass das nichts half, brach er den Ast in der Mitte durch und warf ihn gegen die Beine Treskors.

Der Stallbursche hob sich ein wenig aus dem Sattel, als Zeichen, dass der Hengst springen sollte, und das Pferd gehorchte. Das Holz flog wirkungslos unter dem Bauch des Schimmels hindurch.

Die beiden Kontrahenten ritten nun gleichauf, der Stallmeister schrie, geiferte und brüllte, drohte seinem Pferd und Tokaro abwechselnd die grausamsten Strafen an, während das Gatter sich rasend schnell näherte. Der Junge hoffte, dass sein Schimmel noch genügend Kraft in den Muskeln hätte, um über das Hindernis zu springen.

Dann drückte sich Treskor kraftvoll ab und setzte über die Bohlen.

Aus dem Augenwinkel erkannte der Junge, dass das Reittier des Stallmeisters keine Anstalten machte, das Gatter überwinden zu wollen. Hart stemmte es die Vorderläufe in den Boden und bremste ab, krachte mit dem Hals und der Brust gegen die Latten und riss sie von den Posten ab. Der Stallmeister segelte schreiend durch die Luft, prallte gegen eine der Latten und rutschte ohnmächtig zu Boden.

Überglücklich umarmte Tokaro den schnell atmenden Hengst und klopfte ihm auf das schweißnasse Fell. Dann sprang er mit glühenden Wangen von dessen Rücken herab und kniete sich vor den Kabcar hin.

»Du hast deine Sache sehr gut gemacht.« Der Herrscher von Tarpol zeigte sich beeindruckt. »Ich habe noch kein Kind gesehen, das wie ein Dämon reiten kann. Die meisten Erwachsenen sind nicht in der Lage, das zu bewerkstelligen.« Er nickte dem Stallburschen zu. »Nun denn, so sei es. Von heute an wirst du für mich an Rennen teilnehmen, junger Mann. Und als Zeichen meiner Wertschätzung sowie als Belohnung für das, was du geleistet hast, schenke ich dir den Hengst. Was sich so gut versteht, soll man nicht trennen.«

Um ein Haar wäre Tokaro aufgesprungen und hätte den Kabcar umarmt. Govans braune Augen waren nur dünne Schlitze, Krutor applaudierte dagegen laut und linkisch. Zvatochna zwinkerte ihm verschmitzt zu.

Der Kabcar nickte in Richtung der Knechte und des bewusstlosen Stallmeisters. »Führt sie ab«, befahl er seinen Leibwachen. »Sie haben das Rennen und meine Gnade verloren.« Er lächelte Tokaro zu. »Ich will dich später im Gutshaus sehen. Wir müssen noch ein paar Dinge bereden.«

Der Herrscher rückte zusammen mit der Leibwache und seinen Kindern ab. Der Krüppel schlug dem zum Rennreiter beförderten Stalljungen im Vorbeigehen grölend auf die Schulter, dass das Gelenk knirschte.

Dann stand Tokaro ganz allein mit Treskor in der Koppel, seine Knie zitterten. Allmählich verstand er, welchen Aufschwung sein Werdegang genommen hatte.

Seine Mutter würde ihm das niemals glauben. Er führte den Schimmel in sein Abteil zurück, um ihn sorgfältig trockenzureiben. Er legte seine Stirn auf die weichen Nüstern des Rosses. »Du gehörst jetzt mir, Treskor. Was hältst du davon?«

Der Hengst schnaubte seine Zustimmung.

Eine Stunde später ging Tokaro aufgeregt über den Hof zum Gutshaus, das zum Gestüt gehörte. Diener hatten ihm in aller Eile frische Kleidung gebracht, in der er sich überhaupt nicht wohl fühlte. Er kam sich in der aufwändig gearbeiteten Hose, dem Wams und der Jacke vor wie ein Pfau, zumal die Perücke, die sie ihm aufgezwungen hatten, furchtbar auf seinen braunen Haaren juckte. Und in den seltsamen Schnallenschuhen war er noch nie in seinem Leben gelaufen.

Er sah, während er die Stufen zum Eingang überwand, wie mehrere Pferde gesattelt wurden.

Die Tiere, die vor dem Gästestall akkurat angeordnet nebeneinander standen, kannte er nicht, die Zeichen auf den Satteldecken hatte er vorher noch nie gesehen.

Ein Livrierter, den er sonst immer nur von weitem gesehen hatte, lotste ihn über eine Freitreppe hinauf in den zweiten Stock und führte ihn in eine Art Wohnraum. Allein dieses Zimmer hatte die Grundfläche des Hauses, in dem er und seine Mutter in Ulsar wohnten.

Der Kabcar saß am offenen Fenster, ein Buch in der Hand, und schien gerade etwas zu seinem Gegenüber sagen zu wollen. Der zweite Mann im Raum gehörte mit Abstand zu den beeindruckendsten Erscheinungen, die Tokaro jemals gesehen hatte.

Vor einem Gemälde, das das Gestüt zeigte, stand ein schwergerüsteter Mann, den der einstige Stalljunge auf

Mitte Vierzig schätzte, in einem schimmernden Plattenpanzer. Die rechte Hand ruhte am juwelenbesetzten Griff eines Schwertes, die linke hielt einen schweren Silberkelch.

Schimmernd reflektierte das blanke, gravierte Metall der Rüstung das Licht der Sonnen. Der dazu passende eindrucksvolle Helm mit dem Schweif aus schwarzem und weißem Rosshaar lag auf dem Tisch. Sein dunkelbraunes Haar war oben auf dem Schädel nur eine Fingerkuppe lang, ansonsten gänzlich abrasiert. Ein langer, gewachster und golden gefärbter Kinnbart reichte bis auf die Brust und wirkte wie eine Kordel aus dem gelben Edelmetall.

Auf Tokaro machte die Szene den Eindruck, als sei eine Gestalt aus der Vergangenheit aus einem der vielen Bilder im Zimmer herausgestiegen, um sich mit dem Kabcar zu unterhalten.

In der Annahme, er würde eine seiner Kappen tragen, riss er sich die Perücke vom Kopf, machte eine tiefe Verbeugung und verharrte in dieser Haltung.

»Darf ich Euch meinen neuen Rennreiter vorstellen, Großmeister?«, sagte Lodrik freundlich. »Er hat sämtliche Reitknechte und den Stallmeister geschlagen. Eine großartige Leistung. Ihr als exzellenter Reiter werdet es sicherlich noch besser einschätzen können als ich.« Er wandte sich dem Jungen zu. »Tritt näher, Tokaro. Das ist Nerestro von Kuraschka, Großmeister des Ordens der Hohen Schwerter, der sich die Zeit genommen hat, sich meine Pferde anzuschauen und sein Urteil abzugeben.«

»Er ist die höfischen Sitten nicht gewohnt, was?« Der Ritter grinste und nickte in Richtung der falschen Haare, die der Junge wie eine Mütze hielt. »Aber ich verzeihen dir, danke mir nicht für meine Milde. Ich habe mein ganzes Leben lang keine Perücke getragen und mich nicht sonderlich um das schöntuerische Zeremoniell gekümmert. Ich fand die Vorstellung furchtbar.«

»Das ist der Grund, warum ich auch keine mehr trage«, bestätigte der Kabcar gut gelaunt. »Die meisten sind mehr Flohbrutstätte als alles andere.« Er hielt Tokaro einen Pokal hin. »Hier, trink auf deinen Sieg. Du hast dein Leben gerettet und einen Hengst erhalten. Auch wenn mich der Verlust des Schimmels sehr schmerzt.«

»Treskor wird für Euch viele Rennen gewinnen, wenn ich ihn reite, hoheitlicher Kabcar«, sagte der Knabe und roch an dem Gefäß. Noch nie in seinem Leben hatte er Wein getrunken, und er war sehr neugierig auf den Geschmack, den die Erwachsenen so sehr lobten. Als er den ersten Schluck auf der Zunge spürte, verzog sich ungewollt sein Gesicht, beinahe hätte er den Alkohol auf den Teppich gespuckt.

Die beiden Männer lachten.

»Noch weiß er den Wein nicht zu schätzen«, bemerkte Nerestro, »aber das wird sich in ein paar Jahren legen.« Er prostete dem Jungen zu. »Ich habe dich beobachtet, Tokaro. Ich bin beeindruckt von deiner Kunst. Auch ich sah niemals zuvor einen so jungen Menschen, der solche Kunststücke beherrscht.« Nerestro musterte ihn und überlegte kurz. »Überlasst den Jungen mir, hoheitlicher Kabcar«, sagte er dann. Tokaro blieb das Herz stehen. »Ich würde ihn gerne als Knappen mitnehmen. Ein solches Talent darf nicht auf der Rennbahn vergeudet werden.«

»Ein gewöhnlicher Knabe, ein Niederer, der Sohn einer Magd als Ordensritter?« Lodrik zeigte sich erstaunt und klappte das Buch zu. »Wie soll das angehen?«

»Ich adoptiere ihn«, erklärte der Großmeister. »Damit dürften alle Schwierigkeiten beseitigt sein.«

»Ich weiß nicht, ob meine Mutter damit einverstanden ist«, meldete Tokaro vorsichtig seine Bedenken an. Der Gedanke, irgendwann eine solche Rüstung tragen zu dürfen, schmeichelte ihm zwar, aber sich dafür einem völlig Fremden anvertrauen und womöglich noch die seltsamste Ausbildung über sich ergehen zu lassen, das ging ihm zu weit.

»Junge, es wäre eine Ehre, wie sie noch niemandem vor dir in der Geschichte unseres Ordens zuteil wurde«, meinte der Ritter fassungslos, die braunen Augen sprachen Bände. »Deine Mutter würde vor Freude sterben, wenn sie es erfahren würde.« Der Kopf drehte sich wieder zum Kabcar, sein Blick wurde eindringlich. »Bitte, hoheitlicher Kabcar, Ihr müsst mir den Knaben anvertrauen.«

Lodrik verzog den Mund und schaute zu Tokaro. »Wenn er nicht will, werter Großmeister, dann will er nicht. Ich werde es ihm nicht befehlen.«

»Ich möchte nicht«, bestätigte der Knabe mutig angesichts des Berges aus schimmerndem Stahl vor sich. »Ich will Rennreiter des Kabcar sein, nichts anderes.« Schnell stürzte er den Wein hinunter, ein warmes Gefühl verbreitete sich in seinem Magen.

Maßlose Enttäuschung spiegelte sich im Gesicht des Ritters wider. »Nun, eine solche Gelegenheit wird einem im Allgemeinen nur einmal im Leben gegeben, Junge. Schade, dass du sie vertan hast, und in ein paar Jahren wirst du dich sehr darüber ärgern.« Er stellte den Pokal ab, nahm seinen Helm unter den Arm und verneigte sich vor dem jungen Herrscher. »Ich beglückwünsche Euch zu Eurem neuen Rennreiter und zu den Pferden, die ich gesehen habe. Ich würde gerne ein paar meiner Stuten vorbeibringen lassen, um sie decken zu lassen.« Der Großmeister sah zu Tokaro. »Auch von deinem Hengst …«

»Treskor«, half der Junge.

Nerestros Miene wurde nachdenklich, mit einer Hand fuhr er sich die Bartsträhne entlang. »Treskor? Den Namen habe ich schon einmal gehört. War das nicht das Pferd des Leibwächters? Waljakov hieß er.«

Lodriks blaue Augen gefroren zu Eis. »Ja. Der Hengst

stammt von dem Rappen ab, der hoffentlich irgendwo zusammen mit seinem Herrn faulend auf dem Grund des Meeres liegt.« Der Kelch wanderte ruckartig an seine Lippen, und er stürzte den Wein die Kehle hinab.

»Nun denn«, verabschiedete sich Nerestro. »Hoheitlicher Kabcar, seid mir nicht böse, dass sich der Orden nicht an den Eroberungen beteiligt. Wir halten uns vollständig aus der politischen Betätigung heraus, nachdem wir genau deswegen einmal beinahe ein so unrühmliches Ende gefunden hätten. Ich hoffe, Ihr versteht das.« Lodrik nickte knapp, in Gedanken woanders. »Auf ein baldiges Wiedersehen.« Er verließ das Zimmer, ohne Tokaro eines weiteren Blicks zu würdigen.

»Ich bin froh, dass ich den besten Rennreiter des Kontinents in meinen Diensten behalten konnte«, sagte der Kabcar und füllte sich erneut das Gefäß auf. Doch die gute Laune, die er verspürt hatte, war verschwunden. »Und nun erzähle mir, woher du stammst und wer deine Eltern sind.«

»Meine Mutter arbeitet bei Euch, hoheitlicher Kabcar, als Magd im Palast. Sie heißt …

»Dorja«, sprach der Mann versonnen den Namen aus. Als er die erstaunten Blicke des Jungen bemerkte, fügte er schnell hinzu: »Wir sprachen vor kurzem mit dem Hofmarschall über die zuverlässigsten Bediensteten des Palastes. Und so ein tüchtiger Junge kann nur der Sohn von Dorja sein.«

»Das wird sie freuen, wenn ich ihr das sage«, meinte Tokaro.

Der Kabcar stellte den Kelch ab und packte den Jungen bei den Schultern. Ernst schaute er ihn an. »Du wirst deiner Mutter nicht sagen, dass wir uns getroffen haben. Du wirst ihr auch nicht erzählen, wie du an deine neuen Aufgaben gekommen bist. Wenn sie fragt, wirst du ihr berichten, dass du einen Reitwettbewerb gewonnen hast, nichts weiter. Stelle ich fest, dass du geplaudert hast, Tokaro, nehme ich dir den Hengst weg und werfe dich aus meinen Diensten.«

»Aber warum, hoheitlicher Kabcar, darf ich nicht …«, wollte der Knabe aufgelöst wissen, aber der junge Herrscher blickte nur streng und gab keine weiteren Erklärungen.

»Du wirst morgen zusammen mit meinen restlichen Reitern an einen anderen Ort gebracht, Tokaro. Außerhalb von Ulsar, wo du in aller Ruhe mit Treskor üben kannst. Es soll dir an nichts fehlen. Deine Mutter wird dir bald folgen.« Er strich ihm über den hellbraunen Schopf. »Wer einen so berühmten Sohn hat, muss sich nicht weiter seine Waslec als niedere Magd verdienen. Mit dem Auskommen, das ich dir zahle, habt ihr ausgesorgt.«

»Wie Ihr befehlt, hoheitlicher Kabcar«, stimmte Tokaro verwundert zu. Nach wie vor empfand er es als ungerecht, dass er seine Mutter anlügen sollte, ohne genau zu wissen, weshalb. Aber die Furcht, den geliebten Hengst und die eben erst gewonnene Stellung zu verlieren, siegten. »Ich werde nichts sagen.«

»Sehr gut.« Lodrik zeigte sich zufrieden und ließ ihn los. »Nun geh und freue dich auf dein neues Zuhause und deine neue Verantwortung. Ich erwarte nur Siege von euch beiden.« Mit einer Klingel signalisierte er den vor der Tür wartenden Dienern, dass sein Besuch gehen wollte.

»Hoheitlicher Kabcar«, sagte der Junge gedehnt, »darf ich Euch noch eine Frage stellen?« Der junge Herrscher nickte grantig. »Hättet Ihr mich wirklich töten lassen?«

Ohne eine Bemerkung und mit einen rätselhaften Lächeln wies Lodrik in Richtung Tür, ein Bediensteter schob Tokaro hinaus. Die Antwort blieb er dem Knaben schuldig.

Nachdenklich schaute er dem Kind hinterher, das sich

umständlich die Perücke auf den Kopf setzte und mit den etwas zu großen Schnallenschuhen an den Füßen hinausstolperte. Es schien, als sei die Vergangenheit überall um ihn herum.

»Du weißt, wo es hinausgeht«, sagte der Livrierte an der Freitreppe, der offensichtlich keine Lust verspürte, dem jungen Rennreiter die gleiche Aufmerksamkeit einzuräumen, wie er es bei einem anderen Besucher getan hätte. »Und Perücken zieht man nicht ab, Bursche, man behält sie auf. Merk's dir.« Unsanft bohrte sich ihm ein Finger ins Kreuz. »Und die Verbeugung muss das nächste Mal tiefer ausfallen.«

»Ja, ist ja gut«, bedankte sich Tokaro ungehalten. »Und du vergiss nicht, dass du mit einem Rennreiter des Kabcar spricht.«

»Von denen gibt es zwei Dutzend«, erwiderte der Diener kühl, zog den Rock glatt und schritt die Balustrade entlang. »Ich sehe nichts Besonderes darin.«

»Neidhammel«, rief Tokaro neckend und sprintete die Stufen hinab. Auf dem Hof angekommen, schleuderte er die störenden Schuhe von den Füßen und warf die Perücke übermütig in die Luft.

Sein Blick fiel auf die Schar der Ordensritter, die sich gerade auf den Weg machten. Vorneweg ritt ein Knappe mit der Standarte der Hohen Schwerter, der gerüstete Großmeister schloss sich an. Weitere Ritter und das Gefolge der Knappen mit den Packtieren trabten im Tross hinterher. Ein vielfaches Hufeklappern und Scheppern von Rüstungsteilen erfüllte den Hof, das die Ohren des Jungen auf eine harte Probe stellte.

Nerestro wandte Tokaro seinen Kopf mit dem eindrucksvollen Helm zu, als wollte er ihm eine letzte Gelegenheit geben, seinen Entschluss zurückzunehmen.

Doch der Junge hob die Hand nur zum Gruß.

Der Großmeister zuckte mit den Achseln und beschleunigte das Tempo des Zuges, der bald darauf verschwunden war.

Es war nun merkwürdig still im Gestüt, nur die schwirrenden Schwalben mit ihren schrillen Rufen und die Laute aus den Pferdeställen sorgten dafür, dass es nicht unheimlich wurde. Tokaro machte sich pfeifend auf den Weg zu Treskor.

Der Hengst blähte die Nüstern, als er den Jungen wahrnahm, und stieß laut die Luft aus.

Liebevoll umarmte der Knabe den Hals des Hengstes. »Du bist jetzt mein. Wir sind von nun an unzertrennlich, nicht wahr?« Er nahm sich die Bürste und einen Holzeimer, stülpte ihn um und stieg hinauf, um dem Ross den Rücken zu striegeln. »Ich werde dich noch mehr pflegen als früher. Wir beide werden ein Rennen nach dem anderen gewinnen.« Treskor wieherte, der Schweif zuckte, um die Fliegen zu verscheuchen. »Wir werden reich, weil ich mein ganzes Geld nur auf unseren Sieg setzen werde. Und dann kaufe ich uns ein schönes Haus mit Stall. Und dir eine schöne Stute. Ist das ein Vorschlag?« Seine Bewegungen wurden langsamer. »Meinst du, wir hätten mit dem Ritter reiten sollen? Ich und ein Ordenskrieger?«

Der Kopf des Hengstes fuhr hoch, die Nüstern sogen prüfend die Luft ein. Tokaro hörte, wie jemand sich alle Mühe gab, lautlos heranzukommen. Aber das Stroh im Mittelgang raschelte verräterisch.

Govan, zuckte es wie ein Blitz durch Tokaros Gedanken. *Er will Treskor etwas antun, um sich zu rächen.*

Rasch hüpfte er vom Eimer, packte die Kordel, die als Griff diente, und stellte sich unmittelbar neben den Eingang zum Abteil, den Arm zum Schlag erhoben, um dem Eindringling das Holzgefäß über den Scheitel ziehen zu können.

Eine kleine Gestalt streckte vorsichtig den Kopf herein.

Tokaros freie Hand schnellte nach vorne. Er packte den Aufschlag des leichten Mantels, zog den unangemeldeten Besucher ruckartig nach vorne und beförderte ihn ins Stroh. Kopfüber warf er sich auf dessen Rücken und kniete sich auf die Arme.

Ein Schmerzenslaut, der so gar nicht zu einem Jungen passen wollte, drang an sein Gehör. Als er langes schwarzes Haar unter der Kapuze sah, wurde er sich seines Fehlers bewusst.

Erschrocken sprang er auf und riss das Mädchen in die Höhe und klopfte die Halme von ihrem Mantel und aus dem Kleid, inständig hoffend, dass Treskor noch kein Wasser abgeschlagen hatte. »Es tut mir Leid, hoheitliche Tadca«, stammelte er. »Ich dachte, Ihr wärt Euer Bruder, der meinem Pferd vielleicht etwas antun wollte.«

Zvatochnas Augen schienen Tokaro durchbohren zu wollen. »Das wäre schon wieder ein Grund, dich hinrichten zu lassen«, sagte sie ungehalten. »Schau dir mein Kleid an, meine Haare, ich sehe aus wie eine einfache Magd.«

»Was ist Schlechtes an einer einfachen Magd?« Der Rennreiter fühlte sich herausgefordert, die Ehre seiner Mutter zu verteidigen. »Sie sorgt dafür, dass die Herrschaften gut leben.«

»Verzeih mir«, bat die Tadca und kam auf ihn zu. »Ich wollte dir nur gratulieren. Du bist hervorragend geritten, und alle sind neidisch auf dich. Auch Govan.«

»Und ich muss mich dafür bedanken, dass Ihr die Schuld heute Nachmittag auf Euch nehmen wolltet«, erwiderte der Junge etwas versöhnlicher gestimmt, zumal ihr Antlitz in dem schummrigen Licht von einem der letzten Sonnenstrahlen, der durch die Scheibe fiel, wundervoll beleuchtet wurde. Würde sie ihn nun bitten, die Pferde des Gestüts zu stehlen, er täte es ohne zu zögern. »Ich werde nicht alle Rennen für Euren Vater gewinnen«, sagte er etwas zögerlich.

»So?«, meinte sie erstaunt und entfernte mit spitzen Fingern einen Halm aus dem Haar.

»Ich werde einige nur für Euch gewinnen, hoheitliche Tadca«, erklärte er leise und sah ein wenig verlegen zu Boden.

Das Mädchen strahlte, und Tokaros Herz hüpfte vor Freude. »Wenn das so ist, dann bist du mein Streiter, oder?« Sie betrachtete ihn eine Weile schweigend, dann nahm sie ein Amulett unter dem Kleid hervor und legte es dem Jungen um den Hals. »Aber du darfst es niemandem verraten. Es schickt sich nicht, dass sich eine Tadca mit einem Gemeinen einlässt.« Sie reichten sich die Hände, und wieder spürte er dieses Kribbeln in den Fingern und die Schmetterlinge im Bauch.

»Ich werde Euch eines Tages zur Frau nehmen«, versprach er leise und blickte fest in das Braun ihrer Augen.

Zvatochna kicherte. »Ich nehme dich aber nur, wenn du ein berühmter Reiter geworden bist, der viel Geld und Ruhm errungen hat.« Sie stellte sich ein wenig auf die Zehenspitzen und küsste flüchtig seine rechte Wange. »Sonst wirst du mich nicht bekommen, und ich suche mir einen Prinzen, der mir das alles geben kann.«

»Ich werde Euch alles das zu Füßen legen«, sagte Tokaro, halb besinnungslos vor Glück.

Sie zog ihre Finger zurück. »Ich muss gehen. Man wird sicherlich schon nach mir suchen«, entschuldigte sie sich und drückte den Jungen schnell noch einmal an sich. »Mein Streiter, enttäusche mich nicht. Und denk an dein Versprechen.« Sie huschte hinaus.

Der junge Rennreiter lehnte sich grinsend an Treskor. »Hast du das gehört? Ich werde die Tadca heiraten. Sie hat es mir versprochen.« Er nahm die Bürste und setzte das Striegeln voller Schwung fort, dass die Staubwolken flogen. »Und ich erwarte, dass du immer der Schnellste bist, mein Pferdchen. Von dir hängt es ab, ob ich sie zur Frau nehmen kann. Meine Mutter wird so stolz sein, wenn ich die Tochter des Kabcar in unsere Hütte führe.« Er streichelte den Hals des Hengstes. »Wir brauchen Geld. Viel Geld. Das werden wir uns irgendwie beschaffen, je früher, desto besser.«

Seufzend leerte Lodrik den Pokal und zog mit der anderen Hand das Henkersschwert halb aus der Scheide. Als würden ihn die Gravuren und aufgeschmiedeten Bannsprüche einmal mehr verhöhnen, blitzten sie im blutroten Schein der untergehenden Sonnen auf.

Noch immer war es ihm nicht gelungen, eine erfolgreiche Beschwörung durchzuführen. Mit allen Mitteln kämpften die Seelen der Verstorbenen dagegen an, von ihm ins Diesseits geholt zu werden.

Es schien, als hätte Jukolenko sich den Spaß erlaubt, im Jenseits seine Intrigen fortzuführen, um den Kabcar am Erringen von Erfolgen zu hindern. Auch sein Vater war nicht erschienen, er konnte mit der Asche seines Erzeugers anstellen, was er wollte.

Dennoch weigerte sich Lodrik standhaft, seinen Konsultanten um Rat zu fragen. Er wollte nicht, dass sein Vetter wusste, welche Experimente, die weit über das Beherrschen von simpler Magie hinausgingen, er durchführte. Und so sehr lag ihm die Nekromantie nicht am Herzen, dass er sie mit aller Macht erlernen wollte.

Lodrik beherrschte die Magie inzwischen beinahe im Schlaf, und er bedauerte es, dass er keine Gelegenheit bekam, die mächtigsten Energien zu befreien. Gleichzeitig widerstrebte es ihm, die Zauberkunst ohne Anlass einzusetzen.

Mit einem Fluch steckte er die Waffe zurück und machte sich auf zu seiner Frau und den Kindern, um sie ins Bett zu bringen.

Als Lodrik die Tür zum Spielzimmer seiner Sprösslinge öffnete, zeigte sich ihm dasselbe Bild wie immer, eine Szene, die ihn mehr und mehr abstieß. Es präsentierte sich ihm die perfekte Familie, nur dass nicht er in der Mitte saß, umringt von den Kindern und seiner Gattin, sondern ein anderer.

Mortva Nesreca hob den Kopf und nickte dem Kabcar zu, Govan absolvierte unter dessen Aufsicht ein kleineres magischen Kunststück, während der Krüppel mit riesigen Augen daneben hockte und auf die schwebenden Bauklötze glotzte. Mit der Kraft der Magie fügte sein ältester Sohn die Holzquader in der Luft zu einem Turm zusammen, bevor er die Handflächen zusammenlegte, mit den Fingerspitzen auf sein fliegendes Bauwerk deutete und es mit einem Blitz auseinandersprengte. Krutor, der fast schon die Größe eines ausgewachsenen Mannes hatte, lachte hohl und klatschte verkrampft in die Hände.

»Habt Ihr gesehen, Hoher Herr, was Euer Sohn schon alles kann?«, sagte sein Konsultant gespannt. »Er ist bereits sehr mächtig und macht, wenn man das so sagen kann, stündlich Fortschritte.«

»Es wird wohl auch an dem exquisiten Lehrer liegen, der sich so oft und ausgiebig um ihn kümmert«, meinte Aljascha freundlich, doch die Worte gossen Schierling in das süße Lob. Die Kritik, die Lodriks Gemahlin auf diese Weise äußerte, wurde immer beißender und unerträglicher.

»Ja, der Mentor könnte besser nicht sein«, stimmte der Kabcar zu. Insgeheim hatte er gehofft, dass die beiden Knaben zu ihm gelaufen kamen, aber sie konzentrierten sich weiterhin auf den Mann mit den silbernen Haaren, dem die letzten zwölf Jahre äußerlich scheinbar nichts anhaben konnten.

Dafür verbrachte die Kabcara Stunden mit dem Besuch von Bädern, Kuren oder in den Händen von Quacksalbern, die ihr ihre Jugend erhalten sollten. Zwei Cerêler mussten ihr Tinkturen brauen, die von innen heraus wirkten.

Lodrik versank in Gedanken. Auch an ihm waren die letzten Jahre nicht spurlos vorübergegangen. Die Sorge um seine Untertanen, die ständigen Eroberungen und die damit verbundenen gelegentlichen Scherereien mit Uneinsichtigen ließen sein Gesicht altern. Kaum mehr als ein paar Wochen war er in Ulsar anzutreffen, die meiste Zeit reiste er durch die Gegend, um sich überall seinen Untertanen zu zeigen oder Verhandlungen mit den Adligen seines Großreiches zu führen.

Doch der Aufwand lohnte sich. Die Bewohner der neu eingegliederten Gebiete akzeptierten den neuen Mann auf dem Thron, der nur Vorteile brachte. Zumindest dem einfachen Volk, angefangen bei der Lockerung und Abschaffung der Leibeigenschaft bis hin zur Errichtung von Schulen, Universitäten, Bade- und Krankenhäusern, die eine kostenlose medizinische Versorgung gewährleisteten.

Vieles war noch immer im Aufbau begriffen, aber die Menschen anerkannten die Bemühungen des jungen Mannes, der von seinen Feinden fälschlicherweise als Despot bezeichnet wurde.

Zu den Feinden gehörten die Abtrünnigen der Provinz Karet, das Inselreich Rogogard sowie der Staatenbund im Süden des Kontinents, bestehend aus Tersion, Kensustria und Ilfaris.

Dort hatten die meisten Verleumdungen ihren Ursprung, von dort kamen die Sänger, Dichter und Einflüsterer, die das Volk aufwiegeln wollten. Auch in adligen Kreisen gab es eine Konspiration, so viel war sicher. Wer nun aber genau dazugehörte, konnte Lodrik nicht mit Sicherheit sagen. Aber er würde es noch herausfinden.

Sein Konsultant eröffnete eine Gegenoffensive der Gerüchte und schaffte es, den Staatenbund als eine Ansammlung von Neidern darzustellen, denen nichts mehr am Herzen läge als die Zerschlagung des Großreiches, um die alten Kräfteverhältnisse wieder herbeizuführen.

Vor allem Tersion und das benachbarte Kaiserreich Angor wurden als dekadent, korrupt und zurückgeblieben bezeichnet. Das durch und durch absolutistische Herrschaftssystem, das sogar die Sklavenhaltung erlaubte, bot sich geradezu für ein derartiges Feindbild an. Kensustria war ohnehin allen suspekt, und damit rutschte auch Ilfaris im Ansehen ab, da es sich seit jeher gut mit den Grünhaaren verstand. Und gerade über diese »Gegenoffensive« musste Lodrik mit seinem Berater sprechen.

Die Tür in seinem Rücken öffnete sich, seine Tochter huschte herein und blieb wie angewurzelt stehen, als sie ihren Vater erkannte. Sie machte eine tiefe Verbeugung und eilte zu ihrer Mutter, von der sie einen strafenden Blick bekam.

»Wo warst du, Zvatochna? Du riechst nach Stall?« Betont vorwurfsvoll klaubte sie Stroh aus dem schwarzen Haar. »Was soll das, Fräulein? Wälzt sich eine Tadca im Heu?«

Sie nahm sich eine Bürste von der Anrichte und kämmte den Schopf ihrer Tochter absichtlich so, dass es dem Mädchen wehtat. Tränen stiegen ihr in die Augen, aber sie hielt der Bestrafung eisern stand.

»Das nächste Mal werde ich mir etwas für dich einfallen lassen«, drohte sie. »Stell dir vor, du hättest dich im Gesicht verletzt. Einer dieser scheußlichen Halme würde deine zarte Haut ritzen. Wie furchtbar.«

»Ich werde es nicht wieder tun«, versprach die Tadca und spielte die Zerknirschte ebenso gut wie ihre Mutter.

Lodrik kam sich reichlich überflüssig in dem Zimmer vor. Da ging ein Leuchten über das Gesicht des missgestalteten Knaben. Er grabschte sich einen Bauklotz und humpelte auf seinen Vater zu. »Schau mal«, verlangte er grinsend, legte den deformierten Kopf in den Nacken und balancierte das quadratische Holzstück auf seiner Nase aus. »Habe ich das gut gemacht, Vater?«

Govan prustete, Zvatochna hielt sich die Hand vor den Mund. Ein spöttisches Lächeln war alles, was von Aljascha kam.

Der Kabcar fuhr dem Jungen über die Haare. »Ja, Krutor«, würdigte er die Bemühungen und drückte die groteske Gestalt an sich.

»Vater, ich will nicht mehr bei dem dunklen Mann lernen«, raunte sein Sohn ihm bittend ins Ohr. »Er macht mir Angst.«

»Du musst dich nicht fürchten, Krutor«, beruhigte Lodrik ihn und tätschelte ihn behutsam. »Echòmer ist dein Freund.«

Doch die stahlharte Umklammerung löste sich nicht. »Aber seine Stimme ist schrecklich. Wie die eines Raben. Und er hat keine Augen«, sprach der Jüngste furchtsam weiter. »Bitte, ich will nicht mehr lernen müssen.«

»Ich verspreche dir, er wird dir nichts tun«, beschwichtigte der Kabcar, dem allmählich die Luft ausging. »Ich passe auf.«

Krutor nahm die Arme weg, und unwillkürlich sog Lodrik Luft in die Lungen. Die Kraft, die in dem Krüppel steckte, würde man ihm niemals zutrauen. »Gut«, gab er nach und trottete zurück zu Govan.

Der Ältere der Brüder drückte Mortva. »Bis morgen, mein Mentor. Ich erwarte die neuen Lektionen schon mit Ungeduld.« Eine artige Verbeugung in Richtung seiner Mutter, ein knappes Nicken zu seinem Vater, und der Tadc ließ sich von einem Livrierten in sein Gemach bringen.

Innerlich hatte Lodrik seinen Ältesten bereits abgeschrieben. All die Jahre, die er im Sattel und unterwegs in seinem Reich verbracht hatte, sorgten dafür, dass der Konsultant schon lange über den Rang des »Onkels« hinaus aufgestiegen war.

Aljascha entließ Zvatochna aus ihren Fängen. »Und nun ab ins Bett mit dir«, befahl sie. »Vergiss die Salbe nicht. Sie sorgt dafür, dass du eine schöne Haut behältst.«

Das Mädchen verneigte sich vor der Mutter und dem Vater und wurde ebenfalls von einem Diener hinausbegleitet.

Krutor kauerte inmitten des Spielzeugs und versuchte, den Turm, den er gebaut hatte, zum Fliegen zu bringen. Die Bausteine stiegen fast bis an die Zimmerdecke empor, dann regneten sie auf den zurückgebliebenen Jungen herab, der traurige Augen bekam.

»Wie macht Govan das?«, fragte er seinen Vater. »Ich will das auch können.« Seine Stirn verzog sich, wütend schlug er auf ein Holzstück. »Dummes Ding!« Immer wieder schleuderte er es in die Höhe. »Flieg. Los, flieg!«

»Krutor, es ist Zeit, dass du ins Bett gehst«, sagte Lodrik, dem das Herz beim Anblick seines zweiten Sohnes schwer wurde. Er würde Ulldrael diese heimtückische Rache niemals verzeihen. Er streckte die Hand aus, und der Junge, fast gleichgroß wie sein Vater, kam zu ihm gehopst. »Ich begleite dich.« Zusammen gingen sie an die Tür. »Mortva, ich erwarte Euch in einer halben Stunde in der Bibliothek. Wir haben etwas zu besprechen.« Die Tür fiel hinter ihnen ins Schloss.

Der Konsultant erhob sich, stellte sich in den Rücken der Kabcara und küsste ihren Hals. »Wir haben eine halbe Stunde, Aljascha.«

Die Frau kümmerte sich nicht darum, sondern frisierte ihr feuerrotes Haar. »Wie lange muss ich das noch alles ertragen? Ich erwarte, dass du mich auf meinen versprochenen Thron setzt.«

Mortva legte seine samtweichen Hände auf ihre weißen Schultern. »Du erinnerst dich an unsere Abmachung. Zunächst soll der Kontinent vollständig in die Hand Lodriks gelangen, dann ist die Zeit reif.«

Aljascha schüttelte die Hände ab. »Hast du einen Blick auf die Landkarte geworfen? Der Staatenbund fehlt uns ebenso wie Agarsien und die verdammten Piraten.« Die Haarbrüste fuhr durch die strahlend roten Locken. »Ich will augenblicklich eine feste Zusage, einen festen Zeitpunkt, oder …«

»Oder was, hoheitliche Kabcara?«, meinte der Konsultant amüsiert. Noch immer versuchte die Frau, mit Drohungen etwas zu erreichen

Doch die Herrscherin war wirklich derart in Rage, dass ihre Wut durch nichts mehr aufzuhalten war. »Ich habe, weiß Gott, Geduld bewahrt. Zwölf lange Jahre verbrachte ich mit einem Kind, das von einem perfekten Reich träumt, in dem alle Menschen glücklich sind, und das eine Reform nach der anderen aus den Kanzleien jagt. Ich muss mir seine Zudringlichkeiten gefallen lassen, um keinen Verdacht zu erwecken.« Sie drehte sich zu ihm um, die Bürste reckte sich in seine Richtung. »Wenn du nicht bald etwas unternimmst, dann schwöre ich, sorge ich dafür, dass er eines morgens tot im Bett liegen bleibt.« Aufgebracht schaute sie in den Spiegel und beobachtete in der reflektierenden Fläche das ansprechende Gesicht ihres geheimnisvollen Liebhabers. »Ich frage mich, warum ich das nicht schon längst getan habe.«

Mortva beugte sich nach vorne, bedeckte ihre Schulter mit zärtlichen Küssen und zog sie behutsam auf die Beine. »Wenn der Kabcar jetzt stirbt, zerfällt das, was sich im Aufbau befindet«, raunte er ihr zu. »Und du willst doch nicht auf einem wackelnden Thron sitzen. Perdór ist kein Idiot. Er würde die Lage sofort zu seinen Gunsten ausnutzen.« Er drehte sie um und hob sie auf den Toilettentisch, seine Hände wanderten ihre Schenkel hinauf. »Innerhalb von zwei Jahren wird uns der Süden gehören, das verspreche ich dir. Bei Tzulan dem Gebrannten Gott. Und dann haben wir das Festland unter unserer Kontrolle.« Seine Lippen trafen auf die ihren. »Die Piraten werden wir mit Hilfe von ein wenig Magie einfach wegspülen. Um sie musst du dir keine Gedanken machen.« Er streifte den Saum ihres Kleides nach oben. »Bis dahin haben wir dreihunderttausend Mann unter Waffen, alle bestens ausgerüstet. Tarpoler und Tzulandrier, die nur dir gehorchen.«

»Wir könnten die Eroberungen ausdehnen«, flüsterte die Kabcara und schloss genießerisch die Augen. »Wie wäre es mit Angor? Das Kaiserreich hätte eine Lektion verdient?« Eine Welle der Lust rollte durch ihren Körper, der Puls beschleunigte sich.

»Wie du möchtest«, gestand Mortva ihr zu. »Und warum nicht auch Kalisstron? Wir haben die Macht dazu. Und du, Kabcara Aljascha …«

»Nein«, unterbrach sie ihn hart und öffnete die Augen. Das Hellgrün war herrisch, kalt und voller Gier. »Wer ein solches Imperium kontrolliert, sollte sich nicht mit dem Titel Kabcara zufrieden geben.« Sie legte den Kopf nach hinten, der Konsultant küsste ihren Hals und wanderte an ihm nach unten. »Erst bin ich die trauernde Witwe, und dann lasse ich mich zur ₡arija krönen.« Sie packte seinen Kopf und zog den Mann in die Höhe, um ihm einen wilden Kuss aufzudrücken. »Innerhalb von zwei Jahren, Mortva? Ist das diesmal endgültig?«

Die unterschiedlich farbigen Augen funkelten für einen Moment beide tiefrot, dann nickte er. »In zwei Jahren sollst du für alles entschädigt werden, Aljascha. Ohne dich wäre das alles niemals möglich geworden«, sagte Mortva und presste sie an sich. »Dafür wird dich Tzulan persönlich entlohnen.«

Die Kabcara stöhnte leise auf, als er sie neuerlich berührte, und gab sich dem mysteriösen Wesen in Menschengestalt hin, wie sie es so oft und gerne in den letzten Jahren getan hatte.

»Wir haben es übertrieben«, begann Lodrik, als sein Konsultant die Bibliothek betrat. »Und Ihr seid zu spät.« Ärgerlich goss er sich Schnaps in sein Glas.

»Vergebt mir, Hoher Herr«, sagte Mortva und deutete eine Verbeugung an. »Ich hatte noch eine Sache zu Ende zu bringen, die ich unmöglich einfach zur Seite legen konnte.« Er spazierte lautlos durch das Zimmer, das mit Büchern über Pferdezucht, Haltung und Pflege voll gestopft war. »Was für eine herrliche Nacht, nicht wahr?«

Missmutig schaute der junge Herrscher aus dem Fenster zum klaren Sternenhimmel. »Ja. Da mir ein Gedanke den Schlaf raubt, kann ich sie in all ihrer Pracht bewundern.« Routiniert setzte er den Rand des Glases an die Lippen und beförderte den Inhalt mit einer ruckartigen Bewegung in den Mund. »Wir haben es eindeutig übertrieben. Eure Leute leisteten zu gute Arbeit«, wiederholte er noch einmal.

Mortva konnte noch nichts mit den Äußerungen seines Herrn anfangen, setzte sich ihm gegenüber und wartete ab. »Werdet ein wenig präziser, bitte.«

»Eure Gerüchtestreuer haben es geschafft, zumindest die Bewohner des Nordens dazuzubringen, einen Krieg gegen den Staatenbund zu fordern.« Lodriks blaue Augen wirkten ein wenig verzweifelt. »Die Stimmung steht kurz vor dem Kippen, die Werbestellen für die Armee haben einen Zulauf an Freiwilligen, dass sie bald nicht mehr wissen, wo sie die Rekruten unterbringen sollen.«

»Eine Konfrontation wäre früher oder später ohnehin unvermeidlich«, kommentierte der Mann mit den silbernen Haaren ruhig. »Ich denke nicht, dass Lubshá Nars'anamm lange stillhalten wird.« Gemütlich lehnte sich der Konsultant nach links. »Das Volk spürt, dass es nicht ohne einen Feldzug geht.«

»Schon wieder ein Feldzug«, sagte Lodrik ungehalten. »Dabei dachte ich, es wäre nach zehn Jahren alles vorbei. Meinetwegen hätte ich die Giftschleuder im Süden auch noch unbehelligt gelassen. Aber die Untertanen verlangen beinahe schon von mir, dass ich mir den Süden vorknöpfe. Es wird wohl nicht anders gehen.«

»Betrachtet es doch so«, half Mortva. »Nach unseren Informationen hat das Kaiserreich Angor so viele Truppen in Tersion und Ilfaris aufgestellt, dass selbst wir trotz unserer Bombarden Probleme haben werden, den Feind in Schach zu halten, sollte er sich zu einer Invasion entschließen. Da die Dunkle Zeit trotz aller Vorhersagen nicht eingetroffen ist, können sie sich nicht länger hinter diesem scheinbaren Argument verstecken, sondern betreiben stattdessen ganz offen Kriegsvorbereitungen. Da ist es nur verständlich, dass Eure Untertanen präventive Maßnahmen befürworten.« Er ordnete die langen Haare. »Dennoch gebe ich Euch Recht, wenn Ihr einen Feldzug zum derzeitigen Moment ablehnt. Wir sollten uns erst um unsere Verbündeten kümmern, bevor wir eine neue Front eröffnen.«

»Ihr meint die Palestaner?«

Der Konsultant nickte. »Exakt. Sie werden unruhig, weil wir ihre Forderungen für ihre Dienste damals noch immer nicht erfüllt haben. Aber wenn wir uns gegen Tersion, Ilfaris und Kensustria stellen, benötigen wir ihre Schiffe. Der Staatenbund hat eine unkontrollierbar weitläufige Küstenfläche, über die wir gemütlich einfallen können. Und gegen das Kaiserreich, das traditionell eine Seemacht ist, sind wir auf fast alles angewiesen, was Balken hat und groß genug ist, Soldaten zu transportieren.«

»Und nachdem wir den Staatenbund eingenommen haben, eliminieren wir die Palestaner und übernehmen den Seehandel.« Lodrik rieb sich am Kinn entlang. Er hatte sich scheinbar mit dem bevorstehenden Krieg abgefunden. »Aber ich habe keine Lust auf lange Schlachten. Agarsien muss im Handstreich fallen. Empfehlungen?«

»Wie wäre es, wenn wir in allen Häfen, die von uns kontrolliert werden, genau in einem halben Jahr alle Schiffe konfiszieren?«, meinte sein Vetter.

Der Inhalt eines weiteren Glases verschwand im Inneren des Kabcar. »Gleichzeitig haben wir in jedem größeren agarsienischen Hafen mindestens drei Schiffe, in die Hauptstadt entsenden wir ein Dutzend, getarnt als Handelsschiffe, die zeitversetzt ankommen werden«, schmiedete Lodrik den Plan weiter. »So können wir die gesamte Kaufmannsversammlung auf einmal fangen, ohne dass nur einer an Gegenwehr denkt. Die Seestädte sind bedeutend, das Hinterland können wir uns immer noch in aller Ruhe mit ein paar Tausend Soldaten nehmen. Nur die Südostgrenze zu Tersion muss im Eiltempo geschlossen werden. Ich will nicht, dass Waren zu Alana gelangen.«

Mortva deutete stummen Applaus an. »Damit haben wir, wenn alles gut läuft, in nur wenigen Wochen die Meereshändler bezwungen.«

»Ich rechne nicht mit allzu großem Widerstand«, schätzte der Kabcar. »Sie wissen, was ihrem Land blüht, wenn sie sich wehren. Wer sollte es mit meinen Truppen aufnehmen können? Nachdem die neuen Bombarden fertig gestellt und installiert sind, existiert meines Wissens niemand, der auch nur annähernd in der Lage ist, Paroli zu bieten.«

»Unsere Neuanfertigungen werden in wenigen Tagen einem Probelauf unterzogen.« Warnend hob Mortva die Hand. »Aber Vorsicht, Hoher Herr. Wir wissen nicht, was die Grünhaare alles in ihren Arsenalen haben. Die Ingenieure der Kriegerkaste sind unangenehm kreativ. Vermutlich haben auch sie Bombarden.«

»Nun, vielleicht sind meine Untertanen zufrieden, wenn wir die Agarsiener besiegt haben«, hoffte der junge Herrscher. »Ich muss sagen, dass ich von der Kriegsbereitschaft des Ostens sehr überrascht bin.«

Der Konsultant lächelte. »Euer Volk ist seit dem glorreichen Jahr 443 nur das Siegen gewohnt. Da ist es einfach, neue Eroberungen zu verlangen.« Er erhob sich. »Aber wir sollten nicht ungerecht werden. Der Staatenbund hat es verdient, dass wir ihm eine Lektion erteilen. Denkt an die vielen, vielen Briefe, die Ihr Alana der Zweiten geschrieben habt, sie möge die Sklaverei doch abschaffen. Auch das unterstützen Eure Anhänger. Vor allem die Menschen in Borasgotan wissen die Freiheit zu schätzen. Von dort stammen übrigens die meisten Freiwilligen, die die Fackel der Selbstbestimmung in alle Ecken des Kontinents tragen möchten.«

»Die Regentin müsste inzwischen doch eingesehen haben, dass es kein Mensch verdient hat, so behandelt zu werden.« Lodrik schüttelte den Kopf. »Je mehr ich darüber nachdenke, umso mehr freunde ich mich mit dem Feldzug gegen den Staatenbund an. Ich sollte erst ruhen, wenn die letzte Fessel gefallen ist. Die einfachen Untertanen sollen frei bestimmen können, was sie möchten und was nicht.« Wieder leerte er ein Glas.

»Natürlich nur in einem gewissen Rahmen«, schränkte Mortva freundlich ein.

»Ach, meint Ihr?«

Alarmiert zuckte der Konsultant zusammen. »Was wollt Ihr damit sagen?«

»Ich habe mir unterwegs durch meine Reiche so machen Gedanken gemacht und mir überlegt, ob wir denn die Monarchie überhaupt brauchen.« Er nahm die leere Flasche in die Hand und betrachtete die Aufschrift. »Sicher, es muss jemanden geben, der das Sagen hat, aber sollte er diese absolute Macht haben? Darf ein Einzelner eine solche Macht besitzen? Man müsste etwas erfinden, das alle Menschen eines Landes gleichberechtigt an der Führung beteiligt.« Traurig hielt er den Flaschenhals über das Schnapsglas und beobachtete, wie ein letzter Rest in das kleine Gefäß tropfte. »Wenn das hier alles vorbei ist und Ulldart in meiner Hand ist, läute ich den nächsten Abschnitt einer neuen Zeit ein. Dann sind die Voraussetzungen erfüllt.«

»Und wie genau soll das aussehen?«, erkundigte sich Mortva vorsichtig.

Lodrik zuckte mit den Schultern. »Ich weiß es noch nicht. Es soll eine Beteilung aller sein. Aber ich habe noch ein wenig Zeit, um mich näher damit zu beschäftigen. Dann werden die Ulldarter verstehen, dass ich nur um ihr Wohl besorgt bin. Früher habe ich mir viele Gedanken dieser Art gemacht. Zusammen mit Norina.« Ansatzlos beförderte er die Flasche mit Wucht gegen das nächste Regal. »Zu Tzulan mit ihr!«, brüllte er. »Elende Verräterin! Von mir aus mag sie als Leiche neben Waljakov auf dem Meeresgrund ruhen.« Brütend starrte er in die Nacht hinaus. »Und dennoch vermisse ich sie«, sagte er plötzlich leise. »Ich vermisse sie schrecklich.«

Der Konsultant wusste, dass er von nun an überflüssig war, erhob sich und verließ die Bibliothek.

Die Entwicklung, die sein Schützling nahm, gefiel ihm gar nicht. Sollte er diese wirren Pläne wirklich in die Tat umsetzen wollen, würde wiederum sein Vorhaben gefährdet, das bisher sehr gut lief.

Das Ziel, den Kontinent vollständig in die Hand des Kabcar zu bringen, war noch ein gemeinsames, doch was dann danach kommen sollte, unterschied sich offenbar deutlich voneinander.

»Hemeròc«, sagte er in den dunklen Korridor, und die rot glühenden Augen seines Helfers wurden in der Finsternis sichtbar. »Ich möchte, dass du den Jungen weniger hart herannimmst. Krutor hat Angst vor dir, und das ist nicht gut«, befahl er, ohne seine Schritte zu verlangsamen. »Hast du etwas von Paktaï gehört?« Der dunkle Schatten, der ihm folgte, antwortete nicht. »Verflucht, wie kann das sein? Sie ist eine Zweite Göttin. Was könnte ihr zugestoßen sein, dass sie sich zwölf Jahre lang nicht mehr blicken lässt? Wenn das trotziger Ungehorsam sein sollte, werde ich sie bei unserem nächsten Zusammentreffen einfach vernichten.«

»Ich glaube nicht, dass es das ist«, krächzte Hemeròc. »Sie muss, als sie das Schiff des Piraten versenkte, in Schwierigkeiten geraten sein.«

Nun blieb Mortva stehen. »Wie kann ein Wesen, das durch normale Waffen nicht verwundet werden kann, das keine Luft zum Atmen braucht, das Magie beherrscht, in Schwierigkeiten geraten?« Er fixierte seinen Helfer. »Andererseits warst du auch nicht in der Lage, den Ausbruch von Gijuschka zu verhindern.« Hemeròc knurrte. »Na, schön, dann werden wir eben abwarten. Ich möchte, dass du Sinured und Varèsz aufsuchst und ihnen die neuen Pläne zur Eroberung von Agarsien übermitteltst. Es soll alles gelingen. Ich habe der Kabcara etwas versprochen.«

»Wann bekomme ich meine Gelegenheit?«, wollte die Kreatur wissen. »Ich habe gesehen, dass er heute hier war.«

»Nerestro? Nein, du wirst die Finger von ihm lassen«, befahl Mortva. »Noch ist er zu wertvoll. Als Großmeister leistet er ungeahnte Dienste. Gedulde dich. Was sind ein paar weitere Jahre für jemanden, der unendlich lang lebt?«

Hemeròc verschmolz mit den Schatten und war verschwunden.

**Ulldart, Großreich Tarpol,
zwanzig Warst südlich der Hauptstadt Ulsar,
Sommer 456 n. S.**

»Nein, wie kommt Ihr darauf?«, fragte Nerestro erstaunt und blickte geradeaus. Dann schwieg er eine Weile, bevor er verständnisvoll nickte. »Na ja, wenn man es so betrachtet, könnte etwas Wahres dran sein. Ich versuche ständig, Herodin davon zu überzeugen, aber er ist wirklich unvernünftig, was das angeht. Ansonsten ist er ein tadelloser Seneschall, angesehen bei den Männern und recht beschlagen, was die Fechtkunst angeht. Möchtet Ihr Wein?« Er goss sich etwas Wasser ein und griff zur anderen Karaffe, in der vergorener Rebensaft war. »Aha, Ihr macht Euch also nichts daraus. Nicht mehr. Ich trinke auch nur noch Wasser, sonst würden die Männer behaupten, ich sei ständig betrunken, weil ich scheinbar zur Luft rede.« Der Ritter prostete. »Aber wir beide wissen es besser. Und es bleibt unser Geheimnis, Rodmor von Pandroc.«

Herodin betrat die große Jurte und sah sich misstrauisch um. »Mit wem habt Ihr gesprochen, Großmeister? Habe ich ein anberaumtes Treffen versäumt?«

»Seht Ihr hier vielleicht jemanden?« Nerestro wusste genau, was sein Fahnenführer ihm damit sagen wollte. »Akzeptiert, dass ich mit den Toten sprechen kann, Herodin.«

Seufzend setzte sich der Mann im Kettenhemd auf einen Stuhl. »Großmeister, ich habe so sehr gehofft, Eure geistige Verwirrung würde mit dem Tag zu Ende sein, als … der Fleisch gewordene Fluch von Euch ging. Aber es hat sich nichts geändert.«

»O doch. Es hat sich vieles geändert. Ich habe meine Gabe angenommen und erschrecke nun nicht mehr vor ihr.« Nachsichtig lächelte der Großmeister. »Ich weiß, dass Ihr es nicht verstehen könnt. Ihr müsstet es am eigenen Leib erfahren haben, Ihr müsstet beinahe tot gewesen sein. Aber es ist vermutlich schwer, die richtige Verletzung herbeizuführen, die genau den Übergang zwischen dem Jenseits und uns schafft. Und ich kann Euch sagen, die wissen Dinge auf der anderen Seite, von denen wir beide nicht einmal etwas erahnen. Und sie sehen fast alles.« Er nippte an seinem Wasserglas. »Seht Ihr, Rodmor hat mich auf etwas aufmerksam gemacht.«

»Ich bin gespannt, Großmeister«, sagte der Seneschall eher genervt als angetan.

Nerestro strich sich über die goldene Bartsträhne, langte zur Seite und nahm seine aldoreelische Klinge auf die Knie. »Wie viele gibt es davon, Herodin?«

»Das weiß jedes kleine Kind, das die Sagen seiner Großeltern gehört hat«, grummelte sein Untergebener. »Dazu brauche ich keinen Sprecher aus dem Reich der Toten.« Er streckte die Beine aus und griff nach dem leeren Gefäß, um sich ebenfalls etwas Wasser einzuschenken.

»Ja, nehmt es nur«, erlaubte der Großmeister. »Rodmor hat keine Verwendung dafür. Er meinte, in seiner derzeitigen Form sei er nicht in der Lage, etwas Irdisches zu trinken. Und nun gebt Antwort.«

»Es sind einundzwanzig der aldoreelischen Klingen«, ächzte Herodin. Er schluckte die Bemerkung, die ihm auf der Zunge gelegen hatte und die gegenüber einem Großmeister eine Beleidigung dargestellt hätte, mit einem Mund voll Wasser herunter. »Einst geschmiedet gegen Sinured und gegen alles Unheil, das sich auf dem Kontinent ausbreiten möchte.«

»Das ist korrekt«, sagte Nerestro. »Nun, es hat sich gezeigt, dass Sinured in unseren Tagen wohl weniger als Unheil zu bezeichnen ist. Und auch ansonsten gibt es auf Ulldart derzeit wenig, gegen das man unsere besonderen Schwerter einsetzen könnte, nicht wahr? Selbst diese Sumpfbestien wurden zu Geduldeten.«

Herodin hatte nicht den blassesten Schimmer, auf was sein Großmeister hinaus wollte. »Welchen Grund hat es, dass Ihr Euch darüber Gedanken macht?«

»Nicht ich, sondern der geschätzte Rodmor von Pandroc«, verbesserte der Großmeister, was Herodin innerlich beinahe zur Verzweiflung brachte. »Und wie viele der Klingen befanden sich in den Händen von Angehörigen unseres Ordens?«

»Vierzehn Stück«, kam es augenblicklich aus Herodins Mund. »Jedenfalls vor der Schlacht bei Telmaran.«

»Und danach waren sie, bis auf drei, verschwunden.« Seine Finger schlossen sich um die kostbar gearbeitete Hülle. »Unser Orden besitzt demnach also vier. Jeweils eine weitere befand sich in der Burg von König Tarm, in der ehemaligen Baronie Serinka, eine war im Besitz von Mennebar, irgendwo müsste sich eine davon in Ilfaris finden lassen. Und die letzten beiden, die mächtigsten, die ausschließlich für den Kampf gegen Sinured angefertigt worden sind, wurden der Legende nach an geheimen Orten vor dem Bösen versteckt.«

»Und was bedeutet das?« Es gelang dem Seneschall nicht, eine Verbindung herzustellen.

»Sie verschwinden«, sagte Nerestro düster. »Was auch immer sich darum kümmert, es sammelt sie ein. Ich hätte es nicht bemerkt, wenn Rodmor von Pandroc mich nicht darauf hingewiesen hätte.«

»Ja, Rodmor war schon immer ein helles Kerlchen«, meinte Herodin geringschätzig.

Die Augen des Großmeisters wurden zu Schlitzen. »Ehret die Toten, Herodin von Batastoia«, erinnerte er den Mann vorwurfsvoll. »Das steht in unseren Codices, und so soll es gehalten werden. Nun, da ich weiß, dass sie uns hören, liegt mir an der Einhaltung des Gebotes umso mehr.«

»Verzeiht mir, Großmeister«, lenkte der Seneschall ein. »Ich wollte nicht respektlos sein. Es ist nur für uns, die die Toten nicht sehen, schwer vorstellbar.«

»Ich weiß«, sagte Nerestro, augenblicklich freundlicher gestimmt. »Ich weiß.« Er schaute kurz zur Seite. »Auch Rodmor verzeiht Euch, und daher erlasse ich Euch die Strafe von zwanzig rituellen Gebeten zu Ehren Angors. Dankt mir nicht für meine Milde.«

»Wenn Ihr ... und Rodmor Recht behaltet und irgendetwas eignet sich die aldoreelischen Klingen an, dann muss das doch etwas zu bedeuten haben, oder?« Nun fing auch Herodin an zu grübeln. Auch wenn die Bedenken seines Herrn einem Wahn entsprangen, so war etwas an ihnen, über das man nachdenken sollte.

»Sehr richtig beobachtet«, lobte Nerestro. »Und das bedeutet, dass was auch immer sich die Schwerter aneignen möchte, aufgehalten werden muss. Wenn nichts mehr auf dem Kontinent existiert, was das Böse, egal in welcher Form, aufzuhalten vermag, sind der Finsternis Tür und Tor geöffnet.«

Der Seneschall schien halbwegs überzeugt zu sein. »Sollten wir den Kabcar über unsere Entdeckung in Kenntnis setzen?«

Der Großmeister fuhr sich mit der Hand über die kurzen braunen Haarstoppeln auf seinem Kopf. »Ich denke, dass unser Orden nach langer Zeit endlich wieder eine neue Aufgabe erhalten hat, und die sollten wir nicht dem Herrscher des Großreichs überlassen. Er hat genug mit Regieren zu tun. Von nun an wird es unsere Bestimmung sein, die wenigen aldoreelischen Klingen, die es noch gibt, wie unsere Augäpfel zu hüten und zu ergründen, wo die letzten beiden Exemplare verborgen sind«, verkündete Nerestro feierlich. »Aus diesem Grund werde ich beim nächsten Turnier in zwei Monaten die Suche ausrufen.«

»Das heißt, wir werden schauen, ob die Schwerter noch in Ilfaris, Tûris, Serinka und Aldoreel lagern«, bemerkte Herodin.

»Wenn ja, unterstellen wir sie unserem Schutz«, sagte Nerestro. »Und wenn nicht, sind die Sorgen Rodmors berechtigt. Unser Orden ist in den letzten zwölf Jahren wieder angewachsen, die neue Generation von Rittern steht bereit. Mehr als sechs Dutzend sind es, die sich den Hohen Schwertern angeschlossen haben, um Angor zu ehren. Zusammen mit ihrem Gefolge eine nicht zu verachtende Zahl, wie ich finde. Mit ihrer Hilfe müssten wir unser Ziel erreichen.«

Er wuchtete sich aus dem Stuhl und platzierte seine juwelenbesetzte Waffe feierlich in den dafür vorgesehenen Ständer. Dann sank er auf die Knie, zog die Klinge hervor, küsste vorsichtig die Blutrinne und sprach ein stilles Gebet zu Angor, Herodin an seiner Seite. Nach einer Weile stemmte er sich in die Höhe.

»Ich wünsche Euch einen angenehmen Schlaf, Herodin.« Er entließ seinen Fahnenführer, der nach einer Verbeugung der Aufforderung zu gehen nachkam.

Müde löste der Großmeister einen Lederriemen nach dem anderen, bis er das Kettenhemd abstreifen konnte. Sorgsam hing er es über den vorgesehenen Ständer und entledigte sich nach und nach bis auf den Leibwickel seiner Kleidung.

Prüfend fuhren seine Finger über die kräftigen Unterarme und tasteten nach Narben an seinem Körper aus vergangener und jüngster Zeit, als würde die Berührung die Striche und Wulste zum Erzählen ihrer Geschichte bringen.

Als seine Rechte im Nacken angekommen war, zuckte sie zurück. Dieses Brandwundmal schmerzte zwar nicht mehr äußerlich, aber hatte tiefe Schrammen in der Seele des Ordensritters hinterlassen, die kein Heilmittel, kein Cerêler dieser Welt behandeln konnte.

Die grausame Erinnerung brachte ihm das Gesicht von Belkala vor sein geistiges Auge zurück. Er sah und hörte ihr Lachen, schaute gebannt in die bersteinfarbenen Augen und roch den Duft des Haares, das die Farbe von dunkelgrünem Schattengras besaß.

Nerestro presste die Lider zusammen, um das Bild der Kensustrianerin nicht mehr sehen zu müssen, aber seine Fantasie gewährte ihm keine Gnade, keine Milde. So sehr er es hasste, wenn diese Momente der Vergangenheit in seinem Hirn aufleuchteten und ihren Schein in die Gegenwart warfen, so sehr sehnte er sie herbei. Sie bedeuteten Qual und zugleich Freude gleichermaßen.

Du hast deine Liebe verleugnet, schrie es innerlich.

Aber es ging nicht anders, verteidigte sich ein anderer Teil von ihm, wissend, dass er auf verlorenem Posten stand. »Aber es ging nicht anders«, schluchzte der gewaltige Mann, der mit allen Gegnern, die ihn in die Schranken forderten, spielend fertig geworden war, und sank auf sein Feldbett.

Das Gesicht verbarg er in den breiten Händen, und er weinte lautlos. Heiß perlten die Tränen über seine Wangen, und immer wünschte er sich, die tröstende Stimme von Belkala zu hören, nur einmal noch in Wirklichkeit, nicht als bloße Ausgeburt seiner Einbildungsgabe.

Aber seit Telmaran war sie verschwunden.

Kein sanftes Wispern mehr aus den Schatten heraus, kein Lachen, nichts. Die Kensustrianerin, seine Gefährtin, befolgte seinen Befehl und war ihres Weges gegangen.

Und das brachte Nerestro innerlich um, seine Gefühle rissen ihn in ein tiefes, schwarzes Tal, aus dem er nicht mehr herauskommen wollte. Seine Nachfolge innerhalb des Ordens hatte er schon lange geregelt. Sollte er in einem Turnier oder wann auch immer den Tod finden, würde Herodin in seinem Nachlass als nächster Großmeister vorgeschlagen.

Und wie der Ordenskrieger den Tod suchte. Keiner ritt waghalsiger in den Turnieren, keiner stürzte sich mit mehr Einsatz in die Scharmützel und Gefechte zu Ehren des Gottes Angor, und wie durch ein Wunder blieb er stets am Leben, kurierte seine Verletzungen aus.

Wenn sie jetzt erscheinen würde, würde er sie nicht

mehr fortschicken. Er würde sie fest halten und nie mehr gehen lassen. Er hatte seine Aufgabe erfüllt, er hatte den Orden neu gegründet, nachdem er durch seine Schuld beinahe untergegangen wäre. Er wäre bereit, mit ihr zu gehen, wohin immer sie wollte. Er wäre sogar bereit, das Ritterdasein aufzugeben, nur um mit ihr zusammenzuleben. Er hob den Kopf, die braunen Augen rot vom Weinen. Was hatte sie nur mit ihm gemacht, dass er sie nicht vergessen konnte? Und wann holte ihn Angor endlich zu sich, um diesem Leben ein Ende zu machen?

Er stieg auf den Rahmen seiner Lagerstätte und klappte einen Teil des Jurtendachs weg, um sich den Nachthimmel betrachten zu können.

Der Großmeister legte sich hin, fröstelnd hüllte er sich in eine wärmende Decke und wartete darauf, dass er einschlief, die Augen auf die Sterne gerichtet. Ganz gleich, was mit ihm geschah, er würde mit ihrem Namen auf den Lippen sterben.

Ulldart, Tûris, Verbotene Stadt,
Sommer 456 n. S.

Belkala strich sich die Haare aus dem Gesicht, lehnte sich an die Säule und betrachtete die schimmernden Punkte hoch oben über dem Horizont.

Ihr habt es gut, dachte sie traurig. *Ihr seht ihn. Was mir nicht vergönnt ist.* Das Bernstein verfolgte die glühende Spur einer Sternschnuppe, die sich rasch zwischen den silbernen Funkeln verlor. Es verging keine Nacht, in der sie nicht von ihm träumte.

Aber sie respektierte, dass seine Gefühle für sie erloschen waren, wie auch immer das hatte geschehen können. In ihrem untoten Herzen trug sie die Liebe für den

Ordensritter in sich. Ganz gleich, was mit ihr geschah, sie würde mit seinem Namen auf den Lippen sterben.

»Lakastre, kommst du zu Bett?«, rief Boktor lockend aus dem Schlafgemach.

»Ja, Geliebter«, antwortete sie über die Schulter, und ihre Stimme klang dabei so zärtlich, als würde sie zu Nerestro sprechen. »Ist die Kleine schon eingeschlafen?«

»Sie schlummert friedlich unter ihrem Laken«, gab der Tzulani zurück. »Und für dich wird es ebenfalls höchste Zeit. Wir haben morgen einen anstrengenden Tag vor uns. Die neue Handelsdelegation wird sich vorstellen, wir müssen über die Produktion der Salben sprechen, und die Zeremonie zu Ehren des Gebrannten Gottes muss sorgfältig vorbereitet werden. An einem so hohen Feiertag darf nicht der winzigste Fehler den Zorn Tzulans hervorrufen. Durch seine Gnade sind wir dabei, wieder zu denen zu werden, die wir einst waren.«

Belkala seufzte. Ihr Gefährte zermürbte mit seinen Herrschaftsallüren ihre Nerven gewaltig, und wenn er nicht der mächtigste Mann im Umkreis von hundert Meilen wäre, sie hätte ihn schon lange »vernascht«. Der Gedanke gefiel ihr. Ein Knurren entwich ihrer Kehle, und die Iris leuchtete grellgelb auf. Der Rákshasa in ihr erwachte zu gefährlichem Leben. Es würde bald wieder Zeit für die Jagd werden, um sich Nahrung zu beschaffen.

Noch ein wenig Geduld, und sie konnte seinen Platz in der Versammlung einnehmen. Prüfend fuhr sie mit der Zunge über ihre spitzen Reißzähne. Bald, bald würde sie eine trauernde Witwe sein.

»Lakastre, wo bleibst du?«, rief Boktor ungeduldig.

»Ich eile, mein Geliebter«, säuselte sie. Das aggressive Gelb wandelte sich zu warmem Bernstein, ihre animalischen Züge wurden wieder feminin, menschlich, dann drehte sie sich um und lief von der großen Veranda zurück ins Zimmer, um dem Tzulani eine liebende Gefährtin vorzutäuschen und dabei doch nur an Nerestro zu denken.

VI.

»Und die schreckliche Kreatur streckte die klauenartige Hand nach ihrem Gesicht aus und streichelte sanft entlang der Schläfe über die Wange bis zu ihrem Hals. Der zentimeterlange Fingernagel ruhte mit sanftem Druck an ihrer Kehle. ›Du bist nirgends vor uns sicher, kleine Frau, vergiss das niemals.‹ Mit der anderen Kralle riss sie der Seherin ein Büschel Haare aus. ›Damit finden wir dich überall.‹

Die Augenhöhlen des Beobachters pulsierten Furcht einflößend in der Dunkelheit, und lähmten jeden Widerstandswillen, den die Seherin hätte aufbringen können.

Der Geruch von faulendem Fleisch wehte ihr entgegen, dann zeigte die Kreatur die Doppelreihen messerscharfer Zähne, die wie tödliche, dreckig schwarze Gebirge aus dem stinkenden Maul ragten.«

Das Buch der Seherin
Kapitel VI

Ulldart, Inselreich Rogogard, Jaronssund, Sommer 456 n. S.

Torben tauchte unter dem Schlag durch, federte in die Höhe und schlug dem Angreifer mit aller Kraft die getrocknete Dauerwurst an den Unterkiefer. Der Mann kreiselte einmal um die eigene Achse und stürzte auf die Dielen der Kneipe, wo er regungslos liegen blieb.

Keuchend stützte sich der Kapitän am Tresen ab, der Schweiß lief ihm in Strömen von der Stirn.

»Ist noch jemand der Meinung, dass ich klinge wie ein zahnloser Greis?«, fragte er in den stillen Schankraum hinein, in dem sich ein Durcheinander aus zertrümmerten Stühlen, zerstörten Tischen und anderem zerbrochenem Mobiliar ausbreitete. Dazwischen lagen ein paar Bewusstlose, andere saßen jammernd auf dem Fußboden und hielten sich den Kopf und andere ramponierte Körperteile.

»Kapitän, ich glaube, es ist genug«, sagte eine dünne Stimme hinter der Theke, und der Wirt tauchte aus seiner sicheren Deckung auf. »Du hast sie wohl alle ...«, sein Blick schweifte durch den Raum, »... überzeugt, würde ich meinen.«

Der Freibeuter lachte und reichte dem Mann die Dauerwurst zurück. »Das würde ich auch meinen. War ein verdammt schweres Stück Arbeit, sie alle zu überzeugen.«

»Und meine Schänke hast du gleich mitüberzeugt.« Der Wirt zeigte auf das Trümmerfeld.

»Ja, tut mir Leid. Wenn ich am Missionieren bin, hält mich so schnell nichts mehr auf.« Torben kramte einen Beutel heraus und schüttete den Inhalt auf den Tisch. Münzen des gesamten Kontinents rollten heraus. »Such dir eine Währung raus und nimm dir so viel, wie du brauchst.«

Ohne Zögern wischte der Schenkeninhaber alle Metallstücke in seine Schürze. »Ich habe die Getränke miteinberechnet«, erklärte er dem staunenden Freibeuter und positionierte eine Flasche Rum vor ihm. »Die ist miteingeschlossen.«

»Da danke ich doch recht schön«, sagte der Rogogarder und nahm einen Schluck, während er die Dauerwurst wieder an sich nahm. »Für unterwegs.«

Der Wirt protestierte nicht. »Und wie willst du davon abbeißen?«

»Mir scheint, ich muss dich auch überzeugen?« Drohend hob Torben die unterarmlange, knochenharte Wurst, und der Wirt verschwand blitzartig in die Küche.

Der Kapitän spazierte aus dem *Eisvogel* hinaus, machte einen Bogen um den Liegenden, den er vorhin aus dem Fenster befördert hatte, und schlenderte gut gelaunt in Richtung des Liegeplatzes seiner *Varla*.

Der ungewöhnliche Zweimaster diente als Kommandoschiff einer kleinen Flotte von vier ungewöhnlichen Kriegsschiffen, die ihm unterstellt worden waren, um Güter zu den Aufständischen der tarpolischen Provinz Karet zu fahren und gleichzeitig so viele Palestaner wie möglich auf den Grund zu schicken, was einigermaßen gut funktionierte.

Rogogard besann sich auf seine Ursprünge zurück und ging seit sieben Jahren unverhohlen nur noch auf Kaperfahrt, der Handel mit Rundopâl erstarb mit dem Beitritt des Landes zum Großreich Tarpol. Nur noch in wenigen Ortschaften an der Nordküste handelten die Freibeuter mit Tarpolern, ansonsten hatte man dem Kabcar und all seinen Gefolgsleuten den Kampf angesagt. Seit dem Pakt mit den verhassten palestanischen Händlern unterstützten alle Kapitäne, Ob- und Hetmänner die Handlungsweise des Inselreichs. Gefangene machten inzwischen weder die Palestaner noch die Rogogarder, der Konflikt erreichte einen brutalen Höhepunkt.

Torben tastete vorsichtig am Kinn herum, aber außer einem leichten Dröhnen im Schädel und ein paar offenen Fingerknöcheln hatte er die Schlägerei im *Eisvogel* recht gut überstanden. Er hasste es, als Greis bezeichnet zu werden, und das ließ er alle spüren, die meinten, ihn damit aufziehen zu müssen.

Seine grüngrauen Augen strahlten, als er das prachtvolle Schiff sah, das vor ihm im Hafenbecken schwamm. Es stellte den genauen Nachbau einer tarvinischen Dharka dar, angefertigt nach den Plänen, die vor sieben Jahren in Ulvland gezeichnet worden waren, wenn auch mit ein paar kleinen Anpassungen. Und zu Ehren der Frau, die ihn gerettet und ihm die Liebe gebracht hatte, nannte er es *Varla*.

Das Schiff war ihm geblieben, von der Namensgeberin hörte er nie mehr etwas. Monate hatte er damit verbracht, sich zu fragen, was aus ihr geworden war.

Aber irgendwann endete seine Grübelei, das Kommando über die Dharka-Flotte erging an ihn, und somit konnte er auch nicht nach seinen Freunden suchen. Seine Freistellungsgesuche waren bisher alle vom Hetmann abgelehnt worden.

»Hier, fang!«, rief er einem der spielenden Straßenkinder zu, das in einem Reflex die Arme öffnete und von der fliegenden Wurst beinahe von den Füßen gerissen wurde. »Ihr könnt sowieso besser beißen als ich.«

Zügig enterte er die Dharka über die Planke und schaute seiner Mannschaft beim Deckschrubben zu.

»Das sieht sehr gut aus, Männer«, lobte er und stellte die Rumflasche auf einer Taurolle ab. »Hier, damit das Arbeiten nicht zu schwer wird. Aber sauft nicht alles auf einmal. Ich möchte keinen aus den Wanten fallen sehen.«

Sein Maat Negis eilte vom Vorschiff zu ihm heran, eine Ledertasche schwenkend.

»Was denn, schon wieder neue Befehle?«, wunderte

sich Torben. »Ich bin eben erst in Jaronssund angekommen und soll gleich wieder davon?«

»Der Bote kam, als du in den *Eisvogel* gingst.« Der Blick des Untergebene blieb an den malträtierten Knöcheln hängen. »Gab es in der Schänke viel Überzeugungsarbeit zu leisten?«, erkundigte er sich amüsiert.

»Ich schätze, manche habe ich dermaßen bekehrt, dass sie eine Zeit lang benötigen werden, um sich im Spiegel wiederzuerkennen«, meinte der Rogogarder leise. Die geflochtenen, mit Perlen geschmückten Strähnen seines ausgeblichenen Bartes wackelten hin und her.

Er öffnete die Dokumententasche, die das Siegel des Hetmanns trug, nahm das Papier heraus und las die Zeilen. Sein Gesicht wurde ernster. »Sieh an. Die Palestaner beabsichtigen, vier Schiffe mit neuen Waffen an Bord ein paar Meilen von hier vorbeizuschmuggeln.«

»Mit neuen Waffen?« Der Maat verzog seinen Mund. »Das ist eine Sache, die mir gar nicht gefällt.«

»Und noch schlimmer wäre es, wenn sie ihren Bestimmungsort erreichen würden«, hielt der Kapitän dagegen und verstaute das Dokument wieder in der Tasche. »Wer weiß, was sie damit anrichten wollen. Wir sollen sie in einer Nachtaktion abfangen.«

»Auch noch nachts.« Negis schüttelte den Kopf. »Seit die Sternbilder machen, was sie wollen, ist eine Navigation mehr als nur gefährlich.«

Torben klopfte seinem Maat auf die Schulter. »Sei kein Weichfisch, Negis. Sie müssen am Tjolmans-Riff vorbei, und da werden wir in aller Ruhe auf sie warten und sie aufbringen, während sie noch überlegen, was da über sie hereinbricht.« Er ging zu seiner Kajüte. »In vier Stunden laufen wir aus, sag das den anderen Kapitänen. Ich will rechzeitig am Riff sein und mir ein paar nette Klippen suchen, hinter denen ich mich verstecken kann.«

Negis nickte, nahm sich die Rumflasche und gönnte sich einen gehörigen Schluck. »Also gut, ihr tranigen

Fischköpfe«, röhrte seine Stimme über das Deck. »Installiert alle Katapulte, die ihr im Laderaum finden könnt, bringt die Armbrustlafetten am Mast auf Vordermann, und dann macht das Schiff klar zum Ablegen.«

Die rogogardische See präsentierte sich so friedlich wie noch nie, und das passte Torben keineswegs. Die Dharkas waren geschickte, wendige Segler, aber sie benötigten ausreichend Wind dazu. Und der fehlte fast vollständig.

Im Moment war es dem Kommandanten der Flotte noch egal, die Schiffe lagen alle, gut verborgen hinter ein paar einsamen Felsen, die sich aus dem Meer hoben, auf Lauerposition und warteten auf das Erscheinen der Seekrämer. Aber in einem Gefecht musste er sich etwas einfallen lassen, sollte keine einzige Brise aufkommen wollen. Die Klippen vor dem Tjolmans-Riff waren die einzige Möglichkeit, die Händler auf der gewählten Route arglos herankommen zu lassen. Wenn die Palestaner die Klippen passierten, erwartete sie dahinter das rogogardische Empfangskomitee.

Wolkenlos und schön spannte sich der Himmel am Firmament auf, die ersten Gestirne glänzten im Abendrot, die Monde zogen ihre Bahnen. Beinahe tat es ihm Leid, diese perfekte Idylle bald durch Kampflärm zu zerstören. Aber solche gefühlsduseligen Rücksichtnahmen konnte er sich nicht erlauben.

Die Männer hoch oben auf den Felsen beobachteten den Horizont, um die palestanische Annäherung zu verkünden. Torben rechnete mit keinem großen Kampf, die Koggen waren bei dem lauen Lüftchen noch unbeweglicher als die Dharkas, was ihn nur unwesentlich beruhigte. Am liebsten war es ihm, wenn die Gischt unter dem Bug schäumte.

Als das Dunkelrot und das Lila allmählich dem herankriechenden Dunkelblau der Nacht wichen, meldeten die Wachen auf den Klippen Signallichter in vier Meilen Entfernung. Insgesamt zählten die Männer auf ihren Aussichtsposten aber die Lampen von fünf Schiffen. Offenbar eskortierten vier Kriegskoggen der Palestaner das zusätzliche, in der Order unerwähnte Schiff, das in der Mitte schwamm.

Torben machte sich die Mühe, sich mit einem Beiboot an den felsigen Strand der Klippen bringen zu lassen und mit Hilfe eines Fernrohrs das unangemeldete Gefährt zu begutachten.

Die Dimensionen waren größer als die der Palestaner, lange Ruder stachen in die fast spiegelglatte Oberfläche des Meeres. Der Schiffskörper gestaltete sich gedrungener als der einer Kogge, und es wirkte auf den Rogogarder, als würde sich das Gefährt wie eine fette Raubkatze flach an die schwachen Wellen schmiegen, um sich besser heranpirschen zu können. Die Galeere lief zusätzlich unter Vollzeug, die Wasserverdrängung schien enorm zu sein.

Es war eine turîtische Iurdum-Galeere. Der verdammte Nachbau einer Kriegsgaleere Sinureds. Für einen kurzen Moment überlegte er, ob er den Überfall abblasen sollte, aber selbst wenn, dank der Flaute würde eine Flucht wenig Sinn machen. Verstärkter Rumpf, doppelte Seitenwände, unterseeischer Rammsporn, Wurfvorrichtungen in allen Größen, das waren die Schiffe, mit denen das eigenständige Königreich Tûris die Erträge seiner Iurdumschürfgründe sicher von den Inselminen ans Festland transportierte.

Unter normalen Umständen fürchtete er die schwerfälligen Schiffe nicht, die einem Vergleich mit einer Schildkröte durchaus standhielten. Langsam, aber schwer zu knacken. Doch ohne Wind stellte die Galeere eine tödliche Bedrohung dar.

Schnell kehrte er auf die *Varla* zurück und rief die Kapitäne zur Besprechung.

Mit einer solchen Festung aus Planken hatte keiner der Männer gerechnet. Und eine genaue Planung würde man nicht vornehmen können, denn es hing alles davon ab, welche Route die Galeere nehmen würde. Am besten würde es den Kapitänen gefallen, wenn sie zwischen den Klippen entlang fahren würde. Sollte aber ein erfahrener Commodore am Steuer stehen, lotste er den gesamten Konvoi in einem Bogen drumherum. Was die Stimmung ein wenig zu heben vermochte, war der aufkommende Wind. Er würde den Dharkas den Vorteil der Geschwindigkeit bringen, vorausgesetzt aus dem Luftzug würde eine ordentliche Brise.

Als die Wachen meldeten, die Palestaner würden schnurstracks auf die Lücke zwischen den Felsen zusteuern, entstand neue Zuversicht, den Gegner schnell entern zu können.

Die Kapitäne kehrten auf ihre Schiffe zurück, ein paar Ruderboote manövrierten jeweils zwei Dharkas hintereinander zu einem tödlichen Spalier. Die Winden der Katapulte auf allen rogogardischen Decks erwachten zum Leben, die Fernwaffen wurden gespannt und geladen, um den Seekrämern einen tödlichen Willkommensgruß zu senden. Auf den Einsatz von Petroleumgeschossen verzichtete man zunächst, um die eigene Position nicht durch die Flammen preiszugeben und zu einem leichten Ziel in der Dunkelheit zu werden.

Der Bug der ersten Kriegskogge schob sich als schwarzer Schatten auf der Seite der Freibeuter heraus, und die vorbereiteten Schleudern sandten Tod und Verderben auf die Palestaner herab. Masten wurden beschädigt, Rahen rissen aus den Verankerungen und stürzten auf die Planken, während die Kogge augenblicklich mit dem Heck ausbrach und schlingernd auf den ersten Rogogarder zuhielt, um ihn mit letzter Kraft zu rammen und den eigenen Leuten die Möglichkeit zu geben, in den Nahkampf zu gehen.

Die zweite Kogge hatte den Empfang des ersten Schiffes sehr wohl mitverfolgt und wollte, halb in der Einfahrt zwischen den Klippen, abdrehen. Sie segelte mit ihrem Manöver der aufschließenden Galeere unmittelbar vor den Rammsporn.

Mit einem gedämpften Krachen barst der Rumpf unterhalb der Wasseroberfläche auf, Salzwasser schoss herein und flutete den Laderaum. Der lange metallene Dorn schlitzte die Backbordseite beinahe der Länge nach auf, dann drückte der verstärkte Bug das sterbende Schiff einfach zur Seite. Unberührt hoben und senkten sich die Ruderblätter in einem gesteigerten Tempo, um Schwung zu holen.

In der Zwischenzeit hatten die Dharkas ihre Katapulte neu geladen und bereiteten sich darauf vor, ihr Feuer auf die Galeere zu konzentrieren, die in diesem Moment genau zwischen den beiden ersten rogogardischen Angreifern lag. Was Torben etwas irritierte, war, dass sich niemand an Deck der Galeere befand, offenbar hatte die Besatzung Schutz in den Räumen darunter gesucht.

Als er eben den Befehl an die Katapultmannschaft geben wollte, klappten zumindest auf seiner Seite des turîtischen Wassergefährts Luken auf, hinter denen kleine Flämmchen zu sehen waren. Der Freibeuter schätzte ihre Zahl auf dreißig, in zwei Reihen übereinander angeordnet.

Er brüllte seinen Befehl, der jedoch in einem rollenden, anscheinend nicht enden wollenden Donner unterging.

Die Galeere spie Rauch und Flammen aus den Öffnungen, ausgehend vom Bug und sich zum Heck hin im Abstand eines Lidschlags fortpflanzend. Der Schein spiegelte sich im Wasser wider und erleuchtete flackernd die Szenerie, als herrschte ein Gewitter. Der Anblick war Torben neu: schön und unheimlich zugleich. Am zuckenden Lichtschein erkannte er, dass sich das

Schauspiel auch auf der anderen Seite abspielte. Gespenstisch grell leuchteten die Umrisse der benachbarten Schiffe auf.

Da pfiff und krachte es an allen Ecken der *Varla* gleichzeitig.

Eine furchtbare Gewalt brach über die Dharka herein. Es machte den Eindruck, als rissen unsichtbare Hände an dem Schiff und rüttelten es kräftig durch.

Aus den Augenwinkeln sah Torben, wie sich das Steuerrad unter der Wucht eines scheinbar unsichtbaren Geschosses in eine Wolke aus unterschiedlich großen Splittern verwandelte und zerstob, die beiden Männer am Ruder verschwanden schreiend über die Reling. Etwas traf den Großmast und faltete ihn in der Mitte zusammen, Teile des Decks wurden einfach nach oben gerissen, Fässer, Kisten und Katapulte wurden zerschlagen. Die scharfkantigen Bruchstück des Holzes wirbelten umher und verletzten die Seemänner zusätzlich. Einer der Matrosen warf sich hinter der Reling in Deckung, durch die sich im gleichen Augenblick etwas seinen Weg bahnte und dabei den Mann wie eine Strohpuppe davon schleuderte. Torben meinte, das Knacken seiner Knochen gehört zu haben, als das Geschoss gegen seine rechte Seite geflogen war.

Was auch immer die Galeere einsetzte, es stanzte mit solcher Leichtigkeit Löcher in die Planken der *Varla*, wie Kinder Figuren aus Teig stachen.

Die Luken schlossen sich, von der Galeere dröhnte lautes, vielstimmiges Triumphgeschrei.

»Das sind Bombarden!«, rief der Freibeuter entsetzt. »Bei Kalisstra, sie haben die Bombarden auf dem Schiff installiert.«

Nun pressten sich die beiden anderen palestanischen Kriegskoggen durch die Einfahrt zwischen den Felsen, ihre Katapulte nahmen die ersten beiden Rogogarder ins Visier. Ein Schauer der üblichen Stein- und Speergeschosse ging auf die Freibeuter nieder, etliche Männer ließen ihr Leben oder wurden verwundet.

Die hinteren beiden Dharkas setzten Vollzeug und feuerten auf die Galeere, die ihre Fahrt fortsetzte, bis sie sich erneut im Mittelpunkt zwischen den beiden Schiffen befand. Offenbar kam ihr die Aufgabe zu, die Angreifer mit einer ersten Salve einfach nur zusammenzuschießen, während die restlichen Palestaner das Entern des geschwächten und demoralisierten Gegners übernehmen sollten.

Beide rogogardische Gefährte versuchten ihr Bestes, den auffrischenden Wind zu einem taktischen Standortwechsel zu nutzen, doch ihre Bewegungen würden das Schlimmste nicht verhindern.

Ein zweites Mal klappten die Öffnungen auf, wieder sandten die Bombarden stählernen Hagel gegen die Schiffsleiber der Gegner, der aus blitzenden Wolken herausschoss. Diese Dharkas erlitten das gleiche Schicksal wie ihre Schwesterschiffe.

Torben war so fasziniert vom Anblick der Feuerwaffen gewesen, dass er die palestanische Kriegskogge, die zum Entern längsseits kam, erst beim spürbaren Aufprall der Bordwände bemerkte.

»Sieben Jahre ist es gut gegangen«, flüsterte er und zog seinen Entersäbel. »Du hattest lange genug deinen Spaß, Torben Rudgass. Nun zeig den Seekrämern, wie Rogogarder kämpfen und notfalls sterben.«

Er gab Befehle an die wenigen Überlebenden und stellte sich der Übermacht, die sich über die Planken auf die *Varla* ergoss.

»Für Rogogard!«, brüllte er, angelte sich ein Seil und schwang sich hinüber an Bord der Kogge, um zwischen den erschrockenen Armbrustschützen im Kampfturm zu landen. »Wenn hier einer entert, dann bin ich das!«, schrie er und eröffnete den Nahkampf gegen die überrumpelten Palestaner, die unter seinen Schlägen fielen.

Danach nahm er sich die Fernwaffen und schoss einen Bolzen nach dem anderen in den Pulk der feindlichen Soldaten.

Als er wegen eines Pfeilhagels gezwungen war abzutauchen, entdeckte er am Boden des Turms eine Holzkiste mit einem merkwürdigen Zeichen darauf. Neugierig öffnete er den Deckel und fand zwei Dutzend apfelförmige Metallstücke, aus denen oben eine Schnur herausragte.

Er nahm sich den Hut eines der Toten, setzte ihn auf und lugte über den Rand seiner Schützung. »Ho, Kamerad!«, rief er einem Palestaner zu, wobei er darauf achtete, dass fast nur seine Kopfbedeckung zu sehen war, und hielt seinen Fund in die Höhe. »Was muss ich noch mal gleich damit machen?«

»Die Lunte anzünden und werfen«, erteilte der Mann überrascht Auskunft und widmete sich der Schlacht.

»Danke, Kamerad.« Torben machte ein fragendes Gesicht. Aber von Feuer fehlte hier oben jede Spur.

Er warf sich den blutverschmierten Wappenrock einer der Leichen über, rutschte die schmale Treppe des Turms hinunter und taumelte, einen Verwundeten mimend, zu einer der kleineren Positionslampen, um sie mit auf seinen gepanzerten Hochstand zu nehmen.

Im allgemeinen Gerangel, Hauen und Stechen fiel er nicht weiter auf und musste nur einmal einen seiner eigenen Leute mit Hilfe der Lampe bewusstlos schlagen, der unbedingt seinen Säbel in ihm versenken wollte. Das Glas hielt dabei zwar nicht stand, die Flamme jedoch brannte weiter.

Oben angekommen, hielt er aufgeregt die schwarze, steife Kordel an das zuckende Rot. Augenblicklich zischte es, und ein Funken sprühender Punkt wanderte an der Schnur entlang in Richtung des Lochs in dem Metallstück.

Der Rogogarder schaute noch einmal hinab. »Ho, Kamerad!«

Der Soldat hob den Kopf, die Augen weiteten sich voller Entsetzen. »Werfen, du Idiot! Werfen! Die Granate geht gleich in die Luft!«

»Danke, Kamerad.« Was auch immer eine ›Granate‹ war, der Freibeuter hatte verstanden, dass es nicht gut sein konnte, wenn sie in seiner Hand ›in die Luft‹ ging.

Polternd landete der Metallkörper vor dem fassungslosen Palestaner. »Doch nicht in meine Richtung, du …«

Torben hörte den lauten Knall von dort, wo er die Granate hinbefördert hatte. Etwas prasselte gegen die dünnen Eisenplatten des Turms, ein vielstimmiger Schrei ertönte vom Deck herauf. Es roch plötzlich beißend nach Schwefel, und eine Rauchfahne umwaberte den Hochstand. »Ich mag Granaten«, sagte er und nahm die nächste aus der Kiste.

Fünf weitere Sprengkörper später war das Deck der Kogge leergefegt, teilweise weil die Palestaner Schutz im Laderaum suchten, teilweise weil er massenweise Tote und Verletzte produziert hatte.

Er streifte sich den Wappenrock und den Hut ab, um sich erheben zu können, ohne von seinen eigenen Leuten erschossen zu werden.

Die Mannschaft der *Varla,* die den Ansturm der Feinde bisher abwehrte, stand aufgereiht an der Bordwand der Dharka und gaffte schweigend herüber. Keiner konnte sich im Moment die rätselhaften Geschehnisse erklären.

»Hey, ihr Maulaffen! Kommt rüber«, rief Torben. »Ich habe euch ein wenig Arbeit abgenommen.« Lachend enterten die Rogogarder das palestanische Schiff, ein Teil von ihnen kümmerte sich um die Seeleute, die sich im Heck versteckt hatten. Schnell waren die kokelnden Segelteile gelöscht oder über Bord geworden.

Die Heiterkeit wich aber sehr schnell, nachdem die Freibeuter feststellen mussten, wie schlecht es um ihre Schwesterschiffe bestellt war. Keines sah mehr besonders manövrierfähig aus, die Koggen machten sich überall zum Entern bereit, und die Galeere schwamm unbehelligt und unbeschädigt im Wasser. Ihre Bombarden fanden derzeit kein neues Ziel, und das Feuer in einen Nahkampf hinein zu eröffnen bedeutete unweigerlich den Verlust der eigenen Schiffe.

»Los, sucht mir diese Dinge hier«, befahl er seinen Leuten. »Seht im Laderaum nach und bringt mir die Kisten hoch.« Der Rogogarder verließ seinen Turm und schwenkte ein Löffelkatapult, das normalerweise für Petroleumgeschosse gedacht war, der Kogge in Richtung des gegenüber liegenden Palestaners. »Spannen und ausrichten.«

Er nahm sich die restlichen achtzehn Granaten, umwickelte sie mit einem Seil, formte daraus ein Bündel und verband immer mehrere Lunten. Aufmerksam verfolgten seine Leute das Tun ihres Kapitäns. »Hört zu. Diese Dinger«, er deutete auf die Sprengkörper, »explodieren scheinbar, wenn man sie da oben ansteckt.« Fünf weitere solcher Holzkisten, die in der Kapitänskajüte gefunden worden waren, wurden neben dem Katapult abgestellt. »Sehr gut. Nun lassen wir es auch mal krachen«, meinte Torben boshaft und legte Feuer an die Zündschnüre. »Mal sehen, ob sie im Flug brennen.« Er löste den Haltezapfen der Schleuder, und die Granaten machten sich beinahe unsichtbar auf den Weg. Das Funkeln der Lunten war fast nicht zu sehen.

Gespannt schauten alle Rogogarder hinüber zu der Kriegskogge, wo das verschnürte, explosive Paket aufschlagen sollte.

»Vorbei?«, wagte es einer, in die Stille hinein zu fragen. »Oder sind diese Funkeldinger ausgegangen?«

»Lunten«, verbesserte Torben fachmännisch, als wüsste er seit Jahren Bescheid.

Sie alle sahen den kleinen Blitz, der einen Moment lang am Vorschiff aufleuchtete, dann krachte es ganz leise. Schreiend stürzten ein paar Palestaner über Bord, kurz darauf verging der komplette Turm samt Bug in einer Flammenwolke und einer gewaltigen Detonation.

»Ah« und »Oh« machten die Freibeuter, glücklich wie kleine Kinder, die etwas Schönes betrachteten.

»So muss das sein! Genau so! Also gut.« Der Kapitän stellte einen Fuß auf eine der Holzkisten. »Dann sorgen wir mal dafür, dass sich das Blatt wendet.«

Die anderen Kriegskoggen hatten das eigene Schiff noch nicht als Verräter erkannt, zu sehr beschäftigten sich die Mannschaften mit dem Erobern der Piraten. Nur die Galeere, die wie eine urtümliche Panzerechse auf der See schwamm, schöpfte Verdacht. Mit einem abrupten Wendemanöver begann sie, ihre Breitseiten mit den Bombardenöffnungen auszurichten.

In aller gebotenen Eile steuerten die Rogogarder das erbeutete Schiff näher an den nächsten Kampfplatz heran, um in Schussweite für die eigenen Katapulte zu gelangen. Torben wusste, dass ihnen nicht mehr viel Zeit blieb. Er beschloss, einen Rundumschlag gegen sie zu wagen, auch wenn er Verluste auf der eigenen Seite in Kauf nahm. Aber würde sein Plan nicht gelingen, spielte das ohnehin keine Rolle mehr.

Sorgsam visierte er mit den vier Ballisten, die wie übergroße Armbrüste arbeiteten, die Kapitänskajüte der Kogge direkt vor ihnen an, das Löffelkatapult zielte auf den entfernteren Kontrahenten. »Kalisstra und Ulldrael, lasst es gelingen«, betete er kurz, ließ die Lunten entzünden und gab den Schießbefehl.

Ein Großteil der Granatenbündel durchschlug die Fenster der Kapitänsbehausung und explodierte. Der gegnerische Commodore musste seine eigenen Handbomben unklugerweise bei sich eingelagert haben.

Mit einem mächtigen Blitz zerriss es den Großteil des oberen Decks, in den Resten entstand gleich darauf ein Brand, der das Todesurteil für die Kriegskogge bedeutete. Gleichzeitig detonierten die Granaten auf dem anderen palestanischen Schiff und setzten die Segel in Flammen.

Die Galeere hatte den Verräter inzwischen ausgemacht und zeigte der von den Rogogardern eroberten Kogge die Breitseite, die Luken klappten nach oben.

»Alle Mann von Bord!«, schrie Torben und hechtete mit einem gekonnten Kopfsprung über die Reling ins dunkle Wasser.

Selbst unter der Oberfläche hörte er das gedämpfte Rumpeln der Bombarden, er sah den gewitterhaften Schein der Pulverentladungen, die kopfgroße Eisenkugeln mit titanischer Gewalt in den Rumpf des palestanischen Schiffes jagten. Das Bersten der Planken und Spleißen klang schrecklich, Trümmerstücke regneten herab, klatschten ins Wasser und trieben umher.

Nur im Schutz eines Wrackteils wagte es der Kapitän, aufzutauchen und nach Luft zu schnappen. Um ihn herum hörte er das raue Lachen seiner Männer, die sich trotz der Umstände über die erzielten Erfolge freuten, während hinter ihnen die Kogge erste Schlagseite bekam.

Wer auch immer das turîtische Gefährt befehligte, er verstand keinen Spaß. Zumindest keinen rogogardischen.

Die Galeere drehte sich mit Hilfe entgegengesetzter Ruderbewegungen auf der Stelle und richtete ihre Geschützmündungen gegen die verbliebenen Schiffe. Offenbar war es dem Kapitän nun herzlich gleichgültig, dass er im Begriff war, Freund und Feind gleichermaßen zu versenken.

Damit hatte Torben nicht gerechnet. Er wollte eigentlich bezwecken, dass sich die von den Kriegskoggen befreiten Dharkas um das gepanzerte Schiff kümmerten. Doch wie es aussah, würden sie nicht mehr dazu kommen. Zwei, allerhöchstens drei Salven würden ausreichen, um die vier Schiffe auf den Grund zu schicken.

Da feuerte die Galeere bereits wieder. Die Rogogarder hatten Glück, dass die palestanischen Schiffe ihnen mit ihren Rümpfen einigermaßen Deckung gaben, die aber bei der verheerenden Wirkung der Bombarden nicht lange bestehen würde. Dichter, weißer Pulverdampf waberte über die Wellen.

»Wir schwimmen zur Galeere und klettern die Ruder hoch«, befahl Torben. »Irgendetwas müssen wir unternehmen.«

»Kapitän, wir sind siebzig Mann. Die haben mindestens dreihundert«, sagte einer der Freibeuter. »Meinst du, das wäre ein gutes Vorhaben?«

»Wollt ihr hier herumplanschen, bis euch Kiemen und Flossen wachsen? Benehmt euch wie Rogogarder. Wir schnappen uns das große Ruderboot.« Er kraulte los, und die Männer folgten ihm.

Eine kleine Sonne stieg im Pulverdampf fauchend auf, beschrieb einen Bogen und landete auf dem Deck der Galeere, wo sie zerbarst.

Flüssiges Feuer spritzte umher, breitete sich aus, brannte das Holz an und sickerte gierig in den kleinsten Spalt, der sich finden ließ. Ein Teil des brennenden Öls lief wie flüssiges Gold an der seitlichen Bordwand herab und tropfte in die geöffneten Luken, hinter denen die vernichtenden Bombarden lauerten. Offenbar hatte die vorderste der rogogardische Dharkas ihre Gegner im Nahkampf besiegt und ihre Katapulte mit Petroleumgeschossen abgefeuert, um ihre gefährdeten Schwesterschiffe vor dem drohenden Untergang zu bewahren.

»Das war aber reichlich spät«, brüllte Torben zu dem tarvinischen Nachbau hinüber. »Los, noch mal, ihr Lahmflossler!«

Als wäre sein Befehl gehört worden, rauschte der nächste brennende Ledersack mit Petroleum durch die Dunkelheit und klatschte auf die Planken des turîtischen Geschützträgers. In dessen Mitteldeck erfolgten plötzlich mehrere Detonationen, meterlange Stichflammen schossen waagrecht aus den Bombardenöffnungen heraus und erhellten die Umgebung. Teilweise entluden sich Geschütze aufs Geradewohl.

Dann hob sich das Oberdeck der Galeere in einer gigantischen Eruption an, die Druckwelle setzte sich nach unten fort und zerschlug die Ruderebenen. Geblendet schlossen die in der See schwimmenden Rogogarder die Augen. Mit einem letzten Donnerschlag brach die Galeere auseinander, Bruchstücke wurden Dutzende Meter weit durch die Gegend geschleudert.

»Bei allen Meeresungeheuern. Dieses Inferno hat keiner überlebt«, murmelte der rogogardische Kommandant. »Nichts wie raus aus der Brühe, bevor uns die Raubfische anfressen.«

Die siegreiche Dharka glitt langsam durch das Wasser, Seile wurden den Schiffbrüchigen zugeworfen, an denen sie sich nach oben hangelten. Der Erste, der an Bord ging, war Torben.

»Wenn ihr glaubt, ihr müsst stolz sein, habt ihr euch geschnitten«, begann er, kaum dass er tropfnass auf den Planken stand. »Ihr hättet schon viel früher ...« Er stockte. Die Männer mit den leicht geschlitzten Augen, die ihn wie einen Geistesgestörten ansahen, gehörten nicht zu seinen Leuten. Und dieses Schiff gehörte somit nicht zu seiner kleinen Flotte. »Ähm ...«

»Wenn der Wind günstiger gestanden hätte, wären wir tatsächlich viel früher hier gewesen«, sagte eine vertraute, weibliche Stimme amüsiert, dann schob sich die Frau nach vorne, auf die der Rogogarder mehr als sieben Jahre lang vergeblich gewartet hatte.

»Varla!«, rief er freudig, sein Herz machte einen Sprung. »Du lebst?« Er lief auf sie zu und schloss sie in die Arme, fest presste er sie an sich, um sie zu spüren. »Kalisstra und Ulldrael waren mit dir. Und mit uns.« Er schaute in ihre braunen Augen, fuhr durch das kurze schwarze Haar und streichelte ihre Wange. »Ein wenig älter, aber immer noch so wunderschön.«

»Charmant, mich auf mein Alter hinzuweisen«, sagte sie und zog ihn zu sich heran. »Und du hast immer noch keine Zähne.«

Sie küssten sich unter dem Applaus der johlenden Rogogarder, auch die Tarviner lachten und freuten sich mit dem Paar, das nach so langer Zeit wieder zusammengefunden hatte.

Nur schweren Herzens ließ Torben von Varla ab. »Für alles Weitere haben wir später Zeit, wir werden ausführlich reden.«

»Reden nennt man das jetzt«, grölte einer der Freibeuter, und der Kapitän feixte.

»Ja, reden. Aber zuerst kümmern wir uns um die anderen Schiffe. Sie werden unsere Hilfe dringend nötig haben.«

Sie nickte. »Deshalb sind wir euch gefolgt, Torben. Ihr seid in eine Falle gelaufen. Aber die Überlebenden haben Vorrang.«

Sie erteilte Befehle an ihre Mannschaft, Torben schickte seine Leute an beide Seiten der Reling, um nach überlebenden Freibeutern im Wasser Ausschau zu halten. Das Feuer des brennenden Galeerenwracks spendete genügend Licht.

Der Rogogarder wandte sich wieder ihr zu und behielt sein jungenhaftes, übermütiges Grinsen bei. »Habe ich mich schon bedankt?« Die Tarvinin schüttelte den Kopf. »Dann hole ich das nachher in aller Ausführlichkeit nach.« Er zwinkerte ihr zu.

»Du wirst dich für jeden Einzelnen deiner Männer bedanken«, gab sie zurück. Ihr Antlitz errötete vor Aufregung und Glücksgefühl. »Und es ist mir egal, wie lange das dauert.«

Torben mimte den Nachdenklichen. »Ich werde mir vorsichtshalber einen Berg Austern bringen lassen.« Lachend küsste er ihre Stirn. »Ich kann dir nicht sagen, wie froh ich bin, dich wiederzuhaben«, sagte er leise, und für einen Moment wurden seine graugrünen Augen ernst. »Dass die Verzweiflung mich packte, ist noch untertrieben.«

Varla entgegnete nichts, sondern drückte ihre Lippen sanft auf seine, bevor sie zum Ruder schritt und Anweisungen gab.

Verliebt schaute ihr der Rogogarder hinterher und versank in Träumen, an deren Erfüllung er nicht mehr geglaubt hatte. Als er die grinsenden Gesichter seiner Männer bemerkte, zuckte er nur mit den Schultern. »Ich bin Wachs in ihren Händen.«

»Und schon ziemlich flüssig«, röhrte einer der Freibeuter und hatte die Lacher auf seiner Seite.

Am nächsten Morgen waren die Aufräumarbeiten abgeschlossen, die Dharkas hatten klar Schiff gemacht und die gröbsten Schäden behoben. Von der turîtischen Galeere blieb nichts in einem Stück, die Besatzung kam durch die vernichtende Explosion vollständig ums Leben, und die Bombarden ruhten wie die vier Kriegskoggen tief unten auf dem Meeresgrund. Dafür machten die Freibeuter jede Menge palestanische Gefangenen, die man zum Verhör zur Festung des Hetmanns brachte.

Doch zunächst mussten die vier Dharka-Nachbauten so schnell wie möglich in einer Werft in Stand gesetzt werden, sonst würde auch nur der kleinste Sturm mit den stark beschädigten Schiffen leichtes Spiel haben. Auch die Mannschaft musste in Unterzahl arbeiten, was das Manövrieren nicht unbedingt leichter machte.

Während die kleine Flotte mühsam den nächsten größeren rogogardischen Hafen ansteuerte, besuchte Torben die Tarvinin in ihrer Kapitänskajüte.

»Jemand zu Hause?«, rief er in das kleine Zimmer und streckte den Kopf herein.

Varla warf sich ihm an den Hals und küsste ihn leidenschaftlich, während sie ihn hereinzog. Dem Ansturm der Frau konnte Torben nichts entgegensetzen, und so ließ er sich hineinziehen, ihre Zärtlichkeiten erwidernd.

Endlich ließ sie ihm Gelegenheit zum Luft holen. »Ich habe dich vermisst«, gestand sie ohne Vorwarnung.

»Und ich hätte niemals mehr daran geglaubt, dass ich dich in diesem Leben sehe«, sagte der Freibeuter glücklich und hielt sie fest. »Wo warst du denn all die Jahre.«

»Das ist eine lange Geschichte, und sie ist eigentlich sehr langweilig«, wiegelte die Tarvinin ab. »Ich habe gehört, auf Ulldart ist die Sache wesentlich spannender geworden?«

»Das ist sie, wie du selbst gesehen hast«, meinte Torben. »Aber nun erzähle.«

»Du gibst keine Ruhe, bis ich wirklich erzähle und du dabei eingeschlafen bist«, lachte sie.

Der Rogogarder strahlte. »Wie könnte ich schlafen? Ich schaue dich an, und alle meine Sinne sind hellwach. Alles in mir ruft, jubiliert und singt.« Er hob sie an und wirbelte sie in die Luft. »Selbst wenn ich wollte, ich würde kein Auge zumachen. Mein Körper ist viel zu laut.«

Sie gab ihm einen flüchtigen Kuss und zog ihn aufs Bett. »Dann schauen wir mal, ob wir die vielen Stellen an deinem Körper beruhigen können.« Ihre Hände tasteten an ihm entlang. »Oha! Da scheint eine Gegend besonders wach zu sein. Um die sollte ich mich zuerst kümmern.«

Torben grinste dreckig und öffnete sein Hemd. »Ich bitte darum.«

»Vierhundertneunundachtzig mal«, flüsterte sie, während sie ihn beobachtete.

»Was?«, entfuhr es ihm entsetzt, und er hielt inne, doch Varla machte sich augenblicklich an seiner Kleidung zu schaffen.

»Ich habe deine Leute gezählt, und es sind vierhundertneunundachtzig Überlebende«, erklärte sie unterdessen. »Und du hast zugesagt, dich für jeden Einzelnen von ihnen bei mir zu bedanken.«

»Verdammte Palestaner«, fluchte er leise. »Stell dir vor, du hättest alle zwölfhundert gerettet.«

Ihre Augenbrauen wanderten ungläubig in die Höhe. »Das hättest du geschafft?«

»Kinderspiel«, gab er an und zog die Decke über die beiden.

Torben und Varla feierten ihr Wiedersehen ausgiebig und mehrfach, bis auch die letzte Körperstelle des Freibeuters in den Tiefschlaf befördert worden war. Den Kopf an ihre Brust gelegt, lauschte er der Erzählung der Tarvinin.

»Wir kamen nach Tarvin zurück, ich musste das Scheitern der Unternehmung erklären, was meinen Auftraggebern nicht besonders gefiel.« Sie fuhr ihm durch das blonde Haar. »Immerhin hatte er mir mit dem Tod gedroht, sollte ich versagen.«

»Und dann fährst du einfach so zurück?« Der Rogogarder verstand ihren Entschluss von damals nicht.

»Ich habe Freunde auf Tarvin, die mir lieb und teuer sind«, erklärte sie sanft. »Ich hatte schlicht Angst, dass er die Wut an ihnen auslässt, sollte ich verschwinden. Und das könnte ich mir niemals verzeihen.« Sie kitzelte ihn am Ohr. »Aber das Schicksal sah etwas anderes vor. Ich kehrte zurück und erfuhr, dass er inzwischen gestorben war.« Ihre Hand legte sich auf seinen Mund. »Und bevor du nun fragst, warum ich nicht eher zurückgekommen bin, gebe ich dir Antwort. Ich gehörte von nun an seinem Sohn, der mich nicht, wie abgemacht, freiließ, sondern auf die nächsten Fahrten schickte. Von denen ich diesmal erfolgreich zurückkehrte. Mit dem Gold, das ich nach Hause brachte, kaufte ich mir eben die Freiheit.« Varla zog ihre Finger weg und küsste ihn. »Das ist mein Schiff, meine Besatzung. Ich bin frei, Torben. Frei, um mit dir zusammen zu sein. Auch wenn ich nicht verstehe, warum ich das sonnige Tarvin gegen das eiskalte Rogogard eintausche.« Sie zögerte ein wenig. »Willst du mich immer noch?«

»Hast du das eben nicht gespürt?«, hielt er dagegen.

Sie senkte die Augen. »Es könnte ja sein, dass du schon lange eine andere gefunden hast und das hier nur als Abenteuer siehst.« Sie langte nach ihrem Dolch. »In dem Fall müsste ich dich allerdings töten. Ich hasse es, hintergangen zu werden.« Ihre braunen Augen blickten ihn sehr aufrichtig an.

»Ich würde es verdienen, hätte ich eine andere«, meinte der Freibeuter genauso ernsthaft. »Aber seit wir uns begegnet sind, habe ich keine andere mehr angeschaut.« Er musste grinsen. »Na gut, angeschaut schon.« Die Spitze der Waffe legte sich augenblicklich an seine Kehle. »Hey, hey, langsam! Aber mehr war nie.«

Varla nahm den Dolch weg und streichelte den nackten Oberkörper des Mannes. »Nummer vierhundertfünfundachtzig.«

»So ein Zufall«, sagte Torben erstaunt und lupfte den Zipfel der Decke. »Da wird gerade wieder eine Körperstelle wach.« Mit einem übermütigen Lachen umarmte er die Tarvinin. »Ich werde bei dir bleiben, bis ich alt und grau bin.«

»Und ich dann auch keine Zähne mehr habe«, scherzte sie. »Dann passen wir hundertprozentig zusammen.« Sie wehrte seine forschen Hände ab, packte den kleinen Finger und bog ihn nach hinten, um ihn zur Aufgabe zu bewegen, was der Freibeuter sofort tat. »Eine Frage habe ich noch. Was ist mit deinen Freunden?«

Torben seufzte. »In diesem ganzen Kriegsdurcheinander bin ich nicht dazu gekommen, nach Kalisstron zu segeln, um nach ihnen zu suchen. Rogogard hat schwer gegen den Kabcar und die Palestaner zu kämpfen.

Wenn ich an diese neue Konstruktion denke, diesen Bombardenträger, wird mir schlecht.« Er erinnerte sich an ihre Worte des vergangenen Abends. »Du sagtest etwas von einer Falle?«

Die Tarvinin nickte. »Es wurde schnell klar, dass die Palestaner euch den Bericht absichtlich zuspielten.«

»Natürlich«, knurrte der Freibeuter böse. »Sie kennen sich in den Gewässern fast genauso gut aus wie wir. Sie wussten genau, wo wir uns auf die Lauer legen würden. Sie wollten einfach nur die Bombarden an einem Gegner ausprobieren, wie mir scheint. Bessere Zielscheiben hätten wir ihnen nicht liefern können. Und ohne euch wäre der Versuch ein voller Erfolg gewesen.«

Varla küsste sein Fingerspitzen. »Der Beauftragte des Hetmanns bat uns, euch zu verfolgen und zu helfen, als er hörte, dass ich nach dir suchte. Kein anderes rogogardisches Schiff hätte es geschafft, die Dharka-Nachbauten einzuholen.« Sie grinste ihn an. »Aber das Original ist eben immer noch eine Spur besser, nicht wahr? Tja, und nun führen wir das Inselreich schnell zum Sieg und suchen im Anschluss nach deinen Freunden.« Die Tarvinin gab sich zuversichtlich. »Wer sollte uns beide aufhalten?«

Dankbar für die Aufmunterung und den Rückhalt, gab er ihr einen Kuss. »Du bist großartig, Varla.«

»Vierhundertfünfundachtzig«, wiederholte sie schmeichelnd, ihr Blick wurde unzüchtig. Sie umschlang ihn und vertrieb nach wenigen Minuten die Sorgen aus seinen Gedanken.

**Kontinent Kalisstron, Bardhasdronda,
Sommer 456 n. S.**

Lorin schaute den tanzenden Funken hinterher, die wirbelnd im großen schwarzen Schornstein verschwanden. Etwas zischte gewaltig direkt neben ihm, und er stand plötzlich in einer warmen Wolke aus Wasserdampf. Der Junge musste husten und machte einen Schritt rückwärts, um dem Dunst zu entkommen.

»Hör auf zu träumen«, hörte er die amüsierte Stimme des Schmieds durch die weißen Schleier. »Hier, halt die Zange fest und lass das Hufeisen nicht in den Bottich fallen, sonst holst du es mit dem Mund heraus.« Akrar drückte ihm den Griff des Werkzeugs in die Hände. »Ich bin gleich wieder da.«

Als sich der Wasserdampf gelichtet hatte, sah Lorin den breiten, nackten Oberkörper seines Meisters. Er ging zum Wassertrog, an dem das Pferd angebunden stand, kippte sich zuerst einen Eimer über den Kopf, um sich von der Hitze der Esse zu kühlen, und führte das Pferd herein. Der Schmied hob den rechten Vorderhuf an und legte ihn auf seinem lederbeschürzten Oberschenkel ab, der Junge reichte ihm das abgekühlte Eisen. Es passte.

»Gut«, meinte Akrar zufrieden. »Bring es wieder zum Glühen und lege es auf, ich nagele es fest.«

»Ja, Meister.« Lorin fasste das Eisen mit der Zange an und versenkte es zwischen den rot schimmernden Kohlestücken, mit dem Fuß betätigte er den Blasebalg, um die richtige Temperaturen zu erreichen. Der Schmied beobachtete seine Bewegungen. Endlich glühte das Eisen, schnell setzte er es dem Ackergaul auf den Hornrand des Hufs, während Akrar die Nägel mit präzisen Schlägen in das weiche Material trieb. Ein kurzes Nacharbeiten, und das Pferd hatte seinen neuen »Schuh« erhalten.

Zufrieden schlug Akrar seinem Lehrling auf die Schulter. »Gut gemacht, Junge. Wenn du noch ein paar Muskeln zugelegt hast, gehen wir ans Schmieden. Dann darfst du auch die Funken fliegen lassen, was hältst du davon?«

Lorin strahlte. »Ich freue mich schon drauf, Akrar.«

Der Schmied, der es als einziger der Stadtbewohner mit der Statur Waljakovs aufnehmen konnte, wusch sich die Hände und rieb sich durch den kunstvoll ausrasierten Bart. Die grünen Augen blinzelten dem Fremdländler zu. »Nimm das Pferd und bring es zu seinem Besitzer, du weißt, wo der Kaufmann wohnt. Danach darfst du nach Hause. Du hast tüchtig angepackt, das verdient ein Lob.«

»Danke, Meister.« Lorin machte Anstalten, sich auf den Rücken des Zugtieres schwingen zu wollen, aber Akrar rief ihn zurück. »Ich habe nichts von reiten gesagt, Junge. Führe den Wallach.«

Schuldbewusst griff er das Zaumzeug und machte sich auf den Weg durch die sonnenbeschienenen Gassen von Bardhasdronda. »Bis morgen, Meister.« Der Schmied winkte und begann, das Werkzeug zusammenzuräumen.

Lorin pfiff ein Lied vor sich hin, schlenderte über den Markt, das breite Pferd trottete gehorsam hinter ihm her. Der Junge warf einen Blick nach hinten.

»Ich habe ganz schönes Glück, dass du nicht weißt, wie stark du bist. Du könnest mich einfach über das Pflaster schleifen.« Im Vorbeigehen nahm er unbemerkt eine Möhre von einem der Stände und hielt sie dem Wallach hin, der das Gemüse dankbar fraß. »So was Feines bekommst du bestimmt normalerweise nicht, was? Warte nur, in ein paar Monten lege ich dir die Hufeisen an, du wirst sehen.«

Lorin übertrieb natürlich, was das Pferd aber nicht wissen konnte. Seit einem halben Jahr ging er bei dem freundlichen Schmied in Lehre, der ihn als einziger

Handwerker in Bardhasdronda aufnehmen wollte. Alle anderen flüchteten sich in fadenscheinige Ausflüchte, um den Fremdländler nicht aufnehmen zu müssen.

Auch sein größter Wunsch, irgendwann der Stadtmiliz anzugehören, würde sich unter diesen Voraussetzungen niemals erfüllen. Sein Leben stand unter einem schlechten Stern, da war er sich sicher.

Nach all den Jahren war die Ablehnung, die den Bewohnern der kleinen Kate entgegenschlug, nicht weniger geworden. Lediglich Fatja akzeptierte man einigermaßen, weil sie sich voll und ganz zu Kalisstra bekannte. Und weil sie von Arnarvaten, dem bekanntesten Geschichtenerzähler der Stadt, hofiert wurde.

Von dem alten Mann wusste man, dass er nach wie vor Ulldrael ehrte und der Bleichen Göttin den notwendigen Respekt verweigerte. Lorin bemerkte die Blicke, die ihn trafen, sehr wohl.

Aber sie waren ihm gleichgültig. Er zollte der Schöpferin des Kontinents ebenso seine Hochachtung wie Ulldrael dem Gerechten, an dem er nichts Schlechtes fand.

Schade fand der Junge es, dass sich Waljakov nicht mehr in ihrer Hütte sehen ließ. Nachdem der hünenhafte Mann in der Stadt angekommen war und sich mit Matuc unterhalten hatte, blieb er dem Haus fern. Offenbar verstanden sich die beiden nicht besonders gut.

Als er seinen Großvater darauf ansprach, wich der nur aus. Fatja erklärte ihm, dass zwischen den beiden Männern kein Einvernehmen herrschte, was die Zukunft auf Kalisstron anging. Matuc wollte wohl für immer in Bardhasdronda bleiben, Waljakov dagegen beabsichtigte, bald nach Ulldart reisen zu wollen. Offensichtlich mit ihm zusammen.

»Wie es wohl dort aussieht?«, fragte Lorin das Pferd und bog in eine Seitengasse ab. »Interessieren würde mich der andere Kontinent schon.« Er streichelte den Hals des Wallachs. »Das ist schon seltsam. Die Kalisstri nennen mich Fremdländler, obwohl ich noch niemals dort gewesen bin. Ich bin anscheinend gar nichts richtig, weder Kalisstrone noch Ulldarter.« Er hatte das Haus des Kaufmanns erreicht und schlenderte zum Eingang des Stalls. »Holla! Ich bringe den Wallach, den Ihr zum Beschlagen gegeben hattet«, rief er hinein.

Ein Knecht trat heraus. »Schnelle Arbeit.« Er kramte die Münzen hervor und gab ihm den Lohn für den Auftrag.

»Und saubere dazu«, fügte Lorin an, seine Finger schlossen sich um das Geld. »Akrar ist der beste Schmied der Stadt. Bevor das Eisen abfällt, ist das Pferd eher tot.« Er tätschelte dem Zugtier die Nüstern. »Nichts für ungut.«

Der Knecht nahm die Zügel entgegen und zerrte den Wallach hinter sich her. Als sich das Tier zunächst sträubte, den dunklen Eingang zu passieren, schlug der Mann mit der Gerte nach ihm. Das Pferd wieherte erschrocken.

Lorin fand das Verhalten des Knechtes nicht richtig.

Er konzentrierte sich auf den dünnen Lederstock und ließ ihn nach dem nächsten Schlag zurückfedern, sodass er dem Mann eine blutige Spur durchs Gesicht zog. Fluchend warf er die Gerte zur Seite und hielt sich die Wange.

Der Junge grinste zufrieden und machte sich auf den Nachhauseweg. Wieder einmal hatte er seine Kräfte eingesetzt, und es bereitete ihm mächtigen Spaß, wenn er damit Unterlegene unterstützen konnte.

Meistens war er der Unterlegene, und bei genauer Betrachtung benötigte er selbst am meisten seine eigene Hilfe, vorzugsweise, um sich gegen ein paar rauflustige Jugendliche zu wehren oder sich vor wütenden Händlern in Sicherheit zu bringen, wenn er wieder einmal etwas stibitzt hatte. Da ihn ohnehin keiner mochte, konnte er sich solche Taten erlauben, schlimmer machte er es damit nicht mehr.

Er rannte übermütig durch die engen Straßen, bis ein ausgestrecktes Bein, das ohne Vorwarnung hinter einer Häuserecke hervorschnellte, seinen Lauf abrupt bremste. Er segelte ein paar Meter durch die Luft und rollte sich mehr zufällig als beabsichtigt über die Schulter ab.

»Man könnte meinen, der Fremdländler hätte es besonders eilig«, sagte eine Stimme hämisch. Kräftige Arme packten ihn und stellten ihn auf die Beine. Lorin erkannte seinen stärksten Widersacher, Byrgten, unmittelbar vor sich.

Der Sohn eines Fischers schien ihn aus irgendeinem Grund so wenig zu mögen, dass er ihn ständig zu verprügeln versuchte. Da er eher feige als heldenhaft war, unternahm er solche Anläufe nur, wenn er genug von seinen Schlägern zusammengetrommelt hatte.

Noch bevor der Junge seine Kräfte einsetzen konnte, stülpte ihm jemand von hinten einen Sack über den Kopf. »So, diesmal wirst du uns nicht mit deinen Tricks davon abhalten, dir eine Lektion zu erteilen.«

Als sie ihm die Kleider durchwühlten, schlossen sich seine Finger krampfhaft zu einer Faust. Doch das wurde bemerkt, und mit aller Gewalt öffneten sie seine Hand. Die Münzen klirrten auf die Straße.

Wütend warf sich Lorin nach vorne, doch die anderen Jungen hielten ihn gut fest.

»Schau mal einer an«, hörte er Byrgten sagen. »Wieder geklaut, Kleiner?«

»Das gehört euch nicht, das ist Akrars Geld. Also lasst es liegen!«, rief er böse. Gerne hätte er etwas unternommen, aber da er nicht sehen konnte, wusste er nicht, wie er seine Fähigkeiten einsetzen sollte.

»Jetzt bestiehlst du auch schon deinen Meister«, höhnte der Fischersohn. Ein Schlag traf Lorin in den Magen, und ihm wurde speiübel.

»Ich habe ein Pferd abgegeben und den Lohn kassiert«, würgte er hervor. »Das ist alles rechtens.«

»Rechtens ist, dass du uns die Münzen lässt«, verkündete Byrgten. »Dafür bekommst du weniger Prügel, Mickerling.« Erneut bohrte sich eine Faust in seine Gedärme, und Lorin erbrach sich unter dem Sack. »Schaut mal, der Kleine hält nichts aus!«, brüllte sein Peiniger lachend.

Nun hagelte es Schläge und Tritte, bis sie ihn auf die Steine warfen und liegen ließen. Eilig entfernten sich ihre Schritte, noch aus der Entfernung vernahm er ihr Lachen.

Stöhnend zog er sich ungeschickt das grobe Tuch vom Kopf und lehnte sich an eine schattige Hauswand. Er schmeckte sein Blut im Mund, die Lippe war aufgesprungen, und sein Schädel dröhnte wie ein Bienenstock. So, wie sich sein Bauch anfühlte, würde er in den nächsten Tagen nichts essen können.

»Du hättest dich wehren können«, bemerkte eine tiefe Stimme von der gegenüberliegenden Gassenseite.

Lorin hob den Kopf und entdeckte die breite Gestalt des Leibwächters, der unbemerkt in einer Tür aufgetaucht war. Vermutlich war er der Grund gewesen, weshalb die Jugendlichen die Flucht ergriffen hatten. »Danke fürs Nichthelfen«, murmelte er schwach.

Waljakov setzte sich auf die Schwelle und betrachtete den Knaben. »Du hast nicht um Hilfe gebeten.«

»Ich war zu sehr mit Kotzen beschäftigt«, gab Lorin bitter zurück und wackelte an seinen Zähnen. Drei fühlten sich äußerst locker an.

Die eisgrauen Augen funkelten amüsiert. »Wie frech der Knirps ist.« Er wurde schlagartig ernst. »Möchtest du lernen, wie man sich verteidigt?«

»Von dir?« Der Knabe klang ungläubig und belustigt. Sicher, der Mann machte einen wehrhaften Eindruck, aber er war offensichtlich in die Jahre gekommen, wenn er auch nicht so alt aussah wie Matuc.

»Die, die ich bisher ausbildete, haben es weit gebracht«, meinte der Hüne bitter. »Einer von ihnen wurde sogar der Herrscher eines Landes.«

Das Interesse war geweckt. »Davon musst du mir erzählen.«

»Später einmal vielleicht«, wehrte der Leibwächter ab, die mechanische Hand formte sich klackend zu einer Faust aus Stahl. »Wie sieht es aus, Knirps? Willst du dir deine Münzen selbst wiederholen können?«

»Wenn ich etwas gesehen hätte, wäre das alles nicht passiert«, meinte Lorin mürrisch und hielt sich den schmerzenden Bauch.

»Du meinst, du hättest sie mit deiner Magie erledigt?« Waljakov erhob sich, der Brustharnisch schimmerte gleißend in den Sonnenstrahlen auf, und er kam zu ihm herüber. »Deine Magie mag gut und schön sein«, schleifend kam das Schwert aus der Hülle und bohrte sich zwischen den Beinen des Jungen in eine Lücke zwischen der Pflasterung, »aber es wird immer Zeiten geben, in der dich nur eine Klinge rettet.« Groß erschien seine künstliche Hand vor Lorins Augen. »Oder die Wucht eines ordentlichen Faustschlags.« Klickend spreizte der Leibwächter den Zeigefinger ab und klopfte damit schmerzhaft gegen die Stirn des Knaben. »Dein Verstand oder was auch immer mag in der Lage sein, unglaubliche Dinge zu tun. Aber solange dein Körper wie der einer dürren Katze aussieht, wirst du nicht alles erreichen, was du möchtest.«

»Und was muss ich tun?«, fragte Lorin. »Ich bin schon bei Akrar in der Lehre.«

Waljakov lächelte schwach. »Du wirst natürlich weiterhin bei dem Schmied bleiben. Das Handwerk gibt dir starke Knochen und Fleisch auf die Rippen.« Verschwörerisch blinzelte er ihm zu. »Du wirst in aller Heimlichkeit von mir unterrichtet. Ich weiß, dass es Matuc nicht gerne sehen würde, wenn ich dir den Umgang mit einem Schwert weise.« Er packte den Knaben im Genick und stellte ihn ohne sichtbare Anstrengung auf die Füße. »Du wirst nach deiner Lehre täglich bei mir vorbeikommen.« Er zeigte mit dem Daumen auf das Haus in seinem Rücken. »Eine Stunde pro Tag. Einverstanden?«

»Einverstanden«, strahlte der Junge und verzog dann sein Gesicht, als er das Brennen im Magen verspürte. »Wie hätte ich sie denn besiegen können?«, wollte er wissen.

Waljakov bückte sich und drückte leicht auf den Fußspann, der Schmerz war enorm. »Du hättest den beiden, die dich fest hielten, dahin treten können. Sie hätten dich losgelassen, du wärst in der Lage gewesen, den Sack von deinem Kopf zu ziehen, und schon wäre die Sache anders verlaufen. Auf die Kombination von Gaben kommt es an. Eine allein nützt meist recht wenig.« Der Hüne nahm seinen Geldbeutel hervor. »Wie viel haben sie dir geraubt, Knirps?«

Lorin nannte die Zahl, der Leibwächter gab ihm die passende Zahl an Münzen. »Aber wie soll ich dir das Geld zurückzahlen?«, fragte er ein wenig traurig. »Ich könnte ein paar Händler bestehlen ...«

Die Augen des Leibwächters vereisten und fixierten das Blau des Knaben. Schmerzhaft umschloss die Stahlhand seine Schulter und drückte zu. »Von heute an, Lorin, hat das Stehlen ein Ende, hast du mich verstanden?« Schnell nickte der Junge, eine gebrochene Schulter hätte ihm gerade noch gefehlt. »Du bist etwas Besseres. Du wirst die Schulden bei mir mit den Münzen bezahlen, die dir der Junge heute genommen hat. Schwörst du mir das?« Der Knabe leistete das Versprechen, erst danach nahm der Hüne seine Hand herab. »In einem Jahr wirst du so weit sein, das verspreche ich dir. Und nun lauf nach Hause.« Die künstliche Extremität legte sich an den Gürtel.

»Stimmt das, dass du mit mir nach Ulldart möchtest?« Lorin wagte zum Abschied diese Frage zu stellen.

»Wer sagt das?«, wollte Waljakov unfreundlich wissen.

»Fatja hat gesagt, du und Matuc würdet euch deshalb nicht mehr verstehen«, erklärte er ehrlich. »Was soll ich denn in Ulldart?«

»Darüber reden wir, wenn die Zeit gekommen ist«, lenkte der Glatzkopf ab, der nicht mit der Hartnäckigkeit des Jungen gerechnet hatte.

»Und woran erkenne ich, dass der Moment gekommen ist?«, setzte Lorin nach.

»Das wirst du dann sehen«, antwortete der Hüne wenig befriedigend. Der Knabe wollte eben den Mund erneut öffnen, als ihm Waljakov vorsichtshalber ins Wort fiel. »Ich sagte doch, scher dich nach Hause. Fatja und Matuc werden sich Sorgen machen. Und kein Wort darüber zu den beiden.«

»Nicht mal zu meiner großen Schwester?«, meinte er enttäuscht.

»Nein.« Der Leibwächter blieb hart und ging zu seiner Tür.

Seufzend schloss er hinter sich den Eingang. Er hörte, wie sich die Schritte seines neuen Schützlings entfernten. Ihm wurde heiß und kalt.

Ulldart, Königreich Ilfaris,
Herzogtum Sèràly, Herbst 456 n. S.

»Runter, Majestät«, empfahl Fiorell und drückte den grauen Lockenschopf eines völlig überraschten Perdór unter den Tisch.

Im gleichen Moment zuckte ein blassblauer Blitz in ihre Richtung, der Strahl glitt an der Wand entlang und fräste ein wirres Muster in den Putz, Staubwolken entstanden, Kalk und Mörtel regneten auf die beiden Männer am Boden herab. Dann endete die magische Attacke abrupt.

»Sapperlot! Was«, hustete der dickliche König, »war denn das?«

Fiorell entstaubte seinen Herrn und schnippte kleine Bröckchen von seiner Schulter herab. »Das nächste Mal, Majestät, hört auf das, was ich Euch sage. Sonst kann es passieren, dass Euer formschöner Kopf bald ohne Locken sein wird.«

Soscha, von Kopf bis Fuß in ein dickes Ledergewand gehüllt, eilte herbei, klappte das Visier ihres Helms nach oben und half dem Herrscher zusammen mit dem Hofnarren auf die Beine.

»Ich bin untröstlich, Hoheit. Ihro Gnaden werden es mir verzeihen, dass Ihr beinahe Opfer eines Experiments geworden seid, dessen Auslöser ich war. Aber durch die Tür, durch die Ihr den Raum betratet, pflegt normalerweise niemand Einlass zu begehren. So geruht denn, meine untertänigste Entschuldigung für die malheurösen Begebenheit anzunehmen.«

Mit weißem Gesicht starrte Perdór die junge Frau an. »Kind, wer hat dir den beigebracht, so zu sprechen? Zeig mir deine Zunge, ich will sehen, ob du dir keinen Knoten hinein gemacht hast.«

Soscha lächelte und streifte den Kopfschutz ab. Diener eilten herbei, lösten die Schnallen, mit denen das wattierte Ledergewand auf dem Rücken zusammengehalten wurde, und befreiten sie daraus. Darunter trug sie einfache Unterwäsche, ein Umstand, der sie nicht sonderlich zu stören schien.

Perdór dagegen wandte augenblicklich sein Gesicht ab. »Bedecke dich, Mädchen, oder ich werde jünger, als du es möchtest.«

»Keine Angst.« Fiorell zwinkerte der jungen Frau zu. »Er macht nur Sprüche. Da erhebt sich nichts mehr an ihm. Höchstens sein Bauch, und das darunter sieht er eh nicht mehr.« Weil er ahnte, dass seine Bemerkung nicht ohne Folgen bleiben würde, machte er sofort einen Salto rückwärts. Rechtzeitig, um dem Schlag des Königs zu entgehen.

Soscha schlüpfte in ein einfaches Kleid. »Ihr dürft Euch wieder umdrehen«, sagte sie.

»Aber Ihr habt etwas verpasst«, kommentierte Fiorell aus sicherer Entfernung. »Wann sieht schon ein Greis wie Ihr ein so hübsches Ding von zwanzig Jahren derart nahe und dazu fast entblättert?«

»Soscha, würdest du bitte diesen Blitz kurz auf diesen glöckchentragenden Dummschwätzer in der Ecke niederfahren lassen?«, bat der König freundlich. »Und bitte, sprich einigermaßen normal.«

Die junge Frau mit den halblangen, braunen Haaren lachte. »Majestät, ich werde es versuchen. Aber ich war es nicht.« Sie deutete auf einen sehr verunsichert wirkenden jungen Mann. »Sabin hat das Experiment auf mein Zeichen hin gestartet.«

»Hat es etwas gebracht, außer dass sich ein Stuckateur über einen neuen Auftrag freuen kann?«, erkundigte sich der Herrscher von Ilfaris liebenswürdig.

»Nun, ich habe mir die Entladung sehr genau angesehen. Er setzte die …«, wollte Soscha ihren Bericht abliefern, aber Perdór hob die Hand.

»Ich bin dafür, wir machen uns alle ein wenig frisch und treffen uns in einer halben Stunde draußen im Garten bei einer Partie Plock. Dabei kann ich am besten zuhören und nachdenken. Frische Luft soll zudem gesund sein.«

»Ihr habt ja auch gehört, dass Schokolade gegen Übergewicht helfen soll«, bemerkte der Hofnarr feixend. »Aber ich kann Euch sagen, diese Theorie hat gründlich versagt, wenn ich Euch so betrachte.«

»Wenn ich nicht ein so ruhiger Mensch wäre, lieber

Fiorell, müsste ich mich nun aufregen. Aber dein infantiles Salbadern kann mein Gemüt nicht erregen.« Längst hatte Perdór einen Racheplan geschmiedet, aber den würde sein Hofnarr erst draußen zu spüren bekommen.

Frohgemut verließ er den Trakt des riesigen Gebäudes, in dem die Ulsarin ihre magischen Versuche anstellte. »Ach ja, wir sollten einen Hinweis an der Tür anbringen lassen«, sagte er zu einem der Livrierten. »Ich möchte nicht, dass aus Versehen jemandem der Kopf weggestrahlt wird, oder wie immer man diese Todesart auch nennen soll.«

Wenig später stand Perdór auf der weitläufigen Rasenfläche vor seinem Palais, zwei Diener folgten ihm. Einer trug einen Sack, aus dem die Griffe von langen Schlägern herausragten, ein anderer war mit einer Art Bauchladen unterwegs, auf dem sich eine Auswahl leckersten Konfekts und eine spezielle Kanne mit heißer Schokolade auf einem Stövchen befanden.

Der Herrscher von Ilfaris hüllte sich in feinste Wollröcke, um der merklichen herbstlichen Kälte zu trotzen, die kurzen Finger steckten in Handschuhen. Eine breite Mütze mit einem dicken Brokatbommel obenauf rundete das Bild ab.

»Hübscher Kuhfladen, den ihr da auf dem Kopf habt«, lobte Fiorell die Erscheinung seines Herrn.

Ohne Kommentar nahm Perdór sich eine dampfende Tasse Kakao und schlürfte daran, während sich Stoiko und Soscha zu ihnen gesellten. »Es gibt Neuigkeiten«, sagte der König und deutete mit einer einladenden Bewegung auf den Bauchladen des Dieners.

Die junge Frau gönnte sich ebenfalls etwas von dem Getränk, Fiorell nahm sich unterdessen einen der Stöcke aus dem Sack, an dessen Ende ein wuchtiges Eisenstück angebracht war, und führte einen Probeschlag durch.

»Was machen wir hier draußen?«, wollte Soscha ein wenig fröstelnd wissen.

»Wir spielen eine Partie Plock«, erklärte Perdór. »Es entspannt so herrlich, und ich dachte, wir sollten diesen wunderschönen Herbsttag genießen. Die Sonnen lassen merklich nach, und nicht mehr lange, dann wird Schnee fallen.« Er nahm einen kleinen Lederball aus der Westentasche. »Dieser Ball muss dorthin«, er zeigte auf ein kleines Fähnchen, das in etlichen Metern Entfernung stand, »ins Loch befördert werden. Und zwar mit dem hier.« Auch er nahm sich einen Schläger aus dem Sack.

»Und warum heißt das Spiel so?« Soscha genoss den Kakao sichtlich.

»Hör genau zu, mein Kind.« Perdór ließ den Ball auf den Rasen fallen, holte mit dem Schläger aus und drosch das kleine, runde Ledergebilde durch die Luft. »Plock« machte es, als das Eisen den Ball traf. »Und genau das ist der Grund. Wer die wenigsten Schläge benötigt, um den Ball in dem Loch zu versenken, hat gewonnen.«

»Klingt einfach.« Beherzt nahm die junge Frau einen Schläger. Doch beim ersten Versuch versenkte sie das Eisenende im Rasen, beim zweiten, dritten und vierten Anlauf verfehlte sie den Ball. Endlich segelte das rundgeformte Leder los, nur um nach ein paar Schritten zu landen. Soscha verzog enttäuscht den Mund.

»Das passiert allen am Anfang«, tröstete Fiorell. »Als der Pralinige zum ersten Mal Plock spielte, haben die Gärtner die Löcher, die er in den Rasen gehauen hat, benutzt, um Blumenzwiebeln zu setzen. Ihr werdet im Sommer das riesige Tulpenfeld sehen.« Stoiko und die Ulsarin lachten.

»Wenn hier alle so wunderbar erheitert sind«, gab Perdór den Beleidigten, »werde ich meine schlechten Neuigkeiten nur ungern los. Dem Kabcar scheint es wohl gelungen zu sein, diese Bombarden zu verkleinern, sodass sie mit Leichtigkeit auf Schiffen zu transportieren sind. Kapitän Rudgass machte bereits schlechte Erfahrungen mit einer umgebauten turîtischen Iurdum-Galeere. Er hat sie zwar versenken können, aber wir müssen davon ausgehen, dass die Palestaner schon bald über eine größere Stückzahl der Geschützträger verfügen werden.« Er nahm sich nach kurzem Überlegen einen Schokoladenkeks und kaute ihn nachdenklich. »Die Kensustrianer haben ihrerseits neue Bombarden geliefert und sie den Angorjanern samt Bedienungsmannschaft zur Verfügung gestellt. Und wie es aussieht, genau zum richtigen Zeitpunkt.«

»Was heißt das, Majestät?«, hakte Stoiko besorgt nach.

»Es scheint, als sei die Ruhe im Süden beendet.« Perdór atmete tief ein. »Nach dem erfolgreichen, handstreichartigen Überfall auf Agarsien verfügt der Kabcar nun über so viele Schiffe, dass er, wenn er möchte, an allen unseren Küstenabschnitten gleichzeitig landen kann. Keine guten Aussichten.«

»Wir können die Gebiete der Grünhaare ausklammern«, steuerte Fiorell bei und machte sich schlagbereit. »Sie haben ihre Strände derart gesichert, dass es reiner Selbstmord wäre, würde jemand versuchen, dort eine Invasion zu beginnen.«

»Deshalb konzentrieren sich die Kensustrianer auf die Verteidigung unserer Ostküste, die kaum befestigt ist«, erklärte der König. »Die Angorjaner decken unseren schmalen Strich im Süden.«

»Es sieht so aus, als sei Ilfaris das schwächste Glied in der Kette des Staatenbundes«, grübelte Stoiko und fuhr sich über den Schnauzbart. »Ich würde also genau dort angreifen.«

»Einen Vorteil haben wir.« Der Hofnarr vollführte einen wuchtigen Abschlag, der Lederball schoss davon und hüpfte beinahe unmittelbar neben dem seines Herrn auf die Erde. »Unsere Nordgrenze wird durch einen Gebirgszug beinahe vollständig abgeriegelt. Alle Pässe sind befestigt, die Burgen und Zitadellen wurden in Stand gesetzt. Am breitesten Bergübergang, am Eispass, steht die Festung Windtrutz, die wir unter das Kommando von Hetrál gestellt haben. Er befehligt zwölfhundert Mann, die diesen Durchgang spielend halten können.«

»Trotz der Bombarden des Kabcar?«, fragte Stoiko ungläubig.

Perdór lächelte boshaft. »Die Bombarde, die er benötigt, um Windtrutz einzureißen, muss erst noch gebaut werden. Und wenn er es tatsächlich schaffen sollte, ein solches Monstrum die Berge hinaufzuschaffen, muss er in die Reichweite unserer Geschütze und Katapulte. Das einzige Plateau, auf dem sich eine Möglichkeit bietet, liegt unmittelbar unterhalb der Festung.«

»Habe ich das Geschenk richtig gesehen, das Ihr dem Turîten zum Abschied gemacht habt?« Der einstige Vertraute des Kabcar hielt einen Schläger prüfend vor die Augen. »Es ist sehr kostbar, oder?«

»Der Kabcar ist mit Mächten im Bund, die scheinbar mit normalen Waffen nicht zu schlagen sind. Und was wäre da besser geeignet als eine aldoreelische Klinge?« Die Augen des Herrschers funkelten. »Was soll ich mit dem Schwert in meiner Sammlung, wenn es auf Windtrutz bessere Dienste leistet?«

»Ihr fordert es geradezu heraus, dass er die Festung stürmen lässt«, meinte Stoiko nachdenklich. »Ein solches Bollwerk kann er nicht in seinem Rücken sitzen lassen.«

»Um ehrlich zu sein, genau das ist der Zweck«, gestand Perdór ein. »Während sich Varèsz die Zähne im Norden ausbeißt, haben wir mehr Zeit, um die Magie näher zu erforschen, die wir im Kampf gegen den Kabcar und diese anderen Wesen dringend benötigen. Der Stratege ist so ehrgeizig, dass er nicht eher ruhen wird, bis er sein Ziel erreicht hat.« Der König kraulte sich die Bartlöckchen. »Und damit wären wir bei dir, mein Kind.

Hatte dieser Energieblitz, der mir beinahe die Haare vom Kopf brannte, etwas Gutes?«

Soscha nickte. »Ich bin, zusammen mit Euren Cerêlern, Majestät, auf dem besten Wege, ein wenig Licht in das geheimnisvolle Dunkel, in das die Magie sich hüllt, zu bringen. Wenn Ihr etwas nicht auf Anhieb versteht, fragt einfach. Sicher ist, dass die offensichtlich angeborenen Fertigkeiten aller Heiler von mir als grünes Leuchten gesehen werden.«

»Das heißt, jegliche Magie wird von dir als Leuchten wahrgenommen, habe ich das richtig verstanden?«, erkundigte sich Perdór vorsichtig

»So ist es, Majestät«, bestätigte sie die Vermutung. »Bisher gehe ich davon aus, dass die heilende Magie die Farbe grün besitzt. Und je stärker ein Farbton ist, desto intensiver, größer ist ihre Wirkung. Die älteren Cerêler leuchten in einem Schattengraston, die jüngeren in leichten Lindfarben. Es gibt aber auch jüngere Heiler, die Zugriff auf stärkere Formen der Heilmagie haben. Es muss also nicht zwangsläufig vom Alter abhängen.«

»Jedenfalls bei der grünen Magie«, warf der Herrscher ein und setzte sich in Bewegung, um nach den Bällen zu suchen. Die Gruppe folgte ihm.

»Gut erkannt, Majestät. Momentan kann ich sagen, ich habe die Cerêler, was das Wissenschaftliche angeht, am Weitesten erforscht. Das liegt aber leider nur daran, dass sie die Einzigen sind, bei denen das magische Potenzial am Bekanntesten ist. Alle anderen muss ich erst suchen, und damit habe ich Wochen verbracht.« Soscha spazierte neben dem König her, vergaß dabei immer mehr die Zurückhaltung, wie sie gegenüber einem so hochrangigen Mann angebracht gewesen wäre. Es war ein Gespräch zwischen zwei Gleichgestellten, so hatte es den Anschein. »Als Ergebnis der monatelangen Suche entdeckte ich Sabin, der eigentlich ein Minenarbeiter in Tersion war. Sein Unglück bestand darin, dass man ihn als verflucht ansah, weil er über Magie verfügte. Die Leute wollten ihn schon aufknüpfen, weil er im betrunkenen Zustand eine Schänke mit seinen Kräften zerlegt hatte.«

»Ganz hervorragend«, freute sich Perdór, der inzwischen bei seinem Ball angelangt war und das Fähnchen anpeilte.

»Ich weiß nicht, ob das so hervorragend ist«, meinte Soscha nachdenklich.

»Ich meinte die Position meines Balls.« Der Herrscher wies nach unten und schlug das geformte Leder weg. »Das war gut.« Er verfolgte den Flug mit den Augen, nur um sich dann etwas zerstreut an die junge Frau zu wenden. »Verzeiht mir. Fahrt fort.«

»Um es kurz zu machen«, begann Soscha ein wenig ungehalten. »Er kann seine Magie nicht wirklich kontrolliert einsetzen. Unterbewusst hält er sie einigermaßen unter Verschluss, aber sobald diese Sperren durch irgendetwas aufgehoben werden, wie Alkohol oder starke Emotionen, suchen sich die Energien ihren Weg.«

»Ich erinnere mich«, meinte Fiorell und tat es dem Herrscher nach. Sein Bällchen landete besser, näher an der Markierung des Lochs, was er mit einem Grinsen quittierte. »Der Kabcar hatte anfangs ähnliche Probleme. Man sprach davon, dass er Funken sprühte und dergleichen.«

»Der Umgang will also gelernt sein«, schloss Perdór daraus.

»So ist es. Dummerweise haben wir einen Nachteil«, sagte die junge Frau.

»Nesreca«, grummelte Stoiko. »Er verleiht Lodrik eine Effizienz, von der wir nur träumen können.«

Die Gruppe setzte ihren Weg über die Rasenfläche fort.

»Weil du vorhin die Farbe der Magie angesprochen hast, vermute ich, dass unser lieber Sabin nicht grün schimmert?«, hakte der König von Ilfaris nach. »Oder war das ein Heilungsblitz?«

»Ich sehe, Ihr erkennt die Logik, die anscheinend hinter der Sache steckt. Der Minenarbeiter leuchtet für mich in einem schwachen Blauton, so zart wie ein Sommerhimmel, deshalb hätte ich ihn wohl übersehen, wenn es nicht die Geschichten über ihn gäbe«, gestand Soscha und ließ sich Kakao nachschenken. »Er kann, das haben wir herausgefunden, zerstörerische Energien aus seinen Fingerspitzen abfeuern, wenn man das so sagen darf. Ich erkenne es daran, dass die Personen neben dem ...«, sie suchte nach dem passenden Wort, »Standardleuchten, kurz bevor sie ihre Magie aktiv einsetzen, wie eine Kerze im Dunkeln aufflammen. Wenn diese Magieeruption abgeschlossen ist, verfallen sie wieder zurück in das übliche Glühen.«

»Das ist ja alles hochinteressant«, meinte Perdór.

»Aber leider ebenso kompliziert«, seufzte Soscha. »Wir wissen nämlich leider nicht, warum ausgerechnet Sabin magisch begabt ist. Seine Eltern sind beide tot, und wenn er es vererbt bekam, können wir es nicht mehr nachvollziehen. Er ist der älteste Sohn, die übrigen acht Geschwister sind nicht magisch.«

»Der Kabcar dürfte seine Portion Magie wohl durch den Blitzschlag in Granburg erhalten haben, oder? Der kam dann ja von Tzulan persönlich. Die spannende Frage ist, in welcher Farbe leuchtet der Kabcar?«, überlegte Fiorell. »Wenn wir also die Farbe kennen, können wir uns ungefähr einen Eindruck verschaffen, was uns von unserem Gegner blüht.«

Die junge Frau entdeckte ihren Ball, holte schwungvoll aus und rammte das Eisen mit Wucht in den Rasen. Ein sanfter Ruck, und der Schläger war wieder frei, aber voller Dreck. Soscha lächelte verlegen und berichtete schnell weiter. »Der Kabcar leuchtete orange, silbern, schwarz und blau, so ähnlich wie ein Regenbogen, völlig durcheinander. Ich erinnere mich noch sehr gut an das eindrucksvolle Spektakel, weil ich so etwas noch nie vorher gesehen habe.« Diesmal beförderte sie den Ball in ein kleines Wäldchen, wortlos reichte ihr der Narr einen Ersatzball. »Als er wütend wurde, wechselten sich Blau und Orange ganz schnell miteinander ab.« Das neue Leder verschwand auf der anderen Seite der Bahn in einem kleinen Teich. »Ich glaube, das ist nicht mein Spiel«, entschuldigte sie sich errötend und reichte einem der Livrierten den Schläger zurück. »Ich belasse es beim Zuschauen, wenn es recht ist.«

»Aber natürlich«, sagte Perdór und klaubte eine Praline vom Teller. »Um auf den Kabcar zurückzukommen, er schillerte also bunt? Wie unangenehm. Das bedeutet im Umkehrschluss, er hat Zugriff auf verschiedene Magiearten?«

»Nicht zu vergessen ist Nesreca«, warf Stoiko ein. »Er leuchtet, wie übrigens sein Gehilfe, dem wir beim Ausbruch aus der *Verlorenen Hoffnung* begegneten, in einem beinahe schon schwarzen Rot und verschluckte mehr das Licht, wie Soscha berichtete.« Der einstige Vertraute des Kabcar blinzelte in die schwach wärmenden Sonnen. »Zudem scheint es Unterschiede in der Handhabung zu geben. Lodrik hat mitunter Gesten eingesetzt, um etwas zu bewirken, oftmals aber benutzte er sie ohne Worte und Zeichen. Darin scheint ein weiterer Schlüssel zum Tor der Magie zu liegen. Um die Verwirrung perfekt zu machen: Als Hetrál ihn mit einem Pfeil töten wollte, reagierte seine Magie offensichtlich von selbst, um sein Leben retten.«

»So viele Möglichkeiten machen die Erforschung wirklich nicht eben leicht. Wenn wir das alles zusammenfassen, kommen wir zu dem Schluss, dass der Kabcar ein Vielfachtalent ist, und diese anderen Gestalten um ihn herum mächtiger als er sind«, resümierte der König.

Stoiko und Soscha schauten sich verblüfft an. »Um ehrlich zu sein, von dem Standpunkt aus habe ich es noch nicht betrachtet«, räumte der einstige Vertraute ein. »Ich war immer der Meinung, Nesreca braucht Lodrik wegen dessen starker Magie. Es scheint aber etwas anderes dahinter zu stecken.« Nachdenklich hob er ein welkes Blatt auf und spielte damit.

»Bravo, Majestät!« Der Spaßmacher applaudierte. »Ein scharfer Verstand in einem weichen Körper.« Haarscharf pfiff das Eisen an seiner Fußspitze vorbei und bohrte sich ins Gras.

»Andererseits, diese Beobachtungen sind schon Jahre her«, schränkte Soscha die Schlussfolgerung des Herrschers ein. »Mittlerweile dürfte er weitaus fähiger im Umgang mit den Kräften geworden sein.«

»Vorausgesetzt Nesreca schult ihn so, dass er besser wird«, meinte der dickliche König und versenkte seinen Ball im Loch. »Ich habe so allmählich das sichere Gefühl, dass sich der Kabcar im Irrglauben befindet, wenn er annimmt, er könnte seinen Konsultanten und dessen Gefolge samt Sinured einfach simsalabim vom Kontinent zaubern, wenn er möchte.« Er zwirbelte eine graue Bartlocke um den Finger.

»Genau davor haben wir damals warnen wollen«, sagte Stoiko verzweifelt und warf die Fetzen des Blattes in die Luft. »Aber der Junge hörte nicht auf uns. Dabei war er doch auf einem so hoffnungsvollen Weg.«

»Wir müssen eine Möglichkeit finden, den guten Sabin auszubilden«, beschloss der ilfaritische König.

»Ich tue mein Bestes«, sagte die Ulsarin, die in der Bemerkung versteckte Kritik an ihren Methoden vermutete. »Ich lasse ihn täglich mehrmals Energien freisetzen, ich überwache den Ablauf und versuche anhand des veränderten Leuchtens, Ratschläge zu erteilen. Mühselig, aber es geht nicht anders.«

Fiorells Ball verpasste die Öffnung im Boden nur um

die Breite eine seiner Schellen, und mit einer leichten Bewegung seines Schnabelschuhs beförderte er das Leder ins Loch. »Gleichstand, Majestät.«

»Du hast gemogelt, gib dir keine Mühe.« Perdór zuckte mit den Schultern. »Wir haben bisher nur einen einzigen Menschen gefunden, der Magie in sich trägt, während Nesreca Kindermädchen spielt und Zvatochna und Govan ebenfalls unterweist. Habe ich diese letzten Berichte aus Ulsar richtig verstanden?«

»Es fehlen uns Menschen wie Soscha«, bedauerte Stoiko. »Sie könnten durch das Land reisen und Ausschau halten, während sie weiterhin an der Erforschung arbeitet.«

»Da ich aber anscheinend die Einzige bin«, seufzte die junge Frau, »muss ich dieses Amt allein ausüben.«

»Ich weiß deinen Einsatz zu schätzen«, lobte der König und drückte die Hand Soschas. »Ich werde dir jeden Wunsch von den Augen ablesen. Du bekommst weiterhin alles, was du möchtest. Aber du darfst nicht nachlassen. Selbst wenn du nicht mehr zum Schlafen kommst, die Ausbildung dieses Arbeiters ist lebenswichtig für uns alle. Er ist vielleicht der Einzige, der sich dem Kabcar in den Weg stellen kann.«

»Sabin weiß das. Und ich denke, er hat Angst davor, sich eines Tages mit diesem Mann zu messen, weil er jetzt schon weiß, dass er verlieren wird.« Die Ulsarin wirkte sehr bedrückt. »Aber er wird und will sich Mühe geben.«

»Ein guter Mann.« Perdór beugte sich ächzend nach vorne, um seinen Ball aus dem Loch zu holen, aber sein Bäuchlein behinderte ihn sehr dabei.

»Gebt Acht, Majestät!«, warnte Fiorell in gespielter Aufregung, er warf die Hände in die Luft. »Ihr werdet gleich nach vorne umfallen und mit Eurer Stattlichkeit ein Erdbeben auslösen. Rettet die Kinder, bringt die Frauen in Sicherheit! Der Pralinige droht zu stürzen.

Wenn die Pralinenringe an seinem Körper in Wallung geraten, ist alles zu spät!«

Im letzten Augenblick bekam der Herrscher das Fähnchen zu fassen, das sich unter seinem Gewicht gefährlich durchbog, kämpfte sich an dem Holzstab wieder nach oben, den Kopf feuerrot vor Anstrengung und Wut. »Warte, du Nervensäge. Dir stopfe ich das Schandmaul!« Drohend kam er einen Schritt auf Fiorell zu, doch der Spaßmacher brachte sich in eine sichere Distanz.

»Los, fangt mich«, neckte er seinen Herrn. »Ihr bekommt mich sowieso nicht.«

Bösartig grinsend fasste Perdór in seine Westentasche und streute sich eine Linie von Plockbällen vor die Füße. »Nun wollen wir sehen, wie schnell ein Narr rennen kann.« Der Schlägerkopf pfiff probeweise durch die Luft. »Ah, das ist die Melodie des Schmerzes.«

»Macht keinen Unsinn, Majestät«, warnte Fiorell nun beunruhigt. »Diese Dinger tun bestimmt weh, wenn man getroffen wird.«

»Eben.« Schwungvoll drosch er zu, und wenn Fiorell keinen Hechtsprung zur Seite gemacht hätte, wäre das Geschoss in seinem Schritt gelandet. Der ilfaritische König visierte sein Ziel kurz an und beförderte den nächsten Ball gegen den Spaßmacher, der sich kreischend flach ins Gras fallen ließ und auf allen vieren zurück zum Palais robbte, um in den Zimmern Deckung zu suchen.

Perdór feuerte unterdessen einen Plockball nach dem anderen ab, gelegentlich traf einer den verlängerten Rücken des Hofnarren, was den zu einer Schimpftirade veranlasste.

»Bitte sehr, versuch es doch noch einmal.« Der Herrscher hielt Soscha den Schläger hin. »Vielleicht hast du vorhin nur ein lohnenswertes Ziel benötigt.«

Die Ulsarin grinste und schlug zu. Hoch hinauf flog

der Ball, als wollte er die Sonnen stürmen, und stürzte dann der Erde entgegen.

Fiorell erhob sich und ließ das letzte Geschoss nicht aus den Augen. »Seht Ihr, wie ich der Gefahr trotze? Ich lache ihr sogar ins Gesicht. Haha!« Bevor das gerollte Leder auf seinen Kopf prallte, machte er einen Ausfallschritt nach links, genau in den künstlich angelegten Teich. Auf dem schmierigen Untergrund verlor sein Fuß den Halt. Alle katzenhaften Reflexe brachten dem Hofnarren nichts, er rutschte aus und setzte sich zwischen den Seerosen bis zum Brustkorb ins kühle Nass. »Wunderbar«, jammerte er. »Was würde jetzt noch fehlen?«

»Plock« machte es, als der Ball auf seinen Schädel traf. Benommen sank er in die Fluten.

»Hast du gehört, Soscha? Das ist auch ein Grund, weshalb man das Spiel so nennt«, lachte Perdór und schickte die Diener los, um den Bewusstlosen aus dem Teich fischen zu lassen. »Ich will ihn nicht ersaufen lassen. Dafür ist sein Unterhaltungswert einfach zu groß.«

»Das wollte ich nicht. Ich hoffe, es ist ihm nichts geschehen«, meinte Soscha, die sich vor Schreck die Hände vors Gesicht geschlagen hatte.

»Nichts, was er nicht schon gewohnt ist.« Der grau gelockte König winkte beschwichtigend ab.

Kontinent Kalisstron, Bardhasdronda,
Winter 456/57 n. S.

Waljakov wischte sich den Schweiß von der Stirn.

»Wie war ich?«, wollte Lorin neugierig wissen und fuchtelte mit dem Holzschwert durch die Gegend, Paraden und Attacken gegen einen imaginären Gegner ausführend.

»Du bist schnell und ziemlich wendig«, urteilte der Leibwächter. »Aber deine Schläge sind zu locker. Du musst mehr essen und mehr mit dem Schmiedehammer arbeiten, damit dein Körper kräftiger wird. Und du wirst die Übungen, die ich dir gezeigt habe, von nun an regelmäßig jeden Tag machen, Knirps.«

»Ich bemühe mich«, versprach der Junge, stellte die Spitze der Übungswaffe auf den Boden und stützte sich auf den Griff. »Obwohl ich denke, dass ich mit meinen anderen Kräften besser wäre.«

»Sicherlich.« Waljakov nickte. »Aber bevor du an die Kombination von beidem denkst, beherrsche die Schlagtechniken. Du musst nachts aufwachen und sie vor Augen haben. Irgendwann hat sie dein Geist so verinnerlicht, dass du nicht mehr daran denken musst. Deine Arme reagieren von selbst. Das ist wichtig, wenn du einen Kampf überleben willst, denn zum Grübeln bleibt dir wenig Zeit.«

Er nahm dem Jungen das Holzschwert aus der Hand und legte es zusammen mit seinem auf den Tisch. Danach bereitete er ihm eine Schüssel mit Haferflocken und Milch. »Hier, iss das.«

Gehorsam schaufelte sich Lorin das Essen in den Mund und sah dabei aus dem Fenster, um den fliehenden Wolken nachzuschauen. Weil er die gequetschten Getreidekörner als zu trocken empfand, öffnete er seine Hand, und der Milchkrug rutschte über die Tischoberfläche genau in seine Finger. Erst jetzt schaute der Knabe nach dem Gefäß, übergoss die Flocken mit der weißen Flüssigkeit und aß weiter.

»Wie hast du das gemacht?«, wollte der Leibwächter wissen, der Lorins Tun mitverfolgt hatte.

Die blauen Augen wirkten ein wenig überrascht. »Ich wollte den Krug haben, und dann habe ich ihn mir genommen«, erklärte er selbstverständlich.

»Wenn ich etwas haben möchte, muss ich aufstehen und es mir holen. Du dagegen machst das wohl mit Magie?«

»Ich weiß nicht, ob man es Magie nennen kann. Es ist irgendwie anders als das, was Kalfaffel und seine Frau können.« Der Junge schob sich einen Löffel Haferflocken in den Mund und kaute zufrieden. »Aber es ist sehr nützlich. Ich benutzte es jedenfalls nur selten. Die meisten Leute schauen mich dann immer so seltsam an. So wie du eben.«

»Kein Wunder«, knurrte der Glatzkopf, während er mit Hilfe eines kleinen Kännchens Öl in die Gelenke der Hand gab. »Was kannst du eigentlich alles machen?«

»Keine Ahnung.« Lorin zuckte mit den Schultern. »Normalerweise lasse ich Sachen fliegen. Wenn ich noch mehr kann, habe ich es noch nicht bemerkt. Aber es reicht, um einem Angreifer im Kampf den Helm ins Gesicht zu ziehen oder die Hose rutschen zu lassen.«

»Das kannst du gerne tun, wenn du die Bewegungen beherrschst«, empfahl sein Lehrer. »Vorher wirst du das schön lassen.«

Der Junge schluckte geräuschvoll, die Augen wurden ein wenig verträumt. »Meinst du, ich kann eines Tages in der Miliz dienen?«

»Ein Fremdländler darf nicht zur Stadtgarde, das weißt du.« Waljakov schüttelte den blanken Schädel. »Du könnest noch so gut sein.«

»Vielleicht machen sie eine Ausnahme, wenn ich etwas Großes vollbringe«, hoffte er. Er setzte den Tellerrand an den Mund und schlürfte den Rest der Milch und Flocken aus dem flachen Gefäß. »Ich werde Bardhasdronda eines Tages retten, und dann müssen sie mich aufnehmen«, nuschelte er mit vollem Mund.

Waljakov lachte dröhnend. »Genau, Knirps. Du wirst die Stadt retten. Ein guter Plan. Und wie ich gehört habe, wartet der neue Kommandant der Miliz, Rantsila, nur darauf, dass sich Fremdländler mit heroischen Absichten bei ihm melden.«

»Du schwindelst mich an, richtig?« Der Teller klapperte auf den Tisch zurück. Ein weißer Rand war an der Oberlippe des Jungen haften geblieben.

»Genau, Milchbart«, sagte Waljakov und deutete zur Tür. »Und nun mach, dass du nach Hause kommst.«

»Ich wollte zuerst noch ein wenig an den Strand«, gestand Lorin. »Der Wind steht gerade so günstig, dass ich mit meinem Segler eine kleine Fahrt unternehmen könnte.«

»Es ist mir egal, wie du das dem Mönch erklärst, aber sei morgen wieder hier.« Der Leibwächter schob ihn zum Ausgang und setzte ihm die Fellmütze auf den Kopf. Umständlich zwängte sich Lorin in die Jacke, die er von Blafjoll geschenkt bekommen hatte, und rannte hinaus.

Vom Fenster aus sah ihm der K'Tar Tur gedankenverloren zu, wie er in dem Gewirr der Gassen verschwand.

Lorin lief mit dem Wind um die Wette, hüpfte ausgelassen in die Höhe und wich den Hieben von Gegnern aus, die in seiner Einbildung vor ihm entstanden.

Als er einen besonders wagemutigen Sprung absolvierte, kollidierte er mit einem anderen Menschen, der in diesem Moment um die Ecke kam. Der Knabe erkannte gerade noch das silberüberzogene Ende eines Stabes, dann prallte er von dem weichen Hindernis ab und taumelte rückwärts. Er selbst bemerkte, dass die Person, die er getroffen hatte, ins Schwanken geraten war und zu stürzen drohte. Eilig griff er mit seinen Kräften nach dem Körper und fing ihn ab.

Erschocken erkannte er, wer Opfer seiner überschwänglichen Hüpferei geworden war. Mit einem ärgerlichen Gesicht rieb sich Kiurikka die Stelle, wo er ihren Kopf hart getroffen hatte.

»Vergebt mir, Hohepriesterin«, beeilte er sich zu sagen, wobei es ihm wirklich Leid tat. »Das war nicht meine Absicht.«

»Da habe ich Glück, dass mich dein Schädel nur aus Zufall getroffen hat«, meinte sie säuerlich. »Kalisstra wachte über mich und verhinderte, dass du mich zu meinen Ahnen geschickt hast, Lorin.« Ihre grünen Augen verengten sich. »Du wirst zur Strafe vier der ersten Gebete wiederholen und eine Stunde lang vor einem Heiligtum stehen.«

»Gerne«, sagte Lorin und nahm die Bestrafung an. »Es war meine Schuld, und ich hätte Euch schlimm verletzen können. Ich werde fünf Gebete sprechen.« Sein Blick blieb an der Kette mit dem fehlenden Diamanten hängen. »Hohepriesterin, ich glaube, Kalisstra wird mir auf immer böse sein.« Suchend glitten seine Augen über das Pflaster. »Ich habe Euch einen Diamanten aus Eurem Anhänger gebrochen. Ich werde all meinen Lohn bei Euch ...«

»Nein, das warst nicht du«, erklärte die Priesterin beruhigend, der Ausdruck in den hellgrünen Augen wurden etwas nachsichtiger. Sie umfasste das Schmuckstück. »Dein Ziehvater war schuld. Er hat mir vor vielen Jahren aus Bosheit die Kette vom Hals gerissen. Das war gar nicht weit von hier, eine Gasse weiter, unmittelbar neben einem kleinen Heiligtum. Den Stein haben wir nie mehr gefunden.«

Der Knabe war überrascht. Diese Geschichte hatte ihm Matuc niemals erzählt. »Ich schwöre Euch, ich werden den Stein für Euch finden.«

Kiurikka sah ihn völlig überrascht an. »Lorin, das war vor über zehn Jahren. Dieser Diamant wird irgendwo unter einer riesigen Schicht von Dreck begraben liegen, wenn ihn das Wasser nicht schon lange ins Meer gespült hat. Und als Ausdruck dafür, dass ich ihm seine Tat nicht vergeben werde, trage ich die leere Fassung.«

»Mit Kalisstras Hilfe werde ich es schaffen.« Der Junge blieb zuversichtlich, sein Gesicht drückte die Überzeugung aus, dass er nicht zu viel versprochen hatte.

»Ich halte mein Wort. Ich bin mir sicher, Matuc hat es damals nicht absichtlich getan. Wenn ich Euch den Diamanten zurückbringe, werdet Ihr ihm dann sein Vergehen verzeihen?«

Die Frau überlegte einen Moment und schaute auf die Gravuren ihres Stabes. »Wenn Kalisstra dich den Stein finden lässt, wird sie dem Mann seine Tat vergeben haben. Gut, so soll es sein.«

Lorin verbeugte sich vor der Hohepriesterin und rannte wieder los, um rechtzeitig am Strand anzukommen. Nur auf die Hüpferei verzichtete er diesmal, er wollte kein weiteres Unglück herausfordern.

Am kleinen Bootshaus von Blafjoll machte er Halt. Eilig schob er das große Eingangstor auf und schleppte die Einzelteile seines Landseglers bis an den Strand, wo er sie in aller Eile zusammensetzte. Zu seiner großen Freude frischte der Wind sogar noch auf.

Im Grunde war die Konstruktion lebensgefährlich. Die Hinterachse bestand aus einem massiven Brett, an dessen Ende zwei kleine Holzräder befestigt waren. Eine doppelt so lange Latte bildete den Rumpf, vorne befand sich eine wesentlich schmalere Achse, kaum einen Unterarm lang. Mit Hilfe von zwei Schnüren lenkte der Junge die Räder.

Mit einem letzten Handgriff setzte er den Mast mit dem Querholm ein und entfernte die Lederriemen.

Lachend sprang er auf den Sitz, lehnte sich nach hinten und zog das Flickensegel aus Leinen in die Höhe. Augenblicklich blähte sich der Stoff auf und ließ den Landsegler anrollen. Immer schneller wurde das Gefährt und jagte mit dem Jungen den menschenleeren Strand hinunter.

Eiskalte Meeresluft pfiff ihm um die Nase und ließ ihm recht schnell das Gesicht wie taub erscheinen, aber der Rausch der Geschwindigkeit machte die Unannehmlichkeiten eines Segeltörns an einem Wintertag vergessen.

Nach etwa fünf Meilen wendete er und kreuzte gegen den Wind zurück nach Bardhasdronda.

Auf halber Strecke schoss ein Segler an ihm vorbei, und er erkannte die verhasste Gestalt von Byrgten. Sein Kontrahent griff während der Fahrt in den nassen Sand und schleuderte ihn Lorin ins Gesicht. »Fang mich, Fremdländler!«

»Das kannst du haben!«, schrie Lorin wütend hinterher und gab sich beim Einsatz der Leinwand alle Mühe, den Fischersohn einzuholen.

Doch dessen Gefährt war natürlich wesentlich besser gebaut und aus den besten Materialien hergestellt. Lorin hatte das Nachsehen, und während Byrgten schon am Tor der unteren Kaimauer stand und das Segel reffte, kam der Junge erst an.

»Das war wohl nichts, was, Winzling?«, höhnte er. »Mit dem schlechten Ding wirst du es niemals schaffen, mich zu schlagen.« Seine Hand legte sich auf das Segeltuch. »Beste Qualität. Übrigens gekauft mit dem Geld, das wir dir damals abgenommen haben.«

Lorin sprang auf, lief zu dem Jungen hin und stemmte die Hände in die Seite. »Du bist allein, Byrgten, hast du das schon vergessen?«

»Nein.« Seine Fußspitze zuckte nach oben und beförderte Sand gegen Lorin. Die Körner trafen ihr Ziel, und der Knabe konnte nichts mehr sehen. »Pech, was?«, sagte sein Gegenspieler, und schon traf ihn die Faust in den Magen.

Keuchend nahm er die Fäuste hoch und deckte seinen Kopf, wie es ihm Waljakov gezeigt hatte, deshalb blieb der nächste Hieb des Fischersohns wirkungslos.

In Erwartung des nächsten Angriffs lauschte Lorin. Aber Byrgten machte sich lachend über seinen Landgleiter her, wie ihm das Krachen und Splittern des Holzes verriet. Immer noch blind, versuchte er, sein Gefährt zu verteidigen, aber der andere Junge wich ihm mit Leichtigkeit aus.

Als er endlich wieder etwas sah, war Byrgten samt seines Gefährts schon auf und davon.

»Beim nächsten Wiedersehen schlage ich dich windelweich, hörst du?«, rief Lorin zornig die Gasse hinunter. Mit Tränen der Wut betrachtete er seinen zerstörten Segler.

»Kommst du mit?«, fragte ihn eine Stimme von oben. Lorin erkannte Blafjoll, der auf ihn herabschaute. In seiner Rechten hielt er eine Harpune. »Einer der Feuertürme hat einen verirrten Wal gemeldet. Du kannst mich in meinem Boot begleiten. Es ist nicht gefährlich. Wir werden nur helfen, den Fisch an Land zu rudern.«

Lorin schüttelte seine Gedanken ab. Sofort war seine Neugier geweckt. Schon immer hatte er gehofft, seinen großen Freund bei einem seiner Jagdausflüge zu begleiten. Zwar hatte Matuc es ihm verboten, aber in diesem Moment war es dem Knaben reichlich gleichgültig. Er würde endlich eines dieser riesigen Tiere aus der Nähe sehen.

»Ich komme!«, rief er fröhlich und rannte los. Gemeinsam gingen sie zu einem der großen Ruderboote, in dem zwanzig Mann sich in die Riemen legten, um dem Wal nachzustellen.

»Was ist mit deinem Gleiter geschehen?«, erkundigte sich der Walfänger auf dem Weg zum Dingi, das *Meeresstern* hieß. »Hast du ihn zerlegt?«

»Das war Byrgten, dieser Idiot«, grummelte Lorin böse. »Er hat ihn kaputt gemacht, ohne dass es einen Grund dafür gab.«

»Er kann dich einfach nicht in Ruhe lassen, was? Lass den Kopf nicht hängen. Ich werde dir helfen, einen neuen zu bauen«, versprach Blafjoll und legte ihm eine Hand auf die Schulter. »Und damit wirst du es diesem Angeber zeigen, Lorin.« Seine grünen Augen schienen zu lachen und zu sagen »Ich werde dir immer helfen.«

Der Junge hätte es lieber gesehen, wenn dieser Mann

und seine Schwester ein Paar wären. Seiner Meinung nach war Arnarvaten zwar ein netter Kerl, aber nur vom Geschichten anhören wurde Lorin schnell langweilig. Blafjoll dagegen konnte schnitzen, die Harpune treffsicher werfen, segeln und viele andere Sachen, die bei dem Geschichtenerzähler allenfalls zu schlimmen Verletzungen führten, wenn er es versuchte. Aber Fatja schien sich anders entschieden zu haben, was Lorin außerordentlich bedauerte. Er selbst warf die Harpune auch recht gut, nur die Kraft fehlte noch.

Er sprang ins Boot und kauerte sich beim Steuermann am Heck zusammen, um niemanden zu stören.

»Was will der kleine Fremdländler hier?«, murrte einer der Männer. »Er bringt uns Unglück.«

»Unsinn. Er fährt mit uns, um zu lernen. Ihr werdet sehen, durch ihn machen wir fette Beute.« Sein Freund fuhr ihm ermutigend über den Kopf und begab sich an den Bug, die *Meeresstern* legte ab. »Spar dir die Luft zum Rudern. Und nun legt euch in die Riemen, bevor Kalisstra ihre Gnade von uns nimmt und den Wal tauchen lässt.«

Die eingespielte Rudermannschaft bewegte die hölzernen Schäfte in unglaublichem Takt vor und zurück, bald schloss das Dingi zu den anderen Jagdbooten auf. Insgesamt beteiligten sich sieben von ihnen am Walfang, zwei davon würden den gewaltigen Fisch direkt jagen. Lorin spürte die Aufregung in jeder Faser seines Körpers.

»Der Feuerturm hat einen Hügelwal etwa eine halbe Meile von hier gesichtet«, erklärte ihm der Steuermann. »Vermutlich ein Einzelgänger, der sich kurz vor dem Winter nach Süden absetzen möchte. Nicht ungefährlich.«

Auf der Backbordseite entstand ein zischendes Geräusch, eine Wasserfontäne stieg in den Himmel.

»Wal!«, brüllte Blafjoll den anderen Booten zu, um sie aufmerksam zu machen. »Wal! Da bläst er!«

Die Richtung wurden geändert, und die kleine Flotte der wagemutigen Boote machte sich an die Verfolgung der Beute, die vermutlich einem Großteil der armen Familien in Bardhasdronda zu Gute kommen würde.

Die *Meeresstern* ließ sich etwas zurückfallen, um beide Jagdboote nicht in ihrer Manövrierfähigkeit zu behindern. Dort machten sich die Harpunisten im Bug bereit, die geschliffenen, mit Widerhaken besetzten Metalllanzen in den Leib des Wals zu schleudern. Die Kunst bestand darin, die Lunge des riesigen Tieres zu treffen und es gleich mit der ersten Eisenspitze so zu verletzen, dass es nicht mehr abtauchen und verschwinden konnte. Die Seile am Ende der Harpune verbanden Boot und Wal miteinander. Nur an welchem Ende das Opfer hing, war nicht immer genau abzusehen.

Der Wal hatte bemerkt, dass die Verfolger näher rückten. Doch war die erste Harpune bereits auf dem Weg und bohrte sich tief ins Fett und Fleisch des Tieres. Die Schwanzflosse durchschlug fast gleichzeitig die Wasseroberfläche und zertrümmerte die Planken des Dingis mit müheloser Leichtigkeit.

Die Jäger flogen durch die Luft, das Boot versank in den Fluten, die sich hinter dem Meeresgiganten rot färbten. Bereits das erste Wurfgeschoss musste das Tier gehörig verletzt haben.

Mit großen Augen verfolgte Lorin das Geschehen. Ein vielfacher Entsetzensschrei erscholl, als das zweite Boot dem wütenden Wal zum Opfer fiel. Wie ein gewaltiger Gott wuchtete er seinen Körper aus dem Wasser und warf ihn auf das Dingi, das unter den Tonnen zerbarst.

»Bete zu Kalisstra«, empfahl der Steuermann. »Das ist ein Walbulle, der keinen Spaß versteht.«

Nun würde es doch gefährlich werden. So etwas hatte selbst Waljakov bestimmt noch nie gemacht.

Die Ruderer legten an Geschwindigkeit zu, die *Meeresstern* übernahm die Spitze der Jagdgemeinschaft.

Blafjoll stand am Bug, die Harpune zum Wurf bereit und aufmerksam auf die Wogen blickend, die sich nach dem Sprung des Wals wieder glätteten.

Auf der windabgewandten Seite schoss eine rote Springquelle in die Luft, und Lorins Freund schleuderte die Waffe, die sich knapp neben dem ersten Eisen in den Leib fraß. Das daran befestigte Seil straffte sich, und ein Ruck ging durch den Rumpf. Die *Meeresstern* wurde von dem Wal übers Wasser gezogen.

Blafjoll rammte keuchend vor Anstrengung eine Harpune nach der anderen in das Tier. Doch der Walbulle wollte nicht aufgeben und versuchte zu fliehen. Einer der Männer stand mit der Axt bereit, um die Taue zu kappen, sollte der Gigant abtauchen und das Boot mit sich in die Tiefe ziehen wollen. Der wilde Ritt ging eine ganze Weile, und die anderen Dingis waren plötzlich weit abgeschlagen.

»Bring ihm die Ersatzharpunen nach vorne«, befahl ihm der Steuermann und nickte auf die Waffen, die zu Lorins Füßen lagerten. »Vielleicht braucht er sie.«

Gehorsam folgte der Knabe der Anweisung. Aber als er mit seiner Last am Bug ankam, schüttelte sein Freund nur den Kopf. Das Kampf war gewonnen.

Das Meer färbte sich vor ihnen dunkelrot, der Wal spie sterbend Blut und Luft aus dem Atemloch und erschien nun vollständig an der Wasseroberfläche.

Der Knabe erstarrte angesichts der majestätischen Ausmaße der Kreatur, etwas so Großes hatte er in seinem ganzen Leben noch nicht gesehen.

Die *Meeresstern* kam längsseits zu dem sterbenden Wal, Blafjoll nahm sich eine Harpune und sprang auf den Rücken des Tieres.

Bevor ihn irgendjemand zurückhalten konnte, nahm sich Lorin ebenfalls eine Waffe und folgte dem Kalisstronen. Das Jagdfieber hatte ihn gepackt.

»Das war töricht, aber mutig«, sagte Blafjoll zu ihm.

»Ich wollte herausfinden, wie sich ein Wal anfühlt«, gestand der Knabe ein wenig überrascht von seiner eigenen Kühnheit. Prüfend legte er die Hand auf die feuchte Haut des Tieres. »Sie ist eiskalt.«

»Stell dich hier zu mir, in die Mitte«, wies ihn der Jäger an. »Wir warten, bis die anderen Boote uns erreicht haben, um den Wal in den Hafen zu schleppen.« Er zog sein Messer, ritzte sich die Haut am Unterarm auf und ließ einen Tropfen seines eigenen Blutes auf das Tier tropfen, ein Dankgebet an die Bleiche Göttin murmelnd.

Lorin hatte eine Bewegung am Kopf des Giganten bemerkt. »Das sind schon die ersten Raubfische«, rief er erhitzt und lief auf der nassen Oberfläche nach vorne.

Immer noch vom Jagdrausch gepackt, wurde er unvorsichtig. Die Aussicht, selbst eine Beute zu erlegen, auch wenn es nur eine kleine war, machte ihn blind für Gefahren.

Von oben entdeckte er die gezackte, dreieckige Rückenflosse eines Raubfischs, der offenbar vom Blut angelockt worden war. Die warnenden Rufe der Männer und Blafjolls hörte er nicht.

»Verschwinde! Das ist unser Wal!« Sein Arm mit der Harpune reckte sich in die Höhe, die Eisenspitze ging auf die Reise und durchstieß die Haut des Räubers. Ohne nachzudenken, umfasste Lorin den Schaft mit seinen magischen Kräften und trieb mit deren Hilfe die Waffe so tief in den Körper des Tieres, dass sogar das Holz mit in den Leib eindrang. Im Todeskampf wühlte der Fisch das Wasser auf und verschwand in der Tiefe.

Der Junge verlor jedoch den Halt und stürzte kopfüber in die rötliche See. Er strampelte sich zurück an die Oberfläche, griff sich das Tau, das von der allerersten Harpune stammte, und zog sich bibbernd vor Kälte daran in die Höhe.

Blafjoll war bereits zur Stelle, packte ihn am nassen

Kragen und schüttelte ihn durch. Anstatt ein Lob zu hören, blickte er in die finstere Miene seines Freundes.

»Was hast du getan, Lorin?«, fragte er ihn fassungslos. Im Hintergrund hörte er die aufgebrachten Stimmen der Rudermannschaft der *Meeresstern*.

»Ich habe deine Beute verteidigt«, stotterte der Knabe und schlang die Arme um sich.

»Du hast einen Kalisstra-Gamur getötet«, erklärte ihm der Waljäger entsetzt. »Das heilige Tier der Bleichen Göttin. Was denkst du, was die Schöpferin des Kontinents nun tun wird?«

»Aber warum frisst der Fisch dann unseren Wal an?«, empörte sich Lorin.

»Es ist das Recht der Gamure, sich einen Teil unserer Beute zu nehmen, hast du das vergessen?« Erschüttert brachte ihn der Mann zum Boot. »Die Göttin nimmt sich auf diesem Weg den Anteil, der ihr zusteht. Und du, Unglücksjunge, hast in ihr verweigert.« Er warf einen Blick auf das Wasser. »Nicht nur das. Du hast auch den Gamur getötet.«

Die anderen Boote waren herangekommen, und wie ein Lauffeuer verbreitete sich die Nachricht von der schändlichen Tat des Fremdländlers. Zuerst forderten die Seeleute, dass man Lorin an Ort und Stelle mit Harpunen spickte und versenkte.

Aber Blafjoll redete auf die aufgebrachten Männer ein, brachte sie von ihrem Vorhaben ab und verlangte, dass man zuerst Kiurikka anhörte. Vom Wort der Hohepriesterin machten die Waljäger das weitere Schicksal des Jungen abhängig, obwohl sie keinen Hehl daraus machten, dass sie den »Unglücksjungen« vorsichtshalber am liebsten gleich ins Meer geworfen hätten.

Wie ein nasses Häufchen Elend saß Lorin am Heck und weinte, die Knie an den Körper gezogen, die Arme drum herum geschlungen, den Kopf zwischen den Beinen vergraben. Wenigstens legte ihm der Steuermann eine Decke um. Die Fischer einigten sich darauf, den Wal in den Hafen zu schleppen und ihn nicht vorher zu verarbeiten, bevor die Hohepriesterin auch nicht dazu ihren Ratschlag erteilt hatte. Vielleicht musste man den Fisch wieder dem Meer überlassen, um die Bleiche Göttin zu besänftigen.

Die Ruderboote kämpften sich zurück nach Bardhasdronda, und in einem Zug, der natürlich die Aufmerksamkeit der übrigen Städter erregte, ging es sofort zum Kalisstra-Tempel.

Kiurikka erschien an der Spitze der Freitreppe und lauschte den Schilderungen der aufgeregten Waljäger.

»Nun, das ist eine Tat, die schwere, schwere Folgen für unsere Stadt haben kann«, mutmaßte sie langsam, ihre grünen Augen ruhten auf dem verängstigten Knaben, dessen Zähneklappern weithin hörbar war. »Seinen Tod kann und will ich nicht verlangen, es würde die Göttin ohnehin nicht milde stimmen. Der Wal aber muss zurück in die See. Ihr werdet ihn noch heute zurückschleppen und bewachen. Wenn sich kein Gamur mehr sehen lässt, hat die Göttin uns nicht verziehen und wir werden alles ertragen müssen, was sie uns schickt. Wer hat den Fremdländler überhaupt mitgenommen?« Blafjoll trat vor. »Das hätte ich mir denken können. Nun, auch deine Schuld lässt sich nicht verleugnen. Hiermit verstoße ich dich für ein Jahr, einen Monat und einen Tag aus der Gemeinschaft der Gläubigen. Dreißig Tage sollst du dem Tempel und den Heiligtümern fernbleiben, dreißig Tage lang hast du dich in das Büßergewand zu hüllen.«

»Aber ich habe ihn darum gebeten«, versuchte Lorin seinem Freund zu helfen. Sofort erhielt er eine Ohrfeige von einem der Fischer.

»Auch das ändert nichts an der Tatsache«, meinte die Hohepriesterin kalt und wandte sich um. »Ich werde nun Gebetszirkel einrichten, um die Bleiche Göttin durch Lobpreisungen um Gnade zu bitten.«

Das Stabende krachte wie ein Richterhammer herab, als es auf den Marmor aufgestoßen wurde. Die Frau ging zurück in den Tempel, die Menge verteilte sich. Zurück blieben Lorin und Blafjoll.

»Wenn wegen dir die Zobel ausbleiben«, sagte eine Stimme erbost hinter dem Jungen, »ziehe ich dir persönlich bei lebendigem Leib das Fell über die Ohren.«

»Sei still, Soini«, meinte der Waljäger ruhig. »Der Junge hat heute schon genug mitgemacht. Da braucht es nicht noch einen glücklosen Fallensteller und Pelzhändler.«

Der Mann, der von Kopf bis Fuß in die unterschiedlichsten Pelze und Tierhäute gehüllt war, beugte sich hinab und zückte ein kleines schmales Messer. »Damit löse ich dir das Fleisch von den Knochen, Fremdländler, wenn Kalisstra uns bestraft.« Lorin wich zurück. Etwas in den Augen des Kalisstronen verunsicherte ihn. »Nun hast du Angst, was? Und das ist gut so. Ich mache keine Späße. Dafür ist mir mein Geschäft viel zu ernst.« Soini steckte das Messer weg, spuckte vor ihm aus und verließ den Platz.

»Verzeih mir«, schluchzte der bibbernde Junge und legte die Arme um Blafjoll. »Ich werde von morgens bis abends zur Göttin beten. Und es ist nicht gerecht, dass man dich bestraft. Ich wollte das alles nicht.«

»Ich weiß das«, erwiderte der Mann. »Und ich hoffe inständig, Kalisstra weiß das auch. Komm, ich bringe dich nach Hause und erkläre Matuc, weshalb du so lange weg warst.« Er reichte dem Jungen die Hand, und zusammen schritten sie durch die Straßen von Bardhasdronda.

Drei Gassen von der Unterkunft des Knaben entfernt erschien Byrgtens Kopf hinter einem Mauervorsprung. »Ho, da hast du ja einen schön Fang getan, Fremdländler. Und jetzt schaut euch das Muttersöhnchen an, hängt an der Hand von Blafjoll wie ein Kind am Rockzipfel seiner Mama!« Vielstimmiges Gelächter zeigte, dass der Fischersohn nicht alleine sein Unwesen trieb.

Doch diese Häme brachte bei Lorin das Fass zum Überlaufen.

Mit einem wütenden Schrei ließ er die Finger seines Freundes fahren und rannte auf Byrgten zu. Ein Sprung katapultierte ihn gegen seinen Kontrahenten und warf den größeren Jungen zu Boden.

Lorin hockte sich auf die Oberarme, wie es ihm Waljakov gezeigt hatte, und drosch in schneller Abfolge auf das Gesicht Byrgtens ein, der sich dem rasenden Knaben nicht widersetzen konnte. »Das ist für die vielen Überfälle auf mich, der ist für die Beleidigungen, der ist für meinen Landsegler, der ist für die Verspottung«, zählte er dabei laut auf.

Als ein Kumpan Byrgtens den ungestümen Angreifer wegreißen wollte, schien er wenige Handbreit vor Lorin gegen eine Mauer zu laufen. So sehr er sich anstrengte, seine Hand erreichte den Kragen des Fremdländlers nicht, der seine Wut noch immer an dem Fischersohn ausließ. Bei einem besonders kraftvollen Schlag blitzten die Knöchel seiner Rechten in einem bläulichen Schimmern auf.

»Lorin!«, rief Blafjoll laut, und tatsächlich stellte er die Prügelei ein.

Blut lief Byrgten aus einer mittlerweile schiefen Nase und Mund, die Lippen waren aufgeplatzt, die Augen waren zugeschwollen, und über der rechten Augenbraue klaffte eine breite Platzwunde. Der Schnee um den Liegenden herum färbte sich rot.

»Das wird dir in Zukunft blühen, wenn du dein Schandmaul noch einmal öffnest«, drohte Lorin dem Kontrahenten, der kurz vor der Bewusstlosigkeit stand.

Sicherheitshalber zerrte der Waljäger den Jungen vom Oberkörper herunter und überprüfte den Puls des Verletzten. »Bringt ihn zum Bürgermeister und lasst ihn heilen«, riet Blafjoll. Die Jungen stellten ihren Anführer auf die Beine und schleppten ihn davon. Aus eigener Kraft konnte Byrgten nicht gehen.

Schnaufend stand Lorin in der Gasse und schaute dem Zug hinterher, aus dem ihm hin und wieder ein ängstlicher Blick zugeworfen wurde. Sein Knöchel brannten wie Feuer, aber fühlte sich gut. Sehr gut sogar.

»Ist bei dir alles in Ordnung?«, erkundigte sich der Walfänger und betrachtete das Gesicht seines kleinen Freundes aufmerksam. »So habe ich dich noch nie erlebt.« Mit Verwunderung glaubte er zu bemerken, wie das Blau in den Augen des Jungen schwach leuchtete, als habe man eine Kerze hinter ein buntes Fenster gestellt. Dann wirkten sie wieder normal.

Lorin beruhigte sich allmählich. »Das ist ein verdammter Tag«, ärgerte er sich. »Heute geht aber auch alles schief.«

»Komm, es ist Zeit, dass du ins Bett steigst. Die Aufregung wird sicherlich morgen nicht mehr so groß sein.«

Blafjoll lieferte den schweigsam gewordenen Jungen bei seinem Ziehvater ab und erstattete in aller Kürze Bericht.

»Es tut mir Leid, Blafjoll«, sagte Matuc voll Mitleid. »Nun gehörst du durch unsere Schuld auch zu den Ausgestoßenen. Aber wenn du möchtest, dann vertraue dich Ulldrael an.«

»Vielleicht tue ich das auch«, meinte der Walfänger zögerlich und schritt zur Tür. »Sei nicht zu hart zu dem Jungen. Er kann nichts dafür.«

Er verschwand in dem Schneetreiben, das durch die Gassen und Straßen Bardhasdrondas fegte, als würde Kalisstra ihre Wut deutlich zum Ausdruck bringen wollen.

Matuc betrachtete den niedergeschlagenen Lorin nachdenklich. »Du hättest diesen anderen Jungen, diesen Byrgten, beinahe zu Tode geprügelt, weißt du das?«

»Aber er hat mich herausgefordert«, sagte der Knabe leise und senkte das Haupt. »Er hat mich so oft verprügelt, dass ihm das recht geschehen ist.«

»Ulldrael der Gerechte ist nicht unbedingt ein Freund von Gewalt«, begann der Geistliche. »Und Kalisstra ist nicht die Göttin des Krieges oder der Schlägerei. Du hättest diesen Fischersohn mit Verachtung strafen können. Und wenn du vorbei gegangen wärst, ohne ihn eines Blickes zu würdigen, wäre das alles nicht passiert.« Offensichtlich stufte der Mönch die Prügelei höher ein als die Tötung eines Gamurs, was Lorin ein wenig wunderte. »Du wirst das nächste Mal nicht auf die Schreierei dieses Byrgten hören.«

»Wenn er überhaupt noch etwas sagen kann«, murmelte der Junge mit grimmiger Schadenfreude.

»Das«, sagte Matuc laut und mit bösem Gesicht, »ist nicht die richtige Einstellung, junger Mann. Ulldrael der Gerechte mag es nicht, wenn sich die Menschen einander Leid antun.«

»Dann geh doch zu Byrgten und sage es ihm«, protestierte Lorin, sein Kinn reckte sich trotzig in die Höhe. »Ich habe nicht damit angefangen, und wenn er nicht aufhört, muss ich ihm eben zeigen, dass ich mich endlich wehren kann.«

»Endlich wehren kann?«, wiederholte der Geistliche alarmiert. »Was heißt das, Lorin?« Er kam auf den Knaben zu und blickte ihm ins Gesicht. »Unterrichtet dich etwa jemand darin?« Lorin wich dem forschenden Braun aus und schaute zur Decke. »Ich habe dich etwas gefragt!« Der Junge presste die Lippen zusammen. »Es ist dieser glatzköpfige Leibwächter, nicht wahr? Er bringt dir bei, wie man sich schlägt und wie man Schwerter in Menschen stößt, habe ich Recht?« Er packte den Knaben bei den Schultern. »Das ist nicht rechtens.«

»Sein Unterricht hat mir mehr geholfen als deine Gebete an Ulldrael«, rutschte es Lorin heraus.

Die Hand des Mönchs ruckte in die Höhe und wollte zuschlagen, aber er besann sich. »Lorin, siehst du nicht, wohin dich diese Kunst, in der Waljakov dich unterweist, führt?«

»Sie führt dazu, dass ich denjenigen, die mich verspotten, Respekt einbläue«, grummelte er uneinsichtig.

»Momentan ist es noch Respekt, aber was ist, wenn du besser und besser wirst?«, fragte Matuc. »Was ist, wenn du genauso wirst wie dein Vater?«

Augenblicklich verengten sich die Augen des Knaben. »Was ist mit meinem Vater? Er ist also nicht weggelaufen? Und was ist mit meiner Mutter geschehen?«

»Dein Vater wurde ebenfalls schon von Waljakov ausgebildet und wurde zu einem Tyrann, nach allem, was ich gehört habe«, ließ sich Matuc zu einer vagen Erklärung hinreißen. »Auch er beherrscht die Magie und hat sie nur dazu eingesetzt, tausendfachen Tod und Verderben auf Ulldart zu verbreiten. Dein Vater ist ein schrecklicher Mensch, Lorin. Und ich will nicht, dass du genauso wirst wie er. Doch du scheinst bereits auf dem Pfad zur Finsternis zu sein.«

»Bin ich deshalb auf einem Schiff zur Welt gekommen?«, flüsterte er. Die Neuigkeiten hatten tiefen Eindruck bei ihm hinterlassen, zumal er nicht den Eindruck hatte, dass sein Ziehvater übertrieb.

»Auch deine Mutter wollte nicht, dass du wirst wie er. Aus diesem Grund haben wir dich von Ulldart weggeschafft«, erklärte der Geistliche. »Und du wirst ihren Wunsch respektieren, junger Mann. Versprichst du mir das?«

Lorin war nun völlig durcheinander. Der fürchterliche Tag wollte einfach nicht zu Ende gehen, ständig hatte er neue Grausamkeiten auf Lager. Er musste in aller Ruhe überlegen, nicht hier, nicht in diesen engen Wänden. Er ließ die Frage des Geistlichen unbeantwortet, wandte sich auf dem Absatz um und stürmte hinaus ins Freie.

Matuc holte ihn nicht mehr ein, das künstliche Bein stellte eine zu große Behinderung dar.

»Komm zurück, Lorin«, rief der betagte Mann besorgt in das wirbelnde, eiskalte Weiß, das vor der Tür wie eine lebendige Wand stand. Zweifel stiegen auf, ob er die richtigen Worte gegenüber dem Knaben gewählt hatte. »Lorin?«

Der Schnee und der Wind brachen seine Stimme nach wenigen Metern, zerhackten und schluckten sie restlos.

Lorin kämpfte sich durch das Schneetreiben zum Bootshaus von Blafjoll. Er entfachte ein kleines Feuer, um sich zu wärmen und die Kälte aus den Gliedern zu verjagen. Abwesend betrachtete er seine Knöchel, an denen Byrgtens Blut getrocknet war.

Sein Vater war ein Tyrann. Aber wenn er, Lorin, sich doch nur wehrte, konnte doch nichts Schlimmes daran sein.

Kräftige Böen strichen um den Schuppen, brachten ihn zum Ächzen und Knarren, als würde er mit dem Jungen sprechen wollen. Wellen gluckerten und schwappten gegen das Außentor.

Durch die Bretterwand hörte er viele Männerstimmen, die sich von der Anlegestelle her in Richtung der Stadt bewegten. Es mussten die Fischer sein, die Kiurikka zum Bewachen des Wals abgestellt hatte.

Den Wortfetzen nach, die zu ihm durchdrangen, mussten sie wegen der immer stärker werdenden See ihren Standort auf dem Meer verlassen haben. Und offenbar sichtete keiner der Männer einen weiteren Gamur.

Der erhoffte Gnadenerweis Kalisstras blieb damit aus.

Er würde seine Magie nur zur Verteidigung benutzen. Auch alles andere, was er noch von Waljakov lernte, würde nur dazu dienen, sich oder andere vor Gefahren zu bewahren. Er würde nie mehr jemanden als Erster schlagen. Lorin schaute in die Flammen und beobachtete das zuckende Spiel des Feuers. Er würde kein Tyrann und kein schlechter Mensch, wie es sein Vater war. Matuc sollte seinetwegen nicht unglücklich sein. Das wollte er bei Kalisstra und bei Ulldrael geloben.

Entschlossen erhob er sich, löschte das Feuer und trabte durch die leeren Straßen seiner Heimatstadt. Er lief zu der Seitengasse, von der ihm die Priesterin erzählt hatte. Dort irgendwo, da war sich Lorin sicher, lag noch immer der Diamant. Wenn er ihn finden und zurückbringen würde, müsste ihm die Bleiche Göttin all seine Taten vergeben.

Mit den bloßen Fingern wühlte er in der zentimeterhohen Schneeschicht, um das gefrorene Kopfsteinpflaster freizulegen. Doch die Kälte machte ihm schwer zu schaffen, und so schleppte er sich im Morgengrauen zurück in die Kate. Seine eisigen Hände spürte er kaum mehr.

Matuc saß eingeschlafen vor dem beinahe erloschenen Ofen und bemerkte die Rückkehr seines Zöglings nicht.

Lorin war viel zu erschöpft, um ihn zu wecken und ihm seinen Entschluss zu verkünden, und so schlich er sich ins Bett, um nur wenig später einzuschlafen.

Er würde den Diamanten finden, dachte er kurz vor der Schwelle zum Reich der Träume. Zu irgendetwas musste das alles doch gut sein, was ihm widerfuhr.

VII.

»›Du wirst noch heute Nacht vom Gehöft verschwinden, zurück nach Borasgotan oder wo immer du hin willst‹, befahl der uralte Diener des Bösen. ›Beeile dich, kleine Frau.‹

Die Seherin war schwach und klein, und sie folgte dem Befehl des Beobachters. Sie wollte nur weg von diesen Kreaturen und weg von diesem Mann, der mit Mächten im Bunde stand, mit denen sie nichts zu tun haben wollte.

Und die Seherin rannte in die Dunkelheit, während sie in ihrem Kopf immer noch das Wispern des Beobachters zu hören glaubte.«

DAS BUCH DER SEHERIN
Kapitel VII

Ulldart, Großreich Tarpol, Hauptstadt Ulsar, Frühjahr 457 n. S.

Die Luft war erfüllt von Lachen, Musik und den Unterhaltungen unzähliger Menschen, die sich auf der Ebene vor der Hauptstadt versammelten. Rund zehntausend Männer, Frauen und Kinder waren der Einladung gefolgt, sich bei den großen Pferderenntagen zu Ehren des Kabcar und anlässlich des Sieges über die angorjanische Flotte vor der tersionischen Küste zu kostenlosem Essen und Trinken zu treffen. Die Bäckereien und Schlachtereien verbrachten Tage mit den Vorbereitungen, um für den Ansturm auf Brot, Schinken und all die anderen Sachen gewappnet zu sein.

Die grünenden Hügel waren mit Tribünen versehen worden, damit das Publikum möglichst viel von dem Spektakel zu sehen bekam, das sich bald abspielen sollte. Der Herrscher des Großreichs Tarpol rief zum Wettreiten auf, und demjenigen, der seinen Reiter schlug, winkten tausend Waslec.

Das Besondere daran war, dass sein eigener Streiter gerade den dreizehnten Geburtstag gefeiert hatte. Tokaro Balasy wurde als bester Reiter des Kontinents gepriesen, trotz seines geringen Alters und seiner scheinbar geringen Erfahrung im Sattel.

Eine solche »leichte Beute« wollten sich etliche Reiter nicht entgehen lassen. Die Schar war so groß, dass Ausscheidungsrennen anberaumt wurden, um das halbe Dutzend der Schnellsten zu ermitteln. Nur ihnen sollte es erlaubt sein, gegen den Jungen anzutreten. Und so donnerten, stampften und wühlten die Pferdehufe unablässig. Die Zuschauer wetteten auf den Ausgang der Ritte und hatten ihren Spaß bei einem Turnier, wie es Ulsar noch nie zuvor gesehen hatte.

Tokaro machte es sich in seinem Zelt bequem, trank

ein wenig von der kredenzten Milch und hob den rechten Fuß als Zeichen, dass er seine Reitstiefel angelegt haben wollte. An den Luxus, in dem er und seine Mutter seit einem knappen Jahr lebten, gewöhnte er sich sehr schnell.

Der Umzug in das Haus mit Stallungen etwas außerhalb der Hauptstadt brachte nur Vorteile, der Kabcar spendierte seinem neuen Wettreiter sogar einen eigenen Knecht und eine eigene Magd. Somit musste nicht einmal mehr seine Mutter Hand an irgendetwas legen, sondern konnte die Vorteile einer Dienerschaft genießen. Das Auskommen, das ihnen ein Bote jeden Anfang des Monats überbrachte, reichte für eine ganze Familie aus.

Und dennoch sparte Tokaro bei jeder Gelegenheit, um seinem Ziel, die Tadca eines Tages ehelichen zu können, näher zu kommen. Um den Ruhm machte er sich keine Sorgen, den besaß er bereits jetzt schon, und spätestens nach seinem heutigen Sieg würde er zu einem Helden in Tarpol.

Nur das Geld würde noch ein wenig auf sich warten lassen. Das bereitete dem Jungen insofern Kopfzerbrechen, weil er Angst hatte, Zvatochna würde in der Zwischenzeit einen Prinzen finden, der ihr mit seinem Reichtum alles kaufen könnte.

Deshalb war der Knabe, bei allem Besitz, eher knauserig als spendabel. Auch eignete er sich eine gewisse herablassende Art an, um vornehmer und adliger zu wirken als er wirklich war.

Nun war es endlich so weit, wie der Ausrufer auf dem Platz verkündete. Die sechs Schnellsten standen fest, und sie würden nun gegen ihn antreten.

Der Stiefelknecht schob ihm die polierten Reitstiefel über die Füße. Tokaro warf sich die schwere Uniformjacke über, die aufwändig mit Stickereien verziert worden war, setzte sich den Kavalleriehelm auf und stülpte sich die Handschuhe über.

»Ich glaube, es kann losgehen«, sagte er zu dem Mann, steckte die Rechte in die Hosentasche, wo er den Anhänger Zvatochnas aufbewahrte. Von ihm erhoffte er sich Glück für den Tag, der ihm zu legendärem Ruf verhelfen sollte. »Du kannst schon mal die Trophäe auf den Tisch stellen, ich gewinne sie ohnehin.«

Er trat hinaus in den Sonnenschein, schlenderte zu Treskor, der unter der Bewachung von zwei Soldaten neben dem Zelt stand und ein paar saftige Halme knabberte. Eigenhändig legte er dem Hengst den Sattel auf, obwohl ihm das trotz des Podestes, das für ihn aufgebaut worden war, einige Schwierigkeiten bereitete.

Seine Gegner lachten leise, als sie Tokaro schwitzen sahen, doch er kümmerte sich nicht um sie, überprüfte die Gurte und schwang sich auf den Rücken des Schimmels. Aufmunternd klopfte er dem stattlichen Tier auf den Hals. »Sei so schnell wie noch nie«, raunte er Treskor ins Ohr, und als ob das Pferd ihn verstanden hätte, schnaubte es kurz.

Unter der Obhut der Soldaten lenkte er den Schimmel zur Startlinie, wo er vom tosenden Beifall der Ulsarer begrüßt wurde. Er schwenkte den Helm in alle Richtungen, dann verneigte er sich in Richtung der Ehrentribüne, auf der der Kabcar samt Familie Platz genommen hatte.

Als er den schwarzen Schopf von Zvatochna entdeckte, machte sein Herz einen Freudensprung. Govan, der zur Linken des Konsultanten saß, schaute gelangweilt hinab, Krutor verfolgte mit stumpf glänzenden Augen den Flug eines Schmetterlings.

Lauthals verkündete indes der Ausrufer, wen die Zuschauer da vor sich hatten und welcher meisterliche Reiter sich in dem Jungen verbarg. Danach begab sich ein Herausforderer nach dem anderen an die Startlinie.

Tokaro vermutete in dem Obristen aus dem dritten hoheitlichen Kavallerieregiment seinen stärksten Widersacher: Sein Fuchs machte einen beinahe ebenso hervorragenden Eindruck wie Treskor. Die anderen fünf hakte er nach einer knappen Begutachtung ab, sie würden ihm nicht das Wasser reichen können. Lieber schaute er noch einmal zur Ehrenloge mit Zvatochna, die ihm in diesem Moment einen heimlichen Augenaufschlag schenkte und ihn anlächelte.

Der Ausrufer bat um Aufmerksamkeit und bereitete den Beginn des Wettritts vor.

Ein Trompetensignal schmetterte, und die wilde Jagd ging los.

Es kam, wie der Junge es erahnt hatte. Der Offizier setzte sich bereits nach wenigen Metern an die Spitze des Feldes und hielt die Distanz zu Tokaro aufrecht. Selbst die aufgebauten Hindernisse vermochten es nicht, den Spurt seines Fuchses zu verlangsamen. Treskor geriet zu allem Überfluss nach einem gewaltigen Satz über ein Gatter kurzfristig aus dem Tritt und strauchelte, sodass sich der Knabe nur mit Mühe im Sattel halten konnte. Diesen Fehler nutzen zwei seiner Wettstreiter, den Schimmel lachend zu überholen.

Vor seinem geistigen Auge sah er das enttäuschte Gesicht der Tadca. »Los, Treskor! Fliege nur so über die Wiese. Du weißt, was für mich auf dem Spiel steht«, sagte er zu dem Hengst, der sich tatsächlich noch länger zu machen schien.

Weiter als bisher griffen die Läufe aus, die trommelnden Hufe schaufelten die Erdbrocken in die Höhe, Dreck und Sand schleuderten nach oben und verdreckten das weiße Fell. Doch der Schimmel setzte seine Hetzjagd unbeirrt fort, passierte schnaubend zwei der Kontrahenten und schloss Stück für Stück zu dem Obristen auf.

Der Offizier bemerkte, dass der Junge mit seinem Hengst herangeflogen kam, peitschte auf den Fuchs ein und schrie. Flach wie ein Pfannkuchen legte er sich an den Leib seines Pferdes, Tokaro stand in den Steigbügeln, den Oberkörper abgeknickt und nach vorne gebeugt. Wind und Erde flogen ihm um die Ohren.

Er hörte, wie die Zuschauer riefen und tobten, als die beiden Reiter beinahe gleichauf die letzten Meter bis zum Ziel zurücklegten. Selbst der Kabcar hatte sich von seinem Stuhl erhoben, das packende Finale riss alle Besucher mit.

Und Treskor schöpfte aus einem geheimen Reservoir das letzte Quäntchen Kraft, das ihn und den Jungen als Erste über die Linie trug.

Mit zitternden Beinen und Armen stieg Tokaro aus dem Sattel, umarmte den Hals des Hengstes, an dessen Flanken und Brust der Schweiß in Strömen herablief. »Du hast es geschafft«, flüsterte er ihm ins Ohr. »Danke.« Am Zügel führte er das erschöpfte Pferd vor die Loge des Herrschers und verneigte sich tief.

»Da, seht, Ulsarer und Tarpoler«, sagte Lodrik laut, die Zufriedenheit stand ihm ins Gesicht geschrieben. »Da steht der beste Reiter in meinem Reich. Einem halben Kind, einem dreizehnjährigen Jungen ist es gelungen, erfahrene Reitmeister auszustechen!« Die Menge klatschte begeistert. »Dieser Erfolg ist diesem besonderen Fest angemessen. Unsere Truppen haben die angorjanische Flotte vor der tersionischen Küste vernichtet, nachdem sie versuchten, das befreite Agarsien in ihre Gewalt zu bringen. Aber niemand wird mich daran hindern, alle Reiche, alle Menschen von der Macht der Unterdrücker zu erlösen, wie ich es damals mit euch getan habe, meine geliebten Untertanen! Schon bald werden auch die Männer, Frauen und Kinder im Land der Regentin wissen, was es heißt, frei zu sein, ohne Leibeigenschaft und ohne Angst zu leben, man könnte sie im nächsten Moment in die Sklaverei verkaufen, nur weil Alana gerade eine Zitrone übel aufgestoßen ist.« Die Zuschauer lachten. »Alle Menschen auf Ulldart sollen eigenständig sein. Und ich bringe ihnen diese Freiheit.« Er nahm sich einen Pokal und reckte ihn in die Luft. »Auf die Freiheit, Ulsarer und Tarpoler!« Tausendfach wurde der Trinkspruch wiederholt, dann schallte der Name des Kabcar aus unzähligen Kehlen über die Hügel. Tokaro lief es kalt über den Rücken, so ergreifend empfand er die Szenerie. »Und du, Tokaro, darfst dich entfernen«, sagte der Kabcar nur zu ihm und nickte ihm anerkennend zu.

Der Hofmeister nahm den Jungen am Arm und geleitete ihn zurück zu seinem Zelt. »Ihr werdet Euch ein wenig ausruhen, um für das Bankett heute Abend bereit zu sein«, erklärte er den weiteren Ablauf des Tages. »Es werden die fünfhundert angesehensten Familien und Leute aus Tarpol anwesend sein, also benehmt Euch angemessen.«

»Wer seid Ihr, dass Ihr mir, dem ungeschlagenen hoheitlichen Wettreiter, Anweisungen erteilen wollt?«, begehrte der Junge großspurig auf und riss sich los.

»Ihr seid, wie Ihr eben treffend anmerktet, der Wettreiter des Kabcar, nicht der Herrscher persönlich«, gab der Hofmeister kühl lächelnd zurück. »Ihr seid ein ungehobelter, dreizehnjähriger Bengel aus der Gosse, der es einem unverschämten Glück und einem schnellen Gaul zu verdanken hat, dass aus ihm etwas anderes als Abschaum geworden ist. Ich bin der Hofmeister, und ich verdanke meine Position jahrelanger harter Arbeit, und ich gebe Euch Anweisungen, wie es mir gefällt.«

»Das wollen wir einmal sehen«, sagte Tokaro trotzig, aber schon eine Spur kleinlauter. Mit einem solchen Widerstand hatte er nicht gerechnet. »Ihr seid nur neidisch.«

»Ich habe keinen Grund, neidisch auf jemanden zu sein, dessen Stern sinken wird, sobald er nicht mehr der schnellste Reiter ist«, meinte der Hofmeister entspannt. »Und einen Schnelleren aufzutreiben, wird kein Problem sein.« Er blieb vor dem Zelt stehen. »Ruht Euch aus, wie ich es Euch empfahl.« Der Mann deutete eine Verbeugung an und schritt hinüber zu seinem Zelt, während die Wachen unverhohlen auf den Jungen herabgrinsten.

Wütend stürmte er in seine Unterkunft und scheuchte seinen Knecht hinaus. Die Worte des Hofmeisters gingen ihm nicht aus dem Kopf, denn dummerweise hatte der Mann Recht. Er musste mindestens so lange berühmt bleiben, bis er Zvatochna geheiratet hatte. »Und deine Stellung ist auch nicht so sicher, wie du denkst«, grummelte Tokaro, das Bild des Mannes vor Augen, und sann auf Rache.

Als es dunkler wurde, schlich er sich aus dem Zelt und pirschte sich an die Unterkunft des Hofmeister heran. Nachdem er sich durch Lauschen vergewissert hatte, dass niemand darin war, schlitzte er mit seinem Dolch die Rückwand des Zeltes auf und drückte sich vorsichtig hinein. In aller Eile durchsuchte er die Truhen, Kisten und Schränke, die aufgebaut worden waren. Zu seiner großen Freude entdeckte er eine stattliche Summe Münzen.

»Sieh einer an«, flüsterte er. »Das sind agarsienische Taler. Reines Gold!«

Zunächst wollte er die Säckchen zurücklegen, dann fielen ihm die Worte Zvatochnas ein. Und mit diesem kleinen Schatz, den er eben in Händen hielt, würde er durch den Einsatz bei Wetten zu einem großen Vermögen kommen.

Die Verlockung war einfach zu groß, und zudem konnte er den ungeliebten Hofmeister durch das Verschwinden von dreihundert Talern in eine arge Zwickmühle bringen.

So lautlos, wie er gekommen war, verließ er das Zelt. Die Wachen vor dem Eingang hatten nichts bemerkt.

Tokaro versteckte die Münzen in der Satteltasche und

legte sich zufrieden auf sein Bett. Verträumt betrachtete er den Anhänger, den ihm die Tadca geschenkt hatte.

Pünktlich stand Tokaro in seiner Paradeuniform bereit, um sich von der Kutsche zum Palast fahren zu lassen. Die Fahrt ging quer durch die Straßen der hell erleuchteten Hauptstadt, denn an diesem Abend wurde überall gefeiert. Einmal mehr gossen die Wirte Bier und andere Getränke auf Kosten des Kabcar aus, der wiederum an seinem Hof nur die auserlesensten Gäste empfing und verköstigte.

Mit großen Augen betrat der Junge, flankiert von zwei Bediensteten, den Palast und bewunderte auf dem Weg zum Festsaal die vielen hohen Räume, getragen von prachtvollen Säulen, die Decken waren mit Stuck, Blattgold und Malereien verziert.

Tokaro war beeindruckt und geblendet von dem herrschaftlichen Glanz.

Die Türen des großen Saales wurden geöffnet, und sogleich verkündete ein weiterer Livrierter die Ankunft des neuen Gastes. Tokaro wurde mit »der hoheitliche Reitmeister« angekündigt, und prompt wandten sich dem Neuling etliche Gesichter zu.

Der Junge stolzierte etwas ungelenk unter verhaltenem Beifall die Stufen in den Raum hinab und begab sich schnurstracks zum Büffet, wo er sich seinen Teller mit den Köstlichkeiten voll stapelte. Ohne weiter auf die Umgebung zu achten, machte er sich über das Essen her, das interessant, aber unbekannt schmeckte.

Ein Diener näherte sich ihm und überreichte ihm wortlos eine Notiz.

»Hey, du, nicht so schnell«, rief ihn Tokaro mit vollem Mund zurück. »Lies mir das vor.« Er hob die dreckigen Finger. »Ich kann den Umschlag nicht öffnen.«

Pikiert kam der Mann der Aufforderung nach. »Komm in die kleine Umkleidekammer, neben dem

Festsaal.« Eine Augenbraue wanderte in die Höhe. »Ich erwarte dich. Z.«

Puterrot wischte sich der Junge die Hände am Tischtuch ab und schnappte das Blatt, um es in den Kamin zu werfen. Er sprang auf und rannte zum angegeben Ort.

Dort herrschte Dunkelheit.

Im Schatten der Monde erkannte er die zahlreichen Mäntel und Capes, die von den Gästen stammen mussten. Ohne dass er darüber nachdachte, wühlte er im ersten Mantel und stieß tatsächlich auf eine kleine Börse. Sie glitt in seine Tasche.

»Tokaro, bist du da?«, wisperte es irgendwo aus der Dunkelheit.

»Zvatochna?«, sagte er leise, während er sich einen Weg durch die Garderoben bahnte, bis er schließlich das Mädchen vor sich stehen sah.

»Du bist fantastisch geritten, Tokaro«, hauchte sie ihm ins Ohr und gab ihm einen Kuss auf die Wange. »Das war dein Lohn. Nun bist du der berühmteste Junge in ganz Tarpol.«

»Und nun fehlt mir nur noch das Geld, dann werde ich Euch heiraten«, brach es aus ihm heraus, und er fasste ihre Hände. Wieder kribbelte es. »Aber ich bin dabei, reich zu werden. Es ist ganz einfach.«

»Du willst bei meinem Vater wirklich um meine Hand anhalten?«, meinte sie erstaunt, dann lachte sie glockenklar und süß. »O Tokaro, du bist wundervoll.«

»Wie viel Geld muss ich haben?«, wollte er begierig wissen. »Ich habe schon mehr als dreihundert Taler zusammen, und wenn ich ein paar Wetten auf mich abschließe, dann geht das ruckzuck.«

Wieder vernahm er ihr Lachen. »Du wirst aber noch mehr benötigen. Schon allein dieses Kleid, das ich trage, hat dreihundert Taler gekostet. Und als armer Schlucker brauchst du mir oder meinem Vater erst gar nicht unter die Augen zu treten.« Sie drückte sich an ihn. »Was wäre denn eine Tadca ohne eine standesgemäße Kleidung? Und du müsstest dafür Sorge tragen, dass ich immer etwas Neues im Schrank hätte.«

»Ich werde alles tun, damit das wahr wird«, versprach der Reiter aufgeregt.

Zvatochna machte einen Schritt rückwärts. »Dann werde ich warten, bis du reich bist. Aber ich gewähre dir höchstens noch ein Jahr. Du wirst mir einen Palast bauen, nicht wahr?«

In Tokaros Kopf überschlugen sich die Gedanken. Wenn er bei jedem Rennen dreihundert Taler auf seinen Sieg setzen würde, müsste er bald zu einem Vermögen gekommen sein. Aber wie teuer war so ein Palast? Ein erster Zweifel meldete sich an dem Unterfangen, Zvatochna zur Frau zu nehmen.

»Ich werde Euch ein angemessenes Haus bauen«, antwortete er vorsichtig.

»Mit Dienern und Mägden und Köchen und Zofen und Pferden und Hunden?«, verlangte sie und schaute ihn bittend, ein wenig von unten herauf an.

Ein Mondstrahl fiel auf ihr Antlitz, und dem Knaben war mit einem Mal alles gleichgültig. Dieser betörenden Schönheit konnte er nicht widerstehen. »Alles, alles werde ich Euch erfüllen, wenn Ihr nur Ja sagt.«

Die Tadca gab ihm einen zweiten Kuss, der ein Prickeln in ihm auslöste. »Erfülle meine Bedingungen, und ich werde zu allem Ja sagen. Und nun muss ich wieder in mein Zimmer. Wir sehen uns gleich im Saal. Aber tu so, als wäre nichts zwischen uns geschehen. Wenn du unser Geheimnis verrätst, will ich dich nicht mehr.« Sie huschte davon.

Tokaro machte sich an die Arbeit und filzte die Garderoben der Gäste, was eine enorme Zeit in Anspruch nahm.

Er trug die Waslec in einem verborgenen Winkel der Garderobe zusammen, eine Brosche steckte er sich ein.

Sie wollte er später seiner Versprochenen schenken. Die Münzen verbarg er in der Asche des Kamins, um sie nach dem Bankett abzuholen, dann kehrte er in den großen Festsaal zurück.

Der Kabcar war bereits samt seiner Familie und dem Konsultanten eingetroffen, wechselte von einem Gesprächspartner zum nächsten und parlierte offenbar über die unterschiedlichsten Dinge. Die Kabcara erwies sich als nicht weniger gesprächsfreudig. Govan wich Nesreca nicht von der Seite, Krutor formte auf seinem Teller Gebilde aus Essbarem, und Zvatochna sprach mit dem Musikmeister.

Tokaro ging zu dem missgestalteten Tadc und setzte sich ihm gegenüber. Mit einer stillen Freude im Gesicht matschte der Krüppel Kaviar, gefüllte Eier und Weißbrot zu einem klebrigen Teig, aus dem er filigrane Figürchen anfertigte. Als er den Rennreiter bemerkte, kneteten die Finger gerade einen Schimmel.

»Treskor«, erklärte Krutor stolz und reichte Tokaro das Gebilde, das sehr wohl als Pferd erkennbar war. »Gut geritten. Fertig gemacht.« Er lehnte sich grinsend nach vorne. »Wie damals Govan.« Die Faust schlug unvermittelt in die Handfläche. »Patsch, zwei Mal.«

»Das hat Euch gefallen, was?«, erkundigte sich der Knabe. »Ihr könnt ihn nicht leiden?«

»Er ärgert mich«, knurrte der missgestaltete Junge mit den Ausmaßen eines Erwachsenen. »Patschst du Govan noch mal?«, fragte er dann hoffnungsvoll und zerrte an Tokaros Uniformärmel. »Bitte.«

»Nein, nein, hoheitlicher Tadc.« Er besann sich auf die korrekte Anrede. »Ich kann Euren Bruder nicht schlagen. Ich müsste schon wieder um mein Leben reiten.« Am Blick seines Gegenübers erkannte er, dass er ihn nicht verstanden hatte. »Nicht patschen, sonst …«, er zog mit dem Zeigefinger einen Strich entlang der Kehle und machte das passende Geräusch, »Kopf ab.«

»Au ja!«, klatschte der Krüppel und lachte reichlich stupide. »Govans Kopf ab.«

»Nein, hoheitlicher Tadc.« Er hielt dem Thronfolger die Hände fest, um weiteres Applaudieren zu verhindern, weil bereits die ersten Gäste neugierig zu den Jungen sahen. »Nicht Govans Kopf, sondern meiner.«

»Nein«, schüttelte der Junge den entstellten Schädel. »Tokaro ist mein Freund, du wirst nicht sterben. Ich schütze dich. Ich bin der Tadc.«

»Dürfte ich um die Aufmerksamkeit der Gäste bitten?«, erklang die Stimme des Herrschers, die Musik erstarb. »Als besondere Freude des Abends, bitte ich die Anwesenden hinaus auf den Exerzierplatz. Es erwartet Euch alle eine Überraschung.«

»Gehen wir mit?« Tokaro schaute zu, wie die Männer und Frauen in den Ballkleidern lachend und scherzend durch die torgroßen Glastüren nach draußen drängten.

»Komm, Freund«, grölte Krutor und nahm den Rennreiter am Kragen, zerrte ihn bei seinem ungestümen Ausbruch halb über den Tisch und schleifte ihn hinter sich her, sodass dem Jungen nichts anderes übrig blieb, als dem Krüppel wie ein störrischer Hund hinterherzustolpern.

Der Kraft des Tadc konnte er nichts entgegensetzen. Er warf Zvatochna einen hilflosen Blick zu, und schon befand er sich mitten zwischen wallenden Reifröcken und parfümgetränkten Hosen, durch die sich Krutor rücksichtslos seinen Weg suchte, bis er vorne angelangt war.

Zehn Soldaten standen in Reih und Glied auf dem gepflasterten Platz, einen seltsamen Stock geschultert, der am unteren Ende mit einem Holzschaft versehen war. Geschätzte zweihundert Schritt entfernt stellten Diener gerade Rüben auf Kisten, um sich danach schleunigst von dort zu entfernen.

»Was Ihr hier gleich sehen werdet, liebe Gäste, ist

meine neueste Waffe, mit der ich Ulldart die Befreiung vom Joch der Unterdrückung bringen will«, erklärte der Kabcar strahlend. »Die Bombarden, die wir inzwischen auch auf Schiffen transportieren, sind allgemein bekannt. Was diese Soldaten bei sich tragen, ist die neueste Entwicklung meiner Ingenieure. Es sind Büchsen. Präzisionsbüchsen.«

Bei diesem Stichwort klappten die Soldaten kleine Metallrähmchen auf den Läufen nach oben, hoben gleichzeitig ihre Waffen, und legten auf die Rüben an. Einer der Schützen brüllte einen Befehl, und alle zehn Büchsen spien Rauch aus der Mündung.

Fast im gleichen Moment zerfetzte es einen Großteil der Knollen, die Haut platzte auf, das Fruchtfleisch flog durch die Luft. Danach setzten die Soldaten ihre Waffen ab und begannen, die Fernwaffen in einer umständlichen Prozedur nachzuladen.

»Der Fortschritt ist nicht aufzuhalten. Und mit diesem Fortschritt sind *wir* nicht mehr aufzuhalten. Von diesen Büchsen werden in einem Jahr fünfzig Stück fertig sein. Sie reichen weiter als Bogen und Armbrust, und sind auf nähere Distanz beinahe unfehlbar«, erklärte der Kabcar und zog seine Pistole aus seinem Gürtel. »Von diesen Waffen werden ebenso viele bereit stehen. Jeder Knall bedeutet Freiheit.« Die Gäste applaudierten begeistert.

Der Kabcar winkte einen der Soldaten herbei, der die Handhabung der Büchse demonstrierte und wie man sie effektiv im Nahkampf einzusetzen vermochte, indem man einen Dolch unter der Mündung anbrachte. Aufmerksam verfolgte Tokaro jede einzelne Tätigkeit des Mannes.

Völlig überraschend packte ihn jemand bei den Haaren und zog ihn durch die Reihen der Gäste nach hinten weg, die von dem Vorgang nichts bemerkten, weil ihre Aufmerksamkeit zu sehr auf die Feuerwaffen gerichtet blieb.

Am Eingang zum Festsaal gelang es dem Knaben, dem Unbekannten die Finger umzubiegen und ihn zum Loslassen zu bewegen. Er schaute in das triumphierende Gesicht des Hofmeisters.

»Könnt Ihr mir erklären, was das soll?«, zeterte der junge Rennreiter aufgebracht und rieb sich den Kopf.

»Du kleiner Dieb. Ich verpasse dir einen Tritt, damit du wieder dort landest, wo du hingehörst«, antwortete der Mann gehässig. »In die Gosse.«

Siedend heiß rann es durch Tokaros Körper. Der Hofmeister schickte einen Diener los, der den Kabcar in Kenntnis setzen sollte. Stattdessen erschien Nesreca mit einem etwas entnervten Gesichtsausdruck.

»Was gibt es, dass man den hoheitlichen Kabcar mitten in seiner Vorführung stören möchte?«, erkundigte er sich ungehalten.

»Ich habe den Dieb«, verkündete der Hofmeister sichtlich stolz und schlug dem Jungen auf den Kopf.

»Und was hat er gestohlen?«, wollte der Konsultant gelangweilt wissen. »Der ganze Palast ist voller Diebe, da kommt es auf einen mehr oder weniger auch nicht an, oder?«

»Es dreht sich um die Summe von dreihundert Talern, Herr«, erläuterte der Ankläger des Jungen. »Ich hatte das Geld in meinem Zelt aufbewahrt, um die Musikanten beim Wettreiten auszuzahlen. Doch die Münzen waren verschwunden. Der Herr Obrist hat beobachtet, wie der Junge aus meinem Zelt kam, sich aber nichts dabei gedacht, bis ich im Lager nach Hinweisen fragte. Als wir sein Zelt durchsuchten, fanden wir die Taler.«

»Kein Pappenstiel, oder, junger Balasy?«, meinte Nesreca nun etwas aufmerksamer. Die unterschiedlich farbigen Augen wurden nachdenklich. »Dem hoheitlichen Rennreiter hätte ich bei einem geringeren Verstoß Gnade eingeräumt, aber die Summe ist, bei aller Milde, zu stattlich.« Er nickte den Dienern zu, die in der Nähe standen. »Durchsucht ihn. Ich frage den Kabcar, was zu tun ist. Schließlich ist es sein Rennreiter.«

Zum Erstaunen der Männer förderten sie den Anhänger von Zvatochna sowie die Brosche aus der Uniformtasche des sich mit Händen und Füßen wehrenden Jungen zu Tage.

Der Kabcar persönlich erschien, um sein Urteil zu fällen.

»Woher hast du das, Tokaro?«, verlangte er beim Anblick des Amuletts seiner Tochter zu wissen.

»Sie hat es mir gegeben, weil ich ihr Favorit bin und weil sie mir versprochen hat, mich eines Tages zu heiraten.« Der Hofmeister und die Dienerschaft lachten los, was Tokaro umso wütender machte.

Lodrik ließ das Mädchen kommen. Zvatochna schien zu ahnen, um was es ging, aber sie spielte die Unschuldige. »Ist es so, wie es der Junge schildert?«

Böse funkelte sie Tokaro an, und zu spät fiel ihm ein, dass er eigentlich versprochen hatte, nichts von den gemeinsamen Plänen zu verraten.

»Nein«, antwortete sie beleidigt. »Ich habe den Anhänger verloren, als wir auf Seinem Gutshof waren, Vater. Dieser Junge muss ihn gefunden haben und gab ihn nicht zurück. So eine Frechheit!« Sie schaute ihren Vater mit großen, unschuldigen Augen an. »Ich würde einem dahergelaufenen Stallknecht doch niemals ein solches Schmuckstück überlassen.« Sie lachte hell auf. »Und schon gar nicht würde ich ihm solche Versprechungen machen.« Ihre braunen Augen richteten sich auf Tokaro. »Nein, Vater, glaube Er mir. Mit diesem ordinären Knaben habe ich nichts zu schaffen.«

»Ich kann es aber beweisen«, begehrte der Knabe auf. »Zvatochna, Ihr habt mir einen Zettel geschickt ... Er ist verbrannt, aber ein Diener hat ihn mir vorgelesen.«

»Welcher Diener?«, hakte der Konsultant nach und verschränkte die Arme auf dem Rücken.

»Ich weiß es nicht, die sehen doch alle gleich aus«, jammerte Tokaro unglücklich.

Lodrik und sein Vetter tauschten einen wissenden Blick aus. »Diese Brosche ist nicht dein Eigentum, Tokaro. Auch die dreihundert Taler gehörten nicht dir, und den Anhänger meiner Tochter hättest du zurückgeben müssen.«

»Aber sie hat ihn mir doch ...«, wollte der Junge verzweifelt und den Tränen nahe unterbrechen, aber das Blau um die Pupillen des Herrschers wurde eisig.

»Schweig!«, befahl er ihm. »Ich habe dir einen Hengst geschenkt, wie es keinen Zweiten mehr in diesem Land gibt, ich gab dir und deiner Mutter eine Bleibe und Wohlstand. Und so dankst du es mir?« Er schüttelte den Kopf. »Ich bin enttäuscht. Maßlos enttäuscht, wie es dein Vater auch sein würde. Du stiehlst wie ein gewöhnlicher Dieb, du lügst mich sogar an, obwohl du überführt bist.«

»Wie lautet Euer Urteil, Hoher Herr?«, erkundigte sich Nesreca, der sich prächtig zu amüsieren schien.

»Er soll behandelt werden, wie man einen Dieb in seinem Alter behandelt.« Lodrik atmete laut aus. »Nein, hackt ihm nicht die Hand ab. Brennt ihm mein Siegel auf das Schulterblatt und werft ihn morgen Früh aus der Stadt. Wenn er sich je wieder in Ulsar blicken lässt, soll es ihm schlecht ergehen.«

»Ich vermute, Euer Geschenk wird er ebenfalls los sein?«, meinte der Mann mit den silbernen Haaren abschätzend. Tokaro hasste den Konsultanten für den Hinweis auf Treskor abgründig.

»Der Hengst wird in mein Gehöft gebracht. Für einen Dieb, und mag er noch so ein begnadeter Reiter sein, ist dieser herrliche Schimmel einfach zu schade.«

»Hoheitlicher Kabcar, darf ich eine Bitte äußern?«, wagte der Junge seine Stimme zu erheben. Lodrik bedeutete ihm zu sprechen. »Ich möchte nicht, dass meine

Mutter unter meiner Tat leidet. Darf sie weiterhin in Euren Diensten sein?«

»Dorja Balasy ist eine tadellose Frau, und ich gedenke nicht, sie für ihren missratenen Sohn zu bestrafen«, erklärte der Kabcar. »Aber deine Sorge ehrt dich ein wenig. Ich kann dich beruhigen, sie wird weiterhin in dem Haus leben dürfen und erhält ihre Zuwendungen.« Seine blauen Augen nahmen einen betrübten Ausdruck an. »Du bist von nun an gebrandmarkt, Tokaro. Dabei hättest du eine so großartige Zukunft vor dir gehabt. Du hättest deinen Vater stolz machen können.« Er schien zunächst noch etwas sagen wollen, wandte sich dann aber um und kehrte zu seinen Gästen zurück.

»Nun, junger Balasy, dann wollen wir dir einmal die Kerkerräume des Palastes zeigen«, sagte Nesreca freundlich und begleitete den Zug aus Wachen und Dienern durch die Korridore in die Katakomben des Regierungssitzes. »Du hast übrigens bemerkenswert blaue Augen«, sagte er unterwegs beiläufig. »Woher stammen sie?«

Irgendein unbestimmtes Gefühl warnte den Jungen davor, zu frei zu sprechen. »Meine Mutter sagt immer, das liegt bei uns in der Familie«, log er.

»So, so«, sagte der Konsultant und stieg als Erster in den Kerker hinab. »Welches Handwerk übt dein Vater aus?«

»Er ist ein einfacher Tagelöhner, er ist mal hier, mal dort«, erfand Tokaro auf die Schnelle. Zwar kannte auch er seinen Vater nicht, aber das musste er dem Mann mit den silbernen Haaren und den wahnsinnigen Augen nicht auf die Nase binden. »Weshalb interessiert Euch das?«

»Ihm wird sicherlich elend zu Mute sein, wenn er hören muss, dass aus dem berühmtesten Rennreiter innerhalb eines Tages ein gewöhnlicher Verbrecher geworden ist. Ob man ihm noch Arbeit geben wird?« Er schenkte dem Jungen ein kurzes, falsches Lächeln. »Ich finde es außerordentlich schade, dass wir uns nicht viel früher kennen gelernt haben, Balasy. Etwas an dir müsste dringend näher erforscht werden, wenn mich mein Eindruck nicht täuscht. Aber Geheimnisse sind dazu da, um entdeckt zu werden, nicht wahr?«

Verunsichert schaute er auf den Schatten, den der Mann warf. Die Proportionen des schwarzen Umrisses passten nicht zu dem eigentlichen Körper. Der Knabe wollte plötzlich nur weg von diesem unheimlichen Berater.

Sie waren in den großen, aus groben Steinen gemauerten Katakomben angekommen. »Ich werde meinen Vertrauten die Sache machen lassen. Echòmer, würdest du das bitte für den Kabcar und mich erledigen?«, befahl Nesreca leise, und aus dem Dunkel eines Gewölbebogens trat ein Angst einflößender Mann heraus. Selbst die Diener und Wachen wichen unwillkürlich vor der Gestalt in der nietenbesetzten, schwarzen Lederrüstung zurück, die eine Aura von Furcht vor sich herschob. »Das Eisen für die Diebe.«

Wortlos nahm der Mann das geformte Metallstück in eine Hand und umschloss es mit seinen kräftigen Fingern. Der Konsultant schickte die Livrierten zurück in den Festsaal, die Soldaten auf ihre Posten. Offenbar wollte er keine Zeugen für das Folgende.

Als zerrisse er ein Stück Papier, zerfetzte Nesreca die teure Uniformjacke des Jungen, um das Schulterblatt freizulegen. »Wenn ich bitten dürfte, Hemeròc? Unser Dieb wäre so weit.« Stallhart schlossen sich die Hände um die Oberarme Tokaros, und selbst wenn er es gewollt hätte, aus diesem Griff würde er nicht fliehen.

Der Gehilfe des hoheitlichen Ratgebers öffnete die Finger und zeigte ein rot glühendes Eisen.

»Wie kann das sein?«, sagte der Junge fassungslos, die Farbe wich aus seinem Gesicht. »Das ist teuflisch!«

»In der Tat«, kommentierte Nesreca belustigt. »Der Junge hat eine gute Auffassungsgabe. Gleich sehen wir, wie groß seine Selbstbeherrschung ist.«

Tokaro spürte die Hitze des Brandeisens lange bevor der feurige Stahl auf seine Haut traf. Der gewaltige, stechende Schmerz ließ ihn aufschreien, der Geruch von Verbranntem stieg ihm in die Nase. Seine Sinne schwanden, und ohnmächtig hing er in den Händen des Konsultanten.

Etwas enttäuscht ließ Nesreca den Jungen auf das Stroh fallen.

»Ich hätte beinahe gedacht, dass in diesem Dieb etwas Besonderes steckt«, grübelte er und sah auf das eingebrannte Wappen der Bardri¢, das der Knabe nun Zeit seines Lebens mit sich tragen und das ihn aus der Gesellschaft ausstoßen würde, sollte es entdeckt werden. Er ging in die Hocke. »Nun, auch ich kann mich täuschen.« Er streckte den Zeigefinger aus und setzte die Spitze des Nagels mitten in das hoheitliche Emblem. »Aber für den Fall, dass wir uns noch einmal begegnen sollten, hinterlasse ich mein Zeichen an dir.«

Der Nagel ritzte ein schwungvolles »I« in die Haut, Blut quoll hervor. Einen Tropfen davon nahm er mit seiner Kuppe auf und kostete es. Genießerisch schloss er die Augen.

»Ich kannte Wesen, die hätten für dieses unschuldige Geschöpf und den reinen Lebenssaft Städte vernichtet«, sagte er leise. Aus Hemeròcs Kehle entstieg ein Knurren. »Nein, du wirst ihn in Ruhe lassen.« Nesreca erhob sich, seine Augen glühten rot auf. »Ich hätte ihn dir gegeben, wenn du deine Aufgaben sorgfältiger erfüllen würdest. Nun geh und suche Paktaï. Wir benötigen sie bald dringend, um Kensustria in die Knie zu zwingen. Ilfaris wird bald Bekanntschaft mit der neuesten Schöpfung unserer Konstrukteure machen, Tersion ist ohne die Unterstützung des Kaiserreichs Angor leichte Beute.

Nur diese vermaledeiten Rákshasas werden eine Menge Schwierigkeiten bereiten. Da brauche ich sie.«

Hemeròc tauchte in die Schatten ein und verschwand.

Nesreca blickte sich suchend nach etwas um, um sich die Hände zu reinigen und wischte sie sich schließlich an der zerrissen Kleidung des Jungen ab.

»Wachen!«, rief er die Soldaten zurück. »Gießt dem Dieb Salzwasser über die Wunden, schafft ihn in eine Zelle, damit er sich ausruhen kann, und werft ihn morgen vor die Stadttore.«

Der Konsultant erklomm gemächlich die Stufen und war in Gedanken bereits beim nächsten Schlag gegen den Staatenbund im Süden. Das Kapitel »Balasy« war für den Augenblick beinahe geschlossen.

Seine Schritte führten ihn Richtung des großen Banketts, die Salven der Büchsen waren als gedämpftes Krachen zu hören.

Er hatte noch anderthalb Jahre, um sein Versprechen gegenüber der Kabcara einzulösen. Das würde knapp, aber immer noch machbar sein. Bildlich sah er die rothaarige Schönheit auf dem Thron vor sich, wie sie die Geschicke Ulldarts lenkte und ihre Macht auf den Nachbarkontinent ausdehnen wollte. Kein Zweifel, sie würde im wahrsten Sinne des Wortes eine gute Figur machen. Aber wer traute schon einer Giftnatter?

Seine Augen glitten über die Menge der Gäste, in der er Aljascha ausmachte. Sie lächelte ihm kurz zu, bevor sie den Fächer vor die Lippen hob, um alles Verräterische zu verbergen. Aber er war wohl der beste Schlangenbändiger, den es gab. Zvatochna folgte dem Blick ihrer Mutter, bemerkte den zurückgekehrten Konsultanten, und ihre Mundwinkel hoben sich ebenfalls. Die Tadca war mindestens genauso intrigant wie ihre Mutter. Er war gespannt, wann sie zum ersten Mal versuchte, ihn zu erpressen. Er nahm sich im Vorbeigehen ein Glas Sekt und begab sich nach draußen, an die Seite des Kabcar.

»Ich habe die Angelegenheit erledigt, Hoher Herr«, berichtete er dem Herrscher gedämpft.

Ansatzlos zog Lodrik eine Pistole aus dem Gürtel, visierte die vorletzte Rübe an und feuerte. Die Kugel fuhr mitten durchs Zentrum und riss das Wurzelgewächs auseinander. »Meinen Dank, Mortva.« Die Gäste applaudierten wieder.

»Er hat ziemlich geschrien, als man ihm das Brandzeichen verpasste«, erzählte der Konsultant weiter, aufmerksam die Reaktion des jungen Herrschers verfolgend, und nippte an seinem Getränk.

Die Hand Lodriks flog an den Griff der zweiten Pistole, und für einen Moment dachte der Berater, die Mündung würde sich gegen ihn richten. Dann ruckte der Lauf herum, krachend entlud sich das Pulver, doch der Schuss ging vorbei. Es kostete den Kabcar nur eine geringe Konzentration und eine knappe Geste mit der freien Hand, und die Rübe barst unter dem Einfluss seiner magischen Kräfte. »Die Kugel benötigte etwas länger«, meinte er mürrisch. Die Damen und Herren lachten höflich und klatschten wieder. Lodrik fixierte seinen Vetter. »Erfreut Euch nicht an seinem Schmerz. Er hat zwar eine Strafe erhalten, aber ob sie gerecht war? Denn ich bin mir sicher, dass meine Tochter nicht unschuldig an den Ereignissen ist.«

»So ein zartes Wesen? Ich bitte Euch, sie ist doch ganz ihre Mutter«, sagte Nesreca. Der Fehlschuss seines Schützlings musste nichts bedeuten, aber insgeheim fühlte er sich in seinem Verdacht, den er hegte, bestätigt.

»Ja. Ganz ihre Mutter.« Lodrik lud die Pistolen und steckte sie gedankenverloren in den Gürtel. »Leider.«

Tokaro erwachte durch das Brennen auf seinem Rücken. Allein das Aufrichten auf der Pritsche kostete ihn Überwindung und ließ ihn aufstöhnen. Eilig wischte er die Tränen weg, die ihm in den Augenwinkeln standen, und schaute sich um. Man hatte ihn in eine der Zellen gelegt, die Tür stand einen Spalt weit offen, durch den Licht hereinfiel. Von draußen hörte er das Schnarchen seiner Wächter.

Auf Zehenspitzen schlich er zur Tür und spähte hinaus. Tatsächlich hingen die drei Soldaten schlafend auf den Stühlen, auf dem Tisch vor ihnen standen die Reststücke des Banketts, das man ihnen gebracht hatte. Und drei leere Flaschen Wein, die wohl verantwortlich für den tiefen Schlummer waren.

In dem Knaben brodelte es. Er fühlte sich von Zvatochna verraten und in seinen Empfindungen tief verletzt. Selbst wenn er aus Versehen ihr gemeinsames Geheimnis preisgegeben hatte, sie machte ihn vor aller Augen lächerlich und stieß ihn von sich wie einen lästigen Hund, mit dem man lange genug spielte und dessen man dann überdrüssig wurde. Ihr verdankte Tokaro es, dass er das Wappen des Kabcar auf den Schultern trug. Auch vom Kabcar, seinem Beinahe-Schwiegervater war er enttäuscht, weil er seinen besten Rennreiter einfach wie einen gewöhnlichen Dieb behandeln ließ.

Aber wenn er schon zum Gauner geworden war, sollte sich das Brandzeichen wenigstens lohnen. Treskor hatte er ihm geschenkt, und ihn gab er gewiss nicht mehr her. Eher würde er sterben.

So leise es ihm möglich war, verließ er die Zelle und stahl sich die Stufen zum Ausgang hinauf. Nach einigen Anläufen fand er durch die Säle und Gänge hinaus auf den Exerzierplatz. Ein sanfter Regen hatte eingesetzt und kühlte die pochende Brandwunde auf seinem Rücken.

So recht wusste er nicht, wohin er gehen sollte, zu groß und zu weitläufig waren die Anlagen des Palastes. Daher streifte er unschlüssig die Mauern entlang, wich Patrouillen aus, bis er an eine schlichte Fassade gelangte, die man durchaus für einen Teil der Stallungen halten konnte. Ein schwacher Pferdegeruch lag in der Luft.

Endlich fand Tokaro ein geöffnetes Fenster, durch das er unter Schmerzen hineinschlüpfen konnte. Als er durch eine unachtsame Bewegung den Rahmen mit seinem Rücken streifte, entfuhr ihm ein unterdrückter Schrei, und mit einem Ächzen stürzte er kopfüber in einen Strohhaufen. Die pieksenden Halme machten das Gefühl auf seinem geschundenen Schulterblatt nicht besser.

Die Pferde wieherten erschrocken auf und tänzelten hin und her. Stöhnend stemmte sich der Junge auf die Beine und taumelte die Stallabteile entlang, doch seinen Hengst fand er nicht.

Weil sich anscheinend niemand um die aufgeregten Tiere und den Lärm kümmerte, gönnte er sich einen Augenblick Ruhe und verließ den Stall, um die Pferdeunterbringungen auf der anderen Seite zu untersuchen.

Als er einen Blick durch ein Fenster ins Innere einer Bedienstetenunterkunft warf, blieb er stehen. Er hatte eine der neuartigen Feuerwaffen gesehen, die an der Wand gelehnt stand.

Das würde ihm noch gefallen. Aber zuerst musste er Treskor holen.

Das Wiedersehen mit seinem Hengst ließ nicht lange auf sich warten. Der Schimmel wieherte und schnaubte freudig, als er den Geruch des Knaben wahrnahm.

Tokaro legte ihm stöhnend den Sattel und die Packtaschen an. Zwischendurch musste er seine Arbeit mehrmals unterbrechen, um die Schmerzen abklingen zu lassen. Nach einer scheinbar endlos langen Zeit führte er den Hengst über den Hof und erwartete bei jedem Klappern eines Hufs, dass sich die Türen und Fenster öffneten und Knechte heraussprangen. Aber Ulldrael musste mit ihm sein und die Menschen im Palast mit Taubheit geschlagen haben.

Er lotste Treskor in den Eingang des anderen Stalles hinein und stellte ihn in den Schutz der Schatten, bevor er zum Haus zurückkehrte, in dessen Fenster er die Büchse gesehen hatte. Ein Blick durch das Glas zeigte ihm, dass niemand in dem Zimmer war.

Zögerlich trat er ein, immer auf der Hut und bereit, wie der Blitz zu seinem Hengst zu spurten und zu flüchten. Der hintere Teil des Raumes war mit einem Vorhang abgetrennt, von wo heftiges, lustvolles Stöhnen eines Mannes und einer Frau erklang. Der Wachsoldat nahm seine Aufgabe offenbar nicht allzu ernst, und das war Tokaro gerade Recht.

»Macht nur weiter«, flüsterte der Junge und pirschte sich zur gegenüberliegenden Wand, an der alle zehn Büchsen lehnten.

Zuerst eignete er sich die Uniformjacke des Soldaten an, die auf dem Stuhl ruhte, und warf sie sich über. Knirschend pressten sich seine Zähne aufeinander, die verbrannte, empfindliche Haut rebellierte gegen die Berührung des groben Stoffs.

Er nahm eines der Pulverfässchen an sich, hing sich einen Sack Kugeln an den Gürtel und stahl eine der Büchsen samt des dazugehörigen Gurtes, an dem alle Utensilien angebracht waren, die man für den Umgang mit der Waffe benötigte. Beinahe hätte er die Büchse fallen lassen, so überrascht war er von ihrem Gewicht.

Auf leisen Sohlen und mit zusammengebissenen Zähnen verließ er das Wachhaus. Seine Beute verstaute er in den Packtaschen, die Feuerwaffe klemmte er wie eine kleine Fahnenstange mit dem Lauf nach oben dazu.

Danach stieg der Junge unter Aufbietung aller körperlichen Reserven auf und hielt sich mehr schlecht als recht auf dem Rücken des Schimmels. Dann lenkte er Treskor vom Hof in Richtung des Eingangstores.

An dem riesigen Gitter standen zwei Soldaten und unterhielten sich leise. Als sie das merkwürdige Duo im diesigen, schwachen Licht des anbrechenden Tages bemerkten, kamen sie neugierig näher.

»Wohin des Wegs?«, erkundigte sich einer. »Was muss denn der hoheitliche Rennreiter schon so früh erledigen, dass er vor Morgengrauen den Palast verlässt?«

Am Tonfall und der freundlichen Art erkannte Tokaro, dass seine Amtsenthebung wohl noch nicht offiziell bekannt gegeben worden war. Er riss sich zusammen, drückte das Kreuz durch und zwang sich zu einem Lächeln. »Der Morgen ist der beste Zeitpunkt, um mit Pferden auszureiten. Da sind sie noch frisch, das Blut läuft besser in ihren großen Körpern.«

»Das hätte ich nicht gedacht«, staunte der Soldat und bedeutete seinem Kameraden, das Gittertor zu öffnen. »Wann wollt Ihr denn wieder an einem Rennen teilnehmen?«

»Mal sehen«, meinte der Knabe angestrengt, eine Schmerzwelle rollte über seinen Rücken. Wieder ächzte er auf.

Die Wache sah besorgt zu ihm und griff nach den Zügeln. »Ist alles mit Euch in Ordnung?« Sein Blick fiel auf den Lauf der Büchse. »Soll ich Euch nicht lieber zurückbringen?«

Der andere Mann am Tor hielt mit seinem Tun inne, nur ein mannsbreiter Spalt tat sich auf.

»Nein, nein«, widersprach Tokaro ein wenig zu schnell und drückte Treskor sachte die Fersen in die Flanken, um den Hengst zum Gehen zu bewegen.

Der Soldat nahm die Hand nicht weg. »Was ist denn dieses Ding in Eurer Packtasche? Darf ich mir das mal ansehen?«

»Aber sicher«, erlaubte der Junge und wartete nur darauf, dass der Mann die Lederriemen losließ. Kaum gab er sie frei, um nach dem Büchsenlauf zu langen, stieß Tokaro einen anfeuernden Ruf aus. Der Schimmel schoss los und raste durch den schmalen Ausgang, bevor auch nur eine der Wachen handelte.

Wie ein nasser Sack hockte der Knabe im Sattel, während der Hengst durch die sich allmählich mit Menschen füllenden Gassen Ulsars preschte. Im gestreckten Galopp setzte er über einen Karren, der sich aus einer Seitengasse schob, und hetzte im Schein der aufgehenden Sonnen das Stadttor hinaus, vorbei an den rufenden Wachen, die gerne gewusst hätten, weshalb es ein Reiter so eilig hatte, Ulsar zu verlassen.

Nach vier Warst verfiel Treskor in einen leichten Trab und suchte sich seinen eigenen Pfad. Tokaros Kraft reichte nur noch aus, sich halb besinnungslos in die Mähne zu krallen und sich im Sattel zu halten. Schließlich gelang ihm auch das nicht mehr.

Der strenge, beißende Geruch stieß ihm in die Sinne und brachte ihn dazu, die Augen gegen seinen Willen aufzureißen. Tokaro blickte in die Züge eines von Fleischfäulnis entstellten Frauengesichts, und schreiend rutschte er in dem Bett nach hinten, in das Unbekannte ihn gelegt hatten.

»Nur ruhig. Du bist in Sicherheit«, versuchte die Frau ihn zu beruhigen, was wenig brachte. Ihre dunkelbraun verfärbten Lippen zeigten schwarze Flecke, an denen die Krankheit ihre Vorzeichen hinterlassen hatte. Nicht mehr lange, und auch dort würden Haut und Fleisch von dem Brand aufgefressen. Durch die Löcher an Stirn, Jochbein und Wange schimmerte bereits blanker Knochen durch, rund um das Auge war die Haut größtenteils in Auflösung begriffen. Sie erhob sich traurig von der Bettkante und stöpselte das Fläschchen mit dem Riechwasser zu. »Ich werde lieber jemand anderes rufen.«

Der Junge tastete an dem Verband herum, der seine nackte Brust umgab. Er sah sich in dem karg eingerichteten Zimmer um, entdeckte seine Packtaschen und die Büchse neben seinem Bett.

Als er sich in die Höhe stemmte, stellte er fest, dass

das stechende Reißen und Ziehen auf seinem Rücken verschwunden war. »Bei Ulldrael dem Gerechten, wo bin ich denn hier?«

Vorsichtig lief er zum Fenster und schaute hinaus. Ein paar schäbige Hütten standen umher, die Ansiedlung wurde von einem hohen Palisadenwall umgeben. Gerade eben erkannte er einen Wachturm, der neben dem Eingangstor in die Höhe ragte.

Sollte das etwa ein Totendorf sein? Aber die gab es doch schon lange nicht mehr. Was war, wenn sie ihn berührt hatte?

Eine andere Frau um die dreißig Jahre, scheinbar ohne erkennbare Krankheit, betrat das Zimmer und lächelte den Jungen an. Sie trug eine einfache Tracht, hatte lange, zu einem Zopf geflochtene braune Haare und braune Augen. Behutsam näherte sie sich ihm. »Bjuta hat dir Angst gemacht, nicht wahr?«

Tokaro zog die Nase hoch. »Rück mir bloß nicht zu dicht auf den Pelz«, meinte er argwöhnisch. »Wer weiß, was du mit dir an Krankheiten herumschleppst.«

»Ein sympathisches Kerlchen«, lachte sie leise. »Ist das der Dank, dass wir dich aus dem Dreck gezogen haben?«

Augenblicklich erwachte das schlechte Gewissen des Knaben. »Es ist ja nichts Persönliches, das musst du verstehen. Ich bin dir dankbar für die Hilfe. Aber …«

»Nun weißt du nicht, ob du dich darüber freuen sollst oder nicht«, half sie ihm. Sie streckte ihre Hand aus. »Ich bin Damascha, die Vorsteherin des Dorfes.« Der Junge schaute abschätzend auf die Finger. »Keine Angst, ich habe nichts, was dir Schaden zufügen könnte. Ich bin nicht krank.«

»Ach?« Immer noch aufmerksam schlug er ein, um sich die Hand verstohlen an der Hose abzuwischen. »Ist das ein Totendorf? Ich dachte, die gäbe es schon seit Jahren nicht mehr, seitdem der Kabcar die Untertanen heilen lässt? Mein Name ist Tokaro Balasy.«

Wenn die Frau jemals etwas vom hoheitlichen Rennreiter gehört hatte, verbarg sie es vortrefflich. »Es freut mich, dich kennen zu lernen, Tokaro.« Sie nickte ihm zu. »Und ja, dies ist ein Totendorf. Sie sind nicht verschwunden. Und wir werden auch nicht weniger.« Sie setzte sich auf das Bett und musterte den Jungen. »Die Salben haben geholfen. Deine Verbrennungen heilen schnell ab.«

»Ich bin von einer Frau verraten worden«, sagte er ernst. »Sie hat unsere Liebe verleugnet.«

»So, von einer Frau«, machte Damascha verständnisvoll, als sei es etwas Selbstverständliches, dass ein Dreizehnjähriger von Liebe sprach. »Es sind aber nicht alle Frauen so.«

»Du glaubst mir nicht«, vermutete Tokaro. »Ich wollte die Tadca heiraten, aber sie hat ...« Er schwieg einen Moment. »Nein, vergiss meine Worte. Du würdest mir ohnehin nicht glauben.«

»Dieses Dorf ist voller Geschichten, Tokaro. Manche sind wahr, andere erlogen«, sagte die Vorsteherin. »Aber wer hierher kommt, dem ist das alles ziemlich gleichgültig. Du bist eine Ausnahme, denn ich vermute, du willst nicht bis zum Ende deines noch sehr jungen Lebens bleiben.«

Der Knabe schauderte. »Nein, bloß nicht.«

»Das war ehrlich.« Damascha stand auf. »Wir haben dich auf dem Weg gefunden, du lagst neben deinem Pferd. Wenn es dein Pferd ist.«

»Der Kabcar hat es mir geschenkt«, erklärte er.

»Sicherlich. Du hattest Fieber und eine eiternde Wunde wie von einer Klinge auf deinem Schulterblatt. Sie sieht sehr kunstvoll aus, du wirst eine Narbe in Form eines verschnörkelten ›I‹ behalten.« Tokaro konnte sich nicht erinnern, bei seiner Flucht aus Ulsar verletzt worden zu sein. »Zwei Tage lang haben wir dich gepflegt, und Bjuta hatte den Auftrag, dich zu wecken, damit du essen kannst.«

»Ich werde mich erkenntlich zeigen«, versprach er. Ernst schauten die blauen Augen zu der Vorsteherin. »Ich habe nicht gelogen. Der Hengst ist mein Eigentum.«

»Es spielt keine Rolle, wie ich bereits sagte«, wiederholte die Frau. »Du kannst so lange hier bleiben, wie du möchtest. Aber wenn Wachen auftauchen sollten, werden wir dich nicht verleugnen. Du bist ein verurteilter Dieb, deine Wunden zeigen es, und wegen dir lasse ich nicht zu, dass sie mein Dorf in Schutt und Asche legen.«

Tokaro wusste noch nicht so recht, was er als Nächstes tun sollte. »Was ist nun mit den Hütten? Woher kommen die Kranken?«

Damascha lachte bitter. »Woher wohl? Nach wie vor aus den Dörfern und Städten der Umgebung. Längst nicht alle Krankheiten sind heilbar. Oder die Heiler weigern sich, den Armen zu helfen. Und deshalb verfrachtet man sie in aller Heimlichkeit direkt aus den einstigen Tempeln hierher. Die Städte werden sauberer und sauberer, während die Menschen innerhalb der Palisaden verfaulen, ihre Innereien ausspeien oder wahnsinnig ihr Dasein fristen, bis der Tod sie erlöst.«

»Und du bist freiwillig hier?« Das Unverständnis, das in der Frage mitschwang, war beinahe greifbar.

»Jemand muss sich um sie kümmern, oder? Mein Vater, Damosch, war einst Vorsteher, ich habe sein Amt übernommen. Ich kenne mich ein wenig mit Salben und Tinkturen aus, oder ich verhandele mit Sumpfkreaturen, die uns aus Mitleid Kräuter und andere Materialien überlassen. Sie sind, so wenig menschlich, wie sie aussehen, weitaus menschlicher als die meisten hochanständigen Tarpoler.« Damascha lächelte. »Hättest du das gedacht, Tokaro?«

»Nein«, gab er verwundert zurück. »Aber was ist mit dem Kabcar? Warum hilft er euch denn nicht? Er ist doch so großherzig gegenüber dem Volk.«

Die Vorsteherin legte den Kopf ein wenig schief. »Ich denke, er weiß nicht einmal, dass es uns gibt. Oder es ist ihm recht, dass wir dazu verdammt sind, in dieser Abgeschiedenheit leben zu müssen.« Sie wandte sich zur Tür. »Wenn man das Leben nennen kann.«

»Was braucht ihr denn am meisten?«, rief der Junge ihr hinterher.

»Waslec«, kam es von draußen. »Ohne Geld können wir nichts kaufen. Und die Gesunden verlangen wegen der Gefahr, wie sie sagen, das Doppelte von uns. Der Gouverneur der Provinz Ulsar kassiert zusätzlich eine ›Maladitäts-Steuer‹ pro Kopf. Aber du wirst uns da wenig helfen können.«

Tokaro fühlte gerechten Zorn gegen die Gegebenheiten und die Gesunden, die aus dem Leid der anderen doppelten Profit schlugen, aufkeimen.

Er nahm die Büchse und den Waffengurt zur Hand und begann, die Prozedur zu wiederholen, die er damals bei den Soldaten aufmerksam beobachtet hatte. Er zog abschließend den Hebel mit der eingefädelten Lunte zurück und brachte sie zum Glimmen. Würde er den Abzug betätigen, müsste, wenn er alles richtig gemacht hatte, die glühende Schnur das schwarze Pulver durch das feine Loch seitlich des Laufs in Brand setzen und es zum Explodieren bringen. Das wiederum katapultierte die Kugel aus der Mündung.

Der Knabe rannte nach draußen. »Damascha!« Die Frau drehte sich um. »Schau her! Damit helfe ich euch, an das Geld zu kommen.«

Er klappte das schmale, rechteckige Metallrähmchen auf dem Lauf nach oben, visierte über zwei Erhebungen in der Mitte und am Ende der Büchse den Gong auf dem Wachturm an und zog den Stecher durch.

Krachend und dampfend sandte die Feuerwaffe das Geschoss los, das zwar den runden Signalgeber verfehlte, aber die Kette, an der er hing, abriss. Der Gong drehte sich wild um die eigene Achse und pendelte nur noch an einer Halterung hin und her.

Tokaro saß verdutzt auf seinem Hosenboden, die rechte Wange fühlte sich an, als habe er einen Faustschlag erhalten, und die Büchse lag rauchend vor ihm. Die Waffe hatte ihn durch den Rückschlag von den Beinen gerissen. Das Grollen des Schusses hallte von den entfernt stehenden Bäumen leise zurück.

Die Bewohner des Dorfes starrten entsetzt aus ihren Hütten. Damascha schaute zunächst erschrocken zu ihm, dann zu dem Turm. »Tokaro, was um alles auf Ulldart hast du da mitgebracht?«

»Das«, erklärte er stolz und sprang auf, sich die Backe reibend, »ist eine Büchse. Und damit werde ich für Gerechtigkeit sorgen. Der Gouverneur soll sehen, was er davon hat, eine Steuer von euch zu verlangen.«

Kontinent Kalisstron, Bardhasdronda,
Sommer 457 n. S.

»Habt ihr schon meine neueste Geschichte gehört?« Arnarvaten stürmte in die nachmittägliche Kate, in der Matuc, Lorin und Fatja gerade zusammensaßen und das Haushaltsgeld für den restlichen Monat zählten. Die Einnahmen und Ersparnisse der Schicksalsleserin würden vermutlich ausreichen, die kleine Familie durch das Jahr zu bringen. Wenn auch nur knapp.

Der Geschichtenerzähler rempelte den Tisch mit den Münzen an, sodass einige klingend zu Boden fielen.

»Oh, wie ungeschickt«, entschuldigte er sich und begann in aller Eile, die geprägten Metallscheiben aufzuklauben. Unbemerkt von den anderen schmuggelte er aus seinem Ärmel zusätzliche Münzen darunter.

»Ich glaube, du machst es jedes Mal mit Absicht, immer dann an den Tisch zu stoßen, wenn wir gerade mitten im Zählen sind«, seufzte der Mönch. »Jetzt können wir von vorne beginnen.«

»Es tut mir Leid, Matuc.« Arnarvaten spielte den Zerknirschten.

Fatja schenkte ihm einen liebevollen Blick und ein dankbares Lächeln. Sie kannte die Tricks ihres Verlobten in- und auswendig.

Die Wangen des ertappten Geschichtenerzählers bekamen kurz einen dezenten Hauch von Rot, dann setzte er sich schnell. »Wie geht es euch denn?«

»Wie immer«, sagte Lorin grinsend. »Ich werde immer stärker. Bald darf ich selbst mal ein Pferd beschlagen, hat Akrar versprochen.« Dass auch Waljakov ihn gelobt hatte, verschwieg er lieber. Es musste nicht jeder wissen, in welchen Künsten ihn der Leibwächter täglich unterrichtete.

Prüfend kniff der Kalisstrone in den Oberarm des Jungen und verzog anerkennend das Gesicht, die Haare des sorgsam ausrasierten Bärtchens an seinem Kinn bildeten dadurch ein neues Muster. »Ich bin beeindruckt. Mich würdest du schon im Armdrücken besiegen.«

»Das ist ja auch keine Kunst«, meinte der Knabe lachend und versuchte, seinen Freund aufzuziehen. »Vom Geschichtenerzählen bekommt man keine Muskeln, wie Waljakov immer sagt.«

»Dafür hören einem die Menschen zu. Ich kann ihnen mit meiner Stimme Angst einjagen und sie beruhigen, ich kann sie traurig und glücklich machen, sie zum Lachen und zum Weinen bringen. Können deine Muskeln das auch?«, gab Arnarvaten zurück. »Ich gebe zu, dass im Sommer die Nachfrage nach unterhaltsamen Abenden eher bescheiden ist, aber im Winter, kann ich dir sagen, wissen deine Schwester und ich oft nicht, wie wir alle die Häuser besuchen sollen, die ein Märchen, eine Sage oder eine Geschichte erzählt haben wollen.«

»Wenn du ein Sänger wärst, würdest du auch im Sommer reichlich Geld einnehmen.« Matuc schenkte ihm einen Becher mit Wasser ein.

»Kalisstra wollte nicht, dass ich Töne halten kann. Und bevor wegen mir die Milch sauer wird, bleibe ich beim Sprechen.« Er gab Fatja einen Kuss. »Aber du solltest es unbedingt einmal versuchen.«

»Ich arbeite daran, aufdringlicher Kerl«, deutete sie an und drückte ihn von sich. »Bevor du unsere Tür eingerannt hast, wolltest du uns mit einer deiner unsäglichen Geschichten auf die Nerven fallen, habe ich das vorhin richtig verstanden?«

»Unsäglich, ja?« Arnarvaten zog die Stirn in Falten und kreuzte die Arme vor der Brust.

»Ach bitte«, bettelte Lorin. »Keiner erzählt besser als du.«

»Na schön.« Der Erzähler ließ sich erweichen. »Es ist aber keine herkömmliche Geschichte. Ich habe sie erst vor kurzem als Wahrheit gehört und fand das Kuriosum so anregend, dass ich aus der Begebenheit mein eigenes Märchen gemacht habe.« Geheimnisvoll senkte er die Stimme. »Es ist etwas unheimlich Unheimliches.« Er verzerrte das Gesicht zu einer Fratze. »Meinst du, kleiner Lorin, du wirst ihren Inhalt ertragen, oder wirst du mit deinem Geschrei deiner großen Schwester schlaflose Nächte bereiten?«

»Eher klammert sie sich an mich, als dass ich Angst bekomme«, wehrte der Junge großspurig ab. »Ich weiß mich schon sehr gut zu verteidigen.«

Matucs Miene verdüsterte sich bei diesen Worten. Vor seinem inneren Auge sah er, wie sein Ziehsohn mit Schwertern hantierte und seine Magie einsetzte, um Menschen zu verletzten und schlimmere Dinge zu tun. Aber er sagte nichts. Die Ausbildung bei Waljakov fand mit seiner unausgesprochenen Genehmigung, aber nicht mit seiner aufrichtigen Billigung statt. Fatja jedoch redete ihm so lange ins Gewissen, bis er davon absah, dem Jungen den Umgang mit dem hünenhaften Glatzkopf zu verbieten. Zumal Lorin ihm bei Ulldrael und Kalisstra geschworen hatte, alles Erlernte stets zur Verteidigung einzusetzen.

»Nun denn, geschätztes Publikum«, erhob Arnarvaten Aufmerksamkeit heischend seine Stimme. »Schließt die Münder und öffnet eure Ohren, damit ihr höret, was noch niemand zuvor vernommen!« Der Geschichtenerzähler nutzte wie immer Gestik und Mimik, um das Geschehen zusätzlich zum Ändern von Stimme und Tonfall zu dramatisieren. »Es war noch gar nicht so lange her, da ereignete sich etwas Furchtbares auf unserem schönen Kontinent.«

»War das, als Fatja versuchte, dir einen Kuchen zu backen?«, hakte Lorin feixend ein.

»Schweig, Bengel! Du störst meine Konzentration.« Arnarvaten nutzte die ungewollte Unterbrechung, um sein Etui mit dem berüchtigten Kraut hervorzuholen, mit dem sich die Kalisstri den Alltag versüßten. »Fatja, würdest du bitte eine Tasse für mich zubereiten?«

Sie schickte ihm einen vorwurfsvollen Blick ihrer braunen Augen. »Aber nur ausnahmsweise.« Die junge Frau stellte den Kessel auf, um den Kräutersud vorzubereiten, den man »Njoss« nannte und in allen Gasthäusern der Stadt bekam.

Die Kalisstri nahmen keinen Alkohol zu sich, aber das Gebräu, das sie aus den getrockneten Blättern gewannen und mitunter literweise in sich hineinschütteten, konnte es mit der Wirkung eines Branntweins aufnehmen, ohne besoffen zu machen.

Mancher Geschichtenerzähler wurde sogar abhängig davon, weil er nur durch den rauschhaften Zustand neue Einfälle erhielt. Manchen zerfraß Njoss die Gedärme, weil sie nichts anderes mehr trinken wollten, und sie starben einen qualvollen Tod. Vor diesem Schicksal wollte Fatja ihren Verlobten bewahren, deshalb schränkte sie den Konsum stark ein. In dieser Unterbrechung gesellte sich Blafjoll zu ihnen.

Nach der Pause und einem ausgiebigen Schluck Njoss setzte Arnarvaten die Erzählung fort.

»Die Stadt Vekhlathi ist seit Jahrhunderten für ihre guten Fischer bekannt, und zu den besten, die jemals dort lebten, gehörte Mänte Valtolin.

Mänte Valtolin war im Besitz eines Netzes, das er angeblich von Kalisstra erhalten hatte, wie er immer sagte. Er protzte damit und gab vor den anderen Seeleuten an, die weniger glücklich beim Fang waren, welchen Segen ihm die Bleiche Göttin zuteil werden ließ.

Eines Tages fuhren er und sein ältester Sohn hinaus auf See und warfen das Netz aus. Doch die großen Fische blieben nicht in den Maschen, wie sonst. Das wunderte Valtolin und seinen Sohn sehr, und er fürchtete den Spott der anderen Fischer, wenn er nur mit kleiner Beute nach Hause kommen musste. So ruderte er seinen Kahn weiter hinaus, dorthin, wo das Wasser schwarz und gefährlich ist.«

Arnarvaten schaute in die gespannten Gesichter seiner Zuhörer und fuhr fort.

»Er warf den Anker aus und blieb einen halben Tag dort. Aber die Fische blieben verschwunden. Als er den Eisenhaken einholen wollte, bewegte sich der Anker keine Handbreit, als würde ihn etwas fest halten.

Mit vereinten Kräften rissen und zogen er und sein Sohn an der Kette, dass sie ihr Boot beinahe zum Kentern brachten. Aber Valtolin wollte den Haken nicht verloren geben, dafür war er zu teuer gewesen. Kahn, Kette und Anker waren untrennbar miteinander verbunden.

So schickte er seinen Sohn hinunter, um auf dem Grund nachzuforschen. Er sah ihn nie mehr wieder.«

Der Geschichtenerzähler entzündete eine Kerze und stellte sie so vor sich, dass sein Antlitz von einem seltsamen Zwielicht beschienen wurde.

»Beinahe bis zum Einbruch der Dämmerung wartete der Fischer auf die Rückkehr seines Ältesten. In die Fluten zu steigen, wagte er sich nicht. Wie ein Hofhund hing der Kahn an der Kette, fest verankert und unmöglich von der Stelle zu bewegen.

Als die Nacht hereinbrach und Valtolin sich vor lauter Verzweiflung in den Schlaf weinen wollte, klopfte es von unten gegen den Rumpf des Bootes. Drei dumpfe Schläge.«

Der Geschichtenerzählter trat drei Mal mit dem Fuß auf, und seine Zuhörer zuckten erschrocken zusammen.

»Der Fischer dachte, es sei sein Sohn, der sich durch ein Wunder hatte retten können. Aber als er mit seinen Händen im Wasser umhertastete, stießen seine Finger auf Planken, die merkwürdig durchlöchert waren. Sie mussten aus der schwarzen Tiefe emporgestiegen und gegen den Kahn gestoßen sein.

Urplötzlich«, Arnarvaten sprang auf, »zog es mit gewaltigen Kräften an der Kette. Nur ein einziges Mal, aber das Boot tanzte wie eine Nussschale auf dem merkwürdig spiegelglatten, toten, leblosen Meer.

Kaum hatte es sich beruhigt, tat es einen weiteren Ruck. Die Kette straffte sich und zog das Heck Stückchen für Stückchen nach unten, bis die Bordkante fast gleichauf mit der See war.

Valtolin hockte steif vor Angst am aufgerichteten Bug und wagte es nicht, sich zu bewegen, um seinen Kahn nicht zum Vollllaufen zu bringen.

Die Oberfläche geriet in Bewegung, das Wasser kräuselte sich sachte, und eine ausgestreckte bleiche Hand brach aus der Tiefe hervor. Glitzernde Tropfen perlten von ihr ab, vom bösartigen Rot des Doppelgestirns beschienen, dann schlossen sich die Finger um das Holz der Rückwand.

Eine zweite Hand, nicht minder blass und unheimlich, brach aus den Fluten und legte sich neben die Linke.

Der Fischer schrie aus Furcht, weil er dachte, sein toter Sohn kehrte zurück, um sich an ihm zu rächen, weil er am Meeresgrund umgekommen war und sein Vater sich nicht um sein Schicksal scherte. Aber es kam anders.«

Arnarvaten umschlich nun die von der Erzählung gefesselten Menschen.

»Im schimmernden Licht der Monde entstieg eine Frau den Fluten. Ihr vollkommener nackter Körper schimmerte feucht vom Meereswasser, als sie sich in das Boot zog und auf den Fischer zukam. Ihre Augen glühten rot wie Kohlen, ihre Stimme knarrte und ächzte wie die Äste eines Baumes, wenn sie im Sturm aneinander reiben. ›Du wirst mich an Land bringen, Sterblicher, oder ich reiße dir bei lebendigem Leib das Herz heraus.‹

Valtolin konnte sich ihr nicht verweigern, zu sehr hing er an seinem Leben. ›Aber der Anker hält uns an dieser Stelle gefangen‹, sagte er zu der unheimlichen Frau.

Sie packte die Kette mit ihren Händen und riss sie auseinander, wie ein Schneider einen Faden kappt. Ohne ein weiteres Wort setzte sie sich auf die Bank und starrte den Fischer an.

Valtolin wagte es nicht, eine Frage zu stellen, und so legte er sich vor Schrecken zitternd in die Riemen, bis sie den Strand erreichten.

Die Frau erhob sich. An ihrer Nacktheit störte sie sich nicht weiter, sondern sprang auf den Sand und lief in die Nacht hinein.

›Wer bist du?‹ Er zauderte nicht mehr länger, die Neugier obsiegte. ›Und wo ist mein Sohn?‹

Die schrecklichen Augen wandten sich ihm zu und

brannten ihr Rot für immer in seine Erinnerung ein. ›Ich bin die Eine, die Zerstörerin, die Vernichterin. Das Kind Ptulams. Wer mich lästert, wird in heißem Feuer vergehen. Wer mich verhöhnt, wird in Qualen zu Grunde gehen. Und wer mich nicht ehrt, wird unendliches Leid erdulden.‹

Der Fischer spürte, wie sich ein heißes Brennen in seinen Eingeweiden ausbreitete, als würden sie in Flammen stehen. Brandblasen bildeten sich an seinem Körper, angsterfüllt sprang er ins Wasser, um den vernichtenden Augen zu entkommen. Dampfschwaden stiegen auf, als er in die See eintauchte und sich unter dem Rumpf verbarg. Nun ahnte er, welches Schicksal seinem Ältesten durch das grausame Wesen widerfahren war. Die Schmerzen verebbten.

Als er es wagte, im Schutz des Bootes nach Luft zu ringen, war die Gestalt verschwunden.

Valtolin kehrte als gebrochener Mann in die Stadt Vekhlathi zurück, berichtete seiner Frau von seinem schrecklichen Erlebnis und verlor noch während des Erzählens seinen Verstand. Die glühenden Augen der Einen hatten seinen Geist verbrannt …«

In der Hütte herrschte Totenstille, was Arnarvaten mit einer ausgesprochen großen Befriedigung registrierte.

Die Kerzenflamme zuckte in einem sanften Windhauch und drohte zu verlöschen.

Augenblicklich legte Fatja schützend ihre Hände vor den Docht, um die einzige Lichtquelle zu bewahren. Der Geschichtenerzähler bemerkte, dass sich bei ihr eine Gänsehaut gebildet hatte.

Matucs Gedanken überschlugen sich. Was Arnarvaten eben so brillant als ein Märchen vortrug, enthielt einen wahren Kern, der bei ihm die gleiche Angst auslöste, wie sie wohl der unglückliche Valtolin empfand, als das Wesen zu ihm an Bord ging. Fatjas besorgtes Gesicht sagte ihm, dass sie ähnliche Sorgen plagten.

Der Geschichtenerzähler lächelte zufrieden und nippte an seinem Njoss. »Ich sehe schon, dieses Schauermärchen wird im kommenden Winter in ganz Bardhasdronda von den Leuten verlangt werden. Die Wirkung ist ja ganz enorm.«

»Das war wunderbar«, lobte Blafjoll anerkennend. »Ich habe von der Geschichte nur andeutungsweise gehört, aber du hast sie vollendet umgearbeitet.« Er langte in die Tasche, um eine Münze herauszunehmen, aber Arnarvaten lehnte ab.

»Nein, Blafjoll, das ist nicht notwendig. Ihr wart sozusagen mein Versuchsauditorium, und dafür verlange ich nichts. Ich weiß nun, dass diese Erzählung meinen Beutel füllen wird, sobald die Tage länger werden. Die Wirte der Gasthäuser werden sich um mich reißen, damit ich bei ihnen erscheine.«

Lorin blieb verdächtig ruhig und beobachtete die Kerze. »Heißt das, da ist etwas Wahres dran?«, erkundigte er sich ein wenig gedrückt. »Läuft diese Wesen nun hier herum?«

»Da siehst du, was du angerichtet hast«, schimpfte Fatja mit ihrem Verlobten. »Du machst meinem Bruder Angst.« Sie legte dem Knaben einen Arm um.

»Ha! Er hat doch gesagt, er könne sich seiner Haut wehren«, verteidigte der Angegriffene sich. »Eigentlich müsste er zu alt sein, um an diese Spukmärchen zu glauben.« Er beugte sich zu Lorin hinab. »Sei unbesorgt.«

»Was«, sagte Matuc und musste seine belegte Stimme erst räuspern, »was genau hast du denn erfunden, und was ist die Wahrheit?«

Arnarvaten lehnte sich auf dem Stuhl zurück und strich sich eine Strähne des schwarzen Haars aus dem Gesicht. »Ich war vor kurzem in Vekhlathi unterwegs, und da traf ich auf einen Fischer, den ich später in meiner Geschichte Valtolin genannt habe. Er berichtete mir bei einem Glas Sud in knappen Worten das, was ihr eben gehört habt. Ich hatte den Eindruck, er schien froh, dass ihm jemand zuhört. Die Städter dort halten ihn für verrückt und nehmen an, er hat seinen Sohn über Bord geworfen, weil er sich noch nie gut mit ihm verstanden hat. Aber beweisen können sie ihm natürlich nichts.«

»Bist du dir sicher, dass diese Frau diese Worte gesagt hat?«, wollte der Geistliche wissen. »Und was soll dieser Ptulam sein?«

»Das weiß ich auch nicht genau, der Fischer hat ziemlich genuschelt. Ich dachte zunächst, es sollte Tzulan heißen, aber das machte noch weniger Sinn.« Der Märchenerzähler zuckte mit den Achseln. »Ich denke, er hat Trugbilder gesehen. Aber was er und anschließend ich daraus gemacht haben, hat das Zeug, einmal als eine große Legende Ruhm zu erringen, findet ihr nicht auch?«

»Ich bin schon überzeugt«, stimmte Blafjoll zu.

Das Kind Tzulans. Sie ist Paktaï, eine der Zweiten Götter. Matuc erhob sich und verschwand hinter dem Vorhang, wo sich das Standbild Ulldraels befand. Bald darauf klangen seine leisen Gebete durch die Kate.

»Was hat er?«, fragte Arnarvaten befremdet. »Es ist doch nur eine Geschichte.«

»Vielleicht nicht«, sagte Fatja zögerlich. Aufgeregt erzählte sie, was damals an Bord der Kogge geschehen war, bevor sie sank und wer schuld an dem Untergang war. Auch Lorin hörte von den Ereignissen, die er nur als Säugling miterlebt hatte, zum ersten Mal. »Und nun versteht ihr, warum Matuc den Gerechten um seinen Beistand bittet.« Sie stand auf und entzündete noch ein paar Kerzen, um den Schrecken mit Licht zu vertreiben.

»Soll das heißen, dass dieses Weib auf der Suche nach euch ist?« Das aschfahle Gesicht des Geschichtenerzählers wandte sich seiner Verlobten zu. »Was können wir gegen eine solche Kreatur unternehmen, die mehr als zwölf Jahre auf dem Meeresgrund überdauert?«

»Vielleicht weiß Waljakov einen Rat«, empfahl der Junge eingeschüchtert. »Er ist ein großer Krieger, er wird sich schon etwas einfallen lassen.«

»Guter Vorschlag, kleiner Bruder«, meinte die Schicksalsleserin. Sie warf sich eine Stola über und marschierte zusammen mit den anderen zum Haus des Leibwächters. Matuc folgte nach einer Weile ebenfalls. Jetzt war nicht die Zeit, dem Hünen seine Missbilligung zu zeigen.

Lorin beschäftigte sich ausgiebig mit dem Gehörten. Ein übernatürliches Wesen stieg aus den Fluten, um sie zu suchen. Noch war er nicht in der Lage, sich einen Reim aus der Angelegenheit zu machen.

Als er seine Fragen laut äußerte, wichen ihm Matuc und seine Schwester aus. Anscheinend hingen die Ereignisse, die Arnarvatens Ideenreichtum hätten entspringen können, mit seiner Abstammung und seinem echten Vater zusammen, über den der Geistliche seltsame Andeutungen gemacht hatte. Auf alle Fälle hatte er nun beträchtliche Furcht, dass diese Frau plötzlich vor ihnen auftauchen könnte.

Waljakov ließ den unerwarteten Besuch herein und lauschte dem Bericht, während er aus dem Fenster sah und sorgenvoll die Gassen betrachtete.

»Verflucht!« Die mechanische Hand krachte gegen die Hauswand, Steinsplitter rieselten zu Boden. »Ich dachte, Rudgass und ich hätten sie für immer gebannt.« Langsam drehte er sich zu ihnen um. »Eines weiß ich: Wir können sie nicht besiegen, wir haben keine Waffen, die sie verletzen.« Er setzte sich und entfernte den Steinstaub von den Gelenken. »Aber wir kennen ihre Schwachstelle. Aus irgendeinem Grund ist sie auf dem Meer nicht fähig, ihre vollen Kräfte zu entfalten. Dieser andere, Hemeròc, wandelte durch die Schatten von Ort zu Ort. Auch dazu ist sie offenbar auf See nicht fähig, oder wie lässt sich erklären, dass sie uns mit Schiffen verfolgte, anstatt einfach an einem dunklen Winkel der Kogge zu erscheinen?«

»Du meinst, wir sollen auf ein Schiff umziehen?«, fragte Matuc.

»Es wäre das Einfachste und einigermaßen sicher.« Waljakov strich sich gedankenverloren über die feine Narbe an der Wange, die vom Ring der Kabcara stammte. »Notfalls kann man hinaussegeln.«

»Ich kann euch mein Boot überlassen«, bot Blafjoll sofort an. »Durch die Strafe, die Kiurikka über mich verhängt hat, lassen mich die anderen ohnehin nicht auf Fangfahrt gehen. Und in der Zwischenzeit kann ich mich umhören, ob ein größerer Kahn zum Verkauf oder zur Miete ansteht.«

Waljakov nickte dem Walfänger zu. »Damit wäre unsere Schwierigkeit nicht beseitigt, aber immerhin hat diese Furie einen Stein mehr im Weg. Aber aufhalten wird sie sich kaum lassen.«

»Man müsste herausfinden, wohin Paktaï gegangen ist«, grübelte der Mönch. »Warum fand sie uns noch nicht? Vielleicht hat sie völlig andere Pläne?«

»Ich werde mich umhören, ob man etwas über diese Frau gehört hat. Nackte Weiber fallen in Kalisstron schon auf.« Blafjoll konnte sich ein Grinsen nicht verkneifen.

Arnarvaten machte ein unglückliches Gesicht. »Ich muss euch noch etwas sagen. Das mit der Nacktheit habe ich erfunden, um mein Märchen für das männliche Publikum noch interessanter zu machen. In Wirklichkeit …«

»… trug sie eine Rüstung und ein Schwert«, ergänzte der Leibwächter grimmig. »Ich weiß noch sehr genau, wie sie aussah.«

»Was sie aber noch auffälliger macht«, meinte der Walfänger zuversichtlich. »Eine Fremdländlerin mit der Aufmachung ist sogar noch besser als nackt.«

»Ich will wissen, um was es hier eigentlich geht«, verlangte Lorin trotzig. »Jeder weiß etwas, nur ich bin der Dumme.«

»Matuc, es wird Zeit, dass der Junge die Wahrheit erfährt«, sagte Waljakov, die eisgrauen Augen duldeten keinen Widerspruch. »Sage ihm, wer er ist.«

Der Mönch seufzte, als habe er sich die ganzen Jahre über vor diesem Augenblick gefürchtet. Er strich dem Knaben über die schwarzen Haare und schaute in das Blau. »Lorin, du bist der uneheliche Sohn des Herrschers von Tarpol. Deine Mutter und wir alle waren auf dem Weg nach Rogogard, um dich vor ihm und seinem Berater in Sicherheit zu bringen, denn wir fürchteten, dass sie dich töten lassen wollen.«

»Warum?«, wunderte sich Lorin. Mit seinen magischen Kräften zog er sich in alter Gewohnheit einen Becher Wasser heran und nahm ihn in beide Hände. »Sie kennen mich doch nicht einmal, und da wollen sie mich umbringen?«

Fatja streichelte seine Wange. »Schau, kleiner Bruder, sie haben Angst, dass du ihnen eines Tages den Thron und die Macht nehmen könntest, weil du etwas Besonderes bist.«

»Wegen meiner Magie?«

»Ja«, bestätigte seine Schwester und lächelte ihn gütig an. »Und weil du ein ganz hervorragender Mensch bist, von ein paar gelegentlichen Ausnahmen einmal abgesehen. Dein Vater, Lodrik Bardri¢, ließ deine Mutter verfolgen, nachdem sie ihn verlassen hat, um sie zurückzubringen. Aber sein Berater, Mortva Nesreca, will deinen Tod, so wie es aussieht. Er sandte Paktaï auf unsere Fersen, die uns jagte und im Sturm vor der kalisstronischen Küste versenkte.«

»Und nachdem Rudgass und ich sie mit Speeren an einen Turm genagelt hatten, dachte ich, wir wären sie los«, knurrte Waljakov. »Wir haben uns geirrt.«

»Ich will ihnen aber weder den Thron noch die Macht nehmen«, meinte Lorin aufgebracht. Sein Gesicht hellte sich auf. »Wir senden ihnen ein Brief, in dem wir ihnen das erklären. Und dann haben wir unsere Ruhe.«

»Ich glaube nicht, dass Nesreca sich damit zufrieden geben würde«, riet Fatja ab. »Er ist ein mindestens ebenso gefährliches Wesen wie diese Frau und er würde alles daransetzen, um dich zu töten, wüsste er, dass du noch lebst. Und wer weiß, vielleicht bist du wirklich dazu ausersehen, diesem Nesreca eines Tages die Stirn zu bieten.« In Gedanken kehrte sie zu ihrer eigenen Prophezeiung zurück, die sie Norina und dem ungeborenen Knaben damals im Gasthaus gemacht hatte.

Der Junge verzog den Mund. »Wie soll das denn angehen? Ich bin doch in einem ganz anderen Land.«

»Alles wird so kommen, wie es soll«, meinte die Schicksalsleserin bestimmt.

Lorin senkte den Kopf und blickte in das Wasser. »Und was ist mit meiner Mutter?«

»Wir haben, nachdem wir den Strand erreichten, ihre Fußspuren im Sand gesehen und nehmen an, dass sie von Lijoki geraubt wurde«, erklärte ihm Matuc ehrlich. »Bis heute haben wir keine Spur von ihr gefunden. Es scheint, als sei sie irgendwohin in die Sklaverei verkauft worden. Sie kann überall sein. Du wirst sie wahrscheinlich nie kennen lernen.«

»Wenn mein Vater so ein Unterdrücker ist, warum hat sie ihn dann geliebt?«

»Dein Vater wäre ein guter Herrscher geworden.« Waljakovs mechanische Hand legte sich auf die Schulter des Jungen. »Aber ein guter Freund und ich konnten nicht verhindern, dass Nesreca ihn mit seinen Einflüsterungen verdorben hat. Lodrik könnte heute der beste Kabcar sein, den Tarpol jemals hatte, und stünde zusammen mit deiner Mutter an der Spitze eines neuen, blühenden Reiches. Und er wird wieder so, wenn wir Nesreca vernichtet haben.«

»Und wie können wir das?«, fragte Lorin schneller als er wollte. Es gefiel ihm irgendwie nicht, dass sein Schicksal offenbar schon von den Umstehenden vorausgeplant worden war. »Und wenn ich nicht will?«

Waljakov wollte den Mund zu einer Entgegnung öffnen, aber Fatja kam ihm zuvor, offenbar weil sie fürchtete, der kahle Hüne würde durch die Worte die Zweifel und Bedenken des Jungen verstärken.

»Niemand wird dich zu irgendetwas zwingen, kleiner Bruder«, beruhigte sie ihn. »Du wirst entscheiden, was du möchtest. Aber nicht jetzt.«

Das erleichterte den Knaben. »Ich werde lange darüber nachdenken. Aber ich verspüre im Moment keine Lust.« Er drehte den Becher zwischen den Handflächen hin und her. »Ich kenne Ulldart nicht, ich kenne Tarpol nicht. Meine Heimat ist Kalisstron, und doch auch wieder nicht. Und ich scheine nur Unglück zu bringen, wie dem armen Blafjoll.« Verzweifelt sank er zusammen. »Es ist alles so verzwickt.«

Fatja umarmte ihn liebevoll. »Du hast es nicht einfach. Aber wir sind für dich da.«

Dankbar drückte er seine Schwester, er genoss das Gefühl der Geborgenheit und der Liebe, die sie ihm gab.

»Wir sollten das Wesentliche nicht vergessen«, sagte Waljakov. »Der Junge zieht heute noch auf dein Boot, Blafjoll, und ich werde ihm nicht mehr von der Seite weichen. Der Beistand Ulldraels mag gut sein, aber der Gerechte bedient keine Ruder, falls wir schnell weg müssten. Ich packe meine Sachen und komme zu eurer Hütte.«

Der Waljäger erhob sich. »Und ich werde mich augenblicklich umhören, ob jemand etwas über die Frau gehört hat. Lorin kennt mein Boot, ihr werdet mich also nicht benötigen.«

Die kleine Versammlung löste sich auf.

Als Fatja, Matuc, Lorin und Arnarvaten an der Kate der Fremdländler angelangt waren, stand die Tür einen Spalt offen, die Fenster waren größtenteils eingeworfen, und jemand hatte in schlechter Handschrift »Kalisstras Zorn« auf die Wand gemalt.

Der Mönch humpelte ins Innere und stieß einen empörten Schrei aus. Unbekannte hatten den Vorhang vor seinem Heiligtum zu Boden gerissen und das Standbild aus Walbein brutal zerschlagen, sodass nur kleine Stückchen von der kunstvollen Arbeit Blafjolls übrig geblieben waren. Die einfachen Möbelstücke lagen kreuz und quer im Raum verteilt, und auch hier stand der Spruch geschrieben.

»Das musste ja mal so kommen«, murmelte Arnarvaten und schüttelte fassungslos das Haupt, während er Fatja in den Arm nahm. »Diese Idioten.«

Der Geistliche hockte in den Trümmern der kleinen Statue und fuhr mit den Fingern über die Reste. »Der Gerechte ist nicht durch das Zerstören eines Standbilds zu besiegen. Und ich bin es auch nicht. Stück für Stück werde ich ihn zusammensetzen, bis er wieder auferstanden ist.«

»Ihr könnt bei mir wohnen«, bot der Geschichtenerzähler an.

»Nein, lass nur. Es würde die Menschen nur verärgern«, lehnte Matuc freundlich ab. »Am Ende ergeht es deinem Hab und Gut wie unserem hier.«

»Ich müsste nun erst recht zu deinem Glauben wechseln, nur um ihnen zu zeigen, das man damit nichts erreicht.« Arnarvaten war sichtlich unglücklich. »Ich schäme mich für meine Landsleute.«

»Und auch ich muss mein tiefes Bedauern ausdrücken«, kam eine weibliche Stimme vom Eingang her. Kiurikka stand im Türrahmen und besah sich den Schaden, der angerichtet worden war. Die Spitze ihres Gehstabes deutete auf den Mönch. »Nur um diese Statue, die in der Ecke stand, wie man sich in der Stadt erzählte, tut es mir kein bisschen Leid. Ulldrael ist nicht erwünscht.«

»Ihr werdet eines Tages hören, dass die Menschen auf Kalisstron auch seinem Namen huldigen, wenn der Gerechte sie von seiner Güte überzeugt hat.« Gestützt von Lorin, stellte er sich auf die Beine.

»Da wirst du viel zu tun haben. Wie es aussieht, haben die Fischer kein Verständnis dafür, dass die Fremdländler mit ihren neuen Sitten und Gebräuchen dafür sorgen, dass die Bleiche Göttin verärgert wird. Ich übrigens auch nicht.« Sie klopfte prüfend mit dem Stab gegen die Tür. »Aber sie haben vorerst nur Durcheinander angerichtet. Ich hoffe, dass es dabei bleibt.«

»Was sollen sie sonst noch tun?«, erkundigte sich der Mönch und kam näher.

»Die Kate brennt wie jedes andere Haus«, sagte sie, ihre leuchtend grünen Augen ruhten auf dem Mann und dem Jungen. »Und ihr seid sterblich.«

»So weit würden die Einwohner von Bardhasdronda gehen, nur aus Furcht vor einem Gott, der doch angeblich ohne Macht ist?« Matuc hob einen umgefallen Stuhl auf und stellte ihn richtig hin. »Oder werden sie von jemandem dazu gebracht?«

Die Hohepriesterin lächelte freudlos. »Ich bin keine Mörderin, Fremdländler. Aber wenn die einfachen Menschen denken, euer Tod würde alles wieder so werden lassen wie früher, werden sie es vielleicht auf einen Versuch ankommen lassen.«

»Was bedeutet das, ›wie früher‹?«, runzelte der Mönch die Stirn.

»Du hast es also noch nicht gehört?«, wunderte sich Kiurikka. »Um diese Zeit sind die Netze der Fischer üblicherweise gefüllt mit Fischen aller Art. Aber aus irgendeinem Grund ist das in diesem Sommer nicht der

Fall.« Die Spitze ihres Stocks zielte auf die Brust des Mönchs. »Die Fischschwärme blieben aus, Fremdländler, und ihr beide, der Knabe und du, dürft euch den Anspruch teilen, die Schuld daran zu tragen.« Ihre Stimme wurde schneidend. »Die Bleiche Göttin lässt sich die Lästerung nicht länger gefallen und hat ihre Gnade von uns genommen. Der getötete Gamur war zu viel.«

»Dann wäre demnach Ulldrael der Gerechte am Zug«, hakte Matuc ein.

»Sieh dich vor.« Das Stockende knallte auf die Dielen. »Ich habe dir schon einmal erzählt, welches Schicksal diese Stadt erleiden musste. Wenn sich das wiederholen sollte und ihr beide die Schuldigen seid, was ich stark annehmen müsste, werde ich die Gläubigen nicht zurückhalten, wenn mehr als nur Glas und ein Standbild zu Bruch gehen sollten.«

»Dass die Fischschwärme unter Umständen ihre althergebrachten Routen verändert haben könnten, kam Euch nicht in den Sinn?«, schlug der Geistliche vor und lächelte sie freundlich an. »So etwas passiert. Es muss nicht gleich etwas mit Kalisstras Rache zu tun haben.«

»Und wenn sie ihre Wege geändert haben, dann nur, weil die Bleiche Göttin es so befahl«, hielt die Hohepriesterin scharf dagegen. Sie wandte sich zum Gehen. »Betet beide, und zwar zur richtigen Gottheit, dass die Schwärme nicht gänzlich verschwunden sind.«

Die drei sahen sich schweigend an.

»Wir sollten tun, was sie sagt«, empfahl Fatja nach einer Weile und begann, die Unordnung aufzuräumen. »Lorin, nimm dir einen Eimer und einen Lappen und entferne diese Kritzelei von der Fassade. Danach machst du hier weiter.«

Der Knabe hatte die ganze Zeit über geschwiegen, fühlte aber eine ungeheure Wut in sich aufsteigen. Nicht gegen die Hohepriesterin, sondern gegen die, die ihre schöne Behausung verwüstet hatten. Er ballte die Hände zu Fäusten, blaue Blitze sprangen zwischen den Knöcheln hin und her, als staute sich die Magie und drohte, sich jeden Augenblick zu entladen. »Es war nicht rechtens«, grollte er leise.

Matuc schaute alarmiert zu seinem Zögling. »Nicht, Lorin! Beherrsche dich.«

Voller Empörung schlug der Knabe gegen das Bett, und die Magie löste aus. Kaum traf seine Hand auf das Holz, glühte die Faust für einen Lidschlag bläulich auf. Der Rahmen zerbarst in eine Unzahl von Splittern, ohne dass jedoch jemand außer ihm verletzt wurde. Nur ihm steckte ein scharfkantiges Holzstück zwischen den Knöcheln.

»Es tut mir Leid«, stammelte er, selbst überrascht von der Wirkung seines Treffers. »Das ist noch nie passiert. Normalerweise kann ich das nicht. Ich verstehe nicht …«

»Ist alles mit dir in Ordnung?« Fatja eilte herbei, schaute zuerst zum Mönch und danach zu dem Knaben. »Das sieht aber gar nicht gut aus.« Vorsichtig entfernte sie den Fremdkörper aus der Hand des Jungen, eine Blutperle entstand. Ein Teil des Holzes jedoch brach ab und verharrte unter der Haut. »Wir sollten besser zu Kalfaffel gehen, damit er mit seiner Magie etwas dagegen unternimmt. Nicht, dass du dir eine Sehne verletzt hast.«

Voller Überraschung beobachteten beide, wie sich ein neuerliches Leuchten um die verletzte Stelle legte. Der zurückgebliebene Splitter schob sich auf magische Weise aus dem Fleisch und fiel zu Boden, danach schloss sich die Wunde. Zurück blieb eine leichte Kruste, die nach ein wenig Kratzen abfiel. Darunter präsentierte sich eine vollständig abgeheilte Hautstelle.

»Vergiss Kalfaffel«, meinte Fatja trocken. »Und nun an die Arbeit. Die Schrift verschwindet nicht von selbst. Aber ich weiß nun, dass du niemals mit der Ausrede ankommen kannst, du hättest dich verletzt.«

»So ein Mist«, ärgerte sich Lorin und bewegte die Finger seiner Hand in schneller Reihenfolge. »Das wäre die Gelegenheit gewesen.«

»Wenigstens hat diese Magie doch noch etwas Gutes«, meinte Matuc. »Aber mir kam eben ein Gedanke. Wenn es nichts aus dem Meer zu holen gibt, sollten wir helfen, dass die Menschen nicht hungern müssen.«

»Was hast du vor?«, wollte die Schicksalsleserin wissen.

»Das wirst du bald sehen, wenn es gelingt«, sagte der Geistliche. »Es ist mit einem gewissen Wagnis verbunden, das ich aber eingehen muss. Ich werde euer aller Hilfe benötigen, und der Gerechte wird seinen Segen dazu geben. Noch einmal wird er die Stadt nicht dem Hungertod überlassen. Wenn die Kalisstri seine Güte erkennen, preisen sie ihn, wie ich es Kiurikka vorhergesagt habe.«

Fatja legte die Stirn in Falten, während sie die Splitter der Fensterscheiben zusammenkehrte. Auch wenn der Mönch mehr als zuversichtlich klang, sie wollte den Enthusiasmus nicht teilen.

Sie machte sich Sorgen um die Zukunft ihres kleinen Bruders, und die Erinnerungen an die düsteren Visionen, die sie einst heimgesucht und sie an den Rand ihres Verstands gebracht hatten, stiegen unaufhaltsam aus der Tiefe ihres Gedächtnisses.

Sicher, gelegentlich zuckten neue Blicke in die Zukunft auf, wenn sie Lorins blaue Augen betrachtete. Doch von solcher Intensität wie einst in Tarpol waren die Visionen schon lange nicht mehr, was die Schicksalsleserin nicht unbedingt unglücklich machte.

Aber anscheinend würde es bald wieder an der Zeit sein, ihre Gabe herbeizuzwingen, um dem Bösen einen Schritt voraus zu sein. Was immer sie auch sehen würde.

VIII.

»Und nachdem die Seherin viele Wochen unterwegs gewesen war und manches Abenteuer erlebt hatte, traf sie auf den Zweifler.

Der Zweifler trug Schuld auf sich und hatte seinen Glauben an Ulldrael den Gerechten verloren.

Und wieder blickte die Seherin in die Zukunft und betrachtete sein Schicksal.

›Bruder Matuc, du hast noch einige Aufgaben vor dir. Von dir wird das Schicksal eines Kindes abhängen. Ein wichtiges Schicksal, das Licht in die drohende Nacht bringen kann. Aber es wird dauern, bis dieser Tag gekommen ist. Und nur mit deinem Wirken wird sich die Dunkle Zeit vertreiben lassen, wenn sie kommt.‹«

DAS BUCH DER SEHERIN
Kapitel XI

Kontinent Tarpol,
Nordgrenze des Königreichs Ilfaris, Eispass,
Winter 457 n. S.

Osbin Leod Varèsz schüttelte einmal mehr den Kopf, als er vom provisorisch eingerichteten Ausguck in Richtung der Festung Windtrutz blickte. Er konnte sich einfallen lassen, was er wollte, dieser Kommandant Hetrál wusste auf alle seine Sturmversuche eine passende Erwiderung.

Seit einem halben Jahr rannten die Truppen unter seiner Führung gegen die Burg an, sie hatten es mit brachialer Gewalt und mit List versucht, mit Sturmleitern, Rammböcken oder Breschhütten, nichts fruchtete. Sobald sie näher herankamen, flogen ihnen die Steinbrocken und die Speere um die Ohren, sodass die Angriffslust schnell genommen war. Die letzten Mutigen verbrühten in kochendem Wasser, das auf sie herabgeschüttet wurde. Wegen des Schnees und des Eises verfügten die Eingeschlossenen über einen unendlichen, sich ständig erneuernden Vorrat an Wasser und mussten mit dem ansonsten bei Belagerungen kostbarsten Gut nicht geizen.

Vor seinen Augen gingen gerade die beiden bisher aufwändigsten Versuche, Windtrutz in die Knie zu zwingen, in Rauch auf.

Mit übermenschlicher Anstrengung und unter zahlreichen Verlusten war es seinem Helfer Widock gelungen, Baumaterial in die Bergregion transportieren zu lassen, um zwei Wandeltürme zu errichten. Eine jede dieser Belagerungsmaschinen reckte sich sechzig Fuß in die Höhe, um über die Mauern der Festung zu kommen, jeweils zweihundert Bogenschützen saßen im Inneren und deckten den Feind mit Pfeilen ein.

Doch die Belagerten verfügten über eine beachtliche

Technik, die offensichtlich kensustrianischen Ursprungs war. Ihre Speerschleudern sandten unablässig eine tödliche Wolke von Geschossen nach der anderen gegen die Wandeltürme, und zum krönenden Abschluss klatschten Fässer mit unlöschbarem Feuer gegen die Außenwände der Mittelsektionen. Auch die nassen Tierhäute, die zum Schutz angebracht worden waren, hielten der vernichtenden Hitze der flüssigen Substanz nicht lange stand, die Flammen breiteten sich jeweils mittig nach oben und unten aus. Die Bedienungsmannschaft im Inneren der Belagerungsmaschinen suchte das Weite, nachdem die ersten brennenden Balken auf sie herab fielen.

Eher verärgert als betroffen sah Varèsz, wie die Bogenschützen im oberen Teil der nun unbeweglichen Türme bei lebendigem Leib verbrannten, andere in Todesangst in die Tiefe sprangen, nur um einem qualvollen Sterben zu entgehen.

Stolz und ungebrochen, wenn auch nicht mehr gänzlich unbeschädigt, ragte das mächtige Bollwerk über dem Eispass in die Höhe, die zehn Türme trotzten dem eisigen Wind, der schneidend durch die dickste Kleidung fuhr und die Rüstungen gefrieren ließ. Aus diesem Grund trug keiner mehr Stahl am Körper, als notwendig war. Die Gefahr, dass die Körperglieder an dem Metall fest froren, war zu groß.

Das Triumphgeschrei der Staatenbündler drang zu ihm herüber, als die gegnerischen Holzkonstruktionen in sich zusammenbrachen. Der Stratege wandte sich ab und watete durch den kniehohen Schnee zu dem Heerlager zurück, das er entlang des Passes hatte einrichten lassen. Auf jedem noch so kleinen Vorsprung, jeder noch so kleinen Felsplattform erhob sich ein Zelt, jede noch so unscheinbare gerade Fläche nutzte er, um seine Männer unterzubringen.

Sein eigenes Zelt stand etwas abseits auf einem Gesteinsteller, unter dem sich nichts als Abgrund befand.

Nachdenklich warf er sich in seinen Stuhl, zog Pelze über sich und bedeutete einem Diener, Holzstücke in den Ofen nachzulegen, um die Eiseskälte aus seiner Behausung zu vertreiben. Danach schickte er den Mann hinaus. Er wollte sich dem Kartenstudium widmen, wie er das so oft in den letzten Monaten getan hatte. Mehr als neunzehntausend Mann warteten darauf, dass er sie zum Sieg führte, wie sie das von ihm gewohnt waren. Aber es wollte ihm nicht gelingen.

Dabei wäre der schnelle Fall der Festung unbedingt erforderlich. Die anderen Truppen waren dabei, in Tersion von Westen her einzumarschieren und errangen große Erfolge im Kampf gegen die angorjanischen und tersionischen Truppen. Vermutlich gegen Ende des Winters würde das kleine schwache Reich der Regentin ganz dem Kabcar gehören. Ohne Aufenthalt wollte man Ilfaris stürmen, damit man das verbliebene Kensustria wie eine Nuss umspannen und durch Druck von allen Seiten knacken konnte.

Der Zeitplan, der ihm von Nesreca vorgegeben worden war, sah eine Eroberung des gesamten Kontinents innerhalb des nächsten Jahres vor. Und das war nur möglich, wenn er seinen Auftrag an der Nordgrenze erfüllte.

Noch zeigte sich der Winter gnädig. Sollten die Temperaturen noch weiter absinken oder die Schneeflocken ununterbrochen aus den Wolken fallen, würden seine Truppen in den dünnen Zeltwänden einfach zu Eisklötzen erstarren. Auch deswegen musste endlich der Sieg her. Hier wurde alles zu Eis. Warf man Wasser in die Luft, fielen kleine Flöckchen und Graupel zu Boden. Ging beim Tränken der Pferde etwas daneben, verwandelte sich die Flüssigkeit auf dem winterlichen Steinboden sehr schnell in eine gefährliche Rutschfalle. Und es würde bald noch schlimmer werden.

Mit dem Dolch tippte er sich gegen den Riss in der

Unterlippe, während seine Augen gebannt an dem Pergament klebten, ohne jedoch etwas Neues zu entdecken. Windtrutz stand wie in den Berg hineingemeißelt, die Rückseite einer schützenden, unerklimmbaren Felswand hinter sich, den einzigen Pass der ilfaritischen Nordgrenze unter sich kontrollierend.

Sicher, bis vor das Tor und die kleine Hochebene davor schafften es seine Männer immer, aber dann war Schluss. Die Eingeschlossenen verfügten über die bessere Ausgangsposition dank der gewaltigen Mauern, die nur ein Erdbeben selbst zum Einsturz bringen konnte. Eigene Katapulte in Stellung zu bringen, war wegen der geringen Distanz zum Gegner Schwachsinn. Die Fernwaffen wären schneller zerstört als aufgebaut.

Lediglich von den beweglichen, stabileren Wandeltürmen hatte sich der Stratege im wahrsten Sinne des Wortes einen Durchbruch erhofft, aber die letzten Balken und Knochen seiner Männer verkohlten gerade. Der Rammbock im unteren Teil der Maschine war nicht einmal zum Einsatz gekommen.

Ein Erdbeben, überlegte Varèsz, die Augen wurden zu Schlitzen. *Woher bekomme ich ein Erdbeben?*

Widock stürmte in seine Unterkunft, den Bart um Mund und Nase weiß vom gefrorenen Atemdampf. »Herr, die Stimme Tzulans! Sie ist gleich hier!«

Varèsz grinste und rammte den Dolch in die stilisierte Festung auf seinem Plan. »Da habe ich doch mein Erdbeben.« Die beiden Männer liefen hinaus, um den Transport dessen mitzuerleben, was die Konstrukteure Mortva Nesrecas ihnen zu Hilfe geschickt hatten.

Die »Stimme Tzulans« bezeichnete die monströseste Bombarde, die jemals gefertigt worden war. In einem langen Tross kämpften sich die Pferde mit ihrer Last, die auf mehrere Karren verteilt war, die Serpentinen hinauf. Allein für den vordersten Wagen mit dem Geschützrohr waren zwanzig Pferde notwendig, für die Wiege der

Bombarde spannten die Helfer vierundzwanzig Tiere ein. Für den zerlegten Schirm benötigte man drei zweispännige Kutschen, ein vierspänniger Wagen für das Hebezeug, nochmals acht weitere Vierspänner für die zwei Dutzend Steinkugeln. Jeweils ein weiteres Fahrzeug stand den acht Knechten und dem Geschützmeister zur Verfügung. Der mit Eisenblechen beschlagene, geschlossene Karren mit dem Pulver folgte in einem Warst Abstand.

Das Eisenrohr war besonders aufwändig mit Gravuren und Sprüchen versehen worden. Um die Mündung hatten die Schmiede den stilisierten Kopf Tzulans aus schwarz gefärbtem Metall geformt, dessen riesiger Mund sich zu einem Schrei öffnete. Daraus würde sich seine Stimme erheben. Als Augen hatte man dem Gesicht jeweils Rubine eingesetzt.

Der Mann, der für das Bedienen der unvorstellbaren Bombarde verantwortlich war, trug eine goldene Perücke. Augenblicklich erinnerte sich Varèsz an den Menschen, der damals den wahnsinnigen Arrulskhán so treffsicher aus dem Sattel geschossen hatte.

Der Geschützmeister sprang vom Wagen und lief auf den Strategen zu, die Wiedersehensfreude stand ihm ins Gesicht geschrieben.

»Der Goldene steht Euch einmal mehr zur Verfügung.« Er verbeugte sich grinsend vor dem finsteren Mann. »Wie Ihr seht, trage ich die Perücke immer noch. Ich werde Euch diese Mauern innerhalb von zwei Wochen öffnen, schätze ich einmal.«

»Wenn du deine guten Augen trotz deines fortgeschrittenen Alters beibehalten hast«, meinte Varèsz. »Wo wird die Bombarde aufgebaut? Wir dürfen nicht zu weit an die Festung heran.«

»Redet bitte etwas lauter, Herr. Mein Gehör zollte dem Bombardengrollen Tribut«, sagte er und legte eine Hand hinter die rechte Ohrmuschel. »Dieses Meisterstück muss nicht näher heran. Wenn wir unter einem Warst Abstand bleiben könnten, wäre die Wucht natürlich größer. Das stärkste Katapult reicht vierhundert Schritt.« Abschätzend betrachtet er die kleine Anhöhe und suchte nach großen Steinquadern. »Ich sehe nichts, was auf etwas Größeres, wie etwa ein Tripantum, hinweist, oder?«

»Das kann ich nicht sagen«, gab der Stratege zu. »Bis jetzt mussten sie schweres Gerät noch nicht einsetzen.«

»Bitte, Herr? Ihr wisst, meine Ohren.« Der Bombardier zuckte bedauernd mit den Schultern.

»Keine Ahnung«, brüllte der Anführer der Belagerer.

»Dann schlage ich vor, wir nehmen das Schlimmste an und gehen vorsichtshalber auf einen Abstand von etwa einem Drittel Warst.« Der Goldene richtete die Anweisung seinen Bediensteten aus. »Damit können wir einen flacheren Abschusswinkel einstellen und verlieren weniger an Durchschlagskraft. Die Mauern werden nicht lange stehen.«

»Wie schnell kann sie feuern?«, erkundigte sich Varèsz, begierig in die Ruinen der Befestigung einzureiten und Hetrál im Zweikampf zu töten.

Der Goldene wackelte mit dem Kopf hin und her. »Ich muss aufpassen, damit ich das Metall des Rohrs nicht zerstöre. Bei diesen Temperaturen werde ich den Lauf erst langsam vorheizen, damit es mir das Geschütz beim ersten Schuss nicht zerreißt. Wenn es seine richtige Gradzahl erreicht hat, sind pro Tag zehn bis elf Schuss möglich. Alles andere ist gefährlich.« Er deutete auf die Steilhänge der Umgebung. »Ich vermute, die Schrägen sind frei von Schutt? Andernfalls müssten das ein paar Eurer Männer besorgen. Das Echo, das widerhallt, wird immens sein, denn immerhin zünden wir zwei Zentner Pulver, um diese unverdaulichen Graniteier von vierzehnhundert Pfund durch die Luft zu schleudern. Wenn Tzulans Stimme zum ersten Mal zu hören ist, möchte ich nicht, dass meine Gehilfen von Steinen erschlagen werden. Was in der Festung passiert, ist mir ziemlich gleichgültig.«

Fasziniert beobachtete der Stratege, wie die Knechte routiniert damit begannen, die verschiedenen Teile von »Tzulans Stimme« zusammenzusetzen. Absichtlich ließ er die Vorbereitungen in aller Offenheit treffen, denn er hoffte, die Belagerten damit in ihrer Moral zu beeinträchtigen. »Wo lassen wir den Wagen mit dem Pulver?«

»Bitte, Herr?«

»Pulver!«, schrie er den Mann an. »Wohin?«

»Er wird keinesfalls in der Nähe des Lagers aufgestellt«, riet der Goldene ab. »Es handelt sich dabei um eine neue Mischung, die explosiver als alles andere ist, was wir beim Beschuss benutzten. Wenn die Ladung hochgeht, werden die Berge um uns zusammenstürzen. Stellt die besten Wachen ab und lasst den Karren in einem Warst Entfernung stehen.«

»Einverstanden.« Er legte dem Geschützmeister seine Hand auf die Schulter. »Übrigens, ich habe mein Versprechen an dich von damals nicht vergessen, was den Verbleib deiner Trophäe und deines Kopfes angeht.« Rau lachend klopfte er ihm auf den Rücken, warf Windtrutz voller Vorfreude einen Blick zu und wies Widock an, die Wachen für den Pulverwagen einzuteilen

»Was hat er gesagt?«, erkundigte sich der Bombardier ein wenig ratlos.

Natürlich bemerkte man die Ankunft der Bombarde von den zahlreichen Türmen der Burg aus. Und die Stimmung sank daher von Minute zu Minute.

Hetrál stand auf dem höchsten der Bergfriede und besah sich das Monstrum von Geschütz, dessen Ankunft er als ausgesprochen bedrohlich empfand. Dieses Ding müsste so schnell wie möglich außer Gefecht gesetzt werden. Da auf Grund der knappen Zeit keine eigenen Bombarden geliefert wurden, musste er improvisieren.

Während der eisige Wind im beinahe das Gesicht gefrieren ließ, entstand in seinen Gedanken ein kühner Plan, den er morgen in die Tat umsetzen wollte, wenn der erste nicht greifen sollte. Behilflich würden ihm dabei die kensustrianischen Verbündeten sein, die auf ihren Einsatz warteten. Aber zunächst wollte er es mit gebräuchlicheren Mitteln versuchen.

Er hob die Hand und winkte hinab in den Burghof.

Die erste der drei imposanten Maschinen erwachte zum ersten Mal seit einem halben Jahr zum Leben. Der hölzerne, zwanzig Schritt lange Wurfarm der kensustrianischen Erfindung schnellte mit einem Knarren nach oben, beschleunigt durch das Gegengewicht eines 24.000 Pfund wiegenden Steinbrockens und der zusätzlichen Kraft von hundert Männern, die an Seilen zogen, die an den Gegengewichten befestigt waren.

Der Hebel beschrieb einen Halbkreis, während der übergroße Korb mit den Steinen zwischen den Stützbeinen hindurchpendelte. Das am Wurfarmende befestigte Netz gab den Felsquader nach Überschreiten des Höhepunkts der Bewegung frei und schickte ihn rauschend gegen die »Stimme Tzulans«.

Im Lager des Gegners wurden nur ein paar wenige auf das lautlos herannahende Unheil aus der Luft aufmerksam, die Warnungen erreichten die Knechte, die in den Aufbau vertieft waren, zu spät. Das achtzehnhundert Pfund schwere, massive Geschoss krachte in den Wagen, auf dem die Einzelteile der Wiege ruhten, und verwandelte ein Stück der Halterung zu Holzmehl.

Hetrál gab ein weiteres Handzeichen, und die anderen Schleudern setzten sich in Bewegung, um riesige Fässer mit unlöschbarem Feuer gegen den Feind zu katapultieren.

Eines der Gefäße flog über das Ziel hinaus und landete in einem Pulk von schaulustigen Truppenteilen, die zweite Tonne brach auf dem Flug auseinander und sandte einen feurigen Regen über das Gebiet, in dem sich die Bombarde befand. Die brennende Flüssigkeit verteilte sich auf dem Plateau und verwandelte einen Großteil der Männer, Pferde und Ausrüstung gnadenlos zu Asche.

Hetrál, der ungeachtet der Kälte in seinem Aussichtsposten verharrte, ließ die Maschinen, die im Takt von fünfzehn Minuten ihre tödliche Fracht gegen die Stelle mit der Bombarde warfen, bis in die späte Nacht arbeiten und gönnte erst dann den Bedienungsmannschaften eine Ruhepause. Er wollte sicher gehen, dass nicht ein Stück des Geschützes ganz geblieben war.

Die Flammen der eigenen Feuergeschosse züngelten noch lange an den Berghängen und überzogen die Felswände in der herrschenden Dunkelheit scheinbar mit einer Unzahl von Irrlichtern.

Seine Leute feierten den neuerlichen Triumph über den verhassten Strategen des Kabcar mit ausgelassenen Freudentänzen. Der Aufbau und die Mühe, die man sich in wochenlanger Arbeit mit den Schleudern gemacht hatte, die von den kensustrianischen Ingenieuren als »Matafundae« bezeichnet wurden, lohnte sich offensichtlich.

Steifgefroren wankte der Turît irgendwann die Stufen des Bergfrieds hinab, um sich in der Halle aufzuwärmen und mit seinen Offizieren zu beraten.

Hetrál hörte das dumpfe Grollen eines Gewitters, das sich wohl über Nacht am Eispass zusammengezogen hatte, und immer noch müde zog er die vier Decken über den Kopf. Es bedufte nur eines Lidschlags, und der Befehlshaber von Windtrutz stand senkrecht in seinem Bett. Und wenn es kein Unwetter war?

Da wurde auch schon die Tür zu seiner Kammer aufgerissen, und ein Soldat salutierte schreckensbleich vor ihm. »Ihr werdet dringend in der Halle erwartet, Kommandant«, stotterte er.

In aller Hast sprang der Stumme in seine Kleider, legte sich die Unzahl von Pelzen über, die man auch im Inneren der Festung benötigte, und rannte zu den anderen Offizieren, die schon auf ihn warteten. Mitten in ihrem Versammlungsort, umgeben von zerstörten Balken und Steintrümmern, lag eine polierte Granitkugel, die das Dach und die beiden Stockwerke über der Halle durchschlagen hatte.

»Ein Gruß von Varèsz, Kommandant«, erklärte ihm einer seiner Untergebenen mit sorgenvollem Gesicht. »Die nächste Kugel wird euer kleines Kegelspiel durcheinander wirbeln«, las er die Inschrift auf dem Geschoss vor. »Damit meint er wohl unsere Türme.«

Es sieht so aus, gestikulierte der Turît missgelaunt. *Wieso feuert diese verfluchte Bombarde?*

»Ich weiß es nicht«, antwortet der Offizier und schaute prüfend nach oben, wo ein Lichtschimmer durch das Loch fiel, das die Kugel auf ihrem Weg nach unten hinterlassen hatte. »Aber wenn uns nicht bald etwas einfällt, bekommen wir im Frühling alle nasse Köpfe.«

Sammelt die Reste der zerstörten Wandeltürme vor dem Tor ein. Lasst die Matafundae in Betrieb nehmen und sie Bündel aus nassem Stroh und dem Holz verschießen, danach deckt das Zeug mit Feuer ein. Nehmt viel Pech, mehr als sonst. Es soll qualmen und den anderen keine direkte Sicht auf uns gewähren. Vielleicht schaffen wir es, dass nicht jeder Schuss aus der Bombarde ein Treffer wird. Sagt den Kensustrianern Bescheid, sie sollen sich bereithalten, verkündete der Meisterschütze. *Ich werde mit ihnen zusammen den zweiten Plan umsetzen.*

Er schaute in verwirrte Gesichter. »Der zweite Plan, Kommandant?«, fragte einer der Untergebenen.

Genau. Hetrál lächelte schwach und gab sich Mühe, trotz eiskalter, steifer Finger deutliche Zeichen zu formen. *Wenn wir die Bombarde schon nicht vernichten können, nehmen wir uns die vor, die damit umgehen können.*

Der Goldene packte das sextantähnliche Zielgerät fester und visierte, vor der Mündung der Bombarde stehend, den höchsten Turm der Burg an, der durch die schwarzen Rauchwolken sichtbar war. »Hebt sie an«, befahl er nach hinten, »ungefähr eine Handbreit.«

Seine verbliebenen drei Gehilfen trieben die Pferde an, deren Geschirr mit einem Flaschenzug verbunden war, und der Lauf des Geschützes richtete sich auf. Eilig legten die Männer dicke Holzbalken unter.

Der Geschützmeister trat hinter das Rohr, steckte kleine Stäbe und Zielvorrichtungen in die dort eingelassenen Halter, und begutachtete die Einstellungen erneut. Für einen Moment drehte der Wind und wehte den stinkenden, die Lungen lähmenden Rauch zum Geschütz herüber. Hustend musste die Männer ihre Arbeit unterbrechen.

Varèsz und Widock ritten heran.

»Ist sie einsatzbereit?«, verlangte der Stratege ungeduldig zu wissen. »Feuern? Wann?«, fügte er nach einem kurzen Zögern hinzu.

»Sie wurde nicht beschädigt, die Flammen konnten ihr nichts anhaben«, berichtete der Geschützmeister. »Und meine Ausfälle an Knechten konnte ich durch ein paar Eurer Männer ausgleichen, der Rest sind Stegreiflösungen. Dieser Hetrál ist nicht dämlich. Der Trick mit dem Rauch ist nicht ohne.«

»Wenn er dämlich wäre, würde sich diese verfluchte Festung schon lange in meiner Hand befinden«, maulte Varèsz auf ihn herab. Aber das verstand der Bombardier nicht.

»Stehen wir nun auch weit genug weg?«, vergewisserte sich Widock, damit ein zweiter Beschuss aus dem Inneren der Festung heraus ohne Folgen bleiben würde.

»Ich habe Euch damals gefragt, ob die da drinnen über große Schleudern verfügen«, verteidigte sich der Goldene. »Wir hatten wohl den Beistand des Gebrannten, dass keiner der Steinklötze die Bombarde traf, sonst wäre sie in tausend Teile zerborsten. Aber einen halben Warst Abstand zu überbrücken, gelingt keiner Wurfmaschine.«

Als hätten die Belagerten seine Bemerkung gehört, verkündeten ein Surren und ein kleiner schwarzer Fleck, der rasch näher kam und größer wurde, dass eine der Matafundae ihnen ein massives Geschoss sandte. Mit einem geräuschvollen Rumpeln zerschlug der Stein etwa nach siebenhundert Schritt am Boden.

»Sie variieren die Gegengewichte der Wurfmaschinen«, schätzte der Stratege ruhig. »Sie haben tatsächlich die Hoffnung, sie kämen bis hierher.« Er wandte sich dem Goldenen zu. »Ich will, dass du so schnell schießt, wie die Bombarde es schafft. Und setz diese verdammten Schleudern außer Gefecht. Ich will spätestens in einer Woche stürmen.« Er riss sein Pferd brutal herum und ritt ins Lager zurück.

»Ja, man merkt, dass du keine Ahnung hast, Schlitzlippe«, meinte der Geschützmeister leise und legte eine Hand auf das warme Rohr. »Es ist nicht so einfach, wie es aussieht.« Er warf einen betrübten Blick auf die improvisierte Lafette, die sie aus den Karrenüberresten mit Seilen und Nägeln zusammengebaut hatten. Der Rückschlag von »Tzulans Stimme« beanspruchte das Holz dermaßen, dass nach dem folgenden zweiten Schuss vermutlich ein neuer Rahmen gezimmert werden musste.

Der Lauf wurde gereinigt, zwei Säcke des neuartigen, grobkörnigeren Sprengpulvers, was Fehlzündungen verhinderte, verschwanden im Mund des Gebrannten. Der Geschützmeister nahm ein erkaltetes Stück Kohle und schrieb »Tzulan sagt ›Vernichtung‹« darauf. Nach dem Einschieben des Filzpfropfens, mit dem das Pulver zusammengepresst und im Lauf abgedichtet wurde, wuchteten die Knechte mit Hilfe der Pferde und des Seilzugs die Granitkugel in den Schlund. Ein letzter Blick über die Zielvorrichtungen, und die Lunte brannte.

Eilig brachten sich die Männer hinter einem Fels kauernd in Deckung und hielten sich die Ohren zu. Nur der Goldene hielt neben dem Geschütz aus und lächelte in Vorfreude, wie er es jedes Mal tat.

Die »Stimme Tzulans« sprach dröhnend und spie ihr Wort gegen die Mauern von Windtrutz. Allein die Detonation der Treibladung klang wie ein auf der Erde losbrechender einzelner Donnerschlag und erzeugte eine solche Druckwelle, dass der schwarze Rauch des Pech- und Strohfeuers sich zusammenduckte, als wollte er schleunigst Platz für die Kugel machen. Aus dem Mund des stilisierten Gottesgesichts stoben meterlange Flammen und Dampfwolken.

Das Granitgeschoss schlug wie berechnet in die Mitte des Bergfrieds ein und brachte ihn zum Wanken. Durch das Loch, das gerissen worden war, verlor das Bauwerk an Stabilität, das Gewicht der oberen Steine und der Aussichtsplattform sorgten dafür, das der Turm einknickte und abbrach. Polternd und staubend verschwanden zwei Drittel des Bergfrieds außerhalb des Sichtfelds der johlenden Truppen des Kabcar in den Innenhof.

Der Goldene freute sich wie ein Kind über seinen Erfolg. Er war noch ganz benommen von dem unglaublichen Dröhnen, das durch seine Eingeweide gegangen war, und von dem Erzittern der Erde.

Nach wenigen Lidschlägen stiller Verzückung hetzte der Bombardier die Knechte an die Arbeit, um einen neuen Rahmen für das Geschütz zu bauen. Dass »Tzulans Stimme« eben sein Gehör vollständig genommen hatte, störte ihn nicht.

Wie riesige Fledermäuse schwebten die Gleiter durch die eiskalte Nacht, geräuschlos und, wenn überhaupt, dann nur als huschende Schatten erkennbar.

Acht der Flugapparate hatten die Kensustrianer mit

auf die Festung gebracht, die nun zum Einsatz kommen sollten. Den Plan, einen einfachen Überflug zu absolvieren und die Feinde mit unlöschbarem Feuer zu überschütten, gab man auf. Zu groß war die Gefahr, dass man dabei die wirklich wichtigen Leute nicht vernichtete, wie den Geschützmeister oder Varèsz. Daher nutzten die sechs Männer und zwei Frauen die Gleiter, um unbemerkt von Windtrutz wegzukommen und im Rücken des Gegners unterhalb des Eispasses zu landen.

Hetrál hing etwas unglücklich unter der Konstruktion aus Leder, Holz und Segeltuch. Die Überwindung, sich mit diesem Apparat von der Seitenmauer in die Tiefe zu stürzen und nur auf die Tragkraft der seiner Ansicht nach viel zu dünnen Lederriemen und Stricke zu vertrauen, war enorm gewesen. Auch wenn manche Menschen in Ulldart sich wünschten, einmal wie ein Vogel zu fliegen, der Turît war sich sicher, dass, wenn sie nur ein einziges Mal unter dem Gleiter hingen, ihnen solche Gedanken vergehen würden.

Die zahlreichen Übungsstunden lohnten sich. Die Eleganz der Kensustrianerin vor sich erreichte er mit seinen Flugkünsten nicht, aber er hielt den Kurs. Über die Landung würde er sich später Gedanken machen, wobei er über den Satz eines Kriegers »Runter kommen sie alle« nicht wirklich zu lachen vermochte. Die frostigen Böen um die Felswände erwiesen sich als äußerst tückisch.

Unter ihnen glitt das Lager der Gegner vorüber. Aus den Zelten stiegen dünne Rauchwolken auf, es wurde geheizt, damit niemand erfror.

Hetrál wurde bei diesem Anblick die Eiseskälte bewusst, die herrschte. Seine Nase spürte er fast nicht mehr, trotz des dicken Schals. Wegen des Gewichts mussten sie weitestgehend auf dicke Kleidung verzichten, nur eine schwarze Lederrüstung und mehrere Lagen dünner Wäsche durften sie anziehen, was so hoch oben natürlich nicht ausreichte. Seine Zähne stießen in schnellem Takt aufeinander.

Der erste Gleiter flog eine Schleife zum Zeichen, dass er landen würde, und verschwand zwischen den Felswänden des Passes. Einer nach dem anderen segelte hinunter, bis die Reihe an dem Meisterschützen war.

Er drückte die Schnauze des Gleiters nach unten. Die meisten der guten Götter standen ihm bei, nur einer musste wohl seinen Einsatz verpasst haben.

Hetrál war fast gelandet, als die rechte Schwinge einen Felsvorsprung streifte und sein Gefährt ins Trudeln kam. Er war nur froh, dass er nicht schreien konnte, während die Welt um ihn herum sich drehte und hüpfte.

Hart schlug er auf, die Konstruktion zerbrach. In Windeseile waren die Kensustrianer bei ihm und zogen ihn aus den Trümmern. Außer einer schmerzhaften Prellung am Oberschenkel fühlte er sich intakt. Auch sein geschwungener Bogen überstand den Sturz.

Der Mensch ist nicht geschaffen zum Fliegen, sagte er gestikulierend und setzte sich an die Spitze der Gruppe von Saboteuren und Attentätern.

»Nicht alle«, schränkte einer der Krieger leise ein.

Der Turît kannte sich in den Bergen rund um den Eispass wie kein Zweiter aus. In der Zeit, bevor die Truppen des Kabcar angerückt waren, hatte er Wochen damit verbracht, die Umgebung der Burg zu erkunden, weil er mit einer Aktion, wie er sie eben im Begriff war durchzuführen, rechnete.

Bald begegneten sie der ersten Wache, die so unachtsam war, dass sie bis auf eine Armlänge an den völlig verdutzten Mann herankamen, bevor er durch einen Hieb starb.

Zügig setzten sie ihren Weg fort, bis sie an die disziplinierteren Patrouillen gerieten und nur unter Anwendung aller Tarn- und Täuschungstricks unbemerkt an ihnen vorbeigelangten.

Ein mit dünnen Eisenplatten beschlagener Wagen, der zwar von einem Dutzend Soldaten, aber ohne Licht bewacht wurde, erregte die Aufmerksamkeit des geheimen Kommandos.

Was werden die da aufbewahren? Hetrál holte Vorschläge seiner Begleiterinnen und Begleiter ein.

»Keine Fackeln. Sprengpulver«, schätzte einer der Krieger und bestätigte damit die Ansicht des Meisterschützen.

Wir sollten nachsehen, denn etwas Wichtiges ist es so oder so. Hetrál ließ die Kensustrianer ausschwärmen und begab sich in eine gute Schussposition. Es durfte kein einziger Laut entstehen, zu nahe befand man sich am Lager des Gegners. Wenn man ein paar Meter weiter oberhalb einen Schrei oder nur ein lautes Stöhnen hörte, wäre alle Mühe vergebens.

In aller Ruhe lockerte er die Pfeile im Köcher und legte den Ersten auf die Sehne.

»Er ist zwar taub, aber das tut seinen Künsten als Bombardier keinen Abbruch«, murmelte Varèsz und prostete sich selbst im Spiegel mit einem Becher heißen Tee zu. »Gleich müsste es wieder so weit sein. Jede Stunde ein Wort aus dem Mund eines Gottes.«

Er schritt zum Ausgang des Zeltes und schob das Fell, das als Tür diente, ein wenig zur Seite, um einen Blick auf die Bombarde zu werfen, die gerade einen weiteren Schuss abgab.

In der Nacht sah diese Waffe im Gebrauch noch dämonischer aus. Der Zierkopf des Gebrannten Gottes schien im blitzenden Schein der Flammen, die aus seinem Mund schlugen, zu leben, die Rubine glänzten auf. »Ja, sprich zu ihnen, lass die Stimme Tzulans unablässig zu hören sein. Denn deine Worte bringen mir den ersehnten Sieg.«

Im Fackelschein der entfernten Burg wurden die

Schäden an den Befestigungsanlagen deutlich sichtbar. Von den Türmen stand kein einziger mehr, die dicke Außenmauer wies Löcher und Risse auf. Kleine Punkte bewegten sich auf dem Wehrgang, um die Breschen und Löcher notdürftig zu stopfen und den Zusammenfall zu verhindern.

Zufrieden ließ er das Fell vor den Durchgang zurückgleiten.

»Nesreca schickt mich«, krächzte es hinter ihm. »Ich soll nachschauen, wie weit du bist.«

Varèsz wirbelte herum, eine Hand griff nach dem Zweihänder, den er neben sich auf den Hocker gelegt hatte. Als er den Besucher erkannte, entspannte er sich. Normale Klingen würden diesem Wesen ohnehin nichts anhaben können.

»Hemeròc, wie schön dich zu sehen.« Der Stratege setzte sich und bedachte den Helfer des Konsultanten mit einem abschätzenden Blick. »Du hast die Fortschritte gesehen?«

»Wenn du deine zerstörten Wandeltürme meinst, von denen nur noch einige wenige Trümmer geblieben sind«, sagte der Krieger gleichgültig, »ja, die habe ich gesehen. Die Stimme Tzulans leistet dagegen Unvorstellbares.«

Varèsz ärgerte sich über die Art des Wesens. »Was will Nesreca? Ich liege noch im Soll.«

»Ich soll dir sagen, du müsstest dich beeilen. Morgen soll die Festung fallen.«

»Morgen schon?« Das war selbst dem Strategen zu schnell. »Ich habe mit einer Woche gerechnet. Das einzige, was wir haben, um die Mauern zu erklimmen, sind die Sturmleitern und zwei Schutzhütten. Und bei den Pfeil- und Speerkatapulten wäre jeder Versuch sinnlos. Sie würden uns spicken.«

»Es muss genügen«, meinte Hemeròc kalt. »Nesreca will es. Keine Verzögerungen mehr.«

»Wenn er die Bombarde früher geschickt hätte, wären wir schon lange dort drüben und würden die Körper der Staatenbündler in die Schlucht werfen«, begehrte Varèsz auf.

Das Rot der Augen glühte auf. Die Schutzklappen trug er, weil es Nacht war, nicht. »Gut, ich werde dir helfen. Was soll ich erledigen?«

»Oh, ich habe einen Wunsch frei? Du bist die seltsamste Fee, die ich jemals gesehen habe«, meinte der Befehlshaber der Belagerer. »Da wüsste ich doch etwas, was mir und meinen Leuten zum Vorteil gereichen würde. Es ist nur eine Kleinigkeit, denn ich will auch noch meinen Spaß haben.«

Die Wachen starben einen schnellen, lautlosen Tod, keines der Geschosse verfehlte das Ziel. Diejenigen, die zu Beginn des Sterbens nicht verstanden, was um sie herum geschah, und vor lauter Verblüffung nichts unternahmen, wurden von den wirbelnden Klingen der kensustrianischen Nahkämpferinnen gefällt. Die Körper wurden die Schlucht hinabgeworfen, Helme, Mäntel, Schilde und Speere behielten sie.

Hetrál kletterte in völliger Dunkelheit ins Innere des Karrens, öffnete wasserdichte Fässer und ertastete Säcke. Als er einen davon öffnete, stieß er auf eine grobkörnige Substanz. Er reichte eine Hand voll hinaus, und einer der Krieger nickte nur knapp.

»Wir können das Zeug einfach in den Abgrund befördern«, sagte einer der Männer, »oder wir gehen ein größeres Risiko ein und richten größtmöglichen Schaden damit an.«

Der Meisterschütze sprang heraus. *Wir sollten den Wagen direkt ins Lager fahren lassen, das Pulver zum Explodieren bringen und in dem ganzen Durcheinander nach dem Geschützmeister und Varèsz suchen.*

Der Gedanke fand die Zustimmung der anderen.

Rasch spannten drei zusammen mit dem Stummen die Pferde ein, die Übrigen rannten zurück, um einen der Gleiter zu holen. Er wurde auf das Dach des Karrens gelegt. Ein Fahrer müsste die Pferde sicherheitshalber bis ins Lager lenken und würde sich mit dem Flugapparat in Sicherheit bringen. Eine der Frauen wollte diese Aufgabe übernehmen und anschließend aus der Luft für Unterstützung sorgen.

Die Gruppe, die sich die Ausrüstung der toten Wächter anlegte, beobachtete, wie die Kensustrianerin aufsaß und die Peitsche über den Köpfen der Tiere schwang. Wiehernd setzten sich die Pferde in Bewegung und zogen den Wagen den Pass hinauf, angetrieben durch die Schreie der Frau und die Lederriemen, die auf ihre Rücken herabzuckten.

Im Lager schreckten einige der Soldaten auf, viele verließen ihre Zelte, um zu sehen, wer für diesen ungewohnten Lärm sorgte.

Die kensustrianische Kriegerin jagte mit dem Karren ohne Zögern durch die Reihen der Wachen, die sich mit Schild und Speeren in den Weg stellten. Die Pferde überrannten die Männer einfach, weiter und immer weiter rollte der Wagen mit dem Pulver und erreichte den tiefer gelegenen Anfang des Heerlagers.

Durch die holprige Fahrt rutschte jedoch der Gleiter immer weiter nach hinten, bis er schließlich ganz hinabfiel und in großen Kreisbewegungen in die Schlucht tauchte.

Hetrál raufte sich die Haare.

»Sie ist eine Kriegerin«, sagte einer der Männer gedämpft. »Sie wird ihren Auftrag erfüllen.«

Was wohl als Beruhigung für den Kommandanten gedacht war, sorgte bei dem Meisterschützen noch mehr für Bestürzung. Wenn sie den Wagen anhalten oder abspringen würde, könnte er es verstehen.

Aber die Kensustrianerin, die bemerkte, dass ihre

Fluchtmöglichkeit verloren war, peitschte die Pferde umso wilder an.

Endlich erreichte sie die Mitte der kleinen Zeltstadt. Erste Pfeile wurden nach ihr geschossen und trafen sie. In dem Augenblick, als sie die Fackel entzündete, um sie durch eine kleine Sichtluke in das Innere des Wagens zu schleudern, durchbohrte ein Geschoss ihren ungeschützten Hals. Hetrál zuckte bei dem Anblick zusammen.

Mit immenser Willenskraft schaffte es die blutüberströmte, sterbende Kriegerin, die brennende Lichtquelle durch die Klappe zu schieben.

»Was, bei Tzulan, ist da draußen los?«, fluchte Varèsz und langte nach seinem martialischen Zweihänder. Als er breitbeinig vor sein Zelt trat, sah er noch, wie eine Frauengestalt mit grünen Haaren eine Fackel in den Wagen mit dem Pulver warf, bevor sie vermutlich tot zusammenbrach.

Seine Augen weiteten sich vor Schrecken. Der aufblitzende Flammenschein spiegelte sich in seinen Pupillen wider, die sich durch die unerwartete Helligkeit stecknadelgroß zusammenzogen.

Der mit Eisenblechen beschlagene Karren barst auseinander wie eine zu prallgefüllte Schweineblase, sandte Glut- und Feuerwolken in alle Richtungen. Die Erde erzitterte, die Berghänge wankten und wackelten, Geröll und Schnee lösten sich durch die Gewalt der Detonation ab, wälzten sich als Lawinen auf das Lager herab.

Den Strategen hob es von den Beinen, und er wurde nach hinten geschleudert. Erst in der letzten Sekunde bekam er den Leinenstoff seines Zelts zu fassen, das sich durch die Druckwelle zusammenfaltete.

Varèsz sah unter sich den schwarzen Abgrund, in den er stürzte. Nach einigen Metern hielt ihn der Stoff, an den er sich klammerte, von einem weiteren Fall ab. Sein

Zweihänder verfehlte ihn um Haaresbreite und verschwand in der Tiefe.

Der Krieger stieß einen wilden Schrei aus, um seiner Wut freien Lauf zu lassen und einen klaren Gedanken fassen zu können.

Er hangelte sich bedächtig an den Überresten seiner Behausung empor, um sich außer Atem zurück auf den Felsenteller zu schwingen.

Die Zelte, die um den Krater, an dem der Karren gestanden hatte, einst positioniert waren, existierten nicht mehr. Ihre kokelnden Reste flatterten wie zerfetzte Gespenster durch die Luft, die anderen weiter entfernten Truppenbehausungen lagen größtenteils flach gedrückt am Boden.

Eine Vielzahl seiner Soldaten waren von der Wucht davon gefegt worden, lagen in wirren Knäueln umher, manche mit grotesk verrenkten Gliedmaßen. Die Zelte am Rand des Passes waren von Schnee und Geröll bedeckt. Wen es unter dieser Schicht begraben hatte, würde keine Aussicht auf Überleben haben.

In dem furchtbaren Chaos fiel ihm eine Gruppe von hoch gewachsenen Soldaten auf, die sich viel zu zielstrebig in Richtung der Bombarde bewegten. Ihre merkwürdig gefasste Verhaltensweise passte so gar nicht zu den Ereignissen.

Hastig suchte er sich ein anderes Schwert und nahm die Verfolgung der Männer auf, von denen er annahm, dass es weitere Kensustrianer waren.

Varèsz sah unterwegs aus den Augenwinkeln ein vielfarbiges Schimmern. In einem Reflex warf er sich nach vorne und entkam der Klinge, die ihm ansonsten seitlich in den Oberkörper gefahren wäre. Er rollte sich über die Schulter ab und schlug noch aus der Bewegung zu, doch als seine Waffe auf die Schneide seines unbekannten Gegners traf, brach sie einfach in der Mitte durch.

»Eine verdammte aldoreelische Klinge. Dann musst

du Hetrál sein«, stieß er aus und sprang nach hinten, um sich außer Reichweite zu bringen. »Wenn die Diamanten am Griff nicht gefunkelt hätten, wäre ich tot.«

Der Mann vor ihm, der im Mantel seiner eigenen Soldaten steckte, blickte ihn entschlossen an und setzte seine Angriffsserie fort.

»Wenn du gedacht hast, ich hielte still, täuschst du dich aber. Auf einen solchen Kampf lasse ich mich bestimmt nicht ein.« Der Stratege rannte los und setzte über Leichen und Gestänge hinweg.

Als er sich umdrehte, war der Angreifer zwischen seinen eigenen Truppen verschwunden.

Varèsz brüllte ein paar Männer zusammen und rannte zur Bombarde, bei der die Kensustrianer angekommen waren.

»Vorsicht!«, schrie er über den Platz. »Das sind Verräter! Gebt Acht!«

Seine Vorahnungen wurden bestätigt. Kaum erreichten die großen Männer das Geschütz und die Bedienungsmannschaft, die gerade mit Laden fertig wurde, zückten sie Schwerter und stachen auf den Goldenen sowie dessen Knechte ein.

Der Stratege gelangte mit seinem Pulk an der Bombarde an und stürzte sich in den Nahkampf gegen die verhassten Grünhaare.

Zum ersten Mal stand Varèsz den kensustrianischen Kriegern und Kriegerinnen gegenüber. Bereits nach dem ersten Schlagabtausch stufte er sie als hochgefährlich ein. Ihre Schwertkunst war ungewöhnlich, schnell und präzise. Nur wenigen außer ihm gelang es, sich gegen die fremden Kämpfer zu behaupten.

Allmählich wurde man im Lager auf die Situation an der Bombarde aufmerksam. Mehr und mehr Männer stürmten gegen die Kensustrianer an, die mit ihren Schwertern eine Wand aus wirbelndem Stahl erzeugten, deren Berührung tödlich endete.

Varèsz konzentrierte sich so stark auf die Attacken der Kensustrianerin, dass er nicht bemerkte, wie jemand hinter ihn trat. Diesmal warnte ihn nichts, und die aldoreelische Klinge fuhr von hinten durch seinen Körper, als bestünde er aus weichem Wachs.

Röchelnd brach der Anführer der Belagerer in die Knie, die Fingerspitzen fuhren prüfend über das stinkende, schwarze Blut, das aus der Wunde sickerte. Verständnislos betrachtete es der Stratege.

Da zerrten ihn seine Leute schon nach hinten und trugen ihn aus der Gefahrenzone.

Hetrál hob seine Waffe gerade ein zweites Mal, als ihm ein Tzulandrier in den Arm fiel. So verpasste er die Gelegenheit, Varèsz sicher ins Jenseits zu befördern. Der Soldat starb für seinen Anführer.

Wir müssen zurück. Wir haben getan, was wir konnten. Der Turît gestikulierte zur Festung, und die verbliebenen fünf Kensustrianer machten sich zusammen mit ihm auf den Rückweg.

Sie sprinteten über die Plattform und versuchten, ihre Verfolger abzuschütteln. Schlecht gezielte Pfeile sirrten in der Dunkelheit an ihnen vorbei, bis Hetrál ein schmerzhaftes Ziehen im Nacken spürte.

Kurzzeitig geriet der Kommandant ins Stolpern, fing sich aber dank der Hilfe eines Kensustrianers wieder. Als sie das Tor erreichten, wurde die Notluke für sie geöffnet. Atemlos sanken sie hinter dem schützenden Holz auf die eiskalte Erde.

»Wir haben den Geschützmeister samt seinen Leuten getötet, Kommandant«, erstattete einer der Grünhaare einen knappen Bericht. »Damit dürfte die Bombarde nutzlos geworden sein.«

Ein Cerêler lief herbei, um den Turîten zu behandeln. Ein Bolzen hatte die dünne Rüstung durchschlagen und das Genick nur knapp verfehlt. Hetrál genoss das grüne, angenehme Leuchten, frische Kraft kehrte in ihn zurück.

Damit haben wir sie so gut wie geschlagen, sagte er im Liegen mit den Fingern. *Ohne Pulver, ohne Nachschub sind sie, wenn der Winter richtig kommt, verloren.*

Ein Dröhnen aus dem Innenhof alarmierte die Gruppe, hastig rannten sie aus dem Torbogen des Eingangs hinaus, um zu sehen, was geschehen war.

Hetrál erkannte die Figur, die gerade aus ihren Handflächen gleißende Strahlen gegen die Matafundae sandte und eine nach der anderen zerstörte. Etliche Männer lagen leblos am Boden des Hofes, offenbar hatten sie versucht, dem unverwundbaren Wesen die Stirn zu bieten.

Echòmer! Die Hand legte sich an die aldoreelische Klinge. *Bleibt zurück. Ihr könnt nichts gegen ihn ausrichten.* Der Kommandant stürmte los, um das Wesen mit einem einzigen Hieb der Wunderwaffe zu teilen.

Aber der Gehilfe Nesrecas musste über einen zusätzlichen Sinn verfügen. Schnaubend ließ er von der letzten zusammenbrechenden Wurfmaschine ab.

Das hohlwangige, blasse Gesicht wandte sich dem Meisterschützen zu, die Augenhöhlen glommen auf, und ein grausames Lächeln entstand in dem Antlitz. Die Hände formten ein Symbol, aus dessen Zentrum sich ein dunkelroter, fast schwarzer Blitz löste.

Aber bevor die Kraft den Kommandanten einhüllte, erstrahlten die Diamanten am Griff der aldoreelischen Klinge wie sonnenbeschienene Wassertropfen. Eine oszillierende Wand baute sich für einen Sekundenbruchteil auf, absorbierte die magische Attacke und verschwand.

Echòmer stieß einen Fluch aus, machte einen Schritt rückwärts in die Schatten und war verschwunden.

Wer sagt es denn? Hetrál gab der Waffe einen vorsichtigen Kuss.

Einer seiner Offiziere lief auf ihn zu. »Kommandant, es tut mir Leid. Ich habe keine Ahnung, wie er in die Festung gekommen ist. Ganz zu schweigen davon, wohin er gegangen ist. Er ließ sich einfach nicht aufhalten, er …«

Schon gut, gestikulierte er. *Ihr hättet ihm nichts anhaben können. Aber um die Wurfmaschinen ist es natürlich schade. Sie hätten uns noch gute Dienste leisten können.*

»Es kommt aber noch schlimmer«, meinte der Offizier bedrückt. »Er hat uns alle unsere Speere und Pfeile für die Schleudern zerstört. Die Amphoren mit den Stoffen für das unlöschbare Feuer sind zertrümmert.«

»Hetrál!«, schallte es leise von draußen. »Zeig dich! Ich will mir dir sprechen.«

Der Turît erklomm die Stufen und begab sich auf die Zinnen des Wehrganges der Mauer. In sicherer Entfernung stand Varèsz, gestützt von zwei Leuten.

»Ich gebe euch da drinnen eine letzte Gelegenheit, euch zu ergeben und Windtrutz zu verlassen. Andernfalls stürmen wir morgen. Ihr habt nichts, mit dem ihr euch gegen uns verteidigen könnt.« Der Stratege hustete Blut. »Ich werde diese Festung für den Hohen Herrn einnehmen, und wenn es das Letzte ist, was ich tue.«

Grimmig umfasste der Meisterschütze die aldoreelische Klinge. *Wir beide werden ihm zeigen, dass er am Ende seines Weges angekommen ist.*

»Nein«, ließ er einen Offizier rufen. »Wir werden euch besiegen. Im Namen Ulldrael des Gerechten.« Seine Männer im Hof jubelten auf. »Diese Festung wird als Symbol gegen das Böse bestehen bleiben, und nichts und niemand wird daran etwas ändern!«

»Wir sehen uns morgen bei Sonnenaufgang, Hetrál. Gnade wird nicht gewährt.« Der Stratege wandte sich ab und kehrte zum Lager zurück.

Hetrál fröstelte. Erst nun bemerkte er die eisige Kälte, die schon lange durch seine dünne Kleidung gedrungen war. Die aufregenden Ereignisse hatten ihn die Temperaturen vergessen lassen, nun rächte sich der Körper dadurch, dass er in unkontrollierbares Zittern verfiel.

Aber diese letzte Schlacht wollte er ausgeruht angehen. Auf dem Weg zu seinem Quartier blieb sein Blick an einer Reihe von Eiszapfen hängen.

Die Sonnen erhoben sich am folgenden Morgen und durchdrangen die letzten schwarzen, rußigen Schwaden, die von den kokelnden Trümmerstücken der Wandeltürme stammten. Die Strahlen beschienen die in Schlachtordnung aufmarschierten Truppen des Kabcar, die schweigend zu Windtrutz blickten. Nur gelegentliches Rasseln von Rüstungen oder Waffen brach die Stille.

Dichte weiße Atemwolken stiegen aus den Nasen und Mündern der knapp siebentausend Männer, die Lawinen und Explosion überstanden hatten. Zum Hass auf die Eingeschlossenen gesellte sich die Einsicht, dass sie nur hinter den Mauern die kälteste Zeit des Winters überstehen würden. Und daher mussten die Staatenbündler aus zwei Gründen sterben. Allein der Überlebenswille war Ansporn genug.

Varèsz ritt an die Festung heran, die wie ausgestorben vor ihm lag. Niemand schien sich um die Übermacht zu kümmern, die sich nur wenige Meter vor den Toren in Position begab. Die Katapulte waren unbemannt.

»Gebt ihr nun auf, Staatenbündler, oder nicht?«

In seinem Rücken wurden Befehle gebrüllt, und eine Bewegung ging durch die Reihen. Gleich würde ein besonderer Sturm über Windtrutz hereinbrechen, und dieser Gewalt würde es nicht standhalten

Das Gesicht eines Offiziers erschien zwischen zwei Zinnen. »Ich soll von unserem Kommandanten ausrichten, dass ihr den heutigen Tag nicht überstehen werdet, wenn ihr einen Angriff wagt. Ulldrael der Gerechte ist auf unserer Seite.«

»Das trifft sich hervorragend«, rief der Stratege zurück, »dann töten wir ihn gleich mit.« Es tat einen schmerzhafter Stich in seinen Innereien, die arg unter der Wunde, die die aldoreelische Klinge hinterlassen hatte, zu leiden hatten. »Auf unserer Seite ist Tzulan, der Gebrannte Gott! Hört, was er Ulldrael zu sagen hat.«

Die »Stimme Tzulans« stieß ihren letzten Schrei aus. Die Granitkugel flog gegen die beschädigte Mauer und brachte die Steine zum Einsturz. Eine Bresche öffnete sich, breit genug, um vier Mann nebeneinander passieren zu lassen.

Die Angreifer setzten schlagartig zum Sturm an, näherten sich in breiter Front, um an möglichst vielen Stellen das Hindernis erklettern zu können und den Verteidigern keine Gelegenheit zur Abwehr zu geben.

Als die Soldaten etwa fünf Meter von der Mauer entfernt waren, rutschten die Ersten plötzlich aus und schlugen der Länge nach hin. An anderen Stellen ließen sich die Enden der Leitern und Klettergestelle nicht anlegen, weil sie von einer Eisschicht immer wieder abglitten.

Varèsz, der weiter hinten geblieben war, durchschaute die List. Die Staatenbündler mussten über Nacht in ihrer Verzweiflung die Zinnen, Außenwände und den Boden mit Wasser begossen haben, das natürlich in kürzester Zeit gefroren war.

Baumstammlange Balken, die von den Wurfmaschinen stammten, wurden über Mauer geworfen und stürzten auf die Angreifer herab. Tot oder verletzt blieb mancher Gegner liegen. An Seilen zog man die schweren Pfähle in die Höhe, nur um sie gleich darauf nach unten sausen zu lassen.

»Sie sollen Asche von hier nehmen und sie vor der Bresche ausstreuen«, sagte er zu seinem Signalgeber, der die Anweisung des Strategen mit Wimpeln weitermeldete.

Die Soldaten reckten die Schilde als Schutz gegen die gelegentlich geworfenen Steinbrocken nach oben, formierten sich vor dem geschossenen Durchgang. Die Rückstände von der Brandstelle wurden auf der glatten Fläche verteilt.

»Wirklich ein schlauer Hund, dieser Turît«, meinte Widock, der sein Pferd neben Varèsz lenkte. »Aber nicht schlau genug. Dass wir noch einen Schuss in der gerichteten Bombarde hatten, entging ihm wohl gestern.«

»Und das wird seinen Untergang bedeuten«, meinte der Stratege grimmig und zog sein Schwert. »Los, ich will dabei sein. Rollt das letzte Pulverfass ans Tor.«

Die beiden Männer preschten auf ihren Tieren nach vorne, während der letzte Sack mit dem explosiven Stoff, der neben der Bombarde gelagert hatte, im runden Behälter verschwand und durch ein Kommando vor die beschlagenen Flügel des Portals gelegt wurde.

Doch bevor die Lunte gezündet werden konnte, starb der Fackelträger durch einen Stein, der ihm den Schädel zerschmetterte. Ein Hagel aus Felsbrocken trieb die Tzulandrier zurück.

Um die Bresche herum scharten sich immer mehr Kämpfer, um auf das Zeichen ihres Anführers hin endlich in die Festung einzudringen. Der Untergrund war dank der Asche nicht mehr rutschig.

»Widock, wir ...«, wandte sich Varèsz an seinen Untergebenen und erstarrte.

Ein durchsichtiger Speer, in dem sich das Licht der höher steigenden Sonnen schillernd brach, steckte dem Mann beinahe senkrecht im rechten Schlüsselbein. Blut troff vom Sattel in den weißen Schnee. Langsam rutschte der Sterbende von seinem Pferd.

Fluchend sah der Befehlshaber der Belagerer nach oben, von wo das Geschoss gekommen war. Hinter jedem der Katapulte auf den Mauern standen Schützen und richteten die Läufe auf die Truppen des Kabcar aus.

Einer der Feinde reckte triumphierend den Handschuh, in dem sich ein weiterer gläserner Speer befand.

Eis. Sie haben sich Munition aus Eis gemacht.

Alsdann füllte sich der Himmel mit unzähligen schimmernden und blinkenden Spießen.

Hetrál wiederholte in Gedanken immer wieder den Namen des Gerechten. Als er den Schuss aus der Bombarde hörte, dachte er zunächst wirklich, dass ihr aller Schicksal besiegelt sei. Doch die kensustrianischen Repetierkatapulte schleuderten eine Eislanze nach der anderen in tödlichem Stakkato in den Pulk der Tzulandrier und tarpolischen Freiwilligen, die Magazine mussten ständig ausgetauscht werden.

Die Schützen auf den Brustwehren konnten sich das Zielen fast sparen, die Menge an Soldaten war so groß, dass sie einfach nur in die Richtung hielten. Die Speere aus gefrorenem Wasser, die über Nacht auf dem Hof hergestellt worden waren, durchschlugen Lederrüstungen mit Leichtigkeit. An stärkeren Metallpanzern zersprangen sie zwar größtenteils, dennoch reichte die Wucht aus, Verletzungen und Knochenbrüche herbeizuführen.

Härter dagegen brandete der Kampf an der Bresche auf, mit der die Verteidiger nicht gerechnet hatten. Angestachelt von der Aussicht, die Festung endlich in Besitz zu nehmen, drängten sich Angreifer durch die Lücke und brachten die knapp dreihundert Verteidiger, die der Kommandant an die Stelle beorderte, in arge Bedrängnis.

»Kommandant, sie haben uns ein Fass vors Tor gelegt«, meldete einer der Schützen, der gute Einsicht dorthin hatte. »Sie feuern mit Brandpfeilen darauf.«

Alarmiert winkte Hetrál zehn Mann zu sich heran und eilte an den Eingang. Ein vorsichtiger Blick durch das Guckloch verriet ihm, dass die Angreifer weit genug weg waren. Schnell wurden die Bolzen und Verstrebungen vor der kleinen Tür in der Portaltür entfernt, Hetrál huschte hinaus und rollte das Fass hinein. Hastig löschte er die brennenden Geschosse.

Als er erkannte, was im Inneren lag, überlief es ihn kalt. *Bringt das Fass auf den Wehrgang über der Bresche und schüttet die Hälfte auf die Gegner. Das Zeug müsste nur durch einen Funken entzündet werden und sie verbrennen,* gestikulierte er einem Offizier.

Sein Plan ging auf. Zischend flammte das Pulver auf, und wenn es auch mehr Angst denn Verletzte bei den Angreifern verursachte, sie zogen sich zurück. Nicht nur das. Die ganze Streitmacht zog sich vorerst zurück.

Die Augen des Kommandanten schweiften von den Zinnen herab über das Plateau, das von Verletzten und Toten übersäht war.

Etwa viertausend der Soldaten des Kabcar hatten den grausamen Kampf überstanden. In Blick in den Innenhof ließ ihn dreihundert eigene Tote zählen. Hetrál wusste, dass Varèsz nicht eher abließ, bis Windtrutz entweder aufgeben würde oder besiegt war. Da Hemeròc nicht weiter zum Einsatz kam, schätzte der Turît, dass es der Stratege als eine persönliche Angelegenheit betrachtete, diese Aufgabe zu lösen.

Er ließ noch mehr Steinbrocken der zerstörten Türme auf die Wehrgänge bringen, weitere Eislanzen vorbereiten und die Bresche stopfen, danach gönnte er sich vor dem nächsten Ansturm, der unweigerlich kommen musste, etwas Schlaf.

Diesmal war es an Varèsz, eine List zu benutzen, wie sie widerlicher nicht hätte sein können.

Aus den rasch erstarrten Leichen der Schlacht ließ er gegen Abend eine Rampe auftürmen, den sich bildenden Grat auf der Steigung legte er mit Schilden aus, um eine bessere Trittsicherheit zu erreichen.

Der neuerliche Vorstoß begann mitten in der Nacht, den die Verteidiger mit Katapulten, Steinen und kochendem Wasser zurückschlugen.

Eine kleinere Gruppe von dreihundert Mann nutzte die Gelegenheit und öffnete mit Hilfe eines Rammbocks die Bresche ein zweites Mal. Als sie unter der Führung von Varèsz in den Hof von Windtrutz stürmten, stand ihnen nur die gleiche Anzahl von Staatenbündlern gegenüber, da der Rest sich auf den Wehrgängen herumschlug.

Varèsz musste die Besten seiner Armee ausgesucht haben, denn sie setzten den Verteidigern dermaßen zu, dass sich deren Reihen lichteten. Die Männer Hetráls vor sich her drängend, näherten sich die Feinde Schritt für Schritt dem Eingangstor. Wenn es ihnen gelingen würde, es zu öffnen, würde das Bollwerk endlich fallen. Der Stratege hielt dabei immer ein offenes Auge auf seine Umgebung, damit er den Kommandanten entdeckte.

Der Turît führte seine letzten fünfzig Soldaten, die er auf den Brüstungen entbehren konnte, von hinten gegen die Eindringlinge, um sie aufzureiben. Doch die Tzulandrier mit ihrer Disziplin waren so leicht nicht einzuschüchtern. Die Schilde zu einer stabilen Wand geformt, hinter der gelegentlich Schwerter und Speere hervorzuckten, marschierten sie einfach weiter.

Varèsz entledigte sich mit einem wilden Schrei und einem brachialen Hieb seines Gegners, um sich gegen den Meisterschützen zu wenden. Dessen aldoreelische Klinge zerschlug jeglichen noch so dicken Schutz. Wie sich ein Schnitter mit seiner Sense durch ein Kornfeld mähte, so arbeitete sich der Kommandant durch die gegnerischen Reihen.

Aber das Schwert war auf Dauer zu schwer für ihn, sein Arm wurde lahmer und lahmer, die Wucht ließ bald nach.

Darauf hatte Varèsz gewartet. Die Waffe war der angemessene Ersatz für seinen verlorenen Zweihänder. Und den Stummen erhielt er als Dreingabe.

Beim nächsten Ausholen hechtete er gegen den außer Atem geratenen Kommandanten der Festung, ungeachtet der eigenen Verletzung, und schlug ihm den Panzerhandschuh ins Gesicht.

Benommen verdrehte Hetrál die Augen, seine Finger gaben das kostbare Schwert frei.

Rau lachend nahm der Stratege die aldoreelische Klinge, sprang auf und reckte sie in die Höhe. Einen Fuß stemmte er gegen den Brustkorb des Liegenden. Im allgemeinen Kampfgetümmel bemerkte fast niemand, in welcher Lage sich der Turît befand. Um Hilfe rufen konnte er ohnehin nicht. Die wenigen, die ihrem Anführer beistehen wollten, wurden von den Tzulandriern zurückgedrängt.

»Erkenne es vor deinem Tod: Der Gebrannte Gott stand uns bei. Aber Ulldrael muss den Kampf wohl verschlafen haben. Es sieht so aus, als würde ich mir eine weitere Burg nehmen.« Varèsz beugte sich vor, vereinzelte Haarsträhnen baumelten vom Helm herab. Beinahe zärtlich berührte der Krieger eine davon. »Deine wird gleich ebenso da hängen.« Die Spitze des Schwertes wanderte nur einen Fingerbreit vom Körper entfernt an dem halb ohnmächtigen Kommandanten entlang, um über dem Herz zum Stehen zu kommen. »Ich bin nicht ganz so grausam, wie manche denken. Du bekommst einen schnellen Tod, weil ich deine Verschlagenheit anerkenne.« Die Schneide hob sich zum Schlag empor und stieß pfeifend herab.

Klirrend traf der Stahl der aldoreelischen Klinge auf unerwarteten Widerstand. Eine zweite Waffe wurde ihr kurz vor dem Brustkorb des Turîten in den Weg gehalten und blockierte sie, bevor sie in den Leib des Meisterschützen eindringen konnte.

»Wie …«, brüllte Varèsz wütend und wandte sich mit verzerrtem Gesicht zur Seite.

Eine übermenschlich breite und große Gestalt stand neben ihm, den Körper in Pelze gehüllt, auf dem Kopf einen Helm aus schwarzem und weißem Rosshaar. Mit einer knappen Bewegung des linken Arms entledigte sie sich des Kälteschutzes, und im Schein der Fackeln schimmerte das polierte Metall eines gravierten Plattenpanzers auf.

»Es mag sein, dass Ulldrael schläft. Aber Angor ist sehr wach«, sagte eine ihm bekannte Stimme ruhig. »Das, was Ihr beabsichtigt, kann ich nicht zulassen.«

»Das werdet Ihr müssen, Großmeister«, knurrte der Stratege und schlug nach dem Ritter. »Auch wenn ich keine Ahnung habe, wie Ihr hierher gekommen seid und was Ihr wollt. Der Kampf geht Euch nichts an. Ihr kämpft gegen den Kabcar, Mann!«

»Das habe ich Rodmor von Pandroc auch gesagt«, gab Nerestro von Kuraschka mit ernstem Gesicht zurück, während er den Hieb spielerisch leicht parierte. »Aber als Gregur Arba von Malinkur sagte, ich fände seinen Mörder hier, konnte ich nicht anders.«

»Wer, bei Tzulan, ist Malinkur?« Varèsz setzte zu einer Serie von Angriffen an, die der Ritter abblockte. Er sah sehr gelangweilt dabei aus. Doch die Augen verrieten etwas von der Konzentration, die hinter den so leicht aussehenden Bewegungen steckte, die goldene Bartsträhne an seinem Kinn pendelte hektisch hin und her. »Und was habe ich damit zu schaffen?«

Hetrál beobachtete den Kampf, der vor ihm stattfand, wie durch einen Schleier. Für ihn machte der riesige Mann den Eindruck, als sei er Angor persönlich, der zu seiner Hilfe geeilt sei. Seine eigenen Männer fühlten sich durch das Auftauchen des Ordenskriegers obenauf und droschen umso rastloser auf ihre Gegner ein. Das Blatt wendete sich zu Gunsten der Verteidiger.

»Ihr kanntet ihn, Varèsz.« Nerestro verfolgte die Bahn des gegnerischen Schwertes, parierte die Klinge blitzartig und rammte dem Strategen seine Waffe bis zum Heft ins Herz. Gleichgültig schaute er in die brechenden Augen des Mannes. »Es war der Großmeister, den ich in seinem Amt beerbte.«

»Ja, ich erinnere mich«, stotterte Varèsz verzerrt. Seine Worte waren kaum zu verstehen, mehr ein Keuchen denn ein Sprechen. »Nesreca meinte, Ihr würdet einen besseren Großmeister abgeben.« Blut lief ihm aus dem Mundwinkel. »Er hat sich wohl getäuscht.«

Der Ritter drehte die Klinge in der Wunde, bis sie eine waagrechte Position erreichte. »Ihr habt ihn feige erstochen, Varèsz. Und dafür musstet Ihr sterben.« Die Muskulatur seiner Oberarme spannte sich, die Schneide wanderte durch den Oberkörper, Knochen knackten. Zusammen mit einem Schwall stinkenden Blutes und undefinierbarer Flüssigkeiten trat das geschliffene Metall aus. Danach schlug er dem Fallenden den Kopf von den Schultern. »Ihr werdet in der Geschichte Ulldarts nie mehr eine Rolle spielen.«

Der Tod ihres Anführers ließ den Widerstand der Tzulandrier kurz vor dem Tor zusammenbrechen, die Verteidiger überwältigten sie im Handumdrehen. Einer der Offiziere packte den Schädel des Strategen und rannte damit auf den Wehrgang. Triumphierend stieß er ihn in die Luft und verkündete das Ende von Varèsz.

Augenblicklich stockten die hoheitlichen Truppen auf der Rampe, um sich danach in aller Eile zurückzuziehen. Die Jubelrufe der Staatenbündler und die letzten Eisgeschosse folgten ihnen nach.

Hetrál schenkte dem Großmeister der Hohen Schwerter eigenhändig heißen Wein ein, was Nerestro mit einem freundlichen, knappen Nicken quittierte.

Nach dem abrupten Ende der Schlacht hatten sich die

Offiziere, die Kensustrianer, der stumme Kommandant und der Ordenskrieger samt seinem Gefolge in der Halle des Haupthauses versammelt.

»Ich hörte also von Arba von Malinkur, dass er von diesem Mörder im Kerker einfach erstochen worden war. Also machte ich mich auf den Weg, weil ich wusste, dass er Windtrutz belagert. Zudem befindet sich eine aldoreelische Klinge hier, auf die wir aufpassen werden, damit keine Menschen wie der Stratege sie in die Finger bekommen. Wenn Sinured wirklich aus dem Ruder läuft, muss es etwas auf dem Kontinent geben, das ihn aufhält.« Er deutete nach hinten und stellte drei Ritter vor. »Sie werden von heute an und mit ausdrücklicher Erlaubnis von König Perdór immer in Eurer Nähe sein, Kommandant.«

Der Meisterschütze bedankte sich mit einer Verbeugung.

»Wir kamen an, sahen den tobenden Kampf und bahnten uns einen Weg durch die Bresche. Den Rest der Geschichte kennt Ihr. Als ich mich das letzte Mal von Varèsz trennte, sagte er seltsamerweise voraus, dass wir uns auf dem Schlachtfeld wieder sähen.« Nerestro erhob sich, um sich vor den großen Kamin zu stellen. »Es wäre mir sehr recht, wenn Ihr über die Todesart von Varèsz Stillschweigen bewahrt. Es ist nicht so, dass ich mich wegen der Tat schäme, vielmehr war es meine Pflicht. Aber ich fürchte um die Zukunft meines Ordens.« Er hielt einen Moment inne und schaute abwesend in die Luft. »Auch Rodmor ist dieser Ansicht. Wenn einer büßen muss, dann ich. Nicht der ganze Orden.«

Was habt Ihr vor? gestikulierte Hetrál, einer seiner Untergebenen übersetzte. Über die Verhaltensweise des Mannes kümmerte er sich nicht, ein Knappe Nerestros hatte ihm die Erklärung zugeflüstert.

»Nichts«, meinte Nerestro. »Ich werde mich an meinen Schwur halten, den ich dem Kabcar gab: ewige

Treue dem Herrscherhaus Bardri¢. Dummerweise gehört der Konsultant, der wahre Schuldige am Tod des alten Großmeisters, dazu. Er ist somit vor mir geschützt. Ich kümmere mich lieber um die Sicherung der letzten aldoreelischen Klingen.«

Ich denke nicht, dass Varèsz dem Herrscherhaus angehörte, meinte der Turît zwinkernd, wieder lieh ihm ein Offizier seine Stimme. *Insofern hättet Ihr nicht einmal gegen den Schwur gehandelt.*

»Ihr wisst, was ich meine, Kommandant. Ich fürchte die Intriganz des Beraters. Also machen wir Euch zum Helden. Es wird sich auch besser auf die Moral Eurer Leute auswirken, wenn sie Euch für den Bezwinger des grausamen Menschen halten. Den wenigen, die die Wahrheit kennen, würde ich das Schweigen befehlen.«

Hetrál nickte als Zeichen der Zustimmung. *Ich will Euch aber nicht ewig um den verdienten Ruhm betrügen. Wenn das alles vorüber ist, sollen die Menschen auf Ulldart hören, wer der wahre Retter von Windtrutz ist, das verspreche ich Euch.*

»Unsere Aufklärer haben bestätigt, dass sich die restlichen zweitausend Mann zurückziehen«, meldete sich einer der Kensustrianer zu Wort. »Sie begannen nach einer kurzen Beratung mit dem Abstieg ins Tal. Vermutlich haben sie keine Vorräte mehr.«

Dann werden wir die Zeit nutzen, Verstärkung anzufordern und die Festung in Stand zu setzen. Perdór freut sich bestimmt, wieder einen Brief von mir zu erhalten, was nach Aufhebung der Belagerung leichter möglich sein wird. Der Meisterschütze lächelte. *Die ganzen Toten auf unserer Seite haben ihr Leben nicht umsonst gelassen.*

»Dann trinken wir auf den ersten Sieg des Guten auf Ulldart!« Ein kensustrianischer Krieger hob sein Glas in die Höhe. »Ilfaris, Tersion und Kensustria, der Staatenbund, der die Truppen des Kabcar zum ersten Mal in die Knie zwang. Er lebe hoch!«

Die Männer stießen lachend miteinander an.

Hetrál musterte das Gesicht des Großmeisters über den Rand seines Glases. Windtrutz würde noch lange stehen, da war er sich sicher. Zusammen mit dem wundervollen Schwert an seiner Seite widerstand er sogar den Helfern des Konsultanten.

Er schloss müde die Augen und malte sich in seiner Fantasie einen blühenden Kontinent aus, wenn der Kabcar, Nesreca und die ganze Brut hinweggefegt worden waren. *Es wird nicht mehr lange dauern,* dachte er bei sich. *Die Götter sind wieder mit uns.*

Mit solch aufmunternden Gedanken schlief er erschöpft, aber zufrieden in der Halle ein.

Kontinent Ulldart, Großreich Tarpol, Hauptstadt Ulsar, Winter 457 n. S.

»Habt Ihr mir zugehört?«, wiederholte Mortva energisch, seine Stimme hallte durch den hohen, lichtdurchfluteten Raum. »Ich sagte, dass der Staatenbund unsere Streitmacht am Eispass aufgerieben hat. Zweitausend Mann haben sich retten können und ziehen jetzt marodierend und verwahrlost durch Hustraban.«

»Ich darf doch sehr bitten!«, rief Lodrik nicht weniger laut und sprang von seinem Sessel auf, die Hände stützten sich auf die Arbeitsplatte des Schreibtischs, auf dem sich lose Blätter, Bücher und Hefte türmten. »Mortva, Ihr habt darauf bestanden, dass diese Festung fällt, nun seht zu, dass Ihr sie eingenommen bekommt. Ich hätte die zwölfhundert Mann dort hocken lassen, bis sie durchgefroren wären.« Das Blau seiner Augen wurde eiskalt. »Um Varèsz weine ich keine Träne, er war ein durch und durch schlechter Mensch, dessen Vorliebe allein dem Töten galt. Nun wird es Eure Aufgabe sein, Vetter, adäquaten Ersatz zu finden. Bei den Menschen, die Ihr kennt, wird es keine große Schwierigkeit sein. Die erste Aufgabe des Glücklichen wird sein, diese zweitausend Verräter, die mein Volk bedrohen, zur Vernunft zu bringen, gleich wie.«

Die Lippen des Konsultanten wurden zu einem dünnen Strich, das Gesicht wandelte sich zu einer ausdruckslosen Maske. »Ich habe verstanden, Hoher Herr.«

»Sehr gut, geschätzter Berater«, sagte der Herrscher und setzte sich wieder. »Ich muss an meinen Unterlagen weiterarbeiten. Falls es Euch interessiert, ich habe einen Weg gefunden, wie wir alle Völker gleich behandeln können. Meine Vision von einem einzigen großen Königreich des Volkes, beherrscht von sich selbst und allen, nimmt klarere Konturen an.« Begeistert hielt er dem Mann mit den silbernen Haaren eine Skizze vor die unterschiedlich farbigen Augen. »Zugegeben, die Eingliederung der Sumpfkreaturen in die Gesellschaft bereitet noch gewisse Probleme, aber ich bin zuversichtlich. Das Modell und die Friedfertigkeit der einstigen Verbotenen Stadt weisen auf eine Lösung hin, wie sie einfacher nicht sein könnte. Wenn wir …«

»Danke, Hoher Herr«, unterbrach ihn Mortva freundlich. »Ich habe noch Angelegenheiten zu regeln. Nachdem wir solch bescheidene Verluste von siebzehntausend Mann und einem genialen Strategen hatten, muss ich nun Soldaten aus dem Boden stampfen.« Er wandte sich um.

»So genial kann er nicht gewesen sein«, hörte er die Stimme seines Herrn mit einem stichelnden Unterton. »Schließlich ist er tot. Meister Hetrál war der Held, der diese Legende köpfte, nicht wahr?«

Mortva drehte sich zu Lodrik. »Ganz recht.«

»Die Befreiung läuft in allen anderen Ländern gut?«

»So schnell, dass Ihr mit den Ausfertigungen über die

›Herrschaft des Volkes‹ nicht nachkommen werdet, Hoher Herr. Tersion gehört in zwei Wochen uns, Regentin Alana die Zweite hat sich ins Kaiserreich Angor abgesetzt.«

»Wie schade. Ich war neugierig, was sie von meinen Plänen hält. In Zukunft wird sich niemand mehr absetzen«, grübelte der Kabcar. »Ich will, dass Ihr die Seeblockade verstärken lasst. Schickt Sinured und vier neue Geschützträger in diese Gewässer, er soll die Schwarze Flotte mit den Bombarden aus dem Wasser heben, wenn sie im Frühjahr ankommt. Das wird noch eine große Herausforderung.«

»Ja, Hoher Herr, das sehe ich genauso. Die Kensustrianer verfügen, wie sich gezeigt hat, über sehr gute Konstrukteure, die …«

»Ich meinte die kensustrianischen Menschen mit ihrer so völlig anderen Mentalität und diesem Kastenwesen«, fiel ihm der junge Herrscher ins Wort. »Aber sei's drum. Geht, Mortva, und erobert den Kontinent zu Ende, damit alle von den Fesseln der Mächtigen befreit werden. Dann ist meine Arbeit getan.«

»Ich kümmere mich darum. Noch ein Jahr, Hoher Herr, dann seid Ihr der große Erneuerer Ulldarts.«

Eilig verließ er das Zimmer und lehnte sich an die geschlossenen Türen. Noch ein oder zwei Sätze mehr, und seine »inneren Werte« hätten ihn überrumpelt. Der Konsultant wandelte gedankenversunken den Korridor hinab, um nach seinen beiden Schülern zu sehen. Govan und Zvatochna beherrschten die Magie so selbstverständlich, wie andere Leute das Essen und Trinken.

Doch das Mädchen geriet zusehends unter den schädlichen Einfluss ihrer Mutter und wandte ihre Aufmerksamkeit ihrer übernatürlichen Schönheit zu, die einem Mann den Kopf verdrehen konnte und ihn seinen Verstand vergessen ließ.

Die Kabcara führte das Mädchen in die feine Gesellschaft von Ulsar ein, auf Bällen flogen der Heranwachsenden die Herzen der Männer nur so zu. Sie bekam, was sie wollte, ohne mit jemandem eine Nacht zu verbringen, ein Augenaufschlag genügte. Im Grunde müsste er sie an die Oper geben oder ins Theater stecken, denn sie beherrschte das falsche Lächeln, die gespielte Traurigkeit und die vorgetäuschte Betroffenheit perfekter als Aljascha.

Krutor war eben Krutor, leicht zu beeindrucken, schwach im Geist, groß wie ein Erwachsener und stark wie drei Männer. Hemeròc würde einen brauchbaren Kämpfer aus ihm machen.

Govan himmelte ihn an, und schon allein deswegen legte er sich bei den Übungen mehr ins Zeug als seine Schwester. Das magische Potenzial schien enorm.

Er fand den Jungen im Unterrichtszimmer allein vor. Der Tadc levitierte sämtliche Möbel des Raumes, inklusive der beladenen, zentnerschweren Bücherregale und der Marmorbüste seines Großvaters. Als sei es das Einfachste von der Welt, saß er dabei auf dem schwebenden Tisch und las ein Buch.

»Meint Ihr nicht, dass Ihr Euch ein wenig überanstrengt, hoheitlicher Tadc?«, erkundigte sich der Konsultant.

»Nein, lieber Mortva«, sagte Govan und klappte seine Lektüre zu. »Schau.« Das mit Folianten und anderen Schriftwerken gefüllte Büchergestell drehte sich einmal um die eigene Achse, ohne dass nur ein einziges Staubkorn zu Boden fiel. »Und dennoch fühle ich mich nicht wirklich gefordert. Ich würde gerne einmal ausprobieren, was ich noch alles mit der Magie zu tun vermag. Ich spüre Größeres in mir.«

Der Mann mit den silbernen Haaren applaudierte, während sich die Gegenstände sanft senkten. »Wir werden uns schon etwas für Euch einfallen lassen, hoheitlicher Tadc.« Suchend blickte er sich um. »Wo ist die Tadca?«

»Sie ist bei ihrer Mutter und lässt sich zeigen, wie man Puder und den ganzen anderen überflüssigen Weiberkram benutzt, falls einmal ihre Zofen krank sein sollten«, meinte der Junge verächtlich und hüpfte vom Tisch herunter. »Sie meinte, sie hat schon geübt.«

»Und Ihr? Seid Ihr ebenfalls fertig?« Mortva strich dem Thronfolger zärtlich über den Kopf.

»Ja. Können wir das Gefängnis noch einmal besuchen?« Die Augen leuchteten. »Bitte, bitte, Mortva. Vielleicht sehen wir wieder eine Folterung?«

»Ich glaube nicht, dass es ein guter Einfall wäre. Euer Vater war nicht sehr erfreut, als er von unserem zufälligen Ausflug hörte«, lehnte er ab. »Zumal Ihr in der Tat noch ein wenig zu jung seid.« Insgeheim jubelte er. Er hatte den Knaben richtig eingeschätzt, als er annahm, der Junge fände Gefallen an Grausamkeit.

»Ach, mein Vater.« Govan wirkte enttäuscht. »Sitzt über seinen Aufzeichnungen, über etwas, was er selbst nicht versteht, obwohl er es sich unentwegt neu ausdenkt. Ich begreife nicht, wie er ein solches Großreich beherrschen kann.« Er lächelte seinen Mentor an. »Er wird es nur seinem Berater verdanken.«

»Danke, hoheitlicher Tadc.« Mortva verneigte sich. »Eure Mutter unterstützt ihn, wo sie nur kann.«

»Ich glaube, du denkst, ich wäre ahnungslos, richtig?« Govan sagte das in einem heiteren Ton, der den Konsultanten aufhorchen ließ. »Ich weiß, dass sie gerne mit anderen Männern zusammen ist. Sie genießt es, im Mittelpunkt zu stehen und um ihrer Schönheit willen bewundert zu werden.« Er kam lächelnd auf den Mann zu. »Und ich weiß, dass ihr beide gelegentlich die Nächte zusammen verbringt, Mortva. Und Zvatochna ahnt es. Aber ich bewahre euer kleines Geheimnis gut auf.«

»Ihr seid zu gütig, hoheitlicher Tadc.«

»Und weißt du auch, warum?«

»Nein, hoheitlicher Tadc.«

»Ich will nicht, dass du hingerichtet wirst.« Der Thronfolger nahm die Hand des Konsultanten. »Ich wünsche mir so sehr, dass du mein Vater wärst. Du bist intelligent und … besser. Dann könntest du das Land regieren. Und zwar wie ein Herrscher. Ein harter Herrscher.«

»Nein, das ist nicht meine Aufgabe, auch wenn mich Euer Wunsch ehrt«, gab Mortva zurück. »Aber wenn Euer Vater eines Tages stirbt, werdet Ihr an seine Stelle treten und, nun ja, könnt ein harter, besserer Kabcar werden.«

Govan stieß die Luft geräuschvoll aus. Der Ausdruck in seinen Augen veränderte sich, wurde gierig und berechnend. »Wie lange lebt denn ein Mensch?«

Mortva lachte leise. »Ihr wollt wissen, wie lange Ihr noch warten müsst, nicht wahr? Aber denkt daran, dass die Dunkle Zeit anbricht, wenn ihm etwas zustoßen würde.«

Der Tadc winkte ab. »Daran glaube ich nicht.«

»Wollt Ihr es auf eine Probe ankommen lassen?«, fragte der Mann mit den silbernen Haaren leise und wartete sorgfältig die Reaktion seines Schützlings ab.

»Das ist Hochverrat, lieber Mortva.« Govan machte nicht den Eindruck, als würde ihn das besonders stören. »Wenn, müsste es nach einem Unfall aussehen.«

»Ihr imponiert mir.« Der Berater verzog das Gesicht. »Ihr werdet es weit bringen.«

Der Knabe lächelte und legte den Kopf ein wenig schief, während er die Hände auf den Rücken legte. »Ich weiß.« Altklug wippte er mit den Füßen auf und ab, die Haltung eines referierenden Lehrers imitierend. »Und du willst mir dabei helfen.«

»Möglich«, meinte Mortva knapp, dem es plötzlich ein wenig zu schnell ging.

»Was hast du meiner Mutter versprochen?«

»Bitte?« Der unheimliche Junge hatte es geschafft, den Konsultanten zu verwirren.

»Sie ist gewieft und machthungrig. Ihr Einfluss auf die Reichen und Mächtigen ist sehr groß. Sie würde gerne selbst auf dem Thron sitzen, aber mit irgendetwas schaffst du es, sie zum Stillhalten zu bewegen« Govan schlich um Mortva herum. »Wie schaffst du es?«

»Ihr täuscht Euch, hoheitlicher Tadc«, wiegelte er ab. »Aber sagtet Ihr nicht vorhin, Ihr wärt auf der Suche nach einer echten Herausforderung für Eure magischen Fähigkeiten?« Augenblicklich erwachte das Interesse des Thronfolgers. »Es gibt eine Festung an der Grenze zu Ilfaris, die Euren Vater siebzehntausend Soldaten und seinen besten Strategen gekostet hat. Sie gilt als uneinnehmbar.« Er hob seinen Zeigefinger. »Für normale Menschen.«

»Ich könnte mich nach Herzenslust austoben?«, fragte der Thronfolger lebhaft.

»Voll und ganz«, sagte der Konsultant. »Ihr würdet Eurem Vater und mir eine große Freude machen, wenn Ihr die Eroberung beschleunigen würdet.«

Govan nahm die Hand des Mannes. »Dann sollten wir sofort aufbrechen.«

Lachend ging Mortva in die Hocke. »Aber nicht doch, hoheitlicher Tadc. Dort wird es so kalt, dass einem kleinen Jungen wie Euch das Blut in den Adern gefriert. Im Frühjahr, wenn ich neue Truppen zusammengezogen und einen Anführer gefunden habe, werden wir hinreisen.«

»Versprochen?«, fragte der Knabe misstrauisch. »Auch gegen den Willen meines Vaters?«

»Versprochen, hoheitlicher Tadc.« Er erhob sich und ging zur Tür. »Nun übt noch ein wenig und geht zu Bett. Ich werde mich um den Krieg kümmern, damit Ihr bald ein noch größeres Reich habt.« Govan schenkte ihm ein liebevolles Lächeln.

Der Mann mit den silbernen Haaren schritt durch den Palast, bis er vor seiner Zimmertür angekommen war.

Sanft berührte er das Schloss, das kurz aufglühte, dann öffnete er den Eingang. Bei seinem Eintreten entflammten die Kerzen und Petroleumlampen auf einen unausgesprochenen magischen Befehl hin.

Nur ein mächtiger schwarzer Schrank stand an der breiten Seite des kahlen Raumes.

Mortva öffnete die ausladenden Schwingtüren und erfreute sich einmal mehr an der Pracht des Inhalts.

Säuberlich aufgereiht hingen dreizehn der insgesamt einundzwanzig aldoreelischen Klingen an Halterungen. Das Funkeln der Diamanten an den Griffenden entrang ihm ein zufriedenes Seufzen. Acht müsste ihm Hemeròc noch herbeischaffen, ohne sich von den Besitzern dabei in Stücke zerhacken zu lassen. Ernste Zweifel hatte der Konsultant nur bei den Ordensrittern, die mit den Waffen umzugehen wussten. Im Fall von Hetrál hatte sein Helfer ebenfalls versagt.

Die Flammen der Lampen flackerten und verkündeten das Eintreten eines unerwarteten Besuchers. Mortva zog alle magische Energien in sich zusammen. Wenn es jemandem gelang, an der gesicherten Tür vorbeizukommen, musste sein ungebetener Gast zwangsläufig magisch sein.

»Ich habe gehört, ich wurde vermisst«, sagte eine krächzende Frauenstimme.

»Paktaï!«, rief der Konsultant verdutzt und wandte sich ihr zu. »Wo in aller Welt hast du gesteckt? Wegen dir kommen unsere Pläne ins Stocken.«

»Etwas mehr Freude wäre angebracht«, erwiderte sie und nahm eine Hand vom Rücken, in der sie eine aldoreelische Klinge hielt. Griff und Hülle schimmerten noch feucht vom frischen Blut, das daran haftete. »Ich habe ein Geschenk dabei. Ein neureicher Adliger in Serinka hatte keine Verwendung mehr für die Waffe, nachdem er gestorben war.«

»Feinsinniger Humor? Von dir?« Mortva nahm das

Schwert an sich und platzierte es bei den anderen. »Es sind viele Fragen offen geblieben, seitdem du verschwunden bist. Was ist mit den anderen, dieser Miklanowo? Dass ihr sie versenkt habt, kann ich mir denken.«

»Die Brojakin gebar auf See ein Kind, bevor ich sie in die Fluten schickte, zusammen mit ihren Freunden.« Das Wesen in Gestalt einer Frau behielt ein ausdrucksloses Gesicht bei. »Es gelang dem Rogogarder durch eine List, mich auf den Grund des Meeres zu schicken. Er hat als Einziger überlebt.«

»Aha, da haben wir die Lösung«, meinte der Konsultant. »Der arme Hemeròc hat den ganzen Kontinent und andere Orte nach dir abgesucht.« Lauernd schaute er auf die bleichen Züge. »Ich hatte zunächst den Verdacht, du wärst abtrünnig geworden.«

»Niemals«, sagte sie tonlos. »Ich brauchte eine Weile, um mir ein Schiff zu nehmen, das mich von Kalisstron nach Ulldart brachte.«

»In der Tat, der Rogogarder lebt. Aber was soll's. Ein stinkender Pirat wird uns nicht aufhalten. Solange nur Norina und dieses Balg tot sind.« Mortva blickte auf seine roten Fingerspitzen. »Wir hatten Verluste. Varèsz ist endgültig bei Tzulan. Da Hemeròc nicht in der Lage war, diesem Hetrál seine verwunschene Waffe abzunehmen, bekam sie der Stratege in den Leib oder sonst wo hin. Äußerst schade. Ersatz zu finden wird nicht einfach. Die Staatenbündler werden vor Freude wahrscheinlich ohnmächtig.«

»Wie lauten die nächsten Anweisungen?«, erkundigte sich Paktaï.

»Da diese Klingen die einzigen Waffen sind, die uns gefährlich werden können, sollten wir alles daran setzen, sie weiterhin einzusammeln«, meinte der Konsultant. »Kümmere dich zunächst um die Klingen, die nicht im Besitz der Hohen Schwerter sind, ich will sie mir bis zum Schluss aufheben. Der Orden steht noch zu hoch in der Gunst des Hohen Herrn, das muss ich erst ändern. Danach darf Hemeròc sich auch meinetwegen an diesem Nerestro von Kuraschka ausleben.«

Die Zweite Göttin verneigte sich knapp und verschmolz in den Schatten. Ein letztes Glühen der roten Augen, und sie war verschwunden.

Mortva warf einen letzten Blick auf die Sammlung der besonderen Hiebwaffen, dann schloss er den Schrank. Als er seine Hand auf die Klinke legte, fiel ihm auf, dass die Tür einen winzigen Spalt offen stand. Hatte Paktaï tatsächlich die Tür benutzt? Sie lernte allmählich.

Gut gelaunt verließ er seine Unterkunft und schlenderte, eine Melodie summend, in Richtung der Zimmer der Kabcara, um seinen Pflichten als Liebhaber nachzukommen.

Ein paar braune Augen verfolgten seine Schritte aus dem Schutz eines Vorhangs, der vor dem großen Seitenfenster des Flures hing, bis der Mann um die Ecke des Korridors gegangen war. Dann huschte ein kleiner Schatten aus dem Versteck und rannte aufgeregt in die andere Richtung davon.

EPILOG

Kontinent Kalisstron, Jökolmur, Winter 457/58 n. S.

Torben verzog das Gesicht, als er an dem Becher nippte. »Und das soll besser als Branntwein sein?«, fragte er den Wirt irritiert. »Hört zu, ich bin gewiss ein freundlicher Mensch, aber das hier ist eine sudelige Kräuterbrühe, die nicht einmal ein Verdurstender saufen würde.« Er hielt ihm das Gefäß fassungslos unter die Nase. »Da, riecht. Nicht einmal vergoren.«

Varla packte den Freibeuter am Arm und drückte ihn als Warnzeichen zusammen. Die grünen Augen des Kalisstronen verengten sich gefährlich.

»Wir nehmen keinen Alkohol zu uns, Fremder«, kam die Belehrung kühl. »Die Bleiche Göttin verabscheut ihn. Wir trinken höchstens Njoss.«

»Ach ja?«, begehrte der Rogogarder auf. Die geflochtenen Bartsträhnen mit den bunten Perlen und den schwarzen Eisenringen wippten vor und zurück. »Dann will ich Euch mal was erzählen über die Bleiche Göttin …«

»… die gütig ist und selbst von so polternden Kerlen wie ihm mit dem gebührenden Respekt verehrt wird«, ergänzte die Tarvinin schnell und strahlten den Wirt an. Sie hatte ihm Gegensatz zu ihrem Begleiter bemerkt, dass sich die ersten Gäste ihnen zuwandten. »Er ist erst vor kurzem zu Kalisstra übergetreten. Verzeiht ihm.«

»Nun denn. Aber nehmt die Finger vom Branntwein,

wenn Ihr ein wahrer Gläubiger sein wollt«, meinte der Schenkenbesitzer etwas versöhnlicher. »Euer Essen kommt gleich.« Mit einem Grummeln und einem bösen Blick auf Torben zog er ab.

Varla schlug ihm auf den Oberarm. »Du störrischer Idiot«, zischte sie. »Willst du, dass uns die Kalisstri als Dekoration von den Deckenbalken baumeln lassen?«

»Alles, was ich will, ist ein Glas Grog. Das ist bei den Temperaturen das Richtige.« Torben blieb unversöhnlich. Betont schob er den Becher mit Njoss von sich. »Ich kann nichts dafür, dass unsere Vorräte an Bord ausgegangen sind.«

Die Frau hob vorwurfsvoll eine Augenbraue. »Wenn auch nur einer ahnen würde, dass die Rogogarder ein Volk von Branntweinabhängigen sind, wären die Kriege gegen euch ganz anders verlaufen. Sie hätten euch mit kleinen Rumfässchen aus den Inselfestungen gelockt, und wie Mäuse auf den Käse scharf sind, so wärt ihr am Strand entlanggerannt.« Sie stellte ihm das Gefäß wieder hin. »Trink. Es schauen alle zu uns.«

Die Einsicht siegte. Widerwillig schluckte Torben den Trank und rülpste anschließend absichtlich laut. »Da haben wir's. Meine Innereien rebellieren.«

»Deine Innereien verteilen sich auf dem Fußboden, mein Lieber, wenn diese gestandenen Männer bemerken, dass du ein Ungläubiger und noch ein Pirat dazu bist.« Varla lächelte und gab ihm einen Kuss auf die Wange. »Also hör auf zu meckern und halt die Klappe. Wir werden nur einen Tag brauchen, um Proviant aufzunehmen.«

»Je eher wir in Tarvin sind, desto besser. Das hier sind keine echten Männer«, nörgelte der Rogogarder leise weiter.

»Habe ich schon erwähnt, dass bei uns das Bier umgerechnet zwanzig Waslec kostet?«, erkundigte sich die Frau beiläufig.

Torbens Gesicht entgleiste. »Ich werde bei euch zum Bettler.« Varla konnte sich nicht länger beherrschen und prustete los. »Oh, du Heuchlerin! Reinlegen wolltest du mich.«

»Ja«, lachte sie ihn fröhlich an. »Aber die Verlockung war zu groß.«

Der Wirt brachte das Essen und eine Karaffe des Suds. »Der geht aufs Haus«, verkündete er mit einem diebischen Grinsen im Gesicht. »Mögen die Gedanken fliegen.«

»Wie süß, er will dich bekehren.« Die Tarvinin boxte ihn in die Seite. »Ich wünsche dir den passenden Durst.«

»Prost!«, meinte Torben knapp, nahm die Kanne Njoss in beide Hände und leerte sie in einem Zug. »Nur weg mit dem Zeug.« Wieder schallte ein gewaltiges Rülpsen durch die Gaststube. Dann machte er sich über den Fisch her, den der Wirt gebracht hatte.

Varla seufzte. »Du bist mir ein Diplomat.«

»Du wirst sehen, die Verhandlungen mit deinen Leute führe ich viel besser.« Er schwenkte die fettigen Finger. Sorgsam zog er das Fleisch von den Gräten und schob es sich in den Mund. »Wir wollen doch einmal sehen, ob Rogogard und Tarvin nicht etwas haben, was man gegenseitig austauschen kann. Im Krieg gegen den Kabcar kommt uns beinahe alles recht.«

»Wir sind in zwei Wochen dort, wenn der Wind gut steht«, versprach Varla, die ihn mit einem besorgten Gesicht beobachtete. Die Pupillen seiner graugrünen Augen weiteten sich rasch. »Ist alles in Ordnung mit dir? Du hättest den Kräutersud nicht auf einmal trinken sollen.«

»Ach was. Ich vertrage Branntwein literweise, da wird mir die Plörre nichts ausmachen.« Er blinzelte sie an. »Ist das Licht in Kalisstron eigentlich heller?«

»Ich schlage vor, wir gehen zum Schiff zurück, bevor sich die Wirkung voll einstellt und deine Gedanken zusammen mit deinem Verstand davonfliegen«, empfahl die Tarvinin grinsend. »Ich bin zwar stark, aber schleppen will ich dich nicht.«

Der Rogogarder schaute erschrocken auf seinen Fisch. »Der hat eben etwas zu mir gesagt.«

»Es geht los, wie?« Sie warf ein paar Münzen auf den Tisch und bugsierte den Mann nach draußen.

Die Kalisstri lachten ihnen hinterher. »Er ist auf dem Weg, ein echter Gläubiger zu werden«, rief ihnen der Wirt nach.

Der Freibeuter schirmte seine empfindlich gewordenen Augen vor den Sonnen ab und taumelte von selbst in den Schatten einer Hauswand. »Oh, dieses Njosszeugs hat es aber in sich.«

»Ja, ja«, meinte Varla und setzte ihn auf einen Sack mit Getreide. »Warte hier, du Held. Ich hole ein paar Mann, um dich an Bord zu bringen. Lauf nicht weg.« Sie legte seine rechte Hand an einen Zipfel des groben Stoffs. »Da, halte dich fest und lass nicht los.«

»Nicht loslassen«, wiederholte Torben ein wenig lallend. »Die Gewürzplempe ist großartig«, kicherte er. Dann runzelte er die Stirn und sah einen Passanten strafend an, der an ihm vorbeiging. Die Schritte dröhnten in seinen Ohren. »Mann, diese Kalisstri machen einen Lärm. Kannst du nicht leiser laufen?«

»Dann bete zu der Bleichen Göttin, dass keine Kutsche vorbeikommt«, grinste Varla. »Nicht loslassen, verstanden?« Sie eilte zum Hafen.

Torben sank gegen die Hauswand und brummte ein Lied, die Augen geschlossen.

»Hey, steh auf!«, befahl ihm jemand und klopfte ihm auf den Rücken. »Ich muss den Sack mitnehmen.«

»Nein, mein Herr.« Der Rogogarder schüttelte übertrieben den Kopf, ohne die Lider zu öffnen. »Ich muss sitzen und warten. Und nicht loslassen.«

»Oje, da hat wohl jemand ein bisschen viel Njoss zu

sich genommen.« Ein kurzer Stoß beförderte den Rogogarder vom Sack, doch den Zipfel hielt er eisen fest.

»Ich soll ihn nicht loslassen«, gluckste er. »Nein, mein Herr, diesen Sack lasse ich nicht los.«

»Dann wirst du wohl mitkommen müssen.« Als der Mann die Fracht aufhob, folgte er ihm, das Stück Stoff zwischen den Fingern.

Die Augen geschlossen, tappte er wie ein blinder Hund an der Leine hinter dem Unbekannten her. Ab und zu hörte er Gelächter, wenn sich die Umstehenden über das seltsame Paar amüsierten, aber das störte ihn in seiner Rauschseligkeit nicht.

Er lachte mit, sang Lieder, stolperte zwischendurch immer wieder und rempelte seinem Führer ins Kreuz, der sein Anhängsel aber mit einer gefassten Ruhe durch die Gassen von Jökolmur zerrte.

Irgendwann bemerkte er, dass er eine neue, aber dennoch vertraute Melodie, die an seine Ohren drang, mitbrummte.

Die leisen, feinen Töne wie von kleinen Glöckchen erzeugten eine Weise, die er vor langer Zeit gehört hatte. Er lauschte gebannt, die Finger öffneten sich und gaben den Sackzipfel frei.

Der Freibeuter sprang und hüpfte zu der Melodie, drehte Pirouetten, bis er außer Atem an einer rauen Wand hinabrutschte und sich kichernd von seinem ungelenken Tanz ausruhte.

»Ich bin gehopst wie diese hölzerne tarpolische Tanzschwuchtel«, verkündete er den Mauern und lehnte den Kopf an. Als er es wagte, die Augen nur einen Spalt zu öffnen, drehte sich die Welt um ihn herum. Nur kurz erkannte er gespannte Seile über sich, an der Frauenunterwäsche im Wind baumelte. Schnell schloss er die Lider.

In seinen entrückten Gedanken entstand eine verschwommene Erinnerung.

Er sah ein lackiertes Kistchen, das von schlanken

Frauenhänden behutsam auf einen kleinen, groben Tisch gestellt wurde. Die Finger klappten den Deckel zurück, augenblicklich ertönte eine zarte Melodie, die mit der identisch war, die er eben gehört hatte. Die Miniatur eines tarpolischen Tänzers sprang um seine filigran gearbeitete Partnerin herum, die sich auf den Zehenspitzen immer um die eigene Achse drehte. Es war ein Geschenk. Ein Geschenk an …

»Norina!«, entfuhr es Torben. Ungeschickt stand er auf, schwankte von einer Hauswand gegen die nächste, während er immer wieder versuchte, die Lider zu heben. Aber das grelle, unbarmherzige Licht ließ es nicht zu. »Norina!«

Die Töne verstummten abrupt.

Hilflos wie ein Kleinkind stolperte und stürzte der Freibeuter durch die Straßen von Jökolmur, immer wieder den Namen der Frau rufend, an deren Tod er niemals geglaubt hatte.

Doch er erhielt keine Antwort.